5

佐藤正午

角川文庫 16089

目次

第一章　奇跡のはじまり　7
第二章　なぜでも　44
第三章　再会　84
第四章　蒲田疑惑　124
第五章　小板橋先生　163
第六章　スープ　204
第七章　記憶術　245
第八章　初恋　288

第九章　偕老同穴　328
第十章　自滅　368
第十一章　自然消滅　408
第十二章　信念　451
第十三章　一期一会　494
第十四章　師走　539
第十五章　未来　580
最終章　和光同塵　625

第一章　奇跡のはじまり

1

彼は成田空港の出発ロビーでその女をはじめて見た。

一昨年の秋、十月第一週の火曜日のことだ。

正確に言えばセキュリティチェックを受ける前にいちど、彼は若い女たちのグループに目をとめている。そしていちどそのことを忘れさり、出国審査を終えたあとで、あらためて、そこに同じグループがいることに気づいて目を向けた。成田空港第2ターミナル、本館3階、B73搭乗ゲート前。

そのときふたりのあいだには十メートルほどの距離があった。彼女は若い女たちの輪にまじり、彼は喫煙所のテーブルのそばにひとりで立っていた。

彼らはともに午前十一時発の便の乗客だった。出発は定刻よりやや遅れる模様だったが、時刻は十時半をまわっている。搭乗開始はまもなくである。アナウンスを待ちかねて搭乗ゲートの前にすでに並んでいる旅行者もいる。そちらへ目をやるふりをして、彼はときおり見え隠れする女の横顔を眺めていた。

そのうちに女が仲間の輪から外へ出て、うつむいて、肩かけの鞄《かばん》の中をさぐり、手帳のようなものをめくり始めた。彼が油断して見守っていると女はふいに顔をあげた。

十メートルほどの距離を置いてその女はまっすぐ彼を見た。

最初はちらっと見て、すぐに搭乗ゲートのほうを振り返り、また向き直って化粧室の入口を見やり、隣の売店を経由して、喫煙所の彼のところまで視線を戻した。ふたりは都合二回、顔を見合わせたことになる。二回目は二秒か三秒の時間が流れた。目と目を合わせるには長い時間だろう。ところが不思議なことに、彼は女の目が自分を見ているのかどうか確信が持てなかった。二秒か三秒ののち、女は表情ひとつ変えず手帳に目を落とした。

彼はかすかに眉《まゆ》をひそめ、左手に持っていたタバコを消しながらこう思った。あの女は俺の顔ではなくこの手、またはタバコをじっと見ていたのかもしれない。立ちのぼる煙を目で追っていただけなのかもしれない。

見おぼえのある顔ではなかった。人目をひく女でもなかった。つまり目をみはるほど美しくもなく、その反対でもない。この女と寝たい、と彼が強く願う対象からもはずれていた。顔だちにも、服装にも、背の高さにも、特に目立った点はなかった。第一印象で記憶にとどめるべき特徴はひとつもなかった。地味、というよりも、普通、という言葉のほうがふさわしかったが、ただ彼女のそばに立っている女たちの様子があまりにも華やかなので、その一団の中では群を抜いて地味にうつった。

最初から言えば、搭乗案内を待っている乗客のうち、まず華やかな女たちのグループが彼の目をひき、次に、グループのなかできわだって地味であることで、その女は彼の目をひいた。そういう順番になる。小さな円陣を組んで立っている女たちは、顔だちから見ても、服装から見ても、背の高さから見ても、雑誌やテレビで仕事をしているモデルに違いなかった。雑誌のグラビアかCMの撮影だな、と彼は見当をつけた。そう思って見渡すと、B73ゲート前にはいかにもその業界の人間だという雰囲気の男女が多数目についた。

彼はもういちど地味な女に注意を向け、足もとまで視線を下げた。ジーンズに底のぺたっとした白い靴を履いている。そのせいなのか、まわりの女たちの身長を一七五センチ平均とすると、彼女はそれより十センチは低く見える。髪は短めだが、ショートヘアだともそうでないとも主張しきれない曖昧《あいまい》な短さで、漆黒だった。モデルたちのマネージャーという立場なのだろうか。でも一六五センチの身長は決して低いとは言えないだろう。あるいは彼女自身もモデルなのかもしれない。Tシャツにデニムのジャケットをはおるというごくありふれた恰好《かっこう》ではあるけれど、ごくありふれた服を着こなしてみせるモデルもなかには必要なのかもしれない。そのとき、視線の上げ下げをしている途中で、彼は女が両手に手袋をはめていることに気づいた。

「きれいな人たちね」と中真智子《なかまちこ》が言った。

中真智子というのは彼の妻の名前である。女の手もとに注目しているあいだに化粧室から戻って来たのだ。

このとき彼は返事をしなかった。第一に、自分はいまきれいな人たちのそばにいる地味な女を見ていただけで、きれいな人たちをまとめて眺めていたわけではない。第二に、きれいな人たちね、という妻の発言に特別の意味はない。そうだね、とだけでも答えることを期待されているのかもしれないが、答えたところで、意味のない発言に意味のない発言を重ねるだけだ。

意味のない発言のやりとりにこそ意味のあった時代は、はるか昔に過ぎ去っていた。それはぎりぎり新婚時代までの話で、いまはもう八年目に入っている。

中真智子のほうは、日ごろから夫の無口には慣れていたので、別に何とも思わなかった。返事を強《し》いるようなまねはもちろんしない。中真智子に言わせれば、夫の無口に慣れるということは、独りごとを言う自分に慣れることと同じだった。

搭乗案内がアナウンスされた。

ゲート前の乗客の列はもう十分に長くなっている。手袋？と彼はそちらへ歩き出しながら思った。どうしてあの女は手袋なんかはめているのだろう？中真智子がバッグの中から二人分の搭乗券を取り出してそのあとを追う。

定刻より十分遅れて、午前十一時十分に成田を発《た》つ便の行先はインドネシアのバリ島だった。

2

午後五時半にデンパサール空港に着いた。

そこで彼は再びその女を、今度はまぢかで見ることになった。

機内では客室が別だったので顔を合わせるチャンスはなかったし、時差を計算に入れれば七時間にもわたるフライトのあいだに、彼はほとんど地味な女のことなど忘れかけていた。

中夫婦の客室はビジネスクラスで、そこにモデルたちと撮影隊の姿はなかった。ひょっとしたら撮影隊の関係者かもしれないと想像されるスーツ姿の男たちがちらほら見えるくらいだった。ちなみに言えば、夫婦ふたり分のチケットは中真智子の姉からの贈り物だった。もっと細かいことを言えば、中真智子の姉はその旅行クーポンを懸賞で手に入れた。お中元に届いたマンゴージュースを飲んで、紙パックに付いている応募シールを三枚だか五枚だか葉書に貼って、あんたたちの名前を書いて送ったら当たってしまったの、ということだった。それを妹夫婦への、電気器具婚式の御祝いにしたのである。で、この日のビジネスクラスにはもう二組、懸賞に当たった夫婦が乗っていた。そのうちの同年代の夫婦のほうと、中真智子はすぐに打ち解けて話した。もう一組は、あと何年かで金婚式を迎えるといった感じの年配の夫婦である。義姉に教えられるまで彼は知らなかったのだが、電気器具婚式というのは、結婚八年目の記念の呼び名のことだった。一般に結婚五十年目は金婚式、二十五年目は銀婚式、そして八年目は電気器具婚式と呼ばれる。

彼は疲れていた。もともと自分から望んだ旅行ではなかったので、南の島の空港に着いても浮き立つ気分からはほど遠かった。とにかく早いとこホテルにたどり着いて、晩飯を食い、それから風呂《ふろ》に入って眠りたかった。彼にとってこの旅行は、気が乗らないという点では義務的に参加する社員旅行と変わらなかった。バリ島だろうが伊香保《いかほ》温泉だろうが気分は同じだった。

一方、中真智子は自分の夫を理解していたので、打ち解けた同世代の夫婦を飛行機を降りたあとのおもな会話の相手に選んだ。イミグレーションを通過してもまだ喋《しゃべ》り続けていた。妻どうし、バリでのショッピングや、食事や、マリンスポーツや、ホテル内とホテル外にあるスパ施設についての情報が交換されている模様だった。夫がときどきその話題に割って入る。彼は三人の話を聞き流して、ターンテーブルの前に立ち、機内預けの荷物が出てくるのを待った。左隣には年配の夫婦がいて、彼はふたりと目で軽い挨拶《あいさつ》をかわした。

右側には残りの三人が立っていた。喋り声が聞こえるのでそのはずだった。

ターンテーブルに載った荷物が左手から流れてきた。幾つかの旅行鞄が通り過ぎたあとで、左隣の婦人が、あっ、と短い声をあげた。自分の荷物を取りそこねたのだろう。焦茶色の革のボストンが目の前を流れているので彼はそう判断し、とっさに、その持ち手をつかもうとした。そして右へ流れ去る直前に利き手でそれをつかむことに成功した。

だがそのとき彼がつかんだのは鞄の持ち手だけではなかった。彼の左手は誰か別の人間の手も同時につかんでいた。若い女の右手、手袋をはめた右手である。顔を見合わせる暇もなく、ふたりの手によってターンテーブルから持ちあげられた鞄が床に降ろされた。降ろされたというよりも落とされたといったほうが正確かもしれない。途中で彼の左手が、次に女の右手も鞄からはなれたからだ。床に落ちた鞄が横倒しになった。焦茶色の革のボストンと見えたのはショルダーベルト付きの鞄だった。このとき彼は左のてのひらに摩擦でおきたような熱を感じている。気にして開いてみたところ別にこすれた跡はなかった。

機内でデニムのジャケットは脱いだらしく女は半袖《はんそで》のTシャツ姿だった。ただ手袋はあいかわらず両手にはめている。Tシャツに手袋。もちろん防寒用ではないのだろう。薄手のベージュの手袋だった。ベージュというよりも濃いめのパンティストッキングを連想させるような色合いのものだった。

何事もなかったように女が鞄を拾いあげた。ベルトを肩にかけ、痩《や》せぎみの身体をひと揺すりしてみせた。細い肩にかけるにしてはベルトの幅の広い重たげなバッグである。反対側の肩にはもうひとつ、成田で見た小型のバッグを提げている。年配の夫婦のほうへ目をやると、キャスター付きのスーツケースを転がして出口のほうへ向かうところだ。彼は自分のまちがいを認め、女と顔を見合わせた。謝らなければならない。そのとき正面から向かい合って初めて、女の顔がほのかに赤らんでいることに気づいた。

「ごめんなさい」と女が先に謝る必要のないことを謝った。「これはあたしの鞄です」

「ええ。こちらこそ、失礼しました」と彼は言い、うつむいて、また左のてのひらを気にした。「ちょっと勘違いをして」

顔をあげると、女が正面から彼の目をとらえ、いちどまばたきをした。彼が儀礼的な笑顔をみせると女は額のあたりに視線を据えてもういちどまばたきをした。彼が眉《まゆ》をひそめると三たびまばたきをした。それが終わると彼の左手に視線を固定して四度目のまばたきをした。四度ともゆっくり、実にゆっくり念を入れたまばたきだった。記憶されている。俺は彼女の目で撮影されている、彼女の目が閉じて開くたびにシャッターが切れる、そんな錯覚をこのとき彼はおぼえている。

連れの誰かが女の名前を呼んだ。あの背の高い女たちのうちの誰かが、エリ、または、ユリ、と呼びかけたように聞こえた。「り」という音だけ明瞭《めいりょう》に聞き取れたのでどちらとも区別はつかなかった。彼女は声のしたほうを振り返り、うなずいて見せた。それから彼のそばを離れる前にひかえめな笑顔をつくるとこう言った。

「じゃあ、また」

「ねえ、どうしたの」

と別の声が訊《たず》ね、気がつくと、キャスター付きのスーツケースを二つ手にした中真智子が後ろに立っていた。

「どうもしないよ」と彼は大きいほうのスーツケースを受け取って答えた。

「きれいな人たちね」

「そうだね。でも手袋をした女がいる」

「え？」

「どうしてこの暑いのに手袋なんかしてるんだろう」

「日に焼けないためよ」中真智子が少し考えて答えた。「きっとUVカットの手袋よ。普段から気をつけてるのよ、ああいう人たちは」

しかしバリはすでに夕暮れを迎えている。ターミナルの外に出てみると、紫外線など気にする必要のないことは一目瞭然だった。

懸賞に当たった三組の夫婦を現地の中年女性ガイドが待ち受けていて、駐車場のくたびれたワゴン車まで案内した。それに全員で乗って二十分か三十分走るのだという。目的地はバリ島南部、ヌサドゥアという地区にある航空会社系列のリゾートホテルである。もちろん彼を除く全員がそのことを承知していた。承知していたので、日本語の堪能《たんのう》なガイドに対する五人の細かい質問は的を射ていた。おかげで道中は（日本語を解さない運転手もまじえて）おおいに会話がはずんだ。

3

ひょっとしたら、と彼は暮れてゆく車窓の風景を見ながら思った。あの女には手袋をする理由がほかにあるのかもしれない。

　だいいち日に焼けないためというのなら半袖のTシャツ姿になったりはしないだろう。手そのものを他人に見せたくない、個人的な理由が何かあるのかもしれない。たとえば傷や、あざ。変形した指のかたちを隠すため。あるいは彼女の手は無傷で、無傷だとすれば無傷だからこその問題を抱えているのかもしれない。いかにも女らしい白い華奢《きゃしゃ》な手をしていて、その手に男の視線が集まるのを嫌がっているのかもしれない。つまり女性一般の羞恥心《しゅうちしん》が手袋をする理由の核心なのかもしれない。女性一般の羞恥心などというものがあると仮定して。自分の脚をじかに人目にさらしたくなければ、ジーンズやパンストを穿《は》いて隠すしかない。同じようになまの手を見せたくないから人前では手袋をする、そんな理由かもしれない。そんな奥ゆかしい理由がこの世に存在するとして。

窮屈な車内での、にぎやかで友好的で退屈な会話は途切れることがない。ホテルに着くまでのあいだ、彼は「羞恥心」という思いつきの言葉をキーワードにして、中真智子と名前も知らない手袋の女とを比較せざるを得なかった。彼に言わせれば、前者にまったく欠けているものは家庭内での夫に対する羞恥心だった。中真智子はなまの手どころか風呂あがりのなまの身体を平気で彼の目にさらした。もちろん手袋などしないし、パンストも穿かないし家ではブラジャーもろくに身につけない。恥ずかしいから隠すという身ぶりがいっさいない。それがないから夫婦関係が、義姉の口癖である夫婦関係がもはや成立しないのだと彼は考えた。義姉は彼の顔を見るたびに、夫婦関係を大切に、と言う。もっと真智子に優しく、とも言う。要するにふたりでSEXして子供を作りなさいという意味をこめて責めるのだが、すっぴんの腫《は》れぼったい瞼《まぶた》、尻《しり》がよれよれになったスエットパンツ姿、マニキュアのはげた爪、洗濯機の中の汚れた下着、食後のげっぷ、膝《ひざ》を立てて寝る癖、それらを恥ずかしがらない女と暮らしながら優しくするきっかけを作れというほうが無理だ。

これからホテルで迎える夜のことを思うと彼は気が重くなった。実はゆうべ寝る前にも、その朝大森の家を出るときにも、成田でも、デンパサール行きの機内でも、ヌサドゥアのホテルへ向かうワゴン車の中でもずっとそのことを気に病んでいた。あたり前だがその日の中真智子はすっぴんのスエット姿ではなかった。旅行用に買い揃えたノースリーブのワンピースの肩に、しおらしくケープをはおっていた。マニキュアも入念に塗られていた。

おそらく今夜、妻はSEXを期待しているだろう。義姉も大森の自宅でふたりのSEXを期待し想像しているだろう。そのために旅行クーポンを贈ったのだから。でもいまさらなのだ。

いちど女が羞恥心を手放すともう取り返しはつかないのだ。たとえいまここで、このぎゅうぎゅう詰めの車内で妻がケープを取り去りむきだしの肩を見せたとしても、それは毎日見慣れているむきだしの肩にすぎない。ケープだろうが、ショールだろうが、いまさらどこをどう隠しても遅い。

でもあの女の手はそれとは違う。

車がホテルに到着したとき、彼は手袋で隠された女の手のことを前より真剣に考えていた。彼女の手には人に見られたくない傷やあざがあるのだろうか。それとも素手を他人の目にさらしたくないという奥ゆかしい理由から隠しているのだろうか。いずれにしても、彼は女の手に対する強い好奇心をおぼえた。それはいくらか性的な意味合いを含んだ好奇心でもあった。だがいずれにしても、考えるだけ無駄のようだった。

手袋をはめる理由が何であっても、今後、それを知る機会は得られないだろう。「じゃあ、また」と彼女は言った。言ったように聞こえた。でもあれは単に、よその国の空港ですれ違った日本人どうしの挨拶《あいさつ》の言葉だ。自分はいまヌサドゥアとかいう見知らぬ土地に立っている。彼女は彼女でまた別の、写真やCM撮りにふさわしい場所へ向かっているはずだ。

バリ島は広い。たぶん二度と会うことはないだろう。五泊六日の懸賞旅行の日程と、CM撮影のスケジュールとがぴったり重なるわけはないし、帰国の便がまた偶然同じになることなどあり得ないだろう。

確かにその通りだった。

この日、彼と彼女はバリ島の玄関口、デンパサールでいったん別れ別れになった。これが逆向きの旅行であれば、つまりふたりが成田で別れ別れになったのなら、もう二度と会うことはなかったかもしれない。東京は広い。でもバリは、特に日本人観光客むけのバリは、それほど広くない。

4

彼は懸賞旅行の日程の大半をホテル内で過ごした。

五泊六日の日程のうち、一泊は帰りの機内泊が数に入っているのでリゾートホテルでの宿泊は正味四日である。到着した初日は三組の夫婦そろってインドネシア料理の夕食をとり、あとは時間が時間なのでそれぞれ部屋にひきあげて寝るだけだった。彼は予定通りさっさと風呂《ふろ》に入って、日本から持参したアイマスクを付けてベッドに横になった。

彼らの部屋は十五階建てのホテルの十階にあり、ベランダ側の窓はビーチに面していた。

その窓に平行にセミダブルのベッドが二つ配置してあった。窓側のベッドに中真智子を寝かせることにして、窓から遠いほうの壁寄りのベッドを彼は取った。入れ替わりに妻がバスルームに入ったあと、時計を見ると十時だった。日本時間でいえば十一時である。寝るのに早すぎるというわけでもない。伊香保温泉でもこのくらいの時刻には布団に入る。

で、彼はアイマスクを付けた。アイマスクは元来は中夫婦にとって「あしたにしよう」を意味する合図だった。今夜はそんな気分じゃないから静かに眠らせてほしいというときに用いられる。その取り決めは、八年前の新婚時代にどちらからともなく提案され、採用されていまなお有効だった。当時は中真智子のほうがアイマスクを付けて先に休むこともないではなかったのだが、現在それはまったくなかった。アイマスクは夫専用になってい た。もう七年も前から彼は毎晩それを付け続けている。おかげで彼はアイマスクなしには眠れない習慣になっていたし、この七年間「あした」が来たためしはなかった。

旅行初日の晩、中真智子がバスルームで歯磨きを終えて戻ってきたとき彼はベッドの中で目覚めていた。アイマスクを付けて仰《あお》向《む》けに寝て息をひそめていた。姉から知恵をつけられてきているはずの妻が、何らかの特別な行動を起こすのではないかと懸念していたのだが、その気配はなかった。悩ましげなため息のようなものも聞こえなかった。大森の自宅での普段の晩と同じように彼女はベッドに入り、部屋の照明を消し、消したあとでアシカが鳴くようなあくびをした。それが癖なのだ。朝早くから電車やバスや飛行機や窮屈なワゴン車に乗り続けて彼女も疲れているのだろう。そう考えて、彼は安心して眠りについた。

5

二日目の朝、普段より遅めの朝食をとったあと、彼らは例の中真智子がすぐに打ち解けた夫婦と一緒にブノアという海沿いの町までタクシーで出かけた。ジェットスキーに乗り、バナナボートに乗り、シュノーケリングをするためである。

そのどれにも彼は気が進まなかった。みんなで小船に乗せられて、ほんのちょっと沖のほうへ出た地点でのシュノーケリングにだけつきあい、あとは日本で言えば海の家といった感じの店でビンタン・ビールを飲んで時間をつぶした。そして三人が海から戻って来ると積極的にデジカメで写真を撮った。みずからも進んで被写体になり、笑顔を作った。旅行中の写真はできるだけ枚数を撮影して義姉に見せたほうがいい。

その日のほとんどの写真に中真智子は水着で写っているのだが、ファインダー越しに妻の身体を覗《のぞ》いたときにも、横に立って裸の肩に手をまわしたときにも、頼まれて背中に何度か日焼けどめのオイルを塗りこんでやったときにも、彼の気持はぴくりとも動かなかった。その水着は濃いブルーに白い飛沫《ひまつ》か花びらのようなものを散らしたワンピースで、一緒に出かけた木原という夫婦にはなかなか評判が良かった。夫のほうは、とても上品でバリの海にも似合っているとお世辞を言い、妻のほうは、中さんのおなかはまったいらだし、腕も脚も細いし、水着姿がきれいでうらやましい、とお世辞半分にほめたくらいである。

でも彼にはそうは見えなかった。それが伸縮性に富んだナイロンかポリエステルかの、裏地に何らかの仕掛けのあるシェイプアップ水着であることを知っていたので、他人には見える三十五歳の人妻のしぼれた体型が彼にはそう見えなかった。ホテルを出がけに中真智子が、水着の内部に装塡《そうてん》するためのパッドを荷物に加えたのも知っていたので幻想はまったく見なかった。彼女が脱衣所でシェイプアップ水着をどんなに苦労して着込んだことか、その様子を想像しただけで気が萎《な》えた。

夕方ホテルに戻り、ひと休みするとまた夫婦二組でタクシーに乗って夕食に出かけた。旅行ガイドに写真入りで紹介されている有名な店らしかった。もちろんインドネシア料理のレストランである。一日だけは妻につきあって記念写真の枚数を増やすことに決めていたので、我慢して、インドネシア風のサラダやインドネシア風の炒飯《チャーハン》やインドネシア風の焼肉やインドネシア風の焼きそばをみんなと一緒につまみ、嫌な顔ひとつせずに会話にも加わった。彼に言わせればこのときの我慢は、一と月ほど前、ペアの旅行券をあんたたちの電気器具婚式の祝いにプレゼントする、と義姉からきっぷの良い申し出があったとき、反射的に、この好意は迷惑だと思い、バリ島など自分は行きたくないしペアの旅行券があるのならあなたがた姉妹で楽しんできたらどうです？　という台詞《せりふ》が喉《のど》まで出かかるのをかろうじて押さえた、押さえこんだ、それと同程度の我慢だった。かなりの我慢である。それでホテルに戻ると彼はまた疲れていて、機嫌も悪く、風呂は夕方入っていたので歯だけ磨き、ベッドに横になってテレビでインドネシア語のメロドラマとCNNのニュースをしばらく見て、十時になるとアイマスクをつけた。そのあいだに中真智子は木原夫婦と電話で打ち合わせて、ホテル内のスパにフットマッサージだか全身マッサージだかを受けに行った。それは入念なマッサージが必要だろう、シェイプアップ水着でいちんち身体を締めつけていたのだから、と彼はベッドの中で考えていた。

十一時に戻ってきた中真智子は前夜とまったく同じ段取りを踏んだ。バスルームで歯を磨き、ベッドに入り、部屋の照明を消し、消したあとでアシカのあくびをして眠りについた。その声を聞いて、彼はこの旅行もなんとか乗り切れそうだと胸を撫《な》でおろした。

それにしても、八年前、結婚当初、自分がこの女に恋をして性欲をおぼえていたということが不思議でならなかった。どう考えても不思議だった。いったい俺はこの女のどこにどう愛情を感じていたのだろう？　そのときの自分の感情を思い出そうとして当時の記憶をたどってみたが、自分の感情を思い出すにはとてつもない記憶力と想像力と本気が必要とされそうだったので、途中で諦《あきら》めて彼は眠ることにした。

6

三日目の朝。

その日も好天で気温は高かった。ガイドブックによれば十月のバリはすでに雨季に入っているはずだったが、スコールらしいスコールは来ない。朝食後、中真智子は木原夫婦の妻のほうとホテル外のスパに行く予定を立てた。夫はゴルフだそうである。帰りにショッピングモールで落ち合い、土産の買物の下見をするという。あなたはどうする？　と聞かれたので、ホテルに残ると迷わずに答えた。

午前中から昼食をはさんで夕方いっぱい、彼はホテルのプライベートビーチのデッキチェアと、ホテルのプールサイドのデッキチェアとのあいだをひとりで行ったり来たりして過ごした。おかげでかなり日にも焼けた。暇つぶしにときおり日本語の文庫本を開いてみたが気が乗らず、五ページも読み進めなかった。ちなみにそれは中真智子が自宅の本棚からわざわざ選んで持って来ていた文庫本で、タイトルが『GIVE ME 10』という小説である。でも五ページも読んでいないので、その時点では、彼にはタイトルの意味すらわからなかった。津田伸一という小説家の名前も聞いたことがなかった。

午後になって、プールサイドのデッキチェアに寝そべっているとき、彼は手袋をはめた女を見た。でもそれはあの女ではなかった。中年の、英語を流暢《りゅうちょう》に喋《しゃべ》る白人の女で、太っていた。サイドテーブルを一つあいだに置いて隣のデッキチェアにその女はいたのだが、両手に、明らかにゴルフ用だと思われる手袋をはめていた。プールの一角にバスケットボールのゴールが設けてあり、ちょうど数人の若い男女が水中でのゲームを始めたところで、そのなかに彼女の身内か誰かがまじっている模様だった。彼女はデッキチェアの上から声援を送り、彼とは反対側のデッキチェアにいる連れに話しかけ、彼の側のサイドテーブルに手をのばして飲み物のグラスを取った。その動作を何度かいそがしく繰り返した。二つの日よけのパラソルが両側からサイドテーブルの半分をぎりぎり陰にしていて、あいだに細い光の部分をつくっていた。女がグラスを取ったり置いたりするたびに、白い革手袋の表面が日差しを反射して光るのを彼は見ることになった。

日焼けしないために手袋をする、という妻の言葉を彼は思い出した。なるほどな、と思い、デッキチェアに仰向けに寝そべって二日ぶりにあの女のことを思い出した。文庫本で顔を覆い、あの女の手袋に隠された手のことをまた思った。プールでひっきりなしにあがる若者たちの歓声と激しい水しぶきの音を聞きながら、あのとき、デンパサール空港の到着ロビーで鞄《かばん》の持ち手を同時に握ったとき、さわられてはいけない身体の一部分にさわられたかのように、まるで、桃の赤みのようにほのかに、むらになって赤らんでいた女の顔を思い出した。あのUVカットの手袋。パンティストッキング色の手袋。男の手で、パンストごしに太ももに触られたときのように、彼女は羞恥心《しゅうちしん》をおぼえたのだろうか。

隣のデッキチェアから聞こえる大声の英語をうるさく感じながら彼は想像した。あの女の手。あのパンスト色の手袋をゆっくり、時間をかけて巻き取るように脱がせて、露出した手を見る。まず右のほうだけ。傷か、あざのある手。いや、無傷の、真白なつるつるした手。その手のかたちを見る。そして顔を赤らめた女の反応を見る。息づかいを見る。じゅうぶんに見て、その手に触れる。指の先端をつまんでやる。人差指の腹を、人差指の腹にあて、親指で、人差指の爪を撫でる。女は恥ずかしさのあまり目をつむる。つむるだろう。女の指の関節を撫でる。心ゆくまで撫でる。桃のようにむらになった頰の赤みが濃くなる。てのひらを、女の手の甲にそっとかぶせる。熱い。てのひらが熱いのか手の甲が熱いのかわからない。目をつむった女の唇がひらき息が洩《も》れる。その手に、自分の手を密着させ、指と指のあいだに指をねじこみ力をこめる。

夜はシャワーを浴びたあと、地元のダンスを見ながらのビュッフェ・ディナーというホテル内での催しに参加した。木原夫婦ともう一組の年配の夫婦も一緒だった。ケチャと呼ばれるやかましいダンスで、ディナーのほうは相変わらずのインドネシア料理である。

それからあとは二日目までのくり返しに過ぎなかった。日本を発《た》つ前に心配していたような夫婦間のもめごとは何も起こらなかった。彼は十時にベッドに入り、アイマスクをつけて寝たふりをした。中真智子は十一時ごろ歯を磨き、窓側のベッドにひとりで入り、照明を落として恒例のあくびをした。そしてまもなく両膝《ひざ》を立てたまま眠りについた。

7

四日目。

午前中はホテルのビーチでのんびりしたい、と中真智子が朝食の席で言った。同席していた木原夫婦の妻のほうだけその案に乗った。夫は連日のゴルフである。あなたはどうする？　とまた聞かれたが、同じホテル内にいて妻と別行動というのも何なので、彼はしぶしぶ女たちとビーチにつきあうことにした。

午前中といってももともと朝食が遅い。そのあと中真智子がシェイプアップ水着の着替えや日焼け対策の準備にも手間どる。で、三人でエレベーターの前に立ったときには十時をまわっていた。左右に二基ずつ設置されたエレベーターのうちの一つがしばらくして彼らの階に止まったが、扉が開くと十人近い客が乗り込んでいた。そのなかに背の高い日本人の女がふたり混じっているのを彼は見逃さなかった。

まず中真智子と木原の妻がそのエレベーターに乗った。最後に彼が一歩足を踏み入れると、重量オーバーの警告ブザーが鳴り響いた。客たちのあいだからいかにも迷惑げなため息が洩れた。彼はエレベーター内の全員の顔をざっと見渡し、それから外へ出た。このとき中真智子は一瞬、どちらにつくか迷ったようだった。旅行で知り合った同い年の女か、自分の夫か。彼は中真智子の目を見て、おまえは乗ってろと念じた。ふたりきりで取り残されたらまた間がもてなくなるだろう。一瞬ののち、中真智子は彼のほうへ動き、十階のフロアに戻った。彼女の背後で扉が閉じ、エレベーターが下へ降りて行った。

彼はほんの少し気が高ぶっていた。中真智子がそばに残ったことが理由ではなく、背の高い日本人の女をふたり見かけたことで希望を見いだしていた。いまのふたりは三日前に同じ飛行機でバリに来たモデルに違いなかった。ということは、次のエレベーターで下へ降りて彼女たちの行方を探せば、そこにあの手袋の女がいるかもしれない。きっといる、という予感を彼はおぼえた。これから五つ数えるあいだに次のエレベーターがこの階に来る。それまでにもし妻が横から俺につまらないことを話しかけなければ、俺はこのホテルのプールかビーチであの女をもういちど見ることになるだろう。

「ねえ」と中真智子が言った。「その本、読んでるの?」

彼は心のなかで五つ数えるまで黙っていた。それからエレベーターがまだ来ないことを確認して、左手に持った文庫本に目をやった。

「面白い?」と中真智子がまた遠慮がちに質問した。

「さあ、まだ途中だから。君が読みたいのなら、別にあとでもいいよ」

「よかったら読んでみて。あたしは一回読んだことあるし」

「津田伸一って有名な小説家なのか？」

「そこそこね。木原さんの奥さんは知ってた」

「ふうん」

「ふうんて、それ、あなたの会社で印刷してる本よ」

そのとき隣のエレベーターが十階に着いた。

中真智子が先に乗り込み、彼は文庫の奥付のページを開きながらあとに続いた。不吉な警告ブザーは今度は鳴らなかった。そのエレベーターに乗っていたのは若い女がひとりだけだった。扉が閉まると中真智子の肘《ひじ》が彼の脇腹をつついた。顔をあげて、妻の目配せを読み取り、そちらへ視線を向けると手袋が目に入った。例の濃いめのパンティストッキング色の手袋だった。

エレベーターはすぐ次の九階と八階に止まり、それぞれ数人の乗客が乗り込んで来た。いずれもTシャツに短パンという恰好《かっこう》の若い男女だった。手にした荷物を別にすれば中夫婦の恰好もまったく同じである。ただひとり手袋の女だけが、ジーンズで足首まで覆い、襟つきの長袖《ながそで》のシャツを身につけていた。エレベーターはさらに次の七階にも止まる気配を見せた。でもそれは気配だけで、つまり止まりそうな音や振動を乗客たちが感じたような気がしただけで、実際には七階を通り過ぎた。

彼らが乗ったエレベーターの箱は七階を過ぎた直後にいきなり停止した。

何か障害物に突きあたったような大きな音と反動をともなった止まり方だった。乗客の全員が短い叫び声をあげ、衝撃と揺れに堪えきれず大半が箱の中に将棋倒しに倒れた。手提げのバッグや、肩かけのディパックや、籐《とう》編みの籠《かご》が床に転がり、サンオイルや日焼けどめクリームやデオドラントのスプレー缶が散乱した。揺れがおさまると同時に明かりが消えた。明滅なしに、いちどにすとんと照明が落ちた。壁の半分が布、半分が板張りの窓のないエレベーターなので照明が落ちると闇になった。時をおかず悲鳴があがった。いくつもの女の悲鳴がたてつづけに起こった。

中真智子も床に四つん這《ば》いになり悲鳴をあげたうちのひとりだった。彼女は左隣に立っていたはずの夫にすがりついた。でもそれは夫の腕ではなかった。首筋から夫ではあり得ないオーデコロンの香りがしたので違うと気づいた。彼女は暗闇の中で、あなた、と夫を呼んでみた。その声はほかの誰かが誰かの名を呼ぶ声にかき消された。

彼は壁に背中をあずけて、そのまま腰が抜けるような感じで床に尻餅《しりもち》をついていた。その姿勢で、落とした文庫本を左手をのばして探っていた。だがいくら探ってもてのひらは床に敷かれたカーペットのざらつきしか感じない。そのうちに彼はようやく気づいた。いまはこんなことをしている場合ではない。落とした文庫本のことなどどうでもいい。一時のショック状態からわれに返り、彼は一緒にエレベーターに乗った妻のことを思い出した。真智子？　と暗闇の中で彼は妻の名を呼んだ。そのとき床に置いていた彼の手の上に別の手が重ねられた。

真智子？　と彼は左に顔を向け、もういちど妻の名を呼ぼうとした。だがそれが妻の手でないことはもうわかっていた。もちろんあの女の手だ。彼は左手の甲に手袋のやわらかい生地の感触を感じた。左手の甲に重なったのはあの女のてのひらに違いなかった。彼は生唾《なまつば》をのんだ。じきに手袋の生地が発熱するのを感じた。その熱は彼の左手の甲に伝わり、手首から肘へかけて、じわじわと這いのぼるように進んでゆく。いまのんだ生唾が鳩尾《みぞおち》のあたりから高熱の蒸気になって喉元《のどもと》へこみあげてくる。そんな錯覚を覚え、たまらず彼は息を吐いた。その息を確かに聞き取ってから、女の手は動いた。

女の手は床に伏せられた彼の手の甲を指先までなぞり、てのひらのほうへ潜りこむようにして、親指以外の四本の指を握ると床から持ち上げ、宙に浮かせた。それからもう一方のやはり手袋をした手が彼の左手首に添えられ、彼の左手はほぼ垂直になるまで立てられ、てのひらが相手のほうへ向くように固定された。手袋をした両手がいったんそこで離れた。だが彼のてのひらは宙に固定されたままぴくりとも動かなかった。動かす意志も彼にはなかった。何かが始まろうとしている。想像もつかないけれど、いまここで、女が何かを始めようとしている。彼は耳をすまし、聞こえるはずのない音を聞いた。衣《きぬ》ずれの音だ。手袋がするすると巻き取られ、裏返しになり、最後に中指の先端からすっとはずれてゆるやかに床に落下するまでの音。

そのてのひらが彼のてのひらにぴったり重ねられたとき、彼は思わず声をあげた。それは高温の熱を帯びていた。真夏の日なたの石のような感触でそれは彼のてのひらを押した。手袋ではなく女のてのひら自体が発熱しているのだ。および腰になった彼の手を、指を絡ませて女の手が引き戻した。そして再び女の右のてのひらと彼の左のてのひらとが合わさった。熱は今度はたちまちにして彼の左の手首から肘へと駆け抜け、上腕部と肩へ這いのぼり、首筋から顔まで達した。くすぐったさに似た鋭い感覚に貫かれて彼は身震いし、堪《こら》えきれずにいちど目をつむり、またその目を開いた。

女は終始無言だった。右のてのひらを彼の左のてのひらに押しつけたまま一言も発しなかった。そのうちに彼の身体は体温のむらになじんだ。彼は左手と、左腕と左肩、首と頭部だけが心地よい温《ぬく》もりにくるまれるのを感じることができた。そして彼は闇の中で見ることができた。すぐそこに落ちている一冊の文庫本を。ひざまずいた姿勢で彼と向かい合い、うっすらと両目を閉じている女の顔を。文庫本のタイトル文字も、うつむき加減の女の顔も、オレンジ色の淡い光に照らされているのを。その光源が、合わさったふたりのてのひらのあいだから発し、合わさったてのひらの、十本の指がオレンジ色の光でパイピングをほどこしたように縁《ふち》取られているのを。

彼はゆっくりと眠るように瞼《まぶた》を閉じ、やがて感じていた温もりが急速にひいてゆき、次に目を開けたとき、エレベーター内の照明は復活していた。女の姿はすでにそばには見えず、彼の左手はさきほど尻餅をついたときと同じく床の上に伏せられていた。

8

そこに至るまでの時間、つまりエレベーターが停止し、復旧するまでに流れた時間の記憶が彼の場合は曖昧《あいまい》である。

でも中真智子に言わせれば、それはほんの数分間の出来事だった。エレベーターが急に止まり、あっというまに照明が消え、暗い箱の中は騒然とし、誰かがドア脇の非常ボタンを押して助けを求める。そこかしこに携帯電話のモニターの明かりがともり、スピーカーを通して落ち着いた声が響き、まもなくチカチカと明滅して照明が戻り、奥の壁際に気を失っている夫を発見した。暗闇に閉じ込められたときには泣きたくなったけれど、ほんの五分か六分なので実際に泣くまでの暇はなかった、と彼女はのちに語ることになる。あるいは事実としては彼女が感じたよりもっと短い時間の出来事だったかもしれない。

ともかく、エレベーターは停止する以前の明るさと、静かさと、滑らかな動きを取り戻し、そのホテルのプールとビーチに接続する階、B1まで無事に降下した。そこで心配して待っていた木原の妻が、中真智子の両手を握って跳びはねるようにして出迎え、横に立っている彼にも気遣いの言葉をかけた。

「だいじょうぶですか？　顔色がよくないみたいですけど」

「気分が悪い？」と中真智子も訊《たず》ねた。

「いや気分は悪くない。でも」

「何」

「いや、何でもない」

エレベーター前にはホテルの従業員を含めて人だかりが出来ていた。彼らが乗っていたエレベーターは使用が禁止されすぐさま点検作業に入る模様だった。からだの具合の悪いかたはいらっしゃいませんか？　と丁寧な日本語で訊ねる声が聞こえた。

「だいじょうぶ？　何かお薬でももらう？」

「いや薬はいらない。ただ」

「何」

ばらけはじめた人だかりの中に彼はあの女を見つけた。彼女は故障したエレベーターの隣のエレベーターに再び乗り込むところだった。両手に手袋をはめ直して、財布だけ持っている。彼はその女を追いかけようとはもう思わなかった。ぼんやりした視線で表示ランプを追っていると彼女の乗ったエレベーターは一階で止まった。

「ねえ、何なのよ」と中真智子が言った。

彼は妻の腕を取り、プールとその先のビーチへつながる誘導路を歩きだした。しかしこれが何なのか、いま自分がしようとしていることが何を意味しているのか、彼自身にもわからなかった。彼はただ妻のそばにいる木原という連れの女が邪魔に思えて仕方がないだけだった。

「ふたりきりになりたい」

彼はそう妻に囁《ささや》いた。囁いたあとで、照れ笑いを浮かべた。

「えっ？」と中真智子は聞き返した。

そのあとで夫の笑い顔に気づいて、歩くのをやめ、自分の腕から夫の手をふりほどいた。

「悪い冗談はやめてよ」

「ごめん」彼はその場で謝った。「でも冗談じゃないんだ」

「冗談じゃないって、どういう意味」

「ふたりきりになろう」

「だからそれはどういう意味よ」

「わかるだろう」

「ごめんなさい」木原の妻がふたりのそばを通り抜けながら言った。「あたし先に、ビーチに行ってるね」

中真智子は声のしたほうを振り向きもしなかった。彼女は夫の目つきをじっくり観察しているうちに、それがわかりかけていた。

「うん」彼はあらためて妻の二の腕をつかんだ。そしてその肌の感触をてのひらで楽しみながら言った。「部屋に戻ろう」

「いいけど、でも」彼女はいまになって木原の妻が歩き去ったほうを気にしてみせた。「ちょっとだけならいいけど」

「冗談じゃないの？」

「行こう」

彼は妻の手から日焼けどめクリームやサングラスやハンドタオルやシュガーレスガムの入っている籐《とう》の籠《かご》を奪い取り、その中に文庫本を放り込んだ。そして空いた手で妻の手を握った。

彼らは手をつないでもと来た道を引き返した。

駆けるようにしてエレベーターの前まで戻ると、もどかしげな手つきで一度、二度、三度と夫が上りのボタンを押した。その様子を見ているうちに中真智子は自分の顔が上気してくるのがわかった。彼女に言わせれば、そこまではまだ好奇心のほうが勝っていた。なにしろ七年ぶりである。夫の本気がどの程度のものなのか、確かめてみても損はないだろう。

エレベーターに乗り込むと息をする間もなく夫の本気は証明された。程度で言えばこの上ない本気だった。夫は籐籠を床に放り、妻の身体を引き寄せるといきなり唇をつよく吸い、歯と歯のあいだにねじこむように舌を入れた。荒い息を吐きながら首筋を舐《な》め、耳たぶを噛《か》み、耳ぜんたいを口にほおばった。それは獲物を攻撃する獣のような行為だった。まるで女を食べつくそうというかのような慎みのない行為だった。行為のあいだじゅう、どうしちゃったの？　どうしちゃったの？　という唯一の言葉を中真智子はつぶやきつづけた。わからない、わからない、とそのたびに彼は答えて愛撫《あいぶ》をやめなかった。幸いなことにエレベーターは十階に着くまで一度も止まらなかった。

9

その日の午後、中真智子は買物の約束をキャンセルしてホテルの部屋にこもった。そして深夜までかかって夫に三回抱かれた。午前中に一回すませていたので都合四回という計算になる。

中夫婦の歴史をたどってみると、同じ事がかつていちどだけ起こっていた。八年前、新婚旅行でハワイに行ったときのいちどきりである。

彼らはそのホノルルのホテルでの一夜を思い出していた。口には出さなかったが、おたがいに相手が同じ事を思い出しているのがわかった。それがわかるくらいに親密な、けだるい夜の時間が流れていた。ふたりともシーツにくるまっただけの裸でベッドに横たわっていた。窓際のひとつのベッドに。ふたりの身体には相手の唇や歯や爪による愛撫の痕跡《こんせき》がおびただしく残っていた。開け放したベランダ側の窓から、暖かくも冷たくもない海風が入り込み、レースのカーテンを押してはまた引いてゆく。ゆるやかにブランコを揺するように。

「買物、どうしよう」と中真智子がふいにつぶやいた。

何時間かぶりに意味のある言葉を喋《しゃべ》ったせいで、その声はややかすれて彼の耳に届いた。

「買物？」

「おみやげの買物」

「ああ。あした夕方までに済ませるさ。どうせ帰りの飛行機は深夜だし」

「お姉ちゃんにバティックを買うのを忘れないようにしないと。約束したから」

「そう」

「ほかのは忘れてもいいけど、バティックのぶんは別にお金を預かって来てる」

「心配しなくても、バティックもほかの土産も買物する時間はじゅうぶんあるよ。明日はいっしょにつきあうから」

「ねえ」

「うん？」

「バティックってわかるの？」

「いや、わからない。竹で編んだ籠?」

中真智子はくすっと笑声を洩《も》らし、彼の腕枕からはなれて裸のままベッドを降りると、ガイドブックを手に戻ってきた。隣にまた仰向《あおむ》けになって、彼の右腕に頭をあずけ、写真入りのページを開いて見せる。それでバティックとは地元の染め布のことだと見当がついた。

そうだった、と彼は左手でガイドブックを受け取りながら思った。その本にはインデックス用のシールが何枚も貼りつけてあった。シールの余白にはボールペンの細かい文字でいちいち見出し語が書き込んである。ヌサドゥアとか、スパとか、shopping とか。そうだった、彼女はホノルルでも同じようにしてガイドブックを持ち歩いていた。自分で何枚もシールを貼って、自分だけでなく俺にも見やすいように、すぐに探したいページが開けるように工夫して。俺は彼女のそういう女らしいこまやかな心遣いを好ましくも、いとおしくも思っていたのだ。

彼はガイドブックを脇に置き、右手で彼女の身体を引き寄せた。ようやく彼はそれが何であるのかを理解していた。あのとき故障したエレベーターの中で自分に起こったことが何なのか。復旧したエレベーターが下の階に着き、その扉が開いたとき、自分に兆していた変化が何なのか。

「ねえ志郎《しろう》さん」

と中真智子が言い、彼は、彼女が自分を名前で呼ぶのは何年ぶりだろうと思った。

「うん？」

「旅行に来てよかったね、あたしたち」

これは単に性欲の問題ではない。俺は記憶を取り戻したのだ、と彼は思った。記憶といっしょに眠っていた昔の力を取り戻したのだ。

眠っていた昔の力とは、彼の言葉に直せば、自分が、中真智子を愛していると確信できる力のことだった。また同時に、自分が、中真智子に愛されていると確信できる力のことでもあった。

そうだ、この旅行には来てよかった、お義姉《ねえ》さんに感謝しないといけない、と彼は妻に答えた。

10

二日後、中夫婦は東京に戻った。

大森の自宅に着いたのが日曜の朝で、その日の晩にも夫は、長いこと眠っていた昔の力を妻に対して存分に発揮してみせた。

翌日の月曜、夫が神保町《じんぼうちょう》にある印刷会社に出勤したあと、中真智子はいつものように牛乳を沸かしてカフェオレを作った。台所のテーブルでひとりでそれを飲みながら、自分たち夫婦の来し方行く末について小一時間考えた。
考えたあげくに二子玉川に住む男に携帯電話でメールを送信した。文面はこうだ。

いま話せる？　寝てたらごめんなさい。

11

中真智子が送信したそのメールは僕の携帯電話に届いた。

いま話せる？　寝てたらごめんなさい。

こうしていままで語ってきた物語はようやく僕のもとへたどり着くことになる。もしくはここから、このたった一行のメールを読んだ瞬間から、僕はこの物語に巻き込まれることになる。

僕は折り返し中真智子に電話をかけた。

二子玉川の自宅ではなく出先からだった。出先で不運に見舞われている最中だったので、いつもより数段不機嫌な声だったと思う。

「何」

「寝てたの？」

「起きてるから電話してるんだろう。用は何」

「うん。あのね、伸一さん、あたしたち、もう会わないほうがいいと思う」

僕は携帯電話を利き手に持ち替えて左の耳にあてた。それまで左の手には掃除機のスイッチ部分を握っていたのである。

「きのう旅行から戻ったんだろう？　僕に会ってお土産を渡したいとか、そういう話じゃないのか？」

「ごめんなさい」

「なぜ」

「え？」

「なぜ急に、もう会わないほうがいいと思う？」

「なぜでも」

と中真智子が答えた。彼女のその包括的で一方的で強制的な、しかし中身は曖昧《あいまい》きわまるひとことに僕は好奇心をかきたてられた。なぜでも。女たちはしばしばそういう意味不明な言葉を使って僕の関心をひく。そのたびに僕は知りたいと願う。たとえそれがどんなにつまらない理由でも。知らないほうがましだったと後悔するような理由でも。

ちなみに彼女の夫、中志郎とはこのとき僕はいっさい面識がなかった。一昨年の秋、十月第二週の月曜の朝、中真智子からのメールを受信した時点では、彼の名前すら知らなかった。手袋をはめた女の正体についてもそれは同様である。

ここで付け加えておくことはあと二つある。

一つは旅行の最終日、夫とともに買物に出かけた中真智子が、下見までしていた僕への土産を結局買いそびれてしまったこと。おかげで僕は原料にココナツが用いられた石鹸《せっけん》と、文鎮《ぶんちん》として使える地元の工房で製作された石の彫刻を貰《もら》いそこねた。

もう一つ、ホテルをチェックアウトする際、中志郎はフロントデスクでメッセージを受け取っている。

差出人の名前のない白い封筒で、中に一枚、電話番号だけを走り書きした便箋《びんせん》が入っていた。中志郎は気のない視線をその十一桁《けた》の数字に向け、元通りに折りたたむと封筒に収めた。そしてそれを上着の内ポケットにしまい日本に持ち帰った。

第二章　なぜでも

12

恋のはじまりと、ペットを飼いはじめるときの気分は似ている。

わが家に子犬や子猫がやってきたその日、人はたいてい、まにあわせの器で水をあたえる。いつかペットを飼いたいとは思っていても、実際に今日から、というのは予定外の出来事なので、とりあえず適当な食器を用意するしかない。でも子犬や子猫はひとことも文句を言わない。彼らは喜んでぴちゃぴちゃ舌を鳴らして水を飲む。無心に飲みつづける。その様子を見守るときの気分。

そばにしゃがんで様子を見守りながら、冷蔵庫に今日にかぎって牛乳を切らしているのを申し訳なく思う。これからは気をつけなくてはいけない。牛乳も、缶詰の餌《えさ》も、トイレもトイレの砂も、いろんなものを、まず必要なものから順に揃えていかなければならない。そうしよう。もうはじまっている。彼女または彼との関係ははじまっている。彼らの命はいまや自分の手のなかにある。両手のてのひらですくって持ちあげられるほどの子犬、または子猫。未来を予感させる重さ。これから毎日牛乳を飲ませればすくすくと育っていくだろう。撫《な》でると、こちらの指の腹がくすぐられるような感触のにこ毛。罪のない目と耳と鼻と口。甘噛《が》みしかできない小粒の歯。いまはまだ、けがれのない生き物。

もちろん中真智子と僕のあいだにもかつてそのときがあった。

どんな恋のはじまりにもそれはある。子犬や子猫を貰ってきて、あるいは拾ってきて、まにあわせの食器で水を飲ませてやる初日の気分。その成長、その生き死ににこれから自分がかかわっていくという実感。新しい日々のはじまりの手ごたえが確かにふたりのあいだには存在した。少なくとも僕のほうにはあった。でも子犬も子猫も、餌をやればあっという間にすくすく育つ。育った犬猫は人の何倍もの早さで老いてそして死ぬ。おかげで人は、何十年かの人生の中で、何匹も何匹も子犬や子猫を拾ってきて飼うことができる。

一昨年の秋、十月第二週の月曜日の話だ。

僕はその朝、代々木上原にいた。

睡眠時間が足りていなかったし、前の晩から連続して不運に見舞われていたので機嫌が悪かった。中真智子から携帯にメールが入ったとき、僕は代々木上原にあるマンションの一室、岡本家のリビングに掃除機をかけている最中だった。

岡本家というのは、前の晩に部屋にあげてもらうとき、玄関のドアの横に「岡本」と表札が出ていたので便宜上そう呼ぶだけで、別に僕は岡本家とは深い縁もゆかりもない。またこの物語とも直接のつながりはない。ではなぜ夜中に赤の他人の家にあげてもらって、翌朝リビングに掃除機をかけていたのかといえば、説明がすこし長くなる。

13

前日の日曜日の午後、渋谷《しぶや》で長谷《はせ》まりと待ち合わせた。千駄ヶ谷《せんだがや》の国立能楽堂へ行くためである。長谷まりとふたりきりで能を見るのではなく、あとから彼女の友人がふたり一緒になる予定だった。それはその約束をしたときから僕も承知していた。ただ、ふたりがどの程度の友人なのか、ふたりのうちどちらが長谷まりとより親しい間柄なのか、そのへんはあまり身をいれて聞いていなかったので知らなかった。本人は説明したつもりでも、こっちは聞き流していたので知らないも同然だった。

友人ふたりとは能楽堂で落ち合い、長谷まりに紹介されたのだが、その場では名前も記憶に残らなかった。長谷まりと同じ二十代後半の男と女で、どちらも背筋がぴんと伸びて背が高く、男のほうは特に体格が良かった。運動選手にありがちな自信というか幸福にみちた笑顔で初対面の挨拶《あいさつ》をし、フルネームを名乗った。握手をすれば握力の強さを誇示されるのはわかっているので、挨拶のあいだも僕はズボンのポケットから両手を出さなかった。たぶん長谷まりの仕事場の同僚なのだろう。あるいは男のほうだけ同僚で女はその婚約者というところかもしれない。結婚相手を見つけた運動選手ほど幸せな人間はいない。あとはもう、子供を作って自分の肉体を鍛えるだけだ。

能のタイトルは『鉄輪《かなわ》』といい、これは夫に捨てられた妻が、夫を恨んで貴船《きぶね》神社に丑《うし》の刻参りをして呪いをかけ、やつれはてた夫は安倍晴明に相談にゆき、お祓《はら》いをしてもらい一命をとりとめる、そんなストーリーである。これを四人並んで腰かけて鑑賞し、それから能楽堂を出て、二十代後半の若者の好みに合わせた店で多少の我慢をして晩飯を食い、渋谷の駅までけっこうな距離を歩いた。そこでふたりとは別れ、長谷まりは二子玉川の僕の自宅に来る。その日の予定はそうなっていた。

でも思いどおりにはいかない。

渋谷駅で運動選手のカップルを見送ったあと、長谷まりはとたんに表情を変えた。このまま横浜の自宅に帰ると言う。彼女は彼女なりに多少の我慢をしていたのだろう。そんなこと言わずにうちに泊まっていけよ、君の横浜は遠いだろ、と僕は軽口をたたいた。それが致命的なひとことになった。

「そんなふうに、いつも人を馬鹿にして――」と長谷まりは決めつけた。「先生のそういうところ大嫌い」

駅のコンコースの雑踏のなかに僕たちは顔を見合わせて立っていた。こういうとき、そばを行き来する群衆の靴音ほど寂しげに聞こえる音はない。僕にはわかっている。長谷まりが顔をこわばらせ僕を先生と呼ぶのはこの関係から一歩退こうとするときだ。

「いつもの冗談だよ」僕は言い聞かせた。「わかってるだろう。いつもの君なら笑ってすませるだろう？」

「ううん、今日のことは笑ってすまされない」

「何だ、今日のことって」

「わかってるくせに」

長谷まりは片手を額に添え、そのてのひらを片方の目もとから耳のほうまで滑らせて涙を拭《ぬぐ》うような仕草をし、それから両手でジャケットの襟をかき合わせた。別に本当に泣いていたわけではない。

「あたしの友達をさんざん馬鹿にして」

「さっきの店でのことか？」

「あたしが何回も目で合図してるのに気づかないふりをして」

「さっきの腹にもたれるパスタを食べさせる店でのことを言ってるのか？」

「そうよ。パスタがいやならいやって最初から言えばいいじゃないの。ううん、そんなことどうでもいい。あたしは先生のさっきの態度のことを言ってる」

「僕の態度」

「自分がどんな顔して何を喋《しゃべ》ったかわかってるでしょう？　あたしの友達がどれだけ傷つ

いたか、想像できない？　四十にもなって、先生は人づきあいのマナーとか常識とかそんなこと考えたことないの？」

「思い過ごしだよ。君の友人とはたったいま笑顔で別れたばかりだろう」

「ふたりともあたしに気をつかったの。それが人づきあいのマナーなの」

「心が傷ついていても笑って別れることがか？」

長谷まりは歯をくいしばるようにして口を閉じた。それからもういちど右のてのひらで、現実には流れていない右目の涙を拭うような仕草をした。

「あのな、長谷まり」と僕は言った。「僕はいつも僕なりの一定のペースで冗談をはさんで喋る。それは知ってるだろう？　最初に会ったときからわかってるだろう？　つまり僕の喋り方は安定している。これは僕が四十になるまでに身につけたスタイルなんだ。ところが君の情緒が不安定だから、それがあるときは冗談に聞こえたり、マジに聞こえたり、ときには悪意に取れたりする。そんなのはまともに日本語を読めない読者とおなじだ。僕が喋ることをもっと身を入れて聞いてみろ。人を傷つける意図なんかさらさらない。僕はただ君を笑わせたいだけだ。人はどんなときにもユーモアのセンスを忘れるべきじゃない。いいか長谷まり、いま君が怒ってる原因は君じしんにあるんだ」

そろそろ来るかもしれないと身構えていたので、僕は僕の顔をねらった長谷まりのてのひらを避《よ》けることができた。身をかわして彼女の手首をつかむこともできた。身をかわした際に通行人の誰かの肩と僕の肩とが触れた。そちらに気を取られた瞬間に、彼女の空いたほうの手がショルダー型のバッグの紐《ひも》をつかんで振り回し、それが僕の脇腹に当たった。

それで僕は彼女の手首を放し、もう今夜のことには諦《あきら》めをつけた。

「だいたい君の友人は失礼だ。初対面の目上の小説家にむかって、しかもスパゲティをフォークで巻き取りながら、小説のことをあれこれ言うのは礼儀作法に反している。特にあの男、フィットネスクラブのインストラクターふぜいに、文章の何がわかるっていうんだ」

「ほらね」長谷まりが言った。「それが先生の本音よ」

「ああ本音だ。たまたま日本に生まれて日本語の読み書きができるという程度の人間に、僕の書く文章を批評してほしくないというのが僕の本音だ」

「おあいにくさま」と長谷まりが年に似合わぬ言葉を使った。「あたしの知ってるインストラクターふぜいには読書家が大勢います。それに彼は」

「もういい。君は君の横浜に帰れ。六浦《むつうら》まで二時間かけて帰れ」

「それに彼はインストラクターじゃなくて編集者です」

「え？」と僕の口から声が出た。

しかしそのときには長谷まりは背を向けて歩きだしている。追いかけようかどうしようか迷ってるうちに彼女の背中は同じ方向へ流れてゆく人々の波に呑《の》まれた。長谷まりの後姿を見失ったあとで、僕はしばらくその場にたたずみ二点、反省した。

一つはやはり長谷まりを引きとめてうちに泊まらせるべきだったということ。彼女は今日はそのつもりで横浜市の南の端の金沢区のそのまた端の六浦から出てきたのだし、明朝は二子玉川からまっすぐ渋谷の勤め先へむかうためにショルダーバッグの中には化粧道具と替えの下着が入っていたはずだ。これからひとりで電車に乗り、二度乗り継いで、長い時間をかけて帰宅する長谷まりを想像して僕は気の毒になった。電車の座席で、膝《ひざ》にのせたショルダーバッグに目を落とすたびに彼女は中の下着といっしょに僕の顔を思い出すだろう。なにしろ長い時間だから、何度も何度も思い出しながら自宅にたどり着くだろう。

もう一つは、もしあの若い男が長谷まりの同僚ではなく本当に出版社の人間であるなら、今日の僕のマナー、特にパスタ屋での態度や発言は少しまずかったかもしれないということ。畑違いのインストラクターにならどう思われてもかまわないが、編集者となれば話は別だ。小説家にとってどこの出版社のどの部署の誰であれ絶対に敵にまわしてはならない相手、それが編集者だ。

まだまにあうかもしれない。もう一つのほうはすでに取り返しがつかないとしても、長谷まりはまだ東急東横線のホームにいるかもしれない。いるだろうと僕は思い、携帯電話で呼び戻すことを考えた。あるいは「元町・中華街」行きの電車を一つか二つやり過ごして僕から電話がかかるのを待っているかもしれない。待っているだろう。いま長谷まりを呼び戻して仲直りすれば、もう一つの件だって何とかまるく収まるかもしれない。

しかし思い通りにはいかない。

不運なときには不運が重なるものだ。心が決まりかけたそのとき、ズボンのポケットの中の携帯電話が震えてメールの着信を知らせた。それは次のような文面だった。

いま、どちらですか？
今日は、時間ができたので、よかったら、お会いできないかなあ、と思ってます。
ほんとに急ですいません。
ご都合いかがです？

14

僕はそのメールを二度、三度と読み返してそこに書かれていない意味を探り、つまり身を入れて行間を読み、何分か返信をためらった。ためらっているあいだに長谷まりを呼び戻す案をもういちど検討してみた。

それから駅のコンコースの円柱にもたれて短い返信を書いた。長谷まりを電話で呼び戻すにはよほどうまくなだめたりすかしたりしなければならないだろう。たとえ彼女がホームで電車をやり過ごして僕からの電話を待っていたとしても、電話をかけただけでは満足しないだろう。それは当然かかるべき一本の電話と見なされるだろう。首尾よく呼び戻せたとしても、長谷まりの機嫌を直すにはかなり下手に出て謝らなければならないだろう。二子玉川まで連れてゆくには手間がかかるだろう。そんな面倒なことをやってのける気力はないと思ったので、頭を切り替えてメールを送信することにした。
携帯電話を握ったまま腕組みをして、円柱にもたれて人の流れを眺めているとまたすぐに返信が来た。

じゃあ代々木上原まで来れます？

で、日曜日の晩、たぶん中夫婦が大森の自宅でバリ旅行の疲れをいやしている時刻、僕は長谷まりときまずい別れ方をしたのち代々木上原までロコモコという女に会いにいくことになった。
ちなみにロコモコとはその女の実名ではなく（あたり前だが）ニックネームである。知り合ったのが二カ月ほど前で、実はまだ一度も会ったことがなかった。

15

代々木上原のTSUTAYAのあるほうの改札口を出るようにメールで指示をうけていたので、初対面のロコモコを見つけるのはそれほど難しくなかった。改札を通るとすぐにTSUTAYAの看板が目に入り、入口にひとり、DVD用の青いケースを胸にかかえた女が立って待っていた。僕がまっすぐに近づいてゆくと、彼女は両目を細めた。あるいは本人としては笑顔で迎えたつもりだったのかもしれないが、不審な男を警戒するかのように見えた。

「ロコモコさん？」と僕は臆《おく》さずに訊《たず》ねた。

訊ねるまでもなかった。知り合って二ヵ月のあいだに顔写真を交換しあっていたので、目の前の女がロコモコであることは見きわめがつく。もちろん顔写真と実物とのあいだには、たとえばの話、本の帯のコピーと本の実際の内容とのあいだの食い違いに似通ったものがあったりもするのだが、その落差を想像で、というか寛容で埋めることにはもう慣れているから見まちがうはずもなかった。

「コイタバシさん？」と相手が低めの声で言った。

「コイタバシです。どうも、はじめまして」

「でもなんか、写真と少し違いますね」

「ロコモコさんは写真通りだからすぐにわかった」

「あああれは」女は恥じらって見せた。「ほんとは去年撮った写真なんだけど」

「行きましょうか」

「コイタバシさん、晩ご飯はすませました？」

「いや、まだですけど」

ロコモコという女に案内されたのは駅前にあるハワイアンパブとでも呼ぶべき店だった。つまりウクレレが奏でる音楽とハワイ料理とハワイっぽいカクテルを売りにしている店のことである。店内の壁にはサーフボードとスケートボードが雰囲気をもりあげる装飾としてずらりと並べて掛けてある。

ふたりでカウンター席の隅に隣り合い、メニューを開いた時点で僕は予感をおぼえた。それはあまり良い予感ではなかった。ロコモコというニックネームの女は当然のごとくメニューの中からロコモコを選んで注文した。ロコモコとは言うまでもなくご飯の上にハンバーグと目玉焼きを載せグレービーソースをかけたハワイ料理である。

僕は別にその料理や、その店じたいに文句があるわけではない。ただ、ご飯にハンバーグと目玉焼きを載せたのが大の好物で、しかもそれを自分のニックネームにまでしている女と現実に初めてそばで向かい合ってみて、微《かす》かにいやな予感をおぼえただけだ。

女の年齢はちょうど三十で、中学生の娘がひとりいるはずだった。夫はごく普通の勤め人で、彼女は週に何日かパートで働いている。僕が与えられた情報はそれだけだが、そこから想像していた人物像と、現実にまぢかで接する女の見た目とを重ねると重なり合わずにはみ出す部分があった。彼女はワインレッドというか濃い薩摩芋《さつまいも》というか梅干というかその系統の鮮やかな色の半袖《はんそで》のポロシャツを着ていた。胸もとまで縦に4つ並んだ白いボタンが引き立つポロシャツで、それに黒か濃紺か定かでないやや裾《すそ》広がりの革のスカートを合わせ、爪先《つまさき》が野球のホームベース型にとがった黒い靴を履いていた。

髪は流通している十円玉に似たくすんだ茶色で、真正面から一見すると癖のないショートヘアのような印象を受けるのだが、実はたっぷりとした長い後ろ髪があって、途中から螺旋《らせん》形にカールしたその髪が前後にわかれて後ろは肩と、前はポロシャツの上から三つ目のボタンのあたりまで左右対称に垂れていた。上着なしのポロシャツに膝丈の革のスカート。暑いのか寒いのかはっきりしないその恰好《かっこう》に、彼女は毛の縁取りのあるスエードの大きな手提げ鞄《かばん》を持参していた。それは客のいない隣の椅子に置いてあり、さきほど駅で目印にかかえていたTSUTAYAの青いケースが口から覗《のぞ》いている。自宅は駅から遠いのかと試しに訊ねてみると、ううん、歩いても十分くらい、とのことだった。じゃあいったい手提げ鞄に何を詰めて自宅から歩いてきたのだ。

その疑問を呑《の》みこむために僕は自分で注文したポキをつまみ、ビールを飲んだ。ポキとは言うまでもなく鮪《まぐろ》のぶつ切りとスライスした玉葱《たまねぎ》とゴマと海藻を醬油《しょうゆ》と胡麻《ごま》油であえたハワイ料理である。ビールは日本の飲料会社の生ビールだった。何か変だ。言葉にはできないが何かが変だ、と僕は感じ、ロコモコをスプーンで掬《すく》って口にほおばるロコモコの横顔を見た。控えめな化粧で不自然なところは見あたらないが肌のつやは良くないようだ。ただポロシャツの布地を伸ばすくらいに形を浮きあがらせた胸もとは健康的に見える。スプーンを持つ右手も、皿に添えられた左手も顔色よりは自然に白く、先細の指もしなやかそうで、マニキュアはもし塗られているとすればごく淡いピンクだろう。視線を下げても靴の爪先しか目に入らないが、駅からこの店まで歩いてくる途中で観察したかぎりでは脚の長さにも形にも足の大きさにも、際だって目を引く点はなかった。

「コイタバシさん」ロコモコが僕の視線に気づいた。「スパムのおむすび食べません？美味《おい》しいですよここのスパムのおむすび。テリヤキ味のスパムのおむすび、ほんとに美味しいから」

「いや僕はこれでじゅうぶん」

「スパムって、もちろんわかりますよね？　スパムメールのスパムじゃなくて、ううん、ていうかスパムメールのスパムのことなんだけど、ほんとは、スパムメールの語源になったスパムのことだけどもちろん」

「言いたいことはわかるよ」

「迷惑メールって毎日たくさん来るでしょ、ほんとにもういやになるくらい」

「来るね」

「小食なんですね、コイタバシさんて」

でも何か変だ。言葉で言い表せないが何かが、微妙に変だ。メールのやりとりで得た情報から想像していた女と、この現実の女のディテールとの食い違い。食い違うのはあたり前だし慣れてもいるが、この女はひとりの女として何か微妙に、存在じたいにバランスを欠いている。

「コイタバシさん、あたしね」とロコモコがスプーンを握ったまま言う。「ほんとに初めてなの、インターネットで買物とかはしたことあったけど、ヤフーのサイトに写真載せたりしたのはほんとにほんとうに初めて。知らない男の人からメール貰《もら》ったのも、知らない男の人にメールの返事を書いたのも、それから」

「携帯のメールアドレスを教え合ったことも」

「うん」

「こうやって知らない男の人と会うことも」

「だから、このあとどうしたらいいのかわからない。駅で待ち合わせて、ここでご飯食べるまでは考えたけど、このあとはわからない。どうしたらいいのかほんとにわからない」

「僕はあの写真をひとめ見て気にいったんだ」

「あれはほんとに去年の写真なの。去年、由布院に行ったとき夫がデジカメで。ああ、コイタバシさん、もちろん由布院て知ってますよね？　温泉の名前なんだけど、九州の熊本にある有名な温泉」

「熊本の由布院温泉」

「そう。去年そこで撮った写真」

僕は不自然に見えない程度にあたりに目をくばり、僕たちの会話に聞き耳を立てている客も店員もいないことを確認した。熊本に由布院温泉があるのなら、宮崎には別府温泉があるだろう。

「僕は伊香保温泉とか好きだけどね」

「それはどこにある温泉？」

「さあ、どこだったかな。くちびるに卵の黄身がついてるよ」

ロコモコはそのことをひどく恥ずかしがり、握っていたスプーンを皿に置いて紙ナプキンを唇にあてた。

「それを食べたら出ようか」

「あたしはもうおなかいっぱい」

「じゃあそろそろ行こう」

「どこ？」

「どこか静かなとこ。どこかふたりきりで、君の借りたDVDを見れるとこ」

「韓国映画を二本借りたの」

「二本ともゆっくり見よう」

肝心なのは、仮に、この女がひとりの女として微妙にバランスの感覚を欠いているとしても、それが微妙にという点である。

極端にであれば薄気味悪いが、微妙にならば媚薬《びやく》にもなる。ならなくても微妙な点には目をつぶることができる。少なくとも、ひと晩だけ、ひと晩だけ寝る相手としてならたいていの微妙な弱点は我慢できる。

16

三十分後、僕たちはロコモコの自宅のリビングにふたりきりでいた。ロコモコの自宅というのがドアの横に「岡本」と表札の出ているマンションのことである。

ハワイアンパブを出たあとの二十分は、駅周辺を歩きながら静かでふたりきりになれる場所を探すことに費やされた。近くのホテルに入るのも、遠くのホテルに行くためにタクシーに乗るのも彼女がうじうじ嫌がるので、二十分もたつと僕は苛立《いらだ》ちをおぼえ、彼女は彼女で身体が冷えると言い出した。スエードの鞄の中に何よりもまず上着を入れて出てくるべきだったのだ。そう思ったがそうは言わずに、上着は？　と単に訊《たず》ねてみると、あわてて出たので玄関の下駄《げた》箱の上に忘れてきたのだという。いまから取りに帰る？　とさらに訊ねると、彼女はまたうじうじ迷ってみせた。

それで僕の苛立ちはつのり、行こう、と彼女の背中を押した。どこ？　と言うので、「きみんち、上着を取りに」と意地悪に答えると、彼女は歩きだした。どんなに嫌がるかと思ったらぜんぜんそうではなくて、「コイタバシさん、少し離れて歩いて」と小声で僕に頼み、うちのはプレステ2だけどそれでかまわないのかと聞いてきた。何のことかと思えば彼女はDVDの再生のことを心配しているのだった。つまり、自宅でふたりで韓国映画を見ようと提案しているのだ。5メートルほど斜め後ろを歩きながら僕は俄然《がぜん》、好奇心がわいてきた。

岡本家のリビングは汚れていた。散らかっていたというのとはちょっと違う。むろん散らかってもいるのだが、散らかった状態からすでに相当の時間が経過している模様だった。荒廃していた、という言葉を思いついて、それでは大げさ過ぎるかなと思い直す、でも大げさな表現で読者を驚かすのが得意な小説家なら迷わずその言葉を使う、そのくらいの状況だった。汚れているといえば、玄関を入ってすぐの、まるで集会の夜の公民館のように何足もの靴が並んだ上がり口も、乱雑に並んだ靴そのものも、置き忘れた革のジャケットや公共料金の明細書やダイレクトメールやの積み重なった下駄箱の上も、そこからリビングのドアまでの廊下もうす汚れていた。廊下には猫の毛と人の毛と綿ぼこりの絡まったものが点々と落ちていた。猫のトイレ用らしい砂も落ちていたし、仰向《あおむ》けに転がったスリッパが片方だけと宅配ピザのメニューが一枚と観葉植物の緑の葉っぱが何枚か落ちていた。廊下の壁にはそこらじゅうに猫の引っ掻《か》き傷にちがいない爪痕《つめあと》が残っていた。でも僕は最初のうちそこまで細かくは気づかなかった。リビングに案内されるまでに廊下に落ちている仰向けのスリッパとピザの宅配用メニューと緑の葉っぱには目がとまったけれど、あとのことは後々だんだんと気づいた。初対面の女の家に、しかも夫の留守中に突然招き入れられて、真っ先に下駄箱の上の埃《ほこり》を指でぬぐってみようと思う男はいないだろう。

僕はソファに腰かける前から彼女のポロシャツのボタンに意識を集中していた。4つの白いボタンのうち一番上は会ったときから止まっていなかったので、あと3つはずせば胸もとが大きくひらいて都合が良くなるはずだった。リビングの照明は淡いオレンジの保安球が灯《とも》っているだけで、リビングと続きのキッチンにはやや強めのオレンジの電球が二つ光っていた。つまりソファに身を寄せてすわるとお互いの顔が見分けられるくらいの程良い明るさだった。

左手と唇とでそれなりのことをしながら、僕は右手の指でボタンを一つ、二つはずした。最後の一つに指をかけたところで彼女が、「DVDは？　見ないの？」と言った。言うと思っていたので僕は聞こえないふりをして最後のボタンをはずした。はずした直後に彼女が僕の右手の甲をつねり、僕が声をあげるまでつねり、僕の胸を押して体勢を立て直した。彼女はソファを離れ、はずれたボタンを一つ一つ止め直しながらキッチンまで歩いていくと、振り向いて、何か飲む？と訊ねた。

僕はできればウィスキーか焼酎《しょうちゅう》が飲みたかった。グラスに角氷とミネラルウォーターを少量足してどっちでもいいから飲みたかった。背後から歩み寄って彼女の手もとを見ると、ミルク鍋《なべ》の持ち手を握っていた。ミルク鍋はクッキングヒーターにかけられ、というよりもここに来る前からかけっぱなしのものにいま電源が入れられ、中にはほんのり灰色がかった乳白色のどろりとしたかたまりが入っていた。クラムチャウダーだという。黙って見ていると、彼女はクッキングヒーターの横にこれも出しっぱなしの紙パックの牛乳を取り、ミルク鍋の中に勢いよく注ぎ入れた。あとでこっそり確かめたところ、牛乳の賞味期限はぎりぎり切れてはいなかった。クラムチャウダーはものの二分でぐつぐつ煮立った。

キッチンの流し台のすぐそばに長方形の四人がけの食卓が据えてあった。食卓の真上にオレンジの照明が一つ灯っている。僕は椅子の一つに腰をおろし、なおも黙って彼女の様子を見守ることにした。彼女は流しのシンクにたまっていた食器の中から無造作にカップを二つ取り上げ、水道の栓をひねって水洗いし、そばにあったタオルのようなものでそれを拭《ふ》いた。熱したミルク鍋からじかに中身をカップに注ぐと飛沫《ひまつ》がはね散るのが見えた。

彼女は二つのカップを左右の手に持って食卓まで運び、僕の向かいの椅子にすわった。

「飲んで。飲むとからだがあたたまると思う」と彼女が言った。

寒いのかと僕は訊ねた。すこし悪寒がすると彼女は答えた。パソコンはどこに置いてるのかと僕はさらに訊ね、あっちの部屋、と彼女が廊下のほうを目で示した。

「猫は」

「猫？」

僕は隣の椅子に目をやり、あたりの床を見回してみせた。椅子の茶色い革張り部分には長短の爪痕が何ヵ所も走り、明らかに猫の抜け毛と思われるものがはりついている。注意して見ると床一面に同様のものが微細な模様のように散らばっているのがわかる。

「ああ、猫はお友達に引き取ってもらったの、猫好きのお友達に。ほんとは三匹いたんだけど」

「三匹とも」

「うん」

「ひとりの友達に」

「ううん、ふたり」

「猫好きの友達がふたりいる。ひとりに一匹、もうひとりに二匹引き取ってもらった」

「そう」

「それで旦那《だんな》さんはどこ？」

するとと彼女は歯を見せて笑い、両手でカップを持ちあげてクラムチャウダーを飲み、ひとくち飲むと指先で唇を拭《ぬぐ》い、その指をポロシャツの脇腹あたりで拭い、それからもう一度笑顔になった。

「コイタバシさん、居心地わるいんでしょ」

「いまになって玄関の靴が気になりだしてね」

「心配いらない。今夜はぜったい帰って来ないから」

「どうして」

「どうしてでも」

オレンジ色の照明の下で彼女の肌色はかえって白っぽく目にうつった。特に両手の色は光の加減で皮膚が透きとおるように白く映え、側面から目にはいるてのひらの薄さと、小指と薬指と中指のそれぞれ三つの関節で折れ曲がって描くラインが形良く見えた。また僕はこのとき彼女の歯並びがことのほかきれいなことにも気づいた。この二カ月、交換した何通かのメールに彼女が書いていたことを信用するとすれば、彼女の娘は全寮制の学校に預けてある。その学校は九州の熊本にある。夫はごく普通の会社員だが、今夜は絶対に帰って来ない。

ズボンのポケットから携帯電話を取り出して時刻を見るとまだ十時をまわったところだ

った。あとから思えばそれはちょうど、中志郎が久々に大森の自宅のベッドで義姉の言いつけを守って妻の真智子に優しくしてやっている頃であり、長谷まりはそろそろ電車とバスを乗り継いで六浦の自宅に帰り着く時刻でもあった。

「だからコイタバシさん、落ち着いて、ほんとにくつろいで」

「あっちのソファにも猫の毛が落ちてる」

「新しいシーツが一枚あるから、それを敷いたらくつろげる？」

「でもボタンをはずすと君はつねるからな」

「だって、ふたりでDVDを見るっていったじゃない」

「終電過ぎると泊めてもらうことになるけどいいんだね？」

「いいよ」

「わかった、ソファに戻ってDVDを見よう」

17

それから長い夜になった。

洗濯したての糊《のり》のきいたシーツでソファを覆い、その上でまたポロシャツのボタンをはずしたりつねられたりしながら一本目の韓国映画を見たのだが、見ている途中で彼女の悪寒がひどくなった。見終わるまでに彼女は四度リビングを出てゆき、その都度、トレーナーとフリースのズボンとフード付きのダウンジャケットを着込んで戻ってきた。三点ともユニクロの商品だった。四度目は首にチェック柄のマフラーを巻き、両足にはパンストを脱がないまま厚手のソックスを穿《は》き、両手には電気毛布を抱えていた。

悪寒がするのは持病だから心配いらないという。季節を問わず、年に何回も身体がこういう状態になる。対処法としては厚着しかない。厚着して寝て汗をかいて、朝になればすっきりするのだという。映画を一本見終わったとき、彼女はクッションを枕に毛布にくるまってソファに横たわり、僕はそばの床にあぐらをかいて座っていた。ちなみに、彼女がリビングを出ていくたびにDVDの再生を止め、戻って来ると再生し直すという動作をくり返したので、一本の映画を見るのに三時間ほどかかった。タイトルはもう憶《おぼ》えていないけれど、朝鮮戦争の時代から二十一世紀が始まる頃までの五十年間、ただ一人の女を愛し続けるという、いまの日本の現実ではそれがたとえ一年でもあり得ない奇跡をなしとげた男の話だった。ラストシーンで彼女は涙を流した。そしてそれをマフラーの端で拭いた。

クリネックスとかスコッティとかは置いてないのかと訊《たず》ねると、どこかその辺にあるはずだという。その辺というのは僕があぐらをかいている床、床に敷かれたカーペット、三匹ぶんの猫の抜毛がこびりついているはずのカーペット、そのカーペットを覆い隠す新聞や広告のちらしや雑誌や本やコンビニのビニール袋やの山、およびサイドテーブル、やはり新聞や広告のちらしや雑誌やボールペンや風邪薬や胃腸薬や痛みどめや電話の子機や目覚まし時計や食べかけのスナック菓子や飲みかけのペットボトルが山と積まれたサイドテーブル、そのあたりのことだった。ざっと見渡して諦《あきら》めて、「トイレを借りるよ」と断って立ち、ズボンの尻《しり》をはたきながらリビングを出て指示された廊下の左手のドアを開けてみるとそこにクリネックスの箱があった。箱はウォシュレット付きの便器のわきの床に積み上げられた漫画雑誌の上にぽつんと載っていた。もちろんトイレットペーパーは切れていたし便器の外部も内部も清潔とは言えなかった。

二本目に見た映画のタイトルは『ハッピーエンド』である。これは憶えている。タイトルから内容の見当をつけて、それなりの心構えで見て予想を大きく裏切られたので記憶に残っている。浮気した妻を、夫がナイフでめった刺しに刺し殺して、その罪を浮気相手の男になすりつけて完全犯罪を成立させるという、いまの日本の現実に照らせばかなり大勢の人に自省をうながすストーリーだった。実際に僕は、DVDの入れ替え中に彼女が持ってきてくれたもう一枚の毛布をかぶってその映画を最後まで見終わったとき、彼女とそれから中真智子と、ふたりの顔も名前も知らない夫たちのことをちらっと思い浮かべた。

でもそうなる前、映画が始まってすぐ彼女は僕に二つ頼み事をした。妻と浮気相手とのベッドシーンの最中に、おなかすかない？　と聞かれて、多少、と答えると、「冷蔵庫にはなんにもないの」でも近くにコンビニがあるという。レタスとハムのサンドイッチとペプシコーラとあと電球を買ってきてほしいと彼女は一つめを頼んだ。風呂《ふろ》場の電球が切れていて明日の朝シャワーを浴びるときに困るから。それで僕はプレステ2のリモコンで、彼女に教えられた通りSTARTボタンを押してDVDの再生を一時停止にし、ひとりで風呂場に行って電球のカバーをはずして電球の型を確かめ、歩いて五分かかるコンビニまで買物に出た。頼まれた物のほかに、バスルームとトイレ用の洗剤とタワシも買ったほうがいいのではないかとまで思ったのだが、迷った末に自分用の歯ブラシとトイレットペーパーだけ買い足して戻った。

二つめの頼み事は夜食のあとだ。

映画の中で夫が妻の浮気に気づいて悩みだしたとき、彼女は電気毛布の目盛りを弱に切り替え、眠くなったからすこし眠るね、とソファの上から僕に言った。歯みがきは？　と訊ねると、直接の答えはなく、しばらくして、コイタバシさん、手をにぎってくれない？と頼んだ。

「手？」

「うん、手をにぎってくれたら安心して眠れる。ごめんね」

「いいけど」こうなったらとことんだと僕はその頃には思っていた。「どっちの手をどう握る？」

電気毛布の下でどちらかの手がわずかに持ちあがるのがわかった。僕は左手をぬくもった毛布の中にすべりこませ、彼女の好きにさせることにした。相手の身につけているのがポロシャツとスカートならすべりこませた手でこちらの好きにもするところだが、なにしろ触れられるのはダウンジャケットとフリースのズボンだ。彼女の左のてのひらが僕のてのひらとほぼ直角に合わさり、親指を除く四本の指が鉤《かぎ》型に曲がってしっかりとつかんだ。彼女のてのひらは指の先まで汗ばんでいた。

そうやって床にすわったまま、タイトルとは裏腹に不幸せな男女の三角関係を描いた映画を見続けていると、彼女はほんとに寝息をたてはじめた。夫がアリバイ工作をして妻を刺し殺す前に、僕は右手でリモコンを操作してまた一時停止にし、その寝息にしばし耳をすました。

ソファに横になっている本人以上に、そばで聞いている側のほうが安心するようなおだやかな規則正しい寝息だった。眠る人間が寝息をたてる。もちろん新しい発見ではない。でもそういう安心しきった人間を一対一で、そばで目にするのは久々のような気がした。浜辺の砂をならして、退いてゆく。息を吸う音と、息を吐く音の単調なくり返し。おだやかな波が寄せて、退《ひ》いてゆく。耳をすますとそれはいつまでも続く。そのうちにふと僕は気づく。いま僕がここにいるのとはまったく別の時間と空間、ここより狭い部屋、低い木目の天井、古畳の匂い、鉄の輪っかの引き手のついた簞笥《たんす》、襖《ふすま》をへだてて隣から洩《も》れてくる低い話し声、そんな昔の記憶をひとつひとつ拾いあげてみている自分に。

実際、僕はもっと具体的な懐かしい記憶をそのとき思い出しかけていた。ここではないどこかで、誰かと、誰か大切に思う人と、手を握りあっている記憶。いま彼女のたてている寝息と同じように、安心できる、おだやかな感情をもたらしてくれる誰か。僕の人生のなかでのいちばん大切な誰か。でも正直いうとそれが本物の記憶であるかどうかは自信がなかった。いまもってわからない。僕はただその夜、自分が思い出したいと願う偽の記憶を思い出そうとしていただけかもしれない。思い出そうと試みたのはほんの数分だった。ほんの数分のあいだ僕は彼女のたてる寝息に耳をすまし、そしてよみがえりかけた記憶に諦めをつけ、映画に戻った。毛布の下で握りあっていた手を苦労して離してみたが彼女は目覚めなかった。

18

二本めの映画を最後まで見終わると夜が明けた。

キッチンの流しのそばに立ち、換気扇をまわしてタバコを吸い、食卓に口をつけないまま残っていたクラムチャウダーのカップを片づけて中身を吸殻といっしょに流しに捨て、それからしばらく考えて、洗い物を始めた。

シンクにたまっていた食器を洗ったのは、カップを一つ洗うついでというかはずみもあったし、全部洗って目立たなくして彼女の夫の目から来客の証拠を隠滅するという意図もあるにはあったのだが、やはり一番はそこに食器用洗剤とスポンジがあり、しかも汚れて放置された食器が目ざわりで仕方なかったからである。そういう性分なのだ。全部洗ってステンレスの水きりかごに立てかけ、シンクをざっと磨き、シンクまわりを掃除した。日付が変わって賞味期限の切れた牛乳は中身を捨て、紙パックは折り畳んでほかのゴミと一緒に、床にじかに置いてあったゴミ袋の中に押し込み口をしばった。

そのあとリビングを出て廊下のトイレと反対側にある開けっぱなしのドアから洗面所に入り（奥にもう一つ開けっぱなしの硝子《ガラス》のドアがあり電球を取り替えた風呂場が見える）、埃《ほこり》と髪の毛で汚れた洗面台の周辺には石鹸《せっけん》が見当たらなかったので風呂場のポンプ式のボディシャンプーで手を洗い、せっかくコンビニで歯ブラシを買っていたので歯を磨くことにした。ちなみに歯磨き用のクリームはまともなのが蓋《ふた》を下にして立ててあった。磨いたあと洗面台の内側の黴《かび》と垢《あか》を取り除きたくてうずうずしたがそこに適当なスポンジはなかった。

寝る前には歯を磨く習慣で長年暮らしてきたので、あるいは身体がその順番を覚えこんでいるのかもしれない。もちろん時刻が時刻ということもあったけれど、キッチンに戻り、食卓の椅子に腰かけてタバコをもう一本吸おうかどうか迷っているうちに眠気をおぼえた。試しにテーブルに両腕を重ね、顔をうつぶせてみると、眠れそうな気がする。普段はよほどのことがない限り、眠るためには睡眠導入剤が必要なのに、そんな姿勢で前後不覚に眠りに入りつつある自分が新鮮に思え、僕は腹をふるわせて笑った。声を抑えて笑いながら眠りに落ちた。テーブルに顔をふせて眠ったのは、まだ若い頃、はじめての小説を時間かまわず書いていた頃、二十代の後半にいちど憶えがあるだけだ。

一時間か一時間半かそれくらいは眠ったと思う、肩をつかんで揺り起こされて、見るとすっかり様変わりした女が横に立っていた。朝になって悪寒もおさまり、熱いシャワーで汗を流して着る物も取り替えてすっきりしたという。言われなくても見ればわかった。彼女は化粧を落としてめりはりのないつるんとした白い顔をしていて、短パンにTシャツ姿で髪にはまだ湿り気が残り、肩にバスタオルをかけていた。短パンからのぞく真っ白な脚にはところどころ、刺し身の血合いのように濃い赤に染まった部分があり、無防備な顔にも同じくまだらに赤く染まった部分がある。脚のほうは打ち身か何かの跡だろう。

前夜、ベランダに面した窓を隠していた緑と青の中間色のカーテンは大きく開かれ、白いレースのカーテン越しに差し込む朝の光がリビングには満ちあふれていた。その光のなかで見ると、どちらかといえば異質なのは彼女の清潔な立ち姿で、仮眠から覚めた僕の身体は散らかり放題のこのリビングの一部としてしっくりなじんでいる気さえする。ゆうべはありがとう、と彼女が言った。

「ずっと手を握っててくれてて、おかげでなんだか、ひさしぶりにぐっすり眠れた」

「それはよかった」

「お風呂場の電球のこともありがとう」

「あと余計なことかもしれないけど流しの洗い物も」

「わかってる。変なひとね、コイタバシさんて。御礼に朝ごはんを作るから、もうすこしゆっくりしてて」

「悪いけど牛乳もクラムチャウダーも処分した。貝類はもともと好きじゃないんだ」

「わかってる」彼女はおだやかな目で僕を見た。「ここで待ってて。こんどはあたしが買物に行ってくる」

「でも時間は？」

「時間て？」

「旦那《だんな》さんは今日は何時に帰るの」

「だいじょうぶ、今日も帰らないから」

「あしたは？」

「コイタバシさん」

「わかったわかった、ここで待ってる。待ってるあいだに顔を洗うからタオルを貸してくれないか」

彼女は寝室へ行き、セーターとスカートに着替え、髪を後ろでひとまとめにし、財布とおろしたてのタオルを一枚持って戻った。彼女が留守宅に僕を残してほんとに買物に出てゆくと、僕は言いつけ通り食卓の椅子に腰かけたまま、彼女が用意してくれた小鉢を灰皿にしてタバコを二本吸った。食欲はなかったが無性にコーヒーが飲みたかった。勝手に洗い物をしても文句を言われないのなら無断でコーヒーを飲むくらいかまわないだろう。でもキッチンのどこを探してもコーヒー豆は見つからない。

コンビニで牛乳と卵と食パンと出来合いの野菜サラダでも買ってくるのだろうと予想して待ってみたが、二十分経っても彼女は戻らなかった。いったいどんな朝食の献立を考えて買物に時間をかけているのか、少し好奇心がわいてきた。と同時にその朝食を彼女が作っている時間、朝食後の、日のあたる暖かなリビングでのふたりの時間の過ごし方にも考えが向いた。夫は今夜も帰らない。彼女の悪寒はもう止《や》んでいる。いま身につけているのはセーターとスカートとソックスだけだ。こんどはこっちが好きなことのできる番かもしれない。そんなことを考えているうちに、ソファの周囲のあまりにも乱雑な味気ない状況が気になりだした。

でもそこを片づけたり掃除機をかけたりするのはいくらなんでもやり過ぎだと思う。頼まれもしないのにトイレに山と積み上げられた漫画雑誌を運び出して紐《ひも》でしばったり、便器をタワシで擦《こす》ってぴかぴかにしたりするのに比べたら、掃除機をかけるくらいはまあ許される範囲かもしれないが、でもそれにしても見知らぬ他人の家の、本名も知らない女の家のリビングだ。だいいち掃除機はどこにあるのだ。

掃除機は寝室にあった。別にそれを探すために寝室を覗《のぞ》いたのではなくて、彼女の帰りが遅いので、時間を持て余したあげくの気まぐれからである。ゆうべから彼女がいろんなものを持ち出してきたその部屋に関心もあり、さぞかし古着屋の倉庫のような状態だろうと怖いもの見たさもあって、ドアを開けてみると、意外にも秩序正しい空間だった。つまりその部屋はごく普通の寝室だった。

深緑のベッドカバーのかかったベッドが二つあり、脚付きのアーチ型の鏡台があり、引きだしのある大きな洋服簞笥と、両開きの扉のある大きな洋服簞笥が並べて据えてあった。脱ぎ捨てた服一枚、塵《ちり》ひとつ落ちてはいない整頓《せいとん》のいきとどいた寝室で、やはりベランダ側の窓からレースのカーテン越しに明るい日差しが降りそそいでいる。ただ鏡台寄りのベッドの上に、彼女が前夜持ち歩いていたスエードのバッグが寝かせてあるのが目を引き、止め金がはずれていたので、寝かせたままふちをつまんで控えめに開いてみたところ、うずまきの形に巻き込んだタオルとヘアブラシとアルミ缶のペプシコーラと化粧道具のケースのようなものが見えた。また鏡台のスツールの陰に真新しい掃除機がさりげなく置かれていて、じっくり見ないうちそれはまるで(そんなものがこの世に存在するか否かは定かでないが)吸い上げ式の美容器具のように見過ごされた。特に象牙《ぞうげ》色のホースの部分がそんなふうに見えた。

近寄ってじっくり見ると蛇腹のホースとつながったパステルグリーンの本体には、パワーサイクロンとかいう宣伝文句の楕円《だえん》のシールが貼られたままで、ひとつにはその言葉に興味をひかれたせいもある。掃除機にしては小柄な本体にどのくらいのパワーがあるものか、サイクロンの意味はよくわからないがどのくらいのサイクロンを発生させるのか、僕はそれを持ち上げて寝室からリビングへ戻り、まず窓を開け放ち、毛布と、彼女が今朝脱いだ衣類をソファの上に置き、プラグの差し込みを確保するためにプレステ2と、その周辺の雑誌、新聞、ちらし、料理の本、六星占術の本、ハリー・ポッター、風邪薬の空箱、風邪薬の効能書き、DVDケース、鋏《はさみ》、黒のボールペン、赤のボールペン、コンビニの袋、レシート、空のペットボトル、廊下に落ちているのとついのもう片方のスリッパ等の埃をはらいつつ片づけはじめた。片づけるといっても置き場所がないのでとにかく一ヵ所にまとめるだけにして、掃除機のスイッチを入れた。そこへ彼女が買物から帰って来た。

片手に提げたビニール袋の口からセロファンに包まれた葱《ねぎ》がはみ出しているので、ゆうべ僕が使いに出たコンビニではなく別の店でそれなりの買物をしてきたことが想像できた。ドアのそばに立った彼女は僕を見て、次に目を細めて掃除機に焦点をあてて何か言いたそうな素振りを見せたけれども結局、何も言わなかった。顔を見合わせる前に、掃除機をかけている僕の背中に声をかけたのかもしれないがパワーサイクロンの音のせいで聞こえるはずもない。勝手に寝室に入ったことを非難されたら謝るつもりでスイッチを切り、首をかしげてみせると、彼女のほうは何のつもりか一度二度三度うなずいてみせてキッチンに向かった。

それで僕は掃除機をかけつづけながら、味噌汁《みそしる》の葱をきざむ彼女の後姿をちらちら盗み見ることになったのだが、その朝の彼女の後姿は、体調も復活しシャワーを浴びてこざっぱりしたせいか見映えがした。とっくりのセーターとスカートの境目のあたりがほど良くくびれ、肩幅とスカートの裾《すそ》の幅とがほぼ等しく砂時計のようななだらかなラインを描いていて、できれば背後から、脇腹のところを左右の手でじわっとつかんでみたいと思うくらいにそそられるものを感じた。寝室には写真立てに入った夫婦の写真も親子三人の写真も見当たらなかったけれど、彼女がメールに書いていた話がもしおおかた事実なら、そして仮に、熊本の全寮制の中学に預けてある娘が一年生だとして計算すれば、三十歳のこの母親はたぶん十六か十七で娘を出産したことになる。その年齢で子供を産んだ女と僕はいままで親しくなる機会がなかったからわからないが、その年齢で母親になった女にはそうなった女なりの苦労もあっただろうとは想像がつくし、セーターにスカートだけという立姿の身体のラインがどうであれ、やはり着ているものを脱ぎすててみればその年齢で母親になった女には女なりのぬぐえない証拠も残されているのかもしれないと、掃除機の騒音にまぎれてそんな考えにふけっていると、彼女が急に僕を振り返り、女特有の曖昧《あいまい》な表情を浮かべた。

何とも言いようがないが、強いてたとえれば、あたかも、たったいま自分は失敗を犯した、味噌汁のだしの取り方を間違えた、ごめんね、ほんとにごめんね、そういった感じの顔つきだった。

それから彼女はそそくさとキッチンを出てリビングを通り抜けて寝室に入った。片手に何か小さな包みを握りしめて現れ、またそそくさとリビングを通り抜けて廊下へのドアを開けて姿を消すと、しばらく戻って来なかった。

そのあいだに僕はキッチンに行き、味噌汁が吹きこぼれる直前でクッキングヒーターの電源を切り、切ったあとで、腰に両手をあてて深いため息をひとつついた。不運だ。もともとなかった食欲がいっそう失《う》せたのがわかった。とりあえずやりかけたことだけはやり終えてから帰ろう。そう気持を立て直して、リビングのカーペットに最後の仕上げのつもりで掃除機をかけているとき、ズボンの左ポケットの中で携帯電話が震えた。これが例の、「いま話せる？　寝てたらごめんなさい」という中真智子から届いたメール、その受信の瞬間の模様である。

19

朝から何を話したいのかと思って折り返し電話をかけてみると、あのね、伸一さん、あ

たしたち、もう会わないほうがいいと思う、という用件で、なぜ急にそう思うのかと聞き返すと、

「なぜでも」

と中真智子は答えた。その答えを聞いて僕はしばし沈黙し、相手もこちらの出方をうかがうように黙りこんだ。そのとき岡本ロコモコがトイレから戻ってきてキッチンの定位置に立った。

「承知しました」と僕は電話の相手に言った。「これから自宅に戻ります。午後にはおめにかかれると思います」

「そばに誰かいるの？」と中真智子の声が訊《たず》ねた。

「そうですね。おっしゃることはよくわかります」

「女のひと？」

「いいえ、こちらこそ」

「伸一さん」と中真智子が言った。「とにかく、あたしたちもう」

「ええ、できるだけご意向に沿えるよう努力します。ただ、おわかりでしょうが見積もりには慎重に時間をかけないとですね」

「あたしたちのことを言ってるの？」

「はい、詳しいことは直接おめにかかったうえで。今日は社のほうへは戻らず直帰いたし

ますので」

「チョッキ？」

「ではそういうことでお待ちしております」

「ちょっと待って。今日？　今日は無理よ」

僕はかまわず電話を切った。

掃除機の差し込みプラグを抜き、コードを本体に収納したところで岡本ロコモコがそばに来て言った。

「急用？」

「うん、仕事でね。今日が月曜日だということをすっかり忘れてた。せっかくだけど朝ご飯を食べてる時間もない」

「ごめんね。いろんなことを親切にしてもらって」

「いいんだよ、けっこう有意義な一日だった。また会おう」

ソファのひじ掛けに置いていた上着を取り、袖《そで》を通しながらドアのほうへ向かいかけると、コイタバシさん、と彼女が声をかけた。

「コイタバシさんは何の仕事をしてるの？」

「ごく普通の仕事」僕は肩をゆすって上着をなじませシャツの襟もとを直した。「ロコモコさんの旦那《だんな》さんと同じ」

「ほんとに独身？」

「そうだよ。メールに書いた通り、二回離婚してるけど」

「うちは、ほんとは普通じゃないの」

廊下に通じるドアを開け、廊下の隅に落ちている片方のスリッパを拾いあげて彼女に渡してから僕は答えた。

「いいんだよ、別に普通でも普通じゃなくても。旦那さんが陸上自衛隊の幹部でも、娘がピースボートに乗ってても。君と僕でたまにメールをやりとりして、ゆうべみたいにおたがいの時間が空いたときにたまに会う、それが可能ならそれでいいんだ」

「そうね、そうよね」彼女はあっさり納得した。「またメールしていい？」

「また旦那さんが留守のときにね。それから」僕は玄関のあがり口にすわって靴紐《ひも》を結び、結び終えてから先を続けた。「それから君の体調のいいときに」

「ありがと」と彼女は最後に言った。「出るとき隣の人に見られないように気をつけてね」

そんな感じで僕は岡本家をあとにして、代々木上原の駅まで歩きながら、「うちは、ほんとは普通じゃないの」という彼女の台詞《せりふ》を思い出し、思い出してはその普通じゃない内容についてあれこれ考えをめぐらせた。

歩きながら考えるくらいならせめて味噌汁だけでも飲んでから別れればよかった。あのままもう三十分でも彼女と一緒にいれば、普通じゃないことのヒントくらいは聞き出せたかもしれない。

でも彼女との縁は今日で切れたわけではないし、またいつかメールが届くだろう。ご都合いかがです？　という唐突なメールが携帯に入るだろう。そのときは僕はそう考えていた。だからそれはそれでいいとして、当座の問題は、中真智子にじかに会って「なぜでも」の中身を問いただすことだと電車に乗る前に頭を切り替えた。

第三章　再会

20

午後四時。

ようやく中真智子が現れた。

岡本ロコモコの「うちは、ほんとは普通じゃないの」という台詞への好奇心をいったん保留し、中真智子の「なぜでも」発言のほうへ頭を切り替えてからおよそ六時間後のことである。

そのあいだ僕はひたすら待ち続けた。午前十一時前には二子玉川の自宅に戻り、眠気ざましにシャワーを浴びて部屋着に着替え、電動ミルで豆を挽《ひ》いてコーヒーを飲み、マルボロライトを一本吸いながら、あの電話のあとですぐに（まあ、少しは迷っただろうが）身支度をして大森を出たとすれば、途中で買物に寄ったとしても正午過ぎにはこっちに着くだろうと計算して、食事も取らずに待った。中真智子がうちを訪問するときには必ず何らかの差し入れがある。

十二時をまわって、いまにもドアチャイムが鳴るかと思って待ってみたが、聞こえるのは、すぐ近所の二子玉川小学校での授業の区切りを告げるチャイムの音と昼休みの校内放送くらいのものである。ベランダ側の窓を閉め、中真智子の携帯に催促の電話を入れてみると、呼び出し音は何回か鳴るのに留守電に切り替わって本人は出ない。ちょうど電車に乗っているのかもしれない。朝の電話のあとカフェオレのカップを洗いながら迷う時間が長びいて大森を出るのが遅くなったのかもしれない。三十分我慢してもう一回かけたが同じことだった。

一時を過ぎると待ちきれなくなったので、冷蔵庫を開けて卵を二個取り出し、目玉焼きを作ろうとして、割ってフライパンに落としたところが黄身が崩れたので菜箸《さいばし》でかきまわし、塩と黒胡椒《こしょう》を適当に振りかけてスクランブルにした。冷凍庫に一枚ずつラップにくるんで保存してある食パンをオーブントースターで二枚焼き、粉末のコーンスープをお湯で溶いて飲んだ。

食後、そうなると予想した通り眠気が来た。枕もとに携帯電話を置いてベッドに横になろうとしたとき自宅の電話が鳴ったので、仕事の依頼かと思いナンバーディスプレイで発信元を確認してみると非通知だった。無視してベッドに戻り、そのあとは見た夢のことしか憶《おぼ》えていない。なぜそんな夢を見たのか理由もわからないのだが、雑誌の対談で一度だけ会ったことのある若手の女優が、津田さんの赤ちゃんをぜひとも産みたいからコンドームはつけないでほしいと涙ぐむ。とっさに、そこまでこの女に惚《ほ》れられる理由はないし、この申し出にはきっと何か裏があるなと身がまえる。ふっと目覚めるとまた自宅の電話が鳴っていた。鳴り終わるまでコール音を聞いて、いったいいま何時なんだと携帯を開いてみると四時だった。ドアチャイムが鳴った。

およそ三年弱、週に一回平均としても百五十回くらいは部屋で待った経験から、ドアチャイムの鳴り方ひとつで中真智子が来たとわかる。ほかの誰かとは違う。その違いを、つまり中真智子の人差指がドアチャイムのボタンを押したときの音の響き方をほかの誰かの場合と厳密に区別して、ここで描写しようと思えばやってできないこともないのだが、そこまでの描写をいったい誰が望むだろう。彼女の音は新聞やNHKの集金人が訪れるときの鳴り方とは明らかに違う。宅配の荷物が届いたときとも違う。もちろんそれはそんな気がするというだけの話かもしれないのだが、肝心なのはそのそんな気がするという点であって、鳴る音の緻密《ちみつ》な描写ではない。僕はここで、三年の月日は過ぎてみればあっという間だがそれなりに長いということを、もののたとえで言っておきたいわけである。彼女の鳴らすドアチャイムの音を聞き分ける能力が身につくくらいにそれは長い。

玄関に出てみると中真智子はいつもと変わらぬ様子で立っていた。

いつもと変わらぬ様子というのは、膝《ひざ》小僧の上半分を隠すくらいの丈のスカートに無地またはストライプのシャツ、シャツの襟もとからのぞく象牙《ぞうげ》かバナナをかたどった銀のペンダント、片手に手提げのバッグと土産の入った紙袋またはビニール袋、片手にこの季節であれば駅からうちまで歩くあいだに脱いだ上着、部屋にあがったあと常に几帳面《きちょうめん》に踵《かかと》を揃えて置かれる女にしては大きめのサイズのパンプスといった恰好《かっこう》のことでもあるのだが、何よりも、玄関のドアが開いて彼女の目が僕の目を見たとき、ほぼ一週間ぶりに対面した瞬間の、自然に頬がゆるむのを強いて引きしめる、ここではまだ自分に笑顔を許さない、と決めているかのような無表情がいつもと変わらなかった。

呼ばれたのでまた来てしまいました、でもあたしはあなたに大きなものは期待していない、人目があるからはやく部屋にあげて。彼女の無表情を翻訳すればそんな台詞になるだろう。ちなみに一つだけ、いつもと変わった点を言えばこの日彼女は襟もとをスカーフで覆っていたので銀のペンダントは見えなかった。

僕たちはいつもの段取りで最初は台所の丸テーブルの椅子に腰をおろした。椅子はもともと二脚しかなく、時計盤でいえば3時と6時くらいの狭い間隔で配置してある。どっちにすわっても居間のテレビが見やすい位置になる。台所の流しに近いほうの椅子を中真智子が取り、すわる前にコンビニのビニール袋をテーブルに載せた。袋の中にはペットボトルのボルヴィックが二本、マルボロライトが二個、それから別に紙袋がひとつ入っていた。紙袋の中身は井村屋の肉まんが二個だった。

「これがバリの土産か?」

という無難なところから僕は会話をはじめることにした。たぶん同じ状況に置かれれば十人のうち九人の男が思いつく嫌みだろう。

「ごめんね、伸一さん、餞別《せんべつ》までもらったのに」

「ノースリーブのワンピースも二枚買った」

「ごめんなさい。あのね」

「ケープも買った。髙島屋の店員が絶対喜ばれますよって薦めるからワンピースと一緒に買った。実際きみは喜んだ。旅行に出る二日前にここで、それを着てみせて、乱暴につかまないで、皺《しわ》になるからって、自分で脱いで大事そうに畳んだ。髙島屋の店員の見立ては間違っていない。あの店員は優秀だな」

「あのね、伸一さん、あんまり時間がないの」

「時間がない」

「うん」

「それはどういう意味だろう。今日はそのスカートは雑に脱ぎ捨ててもいいという意味か？」

「帰りに買物して晩ご飯の支度もしなくちゃならないし」中真智子は平静に答えた。「今日は広重《ひろしげ》さんとこにバリのお土産を届けるって言って出てきてるし」

広重さんというのは、中真智子の大学時代の友人の結婚後の名字である。僕と同じ二子玉川近辺に住んでいるので三年前からこの方面への外出の言い訳に調法している。また中真智子が「広重さんとこにバリのお土産を届けるって言って出てきてる」相手は彼女の姉である。姉夫婦は大森の中真智子の家のすぐ隣の実家に両親と暮らしている。僕はひとつため息をついて見せた。

「ごめんね。でも、いろいろあったのね。いろいろっていうか、思いがけないことが起こったりして」

「旅行先で」

「ええ」

「思いがけないことって何だ？」

そこで中真智子は早くも顔を赤らめ、ばつの悪そうな短いまばたきをくり返して、ボルヴィックを一本引き寄せるとキャップをはずして口にふくんだ。そのあと彼女はバリの土産話をした。かなり長い話だ。バリ島で買う予定だった、買う寸前までいっていた僕への文字通りの土産、石鹸《せっけん》と文鎮の話もした。聞き終わると僕は椅子を立ち、テレビのある部屋まで歩いてテーブルからタバコとライターを取って一本点《つ》け、ベランダ側の窓越しに見慣れた風景（二子玉川緑地とその先に流れる川）を見るともなくしばらく眺め、灰皿を持って戻り、再び腰かけてから言った。

「そういうことか」

「そういうことって?」中真智子が少し背筋をのばした。「何が?」

「髙島屋の店員に感謝しないといけないな」

「どういうこと?」

「こっちが事情を聞いてるんだ。ノースリーブのワンピースを力ずくで旦那《だんな》さんに脱がされたんだろ? 七年ぶりに。違うのか?」

「そんなんじゃなくて」と中真智子は言いかけて首を振った。「ううん、結局、そういうことになるんだとは思うけど、でも、そういう言い方をしなくても」

「パステルカラーの服を着ている女を見ると男は欲情するんだ。子供はお絵かきをしたくなる。でも男はクレヨンのかわりに別の物を連想する。心理学の本にそう書いてある。学説が証明されたわけだから別に恥ずかしがることはない。これからは着る服は全部、駅前の髙島屋で選ぶといいよ、広重さんちの帰りに」

「伸一さん」

「あそこはワンピースだけじゃなくてパステルカラーの服が揃ってる、セーターもカーディガンもスカートもパンツも」

「そんなんじゃなくて」と中真智子は言い、今度は首を振らなかった。「これはあたしたち夫婦の、真面目な話なの」

そのあと僕たちは僕の吸うタバコが短くなるまで黙っていた。僕がタバコを消すと、中真智子がこう切り出した。

「あたしは子供がほしいと思ってる」

「うん」

「伸一さんとの子供でもかまわないと思ってた、ちょっと前までは」

「うん」

「でもいまはちがう。あたしはほかの誰かの、じゃいやで、夫とのあいだに子供を作りたいと思ってる。あの人もそうしてほしい、そうなったらいい、と言ってくれた」

「いつ」

「ゆうべ」中真智子は平然と答えた。「けさも」

僕はまた椅子を立ち、居間へ行ってタバコを点け、窓の外を眺め、台所の定位置に戻った。中真智子が左手首を裏返して時間を気にする仕草を見せた。

「でもきみの旦那さんはどこまで本気かわからない。常夏《とこなつ》の島へ出かけて、旅先の気まぐれで、たまたまそうなったのかもしれない。パステルカラーのワンピースや水着姿のきみを見て、一時的に新鮮さをおぼえただけかもしれない。そんな幻は東京に戻れば消える。またいつもの退屈な日常生活が始まって、続く。続いて、続いて、続いていく。ゆうべもけさも、まだきみたちには常夏の島での余韻が残っている。でもあしたになればどうなるかわからない。全部消えてしまっているかもしれない。また一から、きみたち夫婦の暗黒の七年間が始まるかもしれない。旦那さんは例のアイマスクをつけ続けるかもしれない。だいいち、旅行先で一回か二回そうなったからといって子供が産まれるとは限らないだろう。ゆうべとけさ、旦那さんがそうなってほしいと言ったのは、もしきみがそれで妊娠していることになれば、僕たち夫婦は救われる、東京での暗黒の日常に光が射す、その程度の意味かもしれない」

「ちがう。そうじゃないの」

「どう違うんだ？」

「あたしたち夫婦はもう元に戻ったのよ。旅行先で一回か二回そうなっただけじゃなくて」

「だってきのう旅行から帰ったばかりだろう」

「でもちがう。あたしには確信がある。そばにいるあの人が変わったのがはっきりわかる。あの人は、旅行に出る前と後では、別人のように変わった。ううん、変わったというより昔のあの人に戻った。あたしはいま、あの人が、あたしをどう思ってくれてるかわかる」

「だったら」僕はここで余計な口をはさんだ。「僕がきみをどう思っているかもわかりそうなものだ」

「わかる」中真智子は用意していたかのように答えた。あとで考えれば、この答えは用意していたかのようにではなく、その朝、大森の自宅でカフェオレを飲んで考えたときからあらかじめ用意されていたのに違いなかった。「あなたは絶対に、あたしに子供を産んでほしいとは言わない。そんなふうに思ってみたことさえない。だいいちあたしが選んで買ったテーブルクロスだって使おうとしない」

それで僕はひとつ失策に気づいた。中真智子が部屋を訪れるときには円卓にかけることにしているテーブルクロスを今日はシステムキッチンの引き出しにしまったままだと気づいた。レースの縁飾りのついた白地にパステルブルーの格子柄のテーブルクロスだ。

「突然で意味がわからない」と僕は二本目のタバコを消した。「君が産みたい子供の話と、僕が洗濯に出しているテーブルクロスと何の関係があるんだ」

「あたしは、いましている話と関係があると思うの。洗面所にときどき置いてある歯間ブラシだって関係があると思う」

「シカンブラシ？」

「あたしは伸一さんが歯間ブラシを使っているところを一度も見たことがない。それなのに歯間ブラシが洗面所に置いてある」

「歯間ブラシっていわゆる歯間ブラシのことか。あの決して人前で使って見せたりすることのない歯間ブラシのことか？　だったらなぜ、洗面所で歯間ブラシを見つけたときにいまの質問をしないんだ」

「したらどうなるの」中真智子が笑みを浮かべた。これも用意した台詞《せりふ》なのだろう。「この部屋に来るのがあたしだけじゃないということがはっきりしたら何がどうなるの」

「三人で話し合えばいい」

僕はこの会話が面倒に思えてきた。続ければ続けるだけ相手のツボにはまるだろう。

「三人でも四人でも」と中真智子が言い、いましている話の仕上げにかかった。「あたしは話し合うつもりがあった。以前はね。いまあたしが言いたいのはそういうことなの」

「わかるよ。歯間ブラシを見つけて、あらぬことを想像して焼き餅《もち》をやいたんだろう」

「そう、あらぬことかどうかは別にして。でも伸一さんのほうは、あたしの夫に焼き餅をやいたことはない。あたしの夫はあらぬことではなくて現にあることなのに、焼き餅の素振りさえ見せたことがない」

そんなに単純な話じゃない、と僕はとっさに思い、思いを直接口にする前に、本当に自分が焼き餅の素振りさえ見せたことがなかったかどうか、三年弱ぶんの過去をさかのぼりかけた。この女に夫のいることを最初に知ったのはいつだったのか、そもそもの記憶にたどり着く前に中真智子がこう続けた。

「いま夫が、あたしがここにいることを知ったらただでは済まないと思う。焼き餅どころの騒ぎじゃなくなって、あたしたち、あたしたち夫婦と伸一さんも巻き込んでという意味だけど、大きな悩み事を抱えると思う。旅行に出る前はそんな怖い想像したこともなかったけど、いまのあたしはちがう。夫が変わったようにあたし自身も変わった。今朝、ひとりでよく考えてみてつくづくわかった。こんなことはあたしたちするべきじゃないし、いまのあたしはするつもりもない。過去に起こったことは取り返しがつかないとしても、ここから先はもう、これ以上は続けるべきじゃない。いまのあたしは続けるつもりはない」

「だから」

「ええ。だから、あたしたち、もう会わないほうがいい」

正直にひとつ告白すると、僕はそのとき中真智子が今日に限って首もとに巻いているスカーフに目をやり、それが隠しているものを想像して嫉妬《しっと》の感情をおぼえた。で、その点について、というよりもそのスカーフについて皮肉めいたことを言いたくてうずうずする自分を抑えるのに苦労した。抑えたあとで三本目のタバコを点けるために居間へ立ち、窓の外の暮れなずむ景色を眺めて、たった一週間のうちに人間が変わってしまうということについて考えてみた。旅行の前と後とで夫が別人のように変わる。そんなことがあり得るだろうか？

あり得ない。もちろんあり得ないと僕はそのときはすぐに答えを出した。およそ三年、中真智子との関係は続いている。一方、彼女と夫との関係は旅行中に突発的に復活しただけだ。壊れて使い物にならない時計が何かの拍子に動き出したようなものだ。あるいは旅行から戻った昨日の晩も一時的に針は動いていたのかもしれないが、そのことを中真智子は過大評価している。おそらく彼女は後悔するだろう。明日、または来週にも針は動くのをやめ、再び中夫婦の暗黒の七年間はくり返されるだろう。突発的な出来事が、中夫婦の望む妊娠という幸運をもたらさない限り、遅かれ早かれ彼女はまたこの部屋に戻って来るだろう。僕はそのときは忘れずにテーブルクロスを敷いて彼女を迎えるだろう。

居間の照明を点《つ》け、台所の照明を点け、円卓の椅子に戻ってから僕はこう言った。

「君の話はよくわかった」

「ありがとう」

「人にとっていちばん大切なのは常に理性的であることだ」

「そうね、あたしもその意見には賛成」

「あと大切なのはユーモアのセンスを忘れないことだ」

「どういうこと？」

「そのスカーフはよく似合ってる。見立てたのは旦那《だんな》さんか？」

中真智子はまた少し顔を赤らめ、左手首の腕時計を気にして見せた。そのあとふいに思い出したのか、それとも急場をしのぐためだったのか、脈絡のない、というよりもどうでもいい話題を持ち出してこう言った。

「一緒にバリに旅行に行った人のお友達がね、津田伸一の熱心な読者らしいの。それで、あたし文章教室の受講者だったつてでもしかしたら連絡先がわかるかもしれないみたいなこと、つい言ってしまったんだけど……」

「一緒にバリに旅行に行った人の、お友達？　要するに君自身は会ったこともない人という意味だね？」

「ええ、でも一緒に旅行に行った木原さんて人は信用できるし、その人のお友達だから、もし津田さんが迷惑でなければ」

「連絡先を教えるとか勝手なまねをされちゃ困るよ。原稿や講演の依頼ならともかく、その他の用事で知らない人から何か言ってくるのは迷惑する」

「そうよね、やっぱり。わかりました」

中真智子はこのとき物分かりよく引きさがった。僕もこの話がのちにこじれた問題を引き起こすとは予測もしていなかった。

「広重さんちにはもう土産は届けた？」

「うん」

「じゃあ あとは髙島屋で買物をして帰るだけだね」

「ねえ、伸一さん」

「わかってる。携帯の番号とメールアドレスは削除する、君が帰ったあとで」

「あたしとのこと、もう小説に書かないでほしいの」

「君とのことを小説に書いたおぼえは僕は一度もないけどね」

「それはそうだけど、でも、あたしとのことをもとにして書いたことはあるでしょう？今後はやめてほしいの。夫が読んで、何か感づくかもしれないから、たとえばアイマスクのこととか書くのはやめてください」

「アイマスクならキャリー・ブラッドショーだってつけて寝てるよ」

「誰？」

「だいいち君の夫が新聞以外に文字を読むのか」

「ほら、そういうことも書かないで。いまの夫はあたしのことにとても敏感で関心を持ってるから、何がヒントになるかわからないし」

「歯間ブラシとかアイマスクとか、別れ際に君の言うことは細か過ぎる。知ってるだろう、僕が自分の書いたものでさんざん痛い目にあってること。そんな札つきの小説家がアイマスクにしろ何にしろ考えなしに書くと思うか？」

「そうね。ごめんなさい、余計なこと言って」

「送らないよ」

「うん」中真智子はあっさりと椅子を引いた。「じゃあ、あたし行くね」

「隣の人に見られないように気をつけて」

いつもは言わないことを最後に言ってみたのだが返事はなかった。

短くなった三本目のタバコを灰皿に捨てて消えるまで見守っているあいだに、中真智子は玄関へ行き、靴を履き、ドアを開け、ドアを閉め、そして聞き慣れた靴音をひびかせて廊下を遠ざかった。

21

ほぼ四時間後、もうひとつの聞き慣れた靴音が廊下を近づいて来て、ドアチャイムを押した。長谷まりのゴム底の靴、長谷まりのせっかちな鳴らし方に違いなかった。

突然の訪問ではなく、携帯メールでの根気強い説得の成果である。僕のほうから折れてみせて、先にご機嫌うかがいのメールを打ったのだが、昨日の今日だし返信はなくてもともとと思っていたところ、一時間半ほどして届いた。

「何の用？」という文面だった。

捨てる神あれば拾う神ありと僕は思い、それまでうとうとしていたベッドから降りて気合を入れ直して返事を打った。絵文字を三つ使った。ゆうべはごめん、反省してる、仲直りしよう。今度はすぐに返信が来た。

「お断りします」

「まあそう言わずに、晩飯をおごるから」

バドミントンのラリーにも似たメールの打ち合いのあげく、午後九時に僕の部屋に現れた長谷まりは現れた当初は笑顔を見せなかった。

玄関に出てみると、彼女はチーム名のない野球帽を目深にかぶり、白いシャツに青みがかった濃い灰色のベストを着て藍色《あい》のジーンズを穿《は》いていた。シャツの生地が薄く、二の腕から肘《ひじ》にかけて肌色がほのかに透けて見える。上着なしのその恰好《かっこう》に左肩から斜めにショルダーバッグを提げている。胸のふたつのふくらみのあいだを通っているチョコレート色のベルトの幅は5センチもある。同じ色のバッグは右の太腿の脇にある。野球帽のかぶり方とショルダーバッグの提げ方と細身のシルエットが、いつだったか（まだ二子玉川に引っ越す前だ）好奇心から注文してみたらやって来た宅配AVの若い配達人を連想させたのだが、そんなことを言えば怒るに違いないので黙っていた。代わりに、ゆうべ渋谷で別れたときの恰好を思い出して、コートは？と訊《き》くと、あったかいので仕事場のロッカーに忘れてきたとのことだった。玄関の下駄《げた》箱の上にジャケットを忘れてきた、という昨日の女の台詞《せりふ》を思い出してにわかに悪い予感をおぼえた。

でもまあ長谷まりが笑顔を見せないのは昨日のことがあるのでそれが自然といえば自然で、そうでなくても、普通に僕の部屋を訪れるときにも彼女は愛嬌《あいきょう》よくそして品よく現れたためしはない。機嫌の悪くないときでも（悪いときは来ないのだが）ドアチャイムは嫌がらせかと思うほど連打される。本人から聞いた話ではいまの仕事に就く前、サンフランシスコに短期留学していた頃に友人の誰かから Miss hasty とあだ名をつけられたこともあるらしく、半分はその生まれつきのせっかちな性格からきているのだが、半分は実は照れ隠しからである。僕は好意的にそう取っている。またあなたに会えて嬉《うれ》しい。言葉にすれば簡単でも、それが簡単に表現できない人間も多数いる。だいいち、長谷まりが笑おうが笑うまいが、上着をどこに置き忘れようが、事実は事実として彼女はここにいる。仕事帰りに彼女の横浜とは別方向の電車に乗って二子玉川まで来たのだから泊まるつもりなのだろう。あるいは替えの下着と化粧道具は昨日のバッグから今日のバッグにそのまま移されているのかもしれない。

僕たちは円卓の椅子にすわり、しばらく居間のテレビに目をむけた。テレビは若者の三角関係をあつかったドラマを流していた。詳しい筋がわからないので説明できないがおそらくそんなドラマだろう。CMに入ると二つめのCMで長谷まりは初めて笑い声をあげた。笑い声というよりも口と鼻から短い息が洩《も》れた。僕は冷蔵庫から缶ビールを二つ取り出し、飲み口を開けてやり一つを長谷まりの前に置いた。

「おなかすいてるだろう」

「うん」

「何が食いたい」

「お鮨《すし》」と言って長谷まりは帽子を脱ぎ、ビールをひとくちだけ飲んだ。

「外に出るか？」

「ううん、外に出るのはもう面倒くさい」

「じゃあ出前を取ろう」

「うん、茶碗蒸《ちゃわん》しも」

「イクラとウニを多めに握ってもらう」

「そう」

ドラマが再開され、長谷まりはまたそっちへ目をむけた。僕は椅子を立って浴室へ行き、湯温を高めに設定してバスタブに溜《た》めはじめた。台所に戻ると、円卓に頬杖《ほおづえ》をついていた長谷まりが上目づかいで僕を迎えた。

「ねえ」

「疲れてるだろう、鮨を食ったら風呂《ふろ》に入るといい」

「ねえ、先生」

「ゆうべのことは謝る。ぜんぶ僕が悪かった。あとでもっと丁寧にひとつひとつ謝る。もう忘れてることもあるかもしれないから、謝る必要のあることを書き出しといてくれ。風呂に入って背中を流してやるときに聞かせてもらう」

「そんなの要らないから、早くお鮨屋さんに電話してよ」

「わかってる、そうカリカリするな」

「あたしは先生に会うためじゃなくて、最初からお鮨食べるつもりでここに来たんだから」

「それもわかってる。君の考えることはだいたい僕にはわかってる」

「早くして」

「電話ならかけた」

「いつ」

「長谷まりが上着を忘れて電車に乗ったころ」

ドアチャイムが鳴った。

鳴り終わるとドア越しに若い男の声が聞こえた。台所と玄関のドアは直結しているので外で声を張りあげれば鮨屋の屋号まで聞き取れる。長谷まりが片方の眉《まゆ》だけ器用につりあげて見せた。

「鮨と茶碗蒸しの出前だ」と僕は玄関のドアを顎《あご》で示した。「だからもう先生って呼ぶな。伸一さんて呼べ」

「むかつく」と長谷まりが答えた。

「あとその頬杖もやめろ」

「まじむかつく」

22

その約三時間後、仕事場兼寝室で僕はいつも通り机にむかっていた。

パソコンのモニターが表示しているのは書き出す前の小説のメモみたいなもので、具体的に言えば登場人物十数人分の名前と年齢と職業の穴埋めである。埋まってない穴もいくつかある。長谷まりはベッドのはしに遠慮がちに腰かけて歯をみがいている。その位置は僕の斜め後方にあたる。

心ゆくまで歯をみがくと長谷まりは洗面所へ行ってうがいをする。それが終わると仕事場兼寝室の入口に立ち、おやすみ、と僕に声をかけたあとで、テレビのあるほうの部屋に敷いた客用の布団にひとりで寝る。僕がベッドに入るのはその何時間かあとになる。翌朝早く、彼女は僕がベッドで眠っているあいだにひとりで目覚め、布団を畳み、冷蔵庫のトマトジュースを飲んで渋谷の職場へ出勤する。そんな夜と朝の習慣を、何回も、もう何十回もふたりでくり返している。

で、その夜も長谷まりはベッドのはしで歯をみがき、僕は机にむかい彼女に背を向けてその歯みがきの音を聞いたと思う。近寄って僕の肩に手を置いたり、パソコンを覗《のぞ》きこんだりは、長谷まりはしない。仕事中にそんなことをすると先生がひどく怒ることを知っているからだ。やがて長谷まりがベッドを降り、素足で洗面所まで歩いてゆく。ひとしきり水道の水の流れる音がして、彼女の足音が戻り、おやすみ、と僕の背中に声をかける。

「長谷まり」と僕はその晩にかぎり呼び止めた。

椅子の上で振り返らなくても彼女がそこに立ってこっちを見ているのは気配でわかる。長谷まりは僕のパジャマのズボンを、裾《すそ》を二回折り曲げて穿いている。

「何？」と長谷まり。

「歯間ブラシを使ってるだろ」

「うん」

「効果があるのか？」

「効果って、言われても」

「歯ブラシだけじゃ不十分か？」

「不十分だと思うね」

「じゃあ使うのはかまわないけど、使ったあとで歯間ブラシを出しっぱなしにするな。鏡の裏の棚にしまえ」

「わかった。それだけ？」、

「おやすみ」

長谷まりが隣の部屋へ行き、明かりを消し、布団に横になるのを待って、僕はワープロのファイルを終了し、インターネットに接続する。たぶんその晩もそうしたと思う。そしていつも通り、途中で睡眠導入剤を飲み、眠気がやって来るまでＹａｈｏｏのサイトをさまよった。

23

この年、つまり一昨年の秋から暮れまでの出来事について、僕の身のまわりにはこれ以上語ることはない。

僕は僕なりの一定のペースで小説家としての仕事を進め、長谷まりはうちに泊まりに来るたびに歯間ブラシを使い、中真智子とは年内に会う機会は一度もなく、ニックネームを用いた新人とのメール交換は何度となくあり、岡本ロコモコのことはそのうちに忘れてしまった。

一方、中志郎が体験した出来事については、ここで二三補足すべきことがある。

後に本人の用いた比喩《ひゆ》を忠実に再現すれば、それは一昨年の十一月、例年その時期になると庭の柿の木が葉を落としはじめるように、順番通り秋の次にひかえる季節が忍び寄るようにして起こった。つまり、彼はそれが来ることを予測はできたが、それに抵抗する術《すべ》は持たなかった。バリ旅行から戻ってちょうど一ヵ月後のことである。

24

一昨年の十月第二週の月曜日から十一月第一週の金曜日までのあいだに、中志郎は概算で十五回ほど妻とSEXをした。解説の必要もないと思うが、これは二日に一回の計算である。歯をみがいてベッドに入ってくる妻を今夜は待ちうける。明日はアイマスクを付けて身体を休める。あさってはまたそわそわしながら妻を待つ。しあさってはアイマスク。やのあさってはアイマスクなし。勤め、休み、勤め、休み、勤め、休み。

数字を平均すればそういう法則も成り立つわけだが、でも現実に即していえば、人間のやることだから、しかも男と女の共同での行為だから計算通りには割り切れない。細かい要因が重なって、どちらかがその気になれない夜も必ずある。新婚夫婦にだってそれはある。彼らは八年目を過ぎた夫婦である。中志郎には会社での仕事があり、肉体的な疲労もある。妻のほうだって家事その他があり、隣の実家をはじめご近所との人づきあいもある。みずからアイマスクを付けて先に眠りたい晩もある。生理も来る。

だから概算で十五という数字は、一カ月のうちのある時期におそらく集中的に刻まれたものと想像できる。事実、中志郎によれば、前半戦のみで5点とか6点とかのビッグイニングを二回成し遂げたとのことだった。それから小休止があり（つまり三日に一回とか四日に一回とかの意味だ）、月末に妻の生理が始まり、十一月になった。第一週の金曜日、中志郎は久しぶりにアイマスクをはずして妻を抱いた。あとで手帳のメモで確認してみると実に十日ぶりのことだった。

この金曜日の夜に、中志郎はすでに忍び寄る冬の気配を察している。終わったあと、彼は前回よりも三十分ほど早めに自分の布団に戻り、眠るためにアイマスクのゴム紐《ひも》を両耳にかけた。前回の十日前の晩には、終わってからも妻の布団にとどまって三十分ほど意味のない会話を続けることができたのだった。自分の布団、妻の布団といっても、このときはまだ二枚のシングル布団は一枚のダブルと区別のつかないほど両端を接して敷かれていた。新婚時代を思い起こさせる敷き方である。二枚の布団をぴったり並べて、おたがいの呼吸で感じるものがあれば中志郎が妻の布団に入ってゆく、そして終わるとそのまま意味のない会話をしながら眠ってしまうこともあり、二枚敷いた布団の一枚が無駄になる。それが新婚時代の中夫婦の珍しくない夜の過ごし方だった。

聞くところによればこの中夫婦の家にはもともと別に寝室がある。新築当時に寝室として予定されていた（そしてそこにベッドの置かれるはずだった）板張りの一室のことだが、いまは単に「あなたの（俺の）パソコンの部屋」と呼ばれてその通りの使われ方しかされていない。部屋の片隅に机と椅子が置かれ、机の上にパソコンと電気スタンドがあってあとは何もない。本棚もいま夫婦が寝ている和室のほうにあるのでそこにはない。ただ中志郎は毎朝その部屋に入って椅子の上にある仕事用の鞄《かばん》を持って会社に行く。帰って来るとその部屋に入って椅子の上に鞄を置く。書類や小物を引き出しにしまうこともときどきある。だから夫のための片づいた書斎、とその部屋は呼べないこともない。

中夫婦が家を持ったのは六年前で、なぜ六年前かといえばその前年、妻の両親が実家の隣の空き地に長女夫婦との二世帯住宅（玄関共同、バスルームとキッチンは別個）を建設して移り住んだからである。古い実家の建物は取り壊されて、今度は二世帯住宅の隣に空き地ができた。中志郎は妻と義母と義姉とに説得されてその空き地を借りて（要するに元は妻の実家の建っていた土地に）一戸建の二階家を新築することになる。ちなみにそのとき彼は三十一歳だった。夫婦生活は二年目から三年目に入るところですでに暗黒の時代の入口である。ふたりで暮らしていた2DKのマンションから新築の二階家に移ったはいいが、寝室に一台のダブルベッド（二台のシングルベッドかもしれない）を入れる話は引っ越しのあとうやむやになった。ベッドを購入するまでのあいだ、新婚時代からの習わしで和室に布団を延べて寝ていたのがその後もずるずる六年間続いた。二階に二部屋、産まれてくる子供たちを予定して設けた洋間もいままで無駄になっている。そっちは（これは僕の想像だが）物置と衣装部屋として利用されている。

十一月第一週の金曜の晩、終わると中志郎は自分でも自分の冷酷さに驚くくらいの間合い（のなさ）で自分の布団に戻った。戻ったあと、枕もとに置いたアイマスクに手を伸ばしながら、端と端を重ねるようにくっつけて敷かれている隣の布団を迷惑に感じた。暑苦しくも感じた。修学旅行でもあるまいしとも思った。できれば先月旅行に出る前にそうしていたように、布団と布団のあいだを五〇センチは開けて風通しよく眠りたかった。

先月旅行に出る前にそうしていたように、という言葉を、言葉通りに頭の中に思い浮かべたとたん中志郎は微《かす》かな胸騒ぎをおぼえた。それは幸福につながる予感でもあり、また同時に不幸につながりそうな予感でもあった。旅行前の自分自身をこの手にいま取り戻しかけたような、あるいは、旅行先で取り戻したと確信した自分自身を再び喪失しかけているような。

彼はちょっと混乱をきたした。アイマスクで目を覆ったまま布団に仰向《あおむ》けになって考え、混乱を収拾しようとしてどうにかひとつの結論に達した。

旅行先で取り戻した自分はまだここにいる。

なぜなら、旅行前には到底できなかったことを今夜も俺はやり遂げた。眠っていた昔の力を妻に対して、いま隣の布団で両膝《ひざ》を立てている妻に対して発揮することができた。

結局そのことがいちばん重要なポイントだった。彼の手帳のメモによれば帰国後十五点めの得点である。だがこの得点は、翌朝になって考えてみれば、一枚残らず落ちつくす木の葉が短いあいだ鮮やかに色づくような（この比喩も中志郎が後にこの通りに言ったので用いるのだが）まさしく季節の変わり目の現象を意味していた。

25

翌日の土曜日、中志郎は休日出勤をした。

休日出勤というのは妻への言い訳で、出勤時刻に大森の家を出て、電車に乗り、神保町で降りるのは降りたが印刷会社の建物のすぐ前まで歩いて引き返した。あとは取引先のいくつかの出版社の建物のまわりをめぐり歩き、他に名案も浮かばないので、ひとりで書店を覗《のぞ》いたり映画館の前で看板を見上げたりして時間をつぶした。朝起きてみるとなぜか、妻とふたりきりで過ごす一日というものに自信が持てなくなっていたからである。

その夜、彼は妻が風呂《ふろ》に入っているあいだに自分で二組の布団を敷いた。布団と布団との隙間を二〇センチほど空けて敷き、そこに妻が読みかけの栞《しおり》をはさんでいた単行本をさりげなく置いた。

そのさりげなく布団と布団の隙間におかれた本を、パジャマに着替えて寝室に入ってきた妻はいちど咳《せき》払いをして本棚に戻し、別の本を持っておとなしく自分の布団に入った。

「さきに休むよ」

とすでにアイマスクで目をふさいだ中志郎は言い、

「おやすみなさい」

と妻が答えて読書用のスタンドを点《つ》けた。

ちなみにこのとき彼女が本棚に戻したエッセイ集の著者名は津田伸一である。確かにその本は読みかけで、栞をはさんで他の未読の本と一緒に寝室に置いてはいたのだが、彼女は当分それを読むつもりはなかった。少なくとも寝ている夫のそばで読むことは気が引けてできなかった。

26

日曜日。

朝食後、隣家に住む妻の姉がやって来て夫婦をドライブに誘った。あんたたち何かほかに予定がある？　と訊《き》かれたので、妻が答えるより先に、いやぜんぜんないです、天気もいいし、出かけましょう、と中志郎は率先して答えた。

目的地は栃木県の日光である。細かくいえば東照宮と隣接した二荒山《ふたらさん》神社という義姉の推薦する霊験あらたかな場所である。大森からその神社まで、義兄の運転する車の後部座席に妻と並んですわり、これでなんとか一日が乗り切れる、と中志郎は思った。もちろんそう思う自分が、金曜の晩までの自分とは明らかに変わってしまったことに気づいていた。

二組の夫婦は神社でお祓《はら》いをしてもらい、姉夫婦は高校一年の娘と中学二年の息子の成績向上をおもに祈願し、妹夫婦はただひとつ子宝に恵まれますようにと祈った。また名物の若返りの水に触れ、和紙にマジックペンで悪縁を書いて流し、招き大国と呼ばれる絵（額入り二千円）をそれぞれの家の玄関に飾るために一枚ずつ購入し、帰りに宇都宮で餃《ギョウ》子《ザ》を食べて実家の両親と子供たちにもお土産を包んでもらい、夜九時過ぎに帰宅した。行きはそうでもなかったのだが、帰りの高速が事故のため車線規制があって渋滞に巻き込まれ、予定よりも大幅に時間がかかったのである。でもおかげで中志郎にとってはつつがなくまる一日が過ぎることになった。

でもまだ夫婦の夜の時間は終わったわけではない。額入りの招き大国の絵をさっそくキース・ヘリングの複製（これも義姉からの貰《もら》い物）と取り替える妻を見守りながら、中志郎はやるせなさを感じ、ひとつ伸びをして、今日は疲れたな、と聞こえよがしに言ってみせて迫り寄るその時間への伏線を張った。そうね、でもこの大黒様のおかげであたしたち夫婦は幸せになれるかもよ、すぐにお風呂ためるね、と妻は答えた。

入浴後、中志郎はまたしても自分で布団を敷いた。二枚の布団を三〇センチほど離して敷いたあとで、これではまるで、バリ島での三日めまでの晩と同じだと心細く思った。先に布団に横になりアイマスクを付けて寝たふりをする。歯みがきを終えて寝室に入ってきた妻は明かりを消し、自分の布団で眠りにつく前にアシカがひと鳴きするようなあくびをしてみせるだろう。しかしその夜、中志郎の心細い予想は大きくはずれた。なにしろ昼間、夫婦で子宝祈願をした日の夜のことなので、妻は当然夫もその気でいるものと思いこんでいた。厳密に言えば、どうか夫の子を授かりますようにと彼女は祈り、中志郎のほうは、できればどうか妻が金曜日のあれで妊娠していますようにと祈ったのだ。

妻は寝室の蛍光灯を消し、オレンジ色の小さな明かりだけは灯《とも》したまま、掛布団の上から夫にかぶさって唇を吸った。もちろんこの行為はルール違反である。中志郎はすでに黒い木綿のアイマスクを装着して「あしたにしよう」という意思表示をしている。新婚時代にも妻がルール違反の行為に出ることはあり得なかった。夫婦の歴史上初めてのことなので、それが新鮮な驚きといえば新鮮な驚きで、彼はいちおう唇をひらいて妻の舌を受け入れた。十秒か二十秒か我慢して受け入れたあとで妻の背中を軽くたたき、真智子、と呼びかけた。

妻はその囁《ささや》き声を誤解した。中志郎のアイマスクは彼女の手によってむしり取るようにはずされ、敷布団と敷布団のあいだの畳の上に投げ捨てられた。

「真智子」

と中志郎はもういちど妻の名を呼び、両手で相手の左右の肩をつかんだ。その時点で妻の身体はまだ掛布団越しに夫の上に乗っている。大きく開いたパジャマの襟もとからこぼれ落ちそうな乳房が見え、もっとよく見ると妻がすでにパジャマのズボンを脱いでほの白いショーツだけ穿《は》いているのがわかった。

「志郎さん」と妻が囁いた。

「真智子、ちょっと降りてくれ」

「え?」

「重いんだ」

掛布団の上で妻が息をつめ、身体の動きを止めた。

やがて重みが消え、素足で畳を踏みしめる音が聞こえ、静寂のなかで妻がパジャマのズボンを身につける気配があった。中志郎はそうするのがせめてもの愛情だと自分に強く言い聞かせ、妻がそれをいったん脱いでいたことに気づかないふりをした。

「ごめん。今日はなんか、ひどく疲れてる」

「うん、わかる。あたしも疲れた。お義兄《にい》さんの運転、相変わらずとろいし」

「でも連れてってもらって文句も言えない」

「そうね」

「大黒様の御利益があるといいな」

「そうね」

「おやすみ」

「おやすみなさい」

ひょっとして自分の布団に入った妻は涙ぐんでいるのではないか、と中志郎は心配した。屈辱のあまり唇を噛《か》んで涙をこらえているのではないか？　でもそんな様子には見えなかった。さきほど妻が放りなげたアイマスクを拾うついでに隣を見ると、掛布団の足もとのほうが高く盛り上がり、妻がいつものように両膝《ひざ》を立てているのがわかった。もう眠る体勢に入っている。彼は布団を出て起きあがり、蛍光灯から垂れている紐《ひも》を引っぱって寝室を暗闇にした。

27

その日曜の夜、中志郎は十一時を過ぎても寝つけなかった。

暗闇になった寝室で、妻の、眠りに落ちる前の恒例のあくびを聞いたあとも目覚めていた。

理由は二つある。

一つは、唇のまわり、口の中にも妻の唾液《だえき》の匂いが残っていたこと。餃子のニラの匂いだ。餃子は自分も食べたのだし、おたがい歯もみがいたあとだから気の迷いに違いないのだが、いったん気になりだすとどうしようもなかった。十一時過ぎ、彼は口をすすぐために寝室を出て、帰りに台所に寄り、冷蔵庫を開けるとボルヴィックの大型のペットボトルがあったので両手で持って傾けて口にふくんだ。そのあと食卓の椅子に腰をおろし、もう一つの寝つけない理由について考えた。

おとといまではぎりぎり胸騒ぎであったものがいまは明らかな現実になっている。彼はそう考えざるを得なかった。必要なものを忘れること。忘れてゆく、ではなくて、もう忘れてしまったこと。必要なものとここで中志郎が呼ぶのは、妻とのこれまでの数々のSEXにおけるいわば身体的記憶のようなもののことである。つまり次回の妻とのSEXに必要な試合勘のようなものである。金曜の晩にはそれが残っていたのにこの日曜には消えてしまった。おとといの晩、どうやって妻を抱いたのだったか彼には思い出せなかった。妻とのSEXをした事実の記憶、記憶そのものが（当然だが）消えているのではなく、その際の自分の感情の兆し、器官の立ち上がり、両方ふくめてのたかぶり、持続、解放といった手ごたえがきれいさっぱり失われていた。十五点めの得点をあげたことは憶《おぼ》えている。でも一塁と二塁と三塁をスパイクでざくざく踏んで走り回った感触がない。これはほとんどSEXの記憶そのものが消えているのと同じことである。昔は本をたくさん読んだと言って、たくさんの本のタイトルと著者名しか挙げられない人の記憶と似ている。

またもとに戻ってしまった。

食卓の上に両手を載せ、中志郎は弱気な独り笑いを浮かべた。またもとに戻ったのではなく、旅行先で取り戻した自分が本来の自分だとしたら自分はまたその本来の自分を見失ったのかもしれない。とにかくあの自分はもうここにはいない。代わりにいまの自分がここにいる。旅行に出る以前の自分が。バリ島のホテルであの問題のエレベーターに乗り込む前の自分と、降りたあとの昨日まで生きていた自分。妻を愛し妻に愛されていた自分と、冷めてひとりで台所の椅子にすわっている自分。どっちがほんとうなのだろう。どっちだ？　どっちつかずの混乱した思いを彼は頭を何回も何回もゆっくり横に振ることで隅に押しやり、ひとつため息をついた。

いずれにしても、もう妻との次回のSEXはない。このままでは到底不可能だ。中志郎はいまの自分に対してそう判断をくだした。どう考えても判断はくつがえりそうになかった。大黒様のご利益も期待できない。明日の晩も、あさっての晩も、パジャマの上着に下はショーツだけを穿いた妻が掛布団の上からのしかかってくる。その姿に恐怖の目を見開いている自分がイメージされる。

彼はもういちど首を振り、彼に言わせれば楳図《うめず》かずお的なイメージを追い払った。そのあと、テーブルに突いていた両手を裏返して、左右のてのひらをしばらく見くらべると、椅子を立ち書斎へ向かった。

28

新築当時は夫婦の寝室として予定されていた板張りの部屋に入ったのは、タバコを吸って気を落ち着けたいと思ったからである。タバコはパソコン机の上にライターときれいに洗った灰皿と一緒に常に置いてある。

中志郎は一本くわえて火を点《つ》けると、机の横の窓をなるべく音をたてないように開いて、サンダルを履き、庭に出た。

庭といっても隣の二世帯住宅との仕切りはなく、手入れのいきとどかないまだらな芝がこっちからあっちまで続いているだけの庭で、照明もないので暗い。ちょうど両家の中間といえばいえるあたりに梅の木と柿の木が向かい合って植わっているのだが、柿の木のほうに小さな渋柿の実が三つ四つなっているのは見分けられる。

書斎の窓のそばを離れて彼はその庭を歩いた。タバコを一本吸うあいだに、サンダル履きで枯れた芝と土の地面を歩き、柿の木まで行って帰ってをくり返し二往復した。柿の木まではほんの数メートルの距離なのだが、途中で立ち止まって空を仰いで星を探したり、妻の実家の一階の照明がすべて落ちているのや、二階の義姉夫婦の娘と息子の部屋の窓がともに明るいのを眺めたりするのにそれくらいの時間を要した。

それが終わると中志郎は書斎に戻った。窓をまた静かに閉めて、カーテンを引き、書斎のドアまで歩いて内側から鍵《かぎ》をかけ、部屋の蛍光灯を消して机の電気スタンドだけ点けた。次に仕事用の鞄《かばん》の中から携帯電話を取り出し、椅子に腰をおろした。そして最後に机の引き出しを開け、封筒をひとつつまんでパソコンのキーボードの手前に置き、また引き出しを閉めた。バリ島のホテルをチェックアウトするときに受け取ったあの封筒である。中には電話番号を走り書きした便箋《びんせん》が一枚入っている。

携帯電話で時刻を確認すると深夜〇時まであと五分だった。彼はホテルの名前入りの封筒からホテルの名前入りの便箋を引き出し、ボールペンで記された十一桁《けた》の数字を読み、左手に持った携帯電話の番号キーを十一回押した。最後に通話ボタンを押して、直後に椅子の背にもたれて後悔しかけたのだが、すぐにまた身体を起こした。

「はい？」

と女の声がコール音一回で電話に出て応答したからである。

「もしもし」と中志郎は最初に言った。それしか思いつかなかった。と同時に椅子から立ち上がって机を離れ、片づいた書斎をむやみに歩きはじめた。

「はい」と相手が答えた。

「あの、僕は」

「はい」

「実はバリ島のホテルでこの電話番号を、先月の話ですが、ホテルのフロントデスクで、この番号の書かれたメッセージを」

いやそれよりもホテルのエレベーターでのあの出来事に直接触れるべきだろうか？　自分が誰であるか、はっきりさせるためにいまここであの話を持ち出すべきだろうか？

中志郎は迷った。君と俺はあのとき、おたがいのてのひらとてのひらを重ね合わせた。君は手袋を脱いだてのひらを俺のてのひらにぴったりと押しつけた。正直なところ、彼はこの電話に対して（漠然とだが）もっとミステリアスな応対を期待していた。だが期待はあっさり裏切られ、相手の声は事務的と言いたいくらいに冷静である。

「憶えてます」と冷静な声が答えた。

「僕が誰だかわかる？」

「わかります。ホテルにあのメッセージを預けたのはあたしだし、それに」

中志郎は書斎の何も家具のないほうの壁際からパソコン机だけあるほうの壁際へ、歩いてゆく途中で足を止めた。女の声がこう続けたからだ。

「それに、この電話がかかって来るのを昨日から待ってもいたし」

「昨日からこの電話を待っていたって、どうして？」

「どうしてって聞かれても困るんだけど。この電話をかけた理由は、中さん、自分でよくわかってるでしょう？」

「会って話がしたい」

「ええ」

「至急」

「ええ、会いましょう」

その予想外の快諾を聞いたところで中志郎はまた机に歩み寄り、椅子に腰をおろした。

「どこへ行けば会える？」

「どこででも」

「ほんとは話がしたいわけじゃないんだ」

「ええ」女の声にわずかだが笑いがまじった。「それもわかってる」

「君はバリで手袋をはめてた人だね？」

「中さんはきれいな奥さんといっしょだった人でしょう？」

「君の名前を教えてくれないか」

中志郎は椅子の背をきしませて深くもたれかかった。その姿勢で、左耳に携帯電話をあててもっと長くこの女と話をしていたかった。彼は成田とバリの空港でのいきさつを思い浮かべた。女の地味な印象と黒い髪を思い出し、最初に手と手を触れ合わせたときむらになって赤らんだ女の顔を思い出すうちに、いま卓上スタンドを灯《とも》しただけの自宅の書斎でふいに理由のない安堵《あんど》感につつまれていた。俺はこの女のおかげで助かる。この女はきっと俺を窮地から救い出してくれるに違いない。

「いしばし」と女の声が答えた。

「フルネームで頼むよ。こっちの携帯に登録したいから」

「いしばし」と女がくり返した。

「わかった。じゃあ石橋と呼んでもいいかな？」

「中さんの好きなように」

「石橋、どうして昨日からこの電話を待ってたって言えるの」

「だから、たぶん中さんと同じ理由よ」

「それを言ってみてくれ」

「ひとことで言えば」

「うん」

「ふりだしに戻った」

彼は黙ったまま、顎《あご》の先で微《かす》かにうなずいて見せた。

「そうでしょ？」

石橋の声が聞こえた。

「実はあたしも戻ったの」

第四章　蒲田疑惑

29

年が明けて、一月の下旬に新しい本が出た。

二冊目のエッセイ集、最初の小説から数えると十冊目にあたる単行本である。

小説家として出発したのは三十歳になる前の年だから、以来、およそ十二年で十冊の本を書いた計算になる。筆一本で（というかパソコン一台で）長年飯を食っている同業者たちにくらべれば、これは単に寡作、ないし怠慢と呼ばれて片づけられるはずの数字だが、僕の場合はあいだに二度、謹慎の時期がはさまっているので、そうとばかりも言い切れない。

謹慎の時期とは、文字通りの意味である。学生が悪さをすれば停学になり、小説家が物議をかもせば本は書店の棚から回収される。反省して気をとりなおして原稿を書いても読みたがる編集者がいない。書店へ行けば雑誌はこれだけの量のものを誰が書いて（しかも誰が買って読んで）いるのだと思うくらい並んでいるのに、どこからも依頼が来ない。十二年のあいだに二度、延べにすれば三年ほど、僕は人に借金したり、妻の実家に居候したり、たまたま二人目の妻の故郷がそういう土地だったので遺跡発掘の作業員のバイトをしたり、津田伸一とは別の名前でタウン誌に「地元でいま輝いている女性」のインタビュー記事を書いたり、のらりくらりと過ごす時期を持った。そしてその二つの時期に二度離婚した。

だから僕は寡作とか怠慢とかの評価に見合う小説家ではないし、また担当の編集者が言うほど「デビュー作からちょうど十冊目ですよね！」このエッセイ集をひと区切りの記念と見なしていたわけでもない。誰が見ても十は九の次の数字にすぎないだろう。でも担当者の考えは、塩谷亘《しおたにわたる》というのが彼の名前なのだが、違った。彼は社内の宣伝部、販売部に積極的に働きかけ、この本を、寡作で通っている直木賞作家の区切りの十作目、久方ぶりのエッセイ集として売ろうと考えた。で、働きかけのひとつの成果として、書店でのサイン会の話が浮上した。

二月の第三週に、神田の三省堂が一週間通しで、つまり七人の小説家によるサイン会を催す。書店創業何十周年とかでの記念企画なのか、ひょっとしたらバレンタインデーに便乗しての販売戦略だったのか、詳しくは聞き洩《も》らしたけれど、とにかく塩谷君は電話で、

「津田さんに白羽の矢がたちました」

と述べた。喜べという意味である。

たまたま電話のときそばにいた長谷まりにその話をすると、

「何曜日？」

とシステム手帳を開いて訊《き》いた。

「水曜日、六時から一時間」

「水曜の晩？　それじゃ人が集まらないよ、土日にしてもらえばいいのに」

「よしもとばななに電話して頼んでみてくれ」

「ほえ」

率直に言うと、水曜だろうと土日だろうと僕は人前に小説家津田伸一として顔をさらすのは気が進まなかった。

ずいぶん昔の話だから世間は忘れているかもしれないが、一回目の謹慎のもとになった本のサイン会の席上、見も知らぬ読者から（比喩《ひゆ》ではなく言葉通り）唾《つば》を吐きかけられた経験があるからである。その模様は前代未聞の事件として、まさか新聞では報道されなかったが『噂の真相』にはちゃんと載った。小説家づらして人前に出てろくな目にあったためしはない。でも若い塩谷君はたぶん事の詳細を知らない。出版社側も書店側も過去の出来事として水に流してくれている。少なくとも忘れたふりをしてくれている。恩に感じてこの話は受けるしかない。

30

水曜日は朝から雪が降った。

電車が止まったり、大勢の人が足を滑らせて転んで救急車で運ばれたりするほどの大雪ではなかったが、特に用事のない人は外出を見合わせる、用事は明日に延ばす、そう考えたくなる程度の雪が朝から晩まで降ったり止んだりした。

夕方五時前には三省堂に着いて、建物の二階にあるピッコロという店で塩谷君と販売部の担当者と三人でコーヒーを飲んでいたのだが、そのときにも窓越しに舞う粉雪が見えた。来る途中から人出が少ないのは予想していたし、予想通り、書店前の靖国《やすくに》通りは普段より目に見えて人の往来がまばらだった。昨日まではほんとに暖かかったんですけどね、奇妙なもんですね、とやがて現れた書店の担当者が挨拶《あいさつ》がわりに言った。その挨拶には何か過去の一件へのふくみがあるようにも思える。ただのお人好《よ》しの発言のようにも思える。サイン会は六時から七時までの一時間で、塩谷君に言わせれば読者を百人並ばせるのが目標だった。到底無理、とその時点で関係者の誰もが判断していただろう。

もちろん無理だった。

その晩、一時間のあいだに津田伸一の新刊にサインを求めて並んだ読者は、出版社と書店の動員の数を別にすれば、二十人にも満たなかった。売り切るつもりでワゴンに積み上げられた本の山はいつまでたっても山のまま、購入者に配る予定の整理券は束になって余った。列の中に長谷まりの姿は見えなかった。が、代わりに彼女の友人がひとりふくまれていた。昨年の秋、千駄ケ谷の能楽堂で会って晩飯を一緒に食った例の青年である。

始まって四十分か五十分か経った頃だったと思う。とにかく集まった人間が少ないのでもう終わりがけのことである。サイン会は一階の正面入口から入って右、エスカレーター付近に幅の狭いテーブルとパイプ椅子を一脚置いて行われていたのだが、僕の右横に立った塩谷君からサインしやすいように表紙を開いた本とともに一枚の名刺がまわってきた。見ると大手の出版社名と編集部の肩書が刷ってある。その出版社に僕は縁がないし、吉住《よしずみ》吾郎という名前にも聞き覚えがない。その吉住吾郎が僕の前に立ち、親しげに笑いかけた。

「どうも」と彼は口を開いた。

いったん無視して顔を伏せて「吉住吾郎さんへ」とサインペンで書くつもりでいると、ああ、宛名はけっこうです、と言う。また顔をあげ、うなずいて見せて、自分の名前と日付を書き添えたところで、この体格の良い青年の、自信たっぷりの幸福げな笑顔に思いあたった。

「やあ、どうも」僕は本を手渡して答えた。「長谷さんに言われて来てくれたの？　わざわざどうも、ありがとう」

「いいえ」

と返事をした吉住吾郎が目の前に立ちふさがったままなので僕は不承不承言葉を継いだ。

「じゃあ、あのときの長谷さんの同僚から？」

「ええ。言ったでしょう、彼女、津田さんの書くものを読みたがっているんです。仕事で抜けられないから僕が代わりに。長谷さんのぶんも立て替えとこうか？　といちおうは聞いてみたんですけどね、長谷さんは週末に自分で買うそうですよ」

「こんな雪の日にはるばる悪いね」

「雪はもう止んでますよ。それに僕の勤め先はこの近所ですから」

「そのようだね」僕はまた名刺に目を落とした。「とにかくありがとう。またいつか一緒にスパゲティを食おう。塩谷君、次いいよ」

次に本と重ねて渡されたのは開いた手帳だった。その手帳のメモ欄に、一画、一画、おろそかにしない厳格なペン習字のような文字づかいで女性のフルネームが書いてあった。その名前には見覚えがあった。だがテーブルの前に立ったコート姿の男の顔は見たことがない。

「妻の名前です」

「ああ」

「私よりも妻が津田先生の読者なので、名前を書いてやってください、喜ぶと思います」

僕はサインペンをかまえ、一度、二度、咳払《せき》いをして右手の震えを抑えようと間を取った。

「中《なか》、というのが名字です」

「ああ」

「中真、智子ではなくて、中、真智子」

「なるほど」

そして結局、完全に動揺を抑えきれないまま中真智子という漢字を書くべき場所に書いた。横に置いた手帳の、彼女の夫の筆跡と比較すれば、かりにも日本語で小説を書いている人間として、たとえここで唾を吐きかけられても文句の言えない稚拙な文字になった。夫のほうはただ小説家のたしなみのなさを軽蔑《けいべつ》し、あとで本を贈られた中真智子は僕のうろたえぶりを察するだろう。あるいは本を贈られて著者名を見た瞬間に、自分でも動悸《どうき》をしずめるのに苦心するだろう。

なぜだ？　と僕はそのとき大急ぎで考えていた。なぜだなぜだなぜだ。なぜこの男が、こんな雪の日に、妻のために僕の本を買ってこれみよがしに僕の目の前に立っているのだ？　なぜかはまだわからない。このあとの男の出方しだいでそれはわかる。いちばんあってほしくない想像が現実になるという格言があったような気がする。現にあるのかないのか気が揉《も》める。僕は最後に会ったときの中真智子の印象に残る台詞《せりふ》を思い出していた。

いま夫が、あたしがここにいることを知ったらただでは済まないと思う。焼き餅《もち》どころの騒ぎじゃなくて、あたしたち大きなトラブルを抱えることになると思う。いまの夫はあたしのことにとても敏感で関心を持っている。

「ありがとうございます」男が軽くお辞儀をした。「妻はとても喜ぶと思います」

「こちらこそ」僕はお辞儀を返した。「よろしくお伝えください」

それから男が背を向けて立ち去るまで僕は石になっていた。津田さん、と塩谷君に右肩を指でつつかれて我に返り、やっと呪縛《じゅばく》が解けた。ラストです、と塩谷君は言った。僕は上着のポケットからハンカチを取り、額と首筋に吹きだした汗を押さえた。まとめて渡された本には今度はメモが一枚付いていて、四人の名前が記してあった。うち三人は三省堂の書店員、残りのひとりは塩谷君の母親ということだった。

31

七時まで二三分あましてサイン会は終了し、七階の事務所へ行って書店側への済ますべき挨拶を済ませると、僕はひとりでまた一階へ降りた。夜どうしてもはずせない用がある、と前々から塩谷君には断っていたから話は通じていたらしく、事務所では誰にも引き止められなかった。週末のよしもとばななならこうはいかない。

一階に降りると吉住吾郎が待ち伏せしていた。出入口のドアの前にいたので待ち伏せしているように見えたのだが偶然だったのかもしれない。おひとりですか？と彼は声をかけてきた。見ればわかるはずだと思ったので僕は無言でマフラーを首に巻いた。

「よかったら晩飯でも一緒にどうですか」

「お誘いはありがたいけど」

「どうせ渋谷までこの本を届ける約束になってるんですよ。長谷さんも呼んであげればいいじゃないですか。僕はこれから一回社に戻りますけど、三十分くらいで用事は片づきますから、そのあいだ津田さんには二階のピッコロで待っていただいてもいいし、なんならうちの会社のビルにもコーヒーショップがありますけど」

「ちょっと行くところがあるんだ」

「これからですか」

「明日の予定を君に話してもしかたないだろ？」

外に出るとなるほど雪はやんでいたが夕方よりも風が冷たい。早足で地下鉄の入口へ向かいたいところだが、吉住吾郎がまだそばに立っている。なんでこの男を、この男の会社のコーヒーショップで三十分も待って、一緒に渋谷へ行ってこの男の婚約者と長谷まりと四人でまた腹にもたれるパスタを食べなければならないのだ。だいいちこの男とこの男の婚約者は、長谷まりに言わせれば僕のマナー違反の言動でひどく傷ついたはずではなかったのか。その腹いせに人を三十分も待たせようというのか？　そう思ったが、もちろん口には出さないし顔にもその思いが出ないように心がけた。相手は編集者だ。仕事の依頼はまだもらったことがないが、なにしろ大手の出版社の社員だ。

「悪いね。せっかく誘ってくれたのに」

「これからどちらまで？」

「羽田」

「なんだ、旅行ですか」

　片手をあげ、地下鉄の入口の方角へ靖国通りを歩きだそうとして、そばでお辞儀をしている男がいることに気づいた。昆布巻きのカンピョウのようなぱっとしない色のコートにも、お辞儀の角度にも見覚えがあったので中真智子の夫だとすぐにわかった。男は僕たちのそばに立ち止まりはせずにまた背を向けて通り過ぎていく。僕はあげかけた手をおろし、ポケットからタバコとライターを取り出して一本点《つ》けた。いま歩きだせば地下鉄への階段をあの男と並んで降りることになるだろう。

「いや、旅行というわけではないんだけどね」と僕は吉住吾郎に話しかけた。

　実を言えばその晩、僕には行先がふたつあった。横浜か、羽田か、選択肢がふたつあったという意味なのだが、横浜へ行けば棟方志功の版画のかかった店でトンカツを食べることになり、羽田へ行けばアクアラインを高速バスで木更津まで走ることになる。どっちにしても、ここでの話は吉住吾郎から彼の婚約者を経由して長谷まりに伝わるだろう。その場合により無難なのは、というか言い訳がききやすいのは、彼女の準地元の横浜よりも羽田のほうだと僕は判断した。

「地方から出てくる人がいてね、高校の同級生なんだけど、次の小説の取材で会うことになっている」

「高校の同級生」と吉住吾郎が復唱した。仕事がら取材という言葉のほうに食いつくかと思ったがそうではなかった。「津田さんの地元の高校ですか」

「そうだよ」

「高校の同級生を羽田まで出迎えに」

「うん」

「やっぱり女性?」

この質問には答える時間がなかった。吉住吾郎の携帯にたて続けに二度電話がかかってきたからである。やっぱりという副詞の使い方が文脈から言ってここでは不適切だし、女性ですか? ではなくて、女性? というカジュアルな訊《たず》ね方も馴《な》れ馴れしく、「やっぱ女?」と言われたも同然にカンにさわっていたので時間がなくて幸いだった。もし長谷まりがそばにいたら、これが目上の人間に対する無作法でなくて何なのだと言ってやりたいところだ。

一本目の電話は渋谷のフィットネスクラブに勤める婚約者からのようであり、二本目は会社の同僚もしくは先輩からのようだった。どちらもほとんど区別のつけようのない喋《しゃべ》り方だったが、前者における会話の中に「三省堂の前、津田さんといま一緒なんだよ。うん、お誘いはしてみたんだけどね、なんか、津田さん、きょう高校の同窓会なんだって」という台詞が出てきたので想像がついた。そのあたりで僕はタバコの吸殻を歩道の隅の解け残った雪の上に捨てた。

二本目の電話を終えると吉住吾郎は僕にむかって片手をあげて見せた。

「じゃあ津田さん、僕は会社に戻りますから。晩飯はまた今度」

「うん、またいつか会おう」

「楽しんできてください、同窓会」

吉住吾郎の後姿を見送ったあと、僕はその場で携帯を開き、さっき彼に羽田行きの話をしたとき、一度でも自分は同窓会という言葉を使っただろうか？　もしくはそういうニュアンスの言葉づかいをしただろうか？　と考えながら、横浜のほうへ断りのメールを送信した。後輩がへまをやらかしたせいで今夜は残業になった、トンカツはまたの機会に、といった内容である。

それからさっき中真智子の夫が歩いていった方角へ歩き、彼が降りたはずの階段を降りて、神保町駅のホームで電車を待った。都営三田線で三田へ出て、浅草線に乗り換えて泉《せん》岳寺《がくじ》まで。そこから京浜急行の羽田空港行きに乗る。海ほたるというニックネームの女からゆうべ届いたメールを開いて確認してみると、この経路で間違いなかった。相手の指示通り、今夜は木更津まで出向いてみよう。この経路だと途中まで中真智子の夫と同じ電車になる心配があるが、これだけ時間をおけばもう大丈夫だろう。

実際、神保町のホームでは四方に入念な注意を払ったが彼の姿は見えなかった。

それで踏ん切りをつけて僕は来た電車に乗った。

車内は空席のない程度に混んでいて、三田に着く頃にはマフラーが邪魔に思えるくらいに首まわりが汗ばんでいた。三田で浅草線に乗り換えてひと駅で泉岳寺である。またすぐに電車が来たのでマフラーをはずすのは泉岳寺まで我慢した。で、泉岳寺駅の立つべきホームに立ち、普通電車をひとつやり過ごしたあとでマフラーをはずして折り畳み、それをコートのポケットにねじ込んだ。ハンカチで喉仏《のどぼとけ》のあたりの汗を拭《ぬぐ》いながらふと横を見ると、ほんの数メートル離れたところに中真智子の夫の立ち姿が見えた。

32

羽田空港行きの急行電車には空席があった。

がら空きではなかったが、泉岳寺からの乗客に対して過不足ない数の空席があり、僕が腰かけた窓側の座席の、右隣も発車後まもなく埋まった。カンピョウ色のコートの男だった。顔を見るまでもない。別々の乗車口から乗り込んだ中真智子の夫がそこにすわったということは、むこうでも僕に気づいていてその席に狙いをさだめて通路を歩いて来たという動かせない証拠を示していた。

「どうぞ」と僕はできるだけ自然に答えた。よろしいですか？　と礼儀正しく中真智子の夫に訊ねられたからである。

「さきほどはどうも」

と座席についた相手があらためて挨拶《あいさつ》し、

「ああ」

と僕はそこで気づいたふりをした。

「偶然ですね」と彼は決まり文句を口にして、しばらく間を置いた。僕の相槌《あいづち》を待ったのかもしれない。「同じ電車に乗り合わせるなんて」

「しかも同じ車両に」と僕は答えた。

「ええ。サイン会のあとだから出版社のかたと打ち上げの宴会でもあるのかと思ってました」

「今夜は羽田まで行く用事があったので」

「ご旅行ですか？」

「まあ」

「やはり取材で？」

僕は答えるかわりに微笑を浮かべ、このやはりの使い道は吉住吾郎とくらべれば段違いにまともだと思った。

「まるで分刻みのスケジュールだな」と彼も微笑して軽い冗談を返した。分刻みのスケジュールというのはたぶん冗談のつもりなのだろう。「やはり直木賞作家ともなるとみなさんそんなふうなんでしょうかね。伯父《おじ》とは大違いだ」

電車が品川に着いた。ひょっとして中真智子の夫はそこで乗り換えるのではないかと期待したのだが、鞄《かばん》を膝《ひざ》の上に置いたまま席を立つ気配はない。

「品川だね」と僕は念のため窓のほうを見た。「中さんのお住まいは」

「大森です。平和島まで行って各駅に乗り換えて大森町」

では平和島に着くまでこの会話を続けるしかないわけだ。電車が出ると中真智子の夫が先を続けた。

「実は母方の伯父が、母の兄にあたる人でもう亡くなったんですが、昔、小説を書いていました」

「そうですか」

「子供の頃のぼんやりした記憶ですけど、その伯父は、なんていうか、いわゆる遊び人で」

「小説家とひとくちに言ってもね」

「まったくです。伯父さんて、いつ小説書いてるの？　そんな感じのふらふらした人でしたね。まあ津田さんのような本物の小説家とは比べ物にならないですが。本も薄いのを一冊出したきりで。津田さんの御作は確かこれで十冊になりますね？」

相手が膝の鞄を叩《たた》いてみせるので僕はそこへ目をやった。その中にしまわれた本、自分の新刊のページを汚すようにしてさっき書いたサインがひどく情けないものに思えて仕方がない。

「もっとお書きになってますか？」

「ちょうど十冊目になります」

「ああ、やっぱり」中真智子の夫が笑顔になった。「妻の本棚にね、津田さんの本がきちんと並べてあるんです。数えたら九冊、文庫はぬきにしてですよ、九冊勢揃いして並んでるんです。よっぽど好きなんでしょうね、津田さんの小説が。それは冊数の問題だけじゃなくて、本棚に並べてある位置や並べ方でわかるんです。夫婦ですから、そのくらいわかります。ほかの作家とは扱いが違う。きっと津田さんのお書きになるものは全部読んでるんだろうな、それほど好きなんだろうな、妻には話しませんけどね、でもわかるんです。そうですか、やっぱりこの本は十冊目なんですね。妻は喜ぶと思いますよ、だってまだこの本は本棚にありませんから。これは出てまだ二週間くらいですか？　きっと気づいていないんでしょう、このところ妻もいろいろと忙しくしていて、新聞の広告なんかも見落としたんだと思います。今日これから帰ってびっくりさせてやりますよ」

「よろしくお伝えください」

「ええ、それはもちろん伝えます。サイン会のことだけじゃなくて、津田さんとこうやって電車でご一緒したと聞けば腰をぬかして驚くと思いますよ。驚くというより悔しがるでしょうね、きっと。なにしろ旅先にまで津田さんの本を持っていくほどのファンですから。それは文庫本ですけどね、『GIVE ME 10』ですか、僕にも読めと勧めるんです。自分はもう読んでるくせに、海外旅行に行くときでも鞄に詰めるんです。ほんとに今日はよかった。三省堂の前を通りかかってサイン会の看板に気づいたとき、僕がどう思ったかわかりますか？　嬉《うれ》しかったんです。ああ！　津田伸一の新刊が出たんだ！　と知って嬉しかったんです。自分でも不思議なんですけどね、津田伸一は妻がいちばんに愛する小説家ですからね。寡作の津田伸一が、失礼、あなたがひさびさに新しい本を書かれた、そのことを喜ぶ気持がまずわいたんです。自分がじゃなくて、妻が誰よりも大好きな小説家の本が出た、そのことを自分が喜ぶ、自然に、心からです、妻のために喜ぶ気持がわいてくる。はたから見ればちょっと変なのかもしれないけど、でもそれが事実なんですね。よかったな、おめでとう、本を渡すとき妻にそう伝えますよ。跳びあがって喜ぶでしょう。今夜のこれは僕にとってもちょっとした事件ですよ。泉岳寺事件とでも手帳に書きつけておきましょう。そうだ、言い遅れましたが、津田さん、出版おめでとうございます」

喋《しゃべ》るだけ喋って相手が頭をさげたので、こっちもそうするしかなかったのだが、本音を言えば、つまり当人が認める通りはたから見ればこの男は、この男の妻への愛情はちょっと変だった。単に女への、または新妻への愛情というのならまだわからないでもないけれど、結婚して八年にもなる妻へのものとしては度が過ぎている。いや度は過ぎてない、あたしんちは何年経っても夫の強い愛情を感じるという人がいるかもしれないが、それはあんたんちの旦那《だんな》も変なのだ。

もしこの男が変ではないとすれば、この男がさっきから喋っている内容を言葉通りには受け取れないと僕は思った。つまり、何かふくむところがあるのかもしれない、と気が気ではなかった。この男は知っているのかもしれない。自分の妻と妻のお気に入りの小説家との関係を、どこまで深くかはわからないが、おれは知っていると言いたいのかもしれない。世田谷《せたがや》区民講座の文章教室の講師をかつて僕が務め、そこに友人にともなわれて中真智子が何回か顔を出したこと、それが知り合うきっかけになったこと、講座の最終回の日、打ち上げの飲み会で携帯の番号とメールアドレスを交換してさらに深く知り合ったこと、その関係が昨年の秋まで続いていたこと、いまも切れたようですっぱり切れてはいない宙ぶらりんの関係にあること、なぜなら僕の携帯にいまだに彼女の番号とアドレスは登録されたままであり、むこうだって削除はしていないはずだと想像できること、そのうちのどこまでかをこの男は知っているのかもしれない。もしかしたら、中真智子はいつか何かの拍子に「津田伸一という小説家に会ったことがある」くらいの話は夫にしたかもしれない。サイン会のあとの打ち上げ、という表現をさっき彼は使ったがそれは区民講座の最終回の打ち上げ、に出たことを彼女から聞いていたせいかもしれない。

だとすれば僕の白の切りかたにも限度というものがある。よろしくお伝えください、と無難な文句をくり返すのは賢明じゃないかもしれない。無難なはずの文句がかえって不審を招くかもしれない。この男は、中真智子に言わせれば、バリ旅行の前と後とでは別人のように変わった。彼は妻の言動にとても敏感で関心を持つようになった。その変化は年が改まったいまも持続しているのだろうか？　日本語の文字といえば新聞しか読まないはずの男が妻の本棚に興味を示し、著者名が同じ本の数まで勘定している。四ヵ月も前に彼女が旅行に持参した文庫本のタイトルまで憶《おぼ》えている。しかも正確に記憶している。文庫の解説を頼んだ書評家ですらゲラの段階では不精したのか度忘れしたのか『10』としか書かなかったタイトルを。

落ち着け、と僕は自分に言い聞かせた。どんな言葉だろうと平然と聞き流せ。小説家津田伸一の一読者である女の夫と、たまたま電車に乗り合わせただけだ。その女と僕は赤の他人だ。名前も知らない。打ち上げで一回は会ったことがあるにしてもとっくに忘れている。それで押し通せ。もともと妻に浮気されて三年ものあいだ気づかないでいた（いる）

男だ。伏線に気づかない読者と似たようなものだから、筋書きに凝るだけ無駄だ。もし訊《き》かれたら答えよう。もういちど奥さんのお名前を、真理子さんでしたっけ？　この相手にはこれで通用する。いままで男が喋ったのは単なるのろけだ。真顔で、ぬけぬけと、のろけを口にする男。この男は（とにかくいまは）本心から妻を喜ばせたいと思っているのだ。結婚して、八年も過ぎて、いまだに結婚前の恋愛期間をひきずるように妻を愛しているのだ。一般の現実にそのようなことはあり得ないにしても。

いずれにしても電車が平和島に着くまでの辛抱だ。平和島はもうじきだ。中真智子の夫がスーツの内ポケットから名刺入れを取り出して一枚抜いた。

「ありがとう」と僕は中真智子の夫に言った。「そんなことを言われたのは初めての気がする」

「そんなこと？」

「出版おめでとうございます。面と向かって、誰かにそう言われたのは初めての気がする」

渡された名刺で僕は初めて中真智子の夫の名前を知った。勤務先の印刷会社が神田にあり、最寄りの駅が神保町だから三省堂の前を通りかかってサイン会の看板に目がとまることもないではないだろうと想像もついた。

「確かに、そう言われてみればその通りかもしれないね。自分の書いたものが、内容はどうであれ、立派な本として出版されたのだからめでたいのかもしれない。でもあらたまってそう言ってくれる人は誰もいない」僕はこのへんはなるべく正直に打ち明けた。「だいいち自分自身、人からそんなふうに挨拶《あいさつ》されることを期待してもいない。今度で十冊目だしね、本を書くのも飯の種なわけだし、納期を守って、また商品をひとつ問屋に納めたくらいにしか思っていない。昔の自分を思えばあり得ないことだよね。僕にとっての最初の本が出版されたとき、その活字の美しさに自分がどんなに感動したか、両腕に本を抱いて涙ぐむとか、神に感謝するとか、そのくらい大げさに喜んだような気もするんだけど。でも、憶えていない。人生でいちばん感激した一日のはずなのにね、その一日の感情も消えている、あとかたもなく」

「おいくつのときですか」

「まだ三十前だよ、遠い昔」

電車がまもなく平和島に着くとアナウンスがあった。

中志郎が座席で身じろぎし、僕は自分が柄にもなくしんみりしかかっていることに気づいた。車窓に顔を向けると、そこに苦笑いの小説家の顔と並んで、どこか一点を見つめる中志郎の真顔が映っていた。

「津田さん」

「平和島だ」僕は振り向かずに答えた。「感謝します、と奥さんに伝えてください」

「もし仮に、ですが、津田さん」

「それとあと、いい旦那さんを持ってお幸せだと」

「思い出せるとしたらそうしたいですか」

「はい？」

「もう思い出せないことを、仮にですが思い出せるとしたら、そうしたいですか」

「それはもちろん。だって思い出せない事までつぶさに思い出せるとしたら、小説を書くのがもっと楽になる」

「その一日の話をしてるんです」

電車が平和島駅のホームに着き、僕は中志郎のほうへ顔を向けた。降りる客が数人ずつ二方向へ移動を始め、車両のドアが二ヵ所で開いた。

「言ってる意味はわかるでしょう」中志郎が先を続けた。「津田さんが人生でいちばん感激したというその一日」

「降りないんですか」

「もしその記憶が、おっしゃるようにつぶさに、まるで当時の自分の感情を追体験するようによみがえるとしたらどうです？」

「あり得ない」

「あり得たとしたらどうです」

中志郎は真顔だった。のろけ話をするときもあり得ない空想を語るときも彼は真顔なのだ。乗降客の入れ替わりが終わりドアが閉まりますとアナウンスがありドアが閉まり電車が動き出した。

「どうです?」と中志郎がくり返した。

「奇跡、とでも呼ぶしかないだろうね」

「おっしゃる通りです。奇跡と呼ぶしかない、僕もそう思います」

「この電車が次に止まるはずのない大森町駅に止まったら、それも奇跡だろう」

「そんなのはわけないですよ。止まれ、と念じて、運転士にそれが伝われば簡単に止まります」

ほんの一瞬だが僕はこの話を信じかけた。

中志郎が座席にすわったまま両目をつむり、止まれ、と念を送り、運転士がその気になってブレーキ装置に手をかける。だが一瞬後には、この話を信じかけた自分に舌打ちをした。急行列車は運行表に従い沿線の大森駅をしかとして通り過ぎた。

「ちょっとした冗談です」と中志郎がひとり照れ笑いを浮かべた。「僕のことはご心配なく、蒲田《かまた》で降りて引き返しますから。それより、いまの奇跡の話ですが」

「あり得ないという話?」

「あり得ないけど、あり得たとしたらどうです? という話です」

「中さん、できれば要点をかいつまんでお願いできませんか」

「ええ、時間もありませんし僕もそのつもりです。津田さんは『ルリヤ』という人の書いた本をご存じですか」

「ルリヤ」

「そう、ルリヤです。ある人物の特殊な記憶能力について、そのルリヤという人が本を書き残してるんです。実をいえば僕も読んだことがなくて、つい何日かまえ人に教えられて探してるんですが。インターネットで検索すると確かに翻訳書が出版されています、一九八〇年代に。でも手に入りません。今日もサイン会のついでに古本屋を何軒か覗《のぞ》いてみたんですがだめでした。ひょっとしたらどこかの図書館になら置いてあるかもしれない」

「それで?」

「その本をまず津田さんにも読んでいただけたら」

「なるほど。その本に奇跡の起こし方が解説してあるんだね?」

「いいえ、そうではなくて」中志郎はひとの軽いジョークは無視してさらに真剣な顔つきになった。「じつは、津田さん、これは話せばとても長い話になるんです。一時間や二時間でかたのつく話じゃありません。そもそも去年の秋の出来事から始めなければならないし」

「残念だけど僕は今夜は」

「ええ、でももし興味をお持ちでしたら、ルリヤという著者とその本のタイトルをぜひ憶えておいてください。さっき渡した名刺に携帯電話の番号も刷ってあるから連絡はいつでもつきます」

「去年の秋？」

「そうです、長い話です。もしかすると津田さんが忘れてしまったこと、思い出したいこと、それがよみがえるかもしれません。この僕に起こった奇跡が津田さんにも起こるかもしれません。そのお手伝いができるかもしれません」

「去年の秋の出来事から説明しなければならない、そう言いました？」

「言いました。だから長い話になります。去年の秋に僕は妻とふたりで旅行に出ました。そのときに」

京急蒲田駅のホームに電車が到着した。

中志郎がためらわずに席を立ち、僕は彼の名刺を見直してそこに携帯の番号が記されているのを確認した。

「じゃあ僕はここで」中志郎がこの日何度目かになるお辞儀をした。

「津田さん、できればまたどこかで」

「バリ旅行のことを言ってるんだね？」

降り口へ向かいかけた中志郎は足を止め、一度だけ振り返った。

「去年の秋、バリ島で奇跡が起きたと言いたいんだね？」

そのとき、僕は自分が言ってはならない言葉を口にしたことに気づいてはいなかった。ルリヤという著者の肝心の本のタイトルを聞き忘れていることにも気づかなかった。

自分の迂闊《うかつ》さをひどく悔やんだのは、電車が走りだしてまもなくのことだ。

33

羽田から高速バスに乗り予定通り木更津へ向かった。

大まかに言えばそうなるが、実は予定よりも三十分以上遅れてバスに乗った。空港ビルのコーヒーショップでしばらく考え事をしたからである。そのあいだに携帯に二通メールが来た。どちらも海ほたると名乗る女からで、羽田まで迎えにいきましょうか？　というのが一通目、二通目は、道に迷ったのではないですか？　と心配する内容だった。二通とも無視してほっておくことも僕にはできた。木更津へは行かずにそのまま二子玉川の自宅に戻り、腰をすえてじっくり考え事をすることもできた。でもいったい僕がじっくり考えるべき事とは何だろうか？

第三者としての立場上、僕が決して知り得るはずのない「バリ旅行」という夫婦の内情を、迂闊にも中志郎に向かって口にしてしまったこと、その過ちをどう言い繕えばいいのか、対策をずっと考えていたのだった。考えるうちに言い繕うのは不可能に思えてきた。

中真智子の仲の良い友人が僕の知人であり、その人物を通してバリ旅行の話を聞いていたという仮説も立ててみたのだがうまくなかった。それが本当なら、サイン会で中志郎に妻の名前を書いてほしいと頼まれたとき、僕の反応は現実とは違ったものになっていたはずだ。書店では度忘れしていたと言い逃れるにしても、そのあと電車に乗り合わせて会話まで交わしたのだから、もっと早い時点で思い出すべきだろう。最後の最後、別れ際になって、ああ、去年の秋に夫婦でバリ旅行に行ったあの中さんか！　と思い出すのはどう考えてもうまくない。

結局、対応策はひとつしかなかった。言い繕わなければならない事態を回避すること。中志郎とは二度と会わないことだ。今後会わないように心がけることだ。貰《もら》った名刺は破り捨てて、今日起こったことは忘れてしまう。彼のことも、彼ら夫婦のことも全部忘れるように努める。そのあたりで海ほたるから、いまどこです？　と三通目のメールが入り、僕はコーヒーショップを出た。だが僕が忘れるように努めても、中志郎は別れ際の僕の台詞《せりふ》を忘れないだろう。あの小説家はなぜ自分たちがバリに旅行したことを知っているんだ？　その疑問は蒲田駅のホームに一歩降りる直前、あるいは降りた瞬間に中志郎の頭に芽生えただろう。あのあと帰宅した彼はどんな顔をしてサイン本を妻に手渡しただろう。妻はどんな顔をしてそれを受け取り開いて見ただろう。いまごろ、夫は妻の一挙手一投足に細心の注意を払い、蒲田駅で生じた疑惑の芽を育てているかもしれない。この女は俺に何か隠し事をしている。

　まさか今夜のうちに一気に糾明するつもりはなくても、その疑惑を、たとえば蒲田疑惑と呼び、手帳にメモを書きつけるくらいはするかもしれない。津田伸一・サイン会・バリ旅行→蒲田疑惑、と書いて蒲田疑惑の下にアンダーラインが引かれるかもしれない。でもどっちにしても中志郎とはもう会わない。会わなければ言い繕う必要はない。そのあたりで券売機で木更津までの乗車券を買い、僕は高速バスに乗った。

　車内でメールを打ち、いまそっちに向かっていると知らせると折り返し返信が来て、袖《そで》ケ浦《がうら》のバス停で降りるようにとの指示だった。女はその袖ケ浦の、単に駐車場と言っても一目では見渡せないこみ入った駐車場の片隅に軽自動車を止めて僕を待っていた。着いてから携帯電話での誘導がなければ、軽自動車を見つけ出すのにアクアラインをバスで走るよりも時間がかかったと思う。

「はじめまして」運転席にすわったまま女が挨拶《あいさつ》した。「海ほたるです。コイタバシさんはもしかして方向音痴？」

「濃紺のセダンだと聞いてたから、反対側をうろうろしてた」

「そんなことメールに書いたおぼえはないんだけど。あたしのは濃いグレーのミニバン。トヨタのイプサム」

「そう、イプサムだ。濃紺のセダンは横浜の友人が乗ってるんだった。手間取ってすいません、イプサムが軽自動車の名前だとは知らなくて」

「乗って」

と言われたので僕は車の助手席側にまわり、自分でドアを開けて乗り込んだ。

「コイタバシさん、年のわりに正直過ぎるってよく人に言われない？　ガードが甘いとか、上司の人に言われたことない？　それとも、コイタバシさんて、初対面のときにはいかにも僕は悪人ではないみたいな演技のできる人？」

「どうかな」

「あのね、イプサムは昨日ぶつけちゃって修理工場に出してるの。これは代車、今日だけの車」

「子供に怪我は？」

「ううん、バンパー擦《こす》った程度だから娘もわたしもだいじょうぶ」

「じゃあ、たいして問題はないわけだ。この車がたとえイプサムでなくても、バットモービルでなくても」

「そうね」相手は苦笑いを浮かべた。「バットモービルって何のことかあたしは知らないけど。ところでコイタバシさん、おなかすいてない？」

「多少。コンビニがあれば何か買って食べてもいいし、車でどこかへ行ってもいいし、ほかに考えがある？」

「海ほたるは？」

「え？」

「行ったことある？」

もちろんこの場合の海ほたるとはアクアラインの途中に設けられた海ほたるという名前の休憩施設のことを指しているのだが、東京湾を千葉県側に渡ったのも初めてだし行ったことがあるわけなかった。気が乗らないという意味も同時にこめて首を振ってみせると、行ったことがないという単純な意味に相手は取った。車がすぐに発進したのでそれは想像がついた。で、袖ケ浦の駐車場から、高速バスで来た道を今度はイプサムの代車の軽自動車で引き返すことになった。

34

海ほたるは五階建ての建物で、五階に展望デッキレストランという名のもとに何軒かの飲食店が営業している。が、僕は別にタウン誌に食べ歩きの記事を書くライターではないのでこの建物にも飲食店にもさほど関心はない。また取材に熱心なあまり観光地のガイドブックと見まがう平坦《へいたん》な文章で小説を書いてしまう作家とも一線を画したい。ここで僕がこの小説の語り手として敢《あ》えて言うべきことは二点あり、一つは、五階の飲食店は土日を除いてほとんどが午後九時で閉店してしまうということ。もう一つは、一軒だけやっている店でも、時間が遅いとメニューには載っていても厨房《ちゅうぼう》で作れない料理があるという事実である。店員によれば木更津産のあさりを用いた人気の「あさり丼」は早い時間で売り切れてしまう。あとビールは時間にかかわらずノンアルコールのものしか置いていない。

十時半だった。僕たちは一軒だけ開いている店の窓際のテーブルに向かい合っていた。テーブルの上にはラーメンのどんぶりが二つ、セルフサービスのお冷やのグラスが二つ、それが一つずつプラスチックのトレイに分けて載せたのがある。客の姿は他に一人もなく、目につく従業員の姿も少なかった。窓の外には東京湾が見えた。強《し》いて見ようと思えば見えるはずで、窓の外に設けられたテラスに出て身を乗り出せばそこは海だと確認できるかもしれなかった。でも時間が時間だし、外の闇と闇のかなたの都心の灯《あか》りを別にすれば、窓に映るのは自分たちの影と、注文カウンターの端に置いてあったパンフレットの拾い読みによれば客船をイメージしたというこの店の明るい内装でしかなかった。

客の姿は他になかったが、客がいた形跡はいくつかのテーブルに残っていた。食べ終わったカレーの皿や、ふちに口紅の付いたコーヒーカップなどがトレイごと放置されているのを見ることができた。きっと九時あがりの従業員が帰ったあとで人手が足りないのだろう。ラーメンを食べ終わるまで僕たちは口をきかなかった。目の前の女が何を考えていたのかは知らないが、僕は蒲田疑惑のことをまだ気にしていた。

蒲田疑惑については、アクアラインを高速バスで袖ケ浦へむかう往路ですでに思い切ったはずだった。とにかく中志郎とは二度と会わなければいいのだ。会わなければ言い訳する必要もないし嘘をつかなくてもすむ。中夫婦とは距離を置いて、今日の発言はなかったことにして忘れてしまう。あとは時間が解決してくれるだろう。手帳に記された蒲田疑惑という文字も、中夫婦の人生の中に僕が再登場しないかぎり、次々とめくられる新しいページに埋もれてしまうだろう。今夜、中志郎の頭に疑惑の芽は植え付けられたかもしれないが、中真智子が口を割らないかぎり（割るはずはない）その芽は育たずやがて枯れてしまうだろう。いったんはそう考え、心に決めたこと、会わないと決断して、実際に会わなければそれでおそらく無事にすみそうなことをまだ気にしているのは、自分が、この問題を肝心のところで思い切っていない証拠だった。

いったいこの決断の何が気にいらないのか？　と自分に問いかけてみるまでもない。中志郎に今後二度と会わなければ、というそもそもの条件が気にいらないのだった。僕は彼に渡された名刺を破り捨ててはいなかった。それは海ほたるの五階でラーメンを食べているときにも上着のポケットにしまってあった。要するに、僕はできることなら、もういちど中志郎という男に会いたいと願っているのに違いなかった。

奇跡という言葉を口にしたときの中志郎の真顔を僕は思い出していた。自分ではなく妻の愛読する小説家の本が出たことを、妻のために喜ぶ、と言ったときの中志郎の皮肉のまじらない実のこもった表情を思い出していた。出版おめでとうございます、と中志郎に言われたとき、その台詞を、生きた人の口から初めて聞かされたかのように新鮮にしかも素直に受けとめた自分を思い出していた。風邪とあくびは伝染すると誰かが書いていたが、誠実や真剣さも同じだ。きょう中志郎が僕に喋《しゃべ》ったこと、続けて喋りたがっていたことはあれはぜんぶ、あり得るか否かは別にして、本気なのだ。

「正直に答えてほしいんだけど」と海ほたるが口をひらいた。ラーメンのどんぶりはトレイごと脇へ片づけられ、水の入ったコップだけ女の両手は握っている。「コイタバシさん、あたしが邪魔?」

「いや」

「いてもいなくてもいいくらい? たまたま相席って感じ?」

「何の話かよくわからないな」

「さっきからコイタバシさん、そこにひとりですわってるように見えるんだけど」

「思い過ごしだよ。黙ってたのは、食事中はものを喋らないようにしてるだけで特に意味はない」

「正直に」

「正直に訊《たず》ねる人には正直に答える」

「じゃあちょっと外に出てみる?」

僕たちは店の周囲に設けられたテラスへ（内装のコンセプトにしたがえば船のデッキへ）出て、潮の匂いを嗅《か》ぎ、手すりに沿って歩いた。手すりのむこう側に暗い海と遠い街灯りを見ながら歩き、川崎側のより近い夜景を前にして足を止めた。もう少し先へ歩くとベンチが据えてあり、そこに店内にはいなかった客がふたり寄り添って腰かけている。手すりのそばに立ち、ほら、あそこ、あの観覧車みたいに見えるのは何かしら？　と海ほたるが言う。見えるでしょう？　見える、と僕は答える。相手にわかるようにうなずいてみせる。あの男の妻への愛情は本物かもしれない。結婚後八年も同居している女への思いにしては、常識としてはいささか変だが、あの男は少なくとも嘘はついていないのかもしれない。あるいは奇跡はほんとうに起こったのかもしれない。七年間、妻のからだに手も触れなかった男がバリ島へ旅行して変わった。帰国してもその状態は持続している。子供がほしいという妻の望みを彼はかなえてやろうとしている。妻が好きな小説家の本が出ると、看板を見逃さずサイン会に立ち寄って小説家におめでとうとまで言う。妻のために。彼はほんとうに中真智子を愛しているのかもしれない。中真智子は夫の愛をそばにいてまざまざと感じているのかもしれない。きょう僕が中志郎の誠実、真剣さを初対面で感じ取ったように。こうしていま別れたあとで反芻《はんすう》しているように。

時が過ぎてもう思い出せないことを、仮に思い出せるとしたら。大切な一日をまるでその日を追体験するかのようにつぶさによみがえらせるのが可能だとしたら。それを奇跡と呼ぶしかないことは中志郎も認めた。でも彼の言う通り、彼が本気で喋った通り、現実にはあり得ないことが起きてしまったのかもしれない。何らかの方法によって彼の身に奇跡がもたらされたのかもしれない。去年の秋、バリ島。

「かなり背が低いでしょ、こうして並んでみると」

「そうだね」

「よく人に言われる、あらためて見ると小さいんだねって。おかしい？」

「ぜんぜん」

「コイタバシさん、笑ってるじゃん」

「思い出し笑いなんだ」

「何、気持悪い」

「昔結婚してた女性のことを思い出した」

「どっち？」

「ひとりめ」

「ほんとに二回結婚して、二回とも離婚してるの？」

「うん」

「コイタバシさんのメール、読めば面白いんだけどどこまでほんとうなのかよくつかめなかった。歯間ブラシの研究開発をしてる会社の課長ってほんとのこと？」

「あとでゆっくり話すよ。風邪をひきそうだ、車に戻ろう」

「車に戻って」海ほたるはそこで喉《のど》を詰まらせ、咳《せき》払いでごまかした。「どっち？　袖ケ浦か、川崎のほうか」

「きみにまかせる」

「それはずるい」

「川崎」と僕は言い直した。「自由の女神像が観たい」

わかった、連れてってあげる、と答えて海ほたるは手すりを離れた。二つのキーワードで意図は通じたらしかった。中夫婦のことも、奇跡の話も、朝までは忘れよう、そう自分に言い聞かせて僕は彼女のあとを追った。

35

それはほんとうだった。

別れた（ひとりめの）妻の話だが、僕が海ほたるというニックネームの女と一緒にいて、彼女のことを思い出して笑ったのはほんとうだった。

別れた妻は別れたときはまだ二十代で、海ほたるに負けないくらい小柄な女だった。そして同じように、出会ったばかりの頃には背の低さを気にしてみせた。電車待ちのホームでも、映画を見るために並んだ列でも、ベッドに入る間際にも。なんだか、あたしのそばに立つと子供連れの保護者みたいな気分にならない？　だいじょうぶ？　手をつないだままで照れくさくない？　彼女はからだつきのわりに頭が大きく、目が大きく、頬のふっくらした顔だちで、皮膚の色が白かった。ゆで卵の白身の照りのように頬が光って見える、皮膚のすぐ内側に光が溜《た》まっている、そう思えるくらいずぬけた白さだった。深夜、横顔を見せて泣くときは（夜になるとよく泣く女だったが）特に冴《さ》えて白い顔に見えた。機嫌が直ると昼間は、短い腕と、短い脚を器用に使いこなして大型の国産車を乗り回した。助手席に乗っていてもはらはらすることのない、いかにも運動神経の良さそうなスムーズな運転をする。本人もそのことが自慢のようだった。

憶《おぼ》えているのはそれだけで、あるいはあとは憶えていてもいまは語りたくないのでそれだけで、と言いなおすべきかもしれないが、結婚しているあいだ、新しい本が出ても彼女から「おめでとう」という言葉で祝ってもらったおぼえはない。彼女にかぎらず、一冊の本の出版をわがことのように喜んでくれる人は僕のそばにいないし、かつてひとりもいた例《ため》しはなかった。最初の本が出版されたとき、つまりここだけは正直に言って僕のいままでの人生でいちばん重要だった日にも、おめでとう、と心から祝ってくれる人は誰もいなかった。その時期に知り合った最初の妻は、ねえ、あれでいくらくらい儲《もう》かるものなの？と印税の額を気にするのが先だった。

ここまでは、川崎の屋根に自由の女神像が屹立《きつりつ》するホテルまでの道すがら、軽自動車の助手席でぼんやり考えてみたことの内容である。ちょうどホテルの駐車場に入る頃、僕は自分の心が今夜はとみにやわになりつつあることに気づいた。気づいて幸いだった。きれいごとだな、と僕は車を降りながら考え直した。他人の書いた本の出版をわがことのように喜んでくれる人間がどこの世界にいるというのだ。そんなのはおとぎばなしだ。おじいさんとおばあさんだって柴刈《しばか》りや洗濯をやめていまは年金の心配をする。だいたい書いたものが原因で二度も編集者に見放され、そのあげく二度も離婚しておいて、おまえはいまさら他人に何を求めているのだ？

36

朝五時までを川崎のホテルで過ごした。

その時刻に木更津まで車を飛ばせば、娘と、娘を見てくれている母親が目覚める前に自宅にたどり着けるというのが彼女の言い分だった。ホテル代は当然僕が持った。バスタブが張ったお湯ごと七色に変化するジャグジーに二回入ったことを考えればそう高い料金ではなかった。

彼女の車で八丁畷《はっちょうなわて》の駅まで送ってもらい、そこで手を振って別れた。厳密にいえば、たがいのてのひらとてのひらを向き合わせて、手は振らずに別れた。

電車を三つ乗り継いで二子玉川の自宅に着くと、六時だった。

それなりに疲労は感じていたが、睡眠導入剤なしでは眠れそうにない。飲みつけた数だけ飲み、歯をみがくついでに出しっぱなしの歯間ブラシを鏡の裏の棚にしまい、パジャマに着替えた。それから仕事場の机に向かってパソコンを立ちあげ、インターネットの検索サイトに接続した。

中志郎と蒲田で別れてから十時間ほど経過していたが、僕はまだ三文字のキーワードを憶えていた。

（ルリヤ）

（そう、ルリヤです）

ルリヤ、と僕は呟《つぶや》き、検索語を入力して検索開始ボタンをクリックした。

次の瞬間、睡眠導入剤を飲むのは早すぎたかもしれないと後悔することになった。ルリヤという人名に触れたサイト数は三千を超える、パソコンの画面はそう教えていたからである。

第五章　小板橋先生

37

金曜の午後、荻窪《おぎくぼ》にある杉並区立中央図書館を訪ねた。

レファレンス係の司書に頼んで『偉大な記憶力の物語』という表題の本を探してもらい、閲覧室の机で途中まで読んだ。

わざわざ荻窪まで出向いたのは、世田谷区内にはその本を持っている図書館が見当たらなかったからである。インターネットに「東京都公立図書館横断検索」というサイトがあり、検索をかけてみると、他に八王子市、日野市、小平市、中央区、港区、文京区の図書館に一冊ずつ蔵書があるらしかったが、その中から土地勘のある杉並区の図書館を選んだ。土地勘というのは単に昔、中央線の沿線の町に住んだことがあるという程度で深い意味はない。

アレクサンドル・ルリヤは『偉大な記憶力の物語』のまえがきで「私は、奇妙な一人の人間についての小さな本を書いた」と述べている。「彼は、音楽家としても、ジャーナリストとしても成功せず、記憶術者になった」。きっとこの本に違いなかった。川崎のホテルから戻った早朝と、睡眠導入剤の効果で七時間ほど眠ったあとの午後と、二回の手間をかけた検索結果から判断して、中志郎の言っていた「ルリヤという人の書いた本」とはこの翻訳書のことだ。一九八三年に文一総合出版から天野清訳で出ている。小さな本を書いた、と著者の述べる通り、日本語版も形で言えばB6判の小型本である。

閲覧室の机で途中まで読んだ本は、夜になる前に全ページを無断でコピーして自宅へ持ち帰った。貸し出しの期限を過ぎても手もとに置きたいと思ったからだ。持ち出したコピーの束は右上隅にパンチで穴を開け、紐《ひも》で綴《と》じた。こうして一冊の複写本が出来あがり、書店にも出版社にも在庫がなく中志郎が古本屋を探しても見つからなかった本が僕のものになった。いまどき読みたくても手に入らない本などどこにもない。

僕はこの複写本を手もとに置き、気になるページには付箋《ふせん》を貼りながら読んだ。いちど読み通して、二度目は日にちをかけて少しずつ読み返した。昼間は机のパソコンに向かって締め切りのある原稿を書き、夜はこの本の付箋を付けた部分を拾い読みする。常に台所のテーブルに置いているので、夕食の最中に箸《はし》をとめてページをめくって見ることもある。そして読んだあとには必ず、中志郎の身に起きた（かもしれない）奇跡について考えをめぐらせる。それが日課のようになって一週間ほど続いた。

中真智子から突然のメールが届いた日にも僕はそれを読んでいた。その日は急ぎの仕事がなかったので昼間から台所の椅子に腰かけてビールを飲みながら本を開いていた。

38

中真智子からのメールを僕の携帯電話が受信するのは約四カ月ぶりのことである。代々木上原でのあの不運な朝以来だ。

蒲田疑惑の夜から一週間。読むまえに僕には三通りの文面が予想できた。

1　やっぱり私が間違ってました。今夜会えますか？
2　夫の子を身ごもりました。私の番号とアドレスは永久に削除してください。
3　サイン本の件でちょっと聞きたいことがあるんだけど。

可能性の低い順番に並べるとそうなる。

どれにしても蒲田疑惑のあとではあまり良い気分はしない。たとえ1であっても、すでに中志郎本人と会い、彼の誠実さを目の当たりにしたいまでは、ほら、だから言っただろ？　とは気やすく返信もできない。できれば2であってほしい。そうすれば世間一般の祝い事にまぎれて、これまでの彼女と僕の関係、先週の僕の軽率、中志郎の心に生じているはずの疑惑がすべて、とは言わないまでもトラブルの火種になりそうなものはたいがい煙のまま消えてしまうだろう。メールの着信音を聞き、表示窓の送信者名を見て、携帯電話を開き、しかるべきボタンを押してメールの本文を読むまでのあいだに僕はそれだけの事を考えた。時間にすれば十秒くらいだろう。十秒でそれだけの事を考えられるかと疑問に思うかたもいるかもしれない。

でも奥さまがた、思ったとすればあなたはものを書くことに縁のない幸福な人だ。十秒をきっかり十秒で生きている人だ。人生の十秒を誰も十秒で書くことはできない。やってみればわかる。人生は短いというのは、ただ生きるだけではなく生きる内容を言葉で書いてみてはじめて実感できる決まり文句だろう。ただ生きるだけなら日本人の平均寿命は不必要に長すぎる。かつて世田谷区民講座の文章教室で、有閑の婦人たちを前にして僕はそういうことを喋《しゃべ》ったおぼえがある。また物議をかもさないうちに話を戻すと、この日、中真智子から届いたメールの文面は実際にはこうだった。

いるなら玄関のドアを開けてください。

僕は複写本のページに片手を添えたまま、台所と直結している玄関のドアを振り返った。眉《まゆ》をひそめ、すぐに椅子を立ってそちらへ歩いた。ドアの外に人が立っているのは確実だった。僕の足音がむこうにも聞き取れたのだろう、催促するようにドアチャイムが鳴った。

「ごめんください」とドア越しに女の声が挨拶《あいさつ》した。

中真智子の声とは別人のようだ。

好奇心から玄関のドアを押し開けてみると、全身黒ずくめの女が立っている。黒いコートの前が開いているので黒のスーツの襟もとの真珠のネックレスが引き立つ。黒い靴に黒いパンスト。黒いスーツは喪服だろう。全体にふくよかな女の顔は見たとたんに思い出した。特に両頰から顎《あご》にかけて肉づきがいい。

「何度もお騒がせしてごめんなさい」と女はまず謝るようなことを言ったが、頭は下げなかった。

「何度も」

「ええ」

「ひょっとして、さっきもチャイムを鳴らした？」

「さっきはどうか知りませんけど」うっすら含み笑いの顔で彼女は答えた。「三十分前に一度、二十分前と十分前にも一度ずつ」答えたあとでいまドアチャイムのボタンを押した右手をコートのポケットに入れた。左手は最初から、手首に黒のハンドバッグをかけた恰《かっ》好《こう》でポケットにしまわれている。「それとお宅に電話もかけさせていただきました、ほんの四五回。お仕事中は集中されてるから雑音はいっさい聞かない、という噂は真実だったみたいね」

「申し訳ない。NHKの集金かと思ったんだ」

「お時間取っていただけます？」

「あの、と急に言われてもさ」

「あの、あたくしね」

「広重悦子さんでしょう、名前は憶《おぼ》えてるよ」

「広重いつ子です」

「僕の講座を受講してくれてた人だよね」

「真智子さんの友人です」

「しかも確か一ヵ月か二ヵ月だけ来て、途中でやめちゃった人だよね」

「今日はメッセージをお伝えにあがったんです、真智子さんの」

「それはわざわざどうも」僕はねぎらった。「ご親戚《しんせき》の法事の日に」

広重いつ子は束《つか》の間《ま》、口を結び、うつむいて見せた。

「あのね津田さん」

「わかってる」

「津田さん」彼女は僕の目をというよりも僕の目の奥までを凝視した。「あたしの考えでは、あなたは事情がよくわかっていないと思うわよ。あたしはあたしの用事ではなくて、中真智子さんのメッセージをあなたに伝えに来たのよ」

「そのようだね」

「もしそうでなければ、あたしがあなたみたいな人に用があるわけないでしょう？　そこを履き違えないでほしいの。わかる？」

「よくわかるよ」

僕は癇癪《かんしゃく》をおこしかけた。

昔からそうだが、この女の、口から繰り出される言葉のゆるいテンポ、あとは声の高低の使い分け、たとえば這《は》うナメクジとかナメクジの一時停止とかナメクジのマイペースとかを連想させるねっとりした喋り方が気にさわる。

「たったいまお知らせのメールが届いたし、そんなことはわかってる。メッセージがあるのならどうして本人が出てきて喋らないんだ」

「じゃあ、とにかく、少しだけお邪魔してもいいかしら？」広重いつ子が一歩前へ踏み出した。「津田さんのほうも迷惑でしょうけれど、こんなところで感情的になって立ち話をするのはみっともないし」

この女の、顎の先端をうわむき加減にして相手を見て喋る癖も僕は気に入らなかった。いいとにかく昔から、講師対受講生として出会ったはなからこの女とは相性が悪かった。いいとこのお嬢さん育ちでいいとこに嫁いだ母親の娘として産まれ、いいとこのお嬢さんとして教育を受けいいとこに嫁にゆき娘と息子をひとりずつ産み、いいとこの家系にふさわしく子供たちを育てていいとこの家系と掛け合わせて孫を産ませる。この女の伝記を書くとすればそれだけだ。そう思った当時の記憶がよみがえった。週に一回の区民講座に、彼女はひとりだけ必ず柄物のスーツを着込んで現れた。広い襟の片側にはブローチがとまっている。そばに寄るとひとりだけ香水が匂う。小説家の文章教室とＰＴＡの懇親会と区別がつかないのだ。

育ちの良さという言葉を使えば、広重いつ子は僕の二番目の妻と似ていた。彼女との相性の悪さは、二番目の妻と同居していたあいだの居心地の悪さにいくらか通じるものがあった。両者の違いは、僕の前妻が文字だけ印刷された本というものにまったく興味を示さず、したがって僕の書くものも読まず、最初から最後まで生身の僕を見て判断して結局は見誤ったという点にある。広重いつ子は違う。彼女は少年少女文学全集の時代から本を読み、自分でも詩と小説を書き、津田伸一の書くものにもざっと目を通し、そして文章教室には一ヵ月か二ヵ月で見切りをつける。

つまり同じものを書く人間として書くものが尊敬できなければそれまでで、そういう男とずるずるつきあっている友人には、会うたびに悔し涙さえ浮かべて（ここは中真智子から前に聞いた話だが）あの男にあなたを引き合わせたのは失敗だった、あんな軽薄な食わせ者、あたしだって唾《つば》を吐きかけてやりたいと思う、真智子さんの場合はご主人との事情が事情だから寂しいのはわかるけれど、でもあそこまで薄っぺらな男に騙《だま》されるのはひどすぎる、浮気をするならするで、まともな男が他にいるでしょう、一日も早く、おおごとにならないうちに別れなさい、と忠告する。で、三年がかりでとうとうその忠告が実を結ぶときが訪れたとなると、チャンスを逃さず、いまこうやって（これは想像だが）親戚の法事かPTA関係者の葬儀帰りの喪服姿でもかまわず友人のメッセージとやらを伝えにしゃしゃりでて来るのだ。

「せっかく来てもらったのに悪いけど」僕は広重いつ子が一歩前に出たぶん押し返した。彼女は右手をポケットから出して僕の手をとっさに（空振りだったが）払った。「部屋にあげるわけにはいかないな。ご近所の目もあるしね、昼間から喪服の女が出入りしているとか噂が立つと困る。喪服は脱ぐのか着たままなのか、どんなプレイなんだって話になる。メッセージはあとで本人の口から聞くからお引き取り願えないかな」

「彼女に電話しても無駄よ」広重いつ子はまた顎をつんと上へ向けた。「津田さんと直接話す気はないし、もう二度と会わないと決めてますから」

「それは知ってる」

「知ってると津田さんは簡単に言うけれど、ほんとはよく事情がのみこめてないのじゃないかしら」

「サイン本のことだろ？」

「真智子さんのご主人のことよ。あなたね」と言いかけて、マンションの廊下で物音がしたのでそちらへ目をやり、広重いつ子は声を低めた。「ぜんたいどういうつもり？　真智子さんのご主人と会って名刺をもらうなんて」

「むこうがサイン会に来て、勝手にくれたんだ」

「それだけじゃないでしょう」

まあ確かにそれだけじゃない。蒲田疑惑の一件がある。そう思ったせいで僕が一瞬でも怯《ひる》んだように見えたのかもしれない。広重いつ子の顎がぴくりと動いていっそううわむきの角度になった。

「それだけだよ」

「それだけじゃないはずよ」

「それだけだと思うけどね」

「言ってはいけないことを言ったでしょう？」

広重いつ子がしびれを切らした。と同時に本音を洩《も》らした。

「真智子さんのご主人に会ったときに、言う必要のない余計なことを言ったでしょう？　あたしはね、津田さん、小説家としてあなたの筆が滑るのは過去に見飽きてるからいまさら驚かない。でもここまで言っていいことと悪いことの区別がつかない人だとは思わなかった。それとね、断っておくけれど、あたしはあなたが思ってるほど暇ではありません。

これでも無理して、なんとか時間をやりくりしていまここに立っているのよ」

「バリ旅行のことを言ってるのなら」

「言っているに決まっているでしょう！」

「口が滑ったのは認めるよ」

「認めてそれですむ問題？」

「じゃあどうすればいいんだ」

「だから」広重いつ子がまた一歩前へ踏み出した。「どうすればいいか、その話をしに来たのよ」

39

それから二十分か三十分かそれくらいの時間、僕たちは車の中で話をした。左側に運転席のあるスウェーデン製の車の中で、という意味だ。二子玉川商店街のはずれの屋根のない駐車場に広重いつ子の車は止めてあった。

商店街をふたりで歩くのは、ふたりで歩いているのを人に見られる／見られないにかかわらず御免だとむこうが言うので、僕はいったん玄関のドアを閉めて時間を置き、ダウンパーカを着込んで部屋を出た。明らかに自分を見下している人間を部屋にあげるのは御免だと（その通りには言わないが）こっちも意地を張った結果なので、それくらいの譲歩はしてもいい。

マンションから路地を一本抜けると二子玉川商店街に出る。

商店街といっても道の両脇に商店が隙間なく並んでいるわけではなくて、片側に文具店があるかと思えば反対側には小学校の門があったり、二階建ての民家や小ぢんまりしたマンションが向かい合って建っていたり、角にコンビニが営業していたりする広くはない通りのことなのだが、路地からその通りに出てほんの二三分歩くと青空駐車場があり、西日の日溜《だ》まりの中にそれらしい大型車が止まっていた。近寄ってみると、広重いつ子が運転席から顎《あご》で隣のシートを差し示すので、黙って従うことにした。彼女の右側の助手席にすわってドアを閉めると、当然のごとく車内には香水の匂いがたちこめていた。

「会う約束をしてるそうね？」

と広重いつ子はフロントガラスに向かい、いきなり主語も客語も抜きで話を始めた。省略されている主語はおそらく、まったくあなたって人は、だろう。

「誰と」

「真智子さんのご主人とよ。蒲田までいっしょに電車に乗って、別れ際にまた会う約束をしたんでしょう？」

「彼がそう言ったのか？」

「あたしは津田さんに質問してるのよ」

「また会ってどうするんだ。ふたりで印刷技術の発達について語り合うのか？」

ほんの試しに、相手が嫌がるような意味のない台詞《せりふ》をはさんでみたのだが反応は皆無だった。

「そんな約束したおぼえはないよ。名刺を貰《もら》うときに、いつでも連絡をくれとは言われたけど」

「じゃあ連絡はしないことね」

「わかってる」

「絶対に」

「あり得ない。君のネックレスの真珠がまがいものである確率と同じくらいあり得ない」

「それとね」広重いつ子は前を向いたまま表情も発声のトーンも変えなかった。車内で僕を待つあいだに受け答えの心構えをしておいたに違いない。「あとはあなたのその滑らかな舌のことだけど、今回の罪はあたしがかぶるから、いちおうあなたもそのつもりでいてちょうだい」

「なるほどね」

と相槌《あいづち》を打ったところで広重いつ子はやっと僕を振り向いた。

「意味がわかってうなずいてるの？」

「いや、わからない」

「ご主人は真智子さんに、津田伸一と会ったことがあるのかって訊《き》いたそうよ。それで真智子さんはあなたの文章教室の話をした。当然よね？　別にそのことは隠してたわけじゃなくて、前にも話したはずなのにご主人が憶《おぼ》えていなかっただけだから。でもそれだけじゃ足りなくて、彼女はあたしの名前も出したの。これでわかる？」

「君の名前をだしにしてその場を言い繕った」

「ふたりのバリ旅行の話はあたしが津田さんに教えたことになるの。あたしと津田さんは大の仲良しで、おまけにあたしはお喋《しゃべ》りな女だから、小説の材料になりそうなことは何でもぺらぺら喋ってしまう。もともと真智子さんを津田伸一の文章教室に連れていったのはあたしだし、実際、真智子さんよりも前にあなたのことを知ってたわけだしね。もうずいぶん昔、小板橋《こいたばし》先生の紹介で知り合って以来、あなたとの交際は続いている。いい？　つまりね」

「君と僕は不倫をしてるのか？」

「そうよ」と広重いつ子は認めた。「真智子さんのご主人の頭の中ではね」

「いつから」

「もう長いあいだ」

「ちょっと窓を開けていいかな？」

いいともよくないとも返事はなかったが勝手にスイッチを操作して助手席側の窓を下げた。で、外の空気を吸い、ランドセルをしょった女の子がもう一つ別のランドセルを手に提げて、片腕を三角巾《さんかくきん》で吊《つ》った女の子の後ろを歩いて行くのにしばらく見とれるふりをした。三角巾の女の子はスキップを踏んでいる。

「笑い事じゃないのよ」

「笑ってないよ」

「真智子さんと相談してそういうことに決めたの。真智子さんはご主人に、あたしたちの関係を暗示するようなことをもう喋ってるはずだし、もしもの場合、証明が必要な場合になれば、あたしはあたしたちのみだらな関係を進んで告白します。真智子さんのご主人には、という意味だけど。とにかく、いまはとても大切な時期だから、友人として、彼女のためにできることはやってあげる。だからあなたもそのつもりで協力して。協力というのは、わかるわね？　これ以上、真智子さんの人生にかかわらないでいること。彼女に電話をかけるのは問題外、メールもだめ、ご主人に会って話をするとか、そんなストーカーまがいの行為もいっさいやめて、ただ黙って、そっとしておいて。あなたの失敗の後始末はこっちでつけますから、また口を滑らせたいのなら今後はよそでやるように」

そこまで喋ると、広重いつ子は運転席のシートベルトのバックルを留めた。話は以上、という意味だろう。実際のところ僕は笑ってはいなかった。ただこの愚かな企《たくら》みが世間に向けて通用するのかどうか、彼女たちの書いたシナリオがほんとうにあの中志郎を説得することができるのかどうか検討していただけだ。それともうひとつ、先週中志郎と会ったとき微妙にひっかかっていた言葉「このところ妻もいろいろと忙しくしていて」と、いまの広重いつ子の言葉「いまはとても大切な時期だから」とから推論して、中真智子が昨年から欲しがっていたものを現実に手に入れた可能性が大いにある、そのことも考えてみた。

「わかった。言う通りにするよ」

「当然でしょう」広重いつ子が低い声で答えた。「他に方法はないんだから。真智子さんにはあたしからそう伝えておきます」

「君と僕は不倫している、そこがポイントだね。不倫だから僕はその関係を隠そうとするわけだ。中志郎に対しても、誰に対しても。サイン会で『中真智子さんへ』と宛名を書いたとき、僕はその名前に気づいていた。不倫相手の親友の名前だからね。でも気づいても隠そうとする。できるだけ知らないふりをする。中志郎と電車に乗り合わせたときも、知らないふりを通そうとする。それで話の辻褄《つじつま》は合う。このシナリオは完璧《かんぺき》かもしれない」

「降りて」と広重いつ子が言った。

「むしろ君たちのほうが小説を書くべきかもしれないな。僕も似たようなことは考えてみたけど、まさか、君と不倫することになるとはね。そんな起死回生のアイデアは思いつきもしなかった」

降りて、ともういちど低い声で命じるか、気を入れて応戦するか広重いつ子は迷ったようだった。迷っている女の横顔は目から下のラインが特にふくよかで、以前に中真智子が好意的に述べた意見によるとどこかしら文楽の人形の顔を連想させるということだった。僕はただ健康とか栄養とかいう言葉を連想する。

「彼女は妊娠したんだね？」

「津田さん」広重いつ子は質問には答えなかった。「あたしの前ですこしでも小説家ぶるのはやめてくれない？　真智子さんにはそれでよかったかもしれないけれど、あたしは虫《むし》酸《ず》が走る。本気で軽蔑《けいべつ》する。小板橋先生があなたみたいな人に目をかけたのは、先生の唯一の汚点だったと思っている」

「きっと草葉の陰で泣かれてるだろう」

虫酸が走るとまで言われて車内にとどまる理由はないので、僕はドアを開けて、相手に背を向け片足を外に出した。

「あなたは、今日がどんな日かわかって、そんな恥知らずなことを言ってるの？」

右手をドアに添え、右足を地面についた姿勢で振り返ったが、広重いつ子は僕を見ていない。フロントガラスに向かって顔をしかめている。そのまま彼女が続けて喋ったことの意味を、僕は最初のうちつかみそこねた。

彼女は人生論一般を述べているようであり、僕の昔書いた小説を貶《けな》しているようであり、端的におまえが嫌いだと僕に告げているようでもあった。意味の取れない部分、聞くに耐えない部分を削除して整理すると、だいたい次のように彼女は喋った。

「子供はね、津田さん、実の父親が死んだときには泣くものよ。実の父親のような存在の人が死んだときにも、人は泣くし、涙を流さないまでも、お世話になったなら、なったなりの態度で弔意を表すものよ。それがあなたの小説では、小学生の姉妹が父親の通夜の席で悪ふざけして、お線香をあげに来た担任の教師に頭をぶたれる。違った？　そんなのは常軌を逸している。ただ読む人を驚かして喜ぶためだけに書かれている。小板橋先生がどんなに文章をほめたか知らないけれど、あたしはそんなものは読みたくはない。あなたの書くものはね、現実のあなた同様にあたしたちには傍《はた》迷惑なの。電話をかけても自分の都合で取らないし、ドアチャイムを鳴らしても出て来ない、誰が来たのか確かめもしない、そういうだらしなさと同じで、まじめに生きている人間にはあなたの書くものは迷惑に過ぎないの。いまのあなたの言い草は、冗談のつもりか何か気が知れないけど、小板橋先生はほんとうにお墓の下で泣かれてると思う」

僕は広重いつ子が僕を毛嫌いしている理由、特に今日、いま、ここでヒステリーに近い症状をおこすくらいに毛嫌いしている理由にようやく思いあたった。

「なるほどね」僕は何回かうなずいて見せた。「その喪服はそういう意味か。そうならそうと早く教えてくれればいいんだ」

「あたしの車から降りて」

僕は言われた通りに外に出た。

たぶんドアを閉める前に、もうひとことでも声をかけるべきだったのだろうが、適切な文句は思いつかなかった。車を降りたあとはその場を動かず、ダウンパーカのポケットに両手を入れて突っ立っていることしかできなかった。車が西日のあたる駐車場から陰になった道に出て玉川通り方面へ走り去った。僕は日だまりの中に残り、広重いつ子が小板橋先生と呼ぶ男のことを考えた。

彼女が喪服を着ていたのは小板橋先生の法事に出たのに違いなかった。何回忌になるのか正しくはわからないが、二月なかばの今日が、小板橋先生の命日であるのは間違いなかった。

40

小板橋先生は小板橋貞二という名前の詩人で、みずから詩の同人誌を主宰し、また文芸批評家として様々な雑誌や新聞に散文を書いた。

だが彼は生前、彼のなした仕事よりもむしろ、同人誌仲間や後輩の面倒見の良い、温厚な、人格者としてその名が高かった。もともと裕福な家の出で、貧乏には生涯縁がなかったが、詩集や評論集がたくさん売れるわけでもなく、また借金を申し出る者には決して渋らず貸し与えるので、詩人としての一生を通じて華美贅沢《ぜいたく》にも縁がなかった。世田谷の親から譲り受けた自宅に妻とふたりで暮らし、週に一度、何曜日かに彼を慕う若い人たちとの集まりを持った。その会に出たことのある弟子たちの中には何人もの高名な（高名なとは、テレビで顔を知られるというくらいの意味だが）詩人や小説家や批評家や、あと編集者までもいる。もちろんその何倍、何十倍もの不肖の弟子たちも出入りしていたわけだが、それら小板橋系と呼ばれる人々の大半は、この先生が先生で本を書いて一旗あげる主義とは縁遠い人物なので、考え方がまあおおらかで、商業的に成功した仲間をいわばロトを当てた幸運な人間のように見なして祝福した。

のちに、小板橋貞二が病に倒れ世田谷区民講座の講師のお鉢が僕にまわって来た頃、業界通の誰かにそういった噂を聞いたおぼえはあるのだが、でも実際のところは定かではない。人格者で、弟子たちの信望が厚いと評判だった小板橋貞二に、僕は会ったことがないからである。電話で話したこともないし、手紙やメールのやりとりもなかった。ただ小板橋貞二は僕の書くものを読んでいた。頼まれもしないのに読んで、そして好意的な批評を書いた。その好意的な待遇は僕が最初の小説を発表した年から、彼が食道癌の手術のはてに六十歳で死ぬ年まで、一貫して変わらなかった。

一回目の謹慎のとき、僕を救ってくれたのも小板橋貞二である。彼は誰もが触れたがらなくなっていた僕の作品について書いた。批評と呼ぶにはあまりにも情緒的な文句を連ねて小説家津田伸一を援護する文章を書き、大手出版社から出ている月刊総合誌に発表した。僕は当時、妻の実家のある淡路島で暮らしていたのだが、名前も知らない編集者がある日電話をかけてきてぜひおめにかかりたいという。大阪まで出て会ってみて、読まされたのがその月刊誌だった。小板橋貞二は、昭和の時代に出版社の社主でもあった菊池寛が、不始末を仕出かした作家にも汚名返上のチャンスを与えたというエピソードを引き合いに出して次のように書いていた。

カマボコを切って並べたような、張り合いのない、ままごと同然の文章を看板にしている物書きがはびこっている時代に、津田伸一の書くものは貴重だ。その内容が時として不埒《ふらち》、不遜《ふそん》、スキャンダラス、その他もろもろの何であれ、世に流通するカマボコの肩を持つ理由にはならない。いまや出版業界は、河豚《ふぐ》の毒に怖《お》じけづいて白子《しらこ》を捨て去るも同然の状況にある。この若者を、小説家として、生かしておくのは世の利益にならないと言う人がいるが、そもそも世の利益のために小説家は存在するのではない。何のためにならなくとも、津田君のひとりやふたり物書きの世界に生かしておいて、誰も損はしない。

だいたいそんな調子の援護だったと思う。大阪で会った編集者は、僕とそう年齢の変わらない三十代前半の男だったが、小板橋貞二の書いた文章を地でゆく感じの喋《しゃべ》り方で、津田君、君は書くつもりがあるのか？　またゼロからやり直す気があるのか？　あるのなら原稿はすべて僕が貰《もら》う、上を説き伏せてうちで必ず本にしよう、と約束した。こうして僕は書く場所を与えられ、小説家として復活した。まず一年後に編集者の約束通り長編小説が出版され、続けて書いた長編と連作の短編集が二年後に出ると両方まとめて直木賞の候補に選ばれ受賞した。どっちの本が受賞したのか僕にはよく区別がつかなかったのだが、まあどっちでもいい。本は二冊とも売れ、出版社もうるおい、小板橋系の編集者も面目をほどこした。そのころ僕は再婚し、お嬢さん育ちの妻との贅沢な生活にもなじみ、万事がふたたび順風満帆に思えた。ところが、翌年、二回目の筆禍《ひっか》事件が起きた。

自分が書いたもので世間を騒がしておきながら、筆禍事件が起きた、と言うのは無責任のようにも思うが、体験に照らすと、それが起きたときはもう起きてしまったとしかいえないくらいに手のほどこしようがない。渦中にいながら一部始終が他人事《ひとごと》のように眺められる、それが事件の性格である。自分の不始末のせいで火がつき、燃えあがった我が家を、最後の柱が燃えつきるまで外に立って見届けるような時間の流れ方。発端は、うるおった出版社に影響力大の文壇の実力者が（聞いた話だが）たまたま雑誌に載った僕のエッセイを目に止め、（想像だが）文字面のみ理解して激怒した。電話で抗議を受けた社長は（また想像だが）青くなり脂汗を流した。エッセイの連載打ち切りが決定されるより早く、読売新聞と朝日新聞と日本経済新聞の夕刊に、作家として許し難い軽薄さ（度し難い軽はずみ、だったかもしれない）を嘆く、なじる、または揶揄《やゆ》する記事が出た。『噂の真相』はもちろん揶揄した。そのあたりで出版社は自主規制または社内粛正に動いた。僕の原稿をそのまま載せた雑誌の担当編集者は異動を命じられ、辞令を受けた晩にろれつの回らない喋り方で、それもなぜか敬語で、訳のわからない電話をうちにかけてきた。例の小板橋系の編集者は、僕が携帯に電話をかけても出なくなった。一ヵ月経ち、問題とされた雑誌の次の号が出る頃には、東京中の書店の棚から津田伸一の本は残らず消えた。

僕がこのとき雑誌に書いたのは、自衛隊の海外での活動時に、日本で小説を書いている作家がなし得る行動の選択肢について、ほんの数行、しかもジョークとして触れた文章なのだが、もしここで詳しい説明を加えると、再度誤解を生じ当時と同じ事態を招く恐れがあるのでそれはしない。同様の理由で一回目の筆禍についても僕の口からひとことでも触れるわけにはいかない。読みたければ図書館か古書店で当時の雑誌なり絶版になっている一冊目のエッセイ集なりを探してもらうしかない。ともかくこの二つめの事件から半年後、嫌がらせの無言電話をふくめていっさい自宅の電話が鳴らなくなった頃、僕はたつきとしての小説書きを諦《あきら》めて東京を離れることに決めた。

そして今度は小板橋貞二も僕を援護する文章は書かなかった。もちろん、良識的な活字メディアから僕が村八分にされたとき、彼がすでに病の床にあったという事情もある。が、何も書かなかったかわりに、半年ほどのち（僕が妻の実家のある大分に引っ越してからさらに半年後という意味だが）世田谷区役所の職員に僕の居所を探させ電話をかけさせた。

職員は溌剌《はつらつ》とした若い声の（あとで会ってみると四十代の）教育文化事業部の主任を名乗る女性で、そのときこう言った。津田先生でいらっしゃいますか？　お忙しいところ突然お電話さしあげて恐縮です。実は急ですがたってのお願いがあります。たってのお願いというのは、区民講座の講師の口がひとつ空きになっているのを是非とも引き受けていただきたいとの申し出であり、お忙しいところ、という頭の挨拶《あいさつ》のほうは、単なる決まり文句か僕が東京を離れた事情をまったく心得ていないのかどちらともつかず微妙だった。

何よりも先に報酬のことを訊《たず》ねると、相手は意表を突かれたのか口ごもってから、僕が使ったギャラという言葉を謝礼と言い直し、それはいわばボランティア程度の金額になりますが、とまあ意味は電話の最中にも「少ないのだな」と感じ取れたけれども、あとでよく考えてみるとつかみどころのない表現で答えた。ボランティア程度って何だ。金額はゼロとどのくらい差があるのだ。

その場では返事を渋り、この話は断ろうと決めて数日経って、同じ用件で、今度は別の何者ともわからない男から電話がかかってきた。講師としての月々の謝礼は、津田さんに世田谷区内に住んでいただくための家賃（光熱費含む）を目安にするということでいかがでしょうか？　それで気持が動いて、家賃といってもどのくらいの部屋に住めばいいのかと訊ねると、そのへんは津田さんの御裁量におまかせします、ただし一般常識の範囲内で、ということだった。

電話のあったのが二月で、それから三月までのあいだに当時持ち上がっていた離婚話を詰めた。妻自身にはまだいくらかためらいも未練もあった模様だが、僕はきれいに醒《さ》めていたし、誰よりも彼女の両親が強力に僕の（単独での）上京を支持した。地元の弁護士が立てられ、僅《わず》かに残っていた銀行預金を慰謝料の名目で一円残らず奪い去った。何も金が欲しくてそうするわけではない、建前として、娘に非のない点を書類に残しておきたいし、気の毒だがこのほうがあとくされがない、というのが妻の両親の世間智に則《のっと》った考えだった。逆らっても損なので、陰で、妻をおがんで旅費と当座の金を借りて三月に上京し、二子玉川に家賃十二万円（駐車場なし）のマンションを探して住むことになった。足りない分はカードローンで引き出して補塡《ほてん》した。

でもまだ金が足りない。区役所まで行って例の声の若い主任に面会し、月々の謝礼を一年分一括前払いで貰えないかと掛けあってみると、また意表を突かれたのか彼女は今度は口ごもったうえにひどく狼狽《ろうばい》した様子で、二三日返事を待ってほしいとだけ答えた。で、待つあいだに、もうひとりの中年の男のほうがうちに訪ねて来て、そのときにようやく全体の事情を話してくれた。もともとこの区民講座の講師は小板橋先生が長年（ボランティア程度の謝礼で）つとめていたもので、それが昨年の入院以来、先生の復帰を待つかたちで休講状態になっている。ところが非常に無念なことに春まで待っても先生の回復は望めない。四月からは新しい講師で新しい講座を始めたいというのが世田谷区の意向なのだが、その割り切った意向を受けて先生は、では、ということで津田伸一の名前を口にされた。つまり自分のあとを引き継ぐ講師として君を推薦された。正直、わたしは反対なんだけれどね、と彼は言った。でも先生は強力に推薦されているんだ。君にやって貰うしかない。その男は小板橋系の元編集者であり、おもに漫画雑誌と男性向け週刊誌で名の通った出版社の重役だった。金を貸してくれるのかと思って渡された名刺を見ていると、そうではなくて、講師をやりながら変名で小説を書けという。きわどいのが売りの週刊誌だからそれなりの小説を書いてもらうが原稿料の面では優遇する。実際に一年近く書いたので、原稿料の面で優遇されたのは間違いない。プロの小説家の活躍の場である月刊誌などの横並びの原稿料がそれこそ「ボランティア程度の謝礼」に思えるくらいの金額が毎回振り込まれた。それなりの小説という意味については、何の説明も拘束も受けなかったが独断で、毎週必ず一回は、乳首、クリトリス、ブドウの汁、という語句を用いること、と約束事を決めて書いた。自衛隊幹部の若妻が夫の海外での活動中に、文壇の実力者をはじめとして複数の男と浮気するという筋書きで、物議をかもしたらまた名前を変えるだけだと捨て鉢な気分で書いてみたのだが、一回目の原稿から編集部の検閲というか添削が入り、自衛隊幹部が商社マンに、文壇の実力者が商社マンの上司に置き換わって掲載されたせいか問題はまったく起きなかった。どうせ説明的な地の文など誰も読まないのだと思えば直されても腹も立たなかった。

文章教室の一年の契約期間が終わりに近づいた二月、小板橋貞二が死んだ。その知らせは留守電のメッセージでふたりの人物から伝えられた。ひとりは出版社の重役、もうひとりは広重いつ子である。彼女は僕の教室にはとっくに見切りをつけ（これは事実で、この先は想像もまじるが）病床の小板橋貞二のもとへ日参していた。彼の妻を助けながら最後までそばに付き添った愛弟子《まなでし》のひとりであり、もちろん先生が生前、津田伸一を贔屓《ひいき》にしていた事実は知っていたし、その津田伸一がただの一度も感謝の挨拶どころか病気見舞いにすら現れたことがないのも知っていた。彼女の留守電のメッセージは沈黙が長めに録音されていて言葉は短かった。津田さん、本日、先生が亡くなりました。

通夜の晩と葬儀の日、僕は締め切りに追われて乳首とクリトリスとブドウの汁の小説を書いた。翌日は週一回の文章教室の日だったので着替えて外出して受講者の前に立った。僕は何かに対して依怙地《いこじ》になっていたわけではないし、小板橋貞二の死を軽んじていたわけでもない。でも彼の愛弟子たちの目には僕のこのときのふるまいは（異様に）恩知らずに映ったのかもしれない。それが理由かどうかは定かでないけれども、翌月、講師の契約延長はなされなかった。週刊誌の連載も初回と最終回との辻褄《つじつま》合わせもできないまま終了した。

優遇された原稿料でひとまず金には困らないが、部屋にいてパソコンをいじる以外にすることもない。春になると、中真智子がうちに通い始め、誰も来ない日には書き溜《た》めていた長編小説の仕上げに集中することにした。で、初夏に書きあげた原稿を四つの出版社に持ち込んで断られたこと、五つめの出版社でたまたま応対に出てきた若い編集者が（塩谷君のことだ）、その場で第一章を読んで興味を持ち、あとは自宅に持ち帰って最後まで読んでくれたこと（『GIVE ME 10』のことだ）、そこから秋の出版にこぎつけるまでの紆余《うよ》曲折《きょくせつ》についてはまた別の話になる。

もちろんいまでも、僕は小板橋貞二の好意をすっかり忘れたわけではない。彼が救いの手をさしのべてくれたおかげで、それがきっかけで僕は二度復活できた。彼には大きな恩を感じている、恩人の死を僕はいまも悲しんでいる。僕は彼の通夜にも葬儀にも駆けつけなかったことを実は後悔している。

ここにそう書いて、体裁を繕うことはできるだろう。少なくともそう書けば小板橋系の弟子たちの気はすむかもしれない。

でも、それは厳密に言えば、嘘だ。僕は生前の小板橋貞二に面会しなかったことを悔やんでいない。彼の死に際して（傍《はた》から見れば）礼節を欠いた行動に出たことも悔やんではいない。

好意と、恩の押し売りとは違う。好意とは、僕の考えではたとえば、見上げた空に虹《にじ》がかかっているのに気づいて心がなごむ、そういう贈り物のことだ。虹は見た人に挨拶を求めるだろうか。虹は何かの見返りを要求するだろうか。同じ物書きとして断言するが、小板橋貞二は僕との面会を望んではいなかったと思う。自分が「河豚《ふぐ》の白子」に譬《たと》えて贔屓した人間に、誰が直接会って礼を言われたいと望むだろう? 彼が望んでいたのはむしろ、虹と、それを見上げる人とのあいだの距離であったはずだ。言葉を読み書きする人間と人間とのあいだの、言葉を読み書きすることでしか行来できない距離であったはずだ。

僕はこう思う。

たとえ小板橋系の人々に唾《つば》を吐きかけられる恐れがあるとしてもこう書く。小板橋貞二は死んだ。好意を示した側も示された側も人はいつか死ぬし、死んだ者を憐《あわ》れむとすれば、彼らがもう言葉の読み書きはできないという点においてである。この国に限っても一日に平均三千人もの人間が死んでいる。彼の死を他の誰かの死と区別して特別に悲しむ気持はわかない。贈り物としての好意は受け取った。かつて見上げた空にかかっていた虹をいまもうっすら心にとどめている。きれいごとなら何とでも言える。でもやがてその記憶は空の色に溶けて消えてしまうだろう。残るのは空だけだ。必ず消えるもののことを虹と呼び人の記憶と呼ぶ。

41

広重いつ子の訪問から二週間は何事もなく過ぎた。

そのあいだに僕は締め切り仕事を二つこなし、サイン会の晩に断りを入れた横浜の女とあらためてメールをやりとりして会う日時を決めた。

長谷まりは一晩だけ泊まりに来て、出前の鮨《すし》をつまみながら聞かれもしないのに職場のエピソードを披露した。機嫌の良い証拠だ。同性の先輩のものまね。トラブルメーカーの男性会員の悪口。昨年からフィットネスクラブに通って来る読売ジャイアンツの二軍の選手がふたり、どっちも顔と体格だけなら高橋由伸級で、どっちも飾らない性格だから仲良くなって球団の裏話とか聞けたりするのはいいけれど、実はどっちも結婚指輪をはめているのが惜しい、という他愛《たわい》のない話。

もし僕が長谷まりと一対一の節度ある交際をしていたら、僕がひどい焼き餅《もち》やきかまたは勘の鋭い男であれば、そして恋愛の前線で戦っているもっと若い年齢の男であれば、この時点で野球選手のエピソードにはきな臭さを感じ取っていたかもしれない。でもたられ、ばが三つも重なっていては話にならない。僕は長谷まりの職場リポートを他愛もないと見なし、いつも通りに彼女を扱い、終わったあとはリビングに布団を敷いてひとりで寝かせた。

杉並の図書館でコピーした本は、二回目に読み終える前に、広重いつ子から「中志郎とは連絡を取るな」と釘《くぎ》をさされたせいもあり、急速に読む気が失《う》せた。いくら根《こん》を詰めて読んだところで、この本について中志郎と話す機会は持てないだろう。付箋《ふせん》をつけたまま台所のテーブルに放置していたのが表面が埃《ほこり》っぽくなりだんだん邪魔に思えてきて、仕事場の書棚のひきだしに寝かせてそれきりになった。

三月に入り、季節はずれの雪、と例年ニュースキャスターの報じる雪がいちど降り、翌日から気温が少し上がった。冬のあいだ着殺すように着たコートが厚ぼったく感じられ、マフラーを巻く必要はもうない。その程度の気温の変化はあったが、気まぐれに近所の川べりを散歩してみるとまだ春の陽気というにはほど遠かった。

第一週の土曜日のことである。

先月食べそこねたトンカツを食べに夕方から横浜へ向かった。で、先に言っておくと、その帰り道、深夜の駅のホームで中志郎と会い、また同じ電車に乗り合わせることになる。でも今度はむこうは僕に気づかなかった。僕は中志郎の様子を観察し、彼が電車を降りたあと、辛抱できずに携帯に電話をかけたのだがそれもつながらなかった。中志郎と直接会って話が聞けたのはそのまた翌週の土曜日のことである。

これからその話をする。

三月第一週の土曜日、横浜から始まって川崎、蒲田を経由し一週間後の渋谷までの長い話になる。大森に自宅のある中志郎がその晩なぜ京急蒲田駅のホームにひとりで立っていたのか、理由は渋谷で解明される。もう会うべきではないと決めた男に僕がなぜ再び会ったかについては、言い訳めいた理屈がおいおい展開されると思うが、いまここで簡単に片づけておくこともできる。必ず移ろうもののことを季節と呼び人の心と呼ぶ。

42

馬車道にあると言われて女に案内されたトンカツ屋は繁盛していた。二階のテーブル席も座敷も満席で一階のカウンターの椅子がちょうど二つ空いている。店員にそう告げられて、女が早口で「ラッキーよ、土曜日だもの、並ばなくていいのはチョウラッキーよ」と呟《つぶや》くのが聞こえたのでよほどはやっているに違いなかった。

ふたりで腰をおろすとカウンターを隔てて活発に揚がるトンカツが見学できた。見える距離だから大鍋《おおなべ》の油が撥《は》ねて、空中を漂い、カウンターの表面に霧雨のように降り積もる、と余計な心配もできるし、それはあり得なくても熱された油の匂いは確実に伝わり、息を吸えば思うぞんぶん嗅《か》げる。椅子にすわったとたんに多少居心地の悪さを感じたとしても誰の責任でもないだろう。とにかく繁盛しているトンカツ屋のカウンター席なのだ。横浜駅で会った女のニックネームはでべそで、でべそはロースカツが好みなのでその定食を選び、コイタバシさんは？　と訊《き》かれて僕は迷うほど食欲を刺激されたわけでもなかったから同じ物にした。

でべそというニックネームの女は饒舌《じょうぜつ》だった。車中でも、車を駐車場に止めてその店まで歩く途中もそうだったが、注文したロースカツが揚がるのを待ってビールをちびちび飲むあいだにも、食べている最中にも、食後にもよく喋《しゃべ》った。彼女が喋るのはおもに映画の話題だった。パソコンによるメール交換でおたがい趣味は映画だと書いていたのでそうなるのは自然である。彼女の年齢は見た目三十前後で、本人の書くところによれば「私の夫はデンティストです」ということだった。「デンティストの不足している貧しいアジアの国々」に医師会から年に何度か派遣されて「治療費の払えない貧しい子供たちの歯を治療するのが生きがい」らしかった。

彼女が喋り続けるあいだ、僕は彼女の動き続ける唇を見ていた。ぬるっとした感じのピンクに塗られた唇で、自分で喋ったことに自分で受けるとその唇がおおきく鎌《かま》形に裂ける。口紅からくる印象だけではなく、彼女の声も、顔だちも、ゆったりした身のこなしも、全体が何かぬるっとした感じだった。広重いつ子風の春物のスーツを着ていたが、広重いつ子とは違って髪をおろしていたし、だいいち険がなくて代わりにしながあるし、あっちが文楽の人形顔だとすればこっちはスタジオジブリの妖怪《ようかい》顔なのでイメージがダブることはなかった。

でべそはそのうち僕の視線に気づき、自分がお喋りであることを自分で認めてこう言った。あたしは人よりも感情の浮き沈みの差が大きい。落差を説明するために手まねと身ぶりをまじえてこう言った。トビウオのように海面を跳ねるときもあれば（手まね）、深海魚のように憂鬱《ゆううつ》なときがある（身ぶり）。同じ意味のことを映画の登場人物の台詞《せりふ》の数にたとえてこうも言った。ウディ・アレンの映画のようにお喋りなときがあり、ツァイ・ミンリャンの映画のように無口なときがある。一日のうちにその両極端が出る。初対面でどっちも迷惑でしょうけど、迷惑だったらすぐにそう言ってね。

彼女が唯一その店でした映画以外の話はカツサンドの切り方についてである。調理場に注文が入るとカウンター越しにカツサンド作りの実演も見学できる。調理人は揚げたカツを食パンに載せ、上から食パンではさみ、細身の包丁で耳を四つ切り落とす。残ったサンドイッチをさくっと半分に切り、半分をさくっと四半分に切る。僕に言わせればそれだけのことなのだが、彼女はその実演にいたく感銘を受けた模様だった。前々から、箱入りのカツサンドを見るたびに、どうやってパンをきれいに四等分に切り分けるのか疑問に思っていたそうである。ああ、そうか、こうやって切ればあたしにも切り分けられるね、と公文《くもん》式のドリルを解いたみたいに彼女が言うので、試しにあとはどんな切り方があるのか訊《たず》ねてみた。

「はじから順番に」と彼女は答えた。「目分量で三回包丁を入れて、四つに切る、同じ幅に。それがプロの技なんだろうって思ってたの、幅にばらつきのないところが。はじめに半分に切って、またそれを半分ずつに切るとか、そういうアイデアは浮かばなかった。でも見せてもらえばなるほどよね。カツサンドの正しい切り方ってあるのね。コイタバシさん、わざとロースカツの脂身を残してるの？　カレーとか食べるときにニンジンをよける子供がいるでしょう？　あたしの知り合いにはあさりの味噌汁《みそしる》が大好きなくせに貝の身を残す人がいる。何見てるの？」

「いや、席が空くのを待ってる人が何人くらいいるのかなと思って」

「偶数か奇数か？」

「え？」

「自分で賭《か》けをしてるの？　あたしの知り合いには映画館に入っても絶対奇数の列にしかすわらない人がいる。マンホールの蓋《ふた》を踏んだらもう一個別のマンホールの蓋を踏まないと気がすまない人もいる。コイタバシさん、ビールをもう一本飲んだら？　あたしはお茶を濃いめにいれてもらうから」

その店を出たのが九時過ぎで、僕はこの相手にならウディ・アレン状態のいまなら何でも言える気がしたのでホテルに誘うと、意外なことに断られた。ホテルに入って映画のＤＶＤを借りていっしょに見ないか？　と具体的なプランを持ちかけたのだが、彼女はそれより車で川崎まで走りたいという。川崎ならバスタブがお湯ごと虹《にじ》色のグラデーションで変化するジャグジーのあるホテルを知ってる、と車中でなおもねばってみたところ、彼女は笑って答えず、次第に口数が少なくなった。

彼女の運転するドイツ製の濃紺のセダンは一路川崎に向かい、市街に入ると（そのあたりで僕はもうジャグジーの件は諦《あきら》めていたのだが）しばらくして人通りのない狭い道に出た。そこまで右折と左折がこまめにくり返されたので、目的地のない気ままなドライブではなく、どこかをめざしているハンドルの切り方だと理解できた。やがて車はほの暗い狭い道の途中でスピードを緩めた。

左手に金網のフェンスがあり、フェンスの外側は線路のようである。右手の道沿い、やや奥まった場所に大きな白っぽい建物があり、窓明かりは消えていて病院のようにも学校のようにも見える。車はそちらへ道を逸《そ》れた。奥まった分だけ、道路と建物とのあいだにスペースがあるわけで、そこが駐車場として利用されているのがわかる。コンクリートの地面が白線で幾つにも仕切られているのが見える。つまりこっちは裏道で、ここは建物の正面ではなく裏側に設けられた駐車場である。狭い道路とほぼ平行に車は止まった。駐車場の範囲とも道路の路肩ともつかず微妙な地点だった。ちなみにそのときにはもう、車内はツァイ・ミンリャン状態に近かった。

「八丁畷という駅があるんだけど」と僕が沈黙を破った。「さっき推薦したホテルはその近くだよ」

「ここからは京急の川崎駅が近い」と女が答えた。

「じゃあ帰りはそこで降ろしてもらおうかな」

「コイタバシさん」

「うん？」

「あたしをその気にさせてくれる？」

「ここで？」

でべそは答えるかわりに髪を両手でかきあげる仕草をした。

「どうやって」

「何か喋ってよ」

僕はしばらく考え、彼女のニックネームに触れることにした。メールをやりとりする段階から気になってはいたのだ。でべそというのはぽっこり盛りあがったへその意味なのか、それともたとえば夫に内緒で外出を好む性質とかの意味から来ているのか。ちょうどいい機会なので訊いてみると、彼女は短い吐息で答えた。その気になれないという意味だ。

「でべそ」と僕は声に出してみた。「ほんとに君のへそがでべそなら」

「何？」

「ほんとにでべそなのか？」

「でべそがそんなに珍しい？」

「珍しいと思うよ」

「触ってみたいの？」

「それはまあ、でべそに触ったことなんかいままでないし」

「おへそに触るのが好き？」

「どうかな。好き嫌いを超えた問題だな」

ツァイ・ミンリャンの沈黙が降りた。

「じゃあ、触ってみて」

でべそが芝居がかってスーツのボタンをはずしにかかった。流し目でこちらを見て微笑する。でもいちばん下まではははずさない。

「まず服のうえからね」

「ここじゃ人目があるよ」

「それが済んだら、おへそ以外のとこも。コイタバシさんの指ってきれいね」

「きれいなだけじゃない」

「どう？」

「どうって」

「どうきれいなだけじゃないの？」

「あとでわかる」

「どう？」

「この指が活躍すれば、君のあそこは皮を剝《む》いたブドウの実になる。僕の指が、つるりともざらざらともつかない実の表面を撫《な》でる。しるが垂れる」

「いやらしい」

「そういうポルノ小説が昔あってね、週刊誌で読んだおぼえがある」

「あっちの隅のほうに車を止めるから」

「人が来たらどうする」

「だいじょうぶ」でべその右手が僕の左の太腿《ふともも》に載って滑った。「車を止めて、明かりを消せば、誰も来ないから」

「だいたいこの建物は何なんだ？」

「予備校なの」

でべそがそう答えて車を動かした。

「若いときあたしあの教室で受験勉強したの。数学の三次方程式を解いたの。あたしここに来るとなぜか燃えるの」

43

京急川崎駅で車を降ろされたのが十一時半頃で、ホームに出て腰を揉《も》みながら時刻表を確認したところ、品川方面への電車は普通が二本しか残っていなかった。

いったん品川まで出るにしても、途中下車してタクシーを乗り継ぐにしても、とにかくここから電車で帰るつもりなら大井町をめざすしかない。JRの川崎駅まで道順をたずねて歩くのも考えるだけ面倒なので、早いほうの普通電車に乗ることにした。運が良ければ蒲田で、羽田から来る快速に乗り換えられるだろう。

ところが蒲田に着いてみると、降りて乗り換えの電車を待つべきかどうか判断をくだす暇もなく、窓越しに見たホームに注意を引きつけられた。男がぽつんと立っている。普段着のシャツとズボンに上着、といった地味な恰好《かっこう》で男がひとり立っているだけなのだが、片方の手に、水色のプラスチックの籠《かご》のようなものを提げている。

それが中志郎で、彼は籠を提げたまま普通電車の僕のいる車両に乗り込んできた。見るとやはりプラスチック製の籠である。蓋がなく、口が大きく開いている。バケツの上三分の二を切り取ったような形状で、それにアーチというよりもっと深い弧を描いた二本のプラスチックの持ち手が付いている。胴体の側面は目のあらい格子になっている。両サイドの座席に中志郎は目もくれず、電車の進行方向とは逆のほうへ、つまり後方の車両へむかって歩いていく。目の前を通り過ぎるときに籠の中身に注目すると、コンビニでも売っているお泊まり用の歯磨きセットのケースがひとつ確認できた。いちばん上に載っているのでそれが目立った。

にわかに好奇心がわき、あとを追って車両を移動しようかどうか迷った。迷っているうちに電車が梅屋敷という駅に着いた。次は大森町である。僕はそこで決心をつけて席を立ち、中志郎を探して最後尾の車両まで歩いた。もしむこうに気づかれてもかまいはしない。広重いつ子と中真智子がぐるになって書いたシナリオが中志郎を説得できるのだとすれば（できるとふたりの女は踏んでいるわけだが）、中志郎はどこで会おうと僕を広重いつ子の不倫相手として見るだろう。顔を見られてもおどおどする必要はない。

彼は最後尾の車両の奥のドア付近にいた。両手を籠のふちに添えて、うつむいて座席に腰かけ、こちらが対角線上の位置から見守っているのにも気づかない。顔をあげないのだから気づくはずもない。物足りなかった。じきに大森町に着き、中志郎がさらっと電車を降りてゆき、姿を消したあとはひとしお物足りなさが募った。気持の空白を埋めるために僕は携帯電話を取り出し、開いたり、閉じたり、何度も同じ動作をくり返した。あげくに、広重いつ子にばれたら厳しく非難されるのを覚悟のうえで登録ボタンを押した。

このとき仮に中志郎が電話に出たとして、いったい何を話すつもりでいたのか自分でもわからない。が、とにかくここまで書いて明らかなのは次の点である。何を言い訳してみても、すでにこの時期、中志郎の携帯の番号を自分の携帯に登録していたのは事実だから、僕が遅かれ早かれいつかはその電話をかけるつもりでいたらしいこと。したがって広重いつ子の話にあったように、中志郎がまじで「津田伸一と会う約束をしている」と妻に語っていたのだとしても、それは結果から見れば一つの予言であって嘘ときめつけるわけにはいかないこと。

第六章　スープ

44

二日後の月曜の午後、たぶん会社の昼休みに中志郎は最初の電話をかけてきた。僕のほうはその少し前に起き出して朝刊と郵便とパソコンのメールに目を通し、顔を洗い、朝食と歯磨きをすませてそろそろ仕事にかかろうとしていた頃なので携帯電話の鳴る音には注意を払わなかった。夕方、着信履歴を見て知ったのだが、電話がかかってくるのは二日前から予測していたのでさほど驚きもしなかった。

土曜の深夜につながらなかった電話もこちらには登録名の中志郎で発信履歴が現に残り、むこうには電話番号のみの着信履歴が残ったはずだ。もちろんそれが僕の番号だとはわからないわけだが、あの中志郎のことだから、相手が不明であっても「用があるならおまえがもう一回かけて来い」といったずぼらではなく「電話をいただいたようですがどちらさまですか？」という律儀さを選択するだろう。だから折り返しの電話は必ずかかってくる。すでにこの時期、僕は中志郎という人物を強い思い込みでとらえていた。僕がやらないだろうことを全部やるのが中志郎だ。

二回目は月曜の夜、たぶん会社がひけて神保町の駅まで歩く途中にかかってきた。その電話にも僕は出なかった。ちょうど携帯電話を握ってメールを読んでいる最中で、中志郎と話す心構えがにわかに整わなかったので出なかった。コール音はちょうど十回鳴って止んだ。待受画面に不在着信のマークが現れ、僕はそれを消すための操作をしてビールを一口飲んだ。台所のテーブルには缶ビールと、前夜の残りものの箱詰めのフライドチキンが載っていた。手でひとつつまんでかぶりつき、紙ナプキンで指を拭《ぬぐ》い、再びメール画面に戻した。

メールの発信元は長谷まりである。仕事の帰りにちょっと顔を見に寄ってもいいかという文面だった。ちょっと顔を見に、という表現自体に長谷まりらしくない可愛げがあり、そのあとに珍しくハートの絵文字が入っているのにも無理が感じ取れた。ちょっとといっても、ここは二子玉川で長谷まりの家は六浦だから、寄れば泊まりになる。泊まりに来てもいい？　と甘えられないところがかろうじて長谷まりの正常値を示している。勤め先のフィットネスクラブで何か嫌な出来事が起こり、でもそう心配するほど深刻なトラブルでもない、と僕はメールの文面から判断した。

またビールを飲みフライドチキンをひとかじりするあいだにメールが届いた。だめ？　忙しい？　というせっかちな長谷まりらしい文面だった。来るなら何か食べるものを買ってこい、と僕は返信を打った。

およそ一時間半後、長谷まりがうちに来て揉め事が持ちあがり、そっちに気を取られるまで、中志郎からの再度の電話を待ってみたがそれはなかった。

45

四日後の金曜の夜、長谷まりから四日ぶりにメールが届き、そのときも僕は台所の食卓でビールを飲んでいた。ただしその晩はフライドチキンではなくて髙島屋の食品売場で買ってきた鮃《ひらめ》と鯛《たい》の刺身をつまみに飲んでいた。長谷まりのメールはたった一言、元気？というもので、五分後に、仕事ちゅう？　という第二信が届き、さらに五分後には「貴船神社に呪いをかけてやる」という第三信が来た。そのあと電話がたてつづけに二回かかってきたがいずれも無視した。ビールを何本か飲んだところで玄関のチャイムが鳴ったがそれも聞かないふりをした。

すると拳《こぶし》でドアを叩《たた》く音がして、ドア越しに長谷まりの声が聞こえた。

「先生！」

「叫ばなくても聞こえる」

「じゃあ開けてよ」

僕はそこでトイレに立ち、ゆっくり用を足して戻った。帰りがけに洗面所の鏡にむかって髪もブラシで梳《と》かした。

戻ってみると長谷まりは台所の椅子に姿勢良く腰かけていた。

「開いてるなら最初から言ってよ」

「長谷まり、言っとくけどこれはルール違反だ。相手の都合を電話やメールで確認せずに、いきなり部屋まで押しかけるのは、この二十一世紀にあってはならない行為だ」

「酔ってるの？」

「小説家の書きかけの作品を、たまたまそばにいるという特権を利用して盗み読みするのもそれと同じだ。同じくらい恥知らずな、人として許されない行為だ」

「まだ怒ってるの」

もう怒ってはいないが多少は酔っていたのかもしれない。僕は台所の円卓のそばに立ったまま喋《しゃべ》った。

「推敲《すいこう》前の原稿を盗み読みされて、どうだ、面白いだろ？　と僕が喜ぶとでも思ったのか？」

「それは月曜にも聞いた」

「ここから続きだ。まあ世の中には、書きかけでも何でも読まれて気にとめない小説家もいるかもしれない。でもそれは、その小説家がもともと、書きかけと書きあげたあとの区別がつかないからだ。カマボコを切って並べたような文を書いて、澄ましていられる恥知らずだからだ。いいか長谷まり、書きかけというのは何でもありの混沌《こんとん》とした状態のことだ。いわば書きっぱなしだ。その中には決して書くべきでないことも混じっている。書きあげるというのは、書きたくても、たとえそれが書けても、書くべきでないことは書かないという礼儀や節度のことだ。切って並べるだけのカマボコに礼節があるか？　ない。切断面しかない。ないことすらわからないだろ。そういう恥知らずなものばかり読んでいるから、君自身が恥知らずになる。品性が下劣になって、していいことと悪いことの区別もつかなくなるんだ。そんなに書きっぱなしの文章が読みたいのならインターネットのブログを読め。僕の書きかけの原稿には今後、絶対に近寄るな。プリントアウトした原稿にもパソコンにもいっさい手を触れるな。それから」

「先生」と長谷まりが話の腰を折った。

「何だ」

「あたしもビール飲んでいい？」

返事を聞かずに長谷まりが椅子を立ち冷蔵庫まで歩いた。

話の腰を折るのはもちろん機嫌の悪い証拠だ。円卓の上にはビールの空き缶が五つ、食べ散らかした刺身の皿、醤油《しょうゆ》の乾いた小皿、一組の箸《はし》、僕の携帯電話、それと長谷まりが土産に持ってきたらしい平たい箱が載っていた。包装紙から折り詰めの鮨《すし》であることは想像がついた。僕は四日前の月曜のこの時間のこの場所での揉《も》め事を思い出し、疲労感を覚え、笑い声が耳についたのでリビングへ行ってテレビを消した。ソファに腰をおろしてタバコを点《つ》け、一服すると今度はにわかに静寂が気になったので、ベランダに向いた窓を開けて外の空気と音を入れた。

「それから何？」と台所から長谷まりが訊《き》いた。

「あとはいままで通りだ」と僕は答えた。「それが嫌なら好きにしろ」

「あとはいままで通りだ、それが嫌なら好きにしろ、ってどういうこと？」

「それは月曜にも話しただろう」

「続きは？」

「ない」

「冷蔵庫にフライドチキンが箱のまま入ってるね。月曜にあたしが持ってきたときのまんま」

僕はタバコを消し、ソファから腰を上げ、レースのカーテンと網戸を開けて窓際に立った。

うまくいかないときはこういうものだ。残り物のフライドチキンに飽きて何か食うものを買ってこいとメールを打つと、長谷まりは6ピースパックのフライドチキンを土産に提げて現れる。見ただけで僕は不機嫌になり、その不機嫌が長谷まりに伝染し、男と女の揉め事に発展する。たかがフライドチキンだと反省し、日にちを置いて頭を冷やして髙島屋で白身の魚を買って来て食べていると、長谷まりは気を利かせたつもりで鮨折りを土産に選ぶ。これでは月曜のくり返しだ。どちらかが折れて、ジョークにして笑ってみせなければ、このボタンの掛け違い的なおかずの食い違いは永遠に続くだろう。

「先生」

「何だ」

「こっち来てすわって」

「少し風にあたりたいんだ」

「電話が鳴ってるよ」

「ほっといていい」

些細《ささい》な事だ。

たとえばの話、月曜日に、来るなら何か食べるものを買ってくるようにメールを返信したとき、追伸、フライドチキン以外、と付け加えればそれで済んだことだ。そうすれば長谷まりは来る途中にケンタッキーではなくティクアウトの鮨屋に寄っただろうし、彼女がうちに来たあと、僕はあてつけにコンビニに食料品の買い出しには行かずその鮨を喜んで食べただろう。買い出しに時間をわざとかけて近所を歩きまわるあいだに、ひとり残った長谷まりが時間を持て余して、仕事部屋の机の上に（これみよがしに）置いてある書きかけの原稿に近づくこともなかっただろう。些細な事が食い違いのきっかけになる。長谷まりとの出会いの時期、つまり恋のはじまり、些細な事がすべてその恋を育てるためのきっかけに、つまり食い違いとはまったく逆向きのきっかけになり得たように。

台所のテーブルで携帯電話のコール音が止んだ。

「先生」とまた長谷まりが呼びかけた。「ごめんなさい。あたしが悪かった」

「わかったのならいい」

「怒ってるのはよくわかる。さっきの先生の説明はいまいち意味不明だったけど、ひとに読まれたくないものを読まれて、先生がまじで怒ってるのはわかる。だからもうしません。ごめんなさい」

あるいは長谷まりとの出会いの時期、つまり恋のはじまりにも同じ出来事は起こったかもしれない。長谷まりも僕もその出来事をそのときの感情とともに忘れているだけかもしれない。フライドチキンを食べているところへフライドチキンを買って来る。同じ日に、同じものを食べたがる。ふたりが同じことを考えている。それのどこが揉め事のきっかけになり得るだろう。恋のはじまり、そのときかぎりの感情、子猫や子犬を飼いはじめる初日の気持。

「もう怒ってない」僕は網戸と窓を閉め、カーテンを引いた。「長谷まり、何か仕事で嫌なことがあったんだろ？」

「じゃあ冷蔵庫のフライドチキンは今夜ゴミに出して。いつまでも残ってると、いつまでも怒られてるみたいで気分悪いし」

「何か仕事で嫌なことがあったんだろ？」

「月曜日にね」

「話してみろ」

「もう忘れちゃった。たいしたことじゃなかったの」

「そんなこと言わずに話してみろ」

僕は台所に戻り、長谷まりと同じテーブルについた。長谷まりは話すかわりに鮨折りを手もとに引き寄せ、包装紙を不器用に破って開いた。折り箱の蓋《ふた》を取り、金魚型の醤油入れからじかに、詰め込まれた鮨の上へ雨を降らすように醤油を垂らした。

「先生も食べる？」

「いや冷蔵庫のフライドチキンを温めて食べるからいい」僕は携帯を取って開き、着信履歴を見た。留守電のメッセージが入っているかいないかも確認していると長谷まりの視線を感じたので、見返して答えた。「冗談だよ。余ったらあとでもらう」

「二人前買ってきたのよ」

「それで？」

「何」

「話って何だ」

「たいしたことじゃないって言わなかった？」

「いいから話してみろ」

長谷まりは割り箸を割り、真っ先にウニを挟んで口に入れた。留守電のメッセージはなく僕は携帯を閉じた。

「気になるなら折り返しかけてみればいいのに」

「このひとはまたかけてくる」

「女のひと？」

「さっき鳴ったときにチェック済みだろ？」

「チェックなんかしてない」

「女だ。あした会う約束をしてる。だから長谷まりとは今夜は軽くすませる」

「ほえ」

「ほえって何だ。指も使わないぞ。肉体のいかなる部分も使わない。息だけで勝負する」

「何よ、勝負って」

てのひらの中で携帯電話が鳴り出した。

発信者を知らせる表示窓を見て僕はしばし迷った。四日ぶりの二度続けての着信である。目を合わせると長谷まりは二個目のウニを頬ばり、催促するように顎《あご》を上下させた。

「出ていいよ」

「男だ」

「わかってる。さっきの、中って名字のひとでしょ?」

46

「もしもし」

「ああ、もしもし、こちらは中と申しますが」

「津田です」

「津田伸一さんですか?」

「ええ」

「ああ、やっぱり! 津田さんでしたか。そんな気がしました。勘が当たりましたね。ただの迷惑電話ではないとは思っていたんです。ほかに心当たりもないし、やはりこれは津田さんの番号だったんですね。しばらくでした。すいません、先週わざわざ電話をいただいたのに気づかなくて」

「いいえ、こちらこそ。夜遅くにご迷惑かと思ったんですが」

「迷惑だなんてそんな、とんでもないですよ。先月は話が途中までになってしまったし、お待ちしてました。ぜひもう一度おめにかかって話の続きがしたいです。それで津田さん、いつにしましょう」

「はい」

「話の続きをするにはいつが都合が良いですか」

「話の続きというと、ルリヤの件？」

「何ですか？」

「アレクサンドル・ルリヤ。『偉大な記憶力の物語』。中さんに勧めていただいた本のことです」

「ああ、そうでした。そうでしたね。実はその本はまだ探せていないんです。その本のことも含めて、いや、その本のことは別にしても、話の続きはできます」

「なるほど」

「明日の午後はいかがですか」

「明日」

「午後三時に渋谷の」

「はい」

「エクセルホテル東急の五階」

「ああ、ちょっと待ってください。いまスケジュールを見てみますから」

「どうしたの、先生？」

「聞いてただろ」

「スケジュール帳持って来ようか？　スケジュール帳があるんなら」

「頭の中に入ってるんだ」

「アレクサンドル・ルリヤって誰？」

「エクセルホテル東急ってどこだ？」

「二子玉川から電車に乗って、渋谷で降りて」

「うん」

「あと駅員さんに訊《き》いてみたら？」

「わかった。そういう料簡《りょうけん》なら今夜は息も使わないで試してみよう。目で見るだけで濡《ぬ》らす」

「ほえ」

「じわっと、梅雨どきにかく汗と区別がつかないように濡らす」

「駅とつながってるホテルでしょ、マークシティの中」

「五階に何がある？」

「カフェ」

「そうか」

「フロントとロビーもいっしょ。そこのカフェでなら花粉症に効くハーブティーを飲んで、セットのケーキを食べて、おたがい合意の上でチェックインもできる」

「チェックインが先だな。先に部屋を取っておいて合意はハーブティーを飲みながら」

「先生ならね」

「花粉症に効くハーブティーとセットのケーキ？　やけに詳しいんだな？」

「電話のひと待ってるよ」

「うん」

「何」

「見ればわかるだろ、迷ってるんだ」

「迷う？　先生が？」

「会ったほうがいいのか、会わないでおくべきか判断がつかない」

「誰なの」

「いいひとだ」

「いいひとと会うと何かまずい？」

「自分がひどく悪いひとに思えるだろ」

「心の襟にアイロンかけてもらえばいいじゃん」

「何だそれ」

「電車の中吊《なかづ》り広告。そこのあなた、心の襟がまがっていませんか？　無賃乗車防止キャンペーン」

「その広告を見てるような気分になるんだ、このひとに会うと」

「ねえ、先生」

「うん」

「初めて会ったときのこと憶《おぼ》えてる？」

「もちろん憶えてる。長谷まりが電車の中で酔っ払いにからまれたときだろ、忘れるわけない、救ったのはこの僕だ」

「むかつく」

「違ったか？　花屋の軒先で雨宿りして出会ったんだっけ？」

「もしもし？」

「まじむかつく」

「もしもし、津田さん？」

「おまたせしました」

「ああ、津田さん。よかった、この電話切れたのかと思いました」

「すいません、秘書の不手際のせいで時間がかかって。スケジュールの調整つきました」

「そうですか」

「明日午後三時、エクセルホテル東急五階」

「ええ」

「五階のカフェ」

「ええ」

「うかがいます」

47

中志郎と会う前夜、長谷まりと僕は仲直りしていつもより長めに話をした。リビングの床に敷いた客用の布団の中で、という意味だが、長谷まりは僕たちが初めて会った日のことを話題にしたがった。自分が憶えている出来事や出来事の起こった順番を、僕も憶えているかどうかしきりに聞きたがった。

憶えている。

出会ったのは夏だ。

長谷まりが聞きたがることはすべて僕は記憶している。出来事や、出来事の起きた順番だけではなく、そのとき長谷まりの着ていたTシャツの柄、目深にかぶっていた野球帽の鍔《つば》の、左右両端が内側へまるく折りこまれるようについた癖、履いていた靴とジーンズの裾《すそ》のあいだから見えたくるぶしに貼ってあった絆創膏《ばんそうこう》まで思い出すことができる。

長谷まりの質問ひとつひとつに僕は丁寧に答え、機嫌を取った。月曜の夜とはうってかわって平和で親密な時間が流れ、思い出すネタもつきかけた頃、長谷まりはさらに訊《たず》ねた。

スープの話をしたよね？

ああ。

忘れた？

長谷まりがしたというのなら確かにしたのだろう、と僕は答えた。

したよ、あたしは憶えてる。

そうか。

忘れたふり？

すこし眠くなってきた。

まだ睡眠薬も飲んでないのに。

きょうはこのまま眠れそうだ。

ここで寝て。

そうする、と僕は答えた。

いつものように、先に眠りについたのは肉体を動かして仕事をしている長谷まりで、まぶたを閉じたとたんに寝息をたてた。たくましい睡眠欲、という表現を辞典の「たくましい」の用例に載せたいくらいである。寝息を聞きながら僕はしばらく考え、布団を抜け出してリビングの照明を消し、仕事場へ歩いた。パソコンを起動させておいて、机の引き出しから飲みつけの睡眠導入剤を取って台所へ向かう。冷蔵庫のボルヴィックを口にふくみ、てのひらに載せておいた錠剤を飲み、またボルヴィックのペットボトルを口にふくむ。

スープの話も憶えている。

出会いのときにその話をしたと長谷まりが言うのなら確かに僕はその話をしたのだろう。それがどんな内容かはわかる。その話をした事実はなんとか思い出すことができる。でも問題はそこにはない。長谷まりの寝息を聞きながら僕が考えていたのは、何をしたか／何を話したかではなくて、むしろ、なぜそれをしたか／なぜ話したのかということのほうだ。人は物事を記憶する。記憶力の優れた人間は、昔住んだ家の番地や、電話番号、小学校時代の担任、友人たちの名前まで憶えている。あるいは意味のない何桁《けた》もの数字の何十行もの列を記憶し、時が経っても正確によみがえらせる曲芸をやってのける。アレクサンドル・ルリヤの『偉大な記憶力の物語』に登場する男にはそれができる。しかし中志郎の言う記憶はそれとは違う。

中志郎の身に起きた奇跡は（もし彼の言う通りに起きたのだとすれば）形のあるものの記憶の復活ということではない。数字や漢字や記号や目に見えるもの／かつて見たものの記憶がよみがえるのではない。先月、電車に乗り合わせたとき彼は、追体験という言葉、感情という言葉を使った。僕の理解では、彼が取り戻せると主張しているのは、昔の自分の、心の記憶だ。

もちろんあり得ない。長谷まりのTシャツの柄、野球帽の鍔の形、くるぶしの擦り傷を仮に思い出せても、それらを見た一瞬一瞬の心の動きをよみがえらせることはできない。僕はなぜ出会いの日に長谷まりにスープの話などしてしまったのか？　そこにどんな心の動きがあったのか？　わからない。そんなことが思い出せるはずがない。

その年の夏、僕が長谷まりと出会い、恋をした事実はある。事実は認める。だがそのときの僕の感情はもう戻らない。おそらく明日の朝、リビングの布団でひとり目覚めたとき、長谷まりも同じことに思いあたるだろう。ちょうど四日前、やはりひとりで目覚めたときと何一つ変わらぬ朝を迎え、ひとり黙々と布団を畳み、台所へ歩き、冷蔵庫からトマトジュースを取り出して飲むだろう。飲みながら、仕事場の僕の寝ているベッドのほうへ視線を向ける。ホテルの隣室との壁を見るような力のない視線を向けるだろう。あたしがはっきりさせたいと願ったものは相変わらずはっきりしないままだ。煮え切らない中年と、煮え切らない自分と、煮え切らないふたりの関係。出会いの日の出来事や、出来事の起きた順番をことこまかに憶えているからといってそれが何になる？　あたしがはっきりさせたいのは物事のディテールではなくて、そのディテールにいちいち敏感に反応したはずの、当時の、自分の、感情だ。いったいいつのまに忘れてしまったのか。どうしていちばん大切なもの、いちばん欲しいものが消えてしまい、ろくでもない言葉の記憶だけ残るのか？　あたしはあの夏の日、津田伸一のスープの話をどんな思いで聞いたのだったろう？

　というわけで、実はここまでは、翌日の中志郎との会見にむけての予習といった意味合いも含まれている。この先もつきあうつもりの読者には、次の心構えでしっかり読みこんでおいていただきたい。ポイントは一般にいう記憶力にではなく、人の感情、心、心の動きの再現力にある。ちなみにスープの話とは何なのか、そんなのはどうでもいい。いまここで急いで説明する必要はない。だいいちろくでもない言葉の記憶に過ぎないし、土曜の午後、中志郎との対話の中でなしくずしにそれは明らかになる。

48

　もちろん彼は先に着いて待っていた。

　入口に立てば探す相手と目を合わせて挨拶《あいさつ》を交わせる、というほど狭いカフェではなかったが、中志郎が約束の時間に遅れるはずはないと確信していたので、店の人間に待ち合わせだからと断って中に入った。

　上階まで突き抜けているのではないかと思えるくらい店内は天井が高かった。渋谷の街に面した店の壁はなだらかなカーブを描いていて、床から天井の高さまで一面のガラス張りだった。広く、高く、明るいカフェだ。ガラス窓に沿って四人掛けのテーブルが配置され、見たところ客のいないテーブルはなかった。広く、高く、明るく、人気のカフェだ。ひとりだけ地味なスーツを着た男が目立ったので、歩み寄ってみるとやはり中志郎だった。仕事用のネクタイを締めている。

その服装で彼が出版社へ出入りし、たとえば編集部の塩谷君と話している様子を想像してみたが「今度の津田さんの文庫、うちでやらせていただけますよね？」違和感はなかったので仕事用のスーツとネクタイに違いなかった。先週の土曜日、深夜の蒲田駅で普段着の中志郎を目撃しているので特にその印象が強かった。しかも隣の椅子には通勤用と思われる鞄《かばん》が置いてある。寝かせるのではなく椅子の背に立て掛けるようにして置いてある。彼がすわっているのは窓側の椅子で、僕に気づくとすぐに、立ちあがるまではしなかったが気持だけ腰を浮かして迎えてくれた。僕は彼の真正面の椅子にすわることにした。その席からスクランブル交差点を見おろすことができた。信号は青だ。

「津田さん」

と中志郎に呼びかけられ、窓から振り向くとテーブルのそばに係の人間が立っていた。

「花粉症に効果のあるハーブティーがあると聞いたんだけど」

「ございます」

「津田さんは花粉症なんですか」

係の人間がさがると中志郎が訊《き》いた。

「いや、違います。中さんは」

「僕も大丈夫です、妻も。妻の姉がちょっとひどいですが。するとハーブティーは、何と言うか」

「何でしょうね。コーヒーは出がけに飲んできたので」

「後学のため？」

「まあ」

「津田さん、今日のご予定は」

「別に何も。このために空けてあります」

「じゃあゆっくり話せますね」中志郎は邪気のない笑顔を見せた。「ここはもしかして居心地が悪くないですか？」

「ぜんぜん。清潔で広々として気持がいい。客がもっと少なければもっと気持がいい」

「ここでお話がしたかったんです」

なぜ？　と僕は訊《たず》ねなかったが、中志郎は考えるための時間を取った。

彼の前にはティーカップとケーキ皿が置いてあった。カップの底にたまっている色からするとミルクティーのようで、皿のケーキはひとかけらを残して食べつくされていた。五階でエレベーターを降りて、ロビーを通り抜けながら携帯電話を見たときがちょうど約束の時刻だったので、三時数分過ぎというところだろう。僕の注文が運ばれてきて、同時に中志郎の前から皿とカップが除かれ、新しい紅茶が置かれた。皿が取りあげられる前に中志郎はフォークで一刺ししてケーキの最後のかけらを口に入れた。この男はいったい三時何分前からこの席にいるのだ。

「どうしましょう」中志郎は新しい紅茶をミルクなしでひとくち飲んだ。「何から話しましょう」

「長い話になるんでしたね？」

「そうです」

先月の電車内での彼の台詞《せりふ》を頭の中で復唱してみた。ルリヤという人の本、まずその本を読んでいただけたら。そしてゆうべの台詞を思い出した。その本のことも含めて、いや、その本のことは別にしても、話の続きはできます。

「一から話してみてください」

「いいですか？」

「どうぞ」

中志郎が咳《せき》払いをした。

「どう説明すればいいのか、非常に難しいんです。あまりに個人的な、何と言うか、赤裸々な告白ですね、お恥ずかしい部分も含まれているので気がひけるんです。でも、避けて通るわけにはいきません。説明するとすれば、やはりそこから」

「長い話が始まる」

「ええ」

「去年の秋」

「そうですね」

「バリ島で中さんの身に起きた奇跡の話から」

バリ島という言葉を避けて通るわけにはいかないので、敢《あ》えて口にしようと決めて来たのだが、中志郎の反応はとぼしかった。あるいは自分自身の話の組み立てに注意を集中していたのかもしれない。

彼は伏し目がちになり、紅茶をスプーンで軽くかきまぜ、そこへミルクを注ぎ入れて渦巻き模様を作り、もうひとくち飲んでから語り始めた。去年の十月、第一週の火曜日、成田空港での手袋をはめた女との出会いを語り始め、僕は紅茶の色よりもオレンジがかったハーブティーを後学のため口にふくんだ。

49

バリ島を舞台にした長い話に区切りがつくと中志郎はもう一杯紅茶のお代わりを頼んだ。

時刻は四時になろうとしていた。

それからさらに彼は帰国後の、昨年十一月第一週の週末までの経緯を説明した。バリ島のホテルをチェックアウトする際に渡された番号に電話をかけ、石橋と名乗る女と会う約束をするまでの話だ。先週の土曜日、蒲田駅で彼がプラスチックの洗濯籠《かご》に歯磨きセットを入れて提げていた理由まではまだまだ先が長そうだった。

「わかりますよ、津田さん」中志郎は途中で僕の心の動きを読んだ。「こんな話、信じろというほうが無茶ですよね。僕が津田さんの立場だったらばかばかしくて聞いていられないと思います。ただ単に、長いことできなかった妻とのSEXが旅先でできた、東京に戻って時間がたつとまたできなくなった、ここまでの話はそういうことになるかもしれません。奇跡が起きたと僕がいくら主張しても、その証拠を見てもらうわけにもいかないし」

証拠にはならないかもしれないが、中志郎が長々と喋《しゃべ》った「赤裸々な」内容は、昨年の十月、中真智子から聞かされた「夫は旅行に出る前と後では別人のように変わった」という短い要約を裏づけてはいる。それはつまりバリ島で中夫婦は長いことしなかったSEXをした、新婚旅行のハワイの夜に匹敵する回数のSEXをした、東京に戻ってからも「別人」の状態は一ヵ月ほど続いたということだ。とにかくそこまでは両者の証言をつきあわせてみると疑えない。

「バリ島から戻って一ヵ月後、電話をかけると、手袋の女は中さんからの電話を待っていたと言った」

「石橋」

「石橋は自分も中さんと同じようにもとの状態に戻ったのだと言った」

「そうです」

「それで会う約束をした」

「そうです。ここまでの話は信用できますか」

「中さんが嘘をついていると疑っているかという意味なら、嘘はついていないと思う」

「何のために僕が嘘をつくんです」

「さあ」

「津田さんが小説家だから？　この話を小説の材料として提供しようとか、そんなつもりは毛頭ありませんよ」

「そうでしょうね」僕は愛人広重いつ子の存在を匂わせようと決めて来てもいたのでここで匂わせた。「そんなつもりの人は見分けがつきます。たいがい女です」

「ただ」中志郎は僕のほのめかしを聞き流した。「津田さんになら信用していただけるような気がする。僕はまだ津田さんのことはよく存じあげませんが、でも小説家津田伸一については最近かなり研究しました。著書を十冊読んで、この小説家なら僕の体験談を、何と言うか、一笑に付すようなまねはしないと思った」

「著書を十冊」

「ええ。ハーブティーのお代わりは？」

「いやコーヒーにしよう。著書を十冊？」

「なかでも特に二冊のエッセイ集と、それから『スープ』という小説に感銘を受けました。あの妻がこういうものを熱心に読んでいたのかと、予想外な驚きもありましたが」

テーブルの係の人間がそばに来て注文を取った。

コーヒーが運ばれてくるあいだに僕はタバコを取り出してくわえ、ここは禁煙席だと注意をうながしたのちに中志郎はトイレに立った。戻って来たとき彼はネクタイの結び目をゆるめ、ワイシャツの一番上のボタンをはずしていた。

「いまふと思ったんですけど」と前置きして中志郎は笑顔をつくった。「アニメのちびまる子ちゃんのおねだり。やっぱり似てますね。アイスクリームをもうすこし、もっと、とおねだりするときの口調と、SEXのときに大人の女が出す声。語尾の上がり方が似ている。大人の女といっても僕の場合は妻限定ですけど。妻はちょうどそんなふうに声を出します。もうすこし、もっと、という意味で。厳密には用語の違いはあるけど語尾はそっくりだ。いままでそんなものに注意を向けたことはなかったですよ。おかげさまで、最近の発見です」

「そうですか」

「津田さんの説ですよ。一月に出たエッセイ集に収録されてるでしょう。それからもうひとつ、小説のほうでの発見を言えば、SEXの途中から女の顔が変わるという話。美味《うま》いスープを口にふくんだときのように両目がひろがる。確かにね、妻の顔も途中から変わります。つむった目をときどきあけて僕を見ることがあって、癖でしょうね、そのときの顔は普段よりも幼くて目が大きい。子供に返ったような感じです。好奇心のあらわな少女のようになる」

「そうですか」

「津田さんはご結婚は」

「独りです」

「でもずいぶん研究されてますね。女についても、女と恋愛する男についても詳しく書かれてますね」

「二回離婚して、いまは独りなんです」

「ああ、なるほど、それであんなふうに断固として書けるわけですね。冷めないスープはない、という真理について」

「どんな真理も発見したおぼえはないけどね。石橋という女の話はどうなったんです？」

「真理でしょう」

「スープが冷めることは誰でも知ってますよ」

「必ず冷める」

「スープならね」

「人の感情はどうです」

「スープ以外に関しては明言できない」

「津田さんはそうは思ってない」

「話のポイントが見えないんだ」

「ただここで確認しておきたいんです。津田さんがあの一行を本気で書いたのだと知っておきたいんです。そうしないと石橋の話に進んでもあまり意味がない。僕はこの話を万人に向けてするつもりはありません。この話のいったいどこが奇跡なのか、理解して貰《もら》える人だけに話したい」

「どの一行のこと？」

「津田さん、馬鹿のふりをするのはやめてください。自分の書いたものには責任を持ってください」

ひとこと言い訳しておく。このとき僕は馬鹿のふりをしたというよりも、いくらか馬鹿そのものになって狼狽《ろうばい》していたと思う。

彼が僕の本を読んでその中から特に引用してみせたＳＥＸに関する部分は、二つとも中真智子と知り合ったあとに書いた文章だった。もちろん誰が読んでも（たぶん本人が読んでも）誰のことだとは気づかれないように配慮して、責任を持って書いてはいるのだが、書きながら頭の隅に浮かべていたのはまぎれもなく中真智子のあのときの声であり、顔だった。それを著書十冊の中から、二つとも正解を見分けるように取り出して相手が喋るので、僕は返事に困った。また次のような妄想にも（一時的にだが）とらえられた。中志郎の思惑は別のところにあるのではないか。最初から奇跡の話などするつもりはなく、別件で僕を追い詰めるために今日ここで会いたがったのではないか。この男はいまにも犯人探しのテーマに飛び移り、椅子から立ちあがって、おまえの真の愛人は広重いつ子ではない、私の妻だ！　と指を突きつけるのではないか？

もちろん中志郎はそんな男ではない。もし疑いを持っているのなら、遠回しな言い方でねちねち犯人を締めあげるようないやらしい名探偵のようなまねはしないだろう。津田さん、私の妻と悪いことをしましたね、まずそれを認めてください、そこから始めましょう、と足もとを固めてまっすぐ責めてくるだろう。やはりどう考えても中志郎の話のポイントは妻の浮気にではなく、彼の身に起こった奇跡にあるに違いない。そのためにSEXの話題が持ち出されただけだ。僕はコーヒーを時間をかけて味わい、窓越しに渋谷の街を眺め、そのあいだに頭の隅からあのときの中真智子の声と顔の記憶を追い払った。

「憶《おぼ》えてるよ」僕は正気を取り戻した。「スープも人の感情もいずれ冷めてしまうという一行だね？」

「必ず冷める」と中志郎が再度限定した。

「うん」

「本気で書いたんでしょう？」

「本気だよ」

「必ず冷めるもののことをスープと呼び愛と呼ぶ」

「真理だ」

「その真理がくつがえるんです」

50

昨年の十一月、第二週の土曜日に彼は石橋に会った。バリ島のホテルのエレベーターで間近に見て以来、ほぼ一カ月ぶりに石橋の顔と、そして手袋をはめていない右手を見た。

それは彼に言わせれば不思議な一日の始まりだった。

妻には休日出勤と断って、いつもの時刻にいつもの身支度をして家を出たのだが、妻は二週連続での土曜日の出勤を少しも怪しむそぶりを見せなかった。朝から何の言い訳も必要ではなかったし、かといって前の晩に、出勤の件を妻に断っていたのかどうかも思い出せなかった。彼が起きてみると隣の布団はすでに空で、妻は週日と同じように朝食を準備している。日付と曜日を確認してから彼は朝刊を読み、妻のいれてくれたミルクティーを飲んだ。朝食後、妻は週日と同じ顔で夫を送り出した。

大森町駅のほうへ通勤路を歩きだすと、すぐに雪が降っているのに気づいた。薄い羽根のような雪が目の前をふわふわ流れている。十一月中旬、晴天の土曜日である。雪であるはずがない。よく見ると、それは降るというよりも、浮かんでいた。白い羽根のように見えるものは、実のところ羽根だった。一センチにも足らない短い羽根である。彼は頭上に浮かんでいる羽根の一枚をてのひらでつかみ取ろうとした。タンポポの綿毛にも似た羽根はみずからの意志で逃げるように動いた。思ったよりもそれは高いところを飛んでいる。振り仰ぐと、青空を羽根の川が流れていた。数え切れないほどの鳥の羽毛が宙に浮き、それが一本の太い川になってうねるように流れている。上空には微《かす》かな風があるのか、駅の方角から徐々に漂ってくる。彼は風上へ向かって普段よりもゆっくりと歩いた。羽根の流れは緩慢だが途切れなしに続いている。はやくも道端に落ちて、また飛び立つかのように滑走している羽毛もある。

駅に着くと電車が遅れていて、言い訳のアナウンスがくり返されていた。電線に布団が引っ掛かるという事故のために撤去作業をおこなっているとのことだった。「おこなっている」が「おこないました」に変わるまで長い時間が経過したが、彼は焦らなかった。石橋との約束は十時なので焦る理由はぜんぜんなかった。彼は小春日和《こはるびより》の駅のホームに立ち、向かいのホームの屋根とのあいだからのぞく晴れあがった空を眺め、電線に引っ掛かったという羽毛布団をイメージした。小鳥の声が聞こえた。普段の朝には聞いたことがないし、そのときも鳥の姿は見えなかったが、いま確かに鳴き交わす声を聞いたように思った。小鳥たちが電線に垂れさがった布団を見つけ、鳴き騒いでいる。電線に触れた部分の布が裂け、中に押し詰められた羽毛が顔を出して、裂け目が広がり、一枚、また一枚と空に浮かび、鳥の群れにまじる。雲雀《ひばり》の声だ、とそのとき中志郎は思った。もし彼の聞いたのが雲雀の鳴く声であるとすれば、それは幻聴に違いない。十一月の東京の空を雲雀が飛ぶはずもない。

十時に、石橋は約束した場所にいた。

成田やバリ島で見たときとは様子が違い、彼女は髪型と髪の色を変え、丈が膝《ひざ》くらいまでのトレンチコートに身をつつんでいたのだが、彼にはひとめで見分けがついた。両手はポケットに収まっていたので手袋で見分けをつけたのではない。横向きの顔や立姿のシルエットに見覚えがあったわけでもない。十メートルほどの距離まで近づいたとき、相手が振り向き、こちらの顔ではなく顔に近いどこか別の部分に焦点をしぼるような目つきをしたので、成田での記憶がよみがえった。

そばまで彼が歩み寄ると、ようやく石橋は彼の目をとらえ、まばたきをした。デンパサールの空港でもそうしたように、たっぷり時間をかけて、肉眼のレンズで彼の顔を撮影するかのようなまばたきを何度かした。まばたきという言葉を使うからわかりにくいので、単に、再会の挨拶《あいさつ》の前に何度か目をつむったというほうが早いかもしれない。それが終わると女らしい作り笑いを浮かべてうなずいて見せた。ここでいう女らしい作り笑いとは、中志郎の観察では、何をしたいにしろしてほしいにしろ、自分から言い出すきっかけがつかめないときに女が浮かべる微笑のことである。言われてみれば、中志郎の妻は僕が手を伸ばす直前によくそういう笑い方をしたような気がする。

ただし、このとき石橋という女の顔にはほのかに赤みが射していた。窓際のテーブルへ案内され、あらためて向かい合ってみて中志郎はそのことに気づいた。ほのかだが、水蜜《すいみつ》桃《とう》の模様のようにむらになった赤み。これはどういう理由だろう？　と中志郎は考えてみた。この女は俺と一ヵ月ぶりに会ってあがっているのか？　彼が紅茶を注文すると、石橋は、あたしは冷たい紅茶を、と言った。アイスミルクティーですね？　と係の人間が聞き直した。石橋はまだトレンチコートを脱いでいなかった。脱ぐそぶりもみせなかった。脱ぐのを忘れているのか最初から脱ぐつもりがないのかはわからない。手袋をはめた両手はテーブルの陰に隠れている。

「まず聞きたいことがいくつかある」と中志郎は切り出した。

「お願いがあるんだけど」やや時間を置いて石橋が答えた。「急がないでほしいの」

中志郎は椅子の背にもたれ、テーブルの上でてのひらを組み合わせた。石橋が左手を持ち上げ、手首を裏返して腕時計を見た。

「まだ朝の、十時五分過ぎよ」

この女のこれがいませいいっぱいのジョークなんだ、と中志郎は考え、時間を与えることにした。アイスミルクティーとホットミルクティーが運ばれてくるまでふたりは口を閉じ、広い窓の外に目をやり、店内に流れている低い音量のBGMに耳を傾けた。低い音量の室内楽はバリ島の例のホテルのエレベーター内で聴いたヘンデルの「水上の音楽」を思い出させた。事実それらが同じ曲だったかどうかは別にして、中志郎の耳にはそう届いた。石橋がどう聴いたかはわからないが、どう聴いたとしてもこの物語に影響はない。やがて石橋の顔から赤みがひき、むらが消えた。桃よりも林檎《りんご》の皮を剝《む》き終わったあとに近い皮膚の白さが戻った。

「聞きたいことがいくつかある」

「十時十分過ぎ」と石橋がまたジョークを言った。「その前に言っておきたいことがある。質問はあたしのほうにもあって、あと、中さんからの質問には答えられるものと、たぶん答えられないものがある」

「たとえば？」

「じゃあひとつ質問してみて」

「あのとき具体的には何が起きたんだ？　あのホテルのエレベーターの中で」

石橋は左右にいちど首を振ってみせた。それは簡単に答えられる質問ではないという意味だろう。

「てのひらを使ってあんなことをやったのは何のため？」中志郎は訊《き》き方を変えた。「僕のてのひらを敢《あ》えて選んで、自分のてのひらを合わせてきたのには何か特別な理由がある？」

この質問にも答えは貰《もら》えなかった。中志郎はミルクティーを啜《すす》り、少し間を取った。

「なぜいつも手袋をはめてるの」

「これ？」

石橋は両手を胸のあたりまで持ち上げ、濃い肌色の手袋につつまれた二つのてのひらに視線を落とし、次に首をかしげた。

「日に焼けないため？」

「僕が質問してるんだよ」

「日に焼けないためと、テーブルにぶつけたりして傷つけないため」

「ここは室内だよね？」

「いちいち脱いだりはめたりするのは面倒でしょう？」

「トレンチコートは」

に向けた。

「ああ」石橋は両手を持ち上げたまま、顎《あご》を引き寄せるようにして、視線を自分の胸もと

「ああって」

「これは、脱ぐタイミングを逸したの」

「テーブルに手をぶつけるなんてあり得ないだろう」

「それはいちがいに言えない」石橋の両手はまたテーブルの下に隠れた。「中さんみたいなふつうの人はあり得ないと思うかもしれないけど、あたしのまわりではみんな用心してる。不注意で手の指をぶつけて、爪の内側に内出血のあとが残って、大切な仕事を棒にふった人だっているから。だからパーツモデルを職業にしてる人たちはみんな、自分たちの売り物のパーツを貴重品みたいに慎重に扱ってる。腫《は》れ物に触る？　手とか足とか、背中とかお尻《しり》とかを」

「ほんとうは？」

と中志郎は言い、相手の目に視線を据えたまま、ティーカップを口にあてた。そう言ってみて、言ったとたんに、石橋がまだ本当のことを喋《しゃべ》っていないという確信が持てた。この会話の主導権は自分が握っている、という確信も同時に持てた。この前の日曜の電話で、彼女は「ふりだしに戻った」と俺の身に起きたことを言い当てた。しかも「実はあたしも戻ったの」と彼女は言った。つまり彼女の身にも何かしら困ったことが起きたのだ。電話

をかけて会いたがったのはこちらのほうだが、彼女も同じことを望んでいるのだ。

「ほんとうはわからない」石橋がため息をついた。「まわりのパーツモデルの人たちがみんなやるべきことを真剣にやってるのに、あたしひとりやらないわけにいかないでしょう？　だから、職業的な習慣？　慣習？　あたしだけ売り物の手をかまわないでいると、変に思われる」

「パーツモデルという職業がほんとにある？」

「なくてどうするの。パーツモデルがいなかったら、食器用洗剤のCMとかどうやって撮るの？」

「成田で一緒だった人たちだね？」

「ううん、あの人たちはふつうの全身モデル。事務所が同じでたまたま旅行についてっただけ、便乗っていうの？」

「それは習慣というより、偽装だろう」

「はい？」

「手袋の話。自分だけが変に思われないようにやるべきことをやるというのは、本来はやる必要がないということだよね？　つまりまわりの目を気にしなければ」

「そうかもね」

「そうだよ」

「うん」

石橋はそのとき中志郎から視線をそらして窓のほうを見た。

釣られて中志郎がそちらへ目をやると、何か速度のあるものが視界を縦に通り過ぎた。落下はせず、空へむかって直角に弾《はじ》かれたように上がり、勢いの消えたところでとどまり、小刻みに振動しているように見える。目をこらすと鳥の羽ばたきだった。鳩よりもずっと小さく雀よりもやや大きめの茶褐色の鳥が空の一点に浮遊している。いわばホバリングしている。

「何のために偽装する?」

「そうだよね」石橋が同じ空を見上げて言った。中志郎にというより鳥に語りかけるような口調だった。「あたしがいま喋ったことはそういう意味になるよね」

「石橋」と中志郎は呼びかけた。

「あたしの手はほかの人の手よりもっとずっと強いの。日焼けにも傷にも痣《あざ》にも強い。そんなのはいちんち寝て起きたら消えてしまう。手袋はほんとうは、本音では、要らない。偽装? そのとおりかもしれない」

「いま手袋を取って、手を見せてくれないか」

「いま、ここで?」

ところが石橋は手袋をはめたままの指でまずコートの前を開きにかかった。途中で気が変わったのか、二つまではずしたボタンをすぐに止め直した。

「ここじゃ無理よ。行きましょう」

「見るだけだよ」

「見るだけ？　手を？」

石橋に正面から見返され、そう訊かれたとたん、中志郎はまったく意味のない頼み事をしていることに気づいた。自分が望んでいるのは手袋を脱いだ手を見ることではない。石橋が望んでいるのと同じこと、つまりもう一度、ふたりのてのひらを合わせることだ。

「そうだね。どこか人目のないとこに行こう」

「ここのホテルに部屋をとる？」

「いや、まだ朝の十一時前だ」

「じゃあどこか歩いて行けるとこ。道玄坂《どうげんざか》のほう？」

石橋は両手をコートのポケットにしまい、椅子を立ち、返事を待たずに出口へ向かった。

中志郎は女の後姿を見て、テーブルの伝票に手を伸ばした。そのときまた目の端に窓の外の動きが映った。ほとんど同時に、彼のいるテーブルの前後のテーブルの客のあいだから声があがった。ホバリングしている鳥の数が増えている。一羽ではなく群れになって羽ばたいている。数羽や数十羽という程度ではない。数え切れないほどの鳥が空の高みに集まり羽根を震わせている。その鳥の雲のような塊が渋谷駅の方角から徐々にこちらへ移動しつつある。茶褐色の集団が雲のように形を変えながらこの窓をめざして進んで来る。そのことに気づいた客の何人かが席を立ち、何人かが窓ガラスに駆け寄り、店内が騒然としはじめた。

中志郎は我に返ると店の出口のほうを見た。

足を止めた石橋が、肩越しにこちらを振り返っている。両手はコートのポケットにしまわれたままだ。ふたりのあいだに十メートルほどの距離があったが、今度は石橋はしっかり彼の目をとらえている。ただしその顔は再び淡い赤みをおび、微笑みを浮かべている。雲雀《ひばり》だ、あの鳥たちは雲雀だ、と石橋に伝えたかった。しかしそれは現実にはあり得ないことだし、相手がいるのは話し声の届く距離ではない。彼は椅子から立ち上がり、窓際の騒ぎから離れて、石橋の待つほうへ歩いて行った。

第七章　記憶術

51

室内に入ると石橋はまず照明を落とした。

靴を脱いでスリッパに履き替え、ひとわたり部屋を見廻《まわ》していたかと思うと断りもなくそれをやった。

中志郎はふたり掛けのソファにすわり、前のテーブルに置かれた灰皿とライター、灰皿と見分けのつきにくい硝子《ガラス》の器、テレビのリモコン、それからホテルの利用案内のファイルやカラオケの選曲用の本に目をやっている途中だった。すっと日が陰るように視界が暗くなり表紙の文字が読めなくなった。

その種のホテルに入るのは、中志郎にとっては十年ぶりではきかないくらいに久しいことなので、スリッパの履きごこちも、ソファのすわりごこちも、テーブルの上に揃えられた品々も、妙に懐かしくもあり、単に物珍しくもあった。妙に、というのは懐かしさのなかに具体的な記憶がきっとひそんでいるのだが咄嗟《とっさ》にはつかみ出せない、でもそれが特にもどかしくもない、くらいの意味だ。そういった心の動きが止まった。断りなしの暗闇が来て、妙な懐かしさも単なる物珍しさも全部奪い去った。

その部屋には小窓が二つあり、二つともカーテンの代わりに一枚板の扉で外光をさえぎるようにしてあるので、照明が落ちると完全な暗闇になった。中志郎は声を出そうとしたが、実際に出す前に、黒い濃霧にとざされたとでも言いたくなるような不安に襲われ、声量の調整にも迷うほどだった。石橋、と尻《しり》あがりの（われながら）心細く聞こえる声で呼びかけると、ベッドのほうでトレンチコートを脱ぐ気配がしたのでそちらへ顔を向けてもう一回呼んだ。返事はなく、衣《きぬ》ずれと言うのか言わないのかとにかく脱いだトレンチコートをどこかに放り出す音がして、次にベッドのスプリングがきしんだ。

時刻はまだ正午前、前章からの続きで外は晴天である。ふたりで道玄坂をのぼり、円山《まるやま》町《ちょう》のホテルまで黙々と歩いたあとなので、中志郎は喉《のど》がかわいていた。歩くあいだに何度となく後方の空を振り仰ぎ、鳥の群れが自分たちを追って来てはいないこと、いまは一羽も姿が見えないがさっきカフェの窓越しに雲のように群れている鳥たちを目撃したこと、その二点についての質問を何度も呑《の》み込んでいたので、あらためて、いまここで石橋に問いかけてもみたかった。カラオケの選曲本のあと、軽食やドリンクのメニューに目を移し、それからソファを離れて、冷蔵庫を開けてペットボトルのアミノ酸飲料なり何なりを取り出し、おたがいに飲みながら話し合う、という順番を漠然と予定もしていた。その頭のなかの予定表も暗闇に塗り込められた。

「上着を脱いだら？」という石橋の声がした。

中志郎はソファに浅く腰かけたまま仕事用の背広を脱いだ。一時間ほど前、カフェで向かい合ったときにはこちらが主導権を握っていたはずだが？と訝《いぶか》りながらもむこうの言いなりに脱ぎ、通勤鞄《かばん》の上に背広を載せて、ネクタイの結び目に手をやった。でもこれをはずす必要はないのだと思い直して緩めるだけにした。それからまた無言の時間が流れた。中志郎はふたり掛けのソファにひとりですわり、石橋はダブルベッドの端にひとりですわり、ふたりで闇に目が慣れるのを待った。あるいは闇に目が慣れるのを待つようにして、何もしないし何も喋《しゃべ》らない時間をやり過ごした。

そのうちに中志郎は気づいた。ぴったり閉じて窓をふさいでいるはずの扉から洩《も》れてくる光が見える。完璧《かんぺき》な暗闇に思えたのは束の間の錯覚にすぎず、ほの白い靄《もや》のよう窓をふさいだ板には横に何列かの隙間があいていて、その列の数だけ、ほの白い靄のような光のラインが浮かんでいる。つまりその窓を覆っているのは一枚板ではなく、細い横板を何列も深い傾斜をつけて枠に嵌《は》め込むかたちの、国語辞典の編者なら鎧板《よろいいた》と呼ぶはずの作りになっている。中志郎の位置からすると右手、冷蔵庫と電子レンジを収納したキャビネットの脇にそれが見える。正面の、液晶テレビのやや左上にあったはずの窓のほうにはそれは見えない。そこはただの黒い壁にしか見えない。ダブルベッドが据えてあるのはもっと左だ。

中志郎はワイシャツの袖口《そでぐち》のボタンをはずしにかかった。袖を三折り、まくりあげた。まず右の袖からそれをやり、ソファから立ちあがって、ゆっくり左を向き、反対側の袖に取りかかった。ベッドに腰かけた石橋が同じ動作をしているのがわかった。もう目が慣れたので闇の中でも相手がどこにいて何をしているかは見ることができた。ただ石橋の手袋がすでにはずされているのかどうかまでは見きわめがつかない。

左袖を三折りまくりあげると、中志郎はためらわずにベッドのほうへ歩いた。石橋はおとなしく待っていた。ベッドの端に腰かけたまま待ちかまえて、中志郎の差し出した左手の、てのひらに、持ちあげた右手をあてた。一ヵ月前の記憶通り、中志郎は石橋の手の発熱を感じ取った。だがそれはまだじゅうぶんではなかった。石橋の手は手袋につつまれていて、中志郎のてのひらが感じ取ったのはその生地のなめらかな触感をひきたてる程度の熱さでしかなかった。下着ごしに女の高い体温を感じたようなものだ。それはいわば前戯のような、おたがいの手と手を用いたキスのような行為だった。じらされている。中志郎はもどかしさを感じ、一瞬閉じていた目を開き、ベッドに歩み寄るまで詰めていた息を吐いた。

石橋がそこで動いた。

表情までは読みきれなかったが、いちど確かにうなずいて見せると、いったんてのひらをはずし、反対の手だけを支えに使いベッドの端からカーペットの床へと降りた。これも衣ずれと言うのか言わないのかダブルの羽毛布団を石橋の尻《しり》と腰と背中がこすって音をたてた。

床へ降りると石橋は身体を起こし、ひざまずいた姿勢で、中志郎と正面から向かい合い、彼の顔を見上げた。中志郎はまだ左のてのひらを前へ向けた状態で石橋を見おろしていた。この女の顔はいまはどうなのだろう？　やはりむらになって赤らんでいるのだろうか？　デンパサールの空港で初めて手と手が触れ合ったとき、あるいはさきほどカフェで最初に目と目を見合わせたときのように。だがじっくり観察するための時間はなく、石橋の催促する気配を読み取り、中志郎は相手と同じ姿勢を取らなければならなかった。床に両膝《ひざ》をつき、身体を起こして左手を前へ差し出す。てのひらを垂直に立てる。もはや観念して彼は目をつむり、石橋が手袋を脱ぐ音に耳をすました。

聞こえるはずのないその音は今度も（バリ島のホテルの、騒然としたエレベーター内でのときと同様に）中志郎の耳に届いた。泊まり客が帰ったあとなのか隣の部屋で掃除機をかけている鈍い音が壁を通して伝わってくる。その鈍い音の切れ目切れ目に衣ずれが聞き取れた。まさしく衣ずれとしか言いようのない音だった。着物の裾《すそ》が鳴る、布と布とが触れ合い、畳の目を風が撫《な》でて通り過ぎるような音だ。中志郎は目を閉じ、耳をすまして待った。石橋の右手から手袋がはぎとられ、裏返しになり、中指の先端からはずれて下へ落ち、やがてあれがはじまるのを待った。

そのてのひらが彼のてのひらにぴったり重ねられたとき、彼は思わず声をあげた。あのときとまったく同じだった。石橋のてのひらは高温の熱を帯びていた。女の皮膚のぬくもりとは異質の、異常な高熱で、あのとき同様に逃げようとした彼の手を、指を絡ませて石橋の手が引き戻した。わかった、と言うつもりで彼は首を縦に振って見せた。再び石橋の右のてのひらと彼の左のてのひらが隙間なく合わさり、伝わった熱が彼の左腕へ浸透して、そこから一気に首まで駆けのぼった。

だが本当は、隙間なく合わさっているのではない。二つのてのひらのあいだには数ミリの隔たりがあることが彼にはわかっていた。薄目をひらく前に、まぶたのむこうに赤みのついた光、炎に似た色の光を感じていたので間違いなかった。これは初めてじゃない。二度目で、しかも最初のときと寸分の狂いもない同じ現象がいま目の前で起きつつある。彼は目を開けて、予想通りのものをそこに見た。

ふたりの手の十本の指は光に縁どられたように輝いていた。光はまばたきするたびに変化して、オレンジ色のまるで液体のようにも、気体のようにも、ゼリー状のようにも見えた。感触はそのどれとも言い難く、だいいち言い当てようにも熱のせいで皮膚の感覚は麻《ま》痺《ひ》している。光源はてのひら、というよりも二つのてのひらのあいだにあり、つまり中志郎と石橋のてのひらに挟まれて、目を凝らしてもつきとめられない。つきとめるためには、てのひらを相手のてのひらから離さなければならないのだが、中志郎にはそれができなかった。光はそのときはシロップのようなとろみを見せて、てのひらのあいだからはみだしてこぼれそうに外側へ広がり、決してこぼれ落ちはしないでふたりの指のふちに沿って流れ、循環するかのように手のかたちを浮かびあがらせていた。やや目線を上げると、石橋のうつむき加減の顔が見えた。両目を閉じたその顔は淡くオレンジ色に照らされ、うっすら笑っているように見えた。より正確に言えば、笑顔になる寸前のような表情を保って見えた。何もかもあのときと同じだ、と中志郎は思い、その思いは瞬時に断ち切られた。

52

円山町のホテルの一室において、照明オフの状況でその日おこなわれたことは以上である。

つまり中志郎が憶《おぼ》えているのはそこまでだ。初めてのときと同様に、左腕から侵入した熱はまもなく頭部にまで達し、あのときと同じだと思った瞬間に彼は気を失っている。

カーペットに横たわった状態で次に意識が戻ったとき、室内の照明は灯《とも》り、石橋はまたトレンチコートを着直してベッドに腰かけていた。もちろん手袋もはめ直していた。

53

「どう?」と石橋が訊《たず》ねた。

意識が戻ってすぐにではなく、起き上がって、でも立ち上がるまでは面倒なので背中をベッドの側面にもたせかけて、カーペットに尻を落ち着けたところでの第一声がそれだった。中志郎のすぐ隣に石橋はいた。ちょうど彼の顔の位置に、ベッドに腰かけた石橋の手袋をした両手があった。てのひらを上向きに、右手を左手の上で休ませるように膝に重ねてある。どう? とひとことで訊《き》かれても、こうとひとことで答えられるわけがなかった。

「気分は?」とまた石橋が質問した。

「悪くない」と彼は答えた。

「中さん、まだ時間はある?」

「何の?」

「いろいろ話す時間」

「いまが何時かによるけど、たぶん」

「まだ十二時前よ」

「夕方までに帰れれば問題はないと思う」

「じゃあちょっと話しましょう」

「いいよ」

「まず中さんから。言いたいことを言ってみて」

「喉《のど》がかわいたな」

石橋が両手をこすりあわせるような仕草をしてベッドを離れ、冷蔵庫の収納されたキャビネットまで歩いた。何が飲みたい？　と中を覗《のぞ》きながら言われたので、水、と答えると、石橋は小型冷蔵庫の扉を閉め、その上に載っているもう一台の（小型冷蔵庫の高さを三分の一に縮めた形の）冷蔵庫を開け閉めし、結局、横の棚から常温のペットボトルを一本持って戻った。中志郎はそれを受け取り白いキャップをはずして少し飲んだ。少し飲んだあとでCRYSTAL GEYSERというラベルの文字を読みながら、石橋は？　と言った。喉がかわかないのか？　という意味だ。

「うん、あたしもそれを貰《もら》う。お水はそれしかないから」

石橋はベッドの脇に立っていたので中志郎はその顔を見上げた。二秒ほど、黙って顔を見合わせたあと、石橋はまたキャビネットまで行きコップを一つ持ってきた。それにクリスタルガイザーを注いで貰うと、中志郎の隣に同じ姿勢でベッドにもたれてすわりこんだ。トレンチコートの裾が割れて、ジーンズに包まれた大腿部《だいたい》と膝と膝から下があらわになった。その日初めて石橋の下半身に目をやったわけだが、別にこれといって感じるものはなかった。手袋をはめ直した手にすら関心が薄れてしまっていたくらいだから、ジーンズの内部のなまの脚のことなどちらりとも想像しなかった。

「いまふと思ったんだけど」と中志郎が先に口を開いた。

「はい」

「なんで冷蔵庫の上に冷蔵庫が載ってるの。二台も必要？」

「さあ。必要か必要じゃないかといえば、必要じゃないと思う」と石橋が答えた。「なんでかあたしにもわからない。上の小さいほうは中は冷えてるけど空だったし」

「むこうのテーブルに灰皿も二つ置いてあるね。あれは男用と女用なのかな？」

石橋はこのとき中志郎を振り向いて、何も答えなかった。彼が本気で喋《しゃべ》っているのかどうか判別がつきにくかったのだろう。

「違う？　あれは灰皿じゃないのか？」

「茶碗《ちゃわん》なら聞いたことあるけど、大きいのと小さいのと、夫婦《めおと》茶碗？」

「うん」

「でも灰皿の性差別は聞いたことない。一つはアクセサリー用じゃない？　ピアスとか指輪とかブレスレットとか、はずして入れておくための」

「ああ、そうか」

と相槌《あいづち》を打ったとたん中志郎は記憶がよみがえりかけるのを感じた。ピアスとか指輪とかブレスレットとか、とにかく金属製のものが硝子《ガラス》なり陶器なりの皿に触れて音をたてる。その音を経由して誰かとホテルの一室にいるイメージがわいてきた。その誰かとは妻のことに違いなかった。それ以外に考えられなかった。

一カ月前、バリの海辺のホテルのエレベーター内で意識を取り戻したときと同様に、中志郎の石橋への（特に性的な面での）関心はもう消えていた。いっしょにいるのが嫌ではなかったが、彼は石橋といっしょにいて同時に片時も忘れず妻を愛《いと》しく感じることができた。もしくは妻を愛しく感じる自分自身を感じることができた。夕方までに帰れれば、と石橋には言ったが、できればもっと早くにでも帰宅して妻とふたりきりになりたかった。裸になって布団に入り（布団に入ってから裸になるのでもかまわないが）、妻のちびまる子ちゃん調のおねだりの声を聞き、ときおり目を見ひらく妻から、好奇心あらわな少女の瞳《ひとみ》で見上げられたかった。ちなみに、嫌でもない石橋といっしょに過ごしたこのあとの時間を、中志郎は、結婚披露宴の席で妻を遠目に見ながら仲の良いいとこと話し込むようなものだ、という比喩《ひゆ》を用いて説明した。まあ気持はわからないでもない。

でもついでにここで言っておくと、もしかしたら順番は真逆だったかもしれない。「妻」の存在よりも「愛しく感じる」感情のほうがより先に、彼の心に生じていたのかもしれない。石橋のてのひらと自分のてのひらを合わせる行為のあとでは、という意味だ。つまり意識が戻ったとき、何よりもまず強い感覚が彼に芽生えていて、その感覚の向けどころ、対象としていちばん身近の妻が選ばれ、二つのものが素早く結びついただけなのかもしれない。のちに中志郎はそんなふうに考え直してみることにもなる。

「中さん」と石橋が注意を引き戻し、彼の記憶のよみがえりを妨げた。「あたしたちがすべき話は、もっとほかにあると思うんだけど」

「そうだね」

「気が乗らない？」

「いや」

「何か質問して。ホテルの備品以外のこと」

「じゃあ、こないだの電話で」と中志郎は本題に入った。

石橋は背中の位置をややずらし姿勢を整えた。

「はい」

「石橋は一ヵ月過ぎて自分も元に戻ったみたいなことを言ってたね。それは詳しく言えば、何がどんなふうになったの」

「中さんのほうは？」

「僕の身に何が起こったか、石橋は知らない？」

「ぜんぜん」石橋は立てた両膝《ひざ》の皿の中間にコップを載せ、両手を添えてバランスを取ろうとした。「まったく知らない。話してもらわないと、皆目？　わからない」

「想像もつかない？」

「想像なら言えるけど」石橋はコップの水をひとくち含み、また同じ遊びをくり返した。

「たぶん、起こったことは、中さんにとってそんなに悪いことじゃなかった。それが元に戻ったあとで、あたしに会いたいって電話をかけてくるくらいだから」

「うん」

「想像なら何でも言えるけど」両膝の中間あたりにコップを安定させることを諦《あきら》めて、石橋はそれを右膝の皿の上に載せた。今度は簡単に立った。「あたしのほうで消えたものが、中さんで生き返ったんじゃない？」

石橋から消えたものが僕で生き返った。と相手の言ったことをなぞってみただけで、中志郎は黙って次の台詞《せりふ》を聞いた。

「あたしの手から流れ出て消えていった力が、そっくりそのまま中さんに乗り移ったのじゃない？　ずばり、超能力のお引っ越し、みたいな」

何だそれ？　と中志郎は一瞬思っただけで口には出さなかった。超能力のお引っ越し、みたいな、って何だ。彼は眉《まゆ》をひそめ、なおも黙って石橋の次の解説を待った。

「それが一ヵ月経つとまた元の状態に戻った。一ヵ月のあいだに、あたしでまた新しく生まれ育って、中さんのほうでは古くなって死んだ」

「超能力が」

「うん、そう呼びたければ呼んでもいいかもしれない」

「いま石橋がそう言ったんだよ」

中志郎は飲みほしたペットボトルのキャップを締めた。これ以上回らないくらいにきつく締めた。

「違う？」

「よくわからない」

「違うの？」石橋が中志郎の顔を見た。

「超能力とは違うような気がする」

「違うのかあ」

「いや、でも」中志郎は石橋が肩を落としたのを見てすこし気の毒になった。「超能力、と呼んでもいいような気もする」

「どっちよ」

「じゃあ石橋、僕のほうに何が起こったか話してみるよ。僕の身に起きたことは説明が簡単なんだ」

「そうね」石橋が好奇心を示した。「聞かせてみて」

しかしもちろん、その説明は話してみると簡単ではなかった。

なぜならそれは「あまりに個人的な、何と言うか、赤裸々な告白」であり、「お恥ずかしい部分も含まれているので気がひけ」たからである。中志郎はこのときも、避けて通るわけにはいかない、説明するとすればやはりそこから始めるしかない、と強いて自分に言い聞かせて、夫婦の内緒事を洗いざらい石橋に打ち明けた。かいつまめば、長いあいだなかったものが突然あるようになってまた昨日までまる一週間ほどない、というだけの内容を説明するのに二十分くらいかかった。

54

「ふうん」と石橋が感想を声に出した。

話が終わってすぐにではなく、何秒かの沈黙を置いて、中志郎が話すべきことを話しつくしたことを見切ったあげくにその声を出した。それから空になったコップをカーペットの上に置き、膝小僧を片手で払うような手つきをして姿勢を変え、横座りになった。中志郎はまたこんな話をすると石橋の顔が赤くなるのではないかと心配していたのだが、それはなかった。話の途中でも、話しつくしたあとでも、石橋の顔色に変化はなかった。

「どう？」と中志郎は言ってみた。

「どうかしら」と石橋は答えた。「それはあまり人前では超能力とは呼べないかもね。だって奥さんとSEXするのは旦那《だんな》さんとしてあたりまえのことじゃない？　しきたりとかならわしとかそういうことじゃない？」

「石橋の持ってる超能力とは違う？」

「あたしはもともと超能力なんて持ってない」

「さっきそんなふうに言っただろう」

「もののたとえよ」

石橋のくずした膝のすぐそばにコップがあった。不注意で倒すのが心配なのか、石橋はそれをつかむと上体を斜め前方に倒し、腕を伸ばした。そこまで心配することはないと思えるくらいにコップは遠い位置に置かれた。

「一般の人にはできない得意技がある、そういう意味で言ったの」

「もののたとえでなら、僕のほうもそう言えるのかもしれないけど」

「奥さんとSEXすることが？　それが得意技？」

「うん、まあ」

「超能力？」

ふたりはたがいの目を見つめ合い、しばし黙り込んだ。中志郎の言葉に嘘はなく、むろん彼は冗談でこんなことを喋《しゃべ》っているのではなかったし、同時に、相手もそうなのだというることがこのとき理解できた。ふたりはこのあともあくまで真面目に語り合った。

「石橋は男と同棲《どうせい》とか結婚とかしたことがある？」

「いちどもない」

「だったら想像してもらうしかない。すっかり冷めてしまった女と男がふたりで暮らしている。毎晩、一年三百六十五日、同じ部屋に布団を並べて寝ている。朝と晩、毎日二回ふたりで向かい合って飯を食う。一年に七百回以上飯を食う。しきたりとかならわしとかのSEXは絶えて行われない。子供もいない。想像できる？」

「おばあさんとおじいさん？」

「違うよ、さっきも説明しただろ？　僕たち夫婦の話だよ」

「何の意味があるの」

「僕の説明に？　石橋が想像することに？」

「ううん、すっかり冷めてしまってるのにふたりで暮らすことに」

「だろう？　僕の説明のポイントはそこだよ」中志郎は少しむきになった。「ところが冷め切っていたはずのものがなぜか熱いんだ。ある日の午後突然そう気づく。徐々にではなくていっぺんに、たぎって、吹きこぼれるくらいに熱くなっている。石橋といっしょにあのホテルのエレベーターに閉じ込められたあとで。それを降りた直後に。さっき説明したよね？　これは世間ではあり得ないことだよ。僕は石橋と出会ってから起きた出来事を、自分では奇跡と呼んでいる」

「わかった。何とでも、中さんの好きなように呼んだらいい」

「じゃあひとまず超能力と呼んで、それが石橋から僕に乗り移ったとして、もう一回話を整理しよう」

「中さん、タバコ持ってない？」

「いや、自宅の外では吸わないようにしてる。もともと石橋が持っている、その、もののたとえの超能力ってどんな能力なんだ？」

「あたしのは、キオクジュツ」

「きおくじゅつ」

「そう、記憶の術。自分ではそう呼んでる」

記憶術、と漢字に置き換えて中志郎はその単語をしっかり記憶にとどめ、次の質問に移った。

「それは記憶力とはどう違うの。つまり単に記憶力のいい人とは別の意味？ 僕も学生の頃には、試験の前に教科書とか参考書とか丸暗記したことがあったけど、そういうのとは」

「まったく違う」石橋は首を振った。「だってそういうのって誰もがやることでしょ。試験終わったらみんな忘れちゃうやつでしょ？ そういうのとあたしの記憶術はいっしょにはできない。雲泥の差？」

「具体的には」

「一回見たものは忘れない。意味のない数字や記号が並んでても、数字が百個で記号が一百個でも」

「意味のない数字や記号って？」

「そうねえ」石橋はキャビネットの右手、ふたり掛けのソファのあるあたりへ視線を投げた。「たとえばあのテーブルにカラオケの本が置いてあるよね。あれ、一冊暗記できる。その気になれば。時間は三分かかるかな、かからないかな」

中志郎は初めて笑顔になった。相手の言うことを真にうけなかったのではない。半信半疑でもまだ足りなくて、信のほうへ圧倒的に傾きつつはあったが、常識の支えがあるので傾き切ってはいなかった。

「ほんとよ」石橋が釣られて頬をゆるめた。多少とも、記憶術を使える人間としての誇りが傷ついたのか、拗《す》ねたような口ぶりだった。「疑ってるでしょ。信用してないよね？　だからあたし、この話は誰にもしたくない。いままで生きてきて中さんでまだ三人目」

三人も打ち明ける相手がいれば十分だろう、と中志郎は思い、ひとつ提案をした。

「だったら、カラオケの本を一ページでいいからいま暗記して見せてくれ。時間はどのくらいかかる？」

「まばたき一回」

この女にはそれができる、と中志郎は直感した。

すぐに立ちあがり、ソファのほうへ歩いてカラオケの選曲本に手をかけた。手をかけたところで重大な思い違いに気づき、後ろを振り返った。

背後に石橋が立っていた。手袋をした両手は再びトレンチコートのポケットに収まっている。そうか、と中志郎が思わず呟《つぶや》くと、彼女はうなずいて、

「そうよ」

と答えた。

「石橋はいまはもう」

「うん。記憶術の力はいまはあたしから消えてる。さっきまであったものはぜんぶ、てのひらを通して中さんのほうへ移動してる」

「やっぱり一ヵ月前と同じ？」

「うん、あの故障したエレベーターを降りたときとね。中さんも？」

「たぶん同じ状態だと思う」

「よかった。あたしね、中さんになら何を正直に話しても信じてもらえるような気がするの。ほかの二人はだめだったけど、でも中さんになら打ち明けられる。だって中さんはいま自分に超能力が宿ったと感じているんでしょう？　しかもそれがあたしから受け渡されたことがわかってるんでしょう？」

「いや、でも」中志郎にまた迷いが生じた。「これがおおやけに超能力と呼べるかどうかは僕には」

「さっきはそう言ったよ」

中志郎はさっきそう言った自分を見失っていた。石橋の記憶術を一瞬信じて、カラオケの本を取りに急ぎ足で歩いたときの高揚と、その記憶術を現に目撃できなかった落胆との自分の心のぶれがあまりにも大きく、ひとつに収まりがつかなかった。

「もっと自信を持ってよ」石橋が責め立てた。「いまいちばん中さんがしたいことは何？　答えて」

この問いに中志郎が正直に答えると、

「ほら」

と石橋は苦笑し、その顔をそむけるようにしてダブルベッドのほうを一瞥《いちべつ》した。当然ベッドメーキングはここへ来たときのままさらに保存されている。

「ぬけぬけと、ってこういうとき使う言葉よね？　こういうとき何て言い返せばいいの？　ごちそうさま？　とにかくいまの中さんは今朝までの中さんとは違う。別人になってる。そうでしょう？　今日はもう帰してあげるから、その超能力を発揮して、奥さんのそばにいてあげて。それで、あとはひとつだけ約束してほしいの。一ヵ月後、また今日と同じようにあたしに会ってくれる？」

「来月」

「そう、十二月の第二土曜日。もし明日からも先月と同じことがくり返されたら、きっとくり返される予感があるけど、そのとき会ってもう一回話をしましょう。もちろん話だけじゃなくて」

「わかった」

中志郎はそう答えたが、実はまだよくわからないことがいくつも残っていた。仮に、いま石橋が記憶術を失ったかわりに自分に超能力が宿ったのだとして、では石橋はその失ったもの、こちらへ受け渡したものの価値をどう見なしているのか。惜しくはないのか？石橋が犠牲にしたもの、おかげで自分が得たもの。マイナスとプラス。損得勘定はどうなるのだろう？　人に訊《き》くまえに当の石橋がいまいちばんしたいことは何なのか？　自分はつい、馬鹿正直に、妻に会いたい、などと答えてしまったのだが。

しかし中志郎はいくつもいくつもわいてくるだけで解決のつかない疑問を保留して、とりあえず一ヵ月のあいだ保留することに決めて、石橋にこう訊《たず》ねた。

「ホテル代はどうする？」

割り勘にしましょう、と石橋は答えた。

55

十二月、第二週の土曜日。

中志郎と石橋は先月と同じ場所で待ち合わせ、先月と同じホテルまでまた黙々と歩いた。その途中で石橋はコンビニを見つけ、ひとりで中に入るとクリスタルガイザーを一本と、マルボロメンソールを一個買った。

ホテルに着いたのは正午近く。待ち合わせの時刻が先月よりそれだけ遅くなっていたのだが、中志郎のほうは、自宅を出る時間を変えるわけにいかないので、カフェの開店から居すわってミルクティーをお代わりしながら石橋を待つしかなかった。開店の十時までは、渋谷駅の近辺を目的のある人々、特にない人々が歩きまわる流れに混じってうろうろして時間をつぶした。ちなみにその朝は、空に羽毛は飛ばなかった。待ち合わせた店の窓越しに鳥も群れなかった。羽毛布団はそうそう電線に引っ掛かるものではないだろうし、待ち合わせたといっても、石橋が現れるとすぐに席を立ったので、鳥も集合をかける時間がなかったのかもしれない。

室内に入るとまず石橋は照明を落とそうとした。おそらく落とすつもりでベッドのそばまで歩み寄ったのだろう。中志郎は最初からそうはさせないつもりだったので、彼女の背中に声をかけ、冷蔵庫のあるキャビネットのほうへ呼び戻した。ふたりは三十センチほどの間隔で向かい合って立った。近すぎる、と中志郎は思い、何？　という目つきを石橋がした。

「あとにしよう」

中志郎は通勤用のコートにスーツ、むろん前回同様ネクタイを締め、片手に愛用の鞄《かばん》を提げている。石橋は相変わらずありふれた色のトレンチコートを着込み、オフホワイトの手袋をはめた両手にはコンビニの袋と、そんなものを持つ必要があるのかないのか、つまりコンビニでの買物すら入れられないようなら実用性がどこまであるのか男なら（というか中志郎が）疑問に思うくらい小型のバッグを提げている。それでも先月と印象が少し違う気がするのは、石橋の髪のかたちと色がまた変わったのかもしれない。

「あとって？」と石橋が訊ねた。

「先に話をしよう」

石橋はまずバッグをテーブルのカラオケの選曲本の上に置き、コンビニの袋からクリスタルガイザーを取り出すと、中志郎の背後にまわりキャビネットの前に立った。棚に置いてあるペットボトルをつかみ、自分で買ってきたほうと（同じ物なのだが）重さを比較するように左右の手に持ってみて、笑顔になった。

「石橋、髪を染め直しただろう」

「思ったんだけど、こっちの冷蔵庫ね」石橋は質問に答えず冷蔵庫に載っているもう一台の冷蔵庫の扉を開けた。「こうやって、持ち込みのドリンクとかに使うんじゃない？ね？　二本とも冷やしとこ」

そんなことは知っている、と言いたい気が中志郎はした。常識を働かせれば想像のつくことだ。でも先月はどうだったのか。その常識と呼ぶものがうまく働かない時間、大の大人が知恵の輪をはずそうとして苦戦するときのように、知識としてのそれの通用しない時間があったようにも思った。あれが始まり、終わり、気を失い、再び意識が戻ったあと。中志郎は先月の石橋の顔を思い出そうとした。顔は闇の中で目をつむり、うつむいて、微《かす》かに笑みをふくんでいる表情しか思い出せなかった。石橋の髪の色は、いまは柿の実ではなく種に近い濃い茶色だが、一ヵ月前はどうだったかと聞かれれば、そのさらに一ヵ月前に見たときの漆黒ではなかった、としか答えられない。

「髪をまた切っただろう」

「いいえ、そう見える？」

中志郎が曖昧《あいまい》にうなずくと、石橋は手櫛《てぐし》で、または手梳《てす》きで、手櫛や手梳きという言葉が日本語にあるのかないのかとにかく手袋をはめた両手の指を使って、短い髪のわけめを左から右へ変えて見せた。さほど時間をかけずにそれはおこなわれた。最初左目の、髪の色と同色の虹彩《こうさい》の位置から延長線上にあったわけめがちょうど反対側へ移った。

「簡単なの。髪の性質がとても柔順だから、あたしの言いなり？　すぐに思ったとおりに変えられるの。先月会ったときはこうだったかもしれない。どっちでもいいんだけど、中さんはこっちのほうが落ち着く？」

髪のわけめを左右変えるとどっちかが長く見えたり、見る者に落ち着きを与えたりすることがあるのか？　と中志郎は思ったけれども、その疑問はもう口にしなかった。石橋の右わけの髪は櫛で梳《と》かしていないため太い筋になって整わない部分が目についた。わけめから左に流れた髪は左耳にかかるあたりで毛先が揃わず、飛び出て斜めに撥《は》ねたひとまとまりが何ヵ所か、鳥の尾のようにもナイフの切っ先のようにも見え（中志郎の目には散髪時の切り残しのようにも見えた）、わけめの後頭部に近い部分では左右に分かれた短い髪が持ち上がり、一筆書きのカモメのようなかたちを描いていた。

中志郎は黙ってコートと上着を脱ぎ、皺《しわ》にならないようにざっと折り畳んで通勤鞄と重ねて例のふたり掛けのソファに置いた。いったん置いたものを、思い直して床に降ろし、ソファに腰を落ち着けると、隣にすわるように石橋に命じた。その様子をやはり黙って見守っていた石橋は柔順に従い、ただしそのときもトレンチコートは着たままだった。端と端に腰かけたのでふたりのあいだには三十センチほどの幅の空間があった。その幅を越え、中志郎は石橋の膝《ひざ》の上に一枚の紙切れを置いた。おなじみの彼の手帳から切り取った一枚である。

「やってみせてくれ」

中志郎にそう言われて、石橋は相手の顔から自分の膝に目をやった。瞳《ひとみ》をこらす、という表現がぴったりの目のやり方だった。

「何これ」

「見た通り、ただの数字だよ。特に意味のない数字が百個並んでる。ゆうべ僕が自分で書いた」

「百桁《けた》?」

「百桁の数字でも、一つ一つ独立した数字でもいいよ、取り方は自由。石橋の言う記憶術が見たいんだ。それに書いてある数字を、いまから一分やるから記憶してみせてくれ」

石橋は膝の紙片からまた中志郎の顔へ視線を戻した。

「信用できないの?」

「信用できないわけでもない。あれから一ヵ月経って、石橋の言った通りに前と同じことがくり返された。僕はまた元通りの男になった。つまり、どう言うか、すっかり冷めて、冷酷な夫になった。妻のからだに手も触れられない。きっと石橋も元通りになったんだろう。先月の今日、僕にあったものが消えている。石橋には逆に、消えたものがいまはある。いまならその記憶術が使える。先月の石橋の説明だとそうなるよね? だから、ふたりであれをやる前に、それが事実だということを証明してみせてほしい」

「わざわざこんなもの」石橋は紙片をつまんだ。「証明するならカラオケの本だって何だっていいのに」

「カラオケの本じゃだめなんだ」中志郎は腕時計を目の前にかざし、秒針に目をこらした。

「あれから考えてみたけど、石橋が前もって見ている可能性だってある。時間をかけて、ここにあるのと同じカラオケの本を読み込んでいるかもしれないしね。とにかく少しでもそういう疑いの残るものは全部あてにできない。このやり方がいちばんいいと思う。早くその数字の並びを見てくれ」

「そう言うけど、カラオケの本を一冊記憶しちゃう人が世の中にいる?」

「残り五十秒」

「ていうか中さん、カラオケの本を読み込むって何、そういう読書をする人がいるの?」

「四十秒」

やるせない、とも感じられる吐息を洩《も》らして石橋が手帳の切れはしに目を落とし、はい、と声に出した。それは中志郎の日常から例をあげれば、そばにある物を取って渡すときに妻がいつもそう言うような調子の「はい」だった。腕時計を見つめていた中志郎が残り三十秒を告げるまでにはまだ間があった。

「はいって何」と念のため彼は石橋を振り向いて訊《たず》ねた。

「はい、できました」

石橋がそう答え、ふたりはしばし顔を見合わせた。

そのあとで中志郎は石橋の手から紙片を奪い取り、腰をあげてソファを離れた。できるだけ距離を取った位置に立ち、テーブルをあいだに石橋と向かい合った。石橋はまだソファの隅にすわったまま膝の上に両手を載せている。両手を組み合わせるのではなく、片ほうずつ離しているのでもなく、指を閉じてのひらを合わせていわば手刀で両膝の隙間を切り分けるようにして載せている。

中志郎が彼女から取り戻した紙片、手帳から切り取った縦長の一頁には横に七桁、それが十五列にわたる数字が小さくしかも丁寧な書体で記されていた。正確には一〇〇ではなく一〇五の数字が並んでいたわけだ。石橋はそれをすべて暗記したと言う。しかもものの数秒で。

「最初の一列は？」

と中志郎はまず問いかけてみたが石橋は答えなかった。

「石橋、いちばん上の列の七つの数字」

心のなかで五秒カウントして待ってみたが石橋はまだ口をひらかない。彼女の目は、中志郎の目をとらえてただこの状況への心外ないし不本意の意を伝えたがっているようでもあり、意図的にじらして、そのうち相手がしくじる瞬間を待っているようにも見なせる。私は人前で芸をする犬や猫じゃないと語っているようにも、これからおまえを一撃で仕留めてみせると威嚇しているようにも感じられる。実際、中志郎がじれて何か言おうとしたとき、石橋がそれをはじめた。七桁の数字を石橋はよどみなく暗唱した。

「3・0・4・0・2・6・9」

「違う」中志郎は首を振った。

石橋は立て続けに次の七桁の数字を声に出した。

「1・7・1・3・1・5・0」

「それも違う」中志郎は失望して顔を伏せた。「ぜんぜんまちがってる。人をからかってるのか？」

石橋はなおも数字の読みあげを続けた。間を置かず次の七桁、次の七桁へと移り、十五列分の見えない数字をことごとく声に出して読みつくした。中志郎にはさえぎる暇もなかった。一〇五の数字を読み終え（読み終えたのだろう）、彼女の声はようやくやんだ。

「石橋」と中志郎は呼びかけてみて、先が続かず、深い吐息をついた。ついさっき石橋が洩らしたのと類似したやるせない吐息だった。

「どう？」と石橋が訊《き》いた。

「がっかりだ」

「あたしもよ」

石橋の声は笑いをふくんでいた。

「中さんはあたしのことをまだ甘く見ている。そこいらへんの奇術師を見るみたいに軽く見ている。見くびる、という言葉があるよね。過小評価？　その点にがっかり」

「僕が甘い？」

「そうよ」

「どういう意味？　わざとやったってこと？」

「そうよ」

「わざとでたらめな数字を言った？」

「でたらめじゃない」

石橋は中志郎にむかって顎《あご》をしゃくった。

「その数字をもう一回よく見て」

中志郎はゆうべ自分で書きつけたその数字の羅列にもう一回目をやった。頭から目を通し、石橋の指示に従ってもう一回よく見直すうちに、あるひとつの可能性、驚きに突きあたった。それが事実だとすれば、にわかには信じ難いことなので、気を落ち着けて、石橋に頼んだ。できれば最初からやり直してみてくれないか？

石橋はやり直した。

３０４０２６９という一列から始めて、再び、いともたやすく七桁の数字の十五列分を復唱した。一回目とまったく同じ順番で彼女の口から次々に数字が読みあげられた。中志郎はその声を、数字のメモを見ながら、今度は、そこに記された一番下の列から上の列へと順にたどりながら聴いた。つまり数列の頭ではなく末尾、最下段の右端から左へ、それからまた上の段へ移り右端から左へと、石橋が順に読みあげる数字を確認する作業を続けた。すべてが片づくまで一分とかからなかった。しかもそれが一つの間違いもなく、一〇五個の数字の、逆向きの、完璧《かんぺき》な読みあげであると中志郎は認めざるを得なかった。

「どう？」と石橋がまた訊いた。

「嘘みたいだ」

石橋は微《かす》かに上気した顔をうつむかせ、テーブルの灰皿の中にあったホテルの名前入りのライターを取り、途中のコンビニで買ってきたタバコの封を切って一本点《つ》けた。その間、中志郎は相手の様子をじっと突っ立って眺めていることしかできなかった。むろん感嘆の思いがそうさせたのだ。

「中さんも吸う？」

「いや要らない」中志郎は我に返り、言葉と裏腹に左手を伸ばした。

「いや、やっぱり貰《もら》おう。ほんとに嘘みたいだ。石橋、数字を逆から記憶しているということは、逆じゃないほう、普通に上から読んでいく順番でも記憶できてるということだよね？」

「あたりまえ」

「だったら」中志郎は自問自答した。「数字を一つ飛ばしとか、一行飛ばしとかで読みあげるのも可能なんじゃないだろうか？　あたりまえだね、そうだよね、あたりまえだ。どうしてそんなことができるんだろう？　ほんとに、どう言うか、超能力みたいだ」

「言ったでしょ？　記憶術よ。ナマハンカじゃないの」

確かにこれは生半可な記憶力じゃない、と同意しながら中志郎はメンソールのタバコに火を点けてもらった。ライターをタバコの箱の上に重ねて置いてから石橋はこう言った。

「これで証明終わりね。いまあたしにある力を認めるよね？」

「認める」

「じゃあ、そろそろ始めましょう」

石橋はくわえタバコになり、腕時計をはずすと灰皿の横のガラスの小物入れに落として音をたてた。すぐに立ちあがって奥のダブルベッドのほうへ歩いてゆき、先月同様、照明を消し部屋全体を暗闇にした。

トレンチコートのウエストに結ばれていた帯状の布のベルトをほどき、ボタンをはずして脱ぎにかかる気配が伝わったが、その日トレンチコートの襟もとからはタートルネックのセーターが覗《のぞ》いていたから、中志郎は彼女がそのセーターの袖口《そでぐち》を引き上げる様子まで想像できた。暗闇の中で、タバコの火を頼りに灰皿のありかを探り、吸い始めたばかりのタバコを消し、先月同様、彼はワイシャツの袖を捲《まく》った。それから石橋を追って奥へ歩いた。ただ、ふたりはその日のベッドの上でそれをおこなったという違いがあるだけで、あとは先月の今日とまったく同じ行為がくり返された。

56

過去二回と同じ熱がてのひらから体内へ注入されるのを感じ、同じ色の光と、女の伏せた顔の同じ表情を見て、気を失い、意識が戻ってみると、部屋の照明はもとどおり適度に調整され、中志郎はベッドにうつ伏せに横たわっていた。

くの字に曲がった左腕と右側の頬には枕があたっている。石橋はセーターにジーンズという恰好《かっこう》のまま隣にいて、ペアの枕を背中に縦向きにあてて寝そべり、ミネラルウォーターのペットボトルを片手に、もう一方の手にその白いキャップを握っていた。例の持ち込み用の冷蔵庫に入れておいたクリスタルガイザーである。

どう？　とまた石橋に訊かれる前に中志郎は起き上がって「喉《のど》がかわいた」と呟《つぶや》き、自分でベッドを降りて冷蔵庫からもう一本のクリスタルガイザーを取り出し、その場でキャップをはずして飲んだ。半分ほど飲んだあとで、冷え加減から、これが石橋がコンビニで買って来たほうではなくホテルにサービスとして常温で置いてある一本だと見当をつけた。だからどうだというほどの話でもないのだが、中志郎はそう見当をつけ得たことで、自分の頭が正常に働いている、というか記憶の飛び（ページの落丁のような）はない、意識を失う以前と取り戻した以後で、という点を確認できた。いまさら言うまでもなく、以前と以後とで一変するのは妻への関心の度合いだった。彼は妻の顔や声や仕草を（昔読んだページを初めて読むように）新鮮に思い描けることを喜び、その喜べる自分を喜びながらベッドへ戻り、石橋の隣に同じ姿勢で寝そべるのもどうかと思ったので、端に腰をおろしてもう一口飲んだ。

「中さん、時間ある？」と背中で石橋の声が訊《たず》ねた。

「いまが何時かによるね」

「夕方までに帰れれば問題ないでしょう？」

「僕が眠っていたのは五分くらい？　もっと短い？」

「もっと短い。測ったわけじゃないけど」

「じゃあ少し話をしよう」

「あたしも話したい」

中志郎はペットボトルの水をさらに一口飲みかけたところで、首をまわして、石橋を見た。

「中さんに聞いてみたいことがある」

「どんなこと」

「中さんはいま奥さんを愛してるのね？」

「うん」

「いま深く愛している」

「たぶん」

「たぶん？」

「いや」中志郎は石橋を見るのをやめ、飲みかけた水を飲んだ。

「たぶんじゃない。いま深く愛している。確信がある。妻に愛されているという確信もある」

「なぜ？」

「なぜ妻に愛されているという確信があるか？」

「そう」

中志郎は石橋に背中を向けたまま答えを考えてみた。思いついたのは、なぜなら僕たちは夫婦だからだ、という答えにならない回答でしかなかった。

「うまく言えない。でも妻を深く愛しているということの内容を言葉にすると、きっとそういうことになるんだ」

「その確信が消えるのね？」

石橋の口調には皮肉や揶揄《やゆ》や冷やかしは感じ取れなかった。

「一カ月経つと、奥さんを愛してるという確信も、奥さんに愛されているという確信も消えちゃうのね？」

そうだ、と中志郎は心のなかで答えた。そして次の質問を受けるとまた首をまわして、ベッドに寝そべる石橋を見た。

「なぜ？」

「わからないよ、それはこっちが訊《き》きたいくらいだ。石橋の記憶術はなぜ一ヵ月経つと復活するんだ？」

「わからない。その質問はあたしにも答えられない」

「いま石橋から記憶術は消えてしまっている、それは確かなのか？」

「たぶん」

「たぶん？」

「だって、さっきまでといまとじゃぜんぜんからだの重さが違うのよ。そう感じるの。確信？　最初のバリのホテルのときと同じ、あのエレベーターを降りたときと。からだがとても身軽になって、せいせいした気分。スパのマッサージで癒《いや》されたような感じ。サウナに入って、垢《あか》すりやって、着替えて外に出たような気分。どれもやったことないけど。たぶん記憶術で溜《た》まってた記憶が外に流れ出てしまってる」

中志郎は飲みさしのボトルのキャップをひと回し閉め、床に降ろした。

「試してみようか、さっきと同じこと」

「無理よ。絶対できない。一列の数字だって憶《おぼ》えられないかもしれない」

「やってみなくちゃわからないだろう」

「わかるの。前に自分で試したから。意味のない数字はもう、いまのあたしには意味のない数字でしかない、世の中のみんなと同じように。意味のないものは頭が、ていうか、あたしのからだがね、受け入れてくれない」

「石橋のからだは、一ヵ月経つとまた数字を受け入れて、溜まって重くなる？　体重が増えたみたいに」

「まあそうね」石橋はベッドの上で身を起こし、背中の枕を今度は胸に抱きしめてあぐらをかいた。「肥満みたいなものね。そういう言い方をすれば、あたしの記憶術は、からだのなかの余分な脂肪みたいなもの」

肥満、余分な脂肪、ダイエット、と中志郎は自然で平凡な言葉の連想をし、先月に感じた疑問、記憶術が彼女から消え、自分に妻への愛情の記憶が復活する、その消えたもの／復活したものをともに超能力と呼ぶとして、両者の損得勘定はどうなるのか？　ということにつなげて考えてみた。理屈はまっすぐに通った。記憶術は、それが消えないでそこにあるとき、石橋にとっては落としたいウエストの肉であり、見かけはスリムなからだつきのこの女は実はでぶなのだ。

「邪魔なのか？」と自分の思いついた比喩《ひゆ》にやや興奮して、中志郎は訊いた。

「まあね」と石橋は控えめに認めた。

「記憶術が邪魔なんだ？」

「ええ」

「ひどく邪魔なの？　どんなふうに邪魔なんだ。具体的に教えてくれ」

「いや」石橋はにべなく断った。「せっかく消えてるのに。具体的になんか、いまは思い出したくない。それより中さん」

枕を抱いたままあぐらをかいた姿勢のまま彼女は中志郎のほうへにじり寄った。

「ねえ、中さん」

「何」

「中さんはいま奥さんをすごく愛してるのね？」

「その話はさっきしただろ」

「それがなぜか冷めるのよね？」

「ああ」

「どんなふう？　なぜ、じゃなくて、どんなふうに冷めるの？　愛が冷めるって、冷めるという言葉の意味はわかるけど、愛という言葉も、言葉としては知らないわけじゃないけど、でも、具体的に愛が冷めるのはどんな感じ？　しかもたったの一ヵ月で」

「僕もそれは話したくないな」

「教えてよ」

石橋が熱心に頼んだせいではなく、むしろ自分自身の律儀な性格のせいで、話したくないと言いながらも中志郎の頭はいったん考える態勢に入った。当然ながら石橋はその態勢を、中志郎の表情のわかりやすい変化から読み取ることができた。

「いま思ったことを話してみて」

「わからない」中志郎は途中で投げた。「思い出せない」

「思い出せるはずよ」

「いま妻を愛してるのに、冷めたときのことを思い出せるはずがない」

「いいえ、思い出せるはずよ」

石橋は食い下がる、というより励ますように言った。

「だって超能力よ、中さん。あたしから消えたものが中さんに乗り移ったのよ。わかる？あたしが持っていたものを、いま中さんが代わりに持っているのよ」

「石橋が持っていたもの。記憶術？」

「そうよ、記憶術よ、中さん。あたしから消えた記憶術が、きっといま中さんにあるのよ。わかる？」

わかる？　と石橋に言われるたびに中志郎の視線の角度が変わった。下向きに、相手の目から喉《のど》もとへ、タートルネックで覆われた喉もとから枕を抱きしめている手袋をはめた手へ。視線を下げるにつれて中志郎は自分の考え事の内部へ、自分で思っていたよりも深みのある記憶の底のほうへむかって徐々に入り込んでいくような気がした。このとき、彼はすでに体内に生じた熱に気づいている。

「中さんは実はいま奥さんを愛しているのじゃない。そういう言い方もできる。ほんとうは違う。わかる？　いま中さんは、奥さんを愛していたときの自分を思い出している、まざまざと。奥さんへの愛の記憶を取り戻している、完璧《かんぺき》に。それが正しいの。わかるでしょう？」

熱は後頭部のもっと下、盆の窪《くぼ》に近いあたりから発し、発しているように（気づいたときに）感じ取られ、それが上と左右へじわじわと、頭全体を包みこむように着実に進攻して、顔にまで達し、鼻のあたまに汗をかいているようなほてりを感じたとき、自分の顔が上気して赤らんでいる、と中志郎は感じた。顔のところどころが、熱の高低のあるせいでむらになって赤らんでいる、とそう感じ取った。

「だからもっと思い出せるはず、ほかのことも。愛しているときのことも、そうでないときのことも、同じくらい完璧に。いまのあなたには、その気になれば、どんなときのことでも思い出せる。わかる？」

「わかる」と顔を伏せたまま中志郎は答えた。

「じゃあ、やってみて」

「思い出せる。ずっと、ずっと昔のことまで」

「最初の記憶は？」

「最初の愛の記憶」

「ええ、それでもいい。まずそこから話してみて」

「相手は妻じゃない」

「わかるよ」

石橋は笑顔になった。なだめるような柔らかな笑い声が聞こえたのでその笑顔は想像できた。

「だって中さんの人生の最初の記憶だもの、奥さんであるわけがない。誰でもかまわないから話して、奥さんには内緒にしてあげる」

「とても懐かしい」

「初恋？」

「懐かしい愛がよみがえる」

「そう」

「冷めたときのこともよみがえる」

「それは誰？」

中志郎はそれを答えてよいものかどうか迷った。迷ったのは、相手の期待しているはずの回答、想像しているはずの初恋のイメージといささかかみあわないような気がして遠慮があったからで、それが正しいかどうかについての迷いは一切なかった。これだ、と中志郎は確信を持って、記憶の底からそれをつかみ取っていた。いま彼の手がつかんでいるもの、両手に抱えて懐かしがっている愛の記憶、愛の記憶の正体、それは猫だった。

第八章　初恋

57

山梨県北巨摩《きたこま》郡小淵沢《こぶちざわ》町。

中志郎の生まれ故郷の町の名前である。高校卒業までの十八年間を彼はここで家族とともに暮らした。

小淵沢は長野県との県境に近く、おおざっぱに八ケ岳《やつがたけ》のふもとと説明されることのある小さな町だが、これは彼が一歩も町の外へ出たことのない、たとえば海も見たことのない山奥の少年として育ったという意味ではむろんなくて、一九七〇年以降の日本の話だからそんな子供は探してもめったにいなかっただろうし、修学旅行で、というか小学校のバス遠足で伊豆《いず》半島へ行ったこともある。野球好きの父親に手をひかれて電車に乗り、着いたところが神宮球場で、スワローズの試合ではなく六大学野球というものを見せられた憶《おぼ》えもある。夏休みだったかに兄や姉と一緒にピンクレディーのコンサートに連れて行ってもらえなかった悔しい思い出もある。ツービートの漫才はテレビで見たし、インベーダーゲームにも熱中したことがある。中志郎はいわば日本中にごまんとある地方の町の、少年少女の典型的ひとりとして小淵沢で成長した。

町立の小学校と中学校で義務教育を終えると、中志郎は小淵沢から三十キロほど離れた韮崎《にらさき》市の高校へ進学する道を選んだ。山梨県立韮崎高等学校である。毎朝、自転車で自宅を出て駅まで走り、駅の駐輪場に自転車を置き、小淵沢駅からＪＲ中央本線の七時半の電車に乗る。すると韮崎駅に八時前に着く。それから高校まで五分ほどの道のりを歩く。夕方はそれと逆のコースをたどって帰宅する。三年間、小淵沢に鈴蘭《すずらん》の咲きはじめる春も、避暑客の訪れる夏も、去る秋も、雪の降りしきる冬も、そしてまた季節がめぐり雲雀《ひばり》が空高く囀《さえず》る春も、ただの一日も休まずに彼は電車通学を続け、校内ではさほど飛び抜けた成績ではなかったのに現役で早稲田大学に受かった。中学からの同級生で、成績では六年間常に彼を上回っていたはずの女生徒は同じ大学の受験に落ちた。

忘れもしないその女生徒の名前は柴河《しばかわ》小百合《さゆり》といい、実は中志郎が、韮崎高校に進学した理由はそもそも彼女にあった。県立高校なら、わざわざ三十分近くかけて韮崎まで電車通学しなくても、小淵沢から一と駅の長坂《ながさか》という隣町にもある。小淵沢中学の卒業生たちはたいていそっちへ通う。ところが中志郎は大半の卒業生たちと同じ道をゆかず、柴河小百合と同じ高校で学ぶほうを選んだ。若気の選択というべきだろう。彼女の父親は山梨県庁の職員で、娘が中学生になる春から小淵沢の支所で働いていたのだが、二年後にまた韮崎へ転勤になった。ひとまず単身赴任して（だったか、ひとまず車で通勤することにして、だったか記憶は曖昧《あいまい》だが）一年後、娘の中学卒業に合わせて家族で小淵沢から韮崎へ引っ越す計画が立てられていたから、柴河小百合は当然韮崎高校を受験する。で、その情報を入手していた中志郎少年は、両親と担任の教師を、自分の将来を見据えた意見で説得して（どんな意見だったかはまるで思い出せないが）彼女のあとを追うことに成功したのである。

そんな経緯があって、三年間の高校生活が過ぎ、最後の年、大学受験の結果で皮肉な明暗が分かれた。中志郎に言わせれば、結果はむしろ暗と暗に分かれた。柴河小百合はみずから望んでいた東京での生活を諦《あきら》め、甲府にある大学に進む。中志郎は自分で積極的に選んだわけでもない大学に通うはめになる。が、根が真面目で学力も平均なのできちんと四年で卒業し、いまの印刷会社に職を得た。小淵沢町の少年時代に別にそうなりたいと思っていたわけでもない東京の住人になり、いまは大森に住んでいる。

一方、柴河小百合のその後はどうなったのか、興味がわかないわけでもないのだが、いまはそっちの話は追わない。ここからは猫の話だ。

中志郎の歴史でいえば、柴河小百合出現以前の時代。

一九七〇年代の小淵沢。

中志郎少年の家には飼猫はいなかった。母親が猫にかぎらずペット全般を、ペットのせいで室内がよごされることを理由にひどく嫌っていたからである。たった一度だけ、中志郎少年が猫を飼いたいと直訴したときも、母親は、折檻《せっかん》の意図からなのか単にユーモアを発揮したのか、どちらとも見きわめがたく、

「ほら、猫だよ、ほら抱きたいんだろ？」

と笑いを滲《にじ》ませた声で言い続け、玄関の招き猫の置物をいやがる息子に押しつけた。この妻のことを父親がどう思っていたかは詳しい話を聞く機会はなかったし、もう亡くなっているので確かめようもないのだが、中志郎の六つ年上の兄は明らかに母の肩を持ち小動物に情《なさけ》をかけず、四つ年上の姉は明らかに弟に同情的だが、すでに物心ついたときから諦めの境地というものに達していた。うちはサービス業で、お客さまは神様だから仕方ない、というようなことをよく弟に言って聞かせた。旅館やってて畳に泥がついてたり、洋食屋さんのスープに猫の毛が入ったりしてたら営業停止になる。それに納税のときは、招き猫やインベーダーゲームは必要経費だけど、猫は必要経費に入らない。

ちなみに中志郎の兄は、長坂町の高校を卒業して、長い下積み期間（と東京やシアトルや札幌の飲食店で何年かずつ働いたことを本人はそう言っている）を経たのち、もともと

は小淵沢駅近辺にあった「中旅館」と「レストラン中」を父親の亡くなったのを機会に閉め、もっと山あいに土地を得てペンションを建設し、いまはそこを母親とシアトルから連れてきた妻（日本人）とで経営している。強いて言えばそこが現在中志郎の小淵沢の実家だから、何度か里帰りしたことはあるけれど、やはりそのペンションでは犬も猫も一匹も飼われていない。泊まり客用の図書室、または休憩室みたいな部屋に本棚とデスクトップのパソコンと並べて熱帯魚の水槽がひとつ置かれ、青く光る水と緑の水草の中を、プレスしてカッターナイフで上下を切り取った金魚みたいな細身の平べったい魚が群れをなして泳いでいる。

姉のほうは、兄と同じ高校を卒業後、東京の（母方の）伯父《おじ》夫婦の家に世話になって女子大に通い、就職したかと思うとその年の暮れにはもう職場の上司と不倫関係にはまり、さらに翌年、離婚して退社して地元の茨城へ帰ってしまった上司を追いかけて、そのまま、いまもそこに居着いている。ふたりは結婚し、姉は娘と息子をひとりずつ産み、夫の浮気性というか浮気症にときおりヒステリーを起こしながら、夫のほうの実家から雀の涙の（姉の表現だが）援助を受けて二十年だか三十年だかのローンで買った水戸市内のマンションに住んでいるのだが、いちど呼ばれて行ってみたかぎりでは、やはりマンションの規則が厳しいのか室内に猫はいなかった。下の息子のほうが、ビスケットの空缶の円い蓋《ふた》をはずして、中で銭亀が一匹、生きて動いているのを自慢気に見せてくれただけだった。

姉は、いまでもあの猫たちのことを憶えているだろうか？　いちどでも思い出してみたことがあるのだろうか？　と中志郎は思う。

あのむかし小淵沢の実家で飼うことを許されなかった猫たち。あの古い神社。欅《けやき》とか楢《なら》とかブナとかの高木でまわりを取り囲まれた神社の狭い円形の境内。そこへ行くと必ず見ることのできた、手で触れることも、その気に（猫が）なれば抱きあげることもできた尻尾《しっぽ》の極端にドアノブのように短いのや、普通に長い野良猫。人懐こい野良猫たちのどれかが産み落とし、産みっぱなしにされた数匹の子猫。子猫を入れるためにうちから運んだ、ケチャップかデミグラスソースの缶詰用の空箱、底に雑巾《ぞうきん》だかタオルだかを敷いてやった段ボールの箱。

灰色に乾ききった木の賽銭《さいせん》箱と、上からぶらさがった、手垢《てあか》のせいで黒ずんで固まってつるつるした感触の太い綱、綱のさきに付いていて思ったようには絶対気持良く音をたてない錆《さ》びた鈴、いまならそれが鰐口《わにぐち》と呼ばれることを知っている大きな鈴。神社の表の記憶はそれくらいで、境内へ入るために歩いた道も、くぐったはずの鳥居の記憶も抜け落ちていて、いつものように姉が賽銭箱の横で両手で綱をひと振りかふた振りし、鍋《なべ》の底を擦《こす》ったようなすかっとしない音を聞かされたあとで、神殿の裏手へまわってみるとそこで子猫たちが競って鳴いていたことだけ憶えている。競って誰かにすがるような、競って甘ったれているような、また競って怒りを表しているような強弱のある合唱。裏手はどこまでが神社の敷地内なのか、ずっと先は空気が緑色に染まって見える密林への入口で、手前が雑草やら天然の芝やらがまだらに生えた野原になっていて、平らではなくゴルフ場のグリーンのように上り下りの起伏があり、野原の片隅に古いアカマツの大木が枝を広げて立ち、日が当たっている。子猫たちは、アカマツの木のある場所から急な傾斜のついたスロープの行き止まり、横に二枚渡した板の一枚がはずれて低いハードルのようになっている板垣のそばでさかんに鳴いていた。坂を降りて先に見つけたのは姉である。小学生の姉が藪《やぶ》をかきわけて声を上げ、しばらくすると片手でスカートの裾《すそ》をめくってハンモックのようにして子猫を二匹乗せ、もう片手を地面につきながら斜面をのぼって来て、「下にまだいる」と弟に報告した。そして二匹をアカマツの根もとに置いて立たせると、もう一回、下に取り残されている子猫たちの救助にむかった。

子猫は全部で五匹か六匹いて、その日のうちに、姉と弟は夜のベッド用に段ボールを二箱用意した。家から牛乳を持ち出してきて、てのひらに溜《た》めて舐《な》めさせたりもした。お兄ちゃんにもお母さんにも誰にも内緒、と決めて、一晩、姉と一生の秘密を分かちあうような決意で過ごし、翌日おなじ場所に行ってみると子猫たちは何の変化もなく生きていた。昨日から今日まで休みなしに鳴き続けていたかのようにそのときも細い声で鳴いていた。一匹が声をふりしぼるように声をあげればすぐに次の一匹、また次の一匹が声を重ねて鳴く。人の気配に脅《おび》えているようでもあり、おなかをすかして餌をねだっているだけのようにも聞こえる。目が見えているのかいないのか、少しもじっとはしないで箱の底に敷いた古タオルを皺《しわ》くちゃにしながら歩き回る。きのうと同じだ。弟の目にはそう見えたのだが、少し遅れて給食のおかずとパンの残りを持参で現れた姉は、段ボールを覗《のぞ》くなり、一匹足りないと言った。

つまり最初（中志郎の記憶では）五匹か六匹いたはずだった子猫の数がその日は（中志郎の記憶でも）確かに五匹だった。昨日の夜のうちに、きっとキツネかイタチに食べられてしまったのだと姉は想像で言った。ずる賢いキツネかイタチは、子猫を頭からくわえて嚙《か》み砕いて、一匹食べればおなかいっぱいになるから、いちんちに一匹ずつ食べつくすつもりであとは生かしておいたのだ。生きたままのほうが新鮮で肉が柔らかくて美味《おい》しいから。ひどいことをする。この残酷な話を聞いて弟の胸は痛んだ。胸というよりも、子猫たちがうごめきながらしきりに鳴き続ける声がみぞおち付近を熱くした。

母親に猫を飼いたいと訴え、無理やり張りぼての招き猫を抱かされて、現に抱きかかえてしまっている自分を子供ごころに客観視して（僅《わず》かにだが）ユーモアを感じたのはたぶんその晩のことなのだが、それで中志郎の子猫への愛が冷めてしまったわけではない。むしろこの一両日こそ最高潮に達していたと言うべきだろう。少年は姉と並べて敷いた布団の中でしくしく泣き、弱肉強食、という言葉で姉になぐさめられるといっそう泣きたい気持になった。子猫たちがいま恐怖におびえて箱の底を這《は》い廻《まわ》り、鳴きつづけているのだと想像するとたまらず悲しく、遅くまで眠れなかった。遅くまでというのは九時ぐらいのことである。

翌日はどんより曇っていて、空もあたりの空気も賽銭箱の灰色のように薄暗く、いまにも雨が落ちてきそうだった。心配した子猫の数は意外にも前日と変わらず五匹のままだ。キツネもイタチもゆうべはほかの獲物を見つけたのかもしれない。遅れて姉が様子を見にくるころには細かい雨が降り始めていた。本降りではなく降り続く雨は時間をかけて子猫たちの毛を湿らせ、少年の頭髪やシャツや半ズボンもしっとり濡《ぬ》らした。傘をさした姉は、弟の様子を見るなり、どうしたの？と気味悪がるような顔をした。何やってるのよ？

弟は姉が来るまで子猫を箱の外に出してやり、よちよち歩きを見守っていた。親猫の姿でも探しているのか、それとも何のあてもなくただ生きているしるしに動いているのか、相変わらず賑《にぎ》やかな声をあげながらの散歩を監視し、特別お気に入りの一匹を抱きあげて柔らかい毛を撫《な》でていた。濃い灰色と純白の縞《しま》模様のいちばん小さな子猫だ。そのうちにアカマツの枝から一滴一滴したたるように雨が降ってきて、お気に入りの一匹のにこ毛を湿らせはじめる。純白だった毛の色がくすんで見えてくる。次の瞬間、彼は異変を感じ取り、片手で子猫をつかみ引き離すと、段ボールの中に落とし、もう片方のてのひらを芝に擦《こす》りつけた。濡れた芝にてのひらをちくちく刺されるような痛みを感じつつ何回も何回も癇性《かんしょう》に擦りつけた。それからアカマツの根もとにいたもう一匹を取りあげ、子猫の尻《しり》のあたりに目をやると、再び裏切られたような思いに強くとらえられ、それもいきなり箱に投げ入れた。何してるのよ、と姉がそのあたりで声をかけた。弟は答えず、三匹目を乱暴につかんで同じことをやった。

「志郎、やめなさい、いやがってるよ」

毛並みが濡れて突然見すぼらしくなった子猫同様、頭から雨にずぶぬれになりながらも中志郎はそれをやめなかった。四匹目、五匹目、と身体をぶるぶる震わせて嫌がる子猫を手づかみにし、裏返してよごれているのを見ると無造作に箱に投げ入れた。みんなウンコしてるんだ、と少年は姉に教えた。みんな汚くなっている。きれいなのはもう一匹もいない。

「何言ってるのバカ、あたりまえじゃない、餌を食べれば猫はウンコするよ、志郎、あんただって」

中志郎少年は姉の意見に耳を貸さなかった。いっこくも早く子猫の粘り気のある糞《ふん》で汚された手を洗い、獣臭い匂いを消してしまいたかった。少年は足早にその場を去り、ひとりで家に帰って石鹼《せっけん》で両手を洗ってようやく気持がもとに戻った。ここでもとに戻ったとは、つまり親猫に産み捨てられた子猫と出会い、純朴な鳴き声と、染みひとつない毛並みと、脆《もろ》そうなからだつきと、足もとの覚束《おぼつか》ない歩き方を見て心が揺れ動く以前の、平静の自分に戻ったという意味だった。子猫に対する昨日までの愛情はすっかり消えていた。あとから帰宅した姉とは、一回目をあわせて睨《にら》みつけられただけで、その晩は布団に入っても口もきかなかった。

それから長い時間が過ぎて、たぶん姉が投げ出さずに世話したおかげで、子猫たちが成長してそこいらへんの野良猫と区別がつかなくなった頃、中志郎はこの一件を思い出した。五匹の子猫を見捨てた自分、見捨てた自分の気持、気持の急変、冷酷さをあらためて、というか初めて思い出してみたことがあった。尻から軟便を垂れたというだけのことで、自分はなぜあの子猫たちが許せなかったのだろう。猫も犬も牛も馬も人間も排便することは知識としてわかっているのに。なぜ？　という疑問の答えをこのときまだ小学生の彼はつきつめて考えはしなかった。彼はただ、二日間だけ純潔で無垢《むく》だったあの子猫たちに愛情を抱いたこと、いわば大切な宝物のように思ったこと、その思いが翌日、雨降りのたった一日のうちにあとかたもなくきれいに洗い流されて消えてしまったこと、その紛れもない事実を心にとどめた。

またしばらく後に、小淵沢小学校からの持ち上がりの仲間ではなく甲府からの転入生として、中学校生活の始まりに柴河小百合と出会い、やがて授業中に彼女の横顔の睫毛《まつげ》の長さや、長さが強調されるまばたきや、あとは片手に持ったボールペンを人差指と中指のあいだに挟んで親指で弾《はじ》いて水平にくるくると回す特技や、そんなものへ目が引きつけられる時代が来る。そのときまたみぞおち付近にしこりのような、熱を帯びたものが寄せたり引いたりするのに気づき、彼は同級生への特別な感情をいやでも意識することになるのだが、それはあの生まれて間もない純潔の、汚れのない子猫たちに対して二日間だけ抱いた感情とそっくりではないか？と過去を反省してみることがあった。

だとすればこれも終わるだろう。

特別な感情もたったいちんち、一瞬で熱が引いて消えてしまうことがある。その真理を少年は子猫の一件から体験として学んでいる。柴河小百合に接近しすぎることを彼が自分に禁じたのはこのためである。小淵沢中学から韮崎高校まで通しての六年間、柴河小百合をみぞおちの仄《ほの》かな熱で意識しつづけ、にもかかわらずそばに寄って細かく観察することをためらいつづけたのはこのためである。

もちろん手を触れたことすらなかった。意味のないことで話しかけたりもしない代わり、気の利いた返事も、凡庸な返事も、意地悪な返事ももらわずにすんだ。おかげで中志郎の柴河小百合に対する熱は冷めなかった。高校卒業まで一定の温度でそれは保たれ、卒業して離れ離れになってからも冷めきるまでにずいぶん時間がかかった。しかも当然のことながら、柴河小百合のほうは、中志郎のこのいわば定温の感情に気づいてはいない。どんな温度だろうと男の感情に当の女が気づかないはずはないとも疑われるが、少なくとも、中志郎がそれを一定の温度に保とうと敢《あ》えて努力していた事実には気づいていないだろう。むろん女は自分が猫と同列に扱われていたことも知らない。

59

「それだけ？」と石橋が口をひらいた。

中志郎は素直にうなずいて、ペットボトルの水をひとくち飲んだ。

それだけ？　と石橋は言うが、彼はたったいま記憶の最深部まで潜ってゆき、底にタッチして水面に浮かびあがって大きく息をついたような思いだった。勇気を出して、集中して、一と仕事なしとげたのだ。

実際にはベッドに腰かけて、うつむいたまま記憶をたどり石橋に語ってみせたのだが、語り終わり、石橋の声にうながされて顔をあげると、さきほどまで上半身（両肩から上の部分）にみなぎっていた（と感じていた）熱の波はきれいに引いていた。床に置いていた水のボトルを取り、キャップをはずして飲みながら中志郎はこう思った。それだけでもじゅうぶんだろう。いまのいままで俺は、故郷の小淵沢の、小学校時代の子猫の一件など思い出してみたこともなかったのだから。そのときの体験がアカマツの古木のように根をはり枝を広げ、中学校時代の初恋と高校時代の初恋に（ふたつはまったく同じものだが）影を落としているとは、自分で意識したこともなかったのだから。

「中さんの言う、最初の愛の記憶がそれ」

「うん」

「鳴いている子猫を見て、可愛いとか可哀想とか思うのはあたしにもわかる。胸がきゅんとするような感じでしょう？　でも、それがほんとに中さんの最初の愛の記憶なのね？」

「どう思おうと石橋の勝手だよ」

中志郎は疲れをおぼえていたのでやや投げやりに答えた。

「石橋が思い出せと言うから、僕はできるだけ集中して、いちばん古いと確信できるところで子猫の記憶にたどり着いた。それ自体の記憶というより、産み捨てられた子猫を見つけたとき、鳴く声を聞いたとき、そのときの自分の感情を思い出した」

「愛情？」

「たぶんね」

「胸がきゅんとする」

「まあ、そう言いたいなら言ってもいいけど」

「茶化してるんじゃないのよ」

石橋は抱いていた枕を脇へ置き、場所を移動して、中志郎の隣にほんの十センチほどの間隔をあけて腰かけた。

「中さんの記憶を嘘だと言うつもりはないの。ぜんぜんそういうことじゃない。ただ、すこし驚いてるだけ。だって」

ペットボトルが空になったので中志郎は腰をあげ、キャビネットのそばまで歩いて下の冷蔵庫の扉を開けた。数秒、中を覗《のぞ》いてみたが、気をそそられる飲み物が見つからなかったのでまた扉を閉め、ベッドのほうへ戻って来た。

「だって初恋の相手が猫なんて、聞いたこともない。しかもそれがいちんちで冷めるなんて」

「二日だ」

中志郎は正確さにこだわり、石橋との距離を三十センチほどあけてベッドの端にすわり直した。

「それに初恋の相手は人間だよ。柴河小百合という名前の同級生だ」

「ううん、あたしの言ってる初恋はそうじゃなくて、厳密に言えば？　そういう、そこいらへんの一般の人たちが自慢しあう初恋じゃなくて」

「石橋」中志郎は捲《まく》りあげていたワイシャツの袖《そで》を右から元に戻しはじめた。「何が言いたいんだ」

「ただ驚いてるの」

中志郎はワイシャツの左袖のボタンを止めてから、石橋を見た。

「中さんの記憶術に。それが現に使えたことに。本気を出せば、たとえ対象が猫でも犬でも、そのとき抱いた感情をよみがえらせることができるのね」

「信用してないのか？」

「ううん、それは違う」

「じゃあ何」

「やっぱり驚いてるの」

中志郎は首を振り、ベッドを離れて上着を取りに歩いた。

ワイシャツの喉《のど》もとのボタンを止め、ネクタイの結び目を整え、上着に袖を通し、コートと通勤鞄《かばん》をいったんソファの上に置き、財布からホテル代の割り勘ぶんの札を取り出そうとすると、そばに石橋が立っていた。トレンチコートを着て腰のベルトも結んでいる。両手は例のごとくポケットの中に隠れている。

「中さんが正直に喋《しゃべ》ってくれているのなら、さっきの子猫の話は本物だと思う。それに、あたしは中さんが正直に喋ってくれたんだと信用できる。だってあたしに嘘ついても意味ないよね？」

「だから何」

「だから子猫の話が、中さんが記憶をたどってたどってたどり着けるいちばん古い愛の記憶だし、いちばん最初に冷めた愛の記憶なんだと思う。まちがいないよ。きっとそれは真実」

「そう言ってるだろう」

「でもうすいでしょう」

「何?」

「薄い」と石橋は言葉をくり返した。

中志郎は片手に財布を握ったまま石橋と向かい合った。ふたりのあいだは三十センチも離れていなかったが、近すぎる、とは彼はそのときは感じなかった。奥さんへの愛にくらべると薄い、と石橋は言い、さらに同じ言葉をクラッカーの塩味に譬《たと》えてくり返した。

「僕の記憶が薄い?」中志郎は訊《き》いた。

「よみがえらせた記憶が」石橋が訂正した。「中さんが自分の力でよみがえらせた記憶の中身が」

「猫への愛情がということ?」

「柴河小百合さんへの愛情も」

「でも、それはあたりまえじゃないのかな。どっちも子供の頃の話で、僕はもう四十前の男だよ。どっちも大昔の話なんだ」

「だったら記憶術を使う意味はない。それだったらほかの人にだって思い出せる。ちょっとセンチメンタルな気分になれば初恋の記憶はよみがえる。中さんの奥さんにだって、あたしにだって初恋はあるし、それはそれなりに思い出して言葉で喋ることはできる」

確かに、とこのとき中志郎は石橋の言うことを理解した。確かに、五匹の子猫にまつわる思い出も、手を握らないまま別れた同級生への片思いも、いままでの人生のなかでときおり、たびたび意識にのぼることがあった。一度も思い出したことがないなどというのは嘘だ。石橋が譬えてみせたクラッカーの塩味のように、舌に残るかすかな後味のように、ときおり意識の表面に浮かび出て、そしてまた溶けて消えることがあった。それは石橋と出会う以前にもあった。

「わかるでしょう？　あたしの記憶術は、さっきその目で見たよね？　それがそっくり中さんに乗り移ってる。あたしが持ってたものを、いま中さんが代わりに持っている。言ったよね？」

中志郎はまた素直にうなずいた。それをこの目で見た、そして石橋がそう言うのをこの耳で聞いた、もしくは、それらの事実をまるごと自分は受け止めた、という意味でうなずいてみせた。

「ただ、僕がわからないのは」

「うん、中さんの言いたいことはわかる。さっきまであたしにあった記憶術と、いま中さんにあるものは性質が違う、言いたいのは記憶術の変質が起きている、そういうことね？　そっくりそのまま乗り移ったのじゃなくて、あたしのは文字や数字や記号、知覚？　視覚？　その点にかぎった記憶だけど、中さんの場合は目に見えないものの記憶」

「見えないわけじゃない。感情がイメージを引き寄せるから」

「どっちにしても感情がまず先。過去の感情がまざまざと、追体験するみたいによみがえるんでしょう？　奇跡と呼びたいくらいに。だったら、もしその記憶術があたしにあったものと同じ力を秘めているなら、猫への愛情ももっと濃いはずよ」

「妻への愛情はじゅうぶん濃い」

「またそれ」石橋は苦笑いをした。「それ以外の過去に置いてきた感情はどうなるの？」

「それ以外って何のこと」

「愛情の反対は何？　憎しみ？　憎悪？」

「そんなものは必要ないよ。わざわざ思い出したくない」

「でも、現にある。必要なくても、過去にはあった、そうでしょう？　あたしが言いたいのは、必要ないのに思い出せってことじゃなくて、逆。必要ないのにわざわざ思い出しちゃう心配だってしたほうがいい。中さんはまだ記憶術を使いこなせてないし、もっと時間がたてば、もっとほかの記憶も、どうにでも、よみがえらせる可能性を秘めている。もちろん必要ないなら必要ないで、思い出さないようにコントロールできればそれに越したことはないけど、とにかく用心しないと。だってあたしの記憶術ははんぱじゃないんだから、中さんのほうだってきっと」

「自分のことか」と彼は石橋に訊《たず》ねた。

「はい？」

「コントロールできればそれに越したことはないって、石橋自身のことを言ってるんだろう？」

中志郎は相手に答える時間を与えなかった。

「だから邪魔なんだ。自分の記憶術を自分でコントロールできない場合があるから、余計なものまで記憶して溜《た》まって負担になるから、その能力が邪魔で、僕に譲り渡しても惜しくないんだ。そうだろう？」

「あたしは中さんに気をつけてほしいと言ってるの」

石橋は特に表情も変えずに答えた。

「あたしが思い出してみてと頼んだだけで、中さんはすぐに子猫の記憶を拾い出して見せた。どんなにちいさなことでも、何がきっかけで、何が起きるかわからない。思ってるより悪いことが起きるかもしれない。あたしは中さんのおかげで解放されて、いまは身軽だし、中さんと奥さんも幸福で、おたがいにいいことずくめだけど、この関係が、友好的な関係と言っていいと思うけど、いつ崩れるかもしれない。そうなったら中さんはもちろん、あたしだって困る。そのことを中さんに知っててほしいの」

ここでしばらく間を置いて中志郎は考えた。解放とか、幸福とか、友好的な関係とかいう言葉の意味を自分なりに考えてから、あらためて相手に問いかけた。

ひとつは当然のことながら、石橋の言う記憶術が、なぜ別のかたちでこちらへ移動するのか、または、なぜこちらへ移動すると別のかたちになってしまうのか、どっちでもいいがそういう問いかけだった。記憶術の変質はなぜ起きるのか？

もうひとつは先月から持ち越しの、好奇心による質問だった。

いま石橋がいちばんしたいことは何か？

60

それで僕は最初に、なぜ？　のほうから中志郎に訊いてみた。

「石橋は何と答えたんです」

「記憶術がなぜかたちを変えて僕に移動するか？」

「うん」

「わからない」

「石橋にもわからない」

「そうです」

「そもそもなぜ、記憶術は石橋から中さんへ移動するんだろう？」

「さあ」

この大まかな回答を聞いても僕はさほどがっかりはしなかった。わからない、という答えのほうが、むしろ僕の期待に沿うように思えたからだ。わからない、と答える人間のほうに、より信頼が置けるように思えたからだ。この世界に起きた奇跡を理屈で解明できるのなら、それが言葉を用いて可能なのなら、発明家にも宗教家にも政治家にも詐欺師にもただの嘘つきにでもできる。むろん小説家の僕にもできる。

中志郎は僕に右の横顔を見せ、つまり窓の外へ顔を向け、渋谷駅のほうへ視線を投げていた。テーブルの上の三杯目のミルクティーはとっくに飲みほされてカップの底は乾ききっている。外は暮れなずむ、というよりもあらかた暮れていて、腕時計で五時近いことを確認して同じ方向へ目をやると、たぶん忠犬ハチ公の像のあたりに、像そのものは昼間でも枝垂《しだ》れ桜の枝葉に遮《さえぎ》られて見えなかったのだが、土曜日のこの時間だから待ち合わせの人々が集まっているのがわかる。

「ここで石橋と会ったんだね」と僕は声をかけた。「最初に、というかバリ島以来二度目にここで会ったとき、この窓越しにたくさんの鳥が集まるのを見たわけだね」

中志郎がこちらを見てうなずいたので、僕はもうひとつの質問へ移った。

「それで石橋は何と答えたんです」

「いまいちばんしたいこと？」

「うん」

「本が読みたいんだそうです」

この回答を聞いて僕はしばらく考えた。

「それはつまり、記憶術を持っているときの石橋は本が読みたいのに読めない、でも記憶術を中さんに受け渡したあとでは読める、そういう意味になるね？」

「なりますね」

「なりますねって、石橋はそうは言わなかった？」

「言いました。実際、そうみたいです」

「どうして石橋は本が読めないんだろう？」

「まったく読めないわけではないらしいんです。ただ、読みづらい。印刷されて並んでいる文字、言葉のつながりの意味が取れない。取りにくい」

「どうして」

「記憶術が邪魔になるから」

「記憶術が邪魔になるから、言葉のつながりの意味が取りにくい」

「ええ」

「言葉のつながりの意味、石橋は本当にそう言った？　言葉の意味のつながりではなくて」

中志郎はむずかしい顔になって僕を見た。

「まあ、どっちでもいいんだけど」僕は頬をゆるめ、莞爾《かんじ》、という古風な言い回しにふさわしい笑みを作った。「どっちにしても説明になっていない」

「うまく説明できません。石橋は個々の言葉の持つイメージという言い方で説明してくれたんですけど、いや、言葉から連想するイメージだったかもしれないし、言葉じゃなくて文字そのもののイメージだったかもしれない。どっちにしても僕にはそのことは、どう言うか、あまり切実には伝わらなかったんです。ただ、記憶術は石橋にとって、おおっぴらに他人に自慢できるものじゃない。手袋をはずした手とか、パンティストッキングを脱いだ脚とか、それが醜いわけじゃなくて、たとえきれいでもそうでなくても、進んで人目にはさらしたくない、そういう性質のものだということは想像がつきます。その誰にでも見せるはずのない記憶術を現実に見せてくれた上での話ですから、石橋がほかのことで僕に嘘をつく理由はないでしょう。いままでは本が読めなかったし、その読めなかった本がいまは読めるから読みたいんだと石橋が言えば、それはそうなんだろうと思って僕はその話を聞いたわけで」

中志郎は僕の鼻のあたりに向けていた視線を、自分の空のティーカップまで下げて、じっと見入るように見た。石橋が正確にはそのときどう語ったのか、個々の言葉と言ったのか単語と言ったのか文字と言ったのか、できれば思い出そうと意識を集中していたのかもしれない。僕は中志郎からカフェの窓越しに中志郎の右手後方にあるビルに目を移した。ビルの壁面にオーロラビジョンと言うのか大型のテレビが取り付けてあり、顔は見たことがあるのに名前の思い出せない若い歌手が、本人は歌手ではなくミュージシャンとかアーティストとか自分で自分のことを呼びたがるかもしれないけれど、無音で歌い踊る様子が映し出されている。僕はここでアレクサンドル・ルリヤの本のことを持ち出すべきかどうか迷っていた。『偉大な記憶力の物語』。僕がそれを図書館で探し出してすでに読んでいること、その本に書かれている「記憶術者」にも石橋と同じく日常生活で本が読めないという不便があったようであること。

　中志郎がふいに顔をあげ、身体ごと振り返って僕が見ている窓外の景色、見続けていたビルの壁面をちらりと見て、また僕のほうへ向き直った。

「津田さん、石橋に会ってみますか」

「会えるの？」

「本人が会うと言えばですが」

「本人は会うと言うと思う？」

「まだわかりません。でも、石橋が会うと言えば、津田さんは会ってみる気がありますか」

「うん」

　中志郎がうなずき返し、いったん視線を逸《そ》らし、テーブルの端に置かれたプラスチックの青いカードに目をやった。カフェの名前とあとはテーブルの席番号なのかアルファベット文字と数字がハイフンで結んで記されている。カードを伝票代わりにレジへ持ってゆき代金を支払うという手順なのだろう。

「その点を確かめておきたかったんです」と中志郎はまた僕を見て言った。「まず津田さんの意向を確認して、それから石橋に話を持ちかけたほうがいいと思ったので。石橋に津田さんの電話番号を教えてもかまいませんね？」

「これから？」

「ああ、いいえ、そうではなくて、来月また石橋に会ったときにという意味です」

これで一応の話を話し終えたというふうで、いまにも中志郎が席を立ちそうな気配が感じ取れたので僕は急いだ。

「つまり今月は、もう石橋とは会ったわけだね？　さっきの話と同じように、円山町のホテルで会って、記憶術の受け渡しが終わって、そして中さんは僕とここで会ったわけだ。石橋とは今日、僕と会う前にもう会ったんですね？」

「ええ」

と中志郎が認め、それで日が落ちてあたりが暗くなって愛する妻に会いたさがいま募っているわけだな、と言いたいのを僕が控えた。

「こっちも一つ確認しておきたいことがあるんだけど、去年の十一月、第二週の土曜日に石橋と会って、それ以降も毎月、中さんと石橋は同じことをくり返しているわけだよね？　そのあいだに中さんは僕の書いた小説やエッセイを読んだ。ということは、記憶術が受け渡されても中さんはいままで通りに本が読める」

「読めます」

「うん、それとあと、ルリヤの本のことを中さんに教えたのは石橋だね？」

「ええ」中志郎はこれも認めた。「そうでした。確か二月に会ったときに。津田さんの、三省堂でのサイン会の直前に」

「それはどんな感じで教えてくれたの」

「どんな感じで？」

「石橋のその本に関するコメントは？」

「たぶん」と中志郎は思い出す目つきになった。「その本を読めば自分の記憶術のことを少し理解して貰《もら》えるかもしれない」

「少し。自分というのは石橋のことだね」

「そうですよ」

「石橋はその本をいつ読んだんだろう？」

「はい？」

「つまり石橋はつい最近、ルリヤという人の書いた本を読んだという口ぶりだったのか、それとも前々から自分は読んで知ってるんだけど、中さんは読んだことある？ という意味だったのか」

「話のポイントが見えないんですが」

　実をいうと僕自身にもよく見えなかった。

ルリヤの本の主人公である「記憶術者」の存在を、石橋が前々から知っていて自分の能力を記憶術と呼ぶことに決めたのか、それともそれは暗合というものなのか、つまりその言葉はすでに石橋のなかに生まれていて、中志郎と出会ったのち、本を（常人として）読めるようになって読みあさるうちにルリヤの「記憶術者」に出くわしたのか、おそらくその点にこだわっていたのだと思うが、それよりも、ただ中志郎と一緒にいる時間を長引かせたい、彼の話をもっと聞きたいから引き止めたい、という単純な願いのほうが強かったのかもしれない。で、僕は話題を変え、これは使うまいと思っていたカードを一枚切ることにした。

　実は先週の土曜日、京浜急行の終電車（正確に言えば最終の一つ前）に僕も乗っていたのだという話をした。蒲田駅のホームに、洗濯籠《かご》を提げてひとり立っている中志郎は見なかったことにして、蒲田駅から電車に乗り込んでくる中志郎も見なかったことにして、むろん彼を追いかけて最後尾の車両まで移動した事実にも触れず、大森町駅で降りてゆく中志郎にたまたま気づいたという残りの事実（事実の三分の一程度）だけ話し、気づいたあとで電車の中から電話をかけてみたのだと打ち明けた。すると中志郎の表情が曇った。

61

先週の土曜日の終電車に乗っていた理由を中志郎は順を追って語り始めた。僕が正直に半歩進み出た分、中志郎のほうは二歩くらい歩み寄ってくれたわけである。相手の質問をはぐらかす、そういうかけひきの苦手な人間はいる。知ってることをぺらぺら喋《しゃべ》ってしまう、というのとは違う。それは世間で物知りと呼ばれ、あの人は何でも知っていると評判で、実際に会ってみると「何でも知っている」のではなくて「知っていることを何でも喋る」だけの評判倒れの人、爪を隠す猫や鷹《たか》のまねのできない人のことだろう。ここで僕が言うのは、財布の中にいくら入ってるかと訊《き》かれて、律儀に全額を答えてしまう人のことである。

終電車と洗濯籠にまつわる話は、ここまで五ヵ月間に彼の身に起きた（起きている）奇跡を、ある意味補強し、ある意味解体するかのような不確定の要素をふくんでいて、だから本人にはそれを急いで人前にさらす理由はなかったと思う。あるいはいずれ折りを見て、薬の効能書の最後に書きつけてある服用の注意と似たような意味合いで、義務として報告するつもりくらいならあったのかもしれない。その折りは今日ではなく次の機会だと見なしていただけなのかもしれない。

いずれにしても中志郎はその話を自分から語った。ただし、もうこれ以上ミルクティーもコーヒーもお代わりは必要ないという時間帯だったので、話の中盤から後半にかけては、カフェを出て渋谷駅までふたりで歩く道すがら、また渋谷駅で別れる前、雑踏のなかで向き合って語られることになった。別れる間際まで僕は覚悟して待ってみたのだが、ところで津田さん、あなたの財布の中にはいくら入っているんですか？　という意味の質問は中志郎は口にしなかった。

62

自分の能力に慣れるということは、それを使いこなすという意味だろう。でもそれだけでもない。たとえばフィットネスクラブで、トレーニングメニューに慣れるということ、それは体力のついた証明になり、子供が宿題のドリルに慣れるということは学力向上を意味する。人生に慣れるということは経験を積んだという意味であり、積んだ経験に意味があるかないかはまた別の話だ。人に慣れるのは見飽きるからで、旅行に慣れるとはマイレージが溜《た》まることであり、結婚に慣れるとは諦《あきら》めを学んだという意味で、恋愛に慣れるというのはその反対である。

順応する、学ぶ、倦《う》む、服従する、鈍する、長生きする、忘れる、親しむ、使いこなす、あやつる、コントロールする、とにかく慣れるがどんな意味であろうと、石橋から受け渡された記憶術に、中志郎は時間が経っても慣れることができなかった。時間が経てば妻への愛情が薄れてゆくだけで、途中でそれを食いとめる方法は彼には見いだせなかった。年が変わって一月、二月、とそれぞれ第二週の土曜日に石橋に会い、新しい能力をくり返し受け取ることはできても、その後はまた右肩下がりの能力の低下をよるべなく見守ることしかできなかった。一ヵ月のサイクルの後半に入り、能力の低下が意識できて、無理に抵抗しようとすると、つまり妻への愛情を思い出そうと熱心になると、思いがけないことが起きたりした。

先週の土曜日の一件もそれが原因だった。

蒲田に黒湯温泉と呼ばれる銭湯がある。文字通り、薄い墨を溶かし込んだような黒色の温泉である。美人の湯という別名がある。たぶん女性の肌を若返らせる温泉なのだろう。そこへ隣の義姉夫婦に誘われてたまに出かけることがある。誘われて、応じれば義兄の運転する車に夫婦四人乗り合わせて行くことになる。

土曜日、夕食後に誘いがかかった。なにしろ美人の湯だから中真智子には断る理由はない。中志郎のほうは、昔から硫黄《いおう》の匂いが苦手なのだが、蒲田の黒湯はイオウ泉ではなくアルカリ泉であることを知っているから我慢できる。おまけに一ヵ月のサイクルの末期にあたり、妻とふたり土曜の夜の時間をどうやって過ごせばいいのか不安におののいていたときだったので、この誘いはまあ、何と言うか、渡りに船だった。

大森から蒲田まで走り、駐車場に車を入れ、商店街の一角にある銭湯に着いたのは九時半頃だった。ちょうど僕が横浜でトンカツを食べてでべその車で川崎へ向かっていた時間である。僕が目撃した例の洗濯籠は、このときはまだ中真智子の手に握られていた。彼女には風呂《ふろ》あがりに歯を磨く癖があるので、シャンプーやボディシャンプーやリンスやナイロンタオルや化粧水やらとともに歯磨きセットも準備されていた。入口の券売機で一人四〇〇円の入場札を四枚買い、受付を通ったあとで女湯と男湯に分かれた。そこから風呂に入ってあがってくるまでは何の問題もなかった。温泉と名が付いていても銭湯は銭湯である。散歩する庭もないし娯楽施設が付属しているわけでもない。湯船に長めにつかってもつぶせる時間はたかが知れている。あとは湯上がりの体重を入浴前と量りくらべ、髪にドライヤーをかけ、着替えて、コーヒー牛乳でも飲みながら男どうしぼちぼち話でもするしかない。

帰りの待ち合わせは十一時の約束だったが、長湯の姉妹は時間通りには現れなかった。美人の湯だからどこをどう洗うにしても特に念入りになる。受付のそばにコの字型に配置されたソファで男ふたり、テレビを見たり気の乗らない会話を続けたりするうちに、中志郎はふいに、自分が無性に腹をたてていることに気づいた。理由はわからない。わからないというよりも、ない。それまでは脱衣所のロッカーの扉の開閉音に注意を向けていたのだが、そこからいま自分が腹をたてているとと気づくまでのあいだがわからない。文脈が飛んでいる。ロッカーの正方形の扉が開くときと閉まるとき、蝶番《ちょうつがい》が錆《さ》びているのか甲高《かん》い、けれど先細りの、頼りなげな音できしるのが耳に止まり、中志郎は記憶がよみがえりかけるのを感じた。その音が少年時代の、あの神社の裏の空き地で鳴きつづけていた子猫の声を連想させるのだと気づいたとき、義兄が何事か話しかけ、テレビに顔を向けたままどうでもいい相槌《あいづち》を打ったせいでその連想は中断された。

中志郎の内部に嫌な感じが残った。いまこの場の状況になじまない感情のだまのようなものが残った。それは子猫の尻《しり》が便で汚れているのを見たときの、どうしようもなく冷酷になっていく気持、愚かで、自尊心に欠け、汚れた生きものへの軽蔑《けいべつ》に通じているようだった。固くなって、重くなって、昔「レストラン中」の調理場の隅に置いてあった十キロの小麦粉の袋のように動かしようのない、少年の手にある感触、それと似ているようだった。だが細かく検討するための時間はなかった。義兄がテレビを見て何か寸評のような一言を述べた。次の瞬間、中志郎は隣にいた義兄の胸ぐらをつかむと殴りかかった。

いきなり義弟に襲われた男は恐怖の表情を浮かべた。殴られた痛みなど感じないかのように、わっ、わっ、と意味のない声をあげるだけで、いてっ、とかは一言も発しなかった。その愚かで自尊心に欠け汚れた生きものの声が耳障りで殴るほうはより残忍になった。シャツの襟もとが裂ける音がして、中志郎の右手は空をつかみ、左手は空振りしてソファの背を叩《たた》いた。それでも彼はやめず、やみくもに怒りにまかせて利き手に力をこめた。幸いにも他の客はいなかったので、突き飛ばされて倒れた義兄はソファに寝そべる姿勢になり、中志郎はなおもその上に馬乗りになって左腕を振り上げた。だがそこまでだった。誰かが彼の左腕をつかんだ。やめて！　と女の声が叫んでいる。それが妻の声であることを知り、左腕を誰かにつかまれたままそちらへ顔を向けると、妻の自分を見る表情も、義姉の自分を見る表情も恐怖にゆがんでいた。

中志郎はまた飛んでいることに気づいた。義兄への怒りが爆発する直前からさっきまでと、さっきまでからいまと、二カ所、感情の連結がはずれている。どういうつながりで怒りが発火しまたそれが冷まされたのかわからない。いったい何が起こったのか、妻も義姉もむろん義兄も知りたがったが、中志郎には説明がつけられなかった。義兄のこうむった損害は、シャツがだめになったこと、それと精神的なストレスを別にすれば少なかった。顔のある部分は赤く腫《は》れ、口の中を切って血が滲《にじ》むくらいの被害は当然あったのだが、骨折だの入院だのと大騒ぎするほどまでではなかった。暴力沙汰《ざた》を止めに入った受付の係の人も、兄弟喧嘩《げんか》ですから、ただの、と中真智子か姉かどちらかが事を荒立てないためにした言い訳を聞いて、おとなしく引きさがってくれた。

そのあと四人は黙したまま黒湯温泉の外に出た。正面玄関は商店街から路地を少し入ったところに面している。その路地で、試しにもういちどだけ質問する、という感じの辛抱強い性格を見せて義姉が、志郎さん、このひとの何に怒ってるの？　と言った。もう怒っていない中志郎はこの質問にも答えられなかった。一分近い気まずい沈黙があり、義兄が真っ先に匙《さじ》を投げて、商店街とは逆の駐車場の方角へ路地を歩いていった。義姉があとを追った。

むろん妻はそばに残るそぶりを見せたが、彼は独りになるほうを選んだ。独りになりたかったし、独りになって考え事がしたかった。真智子、おまえも行って車に乗せてもらえ、と中志郎は言った。湯冷めして風邪でも引いたらたいへんだし、俺のことなら心配いらない、これから少し、頭を冷やして帰るから。中真智子は最終的には夫の助言に従うしかなかった。風邪を引いておなかの子に障るとよくない、という一言がたぶん決め手になったのだろう。

こうして中志郎は先週の土曜日の深夜、ひとり蒲田駅のホームに立った。黒湯温泉から出がけに、先に靴を履き終えた流れの動作で洗濯籠《かご》を持ってやっていたので、それもそのまま彼の手に残った。

63

彼はひとりになって考えた。

蒲田駅まで歩きながら、蒲田駅のホームに立って、蒲田駅から電車に乗り込むとき、乗り込んで大森町で降りやすいよう最後尾の車両まで移動する途中、空席に腰を落ち着けたあとも、ひとりで考え続けた。第一にこれは金銭上のトラブルと言えるのかもしれなかった。志郎さん、このひとの何に怒ってるの？　と義姉は端的に訊《き》いたが、端的に答えるとすれば、貸した金を義兄が返さないからだという理由がまず考えられた。

黒湯温泉の入場券を買うとき、中志郎は千円札を券売機に通して、妻と二人分、それと釣りを二百円受け取った。続いて券売機の前に立った義兄が、小銭がいまちょうど六百円しかないから二百円貸しといてくれないかと頼んだ。あとですぐ返すから。それでその場で百円玉二枚が中志郎の手から義兄の手へ渡った。しかし義兄は返さなかった。風呂あがりにコーヒー牛乳を飲んだとき、義兄は自分の飲む分を買い千円札から支払って釣りは小銭入れの中にしまった。その様子を見て、あてがはずれて、なんてケチな男なんだと不愉快に思った記憶が（つい一時間ほど前の記憶だが）ある。でもそれをケチというなら、貸した二百円をきっちり返せとその場で迫るほうもケチくさい。そう思ったから不愉快な気持を抑えて、争わないようにした。人前で争うのはみっともない。が、とにかく俺は義兄に貸しがある。義兄は借金を平気で踏み倒そうとしている、それは許せない、やっぱりこの問題の根っこは金だ、と中志郎はいったんは結論を出しかけて、首を振った。争う？　二百円で？　ふつう金銭上のトラブルと言うときの金銭は、桁《けた》が三つか四つ違うんじゃないだろうか。二百円は大の大人どうしのトラブルのもとにはなり得ないのじゃないだろうか。

そう考え直すそばから中志郎はまた身体の内部に怒りのだまが生じるのを感じた。盆の窪《くぼ》のあたりから後頭部へ這《は》い上がろうとする熱の発生もとを感じ取った、と言い直すべきかもしれない。両者の区別がつきにくかった。油断すると、感情のだまは溶けて広がって周囲全体を一色に染めてしまいそうだった。冷静になれ、と彼は自分に言い聞かせた。過去の映像が乱れに乱れて頭の画面によみがえり、それを無理に調整しようとすると、自分で見たくもないものを見てしまいそうな悪い予感があった。二百円ではない、と彼は考え直した。この俺が二百円くらいの金銭問題で人に殴りかかるはずがない。宇都宮の一件だってある。去年の十一月、二荒山《ふたらさん》神社まで四人で出かけたとき、額入りの「招き大国」は義姉が自分の財布から払って自分ちの分は自分たちで買ったけれど、帰りに宇都宮で食べた餃子《ギョウザ》代は俺が持った。あれはいくらくらいだったろう。実家の妻の両親と、義姉夫婦の子供たちへの土産代まで払ったのだからけっこうな額だった。もちろん車に乗せて連れって貰《もら》ってるわけで、あっちはガソリン代もかかるしそれくらいこっちが持つのはあたり前なのだし別にそのことに文句はない。でも今夜の二百円は違う。あのときの数千円とは性質が違う。違うだろう、だって義兄はあとですぐに返すと言った言った、確かにそう言ったのに返さないじゃないか。

中志郎はまた首を振った。冷静になれ、とまた自分に言い聞かせた。やっぱり二百円なのか？　二百円が原因で俺は義兄に怒り暴力をふるったのか？　どうしても違うようだった。違う、というふうに見なしたかった。しばらく考えるのをやめて、彼は蒲田駅のホームで深呼吸した。電車の接近してくる音が聞こえる。それでふっと思い出した画像があった。建物の屋上だ。屋上のことで義兄が何かぶつぶつ言ったのだ。黒湯温泉の待合室でテレビを見ているときに、軽く嘲《あざけ》るような口調で。「どうして、テレビドラマの登場人物っていうのはこう、誰も彼も屋上にのぼって話をしたがるんだろう？」そんな感じの、彼に同意を求める呟《つぶや》きだった。そこまで思い出せてそのあとが思い出せない。きっとそのあと義兄の胸ぐらを鷲《わし》づかみにしたのだろう。義兄はよくこういう人を小馬鹿にしたような、自分では気が利いてるつもりなのかもしれない、あてこすりを言う。いつだったか正月に隣の実家に挨拶《あいさつ》に行ったとき、元ピンクレディーの、ふたりのうちどちらかがソロで歌っている番組を一緒に見ていたことがあって、そのときも義兄は失礼な発言をした。少年時代にアイドルだったピンクレディーに対しての許しがたい発言で頭に血がのぼりかけたのだが、そのときも彼はどうにかして感情的にならないように自制した。そのときは自制できた。三十過ぎた大人がピンクレディーの話でむきになって年上の親族の男と口喧嘩するわけにはいかないのだ。

そのとき抑えたはずの感情がふつふつと沸きだしてくる気配、気配とともに恐れを感じて中志郎は震えた。両手で洗濯籠の縁をつかんでその震えに耐えた。屋根だ、と彼は心の中で呟いた。なぜ屋根の件についての義兄の発言に耳がとまったのか考えろ、いまはピンクレディーのことではなくて。するとスイッチが切り替わって乱れた画面が静止したように気分が安定し楽になった。まだちょっとでも油断すると画面がゆがみ、裏返るように揺れ、別の映像が割りこんで来る不安が残っていたが、さきほどの震えに比べればその不安はずっと小さい。パステル画の青空と白い雲。彼は自分が屋上にのぼって風に吹かれている姿を思い描くことができた。屋上に立っている中志郎は怒りとはまったく別の感情に支配されている。

中志郎はいま、屋上に立っているのではなく京浜急行の終電車に乗っているいま、このとき、自分が生きる勇気にみたされているのを感じた。その生きる勇気のことを彼は別の言葉で愛と呼びたかった。それはほんの短いあいだで、電車が大森町に着く頃には途切れていた。彼はいまさっきまでの自然な、感情的に安定した自分に戻り、降りるべき駅に気づいて座席を立つことができた。大森町駅で電車を降りながら彼はこう思った。自分はいつか、さほど遠くない昔、屋上にひとり立って妻への愛を確信したことがあったのに違いない。その思い出を、義兄のテレビドラマに関する嫌みな発言、馬鹿は高いところにのぼりたがるとでも言いたげな発言でだいなしにされたように感じ、反射的に怒りをおぼえたのかもしれない。必要もないのによみがえる感情もある、気をつけたほうがいい、という石橋のアドバイスを彼は思い出して納得した。特にこの一ヵ月のサイクルの終わりがけの時期、妻への愛情が薄れてしまう頃には気をつけたほうがいいのかもしれない。油断すると愛以外の始末に負えない感情、不要な感情が割りこんでくる恐れがある。

そう思って納得したというよりも、納得したつもりになったというほうが正しいだろう。なぜなら納得も、慣れるという言葉につつみふくまれる意味のひとつに過ぎず、中志郎はどんな意味であれ、今後も石橋から受け取った能力に慣れることはできないからである。

第九章　偕老同穴

64

それから桜が咲いて散り、五月の長い連休と六月から七月にかけて降雨量の少ない梅雨をあいだにはさみ暑い夏が来るまでの約四ヵ月、僕はほとんど誰とも会わず仕事部屋にこもりきりで過ごした。

時間が過ぎてみると結果としてそうなっていたというだけで、自分から強いて望んで誰とも会わないように努めたわけではない。月刊誌の締め切りのある原稿とは別に、書き続けていた長い小説がその時期ちょうど山場にさしかかり、書きあげるためには小説家として勤勉にならざるを得なかったという理由もある。三月に渋谷で別れて以降、待ち望んだ中志郎からの連絡はいっさいなかったし、別れる前「石橋に津田さんの電話番号を教えてもかまいませんね?」と言われてはっきりうなずいた覚えがあったから、中志郎ではなくその石橋から直接何か言ってきてもうろたえない心構えはしていたつもりだが、それも期待はずれに終わった。

もし石橋から電話がかかるとすれば、僕の携帯には非通知または未登録の番号のみが表示されるはずで、そのての電話は蟬が鳴きはじめる頃まで一本もかからず、そのてに限らず携帯が鳴るのは長谷まりからのメールの着信と、あとは担当の塩谷君からの原稿催促とに限られていた。ネットで知り合ってまだ会ったことのない女性からのメールの着信と、長谷まりは何週間かに一回、鮨《すし》折りやフライドチキンの差し入れ持参でマンションを訪れ、何を喋《しゃべ》るにしてもするにしても僕がときおり上の空になるのを見きわめると、文句も言わずにいつも通りリビングに独りで寝て、翌朝は三つ折りに畳んだ布団とトマトジュースの空缶だけを残して出勤した。

小説は七月中に脱稿し、秋には校正刷が出て年内には上下巻の単行本として出版のめどが立った。書き続けさえすれば仕事上の問題はなかった。単行本が出る頃までには次の小説の構想を練り、また第一章の一行目から書き始める。その長篇が書きあがる頃にはまた次の長篇の構想を練る。合間に締め切りのある短編も書く。そのくり返しで時が過ぎてきたしこれからも過ぎてゆく。書き続けさえすれば、仕事上の問題はひとつひとつクリアできてゆく。月末に長い仕事が片づいたことを長谷まりに知らせた。一日待っても何も言って来ないのでもう一回メールを打つと、今週はこっちが忙しいからまた連絡するという返信が来た。

八月になって珍しく塩谷君から郵便が届いた。手書きの拙《つたな》い文字で便箋《びんせん》一枚に、出版社気付で読者からの手紙が三通届いていたので同封する、それとあと、小説の出版にあたって数点ご相談したいことがある、いずれおめにかかって、と短い文面だった。

いずれおめにかかってという若くない表現に違和感があったが、いずれというのだから別に急ぎの解決を要する相談でもないのだろう。同封された読者からの手紙は三通とも好意的な内容だった。月刊誌に発表された短編小説にというよりも津田伸一の書くものなら何にでも好意的のように読み取れた。差出人は三人とも女性で、ひとりは二十代後半の会社勤めの独身、ふたりは年齢不詳だが「主婦」とふたりとも自分で自分のことを称し、うちひとりは僕の書くものに限らず「文学」に関心のない夫への飽き足らなさを告白していた。もうひとりは夫には一言も触れない代わり自分の携帯電話の番号とメールアドレスを書き添えていた。もしお時間を作っていただけるのなら、津田さんにお会いしたいと願っています。

その女性からは数日後、自宅マンションの住所宛に直接二通目の手紙が届いた。文面は出版社から回送されてきた一通目と大差なく、やはり携帯電話の番号とメールアドレスが書き添えてある。違いは手札型の写真が一枚入っていたことで、郡山《こおりやま》美景《みかげ》というその女性本人の顔写真に違いなく、それを見るかぎり彼女はまともだった。自宅の庭なのか公園なのか緑の枝葉を背景に、ごく自然な、控えめな笑顔をカメラに向けて立っている。顔は心持ち左に傾けられ、右腕はくの字に折られて右耳の下に垂れた髪を払おうとしている。襟もとの円くりぬかれたセーターのようなものを着ているので左右の鎖骨がくっきり浮きあがって見える。薄手のセーターはパンに塗るマーガリンのような淡い黄色で、肌の色は白く、卵型の顔と額の広さを見せつけるために前髪は上げて癖をつけてある。前髪にかぎらず髪は彼女の顔のどの部分も隠さず、ひとすじの影さえつくらず全体が後ろへ流れている。そのため笑顔はあけっぴろげで、陽性で、屈託がなく、いかにも問題なしに見える。三十代のまともで美しい「主婦」の顔だ。ただその写真をネットで知り合ったわけでもない赤の他人の小説家に送ってくるところが、送られたほうとしては単に迷惑に過ぎない。

翌週、ひさびさ自宅の電話が鳴った。ナンバーディスプレーが未登録の番号を表示しているので、出れば相手が誰だろうと面倒になる、と受話器を取る前に予感はしたのだが、気まぐれで取ってみると、郡山美景だった。自宅の住所で手紙が届いたときからちょっと訊《き》いてみたいと思っていたので、まずどうやって住所と電話番号を知ったのか質問したところ、「知り合いのかたに嘘をついて聞き出したんです」と相手は悪びれずに答えた。わたしの友人に木原さんという人がいて、その人の旅行仲間が津田さんのお知り合いということなので（きっと中真智子のことだ）、津田さんにぜひ講演を依頼したいので連絡先を教えてくださいと頼んでもらったんです。もちろん、敢《あ》えてそこまでしてしまうくらい熱心な津田伸一の読者なのだとむこうは言いたいわけだから、はなから悪びれる理由などない。手紙ちゃんと届いてますか？　読んでもらえましたか？　と逆に聞き返され、その質問には「はい」と答えるしかなかった。

「もっと、手紙に書ききれなかったことも、会ってお話ししたいんですけど今日は無理ですよね？　お忙しいですよね？」

「無理ですね」

電話を切ったあと、郡山美景という名前ではなく「迷惑」という名目で彼女の携帯番号を登録することにした。登録の操作のあいだにもう一回同じ番号からかかってきたが鳴り終わるまで待った。

その日の夜、今度は携帯電話のほうに誰だかわからない未登録の番号からかかってきた。当然、僕の頭には郡山美景の話し声と手紙の文字とスナップ写真の印象がまだ残っていた。鳴る電話に出なかったのはそのせいで、鳴り終わったあと、携帯に残った不在着信の番号と、自宅電話に「迷惑」で登録した番号との違いをくらべて見て、ようやく、気の迷いだと反省した。

そこで僕はまた「石橋に津田さんの電話番号を教えてもかまいませんね？」という中志郎の台詞《せりふ》を思い出した。これがそうかもしれない。中志郎に言われて石橋が僕に連絡を取ろうとしているのかもしれない。しばらく考えて僕は折り返し電話をかけた。相手が石橋で、もし僕に会ってもいいという意向なら今日にでも明日にでも会うつもりで、心を決めて電話をかけた。相手はすぐに出た。僕が折り返しかけてくることを予想して、待ちかまえていたかのような冷静な男の声が、津田さんですね？　と言った。

65

「来ていただけるとは思っていませんでした」

というのが男の最初の挨拶《あいさつ》で、僕がどう答えようか迷っているあいだに、こう言い足した。

「正直、来ていただけるかどうか確率は半々くらいだと思ってたんですが。感謝します」

「確率」と僕は言葉尻《じり》をとらえた。「確率というのは、天気予報で今日の午後から雨が降るかどうかというときに言うんじゃないかな。ゆうべ電話で約束した相手が、時間通り来てくれるかどうかというときにはその言葉は使わない」

「すいません」男は笑顔で謝った。「じゃあこういうときどう言えばいいんでしょう」

「お待ちしてました」

「おひとりですか」

男は僕の背後にちらりと視線を投げ、また僕の目を見すえた。

「ひとりだよ」僕は言わなくてもいいことを言った。「弁護士同伴で現れるとでも思った？」

「お待ちしてました」若い男はまた笑顔になった。嫌みというものがまったく感じられない笑顔だった。「はじめまして、井ノ元悟《いのもとさとる》です」

例の渋谷のホテルの五階にあるカフェの入口で彼は待っていた。場所はゆうべの電話でこちらから指定した。中志郎の場合には、僕が時間通りに着いたにもかかわらず、先にテーブルについて紅茶を飲みショートケーキを食べながら待っていたが、井ノ元悟は窓際の禁煙席を予約したうえで入口に出て立ち、三十分遅れの僕を待っていた。待ち人が来るか来ないか確率が半々というとき、いったいこの男はどれくらいの時間を辛抱して待ち続けるつもりでいたのか聞いてみたいところだった。

天井が高く、広く、明るいカフェの店内はあいかわらず混み合っている。窓際の席を確保できていたのが僥倖《ぎょうこう》と言いたいくらいだ。井ノ元悟と僕はテーブルをはさんで向かい合った。むろん話ははずまなかった。だいいちゆうべの電話で、短いながらもおおよその事情は語りつくされていたので、会ってみてもいまさらこの男と何を話す必要もなかった。もし何か話す必要があるのなら、僕はこのテーブルでむしろ長谷まりと向かい合うべきなのだろうし、井ノ元悟にしても「正直」同じ考えでいるはずだった。でも僕はここでコーヒーを飲み、彼はオレンジだかマンゴーだかの色のついたジュースを飲んでいる。

「あの、津田さん」

と相手がしばらく沈黙したあとで言い、ストローの挿されたグラスを脇へよけた。空いたスペースの上で男は両手を組み合わせた。

「最初に断っておきます。今日のこのことは彼女には内緒なんです」

「そう」

「僕が津田さんに会ってることを知ったら、彼女はたぶん怒ると思います。彼女はこういうまだるっこいことが嫌いでしょう、ご存じですよね？　エスカレーターに乗るより階段を二段とばしで上りたがる人です。ふたりで話してても、ぐずぐずしたり煮え切らなかったりするとすぐに席を立ってしまうような人です。何でもこうと決めたらすぐに行動に移さないと気の済まないたちだし、しかも何もかも自分で、直接手をくだしたがるんです。だからこんなふうに陰でこそこそ会ってることが知れたら」

「何もかも自分で決める。長谷まりが？」

「はい」

「確か君には奥さんがいるんじゃなかった？」

「いましたけど離婚しました。この春に。いまは独身で津田さんと同じ立場です」

井ノ元悟は組んでいた両手を離し、僕のほうへ手の甲を向けて見せた。最初その意図がわからなかったが、つまりはどの指にもリングがはまっていない、種も仕掛けもないということを示したがっているのだろう。

「立場」と僕はまたどうでもいいことに難癖をつけた。「立場というのは、妻や子にきちんと果たすべき責任があってそれを自覚してる人のための言葉だろう。離婚した男に立場なんかないよ」

「じゃあ何て言えばいいんですか」

「君のポジションはどこ」

「ポジションて野球の話ですか？」

「ジャイアンツの選手なんだろ？　二軍の」

「投手です」

「じゃあマウンドにプレートが埋め込んであるのを見たことあるだろう。そこが君の立場だ」

「つまり津田さんと僕の立場は似ているようで違う。そう言いたいんですね」

「いや、そうじゃない。君に言いたいことなんか何もないと言いたいんだ」

「そうか」

井ノ元悟はうつむいて自嘲《じちょう》の言葉をつぶやき三度目の笑顔になった。

「さっきから僕はおちょくられてるわけか」

もうじき訪れる夜のために用意してきた上着のポケットからタバコを取り出して点《つ》けた。禁煙席だと注意されたら黙って外へ出るつもりでいたのだが、テーブルの係の人間をふくめて誰も咎《とが》める者はいなかった。灰はコーヒーカップの中に落とした。

「僕に言いたいことがあるのなら手みじかに言ってみてくれ。時間もあまりない。実はこれから人と会う約束で、ここには寄り道してるんだ。たとえ二軍でも、ジャイアンツの選手の顔を一回おがんでおこうと思ってね、後学のために」

井ノ元悟は顔をあげ、椅子の上で姿勢を直した。

胸の厚みと肩から二の腕にかけての筋肉が濃紺の無地のポロシャツを圧《お》しあげたような印象があった。首筋というよりも全身の日焼けを誇示するように襟もとがはだけていて、白と紺の細い縞《しま》模様の生地が裏打ちされているのが若さと清潔さとお洒落《しゃれ》のポイントのようだった。洗いざらしみたいに無造作に着こなしているが縞模様の白の鮮やかさから見ておろしたてのポロシャツに違いなかった。まず自分はまりさんと結婚するつもりでいるし、まりさんは自分についてきてくれると思いますと彼は断言した。結婚という言葉は使わず、自分ではなく僕と言い、この通りの表現をしたのではなかったかもしれないがそういう意味合いに聞き取れた。それからもうひとつ津田さんはご存じないようですが自分はもうジャイアンツの選手ではありません。

「それはもう野球はやめたという意味？」

「違います。トレードで他のチームへ移籍したという意味です」

「春先の花粉症が原因だろう」

「はい？」

「ひとつ君に断っておくけど、僕は長谷まりの父親ではない。年の離れた兄でも従兄弟《いとこ》でも親戚《しんせき》の伯父《おじ》さんでもない」

「わかってます」

「わかってるならプロポーズは僕にではなく長谷まりに直接するといい」

ここではじめて井ノ元悟はプロポーズは僕にではなく長谷まりに直接するといい」がストライクをボールと判定した審判を見るような目つきをした。

「津田さん、勘弁してください。馬鹿のふりをするのはやめてください。そういうのがお得意なのはまりさんから聞いて知ってますが、いまはやめてもらえませんか。おわかりでしょう、もう僕はやることはやってます。別れた妻のことも子供のことも一から十までやるべきことをやり終えてしまって話してるんです」

「もう僕たちはやるべきことはやってます、と言うべきだろう」

「そうですね、僕ではなく僕たちです」

「長谷まりは君と寝た。君は長谷まりの携帯電話を盗み見して僕の番号を調べた」

井ノ元悟は目を逸《そ》らさずにうなずいて見せた。

「長谷まりはそんな君のプロポーズを受けた」

「そう確信してます」

タバコの吸殻をコーヒーカップの中に投げ入れて僕はため息をついた。

「何だそれ」

「春からずっと津田さんが忙しくされていたから彼女には遠慮があったんですよ。すぐにも言い出すべきことを言い出せなかったんです。いまも言い出せないまま無駄に時間が過ぎてるんです。僕たちにとっても、津田さんにとっても、貴重な時間が無駄に」

「君の彼女はまだるっこいことが嫌いなんじゃなかったのか？」

「嫌いですよ。僕も彼女も同じように、時間が無駄に過ぎていくのは大嫌いです。津田さんとはそこが違う。彼女に言わせれば先生には先生のペースがある。僕たちは、ふたりでいるときは津田さんのことを先生と呼びます。先生がいちばん大事にしてるのは自分ひとりのペースだそうです」

「ペースって何。歩く歩幅のこと？」

「また言葉の揚げ足取りですか」

「時間は無駄には過ぎていかないと思うよ。人が時間を無為に過ごすことはあっても」

「面白いですね。話に聞いてた通りの人だ」

「何を聞いたか知らないけど、僕はいつもこんな話し方をするわけじゃない」

「彼女から聞いたことがあります。先生のきわめつけのイメージはこうです。誰かが握手しようと片手を差し出しますね、すると先生は両手をポケットに入れて身動きしない。右手も左手もポケットに入れたまま、その誰かが差し出した手を見る。ただ見ている。警戒するわけじゃない、敵意を持っているわけでもない、それなのに握手するためにポケットから手を出そうとはしない。相手は手のやり場に困って引っ込めるしかない」

「それが本当ならいやなやつだ」

「まったくです。もし先生みたいな人がチームにいたら野球になりませんね。野球はひとり勝ち、ひとり負けのゲームじゃないし、投手と野手が握手し合えなければチームは成り立たないですから。そのかわり試合に負けてもみんなで責任を引き受ける。勝ちゲームだとチームメート全員がてのひらとてのひらを合わせて喜びを分かち合う。知ってますか」

「二軍の試合でも？」と僕は嫌がらせを言った。

「六大学でも高校野球でもです。リトルリーグでも同じです」

「うまくいったＳＥＸのあとも長谷まりとてのひらを合わせる？」

井ノ元悟は顔を伏せ、首を左右に振り、こう言った。

「ほんとにいやなやつだ」

聞き流してズボンのポケットから携帯電話を取り出して時刻を見ると五時をまわっていた。次の約束までは二十分ほど余裕がある。

「君が言いたいことをはっきり言わないからいけないんだ。まだるっこいことの嫌いな長谷まりはいったい何を迷ってるんだ。ベッドの上での僕のペースに未練でもあるのか？」

「僕との結婚ですよ」井ノ元悟は挑発に乗らずに真正面から答えた。

「そんなこと言わなくてもわかるでしょう。彼女はこれまで僕の本気を軽く見積もっていたし、先生のことはたぶん、逆です。最初に見たときに下した評価を捨てきれないんです。経験上わかります。人が見るのは残像ですよ。記憶が現実をありのままに見せないことはよくわかります。僕はマウンドの上で、他人から評価を下され続ける立場にいるのでよくわかります。人が見るのは残像ですよ。記憶が現実をありのままに見せないことはよくあることです。彼女は、僕が妻と離婚すると口で言っても、現実に離婚できるとは予想していなかったらしい。まだるっこいのが嫌いなのは世の中で自分ひとりだと信じてたんでしょう。男はみんな先生みたいだと思ってたのかもしれない。でも現実はこうなった。現実の僕と、先生の記憶がぶつかっている。だからいまは若干、混乱している。気づきませんか。最近の彼女を見ていて、様子が変だと思いませんでしたか」

「見てないんだ」僕は事実を事実のまま答えた。「もう一カ月くらい見ていない」

「だったら」と井ノ元悟が言い、僕は窓のほうへ顔を向けた。「彼女を見てみてください。すぐにでも会って、どんな様子かその目で確かめて、彼女があなたとの関係をどうしたいと考えているのか本心を聞いてください」

僕は窓の外へ目をやった。目をやっただけで景色は何も見ず、またポケットから携帯を取り出して開いた。メールの着信があったから開いて見たのだが、長谷まりからではなくニックネームが「瓜実顔《うりざねがお》」という女からのもので、予定通り待ち合わせの場所に向かっているると書かれていた。井ノ元悟の目の前で僕は「了解」とひとこと打ち込んでメールを返信した。それが済むまでのあいだ、彼はおとなしく待っていてくれた。

「だいたい、なぜなんです。なぜ一カ月も彼女を見ていないと言って平気でいられるんです？」

「記憶が現実をありのままに見せないことはよくある、それはこういうことかな？　スピードガンの球速は一五〇キロを表示している、でも二軍の投手コーチはその数字に、君が大事な試合で投げた一球、押し出しのフォアボールを重ねて見る」

「それがそうだとしたら」彼は心から不思議がるような口調で訊《き》いた。「何なんですか」

「不遇をかこつ、という言葉があるだろう。自分の本が売れない理由を、編集者や読者のせいにする小説家のことをさして言うんだけどね。かこつ相手を君は取り違えてるんじゃないのか」

「野球の話と恋愛の話を混同するなとおっしゃりたいんですか」

「いや、そうじゃない。君の話は退屈だと言いたいんだ」

「じゃあこっちも言わせてもらいます」

静かな口調とは裏腹に、井ノ元悟の日焼けした顔が瞬時に赤らんで酔ったように見えた。

「引き際、という言葉があるでしょう。年寄りが新人にマウンドを譲ることですよ。不遇をかこつって僕は何のことか知りませんが、あなたが彼女と一カ月も会わないでいられる理由、それならよくわかる。必要ないからでしょう？」

「悪いけどこれから出版社の人と会う約束がある」

「お忙しいのは理解してるつもりです」

「じゃあ消えてくれ」

「近いうちに彼女と会ってもらえますね？　彼女のほうから連絡が来ても無視しないで、会って話してもらえますね？」

「ここで会うんだ、編集者と」

「約束してください」

「年下の人間に指図されるのが先生は嫌いだと長谷まりから聞いてないのか？」

井ノ元悟は言い返す代わり肩を落とし、さきほどの僕と同じように窓越しに外を見た。たぶん景色は見ずに、ただこの場での引き際というものを見きわめていたのだろう。

この男はこれから長谷まりと会う約束をしている。この渋谷近辺で。まったくの想像だが、そんな気がした。しかもその場で正直に、いま君の先生を見てきた、先生と会ってこういう話をしてきたと何もかも打ち明けるつもりでいるような気がした。やがて彼は無言で席を立ち、去り際にテーブルの伝票代わりのカードをつかんだ。それを僕は止めなかった。長谷まりの新しい恋人にコーヒー一杯おごってもらうことになるわけだが、もうこれ以上この相手と言葉をかわすのが面倒なので止めなかった。

井ノ元悟が消えたあと僕は五分間だけその場にとどまった。タバコの吸殻で汚したコーヒーカップを前にして無為に時間をやり過ごし、それから席を立ってカフェの外に出た。同じフロアにあるホテルのロビーに出るとすぐにひとりの女が近づいて来て僕に笑いかけた。縦縞《たてじま》のシャツを着てジャケットを手に持っていると知らせてあったので、女のほうから近寄るのは不自然ではなく、僕が近寄る女にうなずいてみせたのも自然のなりゆきだった。

あの男はこれから長谷まりと会う約束をしている。目配せで女にエレベーターに乗る意図を伝え、そちらへ歩きながら、もういちどそのことを僕は考え、その場面、長谷まりがどこかで時間を気にしながら待っていて現れた男を椅子を立って迎えるところまで想像し、この勘は当たっているという気が強くした。もしかしたら長谷まりは今日ここで彼が僕に会うことを承知していたのではないだろうか。最後の最後に引き際という言葉を口にしたとき男の浮かべた笑みが頭にこびりついて離れなかった。あの男は長谷まりの携帯電話から僕の番号を盗み出したのではなく、春から夏までじゅうぶんに時間を取って話し合ったうえで、ふたりで今日のことを計画し昨夜の電話をかけてきたのではないだろうか。長谷まりは彼に助言したのではないだろうか。あなたが電話をかけて会いたいと言えば先生は断れない、あなたの顔を一目でも見たがる、嫌がるふりはしても好奇心には勝てない、そういう人だから。ふたりの演出に僕は踊らされて、思惑通りにいまここに取り残され、長谷まりが僕にとって必要か必要でないかなどと引っ越し前の荷物整理のような二者択一を迫られたと感じているのではないか。初対面の女と寄り添ってエレベーターの扉の前に立ち、冷静につまりあとから考えればあり得ない想像を僕はした。長谷まりがあの男に質問している。どうだった？　うん、と男が薄笑いで答え、長谷まりがじれったがってなおも訊く。ねえ先生の反応はどうだったの？

初対面の女がそばで何か喋《しゃべ》っていた。エレベーターの止まった合図の音が聞こえ、その女の形のよい鼻と唇、美しい横顔に目を向けたあとで僕はようやく気づいた。ひとつ不自然なのは映画だか演劇だかのパンフレットを目印に持っていると知らされていたのにその女がそれらしいものを手にしていないことだった。彼女が手にしているのは持ち手の長い、電気スタンドの傘を逆さにしたような形状のバッグひとつだった。相手のニックネームを僕が呼び、小板橋さん、と女が呼び返せばその不自然は解消されることになるのだが、瓜実顔という言葉を僕が口にするよりも早く女がまた喋り出した。

66

エレベーターで下へ降りてその後、僕たちは円山町《まるやまちょう》方面へ歩いた。中志郎と石橋が何度か歩いた同じ道を正確にたどって歩いているはずだった。女はサクラバと名乗り、津田伸一の小説のファンだと言った。ファンという言葉を実際彼女が使ったかどうかは記憶が曖《あい》味《まい》だが、津田伸一の書くものは全部読んでいる、何から何まで見逃さずに、という意味のことを確かに言った。ホテルの五階からエレベーターに乗り込む直前にそう言い、エレベーターの中では人目があるのでこちらからは何も話しかけなかったが、降りる間際には彼女の言ったことの半分は嘘であることを僕は見抜いていた。サクラバが偽名なのか、二通受け取った封書の裏にも便せんの末尾にも万年筆のブルーの文字で書かれていた郡山美景のほうが偽名なのか、いずれにしても彼女が何らかの理由で嘘をついていることは間違いなかった。

腑《ふ》におちないのは、郡山美景の名で顔写真を送りつけているにもかかわらず彼女がサクラバという別名を平然と、しゃあしゃあと用いていることで、写真と実物との差はほとんどなく特に顔をあらわに見せるタテガミのような髪型はまったく同じで見まちがいようもない。だからこれが何を意味するのか、独りよがりのゲームでも仕掛けたつもりなのか、郡山美景の名で電話をかけてきたときのやりとりで引け目を感じての偽名なのかそれとも他の何かなのか判断がつかなかった。もっと腑におちないのはカフェを出たとたん偶然ホテルのロビーで出くわしたことで、実際に「偶然」という言葉を彼女は用い、「おみかけして」作家の津田伸一に違いないと思ったし、いま声をかけなければ二度と話す機会はないと「勇気を出した」ので「お顔」は文庫本のカバーの見返しの写真で知っているし、去年「若い女優さん」との対談を雑誌で見たこともあり、そのときはもっと大きな写真が載っていたので「顔見知り同然」見分けがついたという。でもこの時間に何のために自分がホテルのロビーにひとりでいたかについては説明がなかった。とうぜん木原という友人のことにもその旅行仲間の中真智子のことにも触れなかった。

そんなことよりいちばん腑におちないのは、腑におちないというよりあいた口がふさがらないのは、いまさっき会ったばかりのどこの誰ともわからない女と僕がなぜ道玄坂を通って円山町まで歩いたのか、その点だ。その点についての申し開きが聞きたいと考える人がいるかもしれない。いて当然である。彼女から手紙を貰《もら》い、自宅に電話がかかってきたとき僕の感じた迷惑、わずらわしさ、忌まわしさ、厭《いと》わしさ、そんなものがなぜこのときれいに僕の頭から拭《ぬぐ》い去られていたのか理屈がつけられない。僕はこの女、サクラバまたは郡山美景をホテルに連れ込むつもりで歩いていた。僕は彼女に性欲を感じていた。ホテルのエレベーターの前で横顔をまじまじと見たとき、中に乗り込んでからも見つづけたとき、見られている女が少しも動じず振り向かないのを見たとき、横向きの女の取り澄ましたとも泰然としたともいえる顔と自信をあらわす胸の隆起を見たとき、立襟の白いブラウスの袖《そで》の空きと腕の太さがぴったりではなく大きな隙間があるのを見たとき、その細い腕がなま白いわけではなく光を放って見えたとき、黒地に白の水玉模様の裾《すそ》付近が幅5センチほど透けているスカートを見たとき、透けて見える膝《ひざ》とじかに見える臑《すね》と足首と白いサンダルに収まった小さな足の指の爪を見たときから性欲はきざしていたと思う。

むろん相手も僕に同様のものを求めてくれるならという期待をこめた話で、ホテルに連れ込むといっても力ずくでそんなまねができるわけではないし、とにかく歩くだけ歩いてこちらの期待が伝わらなければそこまでだ、くらいのつもりではいた。そのときは待ちぼうけをくわせたかたちの瓜実顔だって保険に取ってある。

だが、もしそのとき、サクラバまたは郡山美景がこれからゆくホテルに入るのを拒んで僕に背中を向けたなら、引き返す女の背中を見送って僕はある種の感情にとらわれるだろう。そこに置き去りにされた僕の性欲は、たとえば始まりかけた恋が、相手の心変わりで突然終わってしまったときの感情に似通ってもいるだろう。まったくあいた口がふさがらない。あなたがたの言いたいことはわかっている。僕には性欲と恋愛との区別がつけられない。性欲と恋愛と魔法の区別もうまくつけられない。それらを分けて言葉にしてあなたがたにも自分自身にも説明することができない。男であろうと女であろうと人に単なる性欲、純粋な性欲のみ、恋愛の成分から抽出された性欲それ自体というようなものがあるのかないのか、そのことがわからない。

67

ホテルはゆるやかな坂道の途中にあり、入口へ向かって石段を数段降りてゆくと女はおとなしくついてきた。自動ドアを抜けるときにも受付でキーを受け取るときにも、指定された部屋までエレベーターに乗るときも、乗ってからも降りたあとも彼女は黙って僕に従い、余計な口をきかなかった。

室内に入ると僕はまず照明を落とした。真っ暗闇にではなくたがいの表情が見える程度、裸になれば女の身体の白いところ、黒いところ、赤いところの見分けのつく程度に調節して落とした。彼女は僕が最初にそばへ寄って手をつないだときと、それから数分のうちに、僕の手で着ているものを最後の一枚まで脱がされてしまったときと、二度、同じ言葉をつぶやいた。こうなることはわかっていた。その言葉は僕の耳には特別の意味もなくあたりまえに届いた。こんなつもりじゃなかった、といつかどこかで誰かが、ほかの女がつぶやくのを聞いたときと同じで、僕は何の不安も疚《やま》しさも感じることがなかった。

こうなることはわかっていた、と二度つぶやいたあとの彼女はそれで言いたいことを言ってしまったのか無言を通した。体臭を恥ずかしがる発言も、シャワーを浴びたいなどという頼み事もしなかった。僕が無言でいるかぎり無言で、僕の短い質問にはうなずくかときおり激しく首を振るかで答えた。相手が僕の言いなりになることと、僕の恋が受け入れられることの意味は同じだった。一時間ほどのあいだに僕は短い質問を何度もはさんだ。彼女がうなずくか首を振るかで答えるたびに恋しさが募り、次の質問を思いついた。生まれてはじめて女の裸をまぢかに見るように彼女の裸体に好奇心がわいた。あまりにほっそりとした印象があるので、ウエストの両脇にてのひらをあてて内側へ力をこめてみると、左右の指先が触れ合い交差してしまいそうな、両腕で抱きこむと自分の腕があまって二周してしまいそうな錯覚すらおぼえた。距離をとって見下ろすと身長と均整のとれないくらい手脚の長いからだつきで、片手を背中とベッドのシーツのあいだに挿し込み、親指以外の四つの指の腹でちょっと持ち上げてやると簡単に裏返すことができた。抵抗し反発する力がゼロに近く、僕の意のままにやすやすと向きを変えられる。成熟してたっぷり重たげに見え、実際に重く邪魔に思えるのは向きによってさまざまに形を変える乳房だけだ。どんな姿勢を取らせても彼女の手はどこまでも伸びてきて僕の希望をかなえた。仰向《あおむ》けにし両脚を開いてM字に立てさせると膝《ひざ》から爪先《つまさき》までの長さがきわだって蜘蛛《くも》の脚がうごめくように見えた。

ふたつの膝小僧をつかんで左右に開き、また短い質問をすると彼女は首を振った。枕から落ちた頭は黒々とした髪に縁取られていて最初に見たときよりもなおさら獅子《しし》のたてがみを連想させる。彼女の顔は目を閉じたまま顎《あご》を突き出すようにして斜めに傾いていた。白いところと黒いところと赤いところを僕は凝視し、点検して、どうやれば彼女の目がふたたび見開き、どうやれば彼女の顔がこんどは反対側へ斜めに傾くのか何通りも試みて時間をかけた。やがてMの文字の谷間の部分に体を割り込ませて真上から顔を見下ろすと、彼女は僕を見返し、何か重要なことを伝えたがるように唇を開いた。こうなると思っていた、ともう一回言うのかと思ったがそうではなかった。何？　と咄嗟《とっさ》に聞き取れなかったので訊《たず》ねてみると相手もひとことだけ答えた。キス、と彼女はいまその瞬間に僕にして欲しいことをくり返したに過ぎなかった。

68

一時間後、ペットボトルの水を分け合って飲みながら話をした。そのときもまだ僕たちはベッドの上にいた。

話はおもに彼女がした。静かな口調で、すこしざらつきのある声で、退屈な質問のインタビューに答える人のように話し続けた。といっても小説の話はひとつも出なかった。彼女は津田伸一の小説については一言も語らず、僕もその話には触れなかった。僕たちがしたのは喉《のど》がかわいたという話と、ホテルの冷蔵庫に常備された飲み物の話と、あとは食べ物の好みについての話だけだった。

彼女が嫌いな果物は枇杷《びわ》なのだ。熟した香りというには遠く、あるかなきかのとらえがたい香りを持つ枇杷の、薄皮の表面に人の皮膚を刺激する微細な産毛《うぶげ》のようなものが密生していると感じられて、食べるにはその皮に爪をくいこませて剝《む》く苦労があり、苦労の報われないほんの5ミリ幅くらいの実の薄さと、堅く堂々とした種がある。何個皮を剝いて食べても食べつくしたという思いにまでたどり着けない。茶色くて堅くて滑らかな表面の種だけが数知れず残る。枇杷を食べたという実感をつかむためにはその種までを吞みこむしかないのかもしれない。薄い皮を丁寧に縦に何回かに分けて剝き、人差し指と親指の先《の》で濡《ぬ》れた枇杷の実を持って歯をたてる。まるごとかぶりついて、種までをつるりと吞みこみたい誘惑というか貪欲《どんよく》というかを踏みとどまらせるのは実と種とのあいだを隔てる境界の膜だ。あるのかないのか確かめたこともないのにはっきりと歯と舌で感じる、ここまでと決まった境界線のようなもの。それがあって枇杷は人に注意をうながす。どんなに貪欲になっても私の全部を食べつくすことはできない、身のほどを知って、諦《あきら》めろと言う。そういう厳格なところ、冷たく親しまない性格が枇杷にはある。だから嫌いなのだが、嫌いなのに彼女は毎年季節になって出回る頃には枇杷を食べる。枇杷、という果物の名前にどうしても抵抗できなくて買ってくる。きっと出回る時期があまりにも短く、あっというまに消えてしまうことにも魅かれるのだろう。その枇杷という言葉のひびきにも魅かれるのだろう。びわ。びわ。びわ。彼女の大好きでしかも大嫌いな果物は枇杷だ。

不思議なことにこの話は僕には退屈ではなく、僕の恋は性欲がおさまったあとも冷めてはいなかった。彼女の好き嫌いの話をあくびもしないで黙って聞いていられたこと、しかも次に僕の話す番が回ってきたとき、自分が素直にその順番を受け入れる気になれたことでそれがはっきりと自覚できた。彼女の嫌いな果物の話からの連想で、自然に、自分の嫌いな食べ物を僕は思い出した。なおかつ、おおかたの事実を事実のまま曲げずに喋《しゃべ》り始めた。

僕の嫌いな食べ物はたぶんひとつしかない。

コールスローのサンドイッチだ。千切りにされたキャベツがドレッシングだかマヨネーズだかでしなっとなるまで和《あ》えてあり、それがただ薄いパンにはさんである。鼻につんとくる甘酸っぱさと青臭さの混じる匂いも、パンといっしょに嚙《か》んだときの捩《ねじ》れて絡んだ細長いキャベツの、包丁で切断された角の線だけは感じられる歯触りも舌触りも、ほろ苦みの残る後味も嫌だ。でもそのサンドイッチはいまの時代のサンドイッチではなくて、大嫌いで大人になってからは食べたことがないから、いまの時代のコールスローのサンドイッチがどんなものであるかは知らない。三十年くらい前、僕がまだ子供の頃、長い病気で床についていたことがあり、そのとき見舞いの人が来るたびに持って来てくれたコールスローのサンドイッチの味が忘れられない。三角に切られたパンのサンドイッチは下の端を持つとぐにゃっと先からお辞儀して中身がこぼれるくらいに和えたキャベツが詰まっていて、僕は床に起き上がってその見舞いの人の目の前でそれを食べさせられた。アップルジュースやオレンジジュースといっしょに吞み下すようにして食べ、そしてその人が帰ったあとで、食べたものを吐き出しはしなかったと思うが、決まって一日か二日食欲をなくした記憶がある。

この話をお返しに聞かせると彼女は当然の質問をした。

「なぜキャベツのサラダが嫌いだとお見舞いの人に言わなかったの」

「わからない。よく思い出せない」

「その人、誰？」

「わからない」

「その人のこと好きだった？」

「それもよくわからない」

このやりとりののち、僕たちはようやく時間を気にしだして、着替えてホテルを出た。できれば終電に間に合う時間に帰りたいと彼女が言ったからだ。彼女の帰る家に夫が待っているのかどうかはわからなかった。夫のほかに子供や姑《しゅうとめ》が待っているのかどうかもわからなかった。ホテルを出る前にも彼女はシャワーを使わなかった。髪型のとくに後頭部のあたりの乱れを気にしてみせ、帰り際にいちど洗面所の鏡の前に立っただけだ。

その夜、まだ十一時前に僕たちは渋谷駅で別れた。彼女は池袋へ向かい、そこで乗り換えて最終的に東所沢という駅まで帰るのだと言った。このつぎ会う約束の言葉は彼女も僕も口にはしなかった。ホテルのベッドで嫌いな食べ物の話をしたあと、僕の携帯電話の番号とメールアドレスを教えてあったのでそんな約束の必要はなかった。傍《はた》から見れば（たぶん）旧知の間柄のようにして僕たちは手を振って別れた。二子玉川の自宅へ戻るための電車に乗り、ひとりになってからも、今日会うはずだった瓜実顔のこともそれからまた長谷まりのことも、僕は一度も思い出さなかった。僕の頭にあったのは枇杷という言葉のひびき、あとはコールスローのサンドイッチにまつわる記憶、思い出そうとしても顔も名前も思い出せない見舞いの人の不確かな記憶だった。

69

九月になる前に塩谷君から会って話がしたいと連絡が来た。いっしょに晩ご飯でも食べませんか？　銀座にうまい鰻《うなぎ》を食わせる店があるんですけど。彼が指定した日、僕のほうは夕方から予定があったのでわがままを言い、うちの近所で会うことにした。鰻屋ならマンションから目と鼻の先、髙島屋の館内にも繁盛している店がある。

駅で待ち合わせた塩谷君は社名入りの分厚い封筒を抱えて現れた。上着なしネクタイなしの夏休みの大学生みたいな軽装で、いつもと変わらぬ笑顔でいつもと変わらぬ挨拶《あいさつ》をした。すこし痩《や》せたんじゃないですか？　笑顔でそう言うのだから、これは僕が目に見えて痩せ細ったという意味ではないだろう。そうかな、と答えて笑い返すしかなかった。

分厚い封筒の中身は予定より早めに出た校正刷かと思ったらそうではなく、僕が先月書きあげた長篇小説の原稿だった。髙島屋南館の六階にある和田平という店、その小あがりで向かい合い、肝吸《きもすい》と胡瓜《きゅうり》と茄子《なす》の漬物のほかにサラダまで付いている鰻重《うなじゅう》を食べている最中に塩谷君はありのままを打ち明けた。

「書き直してほしいんです」と彼は言った。

これがもし3センチほどの厚みのある原稿のある頁とある頁に何ヵ所か付箋《ふせん》が貼られていて、その疑問点に答えを出せという要求であれば話は別で、編集者にそう言われて書き直しを考えるのは小説家としていわばあたりまえの仕事である。でもそれなら校正刷が出たときにやれば済むことだろう。現に塩谷君が封筒から取り出した原稿の束には付箋は一枚も見当たらなかった。

「どこをどう書き直してほしい?」

「全体的にです」

「わからないな。もっとはっきり言ってもらわないと」

「もちろんこれから説明しますよ。食事が終わったら始めましょう」

僕は三分の一ほどを食べ残したまま箸《はし》を置いた。

鰻重の箱に蓋《ふた》をかぶせ、グラスに残っていたビールを飲みほし、それらをぜんぶ卓の端へ片づけた。おしぼりで口もとを拭《ぬぐ》い、ついでに卓の上をひと拭《ふ》きし、灰皿を置き、タバコに火を点《つ》けた。

「津田さんは」

と言いながら塩谷君がいったん目をそらして僕がやったのとだいたい同じ動作をした。

ただし彼は僕と違いタバコはすわない。

「この小説の中で偕老同穴《かいろうどうけつ》という言葉を使ってますよね」

「そうだね、何回か使ってる」

「その言葉を死語だと言い切ってますね」

「それがどうしたの」

「それが第一に気に入らないみたいなんです」

「みたいって、誰が」

「編集長」

店の人がそばを通りかかり塩谷君が緑茶を二杯頼んだ。編集長ではなく君の考えはどうなんだ？　と性急な質問をしようとして僕はためらい、「その編集長は偕老同穴って言葉の意味を知ってるのか？」と代わりに訊《き》いてみた。塩谷君はにこりともしなかった。緑茶が運ばれてきて食べ残しの鰻重と空になったビール瓶とグラスがさげられ、僕は続けて二本目のタバコを点けた。

「わかった、編集長が気に入らないのなら仕方がない、死語という表現はやめよう」

「ええ、そうしてください」

「擬人化して、おまえはもう死んでいる、と書き直そう」

塩谷君は今度は苦笑いして頭をかいた。それから座布団の上で姿勢を正して座り直した。

「津田さん、実はそれだけで済む話じゃないんです。言いにくいんですが、一つ一つの言葉づかいの問題はまた別にして、もっと根本的なところを直してもらうことになります。ひとりの男とひとりの女が一生を添い遂げる、そんなふたりの人生をこの小説は全否定してますよね。全否定というよりか笑い物にしてますよね。僕はまだ独身だしそのへんのことはぴんときません。でもうちの編集長はこの小説で全否定される側、嘲笑《ちょうしょう》される側の人なんですよね。それで僕が言いたいのはですね」

「編集長はいくつ」

「さあ、五十、いくつでしょうか、来年は銀婚式だとかいう話ですから。それで僕が言いたいのは」

「編集長は結婚して二十五年、一回も浮気したことがない。愛する奥さんと、奥さんとのあいだに産まれた愛する子供と、住宅ローンで建てた家に幸福に暮らしている。当然奥さんのほうも浮気なんかしない」

「さあ、そこまでは知りません。詳しいことは僕は知らないんですよ。編集長といっても今年文芸誌から異動してきた人だし。ただ、僕が言いたいのはですね、たぶん、というかきっと、嘲笑される側はいい気持がしないだろうということです。編集長のことだけじゃなくて、一般の読者の側という意味ですよ」

「でも読者からは好意的な手紙が届いてる」

「ええ、確かに三通届きました。実質三通だけです、好意的なのは。その何倍もの好意的とは言えない手紙も社に届いてます。短編やエッセイを読んだ人からかかってきた抗議の電話だってあります。ファクスもあります。黙ってにぎりつぶすのはかえって失礼かとも思いましたが、あまりにもひどい内容だし、僕の独断で津田さんにはお知らせしませんでした」

「どんな内容」

「たとえば津田伸一を抹殺しろ。たとえばですよ」

「町内会の回覧板と小説の区別もつかない連中の手紙だろう」

「町内会の回覧板て、津田さんは読んだことあるんですか」

「ないけどさ。要するに僕が言いたいのは」

「わかりますよ」塩谷君が途中でさえぎった。「津田さんとはもう四年のつきあいだし、おっしゃりたいことはわかります。僕は津田さんの書く文章が好きでおつきあいしてるんです。それはもちろん手紙を書いてくる人たちは津田さんに言わせればしろうとです。津田さんの書くようなくろうとの文章とはぜんぜん違います。でも、その点を認めたとしても、やっぱり町内会の回覧板を無視するわけにはいかないでしょう。だって同じ日本語なんですよ。あたりまえですけど、しろうとの人たちだって日本語の読み書きはちゃんとできるんです。毎日まいにち普通に日本語を使って暮らしているんです。そういう人たちが津田さんの書く日本語を読んで気分を害しているわけです」

「で？」

「津田さんの本を書店で買って読むのは誰ですか」

「きっと町内会の回覧板を読み飽きた人たちだろう」

「真面目な話です。津田さんはいったい誰に読んでもらえると思って小説を書いてるんですか」

「つまりこういうこと？　小説家だ小説家だといくら威張ってても、おまえはおまえが馬鹿にしているしろうとに本を買ってもらわなきゃ食べていけないんだ」

「そうは言ってません」

「お客様あっての商売だ。売れそうにないとわかってる本を出してやるほど出版社はおひとよしじゃない」

塩谷君はしばし答え方を迷う表情になった。そのあいだに僕にメールが届いた。音消しでバイブレーターに設定していた携帯がズボンのポケットの中で数秒震え、メールの着信に違いなかったが手を触れずに塩谷君の答えを待った。

「読者に反感を持たれたり、嫌悪されたりする小説を、そのことを承知のうえで本にして出すわけにはいかないということです」

「編集長のお言葉?」

「僕はこう思うんです。偕老同穴は死語だと津田さんは決めつけていますが、実際はどうでしょう、その四文字熟語は確かにもう死んだも同然かもしれない。でも現実に、日本中の大多数の夫婦は離婚もしないでどちらかが先に死ぬまで一緒に暮らすんじゃないでしょうか。夫が先に死ねば妻が、妻が先に死ねば夫が心から悲しんで、寂しがって、そしてゆくゆくは同じ墓に入ることになるんじゃないでしょうか。事実、僕の両親は、うちの編集長とだいたい同世代の人間ですが、結婚して三十年過ぎても一緒に暮らしています。たがいにたがいのことをぶつぶつ言い合いながらもふたりきりで仲良く暮らしています。そんな田舎の両親のことを思うと、僕には、とても笑い物なんかにはできないと思うんですよ」

「で?」

「率直に言いますが、この小説はこのままじゃ出版しても非難の的になります。たたかれますよ。よくて黙殺です」

「日本中の大多数の夫婦に」

「小説の読者にです。でも書き直せばまだなんとかなります」

「三人の読者が僕の小説に好感を持っても、残りの一億何千万人かが嫌悪する。すると津田伸一の書く小説には何の値打ちもないことになる」

「何の値打ちもないなんて言ってませんよ」

ポケットの中の携帯がまたメールを着信し、ほとんど同時に塩谷君の携帯に電話がかかってきた。僕は今度も携帯には触れなかった。塩谷君は僕に断って電話に出て、ほんの一分程度話し、あとでこちらからかけ直すと相手に告げて切った。それから再び僕と目を合わせた。

「津田さんを非難して、追いつめてどうにかするつもりはないんです。自分が好きで担当している小説家と、できればこんな言い争いみたいなことはしたくない。さっきも言ったように、もともと僕は津田さんの書く文章が」

「どうにかするって、どういうこと」

「はい?」

「出版できないようになるかもしれないということ?」

「違いますよ。まさかそんなこと。僕はこの小説を本にしたいといまも願ってますよ」

「でも編集長はこのままじゃ本にしないと言ってるわけだね?」

「津田さん、お願いします。書き直してください。まずは偕老同穴が死語だという部分を削除しましょう。それからあとは」

「いいよ、わかった」

僕は原稿を手もとに引き寄せた。本音を言えばこの状況がよくわからないまま、クリップではさまれた何百枚かの紙の束を大型の封筒の中に収めた。

「全体をもう一回読み返してみる。この小説のいったいどこが編集長の気に障るのか、読者に嫌悪されるのか考えてみる。そのうえで書き直したほうがいいのかどうか、直すならどこをどう直せばいいのかも考えてみる。それからあらためて話し合おう」

「ありがとうございます」塩谷君が頭を下げた。「そうしてください。それでまた会って話しましょう。とにかくこの作品を納得のいくものに仕上げてください、できるだけ早く。仕上がったところで連絡をください」

納得のいくもの。

それは津田さん自身が、という意味でももちろん塩谷君は言ったのだろうが、そのとき僕の耳にはいくらかの割合で「編集長が」というふくみのある発言にも受け取れた。塩谷君にはまだほかに言いたいことがある。本音で言いたいけれど敢《あ》えていまは言わないでおこうと決めたことが、おそらく編集長がらみのことで、何かある。そのあとほんの数分、小説の書き直しの件をはなれて塩谷君が業界の噂話のようなものを披露し、それを三本目のタバコを吸いながら聞き流しているときにも、吸い終わったのを見届けて塩谷君が腕時計に目をやったときにも、ふたりで席を立ち靴を履いているときにも、塩谷君が支払いをして領収書を書いてもらうのをそばで待っているときにも、店を出てエスカレーターで一階へ下ってゆくときにも、僕はそんな気がしてならなかった。言うまでもなくそれは予感、最もあってほしくない想像が現実になるというときの予感である。

70

塩谷君とは二子玉川の駅で別れた。

渋谷方面へ向かう塩谷君と同じ路線の逆方向への電車に乗る予定があったのだが、そのことは隠したまま改札口の手前で別れた。

別れたあとで携帯を取り出してメールをふたつ読み、そのうちひとつに返信を打った。それから切符を買い、原稿入りの封筒を抱えたまま改札を通った。

着信していたメールのうち一通は長谷まりからで、絵文字も使わず一文のみの、今夜そっちへ行ってもいい？　というものだった。井ノ元悟と会ってから十日たち、これが初めて届いたメールである。もしあの男と僕がじかに話したことを知っているのだとすれば、せっかちな長谷まりにしてはこの十日は千日のように長すぎる。僕はそう思い、こう考えた。長谷まりはまだ知らないのかもしれない。彼女には内緒にしてほしいと言ったあの男の言葉は信用していいのかもしれない。

あるいはゆうべ、あるいは今日、たったいま仕事の昼休みに事実を知らされたばかりなのかもしれない。二軍のチームの今日が休養日であの男とまた渋谷のカフェで会って十日前の事実を打ち明けられたのかもしれない。十日間だけあの男は僕と会ったことを内緒にしていたのかもしれない。が、どう考えたところでいまはこう返信するしかなかった。今夜はふさがっている、またにしてほしい。

もう一通は僕の携帯での登録名がロコモコという送信者からの長ったらしいメールだった。こっちは相手が誰かもわからないままざっと目を通し、ホームに出て電車を待つあいだに読み返した。

お久しぶりですね。小板橋さんにメールするのは十ヵ月ぶりくらいですね。お会いしたのは去年の秋頃でした。小板橋さんはもう私の事忘れてるかもしれません。でも私はおぼえているんです。一回しか会ったことない小板橋さんの事、なぜだか今でもおぼえているんです。あのとき駅で待ち合わせして、ドキドキしながら晩ご飯食べました。韓国映画も見ました。体調崩してソファに寝かせてもらった事や、寝ているときずっと手を握ってくれていた事おぼえています。お風呂《ふろ》場の電球もとりかえてもらいました。リビングに掃除機までかけてもらいました。たった一回しか会ったことないのに、いろんな事でお世話になりました。あれから今まで私はいろいろあわただしい日々でした。いろいろつらいめにもあいました。今もつらいのはつらいけれど、たまにひとりでいるとき、つらくないとき思い出したりします、小板橋さんの事。懐かしい誰かの事思い出すときは私がつらくないときかもしれません。小板橋さんはお元気ですか？　きっと小板橋さんもいろいろあわただしかった事と思います。お仕事順調ですか？　私はいまはもうパートの仕事はやめました。パートの仲間の人たちからつらい目にあって、だんだんたえられなくなって、やめました。今は昼間も部屋にひとりでじっとしています。リビングで韓国映画を

メールはこのあとも何行か続いていたが、電車が来るまえに読み返すのをやめた。画面を下へ下へ行き止まりまでスクロールして、最後のマルの打たれていない文字「ください」を見ただけで言葉の意味は追わなかった。

携帯を閉じてポケットに戻し、昨年十月の出来事、ロコモコというニックネームの女のこと、代々木上原のマンションで過ごした長い夜のことを思い出した。でもどうやってもそのロコモコの顔が思い出せない。ニックネームが海ほたるという女の顔、でべそという女の顔とどこがどう違ったのか見分けがつかず目の表情すら思い出せない。

まもなく東急田園都市線の溝の口という駅へ向かうための電車が来て僕はそれに乗った。空席を見つけてすわったときにはロコモコの件は忘れていたし、ついさっき別れた塩谷君のこと、膝《ひざ》に載せた封筒の中身のことさえ頭にはなかった。唯一、僕が気にかけていたのは長谷まりへの返信の文句だったと思う。今夜はふさがっている。

あれでよかったのか？　と僕はちらりとだが反省してみた。あいにく今夜はふさがって

いる。まるで取り持ちの台詞《せりふ》だ。客が電話口ではねつけられる。意味はまぎれなく伝わるだろう。表面は明確に内情は曖昧《あいまい》にさらに遠い距離を感じさせて伝わる。なじみの客が電話で「あのこはあなたひとりのものではない」と教えられる台詞だ。不適切だ。いったい誰に読んでもらえるつもりで僕はメールを書いているのか。ふさがっているという言葉の意味を長谷まりはどう解釈しただろうか。どう解釈して再返信をして来ないのだろうか？　だがそれはやはりちらりと反省して小さな疑問を立ててみただけの話で、いますぐに解答が得られるわけではない。欲しいわけでもない。実を言えばそれから先、つまり電車が溝の口へ向かって走り出してから先は、僕の頭はサクラバと名乗る女との約束で占められていた。

第十章　自滅

71

溝の口でいったん電車を降り、武蔵溝ノ口からJR南武線に乗り換えて府中本町まで二十分ほど、そこから今度は武蔵野線に乗る。五つ目の駅が東所沢である。

サクラバは東所沢駅のホームで僕の電車を待っている。

両足をこころもちひらいて姿勢よく立っている。目はホームの向かい側を見据えている。強く見据えているように僕の目にはうつる。そこに何が見えているのかはわからないが、近づく電車には顔を向けない。

彼女は眼鏡をかけている。縁のない、幅の狭いレンズの眼鏡。電車が入る直前にいちどだけ、てのひらを顔の前にあげて、指先で鼻を掻《か》くように眼鏡のブリッジに触れる。その仕草が他人の目を意識してぴりぴりしている証拠のようにもとれる。そんな印象とは真逆の、平常心、という言葉が似合いそうにも思える。わたしは電車を待っているだけ、来て止まれば乗るし、通り過ぎればまた次を待つ、そう言いたげにも見える。

電車が東所沢駅のホームに着き、彼女の立つ位置に、僕の車両の乗降口がぴたりと重なって止まる。

ドアが開き、誰も降りないかわりに彼女が乗り込んでくる。サクラバは僕に気づく。僕は眼鏡のサクラバと目を合わせる。サクラバは澄ました顔で目をそらし、こちらに背中を向け、ドアのそばにとどまる。ホームに立っていたときと同様に、両足をこころもちひらいて立つ。僕は座席をうごかない。初めて会ってから今日までほとんど変化のない服装の後ろ姿を見守る。色が淡く、丈の短いブラウス。薄い生地で濃い色の、白い模様入りのスカート。左手に提げているのは植物の蔓《つる》で編まれた夏物のバッグで、右手はすぐ横の支柱をつかんでいる。電車の揺れにあわせて握力がこもり、また緩められる。揺れがおさまると手を放し、からだの前でバッグを両手に持ち替える。左右の足はコンパスのように対称をなして控えめに開かれている。スカートとブラウスの裾《すそ》の重なる腰の部分にはたっぷりすきまが空いていて、風が通る。裸になった女の平坦《へいたん》な腹をじかに見ているので、その涼しげなすきまもそこを通る風も現に見えるような気がする。

東所沢から一と駅で新座《にいざ》に着く。

ドアが開くと彼女は真っ先にホームに降り立つ。また左手にバッグを提げて歩き、いちども振り返らずに歩き、速足でも緩慢でもなく自分のペースをくずさずに歩き、改札を通り抜けて左へ、駅舎の外へ出る。僕は離れてあとを追う。彼女は立ち止まらない。語るべきことは背中で語り、合図を送り、幹線道路沿いの歩道をまっすぐに歩いてゆく。途中にコンビニがありその隣に弁当屋があり、彼女はどちらかに立ち寄って飲物とお握りをふたり分買う。これで四度目、円山町まで数に入れれば五度目なので、サクラバも僕もたがいの呼吸をのみこんでいる。八月下旬の、夕暮れにはまだ早い時刻。秋の気配などまったく感じられない厳しい日差しの時間帯。幹線道路をひっきりなしに車が流れている。ハンカチで額の髪のはえぎわと耳の裏側と首筋の汗を拭《ふ》きとりながら僕は弁当屋の外で待つ。

この十日のあいだに五度め。中志郎が石橋から受け渡された超能力を妻に対して惜しげもなく使う。勤め、休み、勤め、休み、勤め。去年の秋、あの時期の中夫婦のローテーションと同じだ。買物をすませたサクラバが姿を見せ、歩道でタバコを吸っている僕を一瞥《いちべつ》して、また歩き出す。交差点を渡り、なおも同じ方角へ歩き、目印の釣具店の角を右へ折れる。

ホテルの目の前で僕は足を早め、サクラバに追いつく。追いつくころには全身汗だくになっている。横に並んで門をくぐり、館内の冷やされた空気に触れ、僕たちは顔を見合わせる。サクラバはひとすじの汗もかいていないように見える。僕が握りしめているハンカチが汗を吸って黒く濡《ぬ》れているのに目を止め、また僕の顔に視線を戻す。彼女の眼鏡にはいつのまにか色が付いている。透明だったレンズが茶色がかって目もとの表情を隠している。エレベーターにふたりで乗ったあと、その眼鏡はもうはずしたらどうだと僕が勧める。

もう誰も見ていない。サクラバは聞こえないふりをして、あるいは本当に聞こえなかったのか、反対に、僕がハンカチとは別に小わきに抱えている封筒に目をやって、何を持って来たの？　と好奇心をしめす。とっさに冗談で答えようとしてうまい文句が思いつかない。喉《のど》が渇いた、と僕は言う。そして堪《こら》え切れずにハンカチを口にくわえ、空いた手で眼鏡をはずしてやる。軽くて華奢《きやしや》で持ちごたえのない眼鏡だ。彼女は一瞬目をつむっただけで、おとなしく立っている。抵抗の素振りも見せない。駅のホームのときと同じように爪先《つまさき》の向きを揃えて姿勢よく立ち、からだの前で両手でバッグを持っている。そのバッグの口に華奢な眼鏡を落としてやる。彼女は眼鏡のゆくえをちらりと目で追い、また顔をあげ、一度、二度、力のない瞬《まばた》きをして僕を見て、その封筒は何？　と同じ質問をする。

72

いつもなら夜八時、遅くとも九時台には新座駅のホームに戻っている。

少し距離を取って立ち、言葉もかわさず、ただホームの前方に目をやって、府中本町へ向かう電車が来るのを待つ。電車が来ると同じ車両にやはり少し離れて乗り込み、一と駅の東所沢で彼女が挨拶《あいさつ》もなく降りてゆく。僕は窓越しに彼女の後姿を見送り、あとは来たときと逆の道順をたどって二子玉川まで帰る。これまで三度、僕たちはまったく同じ行き帰りをくり返していた。

でも四度目のその晩は違った。サクラバはバッグの底にピルケースを忍ばせていて、その中のものを僕にのむように言った。錠剤ではなく、どぎつい紫色をしたカプセルを一つ、一つだけでいいからミネラルウォーターと一緒にのみくだせという。それが六時頃で、僕はものを食べるのも億劫《おっくう》で裸のままベッドに横たわっていた。彼女のほうはホテルに備え付けのタオル地のガウンをはおり、帯は結ばず前がはだけている。おととい話したでしょう？　と彼女は説明をはしょって先へ進もうとしたが、僕はその話というのを忘れていた。おととい？　と僕は聞き返した。

「これは何のカプセル？」

「夫が中国で見つけてきた薬」

「憶《おぼ》えてないな。何の薬」

「伸一さん、とても疲れていて、辛《つら》そうだったから」

「疲れてなんかいない」

「ごまかしてもだめ、あたしにはわかる。疲れているし、辛そうに見える。痩《や》せ我慢しないで。これをのめば楽になるから」

「楽ってどう楽になる。睡眠薬か？」

った。

その言葉を聞き、彼女の目つきを読むと僕は上体を起こし、枕を二つ重ねてもたれかかった。

「違う」

てのひらからてのひらへカプセルを貰《もら》い受け、口にふくみ、言われた通りミネラルウォーターで流し込んだ。おとといだったかその前のときだったか彼女が熱心に喋《しゃべ》り、聞き流していた話を途切れ途切れにだが思い出した。彼女の苦手なものはまず枇杷《びわ》だ。それから鶏の手羽先と、藺草《いぐさ》の匂いと、あとタイヤのある乗り物だ。ホテルで会って寝るたびに彼女の大嫌いなものがひとつずつ増えてゆく。バスやタクシーに乗ると、それが長い距離だと彼女は必ず酔ってしまう。頭の中が乳白色に濁り、その濁りが目や口や鼻や耳から外へ出たがって出られないので頸《くび》で支えきれないくらい重たくなり、起きていられなくなる。それが円山町から二日置いてこのホテルで最初に会ったとき聞かされた話で、鶏の手羽先と藺草の匂いの件は二度目と三度目に聞いたのかもしれない。とすれば夫の話はいつだったろう。焼鳥屋のメニューにある手羽先や、夏茣蓙《ござ》の匂いがなぜ苦手なのかはすぐには思い出せないけれど、夫への愚痴は聞きおぼえがある。一と月に一回、多いときで二回、しつこく責め立てられる。男のあなたにはわからないかもしれないけれど、愛してもいない人に時間をかけておもちゃにされるのはまるで地獄のようだ。

月に一回、または二回、彼女の夫が服用するカプセルを僕がのまされたのが六時頃で、それから数分ののちに効果があらわれて次に時計を見たときは九時だった。途中でエアコンを強く効かせたにもかかわらずその最中には汗が吹き出てとまらなかった。背中、胸、下腹、膝《ひざ》の裏。すべてかたづいたあとで身体が冷えてくるとシーツが濡れて湿っているのがわかった。サクラバのほうもそのことを気持悪がり、ひとりでバスルームに行って湯を溜《た》め、僕にさきに温まってくるように勧めた。バスタブに浸《つ》かって知らないうちにうとうとし、彼女に起こされて我に返ったのが十時近く、ベッドに戻ってみるとシーツはごわごわと乾いたものに取り替えてあった。受付に電話をして洗い立てのシーツを持ってこさせたのだと言う。

ふたたびベッドでうとうとしていると風呂《ふろ》あがりのサクラバにまた揺り起こされた。どう？　と彼女は言った。質問の意味がわからないので、うん、と曖昧《あいまい》に答えていると、彼女の手がバッグの底のピルケースに伸び、スライド式の蓋《ふた》を開け、さきほどと同じ色のカプセルを取り出した。

「効いたでしょう？」

「うん」

「のむと楽でしょう？」

「少し眠りたいんだ。きみはもう帰る時間じゃないのか？」

「きょうはいいの。遅くなっても」

彼女がてのひらを傾けて僕のてのひらへカプセルを落とした。

効き目があらわれる数分のあいだに彼女はガウンを脱いでベッドにのぼり、枕もとに嵌《は》め込まれたパネルのスイッチを操作して室内の照明を闇のぎりぎり手前まで落とした。ごく淡いオレンジ色のランプがどこかベッドのそばに灯《とも》っていて、彼女の細身のからだがうごくと天井に大きな長い影が揺れる。最初のうち僕は仰《あお》向《む》けに横たわってその影を見守りつづけた。彼女のやることは六時から九時までにやり終えた手順と一から十まで同じくり返しだった。唇、顎《あご》の先、首筋、鎖骨、胸、腹、臍《へそ》。それから片方の手の親指とほかの指でゆるい輪をつくって彼女はたんねんに粘土をこねるように時間をかけた。痛くはないかといちどだけ質問し、僕が首を振ると、あとは無言で、顔を伏せて、触れるか触れないかくらいにてのひらの表面と指の腹を使い、また五本の指でゆるい輪をつくり、輪の中に通して撫《な》でるというよりもひとりでに滑るというぬめりの感触が来るまで、僕がそのことに飽きて動くまでやめなかった。

テレビはつけていなかったし室内の音楽も消してあったので、まったく無音のなかに彼女と僕のたてる音だけが聞こえた。ひと晩に三度、同じことのくり返し。頭ではそれがわかっているのだが、僕は僕の順番が来るとからだを入れ替えて、仰向けになった彼女の両膝を立てさせ、またしても同じ行為に時間をかけた。はじめて円山町で時間をかけたときよりも彼女はうなずく回数と首を振る回数が増え、それまでに聞いたことのないうねりのある声をあげた。高い声があがると頭の隅にカプセルの色が意識にのぼり、僕は冷めかけた。夫にいじめられるときの彼女も悲鳴をあげるのだろうか。自宅での声といまの声とはどう違うのだろうか。その瞬間の意識がなぜ伝わるのか彼女のからだの緊張がふっと緩み、息を吐き、頭の位置をずらして目を開いて僕の目を追うのがわかった。何か変？　と聞きたげだった。何も変ではない。彼女を安心させるために僕はその瞬間までやっていたことを反復し、からだを裏返してやり、反復し、また裏返し、両膝をわけて覆いかぶさり、彼女の求めることをひとつひとつ職人仕事のようにこなした。彼女もむろん僕もまた大量の汗をかいた。

彼女の声がおさまり、波が引いて一から十までのすべてを持ち去り、カプセルの魔法の効果までが掻《か》き消えてしまったとき、時刻は十二時を過ぎ日付までが変わっていた。自分で時計を見るのもものういので、訊《たず》ねてみると彼女がそれを教えてくれた。今日から九月になる。横でそうつぶやく声を聞き、八月三十一日が九月一日に変わることにどんな意味があるのか、言い返すまえに僕は耐え難い眠気にとらえられて目を閉じた。

73

夜明けまでに二度か三度、不意に意識が戻り、そのときにはサクラバがまだ部屋にいることが確認できた。

意識が戻ったといっても夢うつつの状態で、ただ室内に人の気配を感じ取り、自分がひとり取り残されてはいないこと、彼女がまだそばにいてくれることを知ってまた眠りに落ちた。

二度目と三度目に夢うつつの状態でなかば目を開いたとき、サクラバはベッドを降りて、ガウン姿のまま床に横座りになって、俯《うつむ》いていた。一心に何かに見入る姿勢だった。そちらへ注意を向け、目をこらしても手もとは見えなかったが、静まり返った部屋のなかで紙をめくる音がはっきり聞き分けられ、その音がなぜか耳になじんで懐かしい音に聞き取れて、僕はやがて理解した。

あれは僕の小説だ。塩谷君から突き返された長編小説の原稿をサクラバが読んでいる。からだを起こすのも、口を開くのも、目を開けたままでいるのも不可能に思え、僕にはどうしていいのかわからなかった。自分がどうしたいのかもわからなかった。読むのをやめろ、と声をかけたくもあり、ベッドに呼び戻して、いま読んだところまでの批評を聞いてみたくもあった。十日前に渋谷のホテルで会ったときに彼女は津田伸一の小説の読者だと言ったがその後ふたりでいるときに小説の話題にはいちども触れず苦手なものの話しかしなかったがやはり小説好きは本当なのかもしれない。彼女は僕の書くものを読みたがっていてそれは本当でいままで読んだことのない新しい長編小説を夢中になって読みふけっている。

頭の隅で、夜中にひとり読書する女に共感のような憐《あわ》れみのような感情をおぼえたのは確かだがそのあとの記憶はあやふやで、眠気に襲われてまぶたを開けていられなかった。長大な小説を印刷してクリップで挟んだA４の用紙がもう一枚めくられる音が耳に残り、もう一枚めくられる音を待つあいだに深い眠りに落ちた。

74

午前十時。

ベッドでひとり目覚めた。

すぐに意識できたのは自分でかいた寝汗と、シーツの湿りと、からだがひとまわり薄く軽くなったような頼りなさと、あちこちの筋肉のうずく痛み、またはこそばゆさに似た感覚だった。そばに人の気配はなかった。ベッドを降り、トイレへ行き、ついでに浴室内を覗《のぞ》いてみたが薄暗く床は乾ききっていた。脱衣籠《かご》の中に白いガウンがざっと折り畳まれて投げ入れてある。サクラバが脱いで置いていたスカートもブラウスも下着類もバッグも残らず消えている。エアコンも止まり部屋はまったくの無音につつまれている。

照明を点《つ》け、壁に取り付けられたスイッチを探してエアコンを作動させ、冷蔵庫を開けてペットボトルのアミノ酸飲料を取り出して飲んだ。喉《のど》の渇きをいやしたあとで、ソファの上に、僕の上着と原稿入りの茶封筒が置いてあるのに目がいった。

封筒に手をかけてみると重い。真夜中にサクラバがこの原稿を膝に載せて読みふけっていたイメージがよみがえったが、その記憶が本物かどうか、俯いてページを繰っていた女の横顔を現実に見たのか夢の中で見たのを現実と錯覚しているのか、このときはまだどちらとも判断がつかなかった。

夢ではなくそれが現実に起きたことだと知ったのは、熱湯のシャワーを浴びてペットボトルの残りを飲み干したあと、着替えて帰る用意を整えてからのことである。靴を履き、部屋のキーと原稿入りの封筒を片手で持ちあげてみたところで、僕はようやくサクラバの仕掛けたいたずらに気づいた。封筒の重みは似ているがてのひらに当たる感触があきらかに違う。部屋のキーを脇へ置き、封筒の口を開くと厚みのある本が一冊入っていた。取り出してみるとカラオケの選曲本だった。

封筒の中身のすり替えを僕がいたずらと呼び、苦笑いさえ浮かべる余裕があったのは、サクラバのやったことに対して（この時点では）不快な印象を持っていなかったという証拠である。少なくとも僕は本気で怒る気にはなれなかった。津田伸一の熱心な読者ならその新作をいちはやく読みたいと願うのが自然だし、サクラバが何時頃ホテルを出たのかは知らないが、たぶんこの部屋で途中まで読むうちに帰らなければならない時間が迫り、読みあげるには時間が足りなくてやむにやまれずやってしまったことだろう。原稿の代わりに封筒にカラオケの選曲本を詰めたのは子供っぽいいたずら心が働いたのだろう。露見するのを遅らせるための悪知恵ではなくて。これは悪意のある嫌がらせではなくて、笑って大目に見てほしい、今度会うときまでに読んで返すという置手紙に似た性質のものだろう。そう見なすことができる、と僕は思い、そう見なしてカラオケの選曲本をしかるべき位置に戻し、空の封筒だけを持って部屋を出た。

次にいつ会うと約束はしていないが、あすかあさって、こちらから連絡すればサクラバは断らないだろうし、その前にむこうから会いたいとメールが届くかもしれない、小説の批評付きで。あるいは小説の批評は次に会ったとき彼女の口からじかに語られるかもしれない、あくまで好意的に。そう確信してエレベーターで下へ降り、帰り客用の精算所でキーを差し出すと、料金は支払い済みですよ、お連れのかたから、と窓口の人に告げられた。

75

それから七日経った午後のことだ。

午後といっても十二時を過ぎたばかりの時刻だが、そのとき僕は台所のテーブルで眠気ざましのコーヒーを飲んでいた。テーブルの上にはビールの空缶が半ダースと、もう一個客用のコーヒーカップが置いてあり、それを飲むはずの女は十二時になる前にシャワーを浴びていまは（たぶん）洗面所の鏡にむかって身支度を整えている最中だった。

ここに至るまでの説明が要る。

サクラバの筋からは逸《そ》れるので少し回り道になる。ニックネームが瓜実顔《うりざねがお》という若い女の件である。八月末の待ち合わせをすっぽかしたあと、むこうから抗議、というよりもむしろ心配のメールが届いた。妻の父親が病に倒れたのでいかんともしがたい状況だった、妻の田舎は青森県のひなびた温泉地でそこに数日滞在しうんぬんと思いつきで返信すると、またすぐにお悔やみのメールが来た。そのあとも継続してやりとりがあり、あげくに前の晩（サクラバと新座のホテルで別れてから六日後）例の渋谷のホテルで会うことになった。会ってそこから横浜みなとみらいへ車で連れていかれ、ふたりで食べる予定の焼肉を僕がほとんどひとりで食べた。瓜実顔は霜降りのロースを三枚ほど口にしただけだった。ひとりで食べた焼肉の話はどうでもいいのだが、その店のメニューに載っていたサラダの中から「キャベツ」というのを瓜実顔が注文すると、ガラスのボウルに山盛りの文字通りのキャベツが運ばれてきた。水洗いしてざく切りにしたキャベツの山盛りである。ボウルの大きさはフルフェイスのヘルメットくらいあり、その中身を彼女は韓国味噌《みそ》をつけて二時間くらいかけてきれいに食べ切った。途中で勧められたが断り、相手がサラダを食べるペースに合わせて生ビールをジョッキ二杯飲み、焼酎《しょうちゅう》の五合瓶を一本空けた。初めて会った気がしないね、と瓜実顔はしきりに言った。聞き飽きるほど同じ台詞《せりふ》を口にしてみせた。途中で焼酎を勧めると、彼女は飲むときはビールしか飲まないしこのあと車の運転があるから飲めないと言って断った。

そのへんからメールのやりとりでは生じなかった両者の食い違いが目立ちはじめ、次第に亀裂《きれつ》というか溝というかが広がって鬱陶《うっとう》しい空気が立ちのぼり、僕の手には負えなくなった。焼肉屋を出ると瓜実顔は三軒茶屋にむかって車を走らせた。どこへ行くつもりなのか訊《たず》ねると、小板橋さんちでビールを飲むと答えたので三軒茶屋へむかっていることがわかった。瓜実顔のいう小板橋さんは三軒茶屋に住んでいるのだ。車を止めてくれ、と僕は頼んだ。彼女は道路沿いにあるコンビニを見つけて駐車スペースに車を乗り入れた。

「自宅には妻がいるんだ」

「青森じゃなかった？」

「ゆうべ戻って来た。まだ喪中だ」

「じゃあたしにもお線香あげさせてよ。奥さんも一緒に飲もうよ」

「そうか」僕はすでに酔っていたので若干投げやりになった。「お見通しってことか」

「見え見えよ」

「きみいくつだ」

「にじゅうご」

「僕は四十二歳だ」

「わかってる。見ればわかる。四十代で、２ＬＤＫのマンションにひとり暮らし。場所はどこ？」

「ほんとうはいくつだ」

「にじゅうなな」

「仕事は何してる」

「海上自衛隊」

「わかった、もういい。僕はここで降りるよ」

「缶ビールを一ダース買って来て。ね、津田さん、六本パックをふたつ」

返事をしないで車を降り、コンビニの看板を見上げてロゴマークは確認できたがここがどのへんにあるコンビニなのか見当がつかない。中に入って店員に駅の方角を訊ねるか、車に戻るしかない。明るいドアのほうへ向かって歩きながら思った。何かが変だ。何が変なのかはわからないが身のまわりの出来事が予測とちょっとだけずれて現実になる。そのずれが徐々に大きくなってゆく不安がある。思った通りの方向へ事が運ぶようで思い通りの場所にたどり着かない。長谷まりからはあれ以来音沙汰《おとさた》がないし、むろん中志郎からも石橋からも連絡は来ない。担当の塩谷君からも書き直しの進み具合を訊ねる電話すらかからない。サクラバには、三日我慢して待ってメールを打ってみたが返事が来ない。四日目と五日目にもう一通ずつ送信したが何も言ってこないので、電話をかけてみるとつながらない。待てば来ないし、こちらから動けば手ごたえがない。誰もが僕の意向を無視して好き勝手に生きている。瓜実顔は自分で連れて行った焼肉屋で生のキャベツしか食べない。九月に入った深夜だというのに蒸し暑く車を降りたとたんにもう汗がふきだしている。上着を脱いでポケットを探りタバコを取り出したがライターが見つからない。

コンビニの店内に入って使い捨てのライターを買い、千円札から支払い、釣銭を待つあいだにタバコに火を点けるとその場で店員に警告を受けた。おとなしく外に出てから駅へ行く道を聞き忘れたことに気づいた。とそこへ「津田さん」また女の声が呼びかけた。津田伸一さん。車を降りた瓜実顔がすぐそばに笑いを噛《か》み殺す顔で立っている。これも変だ。

「まだわからない？　あたしはとっくに気づいてるのに。あたしの顔に見おぼえない？」

「憶《おぼ》えてるよ」と僕はしばらく考えて答えた。

「誰？　言ってみて」

「別れた妻だ。別れた妻はふたりいるけど最初のほうの妻だ。娘は元気に育ってるか？」

「娘さんがいるの」

「いなくてどうする。泣く泣く別れたのに」

「ねえ、車に乗って待ってて。あたしがビールを買ってくる」

「きみは誰だ」

「いいから。津田さんにはちょっと話すことがあるの。話せる機会がこんなふうにめぐってくるとは思わなかったけど。でも聞いといたほうがいいよ。聞かないと損するかもしれない」

結局二子玉川まで送ってもらい、マンション前の路上に車が止まるまでにはこの女が誰なのかだいたい思い出していた。彼女の言う「ちょっと話すことがある」という一件についてもおぼろげながら理解できた。おぼろげな内容をもっとくっきりさせるためにふたりで台所のテーブルでビールを飲みながらなおも話した。時刻は夜中の二時台を進みつつあり、まともに話せたのは三十分くらいだったと思う。彼女は缶ビールを立て続けに二本空けた。どんなザルかと思ってみていると、三本目のなかばで他愛《たわい》なく酔った。それまでずっと頭に載せていたサングラスをはずして、テーブルに置くというよりも音をたてて落とし、そのあとてのひらで何度も何度も何度も前髪を撫《な》でつけながら話し出したので酔っていることがわかった。しかもおぼろげな内容はいつまでたっても筋の通った話にまとまらなかった。

「要するに僕は訴えられるわけか」

「そうじゃない。訴えられはしない。あの女優との関係を暴露される」

「何の得になるんだ」

「知らない。得になるとかならないとか、そんなことあたしの考えでは想像もつかない。

だいたいおつむがからっぽなんだからね。あたしのことじゃなくて、やることがおそまつすぎるよ、あり得ないでしょう？　あたしはあり得ないと思うね。でもおつむがからっぽな人たちはこの東京に大勢いる」

「あのときみんなで焼肉を食べただろう、雑誌の編集者も、マネージャーも一緒に」

おそまつさまだったね。今夜のタン塩は絶品だった」

「君はタン塩は食べてないよ。あのときはは見えなかった」

「おつむがからっぽだから生理中でも妊娠中でも股《また》をひらいて見せるんでしょう。だいたいあの女優、人のことカメラさんなんて呼ぶのはおつむがからっぽの証拠よ。名前で呼べっていうのよ、名前があるんだから」

「名前といえば、君の顔は瓜実顔とはとうてい呼べないな。目も口も大きいし、鼻も高い。その横縞《よこじま》のワンピースも清楚《せいそ》でとてもよく似合ってる。おい、どこに行くんだ」

「ヨコジマ？　セイソ？」

「あのあと三人でタクシーに乗っただろう。憶えてるか？　君が先に降りなければああはならなかったと思うよ」

「あいつが降りろってしつこいからね」

「それは聞いたおぼえがない。トイレならそっちじゃない」

「肘《ひじ》で小突いたのよ、骨ばった肘で。あざになるくらい」

「なぜそこまで僕は若い子に人気があるんだろう?」

「ふん。偉そうに、作家づらして、人よりちょっとたくさん漢字が書けるくらいで。作家の名前に欲情するのはおつむがからっぽの証拠よ。あいつなんかひらがなだってろくに読めないくせに。今度会ったらあたしのこと、もとカメラさんて呼ぶに決まってる。名前で呼べっていうのよ、名前で。ねえ、背中はずして」

「まだビールが残ってるよ」

「そうじゃないって。変な意味にとらないで。そんなつもりじゃないの。ただ苦しいから背中はずして。ありがと。ただね、言っていい?　今日はね、人とお喋《しゃべ》りしたかったの、仕事抜きで誰かに会って近くで声が聞きたかっただけ。誰でもいい、女でも男でも、知らない人に会っておたがい顔を向けあってお喋りしたいと思っただけ。そしたらなんとね、あんただった。そっちは忘れててもあたしはあんたの顔は忘れない。言っとくけどあたしのおつむはからっぽじゃない。漢字だってそこそこ書ける。アワビもタコもウニも漢字で書ける。津田伸一の小説だって読んだことある。昔から読んでる。もう百冊は読んでる」

「どこに行くんだ」

「ベッド。お願いベッドに横にならせて、五分だけ」

止めても無駄だと思ったので僕は止めなかった。台所のテーブルに残り、彼女が飲めなかったビールをひとり飲み続けたが水を飲むのとおなじで酔いは深まらなかった。一年前の夏、たぶん名刺をもらったはずの瓜実顔のほんとの名前を思い出そうとしたが無理だった。代わりに、鮑《あわび》、蛸《たこ》、雲丹《うに》、とテーブルに人差指で書いてみて、椅子を立ち、洗面所で歯をみがいてからベッドのある部屋へ行った。

ワンピースの背中が大きく開いた状態で彼女はうつ伏せにベッドに倒れこんでいた。おい、と呼んでみても鼾《いびき》が聞こえるだけで反応はなかった。苦しいのならブラジャーのホックをはずしてやったほうがいいのかもしれない。しかし思っただけで彼女の肩にもブラジャーの紐《ひも》にも触れなかった。タオルケットを掛けてやることすらしなかった。缶ビール二本半で正体をなくす酔い方が僕には想像もできないが、これ以上苦しくなれば自分で起き上がってどうにかするだろう。これ以上暑くなっても寒くなっても自然に目覚めるだろう。彼女の腕が押さえている枕をはずして取り上げようとしたとき、鼾が一瞬止み、彼女の手が僕の手をつかんだ。意識があるのかと思ったらそうではなくて、僕を誰かと、僕の手を誰かもっと親しい人物の手と思いこんでいるようだった。あるいは愛用の枕と間違えたのかもしれない。彼女の寝言はよく聞き取れなかった。僕はベッド脇に身をかがめ、数分だけ彼女の思いこみに付き合った。それからまた鼾が聞こえ出すと、つながれていた手を放し、ひとりで寝るときいつもするように机の引き出しから睡眠導入剤を取り出して飲み、リビングへ行き、ソファに仰向《あおむ》けになって眠気が訪れるのを待った。

翌朝。

朝といってもすでに十一時をまわっていたが、女の手で揺り起こされた。冷蔵庫の中のビール以外のものを何か飲んでもいいか、と嗄《しゃが》れた声で彼女は言い、化粧を落とすためのクレンジングはないか、と次に訊《たず》ねた。勝手に飲みたいものを飲めばいいし、浴室か洗面所にそれらしいものが一と揃いあるはずだ。洗面所の鏡を開ければ新品の歯ブラシも歯間ブラシもある。何ならバスタオルも洗濯機のそばの棚にある。

彼女が冷蔵庫を開け閉めし、歩きまわる気配をしばらく聞いていた。足音がバスルームのほうへ消えると、僕は起きて隣の部屋へ行き、枕をベッドの上に置き直し、カーテンと窓を開け放ち、またリビングへ戻ってゆうべ脱ぎ捨てていたズボンとポロシャツをそのまま身につけ、上着をハンガーに掛け、エアコンの冷房が効きすぎていたのでいったん切った。

窓際で柔軟体操をし、外の景色を眺め、タバコを一本吸い、あとほかにすることはないかと考えてみたが、いつものひとりの朝と同様にコーヒーをいれることしか思いつかず、台所でふたり分のコーヒーを作り、カップをテーブルに置いた。最後にリビングの窓も開けたままエアコンのスイッチを入れ直して椅子に腰をおろした。時刻は十二時で、僕はコーヒーをひとくちふたくち飲んだ。

そしてようやくここに至る。

つまりサクラバと最後に会ってから七日目の午後の話だ。

76

瓜実顔が化粧を落として、歯をみがいたのかみがかないのか、シャワーを浴びたのか浴びなかったのか、とにかく着替えて台所へ戻ってくるまでのあいだに、携帯電話にメールが一通届いた。ゆうべからズボンのポケットに入れっぱなしだったのが震えて着信を知らせ、開いて見ると長谷まりからの、

会える?

という質問だった。

これも七日ぶりの、クエスチョンマークまで数に入れてたった四文字の返信である。メールを開いたままの状態で携帯をテーブルに置き、二本目のタバコに火を点《つ》け、会える?という質問の頭に省略されているはずの文句を想像してみた。今夜仕事が終わってから、と言いたいのか、それともきょうは仕事が休みだからいまから、と言いたいのか?

どっちにしても返事を書くのはいまいる女が帰ってからということにして、タバコを消

し、携帯を閉じてまたポケットに戻した。テーブルの空缶を一ヵ所に寄せてまとめ、流しに運ぼうかそのままにしておこうか迷っているところへ瓜実顔が戻ってきた。薄い茶色と白の横縞のワンピースをきちんと着直し、長くはない髪をうなじのあたりでひとまとめに結んで現れ、僕のそばの余った椅子に腰をおろした。ノースリーブのワンピースで、縞の薄い茶色は甘納豆によくある薄い茶色で、二の腕の日焼けが素顔の白さに比べて目立ち、そうしないと落ち着かないのか昨夜と同じようにサングラスを頭の上に載せている。昨夜会ったときには肩にパステルカラーのストールだかカーディガンだかをはおっていたような気もするが、それは車に置いてきたのかもしれない。サクラバが持っていたのと似たような形のビニールか革かのバッグを持っていて、足もとに置くと中にカメラでも詰まっているのか重たげな音がした。隣の部屋で仕事机の上の電話が鳴り出した。

「化粧水と乳液も使わせてもらった。何でも揃ってるのね」

「コーヒーを飲んでから帰るといい」

「ありがとう」彼女の声はまだ掠《かす》れ気味だった。「電話に出なくていいの？」

「うん」

「ねえ、ゆうべあたしの手を握ってくれた？」

「僕が？」

「気のせい？」彼女は掠れ声を気にして咳《せき》払いをした。「妙な癖なの。いつもは掛布団とか毛布とかの端を握って寝るんだけど。何かつかまるものがあるとぐっすり眠れる」

「君の顔は化粧を落としても変わらないな」

「代わりばえしない？」

「いやそうじゃなくて、ゆうべと同じようにきれいだな」

「津田さん、気持は嬉《うれ》しいけど、いま鏡を見てきたばかりだから自分がどんな顔してるかはわかってる。それとあたしコーヒーはだめなの」

「そうか。じゃあ紅茶にしようか」

「紅茶なら飲めるけど、それより何だかおなかすいちゃった。冷蔵庫の中にはトマトジュースとチーズとマヨネーズしか入ってないし。どこか、近くでランチでも食べない？」

「ふたりで？」

「津田さんさえよければだけど」

電話が鳴り止み、じきにまた鳴り始めた。

「出なくていいの？」

「うん」

「そのコーヒー飲んだら出かける？」

「いや、それがそうもしていられないんだ」

「残念」

と彼女は表情を変えずに言い、僕のタバコに手を伸ばして一本抜いて僕のライターで火を点けた。

「ゆうべの話だけど、本が出たら津田さんは困ったことにならない？　仕事に差し障りがあるんじゃない？」

「どうかな。実名が書かれていれば多少は問題になるかもしれない。でもスキャンダルがもたらす成功という言葉もあるくらいだしね、おかげで僕の本が売れるかもしれない」

「そうね、そうなればいい。そのくらいですめばいいけど」

電話が鳴り止み、じきに今度はドアチャイムが鳴り始めた。

鳴るというよりも間を置かずしつこく連打された。宅配便の配達でもＮＨＫの集金でもなさそうだ。出なくていいの？　とまた聞かれる前に僕は自分でもなぜそうするのかわからずに笑顔を作った。長谷まりに違いない。椅子にすわった女が言葉ではなく目で説明を求めた。

「いいんだ」僕はとにかく思いついたことを言った。「そこにすわってていい。落ち着いてすわっててくれ」

「誰？」

「すぐにわかる」

僕は椅子を立ち、ドアの前へ行き、なおも鳴り続けるチャイムの音を聞いた。音がいったん止むのを待って、最初に口にする台詞《せりふ》を心に決めた上で、サンダルを履き、ドアノブを握り、外へ押し開いた。

77

長谷まりに向かって最初に口にするはずの台詞が何だったのかいまはもう思い出せない。ドアの外に立っていたのは長谷まりではなくサクラバで、彼女は僕を押しのけるようにして中に転がり込み、玄関の横壁に肩と背中をぶつけて声をあげた。あるいは僕の胸に飛込もうとしたつもりだったのかもしれない。ところが僕がとっさに身をかわしたので、そういう無様な結果になったのかもしれなかった。サクラバは黒いレンズのサングラスをかけていたが、それが開いたドアを通り抜ける際にはずれて上がり口の床に落ちた。彼女は腰をかがめ、サングラスを拾いあげ、かけ直したあとで僕を振り返った。

「そこにいるひと誰？」とサクラバが言った。

この質問には僕は答えなかった。

「なぜうちの中でサングラスなんかかけてるの」とサクラバが続けて言った。

見ると確かに瓜実顔はさっきまで頭に載せていたサングラスをいまは顔の所定の位置に下げていた。タバコを消してバッグを手にいま椅子から立ち上がったという恰好《かっこう》だった。

落ち着いてすわっていろと言ったばかりなのに、なぜ彼女がとっさにそういうまねをしたのかわからなかった。でもそんなことよりもっとわからないのはサクラバの突然の訪問のほうだ。

「誰？」とサクラバが執拗《しつよう》に訊《き》いた。

「誰でもいい。それより君は何だ、何をそんなに急いでるんだ」

「たいへんなの」

「たいへんて何が」

「このひとは誰？」

「誰でもいい。君の知らない人だ」

「津田さん」と瓜実顔が割って入った。「あたしそろそろおいとましますね」

帰りますではなく「おいとましますね」と彼女は実際に言った。なぜこんな場所でこんなときに彼女が日本語のマナーの教科書にあるみたいな言葉遣いをするのか理解できなかった。サクラバが勝手に部屋にあがり、入れ違いに重たげなバッグを提げて瓜実顔が玄関に降りた。サクラバはこの日珍しくワンピースを着ていて、いつもの水玉模様だが生地の色は甘納豆によくある薄い茶色で、すれ違った女のワンピースの縞の色とそっくりだった。ただし短い袖《そで》が肩を隠している点、胸もとの三角の開きが控えめな点、裾《すそ》の広がりがゆったりした点が両者の違いだった。

「あなた誰？」

「シイバと申します。津田さんには仕事でお世話になっています」

「編集のひと？」

「シイバ君」僕はいらだちをおさえて言った。

「はい？」

「悪いね、仕事の話が途中になって」

「いいえ、津田さんがお忙しいのはわかってますから」

「いつもこんなふうに忙しいわけではないんだ」

「伸一さん」とサクラバが声をかけた。

「また近いうち連絡する。今度はランチでも一緒に」

「ええ」

と彼女がうなずき、ドアの前であっさり踵《きびす》を返した。それが本名かどうかは知らないが、たぶんこのシイバと名乗る女とはもう会うことはないだろう。廊下を行く後姿を見送り、部屋の中に戻るとサクラバは当然の居場所のように台所の椅子に腰かけている。目の前のテーブルにはいま帰った女が手を触れなかったコーヒーカップが置いてある。

「いまのひとは誰？」

「最初に断っておく」僕は椅子にすわる前に言った。「こういうのはとても迷惑だ。電話もメールもなしに訪ねて来られるのは困る。だいいちここは僕の仕事場だし、編集のひと以外はあげない決まりがあるんだ」

サクラバは返事をしない。忙しい手つきで膝《ひざ》に載せたバッグの中を探っている。どうやら携帯電話が見つからない模様だった。

「ほんとに編集のひと？」

「どうして君までうちの中でサングラスをかけてるんだ」

「違うの？」

「なあ、さっきからいったい何を気にして質問ばかりしてるんだ。君の言いたいことは何なんだ」

「知られてしまったの」

「何？」

「あたしたちのこと、たぶん知られてしまった」

「たぶんてどの辺まで」

「あたしたちが隠れてふたりきりで会っていること」

「君の旦那《だんな》さんに？」

サクラバが黙って大きくうなずいて見せた。

「なぜ」

ちだってわからないだろう」

そんな無責任な言い方があるか。ちゃんと話してくれ。「何なんだ、だいぶまえって。わからないって、

「勘弁してくれ」僕は椅子に腰を落とした。

「だいぶまえ」

「いつばれた」

「わからない」


するとサクラバは顔を伏せて何か答えようとした。唇が開いていたので説明の言葉が聞けるのかと思って待ってみたが、待つうちにその唇が痙攣《けいれん》し、洩《も》れ出たのは嗚咽《おえつ》だった。僕はちょうどタバコを吸おうとしたところで、片手にライター片手に火のついたタバコを持ち、サクラバがサングラスをはずしてバッグから取り出したハンドタオルを両目にあてて、そのあと震える唇を強く押さえるのを見守った。いちどだけサクラバは僕を見て、また顔を伏せたが、彼女の片目は充血し、もう片方はまぶたが垂れて塞《ふさ》がり、目が糸になるほど腫《は》れあがっていた。


「わかった」僕は大まかなところを想像し、血の気がひいた。「もういい。無理に話してくれなくてもいい」

「怒らないで」

「僕が怒るわけないだろう。怒っているのは君の旦那さんだろ?」

「伸一さん」

「めそめそ泣くな。ばれてしまったのなら仕方がないし、諦《あきら》めるしかない。でもばれたのはどの辺まで？」

「伸一さん、お薬のんだでしょう」

「何の話をしてるんだ」

「この前会ったときに、お薬のんだでしょう？」サクラバの涙声がそのときだけ普段の口調に戻った。「憶《おぼ》えてないの？　スミレ色のカプセルの」

「それが？」

「ちゃんと数をかぞえてるなんて知らなかったのよ。あたしは知らなかったの。瓶の中にたくさん詰まってるし、数のことなんかほんとに思ってもみなかったの。それなのに出張から帰って来た晩にいきなり、血相変えて怒りだして、いくつか足りないって」

「二つだろ」

「え？」

「二つ足りないって旦那さんは気づいたんだろ？」

ハンドタオルで顔を覆ったままサクラバは首を振ってみせた。じゃあいくつだ、いったい君は夫が大事に数を勘定しているカプセルをいくつくすねたんだ？　とは訊《たず》ねる気も起きなかった。おそらく一と目で減り方がわかるくらいに持ち出していたのだろう。愚かだ。

この女はなんて愚かなまねをしてくれるんだ。

「旦那さんが出張から帰ったのはいつ？」

「一週間くらい前」

「最後に新座で会った翌日か？」

「うん、そう。そうだと思う」

「翌日から君と連絡が取れなくなったんだ。今日で七日目だ」

「うん、わかってる。連絡取りたくても取れなくて。朝から晩までそばにいて監視されてるから」

「つまり出張の前と後でカプセルの数が合わないから、君の行動を疑ってるわけだ」

「疑ってるんじゃなくてもう知ってる」

「どうして。君と僕がふたりでいるところを誰かに見られたのか？」

「見た人はいないと思う」

「君の旦那さんて何やってる人？」

「何やってるって」

「仕事の話だよ」

「普通のお勤め」

普通のお勤め。なんて愚かな答えなんだ。出張から戻るやいなや妻の浮気を疑い、七日間、朝から晩までそばにいて監視する普通の勤め人がどこにいるのだ。普通の勤め人というのは、僕の知るかぎりではたとえば。

「ねえ、誰？」

とサクラバのくぐもった声がまた質問した。僕の知るかぎりではたとえば、妻に何回何十回浮気されても気づきようのなかったあの中志郎のような男のことだ。

「誰って何が」

「さっきの女、ほんとは誰？」

「それはもう聞いただろう」

「嘘は聞きたくない」

僕は片手に握っていたライターでタバコに火を点《つ》けた。ひとり考え事をしながら吸っているうちに、サクラバの涙はようやく出つくした模様だった。目と鼻と口を順番に軽く押さえると、彼女はサングラスをかけ直した。水色の縁取りのある無地のハンドタオルを丁寧に四つ折りにしてわざわざバッグにしまい、そのバッグを床に降ろした。

「嘘だけは聞きたくない」とそれから彼女はくり返した。「あたしたちのあいだで」

あたしたちのあいだで。初めて会ってから十日間に五回もホテルへ行き、その倍の数のＳＥＸをしたふたりのあいだで、夫のいる三十代の女と二回離婚歴のある四十男とのあいだで。

「泣き終わったら帰ったほうがいい」

「正直に答えて」

「旦那さんが心配して待ってるよ」

「夫は今日は出かけてる」

「どこに」

「知らない。伸一さん、これぜんぶひとりで飲んだの？」

サクラバは半ダースのビールの空缶に目をつけ、帰った女が手をつけなかったコーヒーカップと一緒に二回に分けて流しへ運び、水道の栓をひねった。何をしてるんだ？と言いたかったがカップの中身を捨て空缶をゆすいでいるのは明らかなので黙って見守り、点けたばかりのタバコを消し、手持ちぶさたなのでまた二本目をつけた。

「ひとりで飲んだのなら飲みすぎよ。食べるものはちゃんと食べてるの？」

僕が返事をしないでいるうちに六個の空缶が一つ一つ逆さに伏せて流しの隅に並べられた。並べ終わるとサクラバは片手に持ったカップの水を切るような仕草をした。後ろからそんなふうに見えたのだが、実際にはカップは流しの側壁に当たったようだった。ステンレスがへこみ陶器の欠ける音が同時に響いた。

「ごめんなさい」サクラバが謝った。「割れちゃった」

「かまわない」僕はこみあげる感情を抑えた。「そんなものは代わりがいくらでもあるからかまわない。髙島屋でまた買ってくればいい。手は切れてないか？」

「ううん。これ捨てていいよね？」

「いいけど、そこにそのまま置いといてくれ」

「ノーメークだったでしょ」と背中を向けたままサクラバが話を蒸し返した。「さっきの女。ゆうべここに泊めたの？」

このあたりで辛抱が切れかけた。灰皿でタバコを消そうとしたが先が折れ曲がってうまく消えてくれない。

「泊めたの？」

灰皿でくすぶるタバコを消そうと飲み残しのコーヒーを垂らすつもりがカップの縁からこぼれた大半がテーブルにしたたり落ちた。

「ねえ、どうなの？」

「ビールを飲んで仕事の話をしたんだ」

「泊めたのね」

「シイバさんは編集者だよ。本人の口からそう聞いただろう」

「編集者が小説家の部屋で朝からシャワーを浴びるの」

「いまそんな事にこだわってる場合か？」

と僕は思わず声をあげ、そのとき女が首だけねじって振り向いたので、

「頭がどうかしてるんじゃないのか」

と続けるつもりだった台詞《せりふ》は呑《の》みこんだ。

「認めるのね?」とサクラバが身体ごと向き直った。

僕は椅子を立ち、リビングからスコッティの箱を持ってきて数枚続けざまに抜き取りテーブルを拭《ふ》いた。拭いている最中にポケットの携帯が震え、今度はメールの着信ではなく電話がかかっているのに気づいた。発信者を表示する窓を見て、いったん眉《まゆ》をひそめ、こちらを見ているサクラバの目を、サングラスに隠れている目の表情を探った。

「誰から?」

「君からだ」

「出ないで」とサクラバが頼んだ。

出ろと頼まれても出るわけがない。きっとこの女の夫がこの女がどこかに置き忘れた携帯を使ってかけてきているのだ。てのひらの中の携帯は一定の間隔を置いて三十秒ほど震え続けて静止した。静止するのを待って電源を切った。するとまもなく自宅の電話が鳴り始めた。コール音はこれも三十秒近くしつこく鳴り続けてようやく止んだ。

「認めるのね?」サクラバが話題を戻した。

「なんて愚かなんだ」僕は椅子にすわりため息をついた。

「あたしを裏切ったのね」

「君は僕の番号を本名で携帯に登録してるのか？」

流しのそばに立ったサクラバが答えないので、フルネームでか？　とさらに訊ねてみると、それには首を振った。だったらなぜ夫は津田というだけで男か女かもわからない人物めがけて電話をかけてくるのか。あるいは妻を探してかたっぱしから誰ともわからない相手に電話をかけまくっているのではないか。まだ救いの道は残されているのではないか？

「どうして裏切るようなことをするの」

「君のほんとの名前は何だ。旦那《だんな》さんの名前は？」

「あたしの質問に答えて」

「僕ももう嘘は聞きたくない。だいたい裏切るようなことって何だ。それを言うならまず君のほうだろう。君が嘘をついて、自分の旦那さんを裏切って、僕と寝たんだろう。そこから始まってるんだ」

「どうしてそんなひどいこと言うの」

「ひどいことじゃなくてそれが事実だろう。君の旦那さん側から見ればそういうことになるのがわからないか？　僕は君の浮気相手というだけだ」

「ひどい」

「とにかくいまは家に帰ったほうがいい。帰って、浮気を疑われているのならどこまでも否定すればいい。問題はカプセルの数が足りないだけなんだから」

「そんな数のことなんか知らないと言い張ればいい。風邪薬とまちがえて飲んでしまったと言えばいい。浮気の確たる証拠なんてあるようでどこにもないんだから。世間の奥さんたちはみんな君と同じことをやって平気で暮らしてるんだから」

「夫はもう気づいてる」

「気づいてても、言い張ればまだ間に合う」

「もう伸一さんのことも知ってるの」

「携帯に登録してるのは津田という名字だけだろう。それだけじゃ男か女かもわからない」

「小説家の津田伸一だとわかってるの」

「わかるはずがない。気の迷いだ」

サクラバがしばし黙り、うつむいて、サングラス越しに両手の指のマニキュアを気にするように見て、こう言った。

「あの小説でばれたのよ」

この返事を聞いて僕が長く黙り、サクラバが僕のほうへ歩み寄った。何を始めるかと思ったらテーブルの上の掃除だった。コーヒーを吸って変色したティッシュペーパーの塊を片づけ、スコッティの箱を片づけ、一つ残ったコーヒーカップを片づけ、テーブルの表面の染みを布巾《ふきん》で拭き取り、灰皿とタバコとライターだけ残した。あの小説。あの小説とは七日前にサクラバがホテルから僕に無断で持ち帰った長編小説の原稿のことだ。パソコンで書き、プリントアウトしてクリップで束ねた分厚い原稿。扉のページには津田伸一という作者名がしっかり入っている。そうか、と僕は独り言をつぶやいた。そういうことか。

サクラバは布巾を洗い、絞り、形をととのえて流しの縁に掛けると戻ってきてもとの椅子に腰をおろした。サングラスをはずし、折りたたんでテーブルの上に置いた。床のバッグを膝《ひざ》に載せてもういちど床に降ろした。透明のビニールケースのファスナーを開き、中から眼帯とガーゼを取り出して腫《は》れた左目を覆い隠した。紐《ひも》の付いたありふれた白い眼帯だった。仕切り直しだ。また一から始まる。サクラバが充血した片目で僕を見た。これから、このきれいに片づいたテーブルをはさんでやっとあたしたちのあいだの大切なこみいった話を始めることができる。さっきまで泣いていたとは思えない冷静な乾いた声で彼女は切り出した。

「あの小説ね、夫に読まれてしまったの」

第十一章　自然消滅

78

サクラバの夫の姓は郡山《こおりやま》といい、名は不明だが、いまは地元選出の代議士の片腕として活躍している。代議士に雇われる前にはインターネット関連の会社を起こしたことがあり、その前には東京に本社のある新聞社の支局で働いていた時代があり、そのもっと以前はといえば中国文学を専攻する大学生で自分でも詩や小説を書いていた。年齢は僕とそう変わらない。

ただしこれはサクラバが僕の質問に気がむいたときだけ答え、その短い答えをつなぎあわせて意味の通る略歴を作成したにすぎないので、はたしてどこまで正確なのかはわからない。代議士の片腕というのも、僕はそういう言葉で表すしかない印象を受けたのだが、つねに随行する秘書またはボディーガードなのかもしれないし、地元の選挙事務所を任されている参謀なのかもしれない。つぶした会社についても、辞めた新聞社についても説明はなく、代議士が誰なのかもむろん明かされない。夫の通った大学が東京にあるのか埼玉にあるのかはどうでもいいとして、文学部の学生で詩や小説を書いていたという情報は、たぶん夫が津田伸一の小説原稿に関心を示して（あるいは津田伸一という小説家の名前をもとから知っていて）ほんとうに読んだのだと強調したいために持ち出されたのだろうが、何かほかに特別な意味がにじませてあるのかとも思い、試しに、「小板橋系」という言葉を使ってこちらから質問してみたが、業界で通っているこの派閥名をサクラバは聞いたことがないらしく反応は皆無だった。

とにかくサクラバの回答はすべてつかみどころがなかった。夫の話題からはなれて自分の身の上に話がおよぶと、いっそう口が重くなる。郡山美景が本名であることはまず間違いないのだが、ではなぜサクラバと名乗ったのか、それが結婚前の名字なのかと訊《たず》ねても首を振る。らちがあかないのでまた話を変えて、代議士の片腕として働く人物が七日間もぶっとおしで妻を監視する時間があるのだろうか？　と疑問を呈してみると、あなたが言うように、そんなふうに七日間も朝から晩まで見張られていたわけではないと答える。僕ではなく君が最初にそう言ったのだと指摘してやる。するとまたどんより黙り込む。片目が腫れているのは夫の暴力のせいかと踏み込んだ質問をしてみると、いちどはうなずいて、次に、でもあなたが思っているような暴力じゃない、腕をつかまれたので逃げようとして自分から柱に顔をぶつけたのだと言い、それにこっちの目（眼帯で覆っている左目）はもともと、ものもらいにかかっていたから余計にいま腫れているのだと思う、実はものもらいの醜い目で伸一さんに会いたくなかったから連絡をためらっていたのだ、そのあいだに夫に例の原稿を見つけられてしまったのだ、などと言い出す。

こんなのらりくらりした話を聞いているうちに、僕の頭からひいてしまっていた血の気はしだいに戻り、第三者的にものを考える余裕ができて、ふたたびこの愚かな状況への苛《いら》だちがつのってきた。一時間かそれ以上か、ドアに鍵《かぎ》をかけて仮に長谷まりがいきなり訪ねてきたときドア越しに声や気配を感じ取られないように、リビングのソファのほうに引っ込んでぼそぼそと話をしたのだが、そのあいだに自宅の電話がまたかと思うくらい何回も鳴り響いては止んだ。

話が煮つまってみると、さしあたりサクラバにとって人生の重大事は二点にしぼられるようで、一点は、夫が津田伸一の小説を読み、読後に侮蔑《ぶべつ》ないし嫌悪の感想を持ち、登場人物のひとりが自分の妻をモデルにして書かれていると信じこんでいること、もう一点は、夫のもとから避難してきたあたしをあなたが守ってくれるのか？　そのつもりがあるのかないのかということだった。前者については、夫の読後の感想は別として、僕がサクラバに初めて会ったのはその小説を書きあげた後であることは明白であるから、いわれのない思い込みに過ぎないし、後者については、守る、という言葉の使い道がいまいちつかめない。

「守る？」と僕は聞きとがめた。

「だからあたしを守ってくれるの？」とサクラバが充血した片目を見ひらいて同じ言葉をくり返した。

「君を何から守る？　あなたが思うほどあたしの夫は暴力的じゃない、さっきそう言わなかったか？」

「夫の暴力から守るとか、あたしはそんなこと言ってるんじゃない」

「じゃあ何だ」

サクラバは返事に詰まった。守る、というたったひとことでたがいの意思が完璧《かんぺき》に通じる、かみくだいた翻訳など必要ない、そう信じていたのかうなだれて長い息を吐いた。僕は話のあいだじゅう吸い続けに吸っているタバコにまた火をつけた。

「あたしを大切に思ってくれることよ。ほかの女をこの部屋に泊めたりしないことよ」

「またその話か」

「嘘は聞きたくないって、言ったでしょう、あたしは嘘がだいっきらいなの」

僕はいま目の前にいる郡山美景という名前の女が愚かに見えてしかたがなかった。この女は嘘が大嫌いなのだ。枇杷《びわ》や、鶏の手羽先や、藺草《いぐさ》の匂いや、タイヤのある乗り物と同じリストに嘘も載っているのだ。自分は夫にどんなに嘘をついても人が自分につく嘘は許せないのだ。

「あたしを大切に思ってくれてるんでしょう？」

「ああ」

「だったらあたしを守って」

「守れるものなら守ってやる。具体的に何をすればいい」

「そんなに離れてすわらないで。いまあたしを抱きしめて」

左目に眼帯をした女と僕は顔を見合わせ、右目の表情を読み、相手があくまでまじで喋《しゃべ》っていることを認めた。両手で抱きしめてやるために、火のついたタバコを灰皿で処理しているあいだに郡山美景がひとことつけくわえた。そのひとことを耳にするよりはやく僕はすでに彼女をうまく抱きしめられるかどうか自信を失っていた。ほんの半月前にはエレベーターの中でそばに立っただけで自制できないほどの性欲をおぼえた女を、いまはただ抱きしめることすら難しい。難しい状況に一気に追いつめられている自分を愚かだと感じた。郡山美景はこう言った。

「伸一さんはあたしをいちばんに大切に思ってくれてるのよね？」

「いや、違うな」僕はその直前の気分を追い払うために軽くかわした。「いちばん大切なのはパソコンだな」

「パソコン？」と女が間の抜けた口調で問い返した。

「パソコンがないと小説が書けないだろう？　小説が書けないと小説家ではなくなる。小説家にとっていちばん大切に思えるのはパソコンだな」

郡山美景の両肩がたかく持ちあがり、ひらいた唇から息が洩《も》れて、肩がすとんとさがった。その動作が二回くり返された。深呼吸が二回終わると彼女はおもむろにソファから立ちあがり、隣の部屋へ歩いていった。ほんの少し時間を置いてあとを追い、様子をうかがってみると、仕事場と寝室に兼用している部屋の窓がまず開け放され、郡山美景が両腕でパソコンのモニターと本体とキーボードをまとめて抱え込もうとしているところだった。やめろ、と言ったのか、よせ、と言ったのか、ばか、と言ったのか、とにかくひと声あげて僕は女のそばに走り寄った。そのとき机上の電話がまた鳴り響いた。

電話のコール音がぴたりと鳴り止むまでのあいだにどうにかこうにか片をつけることができた。無言の女との力の綱引きがあり、パソコン本体は傾いて倒れかかり、モニターとキーボードは何度も宙に浮いたり着地したりで騒々しい物音をたてたが、こちらの力がまさって相手の抵抗は徐々に弱まり、あるべき物をあるべき場所に戻すことができた。そのあとで、僕は女の肩を抱いてそばのベッドにすわらせ、息がおさまるのを待って、低い声で、言い聞かせた。

「さっきのは冗談だ。ちょっとしたバカを言って君を笑わせようと思ったんだ。パソコンがいちばん大切なんて、そんなの常識で考えてあり得ないだろう？　それはもちろんパソコンは商売道具だし、小説の原稿だって保存してあるし、大切は大切だけど、でもそれと僕にとっての君の大切さとはまた別物だよ」

「ひとが、真剣に話しているときに、冗談なんて」郡山美景はまた涙声になった。「じゃああたしの大切さって何？　伸一さんにとって。あたしは性の道具？」

「まさか」性の道具という言葉の意味もよく伝わるようでどこか曖昧《あいまい》だったが僕は勢いで答えた。「性の道具なんて、そんな発想はしたこともない」

「さんざんあたしのからだをオモチャにしておいて」郡山美景には僕の声が聞こえていないようだった。「いまさら守ってくれないなんて、残酷すぎる。必死の思いで夫から逃げてきたのに、顔を見たらすぐ帰れだなんて」

「いますぐ帰れと言ってるわけじゃない。しばらくここにいていい」

「あたしのからだも、こころもさんざんオモチャにして、あんなに恥ずかしいことまでさせておきながら」

「落ち着いてくれ。君は泣く必要がないのに泣いてる」

「あたしがどんなに恥ずかしい思いをしたか、伸一さんのために恥ずかしいのも我慢して、何でも言うとおりにしたのに、夫の前ではどんなにつらかったか、それなのにいまさら」

「わかった、君を守るよ」

「どんなふうに？」郡山美景は膝《ひざ》におちた涙を片手で気にしてみせた。薄茶色のワンピースの地に白の水玉と重なり合って濃い染みが二つ三つにじんでいる。「どう守ってくれるの？」

「気のすむまでここにいていい」

僕はリビングへ行き、郡山美景がさっきそこに忘れていた涙を拭《ふ》くためのタオルを見つけ、帰りに冷蔵庫を開けてミネラルウォーターを一本取って戻った。タオルを手渡してペットボトルのキャップをはずして自分でひとくち飲んだあとでそれも彼女に勧めた。彼女は素直に受け取ってその水で喉《のど》を湿らせる程度に飲んだ。

「ほんとにずっといてもいいの？」

「好きなだけ」

僕はハンドタオルとペットボトルで両手のふさがった女を横から抱きしめて唇にかるく唇をあてた。それから立って机の引き出しを開け、錠剤を二種類取り出して彼女の隣にすわり直した。

「何？」

「白い小さいほうは安定剤。ピンクの大きいほうは、飲むと楽しい夢が見られる」

「睡眠薬？」

「いや、違う。君はあとでもういちど泣くかもしれない。でも今度はつらくて泣くんじゃない。随喜の涙という言葉があるだろう？」

女は僕の表情を読み、ほぼ一瞬で心を決め、二つの錠剤を口にふくむとミネラルウォーターで呑《の》みくだした。それを見届けてから僕は窓を閉め、レースのカーテンと遮光性の高い布のカーテンを二重に引いて部屋を暗くした。ベッドへ戻り、はしに腰かけている女のからだに手をまわすと、何かその場にそぐわない台詞《せりふ》がその口から洩れた。薬局で、と女はいうのだった。ホウ酸を買って来るのを忘れた。

「何のために」

「目を洗わないと。ホウ酸をとかしたぬるま湯で目を消毒しないと。ものもらいにかかったときはいつもそうするの」

「わかった。あとで買って来よう」

僕は女のからだに力をくわえてベッドに横たわらせた。

「服を脱がせてくれないの?」

「急ぐことはない」

僕は女のそばに横になり、片手で髪を撫《な》でてやることからはじめた。てのひらで額に触れ、耳の軟骨にそって指を這《は》わせた。たんねんに時間をかけて髪を撫でてやると、眼帯をした女は自由なほうの右目を閉じた。仰向《あおむ》けになったまま、ときおり深い息を吐き、ときおり舌で唇をなめて唾《つば》をのみくだす音をたてた。左目だけを眼帯で隠して、あとは下着一枚身につけていない女の裸体を僕は想像はしてみたが、おおざっぱに想像してみただけで、ぜひとも拝んでみたいほどの値うちはもう感じなかった。電話が鳴りだし、女の右目が薄くひらいて机のほうへものうげな視線が向けられた。

「ねえ、電話のコンセントを抜いて」

と女が言い、

「そうしよう」

と僕は言いなりになった。

ふたたびベッドに舞い戻り、髪を撫で、額と耳に触れることからやり直した。女は目をつむった。ワンピースの裾《すそ》をたぐりあげ、膝からふともも へ、ふとももから膝へ、撫であげたり撫でおろしたりしてやると女はいっそう安心したようだった。僕の手、てのひらと指の腹のうごきまわる意図を信用してからだの力を抜いた。手を膝のもっと先へ、ふとものもっと奥まで伸ばして使い、やがて五分たち、十分たつうちに、僕の手のうごきが機械的になり、女のなかでたかまりかけていた波が遠くへひいてゆくのが感じられた。

まもなく女は意識を失い、軽い鼾《いびき》をたてはじめた。そのときまで女はひとことも喋らなかった。電話のコンセントを抜いて、と言ったのがその日僕の聞いた彼女の最後の言葉になった。さすりつづけていた脚はもう二本の丸太も同然だった。手を放して、ワンピースの裾をもとどおり直してやっても女は意識がもどらない。薬の効果はてきめんで、深い眠りに落ちたのは間違いなかった。

79

それから僕は部屋を出た。

ドアには鍵《かぎ》もかけなかった。置き手紙もしなかった。ホウ酸を買いに出るという嘘のメモを残すことを考えないでもなかったが、そんな小細工は必要ないと思い直した。いずれにしろ目覚めたとき女はひとりなのだ。メモがあろうとなかろうと、ベッドから降りた女は、自分が誰からも守られてはいなかったことを知るだろう。

二子玉川の駅まで歩いて時刻を確認するとまだ午後三時前だった。切符を買う列に並んでまず長谷まりに電話をかけた。コール音は一度も鳴らず留守電に切り替わった。やはり長谷まりは仕事中のようだ。十二時過ぎに届いたメールは、今夜もし会えれば会って話がしたいというつもりで書かれたのだろう。そのつもりで昼休みにでも送信してきたのだろう。僕はそう判断し、とりあえず返信を打つことにした。いま用事で外に出ている、今夜、早めに片づいたらこちらから連絡する。

とりあえず渋谷までの切符を買い、改札機を通り抜けながら次に塩谷君に電話をかけた。こちらはすぐにつかまったが、出張でいま京都にいるということだった。今夜中には戻りますが、何か急用ですか？と彼は訊《き》いた。

「いや急用というほどのことじゃない。ただね」

「どうかしました？」

「いや、やっぱり会ってから話そう。明日、時間が取れる？」

「いいですよ。午前中から会社にいますから、いつでも津田さんのいいときに連絡してください。長編の書き直しがはかどってるという話なら大歓迎です」

はかどっているともはかどっていないとも言わずに言葉を濁したまま僕は電話を切った。

来月だか今月中だかに若い女優の書いた（という体裁で、実のところはおそらくゴーストライターの書いた）本が出版される。その本のなかに津田伸一の名前が実名で書かれているかもしれない。それよりさきに近日中にその女優の告白記事の載った週刊誌が発売される。そのなかにも津田伸一の名前が映画俳優や、映画監督や、あるいはサッカー選手やプロレスラーの名前にまじって取り上げられているかもしれない。

改札を通り抜けたが行くあてはなかった。長谷まりと塩谷君をのぞけばいまこれといって話すべき相手も思いつかなかった。ただ、あの部屋にいてはいけない、ここにいてもいけない、この街にとどまっていてはいけない、という直感に背中を押されているだけだった。だが郡山美景はいま僕の部屋のベッドで眠りについたばかりだ。目覚めるまでにはまだ数時間の余裕がある。改札を抜けたあと、駅構内に店をかまえるブックファーストという名の書店が目にはいったのでそちらへ歩いてゆき、店頭に並べてある週刊誌の中から、ゆうべ瓜実顔《うりざねがお》から教えられたおぼえのあるタイトルのものを選び、表紙に刷られた文字を読み、目次のページを探して隅から隅まで読んだ。週刊誌を棚に戻して行くあてもなく電車に乗るため、読んでみたが心配した記事はまだ今週号には掲載されていない模様だった。週刊誌を棚に戻して行くあてもなく電車に乗るためにホームへ出るか、そのままグラビアのページをめくって立ち読みに時間をつぶすか迷っているとき、突然、誰かに見られている、と気づいた。じっくりと見られている。人の往来のなかに静止した点がひとつあり、そこから狙いをつけられている。狙いをつけたままむこうは僕のうごきをうかがっている。そう確信して、おそるおそる背後を振り返った。

するとそこに女がひとり立っていた。

真後ろの、ほんの数メートル離れた位置だ。知った顔だと一目でわかったが、それが誰か思い出すまでにはちょっとした間が必要だった。女と僕とのあいだを右へ左へ人影が行き来して視線のぶつかり合いをさまたげる。秋のはじまりを主張する色柄のスーツを着た女は人の流れにまぎれて歩きだす寸前に目を細めてみせた。たんに薄笑いを浮かべたようにも、不快さをあらわに投げつけたようにも取れた。

相手が誰だか思い出してしまうと、僕はまた週刊誌のグラビアに目を戻した。あの女がこれから電車に乗るのならこちらは急ぐ理由もない。ホームに一緒に立つのはむしろ避けたほうが身のためだ。おそらく女は書店の前を通りかかって、見覚えのある男に気づいて思わず足を止めたのだろう。背後からしばしその男を観察し、振り向いた男が僕だとわかると、とたんに苦々しい思いにとらえられて、ものも言わずに立ち去った。そんなふうだったしそうに違いなかった。

ところが一分もたたないうちに女は引き返してきた。さっき立っていた場所よりもずっと近く僕の背後に忍び寄り、香水の匂いと、いわゆる気とか念とかのようなものを濃厚につきつけてきた。自分から声をかけるのもいまいましいのでできれば先に僕にそうしてほしいと念じていたのだろう。僕は相手が口をひらく以前にそばに立っていることに気づいてはいたが、彼女の送ってくる念が鬱陶《うっとう》しいと感じただけで週刊誌から目をあげなかった。

「津田さん」と広重いつ子がしびれを切らした。

僕が返事をしないのでかえって彼女は踏ん切りをつけたのかすぐ真横に立ち位置を変えた。

「こんにちは、津田さん」

「やあ」

「お元気そうね」

「おかげさまで」

「こっちを見て話していただけない？」

「わるいけど取り込みちゅうなんだ」

「人が話しかけているんだからこっちを見て」

「この連載小説、読み出したら止まらなくなってね。一文ごとに改行されているから目が疲れなくていい。箇条書きの標語を読んでるみたいだ。女が走って逃げた、で改行されて、彼は車で追った、で改行されている。彼女はどこからどこへ行こうとしてるんだろう？　とても興味深い展開だよね。勉強になる」

いきなり週刊誌が僕の手からとりあげられて棚に戻された。広重いつ子は例のごとく顎《あご》の先端を持ちあげて、正面から僕の目を、というよりも目の虹彩《こうさい》の色を確認するかのように見た。

「ひとこと言っておかないと気がすまない。あなた、約束をやぶったわね？」

約束というのはもう七カ月も前、彼女のボルボの中でふたりで話したことの内容に触れているのだろう。中志郎とは今後二度と会わないという約束のことだ。

「違う？　約束をやぶったわね？」

「あれから一回だけ会った」

「まったく」広重いつ子は大げさに首を振ってみせた。「なんてことをしてくれるの」

「むこうからぜひ会いたいと言ってきたのでね」

「何のために。真智子さんのご主人に会ってあなたは何を喋《しゃべ》ったの。ううん、そんなことはいい、何を喋ったかなんていまさらどうでもいい。おかげであの夫婦がどんなことになったかわかってるの？」

「君が心配するようなことは僕は何も喋ったりしない。ただ一回会ってむこうの話を聞いただけだ、小説家の津田伸一として」

「ふざけないで。あたしはあなたのせいで真智子さんの心配ばかりしている。現にいまも心配で心配でこれから様子を見に行こうとしている。もしも、もしもだけど、これ以上何かがあったらぜんぶあなたのせいよ」

「何かがって？」

「何が起こるかわからないってことよ」

「何があるんだ。彼女は望みどおり妊娠してて、もうじき赤ん坊が生まれる頃だろう。子供がほしい夫婦のあいだに子供ができる、それ以上のことがあるのか？」

「そうよ。あなたがでしゃばったことをする前まではそうだったのよ。それがいまいちばんたいせつな時期になって真智子さんのご主人は」

とそこまで言って広重いつ子は週刊誌の棚のほうへいちど首をねじった。できるなら唾《つば》でも吐きかけたい、といった仕草に見えた。

「とにかくもしものことがあったらあなたはただじゃすまされない。それだけは言っておきます。今度こそしっかり頭にたたきこんでおいて。何かあったらそのときはあたしが許さないから」

「もしものことって、彼女のからだのことか？　もしかしておなかの子のことを言ってるのか？」

「縁起でもないことを言わないでちょうだい！」

「君がそういう意味に取れるように話をするからだ。彼女の旦那《だんな》さんに何か異変でも起こったのか？」

広重いつ子の僕を見る目に精一杯の力がこもった。僕が嘘をついてしらばっくれているのではないか、あれから中夫婦のあいだに何かが起こったこと、もしくはいまも起こりつつあることをほんとうに知らないのか真偽の見定めをつけている様子だった。結局、見定めのつかないまま彼女は捨て台詞《ぜりふ》を吐いた。

「本人に聞いてみるといい」

「電話がつながらないんだ」

「ほらね」

広重いつ子の眉《まゆ》と、唇までがゆがんだ。

「やっぱりあなたは自分に都合の悪いことを隠そうとしている。嘘をついて、何かたくらんでる」

「そうじゃないんだ。つい最近の話を僕はしてるんだよ。何カ月ぶりかでこちらから電話をかけてみたんだけど、出てくれなかった」

「なぜ電話をかけるの。いったい何の用事であなたのほうから真智子さんのご主人に電話をかけるの。どうしてそんなに真智子さんのご主人に関心があるの？」

僕は口ごもった。話せば長くなる。かつて大きな声では言えない関係にあった女の、その夫にこちらから電話をかけるにはそれそうとうの話せば長い説明が要る。広重いつ子はむろん待ってはくれない。自分が言いたいことを言うだけのためにわざわざ僕のそばへ寄ってきたのだから、こちらの言い訳を待ってくれるはずがない。ポケットの携帯電話がまた震え出した。取り出してみると郡山美景からだった。郡山美景は携帯電話をどこかに忘れてうちへ来て僕のベッドで昏睡《こんすい》中だから、正しくは郡山美景の携帯電話をいま所持している人物からの二回目の電話だった。そのままポケットに戻すしかない。広重いつ子が黙って待ってくれていたのはそこまでだった。

「答えられないのね」

「彼女の旦那さんに何か異変があったのなら、そのことを教えてくれないか」

「異変も何も、あのひとは」

「どうした？」

「もういい」

広重いつ子はさっきの去りぎわと同じく嘲笑《ちょうしょう》とも侮蔑《ぶべつ》ともつかない目つきになった。

「あなたが何もかも知っててそんな質問をしてるのならとんだ食わせ者だし、ほんとうに知らないのならそれはそれで、もういい」

「ほんとに知らない」

「どっちでもいい。そのかわり、もしまたこうやって会うようなことがあったら、もう一回、あたしがあなたに会って話さなければならないときが来たとしたら、そのときは一巻の終わりだと覚悟して。小説なんか書いていられなくしてやる」

ポケットの携帯電話がようやく静まり、広重いつ子が背をむけて歩き去った。

あとを追って中志郎の件をもっとねばりづよく質問してみるべきなのか迷った。そうすることに重要な意味があるのかどうか、彼女の後姿が見えなくなるまで迷い、結局、諦《あきら》めをつけた。僕は書店前に残り、そこから一歩も動かずに駅構内の人の流れをしばらく眺めていた。しばらくというのは三〇秒だったかもしれないし五分くらいだったかもしれない。それから行くあてのない歩き方でホームに出て、川の見える位置に立って次に来る電車を待ち、行くあてもなくその電車に乗った。

80

その夜は品川にいた。

駅ビルにあるジャズのライブを聴かせる店でひとりテーブルについて、来ない女を待つあいだにワインをグラスに四五杯飲んだ。八時から十一時を過ぎるまで、待っても現れなかった女のニックネームは猫娘といい、目印は、メールのやりとりで本人が書いてきたところによれば「猫みたいな顔」とのことだった。あるいは僕はどこの誰ともわからない相手にからかわれたのかもしれなかった。またあるいは、ほんとうに「猫みたいな顔」をした猫娘はその店に約束通りやって来て、メールでは小板橋と名乗る男の様子をうかがい、思い直して引き返したのかもしれなかった。どちらかわからないが、経験上そのどちらもあり得る。

正直に言うとどちらでもかまわなかった。その夜の僕は斜面の途中にしばし踏みとどまっていた。むろんもののたとえなのだが、けわしい傾斜の凹凸《おうとつ》のない斜面で、途中に、滑り落ちてゆく人のための最後の休憩地点、避難所として、一カ所だけ平らに出っぱった部分がある。そこでひと息つくことが許されている。身動きできないほど狭い地べたにじかにすわり、もう上へ戻ることは不可能なので下へ、何が待ち受けているか知れない底の底まで滑り落ちてゆく時間が来るのをただ待っている。それがその晩の、僕が自分自身を思い描いていたイメージである。自棄的と言えば言えるイメージで自分を見ている男が、椅子に腰かけてタバコを続けざまにふかし、むっつりグラスの赤ワインを飲んでいる。かりに猫娘がすぐそばまで来て、声をかけるまぎわに見知らぬ男の発するあやうい気のようなものを感じ取り、そこからにわかに後じさりしたのだとしても不思議ではなかった。

十一時半になるまで待ってその店を出た。

出るとき店の人間に、近くにサウナ付きのカプセルホテルがないか訊《たず》ねてみると、首をかしげて「さあ」という返事がもらえただけだった。そのへんを歩きまわる元気もないので、駅ビルの前でタクシーの空車を見つけて、五反田《ごたんだ》方面へ向かった。運転手がそっちにカプセルホテルがあるのを知っているというのでまかせることにして、着いてみると、確かに目の前にカプセルホテルの看板と入口があった。

タクシーが去ったあと、その場でタバコをつけて一本吸った。あたりを見まわし、ここが細かくいえばどこなのか、自分がいまどこに立っているのかよくわからないまま吸い終わって吸殻を足もとに捨て、靴底で踏み消してから、カプセルホテルの入口を通り過ぎ、その二軒さきのビルに入った。

エレベーターで三階へのぼって降りて目の前の扉から店内に入り、中の受付で言われるまま料金を払い、薄いついたてで仕切られた個室もどきのスペースをあてがわれた。円山町のホテルに置いてあるのとそっくりのソファがひとつあり、ソファの前のテーブル上にパソコンとキーボードが載っている。インターネットで何を調べるつもりも、何をして時間をつぶすあてもなかったのだが、とりあえず思いついた人名を入力することからはじめた。井ノ元悟《いのもとさとる》。

だがいくつかのサイトを渡りあるいて判明したのは、彼の生年月日、身長、体重、右投げ右打ちであること、出身地、出身高校、出身大学、血液型、ドラフト順位、入団時の背番号、二年前に変わった背番号、昨シーズンまでの通算成績その他である。注意をひいたのはイースタンリーグ時代の試合で1イニングに5奪三振という前代未聞の記録を残していることで、これはつまり、フォークボールの落ちがよほど大きく、打者は空振りしたが捕手がそのボールを後逸した結果が振り逃げで、ふたり出塁を許し、本来なら三つ取ればいいアウトを二つ余計に(しかも全部三振で)取ってしまったという話になる。こいつは大事な試合では使えない。珍記録を目撃したスポーツ紙の記者たちは喜んだかもしれないが、投手コーチは五人目の打者をしとめてベンチに戻ってくる井ノ元悟を迎えながらそう思ったに違いないと僕は思った。

次に中志郎という人名で検索してみたが、僕の知っている中志郎に関する情報はひとつも得られなかった。彼の勤務先の印刷会社をうろおぼえで調べてみると、神田に営業本部があり、都内と埼玉県内に印刷工場があることが知れたが、なにしろうろおぼえだし、その会社名が彼の正しい勤務先であるかどうかもわからない。むろんその会社の営業部の社員に最近ある異変が起こったという耳寄りな情報など得られるはずもない。時間つぶしにもならないので今度は、「石橋えり」または「石橋ゆり」という人名で調べてみたが無駄だった。モデル事務所に所属するパーツモデルとしての石橋えり、または石橋ゆりは見つからないし、他業種で同姓同名の女性がひとりふたりいる事実が判明しても、それがあの石橋であるかどうかは見当のつけようもない。

郡山美景の夫はどうだろう？　もし彼女の口から語られた代議士秘書の肩書に嘘がなければ、何らかの情報がつかめるかもしれない。だが僕が知っているのは郡山という姓だけだ。検索のためにまず、こおりやま、と打ち込んで漢字に変換するまえにやる気がうせた。これも無駄だ。議員の選挙区や何やらのキーワードを打ち込んでたとえ郡山という秘書の名前がヒットしたとしても得られる情報はたかがしれている。彼がいまどこにいて、何をしているか、家出した妻の携帯電話を握りしめて登録されている誰彼の番号に電話をかけまくっているのか、それとも夜になって悄然《しょうぜん》と戻ってきた妻にいま細かい事情を問いただしているところなのか、僕がいちばん知りたい情報は知ることができない。井ノ元悟が僕に会おうと考えた本心もインターネットで検索はできない。中志郎に起きた異変も、広重いつ子の中真智子に対する心配の内容も、石橋と中志郎の関係がその後どうなったのかも、終夜営業のインターネットカフェにいてお代わり自由のコーヒーを飲みながら知ることはできない。

モニターに目をこらすことにもキーボードに指を触れることにも飽きて、ソファの背にもたれかかり、ポケットから携帯電話を取り出して電源を入れ直し、この日の夕方に長谷まりから届いたメールを読み返した。読み返す必要などなくいちどで暗記していたのだがあえてもういちど読み返した。

もしかして先生が望んでいるのはシゼンショウメツ？

なぜこのメールを読んで、最初は明らかに冗談めかしたメールであることを理解したつもりで読んで、読む前には会うつもりでいた長谷まりに会う気持が消えてしまったのだろう？　長谷まりが勤めている渋谷のフィットネスクラブの従業員専用の出入口、そこで昔いちどそうしたように待ち伏せて驚かせてやってもいいという気持がなぜ消えてしまったのだろう？　あるいはこれは冗談めかした内容のメールなどではないのだろうか。人は人に、若い女は中年の男に、携帯メールを使って本心から相手の本心を訊ねることがあるのだろうか。長谷まりはまじでこの質問を僕に投げかけているのだろうか？　僕はこのメールを見てはじめは苦笑し、渋谷の街を歩きながら短い返信を書こうとして、できなかった。たったひとこと、会えばわかる、と冗談めかしても書けなかった。しだいに足が重くなって前へ進むのが困難に思え、引き返して、ひとりでファーストフードの店に入り、飲み物だけ注文し、ひとくちも飲まず、空いた椅子にこしかけてかたっぱしからメールを打ちまくった。一時間ほどのあいだに返信は二通だけあった。一通はロコモコから、もう一通は猫娘からだった。ロコモコのメールはまたしても長文で、飛ばし読みすると最後の最後に代々木上原まで来てもらえるなら駅で待っていると書いてあった。猫娘のほうは品川の駅ビルを待ち合わせ場所に指定してきた。

それで猫娘を選んだ結果が裏目に出てこうだ。

仮にロコモコを取っていたとしたら今頃、去年の秋と同様に、あの乱雑な散らかり放題のリビングでふたりで韓国映画を見ていたかもしれない。あるいはそうではなかったかもしれない。身のまわりの出来事が予測とずれて現実になる。これまでは小さかったそのずれが徐々に大きく広がってゆく不安がある。いまに何もかも思い通りにはいかなくなる。

携帯電話の電源をまた落とした。店の従業員をつかまえて、ワインでもウィスキーでも焼《しょう》酎《ちゅう》でも何でもいいから酒類があるかと訊ねると、「いいえ」とにべもない返事だった。ミネラルウォーターを一本買い、個室もどきの仕切りの中へ戻り、睡眠導入剤といっしょにちびちび飲みながら昨年十月からの出来事を振り返った。靴を脱ぎ、靴下も脱いで靴の中に押しこみ、両脚をソファに持ちあげて曲げて横になった。目をつむって、長谷まりと長谷まりの友人のカップルと四人で千駄ケ谷の能楽堂へ行った日のこと、その夜の長谷まりとの揉《も》め事、ロコモコとの待ち合わせ、翌朝、ロコモコの部屋で掃除機をかけているところ、そこへ中真智子からメールが届いたところ、そこから始めてひとつひとつ順番に起こった出来事をたどっていった。そうやって一時間くらいは目覚めていたと思う。次に意識が戻って目を開けたときには朝だった。

81

インターネットカフェの洗面所でとりあえず顔だけ洗い、寝癖のついた髪はついたまま外へ出て、コーヒーとトーストと目玉焼きの朝食を出す店をみつけて入った。四人がけのテーブル席でひとり食事をすませて携帯電話の電源を入れてみるとメールが届いていた。猫娘からで、送信時刻は夜中の二時半だった。娘が急に熱を出してしまい、小板橋さんとの待ち合わせ場所に行こうにも行けなかった。連絡が遅れて申し訳なく思っている。お医者さんに診てもらってひとまずおちついたけれど、娘はいまも薬が効いているせいか夢うつつの状態でベッドの中でアニメソングを歌いつづけている、といった内容だった。猫娘に幼稚園にかよう娘がいてゆうべ高熱を出したのは本当の話かもしれない。まったくの作り話かもしれない。どちらにしても返信する気にはなれず、携帯をポケットに戻し、あとは朝刊と、スポーツ新聞と、週刊誌を何冊か読んで時間をつぶした。とにかくこの朝をやりすごしたら二子玉川の自宅へ帰るつもりだった。

そこへ塩谷君から電話がかかってきた。

「どこにいるんです？」と彼はまっさきに訊《き》いてきた。

たぶん出社してすぐに自宅へ電話をかけてくれたのだろう、それがつながらないので携

帯に連絡を取ろうとしてくれているのだろう、そういう事のなりゆきだと僕は思い、

「うん、ちょっと散歩に出てる」

といいかげんな返事をすると、塩谷君の不満げな声がまたすぐに訊いてきた。

「昨日の午後からですか」

「昨日の午後って？」

と僕は聞き返して時間をかせいだ。昨日の午後、僕は郡山美景を置きざりにして二子玉川のマンションを出た。そしてまるいちんち帰っていない。だが昨日の午後、塩谷君は出張で京都にいたはずだ。なぜ塩谷君の声に、というか電話口の顔に険があるように感じ取れるのだろう。

「津田さん」

「塩谷君、何の話をしてるの」

「昨日の午後、編集長が津田さんのお宅に電話をかけてるんです、何回も」

「何のために」

「何のためかはわかってるはずです」

「わからないな」

「わからないわけないでしょう」塩谷君の声は怒りをおさえこむためか、周囲の耳をはばかってなのか囁《ささや》くように低くなった。「馬鹿のふりをするのはやめてください」

「ほんとにわからないんだ」

「このごにおよんで」

と塩谷君は言いかけて、あとの言葉をのみこんだ模様だった。大時代的な言いまわしに気がひけたのかもしれない。彼はこう言い直した。

「僕は津田さんにとってただひとりの担当編集者でしょう。津田さんはその僕に隠してることがありますよね？」

「たとえば」

「たとえば？」

「そういう鎌《かま》をかけるような質問はやめてくれないか」

「たとえば週刊誌の件はどうです」

「ああ」僕はようやく腑《ふ》におちた。「そうか、あの週刊誌は今日発売なのか。女優の告白記事が載ってるやつだろう。その話なら僕も情報をつかんでいる。どうせ二流三流のろくでもない週刊誌だ。僕の実名が書かれているのかどうか知らないけど、記事を読んでから対処を考えようと思ってた。別に隠してたわけじゃない。その話も今日、塩谷君にじかに会って話そうと思ってたんだ。ただね、その女優というのが、塩谷君もおぼえてると思うけどいつか僕が対談をした相手で、実は週刊誌の件よりも、もっとやっかいなことがあって」

「週刊誌は明日発売です。ご存じないかもしれませんが、うちの社から出してる週刊誌ですよ。記事のコピーがいまここにあります、僕の机の上に」塩谷君の声の大きさはもとに戻った。だが今度はその口調には事務的な冷たさがにじんでいた。「生理の血を喜んで浴びる男。津田伸一、実名入りです。直木賞作家の変態プレイの数々。読むにたえません」

「そうか」僕は吐息をこらえた。「とにかくその話はあとでしよう。それよりもっとやっかいなのは」

「単行本の件でしょう」

「それも情報が入ってる？」

「その単行本もうちから出るんです」

「なんとね」と僕はつぶやいて、あとが続かなかった。

「津田さん、よく聞いてください」

「君は今日までそのことを知らなかったのか？ 知ってて僕に教えなかったのか？」

「知りませんよ、今日の今日までまったく、津田さんと同じで蚊帳《かや》の外に置かれてたんです」

「その本の担当編集者は誰？ まさか編集長か？ それで編集長は昨日の午後、僕に電話をかけたのか？」

「違います。担当は別の部署で別にいます。でも週刊誌のライターが誰で、単行本の担当が誰とか、そういう話はどうでもいいんです。まあ今後のことを考えればどうでもよくはないけど、いまはとりあえず、それよりもっと深刻な話です。津田さん、よく聞いてください。郡山郁雄という名前に聞きおぼえがあるでしょう」

「こおりやまいくお」

「ええ、そういう名前の男性が昨日の午後、うちの出版部を訪ねてきました。編集長にいわせれば乗り込んできました。それも津田伸一の長編小説の原稿を持って現れて、いきなり編集長の机に投げ出してみせたらしいです」

「なんとね」

塩谷君が電話口で深いため息をついた。

「言うことはそれだけですか」

「絶句してるんだ。あきれて言葉が出ない」

「その郡山郁雄には若い奥さんがいるそうですが、そのひとのことも津田さんはご存じですね？」

「ああ」

「ああって、津田さん、もうごまかしてる場合じゃないですよ」

「知ってる。何度か会った」

「いまいっしょにいるんですか」

「ほんとにいっしょじゃないんですね？」

「いや」

「ひとりだよ。ひとりで喫茶店にいてコーヒーを飲んでる」

「その郡山郁雄が言うには津田伸一は間男《まおとこ》したうえに妻を誘拐したそうです。しかも津田伸一の小説には自分たち夫婦のプライバシーが露骨に書かれている。浮気のこともぬけぬけと事実通りに書かれている。もしそっちが小説を出版するつもりならこっちは訴訟も辞さないといきまいたそうです」

「あり得ないことだよ」

「何がですか」

「あの小説のこと」僕は間男とか誘拐という点には触れないで答えた。「僕が郡山郁雄という男の妻に初めて会ったのは、小説を脱稿したあとのことなんだ。その点は間違いない。証明できるよ。そうだ、手紙が残ってる。出版社気付けで届いて、塩谷君が転送してくれた手紙が」

「読者の手紙ですか？　津田さんは手紙をくれた読者と初めて会って間男、というかつまり、そういうふうな関係になったんですか？」

「まあ、結果はそうだけど、いまはそういう話はいい」

「津田さんはそうは言っても、むこうにはむこうの言い分がしっかりあるんですよ」

「それで編集長は昨日の午後、事実確認の電話を僕にかけたわけだ」

「いいえ」塩谷君の声はまた低まった。「そうじゃないと思いますね。今朝、僕が編集長と話した感触では、事実確認の電話というよりも、はっきり言って」

「何」

「あえて言葉を探せば、宣告でしょうね、死刑判決の言いわたしみたいなものです。焚書《ふんしょ》って言葉があるでしょう」

「塩谷君、冗談を言ってる場合じゃないんじゃないか?」

「まじですよ」塩谷君の発言はカジュアルな言葉づかいとは裏腹に無慈悲だった。「ほんとにまじなんですよ。編集長は今朝、津田さんの原稿を僕に渡すときに、けがらわしい、と言って投げ出しました。こんなもの、燃《も》やしてしまえ」

「そう」僕はこらえきれずに吐息を洩らした。

「絶望的ですよ、もう編集長に関しては」

「そのようだね」

そこでふたりともしばらく黙った。そのあいだに僕は凹凸のない急斜面の途中での一時避難、ひと休みが終わりかけているという予感にとらえられた。あとは抵抗もできず下へ向かって、落ちるところまで滑り落ちてゆくだけだ。でも、と塩谷君が話をなんとか先へつなげるための接続詞をしぼりだした。

「でも、とにかく津田さんとはもういちど会って、ふたりで話をしましょう」

「まだ会ってもらえるなら、そうしたいね」

「会いますよ。僕はまだいまのところ津田伸一の担当編集者ですからね」

「それで、その郡山郁雄の奥さんはどうなった」

「はい？」

「誘拐されたというくらいだから、奥さんの行方がつかめなかったんだろう？　その後、見つかったのかな」

「知りませんよ、そんなこと。とにかくその男は津田さんの原稿を編集長の机に投げつけて、さんざん脅し文句をならべて帰っていったんです」

「そのあとは」

「知らないと言ってるでしょう。僕は何もかも今朝、出社してから知らされたんです。知らされたというか、津田伸一の担当編集者としてさんざん嫌みを言われたんです」

「じゃあ長編の原稿はいま塩谷君が持ってるんだね？」

「持ってます。これも津田さんにお返ししないと。そもそも、いったいなぜ大事な小説の原稿が、郡山とかいう男の手に渡ってしまったんですか」

「それも会ったとき話すよ。説明すると長くなるから」

「いまどこにいるんです？」

「五反田」僕はだいたいで答えた。「たぶんそのあたり」

「五反田で何してるんです」

「何ていうか、話せばいろいろあってね、長くなるけど」

「わかりました」

と塩谷君が答えた。五反田だろうが田町だろうがかまいはしない、もうこれ以上は聞く耳を持たない、わずかながら開いていた門をぴしゃりと閉ざして鍵《かぎ》をかけるような答え方だった。

「じゃあとにかく、今日でも明日でも社でお待ちしてます。いつでもかまいません、ただし、編集部に顔を出すのはやめてください。近くの喫茶店で待って携帯に連絡してください。編集長とは顔をあわせないほうがいいと思うんです。なにしろあのひとにはゴキブリのように嫌われてますから。津田さんの顔を見たらどんなにひどい文句を言うか保証できませんからね」

82

二子玉川の自宅に帰りついたのは午後一時を過ぎた頃で、これだけは願いがかない、郡山美景は消えていた。鍵のかかっていないドアを開けると玄関に彼女のサンダルが見えないのでそれがわかり、ひとまず安心できた。自宅に戻って僕が何よりまずしたいのはシャワーを浴びて汗を流すこと、二日前から着つづけているポロシャツ、ズボン、それにトランクスを洗濯機にほうりこむことだった。何もかも考えるのはそれからだ。

ところがそうはいかなかった。玄関の靴脱ぎには郡山美景の消えたサンダルのかわりに見おぼえのある一足のスニーカーが揃えて置いてある。脱いだのは長谷まりに違いなかった。

玄関に立って見わたせる範囲、台所にも、リビングにも長谷まりの姿はなかった。わざと音をたてて靴を脱ぎ、台所の丸テーブルの椅子に腰をおろし、タバコに火をつけて待った。テーブルの上は昨日の午後のまますっきり片づいていた。吸殻の数本たまった灰皿のほかには何もない。もうひとつの椅子には見なれた長谷まりのショルダーバッグが置いてある。

まもなく長谷まりが現れた。忍び足、と呼びたいくらいに静かな足取りで僕の仕事部屋から出てくると、テーブルからすこし離れた位置で立ちどまり、タバコを吸っている僕と目をあわせた。ジーンズに、Tシャツに、球団マークのない野球帽。今日はTシャツのうえから半袖《はんそで》のパーカを着ている。相変わらずの身なりで、いつもと違うのは僕を見る彼女の目つきだった。ふだん見なれないもの、得体の知れないもの、それも痛ましいものを見る目つきだ。

「どうした」と僕がさきに口を開いた。「すわらないのか」

「先生」長谷まりが小声で答えた。「何があったの？」

「別に何も。気晴らしにちょっと散歩に出てただけだ。ぼんやりしてドアの鍵をかけ忘れた」

「気晴らしって」長谷まりは仕事部屋のほうをちらりと振り返った。すぐに向き直り、怯《おび》えた目つきになり、ふたたび僕の目を見た。

「ねえ先生、気は確か？」

「いいからここに来てすわれ。すわって久しぶりに話をしよう。実はすこし疲れてるんだ。おとといから髭《ひげ》も剃《そ》ってないし、風呂《ふろ》にも入ってない。携帯の電源も切ったまま忘れてた。だから長谷まりの仕事が休みだということも知らなかった。メールを打ってくれたのかもしれないけどまだ見てない」

　長谷まりがテーブルに歩み寄り、椅子のバッグを床におろして僕のそばに腰かけた。そこまでの動作がひどくのろく感じられる。僕は貧乏ゆすりをしている自分の膝《ひざ》を片手でおさえた。タバコを消し、灰皿にたまった吸殻を数え、その中に口紅の跡のこびりついたものが一本まじっていることに気づいた。長谷まりはたぶん仕事部屋を覗《のぞ》くまえにテーブルのこの灰皿にも目を止めただろう。

「何か話があって来たんだろ？　何でもいい、今日はたっぷり時間がある。疲れてはいるけど、どんな話でも聞いてやれる」

「そんなことより、先生」

「話したいことを話してみろよ、長谷まり、そんなことよりなんて、はぐらかすのはやめろ、それが話したいからここに来たんだろ?」

「あっちの部屋、どうなってるの?」

僕はこの質問の意味をとらえそこねた。ゆうべ郡山美景が僕のベッドに何か目につく忘れ物をしていったのかもしれない。頭の隅でそんな陳腐なことを考えたに過ぎなかった。

僕が答えないので長谷まりが質問を続けた。

「パソコン、どうしたの?」

「パソコン? パソコンがどうした」

「だから、どうしたのって、あたしが聞いてるのよ」

「机に置いてある僕のパソコンのことか?」

長谷まりが黙ってうなずいてみせた。うなずいたあとも目をそらさない。それでようやく僕は椅子を立ち、仕事部屋の入口まで歩いてなかを一瞥《いちべつ》した。

一瞥でじゅうぶんで、足を踏み入れることすらためらわれた。肩を落としてうなだれる、膝からくずれてしゃがみこむ、あるいは頭をかかえてわめき声をあげる、そうするのが自然なくらいの惨状をまのあたりにしたのだが、そうはしなかった。そうはできなかった、というほうが正しいのかもしれない。なぜか僕の頭は冷めていた。冷めきっていて、そこから見える仕事部屋の開いた窓の外の空がこれまでになく高く、青く澄んでいることにも目がいった。そういえばリビングの窓も開け放たれていて、さっきタバコを吸っているときにも風が通っていたようだ。今日は昨日までと違い、快晴だがもうエアコンを必要としない気温なのだろう。僕は台所に戻り、ためしに冷蔵庫を開けてほとんど空の状態であることを確かめると、むしろさっぱりとした気持で椅子にすわり直した。

「冷たい飲み物は何もない」と僕は長谷まりに笑いかけた。「トマトジュースもきらしてる。話を聞く前にコーヒーでもいれようか?」

「ねえ先生、あれは先生が自分でやったんじゃないのね?」

「自分でやるわけがない。小説家はパソコンをベランダに放り投げたりしないよ。放り投げたパソコンにマヨネーズやトマトジュースや缶ビールをふりかけたりもしない。大事な仕事机に、自分で自分に呪いの文句を殴り書きしたりもしない。それから」

「じゃあ誰がやったの」

「知らない」

「知らないはずないでしょう」

「誰か愚かな人間だ。長谷まりにはわからないだろうけど、優秀な小説家はつねに愚かな人間につきまとわれる。それが宿命だ。ただ小説を書いていたいのにそういうわけにはいかないんだ」

「はぐらかさないで、答えて」

「初めて会ったときのことを憶《おぼ》えてるか？　長谷まり、品のいい女性がそばに一緒にいただろう。長谷まりはそのひとにバンソウコウをもらってくるぶしの傷に貼っただろう。近ごろよく思い出してみるんだ。僕は彼女の手をにぎるべきだったかもしれないな。あのとき、いちどでいいからにぎればよかった。にぎって、あの婦人の手の感触を憶えておくべきだった。彼女の亡くなった恋人と握手をしなかったかわりに」

「先生」長谷まりが顔をしかめた。「しっかりしてよ先生。いま何の話をしてるの」

「安心しろ、僕は正気だ」

「自分が何を喋《しゃべ》ってるかわかってるの？」

「言ってるだろう、長谷まりと僕が初めて会ったときの話だ。長谷まりが自分からは話しづらいだろうと思って、こっちから切り出してやってるんだ。相手が誰であろうと、握手するのをいやがってポケットから手を出ししぶる、それが長谷まりの頭のなかにある僕のイメージなんだろ？　実際そのとおりかもしれない、というのが僕の考えた答えだ。僕はいままで誰とも握手したおぼえがない。男とも女とも。小説には、仲間どうし、恋人どうし、両手のてのひらを打ち合わせて喜びを表現するという話も書いたことがあるけど。先月、僕は井ノ元とかいう二軍の野球選手と会った、ふたりきりで。その話は聞いてるか？」

「うん」

「いつ聞いた」

「何日か前」

「そうか」

僕は流しへ立ってゆき、水道の栓をひねり、コップに水をくんで飲んだ。その場所からもうひとつ質問をした。

「長谷まりはあの野球選手と結婚するのか」

すぐには返事はなかった。すぐに返事ができるくらいなら、長谷まりはわざわざここへ来ていま台所の椅子にすわってなどいないのかもしれない。コップの水を飲みほし、テーブルのほうへ顔を向け、流し台に寄りかかって僕はまた喋った。

「憶えてるか？　これも初めて会ったときのことだ。長谷まりは映画の話をしたな。確かバットマンのなかにあこがれのシーンがある。キム・ベイシンガーが壁ぎわに男を押しつけて、男のネクタイを片手でつかんで、自分のほうへ引き寄せてキスをする。あれがあたしだと言ったな。本来あるべきあたしの姿だと」

「そんなの憶えてもいない」長谷まりは微笑すらしなかった。「その場の冗談よ」

「ところがそれはいつまで待っても実現しそうにない。君は本来あるべき自分の姿に近づけない。僕といるかぎり絶対に無理だ。だいいち僕はスーツも着ないし、ネクタイも締めないからな。でもあの野球選手ならいけるだろう。あの身体つきならスーツも立派に着こなせそうだ。アウェーの試合で遠征するときにはスーツにネクタイを締めるんじゃないか？　だったら出がけに玄関でつかんで引っぱってキスしてやるといい。わかってる。その場の冗談だというのはわかってる。先生が望んでるのはシゼンショウメツ？　とメールを打ってきたのもきっと冗談なんだろう。でも質問は質問だ。僕は正直に答えてやる。冗談だとわかったうえで、いったん笑って、それから、真面目に答えてやる。前々から、長谷まりがこの部屋に着替えや何かを持ち込みたがっていたのもわかっているし、あたしの私物は歯間ブラシだけだと冗談で言ったのも憶えている。ぜんぶわかったうえでいま答えてやる。僕が望んでいるのは君や、君の野球選手との話し合いじゃない、握手でもハイタッチでもない、涙まじりの言い争いでも喧嘩《けんか》別れでもない。仕事部屋を荒らされても怒りもこみあげないし、泣きたくもならない。これでいいんだ。強がりで言ってるんじゃない、心底これでいいと思っている。長谷まりの見抜いたとおり、僕が望んでいるのはシゼンショウメツだ」

喋りおわっても僕は流し台のそばを動かなかった。たがいに無言の間があり、そのあいだ長谷まりは目を閉じていた。やがてその目を開いて、僕ではなくテーブルの灰皿を見て、控えめな笑顔になった。

「これからあっちの部屋を片づける」僕は灰皿を見て笑っている長谷まりに言った。「机の落書きを消して、パソコンを机の上に戻して、それから風呂に入って、髭をあたって、着替えて、また小説家に戻る。今日はやるべきことが山ほどある」

「あのパソコン、もう使いものにならないよ」

「いいんだ。とにかく机の上に戻す」

「さっきの話だけどね」と長谷まりはなおも灰皿に向かって言った。

「他人との握手をこばむという先生のイメージの話。正確に言うとそうじゃないの。どうでもいいけど。あのひとが何て言ったか知らないけど、あたしはこう言った。サンフランシスコの信号の話。あたしが住んでた町の歩行者用の信号はね、青のときは日本と変わらないんだけど、赤のときはちょっと違うの。それが印象に残ってる。立ち止まってきをつけをしてる人の絵じゃなくて、人間のてのひらのマークになってる。てのひらと言っても、やあ、って挨拶《あいさつ》して近づいて来るときのてのひらとは違うのよ。信号が赤のときは、止まれ、そこで止まりなさいって、片手を突きつけられる、そんなてのひら。先生といるととき どきその信号のことを思い出す。てのひらを突きつけて、そこまで、そこから動くな、それ以上近づいてくれるな、そんな感じのイメージ。あたしが彼に話したのはそういうことなの。べつに、もうどうでもいいけど」

「そうか」

ふたたび無言の間がさきほどよりも長くあった。

椅子を立ち、床のバッグを拾いあげて肩にかける前の話だが、長谷まりは仕事部屋の後始末を気にしたのか、それともまったく別の心配を僕の顔つきから感じ取ってのことなのか、ひとことだけ訊《たず》ねた。僕は流し台によりかかったまま正直に答えた。

「何か、あたしにできることがある?」

「ひとりにしてくれるとたすかる」

第十二章　信 念

83

翌日、塩谷君と会った。

指示どおり出版社からいちばん近い喫茶店で時間をつぶして待っていると、めずらしくスーツにネクタイを締めた塩谷君が現れ、きびきびとした動作で僕のむかいの席についた。見おぼえのある茶封筒をわきにかかえている。七月に僕が書きあげて彼に託し、八月に書き直すように言われて戻され、その晩のうちに僕の不注意で郡山美景の手へ、九月に郡山美景の手から彼女の夫へ、彼女の夫から塩谷君の上司である編集長へ渡り、そして編集長から塩谷君へ、塩谷君からまた僕へと順ぐりに廻《まわ》されてきた長編小説の原稿である。彼はそれをテーブルのはしっこに無造作に置いてカフェオレを注文した。三十分ほど待つあいだに僕のコーヒーカップは空になっていたが、彼はそのことにはまったく気がつかない模様だった。

ちなみに塩谷君が身につけていたのは秋らしい濃色のスーツで、シャツは純白のボタンダウン、ネクタイには緑色の地に斜めに銀色の縞《しま》模様が入っていた。僕のほうは半袖《はんそで》の無地のポロシャツを着ていた。上着は脱いで隣の椅子に置いてあった。僕たちはこんな感じでいちど対面したことがある。もう数年前になるが、出版社の会議室の片隅でやはりテーブルを挟んでむかい合ったことがある。たがいの服装もそうだが、そのときも僕はひとり待たされ、いまよりももっと若い塩谷君はきびきびした足取りでその部屋に入って来た。初対面の、年長の小説家に対する気取りのようなものがそのときは感じられた。立ち上がって僕は彼を迎えたかもしれない。時間をとらせて申し訳ありません、と僕のほうから先に挨拶したかもしれない。自分から持ち込んだ原稿を、この大学を出たての駆け出しの編集者に断られたらもうあとはない、とそのときの僕は考えていた。

「しばらくでした」と塩谷君が無難な挨拶から始めた。

「しばらくというほどでもないよ。夏に鰻《うなぎ》を食べて以来だ」

「そうでしたね」

カフェオレが運ばれてくるあいだに僕はタバコを一本吸った。塩谷君は窓の外の車の往来と、通りのむこう側の自社ビルを眺め、眺め飽きると店内を見まわして誰か僕の知らない同業者に目をとめ、短い挨拶をかわし、それから腕時計に視線を落とした。

「話す時間はどれくらいある?」

「一時間ていどですね」塩谷君が答えた。「今日はあとからほかの作家との打ち合わせが入っているので」

「そう」

店の人間があらわれてカフェオレを塩谷君の前に、伝票を茶封筒とは反対側のテーブルの隅に裏返しに置いて退《さ》がった。

「とにかく、まずこれをお返ししておきます」

原稿入りの封筒を塩谷君が僕の目の前へ押しやった。なかをあらためてください、と彼が言うので開いてみると、クリップでとめた原稿のほかに二つ折りにしたコピー用紙が何枚か入っていた。

「例の、来月出版される本のなかの津田さんにかかわる部分、そのページのコピーです。いちおうご本人にも目を通していただいたほうがいいと思ったので」

ここで正直にいっておくと、僕にはこの塩谷君のやりかたが不愉快だった。担当する小説家の書いた長編小説の原稿と、誰だか知れないゴーストライターの書いたおそらく煽情《せんじょう》的な、当の小説家に対する悪意と軽蔑《けいべつ》のこめられて書かれたはずの文章とが、同じ封筒に入れて差し出される。そういう扱いかたは僕に言わせればデリカシーを欠いていた。情のない「仕打ち」と呼びたいくらいだった。仮に塩谷君が、小説の原稿は原稿として別に扱い、その問題のコピーをスーツの内ポケットからでも取り出して見せてくれていれば、僕の反応も多少は違ったものになったと思う。僕はそのコピー用紙を封筒の中からつまみ出した。原稿の入った封筒は隣の椅子のジャケットの上にのせた。

「これにどんなことが書いてある?」

僕は塩谷君と顔を見合わせ、二つ折りの用紙をひらかずにテーブルに置いた。空のコーヒーカップを受皿ごとわきへよけ、またタバコに火を点《つ》けた。次に塩谷君が口をひらくまで黙っていた。

「たとえば、そこには睡眠薬について書かれています」

「何のことかわからないな」

「津田さんがその本を書いた女優にのませた睡眠薬のことですよ」

「何のために僕が女優に睡眠薬をのませるんだ?」

「知りませんよ、僕は。ただ、そこにそう書かれてあるんです」

一年前の夏の夜の記憶をざっとたどってみた。いまさらそんなことをしても意味はないと思いつつ、そうした。女優との対談が終わり、対談にかかわった数人で焼肉屋で夕食をとり、女優と、撮影を担当したあの先日「シイバ」と名乗った女と三人でタクシーに乗った。途中で「シイバ」が降りた。僕は女優を女優の住むマンションまで送り、部屋のドアの前まで送り、なりゆきであがりこみ、女優の冷蔵庫で冷えていた白ワインをふたりで飲み、そして枕の四つも五つも重ねて置いてある女優のダブルベッドで寝た。寝たというのはむろん単に睡眠の意味ではないが、そのあいだにいったいいつ彼女に睡眠薬を飲ませる時間があっただろう。

「津田さんは睡眠薬を常用してるんですか」

「常用はおおげさだな。睡眠薬じゃなくて睡眠導入剤と僕は呼んでる。そんなに大騒ぎするほど強力な薬じゃないよ。気休めなんだ。寝つけなくて翌日の仕事にさしつかえそうなときにはのむようにしてる」

「嘘をつかないでください」塩谷君はカフェオレに手をつけようとしなかった。「実はきのう編集長に電話がかかってきたんです、またあの郡山郁雄という人物から」

「それで？」

「編集長は何も言わずにその電話を僕にまわしました。津田伸一の担当編集者はこの僕ですからね」

「それで」

「郡山郁雄が言うには、自分の妻はおととい津田伸一の部屋に連れ込まれた。そしてその部屋で睡眠薬を無理やりのまされて、いいようにされた。いいようにされた、というのはいま僕の思いついた婉曲《えんきょく》な言いまわしです。実際に郡山郁雄が使った言葉は」

「もういい」

「もういいことはないでしょう。むこうは津田さんが女に睡眠薬をのませてレイプしたと主張しているんですよ」

「君はその話を信じるのか」

「もちろん信じません。ただ、僕ひとりが信じる信じないはそれほど重要ではないんです。だって来月出る本にまで、同じようなことが書かれているわけだし、それを読んだ読者は」

「何錠か分けてやっただけだ」

「何ですか？」

「思い出した。去年の夏、あの女優の部屋を出るときに、このままひとりじゃ眠れないと彼女が訴えた。真夜中だ。明けがた近くだったかもしれない。それで気の毒になって、たまたま持ってたハルシオンだか何だかを二三錠分けてやった。真実はそういう話だ」

「郡山郁雄の妻の話はどうなるんです」

「確かにのませた。家出して、いきなり僕の部屋に駆け込んできて興奮していたから、落ち着かせるために安定剤と、同時にもっと強めの錠剤をのませた。でもレイプなんてとんでもない誤解だよ。彼女を眠らせたあとで僕はすぐに部屋を出た。その晩は五反田にひとりで泊まった。きのうの朝、電話で話したから塩谷君もそのことは知ってるはずだろう」

「なぜ」と塩谷君は詰問の口調で言いかけて、あとは独り言にしてつぶやいた。「なぜ、そんなことをするかなあ」

「ひとりになりたかったんだ」

塩谷君はそこでやっとカフェオレに口をつけた。カップを受皿に戻したあとで僕には理解しがたい笑みを浮かべた。

「津田さん、強姦《ごうかん》の罪で訴えられますよ」

「まさか、それはあり得ないよ。郡山美景が、郡山郁雄の妻の名前が郡山美景というんだけど、彼女が夫に何をどう話したのかは知らない、でも僕はどんな罪でも訴えられるおぼえはない。そんなことは調べればすぐにわかる。たとえば郡山夫妻と僕と、実に面倒な話だけど、塩谷君にも立ち会ってもらって、とにかく会って話せばかたがつく。例の、僕の書いた小説のモデルが自分たち夫婦だと郡山郁雄が思い込んでいる件についても、事実を説明すれば誤解はとけると思う」

　塩谷君は窓の外へ顔をそむけて僕の言い訳を聞き流した。次に僕を見たときには目もとに（今度は明らかに）苦笑いを浮かべていた。それから短い咳《せき》払いをしてその笑顔をあとかたもなく消した。

「嘘です。いまのはただの脅しですよ」

「脅しって？」

「津田さんが強姦罪で訴えられるという話」

「ちゃんとわかるように話してくれないか」

「ふだつきらしいです」

塩谷君はそういって腕時計に目をやり時刻を確認した。

「彼女、郡山美景という名前なんですか？　僕は知りませんけど、札つきといえばわかるでしょう、いろんな業界で有名らしいです。つまり津田さんはまんまと餌食《えじき》にされたんですよ」

84

郡山美景が札つきという意味は、塩谷君の説明によると、

「わかりやすく言えば追っかけですね」

ということだった。

マスメディアで顔や名の知れた人物に目標をさだめると、独善的に、発作的に、集中的にその人物に好意を抱き、のめりこみ、あらゆる手段を用いてその男に近づいて色仕掛けで関係を持ってしまう。そしてそのあと必ず一と悶着《もんちゃく》をおこす。なぜなら必ずその執着というか恋というか単に浮気というのかが夫にばれてしまうからだ。そのたびに夫が直談判に出てきてあるときは誓約書に判が押され、あるときは示談金が支払われ、またあるときはゴシップ週刊誌に箝口令《かんこうれい》を敷くための操作がなされる。いずれにしても悶着にはあっさりかたがつく。一時的な三角関係の劇には幕が降ろされ、彼女は夫のもとに連れ戻される。

ぶり返しはない。噂はまもなく消える。ところが、やがて彼女はまた新しい獲物を探しだす。発作的な、集中的なのめりこみがまた始まる。波状攻撃、といって良いのか悪いのか、ふたたび新たな波が新たな餌食に襲いかかる。そういうことがこれまで何回となく繰り返されていて、彼女および彼女の夫の存在は一部のメディア関係者、およびほんの一部の弁護士仲間のあいだでも知られているのである。

「弁護士？」と僕は割り切れない気持のまま訊《たず》ねた。「こんどのことにはもう弁護士があいだに立ってるの？」

「いいえ、あいだに立つというほどせっぱつまった状況ではありません。津田さんのケースとは別に、過去にはそういう事例もあった、というくらいのことですよ。いまの話は全部、編集長から聞かされたんです。ひょっとしたら、編集長はうちの社の弁護士とも直接話くらいはしたのかもしれませんけど」

「よくわからないな。いまの話は、郡山郁雄と郡山美景がぐるになって、金をゆするために、そういうあくどいまねを何度もしでかしているということ？　つつもたせ、って言葉があるけど、そういう意味のことか？」

「違いますね」塩谷君は首を振った。「僕が聞いた感じではそういうのとは違います。郡山美景というひとは、たぶん男が好きなんです。わかるでしょう。もっと露骨な言葉を使えばほかにいくらでも言い方はありますよ。とにかく彼女は男に惚《ほ》れると自制がきかなくなってしまうんです。でも夫と離婚もしない。夫が連れ戻しに来れば一と悶着はあっても家庭に戻る。それでひとまずもとの鞘《さや》におさまる。次の発作が起きるまで。もしかしたら次はないかもしれない、夫は妻を愛しているからそう信じて、何回浮気されても許してやる」

「あり得ないよ」

「あるんです」塩谷君が自信たっぷりに言った。「津田さんがどう思おうと、現にあるんですよ。あのふたりはそういう夫婦です」

「じゃあなぜ示談金が支払われるんだ」

「それはあくまで噂、推測の範囲ですよ。たとえば相手が芸能人であった場合に、所属するプロダクションが事を表沙汰《おもてざた》にしないためにすすんで金で解決しようとした、そういうことも実際にあったのかもしれない」

あたしを守ってくれるのか？　という郡山美景の台詞《せりふ》を僕は思い出していた。夫との月に一度か二度のSEXがまさに地獄だという台詞も思い出していた。彼女の嫌いなもの、枇杷《びわ》、鶏の手羽先、藺草《いぐさ》の匂い、タイヤのある乗り物、そして嘘。こうなると思っていた、という最初にホテルで聞かされた台詞。それらのうちどれが真実でどれが演技だったのか？　あのふたりはそういう夫婦です、と塩谷君は言うが、「そういう」のありかたが僕には皆目、理解できない。自信ありげな塩谷君の口調が何に裏づけられているのかもわからない。

「それで今回はどうなる？　僕の場合は」

「心配いりません。示談金なし、誓約書なし、弁護士も絡みません。ただし」

塩谷君が長めの間をとってカフェオレのカップを口に運んだので、僕は仕方なしに訊《き》いた。

「ただし何」

「条件がひとつあります」

つまり郡山郁雄と編集長とのあいだで話はすでにかたがついているのだと僕は思った。僕を抜かして、何から何まで出版社内で事が処理されたうえでいま塩谷君はここにいるのだ。さきほど隣の椅子に置いた封筒を僕は見た。次に視線を目の前の編集者にむけると、相手はうなずいてみせた。

「この小説のことだね？」

「ええ」

「ひとつの条件としてこれを出版しない」

「できません」

「どう書き直しても」

「そうです」

「編集長がそう言ってる？」

「編集長が何と言ってるかはもう関係ありません。これは担当編集者として、津田さんの置かれた立場もじゅうぶん考慮したうえで、最終的に出した結論です」

「僕の置かれた立場」

「もし、むこうが本気で騒ぎたてたら、困るのはうちの社だけじゃないでしょう」

塩谷君は僕の視線をそらし、ネクタイの結び目をいじってほんの少しだけ位置を直した。

「もし今回の事件が警察沙汰にでもなれば、津田さんは」

「そうか」

「小説家としての津田伸一は死にますよ」

この予言というか宣告というかを聞いて僕はこらえた。目をつむりたくなるのと、深い息をつきたくなるのと、わずかに笑いたくなるのをこらえてこう言った。

「来月出る単行本の問題はどう処理する。例の女優の本が出ても小説家としての津田伸一は死なないのか？」

「警察沙汰になるのと、その問題はまた別でしょう。その話は本が出たあとの反響次第で、またあらためて」

「なあ塩谷君」

「とにかくその小説を出版さえしなければ事は穏便にすませる。むこうはそういう条件を出してきてるんです」

「はっきり言ったらどうなんだ」

詰問口調に驚いたのか、塩谷君はそこでやっと僕と正面から目をあわせた。

「うちではもう津田伸一の本は出せない。今後いっさい、おつきあいは願い下げにしたい。それが編集長と塩谷君の、つまりは君の出版社の本音だろう。なぜそう言わないんだ」

「本音で喋《しゃべ》れば」と塩谷君は反射的に言い、あとを言い渋った。

「本音を喋るべきだ。君は僕のただひとりの担当編集者なんだから。小説家にとっていちばん辛《つら》いことは何かわかるか？　担当の編集者から事をうやむやにされることだ。言いたいことを言わずにほっておかれることだ。要は」

僕はいったん言葉に詰まった。自分が愚かなことを言おうとしていてそれが自分で止められないのがわかった。

「要は、男と女の関係にたとえれば自然消滅だ。小説家にとってはそれがいちばん辛くて、二番目に辛いのが、小説の出版を断られることだ」

「わかりました」

「言ってくれ」僕は頭の半分で長谷まりのことを考えていた。

「おっしゃる通りです」塩谷君が認めた。「おそらく、うちでは当分のあいだ津田さんの本は出せないと思います」

「すでに出ている本はどうなる。絶版か？」

「おそらく」

「おそらくじゃわからない」

「来週の会議でそういう決定がなされると思います」

「なんとね」

「お気の毒ですが」

「ご愁傷さまと言うべきだな。これで小説家としての津田伸一は、本当に息の根をとめられるわけだ」

僕は笑顔になった。ことさら笑顔をつくる必要はなくて、自然に頬がゆるんだ。

「どうして編集長はそこまで僕を殺したがるんだろう」

塩谷君は返事をせず、また腕時計に目をやり、鞄《かばん》の中から携帯電話を取り出した。

「君のとこの編集長だけじゃない。出版界はすきさえあれば津田伸一を殺そうとする。これでもう三回目だ。あとにしてくれないか、塩谷君、君はまだ僕の担当編集者だろう。このあと会う作家には時間をずらしてもらってくれ。できればコーヒーをもう一杯頼みたい。こうやって塩谷君と会って話すのも、今日がおそらく最後になるだろうからね」

「そのつもりです」意外な答えが返ってきた。「ちょっと電話だけかけさせてください」

それからすぐに塩谷君は席を立ち、店の人間にコーヒーのお代わりを言いつけると、電話をかけるためにその場をはなれた。

二杯目のコーヒーが運ばれて来て、ほとんど同時に塩谷君が戻ってきて席についた。あらためてむかい合ってみるとこれといって話すことのないのがわかった。少なくとも僕のほうとしては、今日かぎり縁の切れる編集者に対して口にすべきことは思い浮かばなかった。かわりに塩谷君がまた意外な言葉を口にした。

「しんねんの問題だと思うんです」

「何？」

「編集長がゴキブリみたいに津田さんを嫌っている理由ですよ」

「ゴキブリみたいに嫌ってる理由が何だって？」

信念ですよ、と塩谷君が同じ言葉をくり返した。

85

「小板橋貞二というひとの名前はご存じですよね」

という質問から塩谷君は始めた。

「うん」とだけ僕は答えておいた。

「では小板橋系という言葉はどうです、どこかで耳にしたことがありますか」

「知ってる。僕の世代では有名な派閥名だ」

「らしいですね」と塩谷君は続けた。「僕は編集長に教えられるまで聞いたこともありませんでした。この業界に派閥みたいなものがあるなんて思いもしなかった」

「あるさ」僕は適当に言った。「どんな業界にもある。人が集まるところには必ず派閥みたいなものがある」

「その小板橋貞二に、津田さんはずいぶん目をかけられていたそうですね」

「いや。その言い方は正確じゃない。だいいち会ったこともない」

「本に推薦文を書いてもらったことがあるでしょう」

「ないよ。僕の書いた小説に好意的な批評を書いてくれた、そういうことなら一度だけあった」

「それは戦争中の従軍慰安婦に触れた文章についてですか、それとも自衛隊の海外派遣に触れた文章のほうですか」

「小説だと言ってるだろう」

「津田さん、僕は本音で喋ろうとしてるんですけど」

「僕も正直に答えてる」

「津田伸一は過去に二度、筆禍事件を起こしている。編集長に言わせれば救いようのない致命的なのを二度。どうして僕にそのことを黙ってたんですか」

「読んだのか？　その文章を二つとも」

「いいえ」

僕は二杯目のコーヒーに口をつけて間を置いた。さらにタバコを取り出してくわえ、ライターで火をつけて時間をかせいだ。

「憲法を盾に自衛隊の海外派遣に異をとなえるのもいいが、派遣された自衛隊員の、日本に残された妻の浮気を心配してやるのも小説家の仕事だ、そんなふうなことを書いたのは本当の話ですか」

「ああ」僕は認めた。「おおむね」

「それはまずいでしょう」

「非常にまずい。そこだけ取り出して読めばね。でも細かい点を指摘すれば、その引用には『たとえばの話』という語句が抜けている。前後の文脈のなかでとらえれば軽いジョークになってるはずなんだ。でも誰かが、そうは読まなかった。その誰かにみんなが追随した読み方をした」

「誰が読もうと、軽いジョークですませられますか？　自衛隊の妻の件もそうですけど、従軍慰安婦の問題は特に」

「わかってる。認める。僕は愚かなミスをおかした、二回も。でもそれなりの処遇という か罰もうけた。小説家として徹底的に干された。過去の話はもうやめよう。それとさっきの信念の問題とどうつながるんだ」

「津田さんがその愚かなミスをおかして干されたとき、救いの手をさしのべてくれたのは小板橋貞二ですね？」

「まあ、そう言える」

「津田さんは小板橋系の一員なんですか」

「まさか」僕は苦笑いして答えた。「たとえ僕が入会申し込みの手続きをしても、はねつけられると思うよ。小板橋系の人たちからも僕はゴキブリみたいに嫌われているから」

「じゃあなぜ小板橋貞二は津田さんを救ったんです」

「僕のジョークを高く評価してくれたんだろう」

塩谷君が窓のほうへ顔をそむけてみせた。

「いまのも軽いジョークだ」

「ほんとはなぜですか」

「わからない」

「小板橋貞二がほんとはどういう人物だったか、津田さんは知ってるんですか」

「さっきも言っただろう、会ったことがないんだ」

「編集長は会ったことがあるそうです」

「そう」僕はおおよその話の筋が読めたように思った。「つまり君のとこの編集長は小板橋系の重鎮なんだな」

「違います」塩谷君が三たび意外な答えを返した。「まったく逆ですよ。あえていうなら反小板橋系というところでしょうね。編集長は小板橋貞二をやはりゴキブリみたいに嫌っています」

「なぜ？」

「信念の問題ですよ。信念のない物書きはゴキブリ同然だ、それが編集長の信念です。津田さん、タバコを一本吸わせてもらってもいいですか」

タバコの箱とライターを重ねて塩谷君のほうへすべらせた。塩谷君が一本点《つ》けて、一息深く吸いこんでゆっくりと煙を吐いた。僕の質問を待っている気配が感じとれたので、こう訊《き》いてみた。

「信念て、立派なひびきの言葉だけど、くだいて言えばどういうこと？」

「たとえば小板橋貞二は弟子の本に推薦文を頼まれると絶対に断りませんでした。さらに言えば、どこの誰が書いた本だろうと引き受けました。本を読まずに推薦文を書いたとまでは言いません。でも似たようなものです。本を読んで、その内容がうさん臭いものであろうと、文章がどんなにお粗末であろうと、彼は頼まれれば書きました。いいですか、彼が書いたのは推薦文ですよ。ほめ言葉です。本の内容にかかわらず、ほめ言葉をひねりだして書いたんです。とどのつまり、それは嘘です。嘘を書いて一般の読者をあざむくことになります。そう思いませんか？　いま、ある出版社で小板橋貞二全集が企画されて進行中です。小板橋系の弟子たちの最後の大仕事ですね。全集は二十巻をこえるそうです。推して知るべし、うちの編集長に言わせればそれは全部ゴミだそうです」

「それが信念の問題？」

「そうです」

「嘘を書いちゃいけないのか」

「え？」

文字通り目をまるくして塩谷君は僕の顔を見つめた。その目つきは若干、演技がかって見えないこともなかった。それから僕の側にある灰皿へ身を乗りだして吸いかけのタバコをにじり消し、椅子にすわり直して腕組みをした。

「その前にちょっと訊くけど、うさんくさい内容の本とか、お粗末な文章とか、それは誰がくだした判断なんだろう？」

「それは」言いよどんで塩谷君は考えた。「まあ、それは編集長からのまた聞きです。実際に僕は読んだわけじゃない。その点は認めます。でも推薦文を書くにしても書評を書くにしても、ふつう作家は本を選びませんか？　ところが小板橋貞二はそれをしなかった。無節操に、何でもかんでも受け入れて推薦文を書いた。そういう事実が現に残っている、二十巻の全集になる量の文章として。そういう意味の話をいましてるんです」

「じゃあ仮にそうだったとしよう。書きあがった一冊の本を持って弟子が訪ねてくる。彼にとっては生まれて初めての本で、書きあげるには長い時間がかかっている。その本に推薦文を頼まれる。読んでみるとひどい代物だ。でも相手は自分を慕ってくれる可愛い弟子だ。君ならどうする」

「信念があれば嘘は書けないでしょう。良いものなら良い、だめならだめ、信念を通すのが作家のモラルでしょう」

「今度はモラルか。君は立派な言葉をたくさん知ってるんだな。いままでの僕とのつきあいでは聞いたこともなかったけど」

「言葉づかいは相手を選ぶんですよ」

「質問してるんだ。君ならどうする」

「頑として断りますね。その本がひどい代物なら、僕は推薦文なんか書かない。もし僕が作家だったら自分が信じてもいないことは書けないと思う」

「断られた弟子は気の毒だな。そこには情はないのか」

「何ですか、情って」

「人のこころだよ。人情、愛情、友情、難しい言葉じゃない」

「僕は作家の信念の話をしてるんです」

「弟子への情愛だけじゃない、その弟子の本をつくってくれた編集者、出版社への義理だとか恩だとかもあるかもしれない」

「わかりますよ。そういうしがらみがあるのはもちろんわかります」

塩谷君は素直に一歩引いてみせた。それが僕にはなぜか先への助走をつけるための戦略のように感じ取れた。ここから先はあらかじめ用意されている。用意した文句を塩谷君は喋《しゃべ》ろうとしている。

「でもそんなものは言い訳でしかない。作家がしがらみにとらわれて、本心からではなく推薦文を書いたとします。そういうことがあり得たとします。まず気がとがめる。でも帯の推薦文くらいならかまわないだろう、その作家はそう思うかもしれない。ところがちょっと気がとがめるくらいではすまない。問題はそこにとどまらない。嘘つきは泥棒のはじまり。やがてもっとひどいことになる。いったん信念を曲げれば、その先へ、いくらでも先の恐ろしい段階へ進んでしまう。そう思いませんか。たとえば津田さんは実のところトマトジュースが好きじゃない、でも津田さんの書く小説の主人公はトマトジュースが大好物だ、そんなことを僕は言ってるわけじゃないんです。極端な話に聞こえるかもしれませんが、津田さんがお書きになった例の文章のことです。愚かなミスだとさっきおっしゃいましたね？　たぶん津田さんは、自分が戦争にまきこまれるなんて嫌だと心の中では思っている。でもその心配を軽いジョークにだってできる。津田さんご自慢の文章で、何でもかんでもすらすら書けてしまう。ただ良質の文章が書ければいいわけで、書いて報酬が得られればもっといい。それとこれとは同じじゃないでしょうか。つまり信念がないというのはそういうことじゃないでしょうか。自分が信じてもいないことを推薦文や書評で書けるのなら、同じ理屈でいつか、そういう時代になれば好戦的な文章だって書けてしまう。戦争はまずいなと思いながらも原稿の注文があれば書いてしまう。違いますか」

「書いちゃいけないのか？」

「からかってるんですか」

「いや、訊いてるんだ。わからないから君に訊いてるんだ」

「どっちでもいいと思ってるんでしょう」塩谷君が訊き返した。「答えはAでもBでもかまわない、そう思ってるんですね？　津田さんはどの方向もめざしていないし、日本や世界がどの方向へ進もうとかまいはしない。さっきお返しした小説に津田さんは『偕老同穴《かいろうどうけつ》』は死語だと書きましたね。それもほんとは信じていないんでしょう。でもその反対も信じていない。言わせてもらえば、ただ投げやりに、傍観者の目つきで世界を眺めている。唯一、気にかけているのは文章の体裁だけなんだ。だから自衛隊の件にしたって不謹慎なジョークにできるんでしょう」

「なんだか君は、すっかり編集長に洗脳されたみたいだな」

「僕の考えで喋ってるんです」

「実際に僕が過去に書いた文章を読みもしないで、他人の言い草をまるのみにして、不謹慎なジョークだと決めつけることが君じしんの考えか」

「そうじゃありません、僕が言ってるのは」

「社内での保身のためか？」

「そんなことひとことも言ってないじゃないですか」

「じゃあいま言えよ」

「もうやめましょう」塩谷君が腕組みをほどいた。「そう喧嘩《けんか》腰になられては」

「いや、編集者と喧嘩するつもりなんかない。さっきから僕は聞きたいんだ。君のいう信念がなければいったいどうだと言いたいんだ。後学のためにぜひ聞かせてほしい」

塩谷君はしばらく考えてから重い口をひらいた。

「小板橋貞二の二の舞いになりますね」

「没後に全集を出してもらえるわけだ」

僕は言うべきでないと思いつつ馬鹿げたジョークを言った。塩谷君はあきらかに嫌悪の表情になった。

「小板橋貞二のまわりには弟子たちが大勢いましたよ。作家としては二流でも、先生としての人望は厚かった、そう聞いています」

「なるほど。僕はひとりだ」

「そうですね」

「それで？」

「こないだも言ったと思います。一般の読者も津田さんも同じ日本語をつかって暮らしているんです。津田さんが自分でどんなにうまい文章が書けたと思っても、回覧板を読む人たちに、回覧板との違いが伝わらなければ意味はありません。その違いは、作家の信念がこもっているかどうかだと思うんです」

「それで？」

「作家は信念を持って書くべきです」

「それで？　僕はどうなる」

「なかなかむずかしいでしょうね」

それだけだった。

塩谷君が僕の担当編集者としてその日、最後に口にしたのはその曖昧《あいまい》な台詞《せりふ》ひとつだった。なかなかむずかしいでしょうね。僕の耳にはそれはもっと具体的な予見の意味をふくんで届いた。信念がないのなら、小説家をつづけるのはむずかしいでしょうね。

（もう、書くのはやめたらどうですか？）

そういう意味までこめられているのかいないのか僕は訊《き》きかえさなかった。黙りこんで次の発言を待っていると、塩谷君は腕時計に視線を走らせ、じゃあ、私はこれで、と言った。その口調はすでに担当編集者のものではなかった。数年前、持ち込みの原稿をいんぎんに突き返されるたびに聞かされた、縁のなかった編集者たちの口ぶりとそっくりだった。塩谷君はあえて急ぎもせず、テーブルの伝票をつかんで席を立ち、背中をむけ、ほかの作家との打ち合わせのために店を出ていった。その店の窓ぎわの椅子に僕と、僕の書いた長編小説の原稿だけが取り残された。

86

二ヵ月がつつがなく過ぎた。

これといって何の事件も起こらない長い退屈な二ヵ月が過ぎた、というべきかもしれない。

何の事件も起きず退屈なのはむろん僕の身のまわりにかぎってのことで、世界へ、と話を大きくしなくてもちょっと目を外にむければ、そこにはさまざまな幸せや不幸があって当然である。たとえば、のちに判明した事実をここに書いておくと、この九月から十一月のあいだに中真智子は女の子を出産していた。同じころ、井ノ元悟は所属する球団から戦力外通告をうけていた。中夫婦は結婚九年目の「陶器婚式」をむかえる予定だったが、残念ながらそれは果たされなかった。すくなくとも夫婦ふたりでその日をむかえることはなかった。中志郎はすでに大森の家を出て、別の女と暮らしはじめていたからである。

その二カ月、僕は自宅にひきこもって、酒やタバコや食料の買物に出るとき以外は靴をはかなかった。電車には一度も乗らず、髭《ひげ》も数回しか剃《そ》らなかったし、ろくにシャワーも浴びなかった。十月、十一月と涼しくなってくると、動きまわらないかぎり汗もかかないので洗濯物の数も減った。着たきり、と呼んでいいくらいに毎日同じ部屋着で過ごした。靴をはくのは三日に一回程度で、たまにコンビニからの帰り、川べりの道のほうへ足のむくときがあり、立ちどまって河原で犬を散歩させている人や、ただ寄り添ってすわっている男女の姿を眺めることはあったが、近くまで歩いていって人々の中にまじる気力はわかなかった。

新聞のテレビ欄をたまに見るくらいであとは雑誌も本も読まなかった。小説も書かなかった。パソコンが壊れたので小説を書くにも書く道具がなかった。隔月で書いていた短編小説の締め切りが過ぎても、予想した通り、塩谷君からは何とも言って来ない。自宅の電話にはしばしば非通知の番号から「いやがらせ」がかかってきた。留守電にわざわざ沈黙を録音してから切るものが多く、珍しいところでは賛美歌を録音時間いっぱい流しているものもあった。それが例の週刊誌や、女優の告白本の出版された影響なのかどうかは定かではないが、仮にそうだとしても過去二度のケースで免疫ができているのでそのくらいは何でもなかった。時間がたてば無言電話をかけてくる人間もやがて飽きる。

被害にあったパソコンはいったんは机の上に戻したものの、電源を入れても死んだままだし、マヨネーズやトマトジュースのこびりついたのをいくら拭《ふ》きとっても異様な匂いを放つので扱いに困り、またベランダの隅に戻した。深夜、いつもの睡眠導入剤を取り出すまえに椅子に腰かけて机にむかう。電話と、電気スタンドと、ペン立てだけ載せている使い慣れた木製の机。表面には青いマジックで殴り書きの跡、郡山美景の呪いの言葉がうっすらと消え残った部分がある。その机の前で、椅子にすわって何を考えるでもなくしばし黙考する。われにかえると引き出しから睡眠導入剤を取り出して台所へ行きミネラルウォーターで呑《の》みくだす。いつもの睡眠導入剤を服用してもいつものように眠りの入口までの道順をたどることができず、机の引き出しをもういちど開けて錠剤の量を増やすか、自然の眠気が訪れるまで辛抱するか、選択を迫られたように最初のうちは感じたが、翌朝むりに起きる必要もないから、むりに眠る必要もないと考えることにした。すると決まって午前十時、十一時まで眠れず、ソファで横になってテレビを見ているうちに意識がとぎれて、次に気がつくと外はとっぷりと暮れてまた夜から一日が始まる、そういう生活になる。

自宅の電話の受話器には手を触れなかったが、携帯電話のほうは気がむけば充電して、何人かの女にメールを書いて送ったりもした。ところが、文面から本気度の低さが読み取られてしまうのか返信の数は少なく、再返信へのさらに返信になると残る相手はロコモコくらいだった。ロコモコは相変わらず代々木上原のマンションにひきこもっている模様で、昨年の秋の出会いにひとこと触れた長文のメールを飽きずに書いてきた。返事を送信すると、また返ってくるまでに小一時間かかる。そのあいだに酔っ払ってうとうとすることもあったし、しらふで中志郎への連絡を思いつくこともあった。携帯をいじっているうちについ登録ボタンを押してしまい、実際に何回か電話をかけたこともあったのだが、携帯をいじる時間帯が深夜から明け方にかけてと決まっているので、あの早寝早起きの中志郎が起きて電話に出るはずもなかった。

そうこうして二ヵ月が過ぎた。

何事もなく二ヵ月が過ぎたとこの章の冒頭に書いているので、当然、二ヵ月後の十一月に何か変化が起こったという意味になる。つまり肝心の話はここからになる。ある朝のことだ。

87

うたた寝からふいに現実に揺り戻された。短い夢のなかでは複数の人間による楽器の演奏がおこなわれていたような気がする。遠い昔の学芸会の夢でも見ていたのかもしれないし、あるいは長谷まりと能楽堂の観客席にいたのかもしれない。気がつくと僕はソファに腰かけた姿勢で顔は天井をむいており、現実に聞こえているのは携帯電話の着信音だった。片手に握ったままのものを耳にあてようとして、それがテレビのリモコンであることに気づいた。こんな早い時間に誰かが僕に連絡をとろうとしている。これから歯をみがいてベッドにはいり、毛布を被《かぶ》って夜まで眠る予定でいる小説家に。小説を書く道具も持たず、どこから仕事の依頼の来るあてもない小説家に。

顔を起こし、背中をソファのクッションから引きはがして着信音に注意を集中した。それは目の前から聞こえていた。ソファの前のテーブルのほうへ身をかがめ、発信者名を確認してからテレビを消した。消える直前の画面左上隅には九時〇三分の表示が出ていた。

「もしもし」と中志郎が最初に言った。

「はい」

「まだおやすみでしたか」

「いや」

「私が誰だかわかりますか」

わずかにだが中志郎の口ぶりには皮肉が感じ取れた。僕はソファをはなれて窓ぎわへゆき遮光カーテンを開けた。明るい日ざしが降りそそいで目をつむらなければならないかと思ったらそうはならず、外はどんよりと曇っている模様だった。

「わかりますよ。ゆうべもこちらから中さんに電話をかけたし。やっと声が聞けてよかった」

「ゆうべではなく今朝ですね？　着信の時刻は三時三十七分になっています」

「今日は仕事は休みですか」

「今日は土曜日ですよ、津田さん」

「失礼。今日はだいたい水曜日ぐらいかと思ってた」

「あいかわらずですね、津田さん。言うことがふるってますね」

このままではまたうとうとしてしまいそうだった。レースのカーテンと窓を開けはなち、網戸越しに肌寒い気温を感じたあとで台所へ歩き、水道の栓をひねり、薬缶《やかん》に水を汲《く》み、コンロにかけ、点火スイッチを押した。そこまでを携帯電話を持っていないほうの右手を使ってやった。

「ところでご用件は何でしょう」中志郎の声が途中で訊《たず》ねた。「何のために、私の携帯に何回も電話をかけたんです？」

「何のために、と言われてもね」

「例の石橋の件ですか」

「うん、そうだ。例の石橋の件」

「それだけ？」と中志郎が言った。

「それだけ？」と僕は思わず訊き返した。「それだけって？」

「いや、つまり、石橋の件以外に私におっしゃりたいことは何もないのかなという意味ですよ。ふとそう思っただけです」

「いや、ほかには何も思いつかないけど」

「そうですか」

このあたりでようやく、今朝の中志郎がこれまで二回会ったときの中志郎とは別人のような喋《しゃべ》り方をしていることに気づいた。こんなふうに謎をかけるような、ふくみのあるようなないような発言を好む男ではなかったはずだ。僕は少しずつ目が覚め、正気を取り戻してきた。コーヒーカップを流しのわきに置き、濾過器《ろか》をその上に載せた。

「では用件だけお話ししましょうか」

と中志郎が言い、僕は黙って濾紙の端を折りながら次の言葉を待った。

「それでかまいませんね？」

「うん」

「石橋は津田さんと会います」

「そう」

「石橋に会ってみたいという津田さんの考えは変わりませんよね？」

「そうだね。できればじかに会ってみたい」

「むこうもそう言ってます」

「それはよかった」

濾過器の内側に濾紙をはめこみ、挽《ひ》いたコーヒー豆の入った缶を取り、中身を目分量で濾紙の上に落として薬缶の湯がわくのを待った。

「あまり熱心なふうには聞こえませんね」

「そんなことはないよ」

「では会ってみてください」

「ありがとう。それで」

いつ、どこで会えるのか？　と質問するまえに中志郎の口から吐息が洩《も》れた。いままでこらえていたものを一気に吐き出すような深い吐息が。しばし沈黙の間があり、薬缶の湯がわきだした。僕はガスの火を消し、コンロのそばをはなれて円卓のそばの椅子に腰をおろした。

「やっぱり、だめだ」

中志郎が独り言にとれる口調で言った。それからこう続けた。

「津田さんは知ってることも知らないふりをして用件だけ話すことができる。自分に必要なところだけかいつまんで聞き出して終わりにする。もともとそういうまねが簡単にできる人だ。でもそういうのは、あとで人を深く傷つける。一から十まで腹を割って話す必要はない、それがおとなのつきあいだとあなたは考えているのかもしれないけれど、僕はそういうのはいやだな。とてもいやな気がする」

「中さん、それは何の話をしてるのかな？」

「さっき、今日は仕事は休みかと僕に訊《き》きましたよね?」

「うん、訊いた」

「ほんとはわかってるんでしょう、ぜんぶ」

「ぜんぶ」

「僕が印刷会社を退職して、いま甲府にいることも知ってるんでしょう?」

「甲府? 甲府って、あの山梨県の甲府?」

「津田さん」

「ほんとに知らないんだ。甲府でいま何をしてるの」

「ぜんぶ聞いてるんじゃないんですか」

「聞いてない。聞いてるわけがないだろう。中さんについての話を、僕がいったい誰からどうやって聞けると思う?」

するとに中志郎は今度はほとんど間を置かず、喉《のど》につかえたものをひとことで吐き出してみせた。

「真智子から」

真智子から、と中志郎が言ったとき、言った瞬間に、僕は彼の胸の内にしまわれているものをぜんぶ悟っていたと思う。要するに、この男は自分の妻と僕とのかつての関係に気づいているのだ。この数カ月のあいだに、何らかの方法で浮気の証拠をつかんだのだ。

電話での話が終わったあとで、湯を注ぐ手前でやめていたコーヒーをいれて飲みながらそんなふうに思ってみたのだが、でもやはり電話の最中には、僕はとっさに馬鹿のふりをして、ワラにもすがる思いでこう訊き返さないではいられなかった。

「真智子……確か、中さんの奥さんのお名前でしたね。いつかサイン会のとき、買っていただいた本にその名前を」

「そういえばそんなこともあった」

中志郎は鼻先であしらうように短い笑い声を洩らした。

「でもそれ以前に、津田さんの文章教室を受講した生徒の名前でもあるでしょう」

「そうだ」僕は広重いつ子と中真智子が以前ふたりで作りあげたシナリオのことを思い出した。「そうだった。中さんは広重さんの親友で、ふたりとも熱心な受講生でした」シナリオによれば広重いつ子と僕が深い関係にあるというポイントも思い出した。「もちろんそのへんの経緯は、奥さんからお聞きになってるでしょうが」

「へたな芝居ですよね。茶番もいいとこだ」

「はい？」

「もういいんですよ、津田さん。いまとなってはもうどうでもいいことです。真智子は自分からすべてを認めて懺悔《ざんげ》しました」

「懺悔」

「泣いて謝ったんです。最初は、なぜ彼女の携帯に津田さんの電話番号やメールアドレスまで登録されているのかちょっとした疑問でした。でも携帯のメールフォルダに鍵《かぎ》のかかったものがあって、それを開いてみるとぜんぶ津田さんから送信されたメールだった。読んでみて疑問は疑問でなくなりました。憶《おぼ》えてますか、津田さん、ご自分が真智子に書き送ったメールの内容」

「いや」僕はまず正直に答え、次に弁解に移ろうとした。「でもそれはもう遠い過去のことで」

「去年の話ですよ、津田さん。去年の今頃までは津田さんは真智子と関係を持っていた。私たちがバリ島へ旅行する直前に、津田さんは自分のマンションに真智子を呼びつけましたよね、餞別《せんべつ》を渡すという口実で」

そうだ、餞別のほかに髙島屋で買ったパステルカラーのワンピースを用意して彼女を呼んだ。中真智子は僕の部屋へ来て、目の前でそのワンピースを着てみせて、脱がせようとすると皺《しわ》になるのを嫌がった。

「おっしゃるとおり、憶えてます。でもそのとき餞別を渡したのが最後で、それ以来いちども会っていない」

「真智子が言うには旅行から帰ったあともう一回だけ会って話をしたそうですが。いわゆる別れ話というやつを」

「ああそうか、そうでした。確かに、うちでそういう話をした。それがちょうど去年の今頃だった。そのあとは、今度は本当に一回も会っていない」

「信用できませんね」中志郎の口調はしごく冷静だった。

「でも」僕は沈黙を一秒でも避けるために喋った。「真智子さんもそうおっしゃってるんでしょう」

「あれは愚かな女です。そう思いませんか。なぜ一年も前にきっぱり別れたという男のメールを、受信メールだけをわざわざメールフォルダに鍵をかけて、大事に保管しておく必要があるんでしょう？　しかも鍵を開くための暗証番号というのが、津田さんの電話番号の下四桁《けた》なんです。それくらいはちょっと考えて試してみれば解けてしまう。真智子は自分が僕にどれだけ深く愛されているのかわかっていなかったのかもしれないな」

「いや、でも」

「何です？」

　でも中真智子は、深く愛されている夫に自分の携帯電話を盗み見されるとは思ってもいなかったのではないか、と言ってみたかったのだが口にできるわけがなかった。

「愚かな女ですよ。一方で津田さんのメールを大事にとっておいて、たまに読み返したりしてたんでしょう。でも一方で僕に抱かれ、僕の子供を身ごもったという。そんな二股《ふたまた》の愛はあり得ないですよ。許されることじゃない」

「それで」僕はまた沈黙を嫌って言葉をつづけた。「そういうことがきっかけで、つまり奥さんの昔の浮気が原因で、中さんは大森の家を出て、いま甲府にいるんですか」

「真智子は先月末に女の子を出産しました」

中志郎は僕の質問をまったく無視した。

「でも僕はいまほかのひとと暮らしています」

「甲府で？　誰と」

「真智子が産んだ子供の父親は津田さんかもしれない」

「まさか」

「そう、まさかって、僕も彼女の携帯電話で津田さんのメールを読んだときには思いました。まさか僕の妻が、小説家の津田伸一と顔見知りであるはずがない。でもまさかと思うようなことが現実に起きてしまっている。この一年、僕の身のまわりでも起きつづけている」

「でも、産まれた子供についてはそんなことはあり得ない。真智子さんに聞けば僕と同じことを言うでしょう」

「言いました。でも信用できない。僕の目のとどかないところで、あなたたちは会いつづけていたかもしれない。石橋から受け取った例の能力の効果が薄れる時期、僕の関心が真智子からいったん離れてしまう時期、そのときに何があったかはもう僕にはわからない。真智子の愛に関してはもういまは確信が持てない」

「子供の父親は中さんですよ」

「仮にそうだとしても、つまり生物学上はそうだと認めても、彼女は僕に抱かれていると き常にあなたのことを思っていたかもしれない。妊娠のもとになった夜にも、彼女は津田さんの子供を願いながら僕の精子を受け入れたのかもしれない。もしそうだとしたら、産まれてきた子供は百パーセント僕たちの愛の結晶といえるのかどうか、僕にはわからない。彼女のからだのなかで育つ胎児に両親の愛が必要だとすれば、そのうち半分は津田さんのものだったと言えるのかもしれない。真智子と津田さんの愛を受けて子供は産まれてきたのかもしれない。僕は真智子にも同じことを言いました。少なくとも、僕は彼女にも彼女の産んだ子供にも百パーセントの愛は注げない」

どう返す言葉も浮かばなかった。

「津田さん」と中志郎はなおも冷静に続けた。「僕は津田さんに対して怒ってはいないんです。それは事実を知ったときには怒りましたよ。最初はひどく落ち込んだり混乱したりで馬鹿なまねもしましたが、いまはもう大丈夫、落ち着いています。もし津田さんが彼女と彼女の産んだ子供を引き取って、新しい家庭をつくるつもりでいらっしゃるなら、それが一番じゃないでしょうか。この何ヵ月か考え抜いてみた末の結論、本音です。津田さんも考えてみませんか？　といっても、あなたたちふたりの心の内には、もともとそういう考えがあったのかもしれませんが。どうです？」

「それと同じことを奥さんにも？」

「もちろん言ってあります。先週、大森のほうへ離婚届に判を押したのを郵送したので、もうそろそろ彼女は僕の妻ではなくなるんですけどね。彼女にも、津田さんにその気があるのならいっしょに暮らすといいと、僕の本音を言ってあります」

「あの、中さん」

と言ってみたものの、僕は先をつづける自信をなくしていた。あなたは大いなる勘違いをしている、と言いたかったのだが、言い切る自信がなかった。中志郎は黙っている。何ですか？　とはもう聞き返さない。出産を控えて夫に家出され、ひとりで子供を産んだ中真智子のことを僕は思ってみた。彼女には誰かにすがりたいという気持があるのだろうか。その誰かは僕で、別れて一年経っても大事に保管していた僕の何通か何十通かのメールがその証拠になるのだろうか。そうだとして、ではなぜ中真智子はいまだに僕には何の連絡もよこさないのか？

「それで石橋の件ですが」

と中志郎の声がくるりと話題を変えた。

「十一時に、渋谷の例のホテルのカフェに行けますか」

「今日これから？」

「ええ」

「そこで石橋が待ってる？」

「そうです。今日は第二週の土曜日ですから」

「じゃあ、中さんが石橋と会う日だ」

「僕はもういいんです。もう会う必要がない」

「なぜ」

「石橋は新しいパートナーを必要としています」

中志郎はまた僕の質問を無視した。

「ふたりでじっくり話し合ってこのことを決めました。それに約束は約束ですからね。僕は以前、津田さんに石橋を紹介すると約束した。説得の甲斐《かい》あってということでしょうか、石橋はいま、津田さんに会ってみたいと言っています」

「でもいきなり今日会えと言われても」僕は中志郎のペースに完全に付き遅れた。「なんだか、何もかも話が急で、少し混乱してて」

「いいですね？　十一時に」

そこで中志郎はまたしても話題を急転回させてみせた。

「ああ、それから」と彼は言い、それまでのトーンを変えずに淡々と事実を語った。「大事なことを言い忘れてました。僕は津田さんに対してもう怒ってはいないと言いましたよね。でも当然、事実を知ったときには怒りました。妻への愛が高まっていた時期だったし、前後の見境もなくというんですか、怒りにまかせて馬鹿なことも仕出かしました。妻に暴力的な言葉を浴びせかけたし、実際にそういうふるまいもしました。それとあと、隠しておいてあとで津田さんに嫌な思いをさせるのも気の毒なのでうちあけますが、津田さんのことを殺したいとまで思いました。会えば本当に殴りかかって傷つけたかもしれません。でも顔を見るのも嫌だったし、代わりに、いま思えば実に姑息《こそく》な手段に訴えました。小説家の津田伸一を社会的に殺してやろうと思った。それで、もう何ヵ月も前の話ですが、出版社に匿名で電話をかけて、あることないこと津田さんの乱れた私生活を非難して、あなたの書く小説はその私生活をもとに書かれたエロ小説だと糾弾しました、電話に出た編集長という人にむかって、そういうことを喋《しゃべ》りました。軽率だったと思っています。おとなげないことをしたといまは反省しています。あの電話で津田さんに実害がおよばなければいいんですが。津田さん、聞こえてますか？」

「うん」

「じゃあ、これで。僕は腹を割って、津田さんに言いたいことをぜんぶ言いました。もう会うことはないと思います。あとは津田さんの考え次第です。石橋のことも、それからもちろん真智子のことも。どうか真剣に考えてみてください」

それだけ喋って電話はむこうから切れた。

五分か十分か、椅子に腰かけたまま僕は動かなかった。そのあとコーヒーをいれることを思いつき、一口二口すすってはタバコを吸いながらまた五分か十分か椅子にすわり考え事をした。ぼんやり考え事をしているのは自分でわかるのだが筋道がひとつにまとまらない。中真智子の携帯電話に保存されているメールの内容について考えていたのかもしれない。彼女と、彼女の産んだ娘と、僕との三人での新しい家庭というものの現実性について考えていたのかもしれない。甲府で中志郎がいっしょに暮らしている女のことを考えていたのかもしれないし、新しいパートナーを必要としているという石橋のことを考えていたのかもしれない。

我に返るとコーヒーはあらかた残ったまま時刻は十時をまわっていた。眠気は感じなかった。洗面所へ立ってゆき、鏡に映った顔を眺めて、二カ月前までの自分の顔よりずいぶん老けたような気がしたが、無精髭《ぶしょうひげ》を剃《そ》ったりシャワーを浴びたりしている時間はない。とりあえず、人前に出られる服装に着替え、部屋の鍵《かぎ》を探し、久しぶりに靴下と靴をはいて渋谷へむかうことにした。

第十三章　一期一会

89

窓際の席にその女はひとりですわっていた。

椅子の背にもたれかかり、首をねじるようにして窓の上のほうを仰ぎ見ている。窓は床から天井の高さまで一面のガラス張りなので、そうやってはじめは雲の流れでも眺めていたのかもしれない。だが彼女は気持よく眠っているように見えた。眠気に耐えきれず、うたた寝している人のように背後からは見えたし、前にまわってみても実際その女の目は薄く閉じられていた。外は曇天で肌寒い風が吹いているが、窓一枚隔てた店内はほどよい暖かさだ。ほかの四人掛けのテーブル席はほとんど人で埋まっていて、話し声にまじってスプーンと食器の触れ合う音がひかえめに響いてくる。耳をすませば弦楽曲のBGMも一定の音量で流れている。ひとりで椅子にもたれているうちに目を閉じたくなるのも無理はないかもしれない。逆に僕が待たされる立場なら鼾《いびき》をかいていたかもしれない。テーブルの上にはティーカップがひとつ、あとは女の両手が組合わされて載っていた。両手ともにオフホワイトの手袋がはまっている。オフホワイトというよりもよく見ると微《かす》かに卵色がかった色で、模様も飾りもない、もしそれが純白ならバスやタクシーの運転手にふさわしい手袋かと思われる。石橋に違いなかった。

真向かいの椅子に腰かけるとまもなく係の人間が現れて注文を取った。そのあたりでやっと人の気配を感じたのか石橋は目をひらいた。窓越しにいったん上空の雲を見て、それからねじっていた首を僕のほうへむけた。

僕はいちどうなずいてみせると腕時計に目をやった。十一時二十分。

「石橋」

「はい」

「待たせてわるかったね」

石橋が軽くうなずき返し、椅子の上で姿勢を立て直した。腰を浮かし、トレンチコートの尻《しり》から太腿《ふともも》の裏あたりまで片手をすべらせて裾《すそ》をととのえ、また両手をテーブルの上に置いた。次にその両手で頭をかかえるようにして髪をかきあげた。かきあげるといってもかなり短い髪なので単に頭をしめつけて眠気をはらう仕草にも見えた。それが終わるところんどは両手をポケットにおさめた。

「中志郎から今朝電話をもらった。聞いてると思うけど」

「津田さん」

「うん」

「小説家の津田伸一」

と言って石橋は目を細めた。僕の注文したコーヒーが運ばれてきた。受皿に置かれたスプーンの位置を変えただけで僕はそれをブラックで飲んだ。ふた口飲むまで石橋の目は細まったままだった。

「本物の小説家に会うのはあたし初めて」

「本物の？」

「生きて動いているという意味。実物の？　言葉遣いがおかしかったら言って、ご遠慮なく」

「かまわないよ、本物でも実物でも」

石橋が右手だけポケットから出してティーカップに触れた。底にほんの少し溜《た》まっている紅茶を見て飲む気をなくしたのだろう、受皿ごと脇へずらした。それからまた右手をポケットに戻し、僕を正面から見据えて、まばたきを始めた。一度、二度、三度、四度。それぞれのまばたきにたっぷり時間をかけた。

僕は視線をそらさなかった。記憶されている。彼女の目で撮影されている。彼女の目が閉じて開くたびにシャッターが切れる。石橋にはじめて会ったとき中志郎がそんなふうに感じたという話を思い出し、僕は同じことを思い、同じ錯覚を覚えた。いまこの女の記憶装置に自分の顔が登録／保存されている。

同時に別のことも思い出していた。例の、石橋から紹介されて中志郎が探していた本。杉並区立中央図書館で僕じしんが見つけて複写し持ち帰った本。アレクサンドル・ルリヤ『偉大な記憶力の物語』。その本のなかである記憶術者が告白している。人の顔の表情は不安定で「気持の状態や、どういう時に会うかに依存して、しょっちゅう変わり、そのニュアンスはめちゃくちゃになります。したがって、大変覚えにくいのです」。つまり文字や数字や記号や図形の並びを記憶するようなわけにはゆかない。一般の人間にできることが記憶術者には逆に困難になる。その点について著者のルリヤはこう断言している。それは波立ち、常に流れ続ける川を記憶にとどめようとするようなものだ。

揺れ動いている波を誰が「覚える」ことができようか？

もしルリヤの本に登場する記憶術者と石橋の能力と、同時に能力とは裏腹の困難とが似ているのなら、石橋は百桁《けた》の数字をたちどころに記憶することはできても、人の顔を覚えることは苦手なのかもしれない。そのため中志郎や僕の顔をいくつかのパーツに区切って、髪がた、額の皺《しわ》、左右の眉《まゆ》、目、鼻、耳、口、手や指や爪の形、そういう部品として記憶し次回に会ったときの（会う機会があれば）再認の材料にするつもりなのかもしれない。

「石橋、まず雑談みたいなことから始めよう」僕は左頬から顎《あご》にかけての無精髭をてのひらで撫《な》でた。「いくつか質問があるんだけど」

「どうぞ」

「君は本を読むのが苦手らしいね」

「いまはね」

「つまり一と月に一回、中志郎とのあいだで特殊な能力の受け渡しがおこなわれる。それから約一ヵ月は一般の識字能力のある人と同じように読みたければ本が読める。でもいまは読めない。中志郎にいったん預けた記憶術がまた戻ってきているから。その記憶術が身に備わっているかぎり、普段の石橋は一般の人のようには本が読めない」

「ええ。でも少し違う」

「どう違う？」

「本が読めないといっても、文字が読めないのとは違う。目で見た文字はぜんぶ頭に入ってしまうから。たとえばここに津田伸一の小説があったとします。三百ページの本だとするね。それくらいは三十分もかからずに頭に入れることができる。お望みなら三百ページ最初から最後まで暗唱してみせることだってできる。ただ、そこにどんな内容の事が書かれているのかあたしにはニュアンスがよくつかめない。まったくわからないわけじゃないけど、正しく理解するためには今度はひどく時間がかかる。三ヵ月くらいかかるかもしれない。なんて言えばいいのかな、小説家の文章を味わうことができない。いわゆる行間？　それだって読み取れない。一から十まで言葉の並びを正確に再現してみせることができるだけ」

「なぜ」

「なぜかはよくわからない。記憶した言葉、単語？　そのひとつひとつに個別のイメージがくっついてくるの。それを引きはがすのがやっかいなの。たとえばね、愛という言葉が出てくる。すると必ずピンク色の綿菓子が頭の隅にうかぶ。小説のあらすじや文脈を離れて、どうしてもピンク色の綿菓子が愛という言葉にくっついて出てくる。そのイメージを引きはがそうとすると、今度は愛という言葉まで形を変えてくずれてしまう。どういうことか想像つく？」

「いや。正直言うとぴんとこない。それはいつ頃から？　子供のときからそうなのか？」

「よく憶《おぼ》えていない。気づいたらあたしはこうだった。強く意識しだしたのは高校生の頃かな。暗記物の試験は上等だったけど、上等じゃなくて何？　そう、得意だったけど、作文を書けと言われると泣きたい気分になった。言葉と言葉をつなぎ合わせてるうちにイメージがあっちこっち花火みたいに広がって自分が何のテーマを追いかけているのか、もう収拾がつかなくなる」

「喋《しゃべ》る言葉は」

「言葉を喋るのに不自由は感じないのか？」

「そうね」石橋は僕の顎から喉仏《のどぼとけ》のあたりまで視線をさげてまばたきをした。「不思議ね。喋るのにはあまり不自由は感じない。言葉を聞き取るときに、漢字の形とかが頭に浮かんであわてることはあるけど。でも集中力でおさえこんじゃう。高校のときからそういうのには慣れてる」

「高校はどこ」

「都立調布南高等学校」

「東京なのか」

「最寄りの駅は調布から京王相模原線でひとつめの京王多摩川という駅。京王閣という競輪場のある駅。調布からだって歩いて通えるけど。津田さん、あのね、あたしの生い立ちをさぐってもいたって普通なの。こういうとき、おあいにくさま、って言う？　伝説の神々の里で生をうけたとか、山奥の聖域で代々巫女《みこ》をつとめていた家系とか、とにかくそういう田舎者じゃないのよ。東京生まれの東京育ち。ごく一般的日本人。幼いときに父も母も死んで、母方の親戚《しんせき》の家で育てられた、ちょっと普通と違うのはそのくらい。だからあたしの生まれとあたしの記憶術とは何の関係もないと思う。津田さんの出身はどこ？」

「たとえば信念は」僕は話を変えた。

「はい？」

「愛がピンク色の綿菓子なら、信念て言葉はどうだろう」僕はまた無精髭《ぶしょうひげ》を撫でた。「どんなイメージがくっついてる？」

「そうねえ」

石橋はコートのポケットに両手を入れたまま窓のほうを振りむいた。短い髪のせいで頭のかたちがはっきりと見てとれる。額がひろく、鼻がやや上向き加減で、化粧気のない白い頬には薄くソバカスが散っている。その頬がまだらに赤らむところを中志郎は何度か目撃しているわけだ。石橋の顔がまたこちらを向き、笑うと厚めの唇が左右にほんの気持だけ伸びた。

「信念。モデル事務所とかではあんまり聞かない言葉だけど、いま思いついたまま言えば、化粧品類かな。洗面台の周りにたくさん並んでる瓶のなかのひとつ、化粧水とか乳液とかうがい薬とか。ああ、手洗い用の石鹸《せっけん》、それがいちばんぴったりくる、それだ、ポンプ式の殺菌効果のある石鹸、使い古しで中身は半分くらいしか残ってない」

「ふうん」

「いいかげんなこと言ってると思う？」

「いや、でも信念て、一般的な解釈ではもっと立派な言葉のはずだけどね」

「一般的にはどうでも、あたしに言わせれば隣には当意即妙とか、猫背とかの言葉が並んでる。隣というのは、言葉のイメージ別の収納棚みたいなのがあって、図書館の本棚みたいに」

「ふうん」

「怪しんでるでしょ」

「津田伸一」

「深皿のスープ」

「何だそれ」

「だからスープよ。コンソメかな。とろみのないさらさらしたスープ」

「冷めてる?」

「別に熱々でもどっちでもいい。連想ゲームじゃないんだから」

僕は石橋の目をとらえてまたうなずいてみせた。雑談はここまでにしようという意味をこめたのだが、石橋はその意味を受けとめてくれたのか、もっともらしくうなずき返し、分厚い唇のあいだから厚みのある舌をだして上唇を舐《な》めた。初対面での遠慮の感じられない喋り方。怪しげというよりもごく一般的に、愛嬌《あいきょう》のある顔だち。室内でも身につけている手袋とトレンチコートをのぞけば中志郎に聞かされていた石橋とこの石橋はまったく別人のような印象だし、中志郎の語りから想像していたよりも人懐こく、小柄で、年齢よりも幼いからだつきに見える。

「じゃあそろそろ本題に入ろう」

僕はタバコを取り出し、火を点《つ》けるまえにコーヒーをもうひと口飲んだ。

「話してくれないか」

「何から？」

「まず中志郎のこと。いったいあの男に何が起こったのか。いま彼は甲府にいるそうだけど、誰と一緒に暮らしているのか。知ってることを教えてくれないか」

「そうね」石橋は同意した。「まずその話からかたづけておいたほうがいいよね」

90

話はいったん春までさかのぼる。

中志郎と石橋は今年の三月以降も例のごとく第二週の土曜日に円山町のホテルで会い続けた。

そして会うたびに石橋のいう記憶術、中志郎のいう超能力の受け渡しがたがいのてのひらを媒介しておこなわれた。ふたりは土曜日の午後、二時間ほどをホテルの一室でともに過ごし、いつもの結果を得ると、満足してホテルを出て、渋谷の駅まで歩いてそこで別れた。

た。石橋の話によると、その頃の中志郎は勤め先のビルの屋上にのぼることを習慣にしていた。特に、第二週の土曜日から三週間ほど経過して石橋から貰《もら》い受けた超能力にいつものようにかげりが見えはじめると、彼は昼休みのたびに屋上にのぼっては空を眺め、妻への愛情をどうにかして自分の体内に引き留めようと努力をした。なぜそのために屋上にのぼることが必要だったかというと、かつて（結婚前の話だ）、中志郎にはその屋上で妻になる女への愛情を確信した決定的な瞬間を持ったという記憶があったからである。それは昔見た夢のように不確かな記憶だが、三月の初めに蒲田の黒湯温泉で義兄とのいざこざがあって以来、つまり「どうして、テレビドラマの登場人物ってのはこう、誰も彼も屋上にのぼって話をしたがるんだろう？」という義兄の発言、まるで馬鹿は高いところにのぼりたがるとでも言いたげな発言に強い反発をおぼえたときから、中志郎の頭に棲《す》みついていた。もうどのくらい前かは忘れたが確かに自分は屋上で空を仰ぎ、ひとりの女への愛を確信したことがある。そのときの記憶、そのときの自分をしっかり取り戻しさえすれば、石橋から貰った超能力の低下は食いとめられるかもしれない。石橋と会っててのひらを合わせ、古い愛情が新しく復活し、それがまた日を追うごとに古びてゆくという一ヵ月のサイクルに歯止めをかけることができるかもしれない。あるいは一定の、それ以上に目盛りは上がらないかわりにそれ以下に下がりもしない、世間にいくらでもいる平凡な夫婦の、いわば偕老同穴《かいろうどうけつ》の愛のなかにとどまることができるかもしれない。そんな気がするし、自分はそうなることを望む。

だがそのために、自分たち夫婦のために良かれと思って中志郎のした行為は結局、裏目に出た。七月、八月になると中真智子のおなかは大きくめだちはじめた。第二週の土曜日に石橋から新たな超能力を注入されて帰宅しても、以前のように愛情と性欲の渾然《こんぜん》一体となったＳＥＸは妻の身体の状態をおもんぱかってできなくなった。妻自身と妻のかかっている産婦人科医によれば工夫次第でまったくできないわけではないが、中志郎個人の見解として連日の激しいＳＥＸは望めなくなった。彼は妻への（目盛りの高い）愛情と性欲とを持て余した。おそらく持て余しただろう。

ちなみに石橋の話には出てこなかったが、中志郎が妻の携帯電話を盗み見して、僕の送信メールを発見したのはこの時期ではなかったかと想像される。目盛りいっぱいの嫉妬《しっと》と怒り。妊婦に対する強い感情を持て余した男はときに暴力をふるっただろう。体位の工夫などおかまいなしに、ＳＥＸを手段にして妻のからだを拷問にかけたかもしれない。そして翌朝そのことをひどく後悔すると、今度は小説家津田伸一を抹殺するために出版社へ匿名の電話をかけた。むろんそれで腹の虫がおさまったわけではないが、津田伸一本人に電話をかけることは必死でこらえた。本人の声を聞いたり、じかに顔を見たりすれば、感情が爆発して何が起こるかわからない。黒湯温泉の待合室で義兄に殴りかかったときのように記憶に空白が生じ、空白のあいだに自分は殺人者になっているかもしれない。なにしろ相手は馬鹿のふりをするのがお得意の小説家だ。裏で舌を出して笑っているかと思えば、想像するだけでも憎しみをおぼえる。あんな男と淫《みだ》らな関係を持っていた妻の愚かさも憎い。憎いが愛しているので今夜も責める。素っ裸にして、ふくらんだ腹を蛍光灯の下にさらしてうんと恥ずかしい思いをさせる。

それでも中志郎は屋上に立つことをやめなかった。真夏の太陽のせいで顔にも首筋にも二の腕にも日焼けの進行が見られたが彼はやめなかった。おぼろげだが確かに眠っているはずの記憶、自分はいつかこの屋上で女への愛を確信したという記憶、それが戻るまで毎日、昼休みの半分の三十分を屋上の囲いの金網のそばに立って物思いにふけった。

八月に入った第二週の土曜日、例のごとく例のホテルで能力の受け渡しが終わったとき、中志郎にちょっとした異変が起こった。彼の表情は冴《さ》えず、明らかに落ち着きをなくしていた。その様子を石橋が気づかってみせると、中志郎はこう答えた。

(記憶が割れているみたいだ)

割れている？　そのあと中志郎が語ったところによると、彼はいつものように過去の愛の記憶を取り戻した。その点は先月までと変わらない。でも今回はそれが二つに分断されている。ちょうどテレビの画面が斜めに二分されてそれぞれに別の映像が映しだされるように。むろん二分されたうちのひとつは妻への新鮮な愛の記憶だった。じゃあもう一方は誰？　と石橋は訊《たず》ねてみた。初恋の子猫？　それがわからないんだ、相手の姿が見えないんだ、と中志郎は答えた。ふたりはしばらく黙りこんだ。もしかしたら産まれてくる赤ん坊かもしれない、と中志郎はうかない顔でつぶやいてみせた。

それが誰であるか判明したのは九月の初め、勤務先のビルの屋上でのことである。一ヵ月のサイクルからすれば妻への愛情があらかた冷めていた時期だ。同時に、嫉妬の感情も津田伸一への憎しみもある程度おさまっていただろう。おなかの迫《せ》り出した妻を抱きたい、もしくは責め立てたいというやみくもな欲情はすでに消えていた。よく晴れた日で、屋上に立つと青い空と白い雲を一枚のパステル画のように見渡すことができた。空を見あげているうちに頭の中の画面に義兄の顔や口つきが浮かび、乱れて、次の映像に切り替わった。最初のうち中志郎には画像の調整がつけられなかった。俺はまた一ヵ月のサイクルの末期に怒りの感情をよみがえらせているのだと彼は思った。この時期には油断すると愛以外の始末に負えない感情が割り込んでくる。これは以前にも何度か経験していることだ。ところが、いつまで待っても怒りは兆さない。怒りにむかって収斂《しゅうれん》していく心の高ぶりはやって来ない。いつもとは何かが違う。そう悟ったとき、彼の頭の中の画面に調整がついた。一瞬にして、そこにひとりの女の顔、若い女の立ち姿が現れ、中志郎は上半身に甘痒《あまがゆ》い痺《しび》れの感覚をおぼえた。痺れはみぞおちから這《は》いあがり左右の鎖骨のあたりから首の付け根まで達した。いちど身震いをして、そして突然、彼は思い出した。ひとりの女への愛の確信と、屋上にまつわる若い記憶を正確によみがえらせた。

その日、中志郎は昼休みが終わっても仕事には戻らなかった。大森の自宅へも帰らなかった。彼はその足で神保町の駅へ走り、新宿まで電車に乗った。そこで乗り換えて切符を買った。行先は山梨県の甲府である。

91

「柴河小百合《しばかわさゆり》という人が甲府に住んでいる」

と石橋が説明を加えた。

その名前にはむろん僕も聞き覚えがある。中志郎の少年時代の、対人間における、初恋の相手である。小淵沢《こぶちざわ》中学校から韮崎《にらさき》高校まで六年間をとおして彼は柴河小百合のことを思いつづけた。高校卒業後、彼は上京して早稲田大学に進学し、柴河小百合は同じ大学の試験に受からず甲府の大学を選んだ。だがそれ以降のことはわからない。今年の三月、中志郎から直接聞かされた話のなかでもそれ以降のことは語られなかった。いまのところ不明。中志郎自身、大学進学後の柴河小百合については語るべきものを持たなかったのではないだろうか？

「つまり中志郎は仕事をほうり出して、その柴河小百合という人に会いに行った」

「そうとも言えるけど」石橋が慎重に答えた。「そうでないとも言える」

「よくわからないな」

タバコを指先でもてあそぶのにも飽きたので火を点《つ》けることにした。自分がいま禁煙席にすわっていることは承知していたのだが、石橋のほうはどうなのか、僕の左手の指に目をむけただけで何も言わない。

「説明してくれ」

「柴河小百合さんは甲府市内にある大学に通っていたらしいの。それで中さんはその日、柴河小百合さんに会うためというよりも、彼女がむかし通っていた大学をもういちど見るために甲府へ行った。柴河小百合さんが大学生だったのはもう十何年も前の話だから、いま大学の建物はあっても彼女がそこにいるわけはない。そのことは中さんもわかって甲府まで出かけたと思う。ただ記憶の正しさを確かめるために」

「屋上の記憶のこと？」

「そう」

「中志郎が思い出そうとしていた記憶は、勤務先のビルの屋上ではなく大学の校舎の屋上での出来事だった？」

「そう」

「で、正しく思い出してみると屋上で愛を確信した相手は奥さんじゃなくて、柴河小百合だった？」

「そうとも言えるけど、そうでないとも言える」

「説明してくれ」

「あのね、どっちのときも中さんは屋上にのぼってるからこの先はややこしいの。柴河小百合さんへの愛を確信したときと、奥さんへの愛を確信したときと。校舎の屋上と、会社の屋上と。ただ言えることは、十何年か前の大学時代の記憶と、奥さんと結婚する直前の記憶がどこかで結ばれてひとつになってたのね、かた結び？　こま結び？　それをほどいてみるとひとつと思ってたのは実は別々の愛の記憶だった。本人はそう言ってた」

「それが九月の初めのことだね？　第二週の土曜日が来る前」

「そう」

「そのあと九月の第二週の土曜日には、中志郎と君はいつも通り会ったのか？」

「会いました。そういう約束だから」

と石橋は答え、僕の手もとから視線をあげて僕の目を見た。

「津田さん、あたしも吸ってみてもいい？」

「それで？」

石橋がおちょぼ口でくわえたタバコにライターで火を点けてやってから僕は訊ねた。石橋は自分のタバコを持っていなかったのでくわえたのは言うまでもなく僕のタバコである。

「津田さんが吸ってるとおいしそうに見える。自分で吸うタバコは見た目ほどおいしくない」

「九月の第二週の土曜日、中志郎と会ってどうなった？」

「会えばどうなるかは知ってるでしょう」

「石橋の記憶術が中志郎に移動し、中志郎の過去の愛の記憶が復活した」

「そう」

「いつも通りだ」

「そうね」

「じゃあなぜいま中志郎は甲府にいるんだ」

「なぜって」

石橋は人差指と親指の先でつまんだタバコから顔をそむけ、片手で煙をはらいのける仕草をした。自分で吸うタバコがうまくないのは、その靴下みたいな布地の手袋を脱がずに吸うからじゃないのか？　と僕は口には出さず思った。

「もうわかってるんでしょ？」

92

九月の第二週の土曜日、中志郎と石橋はいつも通り円山町のホテルで密会した。

部屋の照明をことごとく落とし、暗闇のなかで石橋はトレンチコートと右手の手袋だけを脱ぎ、中志郎は上着を脱ぎネクタイをはずしてワイシャツの左袖《そで》を捲《まく》りあげた。ベッドの上で、もしくはベッド近くの床の上で、いつも通りふたりはてのひらを合わせ、てのひらとてのひらのすきまに熱が生じ、熱はオレンジ色の光に姿を変え、光は中志郎の左手に滲《にじ》むように侵入し、腕、肩、頸《くび》をつたって頭部まで達し、いつも通りのなりゆきで中志郎は気を失い、意識が戻ると、すでに手袋をはめトレンチコートを着込んだ石橋がそばにいてペットボトルの水を飲んでいる。石橋の記憶術はてのひらを通して中志郎に流れ出たぶんぎりぎりまで空になり、流れ込んだ中志郎のほうは過去の愛の記憶をじゅうぶんによみがえらせている、そのはずだった。

ただし、前回のことがあるので石橋は念のため訊《き》いてみた。

（どう？　記憶は割れてない？）

中志郎はしっかり首を振った。

（だいじょうぶ、もう割れてはいない）

と声に出してまで言い、手渡しされたクリスタルガイザーを口にふくんだ。水を飲みほしたあとの中志郎の態度は自信に満ちあふれていた。前回八月に起こった異変、あのときの途方にくれた様子とは大違いだった。いつだったか中志郎自身が用いた表現によれば、自分がただひとりの女を愛し、またその女から自分が愛されているという確信が戻ったのだ。これでいい、と石橋はひとまず安心した。これで中志郎は妊娠中の奥さんへの愛を取り戻し、あたしはまたしばらくのあいだ本が読める。石橋はホテルを出る前の時間つぶしに、もうじき産まれる予定の中夫婦の赤ん坊のことを話題にした。女の子でも男の子でも、とにかく無事に産まれてくれさえすればいいとTVドラマに出てくる優しい旦那《だんな》さんの決まり文句があるけれど、それはやっぱりそういうもの？　といった他愛《たわい》のない話である。

するとにわかに中志郎の声が険しくなった。

(子供なんか)と彼は言った。(産まれなくてもいい)

石橋はちょっとした衝撃をうけて、ベッドに腰かけている中志郎のほうを振り返った。二本目のミネラルウォーターを取り出すために石橋は冷蔵庫の前に立っていたのだ。

(中さん……どうかした？)

(どうもしない)

(だって)石橋は混乱していた。(奥さんを愛してるんでしょう？)

この質問に中志郎はまた険しい声で答えた。

(いや、俺はもうあの女を愛していない)

石橋は冷蔵庫のそばに立ったまま微《かす》かに震える指でペットボトルのキャップをはずし、気を落ち着かせるために水を飲んだ。

そのあいだに中志郎がベッドから腰をあげ、石橋のほうへ歩み寄った。そばに立つと、普段の穏やかな喋《しゃべ》り方に戻り、顔には笑みさえ浮かべて、自分から甲府の女の一件を話しはじめた。かた結びだかこま結びだか知らないが、とにかくふたつの別々の記憶がひとつにほどけたという話、ほどけたのがたまたま昼休みでその足で仕事を投げ出して甲府へむかったという話、それを中志郎が石橋に語ったのもこのときである。

93

「それから中さんはまた甲府に行くと言った」

と石橋が説明を加え、僕が確認を取った。

「九月の第二週の土曜日に、円山町のホテルからまっすぐ」

「そう」

「柴河小百合という女を探し出して、会うために」

「今度はそうね」

自分で吸うとうまくないというタバコを石橋は消した。さっき僕がコーヒーカップの受皿のふちに押しつけて消したのを見ていたので、それをそっくり真似て紅茶茶碗《ぢゃわん》の受皿に吸殻を置いた。たまたまテーブルの係の人間が通りかかり、そちらへ顔をむけた僕と目を合わせたのだが、タバコには気づかないのか気づかないふりなのか足早に通り過ぎた。

「なぜそんなことになるんだろう」と僕は質問した。「いままでは、てのひらを合わせるたびに妻への愛がよみがえっていたのに、なぜ今度は柴河小百合なんだ？」

「わからない」と石橋は答えた。

その回答では満足できなかったので、再び石橋が喋りだすまで僕は待った。そのあいだにいちど脚を組み替えてすわり直し、鼻のしたの無精髭《ぶしょうひげ》を指先で左右に撫《な》でつけてみた。さきほど通りかかったのとは別の男がこのテーブルにむかって歩み寄ってくるのが見えた。

「転轍機《てんてつき》って言う？」石橋がおざなりな口調で喋った。「電車をこっちのレールからあっちのレールに移してやる装置。どこかでそれと似た働きが起こったのかもしれない。そのせいで中さんの愛の対象が入れ替わったんじゃない？　あたしは何も変わったことをしたおぼえはないし、何もいじってはいないんだけど」

「よくわからないな」

「だからあたしにもよくわからない」

「お客さま」男の低めた声が割って入った。「こちらは禁煙席になっておりますが」

「ごめんなさい」石橋がすぐに謝った。

「ほかのお客さまのご迷惑にもなりますので」

「ほんとにごめんなさい」石橋が自分の紅茶と僕のコーヒーを受皿ごとテーブルのはしまで移動させた。「これと、これ、おかわりをください」

「もしおタバコをお吸いでしたら、喫煙席のほうへ」

「ううん、ここにいさせて。もう絶対に吸わないから。誓います」

「それで」男が諦《あきら》めて歩き去ったあと僕はまた質問をした。「中志郎は彼女に会えたわけだね？」

「探し出して会えたみたいね。柴河小百合さんは大学の教育学部を卒業して、いまは甲府市内の小学校の教員をしている。年齢は中さんと同級生だから、三十代後半。三十八、九？」

「旦那さんは中学校の体育の教員で、子供がふたりいる」

「どうして体育？」

「新規採用の教員のオリエンテーションで知り合ったんだろう。六つか七つ年上の旦那さんは講師としてそこにいた。ランニングシャツに短パン姿で。柴河小百合さんは昔から筋肉質の男に性的関心を持っていた。だから中学時代にも高校時代にも、中志郎みたいな痩《や》せっぽちは相手にされなかった」

「そうか」石橋がまたまばたきをしてみせた。「中さんから噂は聞いていたけど、そういう顔して冗談を喋るのね、何の前触れもなしに」

「独身なのか？」

「うん、柴河小百合さんはずっと独身だった。中さんは彼女のひとり暮らしのマンションを探しあてて訪ねて、ドアフォンを通して名乗った。しばらくです、中志郎と申します、僕のことを憶《おぼ》えていますか？　柴河小百合さんは憶えていて、すぐにロックを解除してくれた」

「冗談だろ」

「中さんが今頃になって思い出した屋上での出来事、柴河小百合さんのほうはずっと心に温めていたらしい。十何年か前、早稲田の学生だった頃、中さんは一回だけ甲府に出かけて、柴河さんの大学まで押しかけて、二名で校舎の屋上にのぼった。そのときに初めて愛の告白をした。おばあさんおじいさんになるまで一緒にいたい。共白髪って言葉あるよね？　結婚を前提に交際したいっていう古典的な告白だったらしいんだけど。でもその告白は柴河さんに言わせれば番狂わせでしょう。番狂わせ？　場違い……性急？　わかるよね？　だってまだ二名とも二十歳前で、中さんだって将来の進路も決まってない。だのに中学のときからあなたをずっと好きだった、この気持は共白髪になるまで変わらない、とか急に言われても言われたほうは迷惑する。困惑する。そのときはそのときで柴河さんにはボーイフレンドがいたかもしれないし」

石橋の注文したものをテーブルの係の人間が運んできた。目の前に置かれた紅茶のカップに石橋は手も触れなかった。せっかくなので僕はいれたてのコーヒーを一口だけ飲んだ。

「要するに拒絶されたわけだろ、そのときは。中志郎は初恋の人、柴河小百合に思いを打ち明けたがまったく通じなかった。それからどうなった？」

「それっきり。中さんは拒絶に懲《こ》りて、もう二度と甲府へは行かなかった。その後、奥さんになる人と出会って、会社の屋上で愛を確信して、結婚して月日が流れて、たくさんのことを忘れて、現在の中さんが出来あがった。今年の九月まではそうだった」

「九月の初め、会社の屋上で記憶のこま結びがほどけるまで」

「そう」

「九月の第二週の土曜日、例のホテルでいままで通りよみがえった愛の記憶が、いままでとは違い、柴河小百合へのものだと確信するまで」

「そうね」

「もっと言うなら、去年の十月まではそうだった。たくさんのことを忘れて、中志郎が現在の中志郎でいたのは、バリ島で石橋と出会うまで」

そうね、とはこんどは答えずに石橋は両手をコートのポケットに入れたまま椅子の背にもたれかかり、顎《あご》をそらして宙の一点に目を据えた。

「もしかして津田さんはあたしを責めてる？」

「いや、責めてなんかいないよ」

「いくらかでも、あたしがまちがったことをしたと思ってる？」

「いや、それも違う」

「中さんは奥さんも赤ちゃんも、仕事も捨てちゃったのよ」

僕はもう一本だけ、これで終わりにするつもりでタバコを点《つ》けた。石橋の視線が僕の顔まで下がった。

「本人が望んだことだろう」

「うん」石橋は僕の回答に満足した。「愛を貫くために」

「愛の記憶を貫くために」

「やっぱり津田さんが吸うとおいしそうに見える」

「石橋、鍋《なべ》つかみ用の手袋をはめてタバコを吸ったことがあるか」

「ううん。でも中さんはね」

「僕はある。ひどくまずかった」

「中さんはね」石橋がくり返した。「十月に最後に会ったとき、愛の記憶と、愛は別のものだと言ってた」

94

先月、十月の第二週の土曜日にも石橋と中志郎は予定どおり会った。ただし、いつもの休憩用のホテルは使わず、いま石橋と僕が向かい合っているこのカフェで待ち合わせた。中志郎の意向である。ふたりは窓際のテーブル席で紅茶を一杯ずつ飲みながら話をした。

はじめて差し向かいで言葉をかわしたときと同様に中志郎の身だしなみは整い（仕事用の地味なスーツにネクタイ、頭髪にはきれいに分け目がついている、そういう意味だ）、若干、緊張ぎみの声で、相変わらず人の良さそうな喋り方をしたが、バリ島で最初に見たときとくらべれば別人のように表情はいきいきとしていた。きのう勤め先の印刷会社に退職届を出したと彼は言った。出産を間近にひかえた妻と（その妻の家族たちと）の話し合いもゆうべのうちに終わり、今日の石橋との約束にそなえてこのホテルに泊まった。すっきり目覚めて、シャワーを浴びて、朝食をすませたところだ。何もかも、これですっかり片がついた。これから自分は甲府に戻る。甲府に戻って柴河小百合とふたりで暮らす。さほど遠くないうちに僕たちは結婚することになるだろう。

石橋は黙って中志郎の話を聞いていた。中志郎が自分から話すことを話しつくして黙るまで静かに待っていた。いつまでも芽の出ないモデルの仕事をやめて故郷に帰る友人の話を聞くときのように何の意見も差しはさまなかった。石橋の経験から言えば、故郷に帰ると決めた人間は帰るまぎわに必ず「すっきりした」と言う。そしてあなたには特別世話になった、感謝の気持でいっぱいだと礼を述べる。

石橋の用意していた質問はひとつだけだった。九月の第二週の土曜日に、例のごとく記憶術はふたりのてのひらを通して中志郎のほうへ移動し、中志郎は柴河小百合への愛の記憶をよみがえらせた。それからまる一ヵ月が過ぎた。例のごとく石橋の記憶術は彼女の体内にまた溜《た》まってきている。かつてふたりの会話の中で用いられた比喩《ひゆ》で言えば、石橋のからだには一ヵ月たってまた余分な脂肪がついている。石橋は肥満体を取り戻している。自分のからだの重さを自分自身で感じ取り、持て余している。では中志郎のほうはどうなのか？

今回は中志郎にあたしと真逆の変化はないのか。一ヵ月前によみがえった愛の記憶が次第に薄れて一ヵ月後にまた消えてしまう。溜まっていた記憶が風船の空気抜けのように時間とともにどこかに逃げて痩せほそってしまう。そういう例のごとくの変化は今回にかぎり起きてはいないのか。なぜ中志郎はいま目の前で、いきいきとした顔で柴河小百合への愛を語ることができるのか？

「石橋にはこの一年、記憶術で助けてもらった」と中志郎が軽くお辞儀をした。「でもこれからの僕は、もう」

「中さん」石橋はタイミングをとらえて質問した。「中さんはいまも柴河小百合さんを愛しているのね？」

「うん」中志郎がうなずいてみせた。

「一ヵ月前と変わらず？」

「うん」

「柴河小百合さんただひとりを」

「うん」

「どうして？」

「だって石橋、男が」と中志郎は言い、そのあとやや照れたように目を伏せた。「ただひとりの女を愛するのは自然なことだろう？」

「どうして、とあたしが訊《き》いたのは、そういう意味じゃないんだけど」

石橋は中志郎がふたたび視線をあげるまで待った。

「どうして一ヵ月前と変わらないの？　いままでは思い出した記憶を一ヵ月たてば忘れてたのに。今度はなぜ？」

中志郎は話す前に石橋の目をまっすぐに見て、まぶしいものを見てしまったときのようなまばたきをした。短く痙攣《けいれん》するようなそのまぶたの動きを見て、やはりこの人は照れているのだと石橋は思った。

「僕は彼女を愛している」と中志郎は話し出した。「でもそれは彼女への愛の記憶がよみがえったからじゃない。いま僕は彼女への愛を思い出しているのじゃない。ただ一般の人たちがそうするように、あたりまえのこととして、彼女を愛している」

「ふうん」

「石橋、違いがわかる？」

「わからない」

「石橋には感謝している」

中志郎の顔にうっすらと照れ笑いが浮かんだ。わからなくても別にかまわないんだ、といった感じの、説得力にとぼしい平板な口調で続けてこう話した。

「いままで忘れていた記憶をいくつも思い出させてくれたしね、僕は石橋と出会って本当に良かったと思っているよ。一年前から今日までの出来事は、どう言えばいいんだろう、すべてが得難い体験だった。おかげで柴河小百合とも再会することができた。彼女を愛しはじめるきっかけを作ってくれたことにも心から感謝している。ただ、僕は石橋と一ヵ月に一回、一年間会い続けて、ようやく少しわかったことがある。人は思い出すだけじゃだめなんじゃないかな？　たぶん、だめだというか、足りないんだ。古い記憶をどれだけなまなましく取り戻すことができても、いま生きている実感とのあいだには、ずれがあるんだよ。何だか物語の中をさまよっているようなもどかしさがある。物語を読むことと、現実を生きることとは別だろう？　だから人は、これからも生きていくつもりなら、思い出すだけじゃ足りないんだ。思い出した記憶はまたいずれ消えるだろう。でもひとりの男がひとりの女を愛する、いま愛している、その自然な感情は永遠に続いていくだろう。石橋、わかる？」

95

「津田さんにはわかる？　記憶を取り戻すことと、いま生きている実感とのあいだのずれ」

と石橋が訊き、僕はまたカップの受皿でタバコを消してから答えた。

「小説を書くことに費やす膨大な時間と、その小説が世間に黙殺される現実とのずれ、みたいなことじゃないか？」

石橋は（たぶん）聞こえた言葉を頭のなかで吟味するために時間を置き、その間、まばたきもせずに僕の目を見つめた。僕がどこまで本気で喋《しゃべ》っているのか疑っている模様だった。

「口から出まかせだ。実はよくわからない」

「あたしも」

「それでとにかく」

と僕は視線をひきはがした。そっぽを向いたわけではなく、視線を石橋の目から、鼻と唇と顎《あご》の先まで下げた。正面から見ていちばん特徴的なのは閉じた唇で、おとなしめのピンクの口紅が塗られているようだったが、塗り幅が広いのか狭いのかいわく言い難かった。

真正面から見ると上下の唇は分厚いのだが、口の大きさからすればこぢんまりというのかちんまりというのかまとまっていて、どんなに頑張ってその唇を開いてみても、ペットボトルの飲み口を含むのがやっとだろう、それ以上の直径のものでは口が裂けてしまう、そんな極端な印象すら石橋の閉じた唇からは受けた。

「とにかく？」と石橋がじれた。

「とにかく、中志郎は先月から石橋に会う必要がなくなった。もう石橋のてのひらは要らない。愛とは思い出すものでも冷めるものでもなくて、いま生きている実感としてあり、生きるかぎりありつづけるものだから。僕もこんな小説を書けばもっと売れたかもしれないな」

「そう？　中さんの柴河小百合さんへの愛は絶対に冷めない？」

「そんなことは知らない。いつか中志郎が自伝に書くだろう。とにかくその結果、石橋は大事なパートナーを失うことになった。最後に記憶術を中志郎に譲り渡してからもう二カ月がたっている。つまりすっかりもとに戻っている。君はいま立派な肥満体だ。もしまたスリムになりたければ新しいパートナーを探すしかない」

「中さんのかわりになる人、補欠。……補欠？」

「代役、穴埋め、代用、代替、代行、代打、バックアップ、サブスティチュート、サプリメント、何でもいい」

「新人」

「ここからいよいよ本題に入る」僕はまた気になって頰と顎の無精髭《ぶしょうひげ》を撫《な》でた。「中志郎抜きで、僕たちふたりの話になる」

「うん」

「ここに僕の左手がある。これが利き手だ。石橋の手袋をはめた両手はいまコートのポケットの中にある」

石橋がまじめな顔つきで目を細め、ポケットから両手を出してテーブルの上に載せた。手袋をはめた右手と左手の中間に一口も飲んでいない紅茶のカップがある。

「その右手の手袋をはずして、僕の左手と合わせる。てのひらとてのひらをぴったり重ね合わせる」

「5をちょうだい」

「何？」

「5をくれ」

「ごって何だ」

「津田さんの小説の題のもじり。もじりって言葉わかるよね？」

石橋が僕の昔の小説『GIVE ME 10』について言及していることがやっと理解できた。そのタイトルを日本語に直訳して、10を5に入れ替えて喋ったのだということがわかった。

「小説を読んでるのか？」

「もちろん」と石橋はまじめな顔のままで答えた。「だいぶ前に、下ごしらえ？　そういうことはすませてある。あたしは小説家津田伸一についてはかなり詳しい。津田さんがいま現在、苦境に立たされていることも知ってる」

「下調べ？」

「そう、津田さんに別れた奥さんが二名いることも知ってる。淡路島出身のほうの別れた奥さんのコメントだって読んでる」

「コメントって何のコメントだ？」

「週刊誌に発表されたコメントよ。読んでないの？　あたしはページを切り抜いて、たった何行か何十行かの文章だけど、いちんちがかりで読み解いたのに」

もちろん別れた妻のひとりが週刊誌にどのようなコメントを発表しているのか気になった。石橋が僕の小説をいつ頃、どの程度（下調べで）読んでいたのかも気になった。いま現在、本を読めない状態であるはずの石橋が、週刊誌の短い記事を一日かけて読み解いたという、その読み解き方にも関心があった。しかしそれらを一つ一つ石橋に質問していけば、石橋の答え方によってはまた別の気になることが枝分かれして発生するかもしれなかった。

「話を本題に戻そう」と僕は言い、すぐにこう言い直した。「いや、やっぱり待ってくれ、そのまえに一つ気になることがある。バリ島で中志郎に会ったとき、つまり最初に接触したとき、中志郎についての下調べもすんでいたのか？」

「ううん、そんなことしない」

「じゃあなぜ中志郎に目をつけた。中志郎を選んでエレベーターの中でいきなりてのひらを合わせたのはなぜだ？」

「直感？」

　この答えにも満足せず僕は黙り、これが本当に終わりの一本ということにしてタバコを口にくわえた。火を点《つ》けるまえに石橋が言い足した。

「だったら一期一会。津田さん、一期一会という言葉、知ってるよね？　千載一遇と意味の違いはわかる？」

　僕はしばらく考えてから返事をした。

「君はトーテムポールと電柱の違いがわかるか？」

石橋はまばたきをした。

例の時間をたっぷりかけたまばたきを二度くり返した。僕が皮肉を言うときの顔を記憶にとどめて保存するつもりだったのかもしれない。

「ぶしつけな質問て言うのよね」石橋はそのあと笑顔で謝った。彼女がその気で笑うと唇がすぼまっていたイソギンチャクのように柔軟に拡大するのがわかった。「ごめんなさい。あたしの頭の中では、一期一会と千載一遇はときどきどっちがどっちだったからうまく区別がつかなくなるの。もちろん小説家の頭の中ではきちんと整理されていると思うけど」

「回覧板をまわす人の頭の中でもきちんと整理されてると思うよ」

「カイランバン？」

「もういい」僕は最後のつもりのタバコに火を点けた。「とにかく話を本題に戻そう」

96

「ここに僕の左手がある」と僕はやり直した。「利き手だ。で、石橋の手袋をはめた両手はいまテーブルの上にある」

石橋が右手を軽く浮かせてみせた。

「その右手の手袋をはずして、僕の左手と合わせる。てのひらとてのひらをぴったり重ね合わせる」

「うん」

「するとどうなる。中志郎の場合と同じことが起きるのか？　相手が誰であろうと、石橋の記憶術はてのひらを伝わってその相手に移動する？」

「やってみないとわからない」

「中志郎が初めての相手？」

「やってみたのは中さんで三回目。あとの二名は一回きりで、気味悪がって逃げたけど」

あとの二名について細かい質問をすれば、この話はまた遠回りになりそうなので僕は好奇心をおさえこんだ。

「一期一会だろう、一期一会が石橋だけに都合よく何回も起きるとは思えない」

石橋は右手だけを宙に浮かせ、裏返してのひらを上にむけ、視線をあてた。そのまま数秒の時間が経過したので、手袋をはめた右手を見つめつづける石橋の様子はまるで、四人目になる僕の場合はどうなのか、中志郎の場合と同様の奇跡が僕にも起きるのか起きないのかてのひらに「おうかがい」をたてているように見えた。

「でも起きるかもしれない」石橋の出した結論はまたしても曖昧《あいまい》だった。「その相手があたしの言う一期一会を感じ取って、本気で、あたしの記憶術を欲しがれば、うまくいくかもしれない、中さんのときみたいに」

「そういう相手が都合よくもう一名いれば。そしてその一名が偶然にもいま目の前にいる僕であれば」

「そう」

「一生のうちどころか、千年に一回、出会えるか出会えないかのチャンスに聞こえるな」

「そう、千年に一回、ちょっと大げさだけどいい表現」

「それが千載一遇の意味だよ」

そのとき笑いをこらえたようにも、ちょっとした不安や不機嫌を隠すようにも見えたのだが、真一文字に、という表現がふさわしいくらいに石橋は唇をぎゅっと結び、窓のほうへ顔をそむけた。正面からではなく見る角度が変わると、石橋の唇がそれなりの横幅をもっていることがわかった。石橋の目は下を走る車や歩きまわる人間ではなく、そのはるか上空の、黒に近い灰色と微《かす》かに紫がかった灰色と乳白色の混じった灰色のまだらの雲のひろがりを眺めている模様だった。

「中さんと津田さんが出会ったのもそうかもしれない」

とふいに石橋が言い、そうかもしれないの「そう」が一期一会を、もしくは千載一遇を、石橋の頭の中で（すでにこのとき僕の頭の中でも）区別のつけにくい意味の言葉を指しているのだと気づいて、僕は笑い声を洩《も》らした。

「中志郎よりも先に、僕は中志郎の奥さんと出会ったんだよ」

「中さんは小説家の津田伸一と出会ったことをとても喜んでた」

「最初のうちは、奥さんが津田伸一の小説の単なる読者だと信じていたから」

「そうじゃなくて、奥さんの話は抜きにしても。中さんは津田伸一に会ったことをとても喜んでいたし、津田さんのことを尊敬もしていた」

「大いなる勘違いだ。おあいにくさま、とここで言うべきだな。もともと小説家という職業の人間を『尊敬』することじたいが勘違いだ」

「ねえ、津田さん」石橋の視線が僕の目に戻ってきた。「小石川にある印刷博物館には行ったことがある？」

「小石川の印刷博物館だろう？　あるさ、小説家が印刷博物館を見学しないでどうする。月に一回は通ってるよ」

「知らないのね？」

またか、と僕は思い、相手のチェンジオブペースに翻弄《ほんろう》されつつある自分にうんざりした。またこうして石橋の発言ひとつでこの会話は本題から逸《そ》れていくのか。

「津田さん、文選という言葉は知ってる？」

「知らないな」

「文選工と呼ばれる人たちが、印刷所にまわってきた小説家の原稿を見ながら、活字棚から一個一個活字を拾っていく作業のことを文選というらしいの、活版印刷の時代の話ね。文選箱という木枠の箱があって、その中に金属の活字をいちいち並べて埋めていく、一字一句原稿通りに」

「それは大変そうだな」僕は三本目の吸殻をコーヒーカップの中に落とした。「根気のいる仕事だろう」

「そうよ。でも昔は原稿を印刷して本を出版するためには必要な作業だった。いまじゃ考えられないけど、でも百年も昔の話じゃない。百年どころかついこないだまで、小説家の書いた小説はそういう根気のいる作業をへて印刷されていた。文選工がいなければ成り立たなかった」

「印刷博物館に行けばその時代がしのばれるということか」

「中さんに勧められて行ってみたの。印刷の歴史の本も読んでみた。昭和三十年代の印刷工場をうつした写真がある。図書館の開架式の本棚みたいに、両側に活字棚が並んでて、そのあいだの狭いスペースに立って若い女の人たちが働いている、当時のそういう写真がある。片手に文選箱を持って、原稿と見くらべながら活字棚から一つ一つ活字を拾っている。文選工といっても女の人たちなのね。それでその中には、中さんの母方の伯母《おば》にあたる人がいる」

「それで？」僕は少しだけ興味を持った。

「中さんから聞いた話。伯母さんは世の中に本を送り出すために毎日働いてた。一冊の本が出版されれば、それを読んだ人に生きる希望を与えるかもしれない、子供に夢を与えるかもしれない。伯母さんは世のためになると信じて根気のいる作業を続けた。一冊の本を作る、その過程に自分が参加できている。そういうプライドを持って文選の仕事をした。毎日毎日、一個一個活字を拾い続けた」

「確か、僕も聞いたおぼえがある。中志郎の伯父は小説を書いてたんじゃなかったか？」

「小説家とは名ばかりのね。伯母さんはいつか夫の本が世に認められる日を期待していたかもしれない。その本を印刷するための活字を自分が拾う日が来ることを」

「でもその日は来なかった」

「いまあたしがしてるのはそういう話じゃないの。伯母さんは自分の仕事にプライドを持っていたし、そのプライドは物書きの仕事をしている人たちへの尊敬の念にも支えられていた。同じ釜《かま》の飯を食う？　一冊の本を作るために参加している仲間としてのプロ意識。あたしには出版業界のことはよくわからないけど、でもいまみたいに簡単じゃなかったということは想像がつく。いまみたいに誰も彼もが本を書いて出版できる時代じゃなかったでしょう。小説家だってもっとプライドを持っていた時代だと思う」

「かもね。で、石橋は何の話をしてるんだ」

「中さんはその伯母さんの血を引き継いでる。自分たちの仕事、一冊の本を作る仕事、その本を書く人間への尊敬の念を心のどこかに持ち続けている。それがなければ印刷会社なんかに就職しなかった。だから中さんは、津田さんと奥さんとの問題は抜きにしても、小説家としての津田伸一には尊敬を払っている。津田さんも一回印刷博物館に行って展示を見てみるといい。そしたら自分がどんなに歴史上の何名もの人々、印刷の発展のために頑張った人々の恩恵を受けているか、実感できるでしょう。その人たちの仕事があっていま自分が小説を書いて本を出すことができる、自覚が芽生えるでしょう。小説家としての自分にもっとプライドが持てるかもしれない」

「もう遅いよ」

「もう遅い？　どうして」

「週刊誌を読んだんだろう。僕はもう小説家としては死にかけてるんだ」

「中さんはね、あたしと会い続けるのがいいことか悪いことか迷っていた時期があるの、最初のうち。でも小説家津田伸一に出会って、背中を押してもらったと言ってた。思い出すのに良いも悪いもない。思い出すことで人生の荒海を乗り切れるのなら迷うことはない」

「僕はそんなこと言ったおぼえはないけどね」

「言わなくても、中さんにはそんな感じに伝わったんじゃない？　あたしにはわかる。津田さんと今日こうやって実際会ってみてわかる。思い出すのに良いも悪いもない。忘れてしまうのにも良いも悪いもない。人生の荒海を乗り切れるのならそうすればいい。航海を続けるまえにここでスープを飲んで体を温めていけばいい。津田さんはそう言ってる。中さんの奥さんもきっとそういうとこに魅かれたんじゃないかしら？」

「なあ石橋」

「なあに？」

「そろそろ本題に戻らないか？」と僕は再提案した。「石橋の右のてのひらと僕の左のてのひらを重ね合わせる。すると中志郎に起きた奇跡が僕にも起きるかもしれない。でもそううまくはいかないかもしれない。そのうまくいかない場合どうなる？」

「きっとうまくいく」石橋が今度は断言してみせた。「これでもあたしは初めて会った人との相性を感じる力がある」

「相性。一期一会はどうなったんだ」

「だってよく考えてみて。あたしたち二名、今日初めて会ったのに初めての気がしない。さっきから、旧友？　同級生みたいに喋《しゃべ》ってる」

「そうか？」

「あたしは誰とでもこんなふうに喋るわけじゃない」

そこで唐突に、と僕は感じたのだが石橋は窓の外へ気をそらした。釣られてそちらへ目をやると、何か速度のあるものが視界を縦に通り過ぎた。いや、それは実際に通り過ぎたのを見たのではなく頭の中にそういう映像の記憶がよみがえっただけかもしれなかった。いつか中志郎から聞かされた渋谷の上空に群れ騒ぐ鳥の話の記憶が。

「津田さん、さっき鍋《なべ》つかみ用の手袋でタバコを吸うとまずいと言ったでしょ？　どうして鍋つかみ用の手袋なんかしてタバコを吸うの」

「さあ、七面鳥でも焼いてたんじゃないか？　さっきのは触覚の話をしたつもりだったんだ。タバコをうまいと感じるとしたら、舌や喉《のど》や鼻の粘膜以外にも手、指の皮膚で感じ取っている部分もあるんじゃないか、そういう思いつきの話」

「いつもそんな回りくどい言い方をするの？」

「要は、手袋をはずして手を見せろ。そう言いたいんでしょ？」

その場で、石橋が右手のほうを口へ運び、厚い唇をひらいて、中指のさきっぽの布を歯で嚙《か》みしめて、ぐいと引っぱって脱いでみせる、そういう錯覚というか強い期待というかを僕はおぼえた。だがもちろん実際にはそんなことは起きなかった。石橋はあいかわらず窓越しに雨模様の空を気にしている。中志郎に聞いた話さえ思い出さなければただそんなふうな様子に見える。

「どんな」

「鳥を呼んでるのか？」

「鳥？」

「中志郎とここで初めて会ったとき、石橋はたくさんの鳥を呼び集めた、この窓から見える空に」

「鳥？」ともういちど石橋は言い、眉《まゆ》をうごかして、あなたの言ってることはまるでおとぎ話だと言いたげな笑顔を作った。「雨が降りだささないか心配して外を見てただけよ」

そう言われて、窓の外をさがしたが空を横切る鳥の影はひとつも見えなかった。

「行きましょう」と石橋は両手をポケットの中に戻して僕を誘った。

「どこに」

「本題に入ってるのよ。もう始まってるの。とにかく同じことをやってみましょう。試してみる価値はあると思う」

同じことと石橋が言うのは、これからこのカフェを出て、ふたりで道玄坂を通って円山町のホテルまで歩くということだ。ホテルの門をくぐり、部屋に入ると照明を暗くして、ベッドの上またはベッドのそばの床にひざまずいて向かい合い、僕の左手と石橋の手袋を脱ぎさった右手を重ね、てのひらとてのひらのあいだに熱をおびたオレンジ色の光源が見えてくるかどうか試すということだ。試してみる価値はあるかもしれない。思い出すのに良いも悪いもない。石橋が先に椅子を立ち、僕は黙ってしたがうことにした。ただ気がかりなのは一点、中志郎の身に起きた奇跡と同様の奇跡が僕の身にも起きたとして、一期一会で仮にそうなったとして、そのとき僕は何を思い出しているのだろう。いったい僕は過去の誰に対する、どのような感情をまざまざとよみがえらせているのだろう。

第十四章　師走

97

あれは六月の下旬だったのか九月のなかば頃だったのか、どっちにしても季節はずれの猛暑、という決まり文句にふさわしい気温の高い一日があり、あったことにして、その日のことを僕はいま僕の記憶の不確かなまま、むろん信念などなく、好きに「夏」と書いてすませることにする。いまから二年前の夏のことである。

車の往来の多い通りをさけて脇道へ入り、人に会うために、いや、あてもなく角を曲がり日陰があれば日陰をつたいながら歩いていると、やがて門の広くひらいた寺の前にさしかかった。まだ午前中で、午後の早い時刻だったかもしれないが、アスファルト舗装の道路に落ちる影は短かった。歩いていても立ち止まっても暑さは変わらない。頭のてっぺんから発火して皮膚が燃えはじめるのではないかと思えるくらいに強い日差しが照りつけていた。

寺自体はさほど大きくはなく、ひらいた門から正面に本堂の建物が見えたが、瓦《かわら》屋根の色、板壁や柱の色の煤《すす》け具合から、さびれた温泉宿とか田舎の分校とかをつい連想してしまうほどだった。ただ門を入ってすぐの左右両側に堂々とした桜の木が立ち、青々と葉をしげらせている。門から向かって左側の桜が、いや右側の桜だったかもしれない、参道の石畳の上まで枝を差しかけて濃い影を落としている。その影がときおり石畳の表面をくすぐるように、ちらちらと揺れ動く。もういちど目をあげると、一枚一枚の葉の青さは太陽光に輝いて「塗り立て」のように水気をふくんで見える。車の走る音がいつのまにか途絶えて、どこかで犬の吠《ほ》える声が聞こえ、吠えた犬を叱る人の声が聞こえ、蟬の声が耳につきはじめた。蟬も、人も、犬も、門の中にいる。僕は足を止めてしばらく中の様子に耳をすました。それから光と影の色と風に誘われて一つめの気まぐれをおこし、その門をくぐった。

境内に一歩足を踏み入れただけで頭上からの熱がやわらぎ、桜の木の「緑陰」に立つと、外の道ではそよりともしなかった涼やかな風を感じた。額の髪の生え際やうなじにたまった汗がひき、汗で湿っていたシャツが一気に、さらさらに乾いてゆくような心地良さをおぼえた。喉がかわいていたのでビールを飲みに、いや水を求めて参道をさらに奥へ歩いた。本堂には左右に本堂よりも一段か二段低い屋根の高さで平屋の建物が付随していて、その右「翼」のほうのはしに梅の木の、いや柿の木の植わっている一角があり、そこに水汲《く》み場が設けてあった。水道の栓をひねり蛇口から両手で水をうけて飲み、飲み飽きるとその水でほてった顔を冷やした。屋根付きの水汲み場には三方の壁に棚が設けてあり、寺の名前の記された手桶《ておけ》が積み重なっている。それからそばには水色のでかいポリバケツが二つ。一つだけ蓋《ふた》を取って中を覗《のぞ》いてみると萎《しぼ》んだ花や湿った新聞紙などが捨ててあった。

しばらくその場にたたずんで、濡《ぬ》れた顔が自然にかわくのを待っていると、犬を連れた奥さんが、奥さんかどうか詳しくはわからないが和服の女性が通りかかった。片手には柄《ひ》杓《しゃく》の入った空の手桶をさげている。彼女の現れた方角には、両脇に躑躅《つつじ》の植え込みのある、中央に形のばらばらな平たい石の埋め込まれた土の道が通じていて、その先にはおそらく墓地があるのだということが想像できた。犬を連れた奥さんは僕を見るといったん足を止めて、「お騒がせして」と頭を下げてみせた。さきほど犬が吠えたことを謝っているのだと僕が気づいたとき、相手はさらにこう言った。

「故人がこの犬を愛しておりましたので」

この犬というのは子牛ほどの体格の、息の荒いコリー犬、ではなくてシェパード犬だった。長い舌を出して喘《あえ》いでいるのはこの暑さにばて気味なのかもしれない。しかし両耳はぴんと立っていて、片方の耳の内側に緑色のアルファベットか数字らしきものが入れ墨してあるのが見えた。右翼の建物の戸が開いて別の奥さんが顔を出した。犬を連れた奥さんは同じ台詞《せりふ》をくり返した。お騒がせして申し訳ありません。故人がこの犬を愛しておりまして。二名の奥さんはその犬について、かもしれないし、この異常な暑さについてかもしれないが、しばらく会話をかわし、それから一方が僕にふいに訊《たず》ねた。

「お線香ですか？」

寺院のというよりも一般の民家の作りそのものの玄関に招じ入れられ、百円玉と交換に線香の束をひとつ受け取った。これがふたつめの気まぐれである。玄関のすぐ脇に、灰皿にも見える長方形の箱型の何かが立てて置いてあり、上部に丸い穴が開いているので、そこに線香の束を頭から挿し込むとじきに煙が立ちのぼった。火のついた線香を手に僕は墓地へむかうことにした。躑躅の植え込みに沿ってその道を行くと前方に、また女性が二名いるのが見えた。一名はさっきシェパード犬を連れていた人よりももっと年配の、七十代もしくは若く見える八十代というところだろう。もう一名は彼女の孫かひ孫かの年齢で、ジーンズにTシャツに野球帽をかぶった中学生か高校生に見えた。

墓地への入口付近、さほど広くない道が次第に漏斗《じょうご》のようにひらいて道と墓地との区画が曖昧《あいまい》になるあたり、その片隅に大きさはまあ似通っているが形の揃わない、どこかから切り出してきたという感じのごつごつした岩が埋め込んであり、二名はおのおのその岩に腰をおろして休んでいた。野球帽の少女は片足だけスニーカーを脱いで、転んで怪我でもしたのかその足を両手で持ち上げるようにして点検している。サングラスをかけた年配の女性がその様子を見て、「消毒して、バンソウコウを貼らないと」と助言する声が聞こえ、「うん、でもたいした傷じゃないから」と相手が答え、それを聞き流して僕は墓地の敷地内へ入った。

そして数分、墓地の中をあてもなく、右回りに、墓石に刻まれた人の名前や裏側の碑銘を読んだり読まなかったりしながら歩くうちに、ひとつの墓の前に立った。片手に線香の束を握ったままその場から僕は動かず、また数分が過ぎた。その頃になって、例の年配の女性と孫娘かひ孫娘に見える二人組が現れ、僕のすぐそばに立ち、僕が見ているのと同じ墓石を見た。

「ご親戚《しんせき》のかたですか？」と若いほうの女が訊ねた。

「いいえ」

「親戚のかたであるもんですか」年配のサングラスの女が割って入った。「今日が命日なわけでもないのに。ご親戚のかたがたもご友人のかたがたも今頃こんなとこにいるわけないよ。生きてるうちは毎日、あんなにうようよ人が集まってたのにね、夏場の材木座みたいに。いや、由比《ゆい》ガ浜《はま》みたいに。人間は、死んだらしまいよ」

「でも、ナオミさん。いや、ナオエさん、このひとお線香を」

と野球帽の娘が言いかけ、きっと隣の墓と間違えてるんだろう、とサングラスの女がじれったがるようにして早口で答えた。百円玉で買った線香の始末に困ったこともあるし、僕はなりゆきで墓石に歩み寄り、線香の束をその土台の上に寝かせて置き、また脇へさがって黙って二名の様子を見守った。

「ご親戚のかたなんですね」

「いいえ」

「親戚じゃないってさっきから言ってるじゃないの」年配の女が墓石に顔をむけて喋《しゃべ》った。

「きっといい男だろう。きれいな女が二名いて、それだけ口数が少ないのはいい男の証拠だよ。この人なんか、生きてるときはもう知ったかぶりもいいとこで、相手が女でも男でもぺらぺら喋るしか生きがいのない男だった。ほんとにものの一分だって黙っていられなかった」

「ナオエさん」

と名字なのか名前なのかよくわからないがまた呼びかけて、野球帽の娘が婦人の腕に触れた。婦人がうなずき、片手に抱えていた花束が娘の手に渡った。婦人のもう一方の手には白い杖《つえ》が握られていた。

「初めて会ったときからそうだった。もう大昔だけど、あたしがあんたたちくらい若かった頃、何とかって狂言を、いや能を、世阿弥《ぜあみ》の、いや両方を、見に連れてってくれたときも、黙って見せてくれりゃいいのにじっとしてられなくて、解説したがりで、こっちが上の空だとすねて手の指使って悪戯《いたずら》しかけてくるし、子供とおんなじだったね。何ていったかね、世阿弥の、おめかけさんが、おっかさんが病気なのに旦那《だんな》に花見に連れてかれて」

「ヒシャクで水をかけます?」

と若い娘が訊《き》き、サングラスの婦人が墓石のほうを見たまま首を振った。

「好きにやっちゃってくれる？　適当でいいからさ。見ず知らずの人にこんなことまでやらしちゃ気の毒だけど、これも何かの縁だろう、さっさとすまして冷たいもんでも飲みに行こう、あたしにおごらせて」

それから全員がしばし黙り、若い娘が働き、墓石が洗われ、線香や供え物が置くべき場所に置きなおされた。そのあいだに僕はさきほど通りすがりに聞いた二名のやりとりを思い出し、彼女の右足の踝《くるぶし》のあたりに目をとめた。うっすら赤く擦りむけた跡が見えた。

「どうなのかな」仕事を終えた娘が墓から少し離れて立ち、墓石を見て、次に僕を見て言った。「これでいいんでしょうか」

「いいんだよ、気持だから、適当で」と年配の女性が答えた。

そこで僕は三つめの気まぐれをおこして、シャツの胸ポケットから平たい箱を取り出して野球帽の娘に手渡した。手渡された箱を見て、彼女は礼を述べた。通りすがりに最初に受けた印象とはまるで違い、彼女はもう中学生にも高校生にも見えなかった。

「何？　いい男から何をもらったの？」と年配の女性。

「バンドエイドよ」と娘が答え、墓を囲っているブロックの仕切りに腰をのせてスニーカーを片足脱ぎ、踝の傷にバンドエイドを一枚貼った。

「バンソウコウ貼るまえに消毒しないと」

「殺菌効果があるって箱に書いてあるの」

「狂犬に咬《か》まれたんだよ」

「咬まれたわけじゃないから」娘が年配の発言を訂正した。「犬がスズメ蜂に驚いて、あたしがその犬に驚いて、自分で石に足をぶつけただけだから」

「どっちにしても気の小さい犬だよ、役立たずが、蜂の一匹くらいで驚いて。もとは警察犬のくせに」

「親戚のかたじゃないんですか？」と娘が三度目に訊いた。

「いいえ。親戚ではありません」僕は言葉をにごした。「しかし生前に一度か二度、お名前を」

「もしかしてお兄さん、なかなか芽の出ないお弟子さんてとこ？」

「お弟子さんて」娘が反応した。「このお墓に入っているひと、能の先生かなにかだったんですか」

「ううん、そうじゃなくてね」年配の婦人は説明しかけて途中で面倒になったのか気を変えた。「でも、いいひとだね。口数が少なくて、人が怪我して困ってると気前よくバンソウコウをくれる。いいひとだ」

「ありがとう」娘がバンドエイドの箱を僕に返し、底意地の悪そうな、いや悪戯っぽい笑みを浮かべた。「こんなのいつも持ち歩いてるんですか」

「福引の景品で貰《もら》ったんだと思う」

「福引」と年配の女が言った。「お兄さん、それはほんとに福を引いたね。マリさん、このお兄さんほんとにいいひとだよ。これも何かの縁だろう、三名で冷たいもんでも飲もうよ、あたしにおごらせて」

「お兄さんと呼ばれる年じゃないんです」と僕はぼそぼそ呟《つぶや》いた。

「ハセマリです」娘が名乗った。

「見ず知らずの親切なお嬢さんにお墓をきれいにしてもらって、おまけに行きずりのお兄さんに線香まであげてもらって、きっとこの人喜んでるよ。大勢集まってにぎやかなのが好きな人だったからね、由比ガ浜みたいに、いや材木座みたいに」

「津田です」

僕の年恰好《かっこう》も名字も、若いほうにはともかく年配の婦人の記憶にどこまで正確に刻まれたのか定かではなかった。むろん僕の記憶も混沌《こんとん》と、茫漠《ぼうばく》としている。たがいをナオエさん、マリさんと呼び合うこの二名が、その日、いやあの日どこでどんなふうに出会い、墓地までたどりついたのか詳しい経緯もまったくわからなかった。また僕にとって、このときハセマリと名乗った女は彼女が発音した「ハセマリ」というカタカナの無機質な、堅い、平板な響き、一と連なりの音でしかなかった。漢字と仮名まじりで書けば「長谷まり」となるのを知ったのはその日の、いや別の日のことである。その日、それは僕の耳の奥に、人の名前ではなくもっと抽象的な、大きな括《くく》りのものを指し示す単語としてこびりついた。たとえば今日以降の未来、世界、この街、東京。「東京です」と彼女は名乗ったようにも、単に「はじめまして」と名乗ったようにもそのとき僕には聞こえた。明日も会い続けるだろうという予感です、すべての人のいとなみです。出会い、別れ、葛藤《かっとう》、愛です。コリー犬であろうとシェパード犬であろうと、いや、ペットであろうと捨て猫であろうと餌をねだって鳴く子猫をまえに人がおぼえる一般の感情です。ハセマリ。僕はこの単語、音の連なりからイメージするものをこの日が過ぎても忘れないだろう。忘れないだろう？

忘れないだろう？ と、自分の書いた文章をそこまで、原稿用紙にすれば十二三枚読み返したとき、玄関のドアチャイムが鳴った。まず机の上に置いて聞くともなく聞いていた携帯ラジオを消し、回転椅子をまわして音のしたほうを見たが、仕事部屋から玄関のドア付近は視界に入らない。さらに何度かチャイムは鳴り響いたが僕は椅子を立たなかった。

しばらくするとドアが開き、長谷まりが玄関で靴を脱ぐ気配があった。見えないけれどもそれが長谷まりであることは間違いなかった。僕は机のほうへ向き直って原稿用紙を手にした。まもなく長谷まりが仕事部屋に入ってきて、背後で、ベッドのはしに腰をおろすのがわかった。以前、何回となくこの位置関係で僕はパソコンにむかい、長谷まりは歯ブラシを口にあてていた夜があった。

「先生」と背中で長谷まりの声がした。「勝手にあがってきてごめんなさい。ドアがあいてたから」

「待ってたんだ」と僕は振り向かずに答えた。

98

「どうして？」と長谷まりの声が訊いた。

「うん？」

「待ってたって、いま言ったでしょ」

「ああ、そろそろ現れる頃だと思ってた」僕は原稿用紙を一枚めくり、前のページに目を通すふりをした。「単にそういう意味だ」

「どうして」

「お世話になった人への年の暮れの挨拶《あいさつ》だよ。日本には昔からそういうしきたりがあるだろう。なかったか？」

「まだ十日過ぎよ」

「あの野球選手は球団を馘《くび》になったらしいな」

「自由契約」

「どう違うんだ」

「彼はアメリカに行ってむこうのプロ野球で野球を続けるといってる」

「アメリカ？　むこうのプロ野球ってMLBのことか？　ドイツのブンデスリーガの間違いじゃないのか？」

背後では何の反応もなかった。もともと自分がジョークのつもりで口にした台詞《せりふ》が相手を笑わせたためしが一度でもあったのかなかったのか、僕の記憶は非常に心もとなかった。

「日本のプロ野球で一勝もできなかった投手が、どうやったらジョー・ディマジオを、いやアレックス・ロドリゲスを三振に取れる」

「先生」

「何だ」

「あたしも一緒に行こうと思う」

「それがいい。通訳として付き添ったほうがいい。あたしの彼はおよそ百マイルのスピードボールを投げるけど、ホームベースの上はときどきしか通りません、まずコーチにそう断っておくべきだ」

「でも先生が行くなと言うならあたしは日本に残る」

僕は回転椅子ごと後ろを振り向いた。

「冗談だろ？」

「冗談よ。ちゃんとこっち見て、顔を見せて喋《しゃべ》ってよ。会うのはもうこれが最後になるかもしれないんだし」

僕はまた長谷まりに背中を向けた。

「会うのはこれが最後っていう人間なら、ここから電車で行ける距離にだって大勢いるよ。遠くにいたって近くにいたって会えない人間には会えないんだ」

「誰のことを言ってるの」

「特に誰のことってわけじゃない。会うのはこれが最後という日は相手が誰であろうと必ず来る。そういう話をしてるんだ」

「出版社のひとのこと？」

「いや」

「だって吉住さんに電話したでしょ」

「ああ」僕は少し癇癪《かんしゃく》を起こした。「たとえば出版社のひとのことだ。吉住さんだけじゃない、どのひともこのひとも僕に会いたがらない。電話にすら出ようとしない。君の仲良しの同僚は吉住吾郎と喧嘩《けんか》別れでもしたのか？」

「結婚したわよ。彼女が教えてくれたの、うちのに電話してくるくらいだから先生、相当、弱気だねって。その話も聞きたかったの」

「どの話」

「先生が週刊誌に小突きまわされて弱ってる話」

「小突きまわされてたのは先月までだ。津田伸一の名前はもうとっくに忘れ去られてる」

「それで、弱気になってこれからどうするつもり？」長谷まりがベッドの上ですわる位置を変えた。「そういう話もしたかったの、もう二度と会わなくなるまえに。ひとりにしてくれとか強がり言ってたけど、先生、東京でほんとにひとりでやっていける？」

「見ればわかるだろ」

「どう？」

「原稿を書いてるんだよ。パソコンが壊れたから、生まれて初めて万年筆で四〇〇字詰め原稿用紙というものに書いてみた。なかなか得難い体験だ。しばらくこれでいく。手書きを作家としての売りにする。それから、言っておくけど、僕はひとりじゃない。決して、いままでこの東京でひとりぼっちになったおぼえはない」

「友達いないじゃん」

後頭部の片側、というよりも右耳の下部のあたりに疼痛《とうつう》をおぼえた。僕はそこにてのひらをあて、痛みを耐え、気を長く持て、と自分に言い聞かせて続きを喋った。

「友達？」

「作家の友達、つくっとくべきだったね」

「若いな、長谷まり。困ったときに頼りになるのは友達なんかじゃない。友達は何のたしにもならない。クリスマスに趣味のいいカードを送ってくるくらいのものだ。その友達が作家なら、カードのかわりに新刊本を送りつけてくるだろう。装丁だけ、カバーだけご立派な単行本だ。馬子にも衣装みたいな、そんな本が何の頼りになる？　困ったとき頼りになるのは、金を融通してくれる人間か、金銭ぬきでSEXの相手をしてくれる人間か、そのどっちかしかいない」

長谷まりの鼻から息の洩《も》れる音が聞こえ、ここで何か言い返されるのも鬱陶《うっとう》しいと思っていると、うまい具合に電話が鳴り始めた。着信音が三回鳴って止み、誰かからメールが届いたことを知らせた。携帯電話は台所の円卓の上だ。いま僕にメールを送ってくる相手はロコモコくらいしか思い浮かばず、もしロコモコのメールなら急いで読む必要もないのだが、僕はあえて椅子を立ち、長谷まりの前を通り、台所に行って携帯をつかんで送信者名を確かめた。ロコモコだった。

携帯を開いて見るとほかに二通メールが届いていて、いずれも長谷まりからの在宅か否かを問い合わせるメールだった。ロコモコの用件はあとで読むことにして携帯をテーブルに戻し、かわりに皮膚科で処方された痛み止めと化膿《かのう》止めの錠剤をてのひらに載せて流しへ行き、水道の水で呑《の》みくだした。

そのあと仕事部屋に戻ろうとすると、長谷まりはベッドを離れて机の前に立っていた。上着も脱がず着ぶくれた恰好《かっこう》で、ショルダーバッグを右肩からさげたまま、腕組みをして、原稿用紙を見下ろして書かれている文字を判読している模様だった。僕が入口に立った気配を感じているはずなのに振り向こうともしない。

「長谷まり」

「ごめんなさい」長谷まりはやっとこっちを見た。「怒らないで。心配だったの。良くない噂ばっかり耳に入って来るし、壊れたのはパソコンじゃなくて先生のほうじゃないかって言うひともいるし、ほんとに、ここで小説を書いてるのかどうか、それだけ確かめようと思って」

「吉住吾郎が、津田伸一は壊れたって？」

「吉住さんがそう言うのを聞いたわけじゃないけど」

「壊れたってどういう意味だ」

「ほんとに怒らないでね。一枚目をざっと見てみただけだから」

「もう小説が書けないという意味か？」

「怒らないでよ。あたしがそう言ったわけじゃないんだから」

「別に怒ってないよ。もっとそばに寄って見るといい」

「何？」

「そこの椅子にすわって、気のすむまで読むといい」

「先生？」

僕は台所に引き返し、円卓の椅子に腰かけて、長谷まりが原稿を読み終わって自分から出てくるのを待つことにした。

99

「御高評をどうぞ」

「急にそんなこと言われても」

「遠慮するな」

「謙遜《けんそん》もするな」

「だいいちあたしには小説のことはよくわからないから」

「だってこんなときに、ここで、いま読んだ小説の話をしろって言われても。こんなこと初めてだし」

長谷まりが長谷まりらしくなく歯切れが悪いので僕は焦《じ》れた。

「こんなときって何だ」

「今日の予定では、あたしは先生にお別れを言いに来たつもりなのに、こんなふうになるとは思わないでしょ？　いきなり書きかけの小説を読まされて、批評しろとか」

「そうか」僕はタバコを取り出して口にくわえた。「そうだな」

長谷まりが灰皿を僕のほうへ雑な手つきで押しやり、円卓の上に散らばっている灰が目ざわりなのか、中指の先で押さえつけて何回も拭《ぬぐ》い取った。

「わかった。そっちの話から片づけよう」

僕はタバコを箱の中に戻した。

「長谷まり、アメリカでは様々な苦労を味わうだろうが、めげるな、日本人としての誇りと自信を失わずに頑張れ、せかせか結論を急がず、深呼吸して事にあたれ。まあとにかく元気で暮らせ」

「ほえ」

「あと、あの野球選手にもよろしく、君たちの件に関しては僕はもうさっぱりしている、彼の言ったとおり若い者には若い者の活躍の場がある、僕みたいなロートルの出る幕はない、心配要らない、慰謝料の請求もしない、僕と会ったことなど忘れてしまっていい、そう伝えてくれ。そのかわり、長谷まりはたまに、歩行者用のてのひらの信号を見たら僕のことを思い出して懐かしがるといい。僕は僕でこの日本で苦労する。慣れない万年筆で小説を書いてゆく。本来は左利きだけど右手で万年筆を操って、右手の、ここんとこ、小指の側面から手首のあいだをインクで汚しながら書き続ける。以上。それではそういうことで、さよなら」

「いろんなひとが似たようなことを言うんだけど」

と、しばらく黙っていたあとで長谷まりが口をひらいた。

「携帯電話をみんな使うようになって、いつのまにか恋愛の苦労が消えた、みたいなこと。携帯電話があるから電話でもメールでもどこにいたって連絡取れるし、行き違いとか、すれ違いとかも起きようがない。相手のことが心配でやきもきしたり、胸騒ぎしたりもない。ちょっとでも不安なら電話して、どこにいるの、何してるの、って聞けばいい。答えを聞けばいつだって安心して眠れる」

「相手の答えが信用できるなら」

「そんなの苦労のうちに入らないんでしょう。とにかく電話すれば声が聞ける、メールを打てば返信がくる、相手が自分のために時間をさいてくれているのがわかる。答えが信用できてもできなくても、相手の喋《しゃべ》ってることや書いてることは理解できる。でもそれ以前の問題ということだってあるよね。世の中には、先生みたいなひとがいる。話したいときに電話してもつながらないし、メールだって返ってこない。読んでくれてるのかどうかさえわからない。朝から夜中まで何十回も着信がないか確かめてみる。気苦労が絶えない。あたしは携帯電話と恋愛の苦労とは何の関係もないと思う。本来、持つ資格のないひとが携帯電話を持ってるからよ」

「何が言いたいんだ」

「携帯電話を持つか持たないかは免許制にするべきだと思う。筆記試験と実地試験をやって、電話がかかったら必ず出る。届いたメールには返信する、そのチェック項目がクリアできた人だけに免許を交付すればいい。違反したら罰則を科せばいい。そうしたら恋愛の苦労はほんとに消えるかもしれない。消えなくても多少は減ると思う。携帯電話を免許制にしたら」

「恋愛を免許制にしたほうが早くないか？」

「ひょっとしたら小説家にだって免許制は必要かもしれない。下手な小説を書いたら免許を停止する。講習を受けさせる。実在の人物名を書いて、しかも事実を曲げたりしたら禁固刑にする」

「何だそれ」

「むかつく」

「いま読んだ原稿の話か。もう始まってるのか？」

「よくわからないけど全部。何もかも。でたらめばっかり書いて。最後の最後に、なんでこんなに嫌な思いしなきゃならないの」

「原稿の話だな？」

はっきりと力強く、というか喧嘩《けんか》ごしに一回うなずいて見せて、長谷まりはまた腕組みをした。

「話してるうちにだんだんむかついてきた。だいたい、あの書き出しは何。『あれは六月の下旬だったのか九月のなかば頃だったのか』て何。昭和時代の物語でも書いてるつもり？　それでも小説家？　たった二年前に、あたしと最初に会った日の思い出を書くのに、そんないい加減な記憶で許されると思ってるの」

「やっぱりな」

「やっぱりなって何」

「ごめん」

「ごめん？」

僕はうなずき返して自分の非を認めた。

「どっちか決めきれないんだ。どっちだった？」

「九月に決まってるでしょう。九月のなかば頃じゃなくて上旬。あのときおばさんはまだ暑い時期だからって絽《ろ》の着物を着てた」

「おばさん。おばあさんじゃなかったか？」

「せいぜい五十代の後半よ。サングラスなんかかけてないし、目の不自由な人でもなかった。ただ、片方の脚を悪くして杖《つえ》はついてたけど、でもそれも白い杖じゃなかった」

「そうか。おばさんとおばあさんの件は、ほかのどこかで会った人の記憶と混線、いや混乱してるのかもしれないな。でも長谷まりはあの日、あの婦人とふたりでお寺の墓地にいた。それは確かだな？」

「先生はお寺のことを、広く門のひらいた寺と書いてるけど、門なんかないし、門柱が立っててお寺の名前が書いてあるだけ。それにあたしは墓地で先生にバンドエイドを貰《もら》ったおぼえもない。駅の階段が混んでて、すぐ隣でおばさんが転びそうになったのをかばったとき怪我した傷だから、バンドエイドは駅の売店でおばさんが買ってくれた。混乱というなら、先生の記憶はむちゃくちゃに混乱してる。なぜシェパードがお寺にいるのかもわからない。耳の内側に入れ墨した犬なんてあたし見たこともない。それに、読んでて思ったけど、もともと先生はあのお寺に何をしに入ってきたわけ？　そこがまったく書かれていない」

「謎だな。でもシャツの胸ポケットにバンドエイドの箱が入ってたことは妙にはっきり憶《おぼ》えてるんだ」

「福引で当てた？」

「うん、いや、違うかもしれない」

「そうとう重症、それに噂通り、そうとう弱気だよね。いや、いや、いやって原稿にも何回も言い直しが出てくる。何かの冗談なのかと思った。ただ、いちばん驚いたのは、いままで他人に原稿を読まれるのをあれほど嫌がってたくせに、今日に限ってお許しが出たことだけど」

「あの原稿は破棄しよう。もう一回、気合入れて書き直してみよう。初めての手書きの文章だから、まだコツがつかめないのかもしれない。たぶんあの婦人の名前は『ナオエさん』じゃなかったんだよな？」

「誰よそれ。本気で書くつもりならちゃんと書き直しなさいよ。『あれは九月の上旬のことだった』て書き出すべきよ」

「わかってる」

僕はあらためてタバコを箱から取り出して火をつけた。火をつけたあと、居間の窓のほうへ目をやって考え事をしたのを憶えていて、何秒か何十秒か後、我に返ると長谷まりが僕の顔を見て何か喋り、考え事の中身は消えていた。

「そうだな」と僕は相づちを打った。

「そうでしょう？」と長谷まりが芝居がかったアクセントで言い、ため息をついた。「聞いてなかったのね」

「ごめん。もう一回言ってくれ」

「でも先生、書き直すっていうけど、書き直したものを今度は誰が読むの。出版社のひとに読んでもらうあてはないんでしょう？　あたしはもう来週には日本にはいないよ」

「そうだな、それは非常に難題だな」

僕は次の台詞《せりふ》を口にするために持てる気力をふりしぼった。

「長谷まり、できればクリスマスまで出発を延期してもらえないか。泣いて頼むからさ」

「冗談なんでしょ?」

「もちろん冗談だ」

長谷まりが椅子の背にもたれかかり、両腕を頭上に差しあげて伸びをして一と声、意味のない声をあげた。

「ほんとにだいじょうぶだよ」

「だいじょうぶなのかなあ」

「いまならまだ間に合うかもよ、心変わりするかもよ」

「長谷まり、ここからは正直に言うけど、アメリカに行くくらいで大げさなんだよ。かしこまった別れの挨拶《あいさつ》なんて必要ないんだ。その気になればどこにいたって電話やメールで連絡が取れる。その気にならなければ一生会うこともない。それはそれで全然かまわない。縁があればまたいつか会うこともあるだろう。そのくらいでいいんじゃないか? だからそろそろ帰ってくれていい。僕のことは本当に心配要らない。いたって正気だし、多少はいま弱気に見えるかもしれないけど、時間がたてばもとに戻る。小説だって本気を出せばもっとまともなのが書ける。僕は東京の女優や人妻に人気があるし、ひとりぼっちってわけじゃないから、きっと何とかなる」

「ああそうですか」

「うん」

「じゃあ、あたしは帰る」

「達者でな」

「先生も」

と即座に答えて長谷まりは立ち上がり、ショルダーバッグを肩からさげて玄関へ歩き、靴を履くためにしゃがみこんだ。毛糸の帽子にダウンジャケットの着ぶくれた背中をこちらに向けたまま、馬鹿みたい、と聞こえるように呟《つぶや》いたあとで、

「ねえ、先生」

と首だけねじってちらりと僕を見た。

「あのときのお墓に眠ってた人の名前は憶えてる？　教えとこうか？」

「それは憶えてるから必要ない」

「おばさんはその人が生きてたときはその人の愛人で、鎌倉からわざわざお墓参りに出てきてたんだよ。脚の病気で月命日には間に合わなかったけど。間に合ったとしても、奥さんやお弟子さんのいる前には堂々と出られなかったかもしれないけど」

「そうだろうな」

「あのあと三人でお茶を飲んだよね。先生とあたしはビールを飲んだ。そのときおばさんが、あのお墓に眠ってるのは文学の先生だと教えてくれた」

「うん」

「でも結局、あのおばさんは知らないままね。先生は自分のことを話さなかったから、あのおばさんは先生が津田伸一という名前の小説家だとは知らないままね、いまも。じゃあ、あたし、ほんとに行くから」

靴を履きおわり、ドアを開けて外に出るまえに長谷まりは笑顔を作り、右手のてのひらを僕に向けて挨拶をし、僕は左のてのひらでそれに答えた。そうだ。長谷まりの姿が廊下に消え、ためらわずに歩き出す足音、遠ざかる気配を聞き取りながら僕は思った。そういうことだ。あのときの婦人は僕が誰であるかをいまも知らないままだ。そして長谷まりは、あの婦人がかつて愛した先生、もしくは婦人を愛した先生、小板橋貞二と僕との同業者としての奇妙な因縁をいまも知らないままだ。

100

あれは九月の上旬のことだった。

二年前のある日、残暑の厳しい昼間、昼下がり、寺を出て（あの寺はいったいどこにある寺だったのか？）、三軒茶屋か、桜新町か、どっちかの駅まで歩く途中に見つけた店に入り、三人で丸いテーブルをかこみ、おのおの一杯ずつ冷たい飲み物を飲んだ。婦人は店のメニューに載っていないアイスカフェオレかアイスミルクティーのどっちかを飲みたがって店員に強引に注文し、ハセマリと僕はメニューに載っているビールを飲んだ。その店にいたのは三十分かそこらだったろうが、そのあいだ婦人は休みなしに喋《しゃべ》った。三名がたがいに古くからの知り合いであるかのように、自己紹介などいっさい抜きで世間話を、いや、故人の親戚《しんせき》たちを相手に思い出話をするみたいに喋った。彼女が喋ったのは墓地での話のくり返し、といえばくり返しで、駅の人込みの中で困っているときにハセマリが親切にしてくれた、いや、駅でハセマリが困っているときに自分が助けてやった、どっちにしても今日初めて会った人間に付き添って縁もゆかりもない人の墓参りをするなんてちょっと変な娘だ、と婦人が口にしたか僕が心に思ったかして、でもあたしと気が合うのは気立てのいい証拠だし、こっちのお兄さんも福引で当てたバンドエイドをポケットに入れて持ち歩いてるんだからいいひとに違いない、いや悪いひとじゃない、昨年死んでしまったあの男も今日はきっと喜んでいるだろう、と婦人はくり返し、その男と初めて能を見に行ったときの話をくり返し、世阿弥と、足利義満と、一休さんの話をして、その話の中に柳生十兵衛が登場して、途中から、能の話ではなく山田風太郎の小説の話に飛び移っていて、昨年死んでしまった男が山田風太郎の小説を好きで読んでいたからそういうなりゆきになったのか、それとも婦人が自分が好きで読んでいるだけなのか、そのへんの見分けというか聞き分けが僕にはつかない。婦人は言った。小板橋の能の講釈を聞くくらいなら、山田風太郎の小説を読んだほうがよっぽどためになる。

変なおばさんよね？　とハセマリが同意を求める目つきで僕のほうを見てから婦人に質問した。

「何をされてたかたなんですか、小板橋さんて」

「文学者よ」婦人が僕の目を見て答えた。「本人は聞かれるとそう答えた。詩でも小説でも評論でも何でも器用にこなしたひと。とにかく量をたくさん書いた。そのくせたいした作品残しちゃいないんだけど」

「そうですか」と僕が言った。

「そうよ。世田谷の本宅でも書いたし、鎌倉でも書いた。机なんかなくても畳に腹ばいになって、まわりに誰がいてもどんなに騒いでても平気で書いた。とにかく原稿料いただけるんならっていつでもどこでも何でも書いた。書きなぐるみたいに書いて自信ないもんだから、あたしに読めと言って、御高評をどうぞ、と言って、よく書けてるとほめると無邪気に喜んだ。ところで、お兄さんは、何やってるひと？」

「僕ですか、僕はたぶん、区の教育センターか、パブリックシアターか、よくわからないけどどっちかに用事があって、もしくはそこで人と会う約束があって」

「もしくは？」

もしくは？　と僕は自分に問いかけてみて、首を振り振り万年筆を置いた。ペン先からブルーのインクが原稿用紙の上に撥《は》ねて汚れをつけた。それはそのまま放置して、両手で顔をおおって気持で泣き、泣いたあとすぐに立ち直って意識を集中してみたがくっきりとした記憶はよみがえらない。このインクの撥ねのついた原稿も、というか単に原稿用紙に前よりも曖昧《あいまい》で意味の通らない文章を書いてみただけの試作品も破棄しよう。コクヨのA4の五〇枚綴《つづ》りの原稿用紙からいま書いた三枚を破りとり、それをまとめて二つに引き裂き、ひとかたまりに丸め、台所へ行ってごみ袋の中に押しこんだ。

流しで手を洗い、青痣《あざ》のように濃淡まだらにこびりついたてのひらの小指側の部分のインクを見ながら考え事をし、何秒か何十秒か後、我に返るまで自分が放心していたことを知った。どれだけ擦《こす》ってもインクの紫がかった青色はきれいには落ちない。

円卓の上の携帯電話が鳴っている。

101

今度はメールではなく誰かが僕の番号に電話をかけている。いま僕に電話をかけてくる相手は石橋くらいしか思い浮かばず、コール音を五回か六回まで数えてから歩み寄り、携帯をつかんで表示窓を見た。石橋だった。

「どう？　その後」と石橋は切り出した。

「どうも」と僕は答えた。

「やっぱりだめ」

「ああ」

「帯状疱疹《ほうしん》は？」

「出てるよ。また皮膚科にかかった」

「先月と同じだね」

「それが少し違う。こないだは右の脇腹に出ただろう。今度は右の耳の近くまでのぼってきた。そこらへんに赤い疱疹が出て痛くてしょうがない」

「じゃあ来月はもっと上ってこと？　お正月は顔？」

これが嫌がらせのつもりの発言なら、ふざけるなと言い返せるところだが、むろん石橋にそんなつもりはなく、表も裏もなく真正直に喋る女なのだ。若い頃にろくに本も読んだことがないから「言葉を飾る」ということを知らない女なのだ。そう自分に言い聞かせてもいったん底まで落ち込んだ気分は直らず、椅子に腰かけて、空いたほうの右のてのひらを額にあてて支えた。石橋の声が左耳に入ってきた。

「そういう意味じゃないの？」

「それより、石橋のほうはどうなんだ」

「あたしは正常だけど」

「正常」

「順調？　順調にまだ本も読める。十一月のときと同じ。中さんのときと同じ」

「なぜ石橋のほうだけ中志郎のときと同じ変化が起きて、僕のほうはこうなるんだろうな」

「ねえ。お気の毒に。それでお医者が、来月は顔に疱疹ができるだろうって予言してるの？」

「医者は予言はしない。ストレスによる免疫力の低下が原因だとしか言わないよ。その話はもういいんだ。毎日痛みを我慢して、薬を飲めばそのうちおさまるんだから、先月と同じ経過ならね。それより問題なのは記憶だ、石橋の記憶術がこっちに移動して、過去の記憶がなまなましくよみがえるはずなのに、そうならないのはなぜだ」

「不思議よね」

僕は額にあてていた右手をずらして目と目のあいだ、鼻筋のつけねのあたりを指で揉《も》みながら答えた。

「不思議だな」

「でも過去の出来事をまったく思い出せないわけじゃないんでしょう？」

「ああ、思い出せる。その気になれば記憶はよみがえる。場所も日時もばらばらの記憶が次から次へとね、芋蔓《いもづる》式に。ある朝のことを思い出しているつもりがいつのまにか夜景を見ている。春と夏と秋と冬の記憶がまざっていっぺんに出てくる。石橋、想像できるか、これでいまの僕が文章を書けばどういうことになると思う?」

「芋蔓式はやめたほうがよくない? 芋蔓式は田舎者の言葉だって、前に読んだ本に書いてあった」

「僕が田舎者? 東京の女優や人妻に人気のあるこの僕が?」

「あたしが言ったんじゃなくて、永井荷風て人がそう書いてた」

「ほえ」

「ねえ、津田さん、提案があるの」

椅子を立ち、水を飲むつもりで冷蔵庫を開けたがミネラルウォーターの買い置きはなく、さっき病院で処方された薬を飲むときにもいちど冷蔵庫を開けて確認したことを思い出し、さらに苛《いら》々して缶ビールを取って円卓に戻った。

「ねえ聞いてる?」

「石橋が何と言おうと、三度目の正直はないし、一回目のときは、初対面だし、不慣れだし、僕に不手際があったのかもしれないし、もう一回試してみる価値はあると言いくるめられてその気になった。でも二回目の結果がこれだ。確かにオレンジ色の光は見えたよな? てのひらの熱も、高熱というほどじゃないけど携帯カイロくらいの熱さは感じた。ところがこれだ。きっと石橋のてのひらと僕のてのひらの相性は良くないんだろう。来月また会って、もし顔の右半分に疱疹が出たりしたら外を歩けなくなるからな」

「補償を支払うと言っても?」と石橋が提案した。

「補償って、何のことだ?」

「もちろん現金のこと、キャッシュ。二回分の治療費はあたしが持ちます」ここでなぜか石橋の語尾がよそよそしくなった。「それ以外にも、今後、もし現金が必要なことになれば、あたしにそう言って貰《もら》えば必要なだけ用意します」

「それは、まあ、治療費を持ってくれるのは有り難いけど。無下《むげ》に断りはしないけど。でも、もとはといえば石橋のせいで必要に迫られた治療費を石橋に出して貰って、こっちに何の得があるんだろう。記憶が混乱してるぶんまだこっちがマイナスだな」

「だからあたしは、治療費以外にも、いますぐ津田さんが必要ならば、現金を用意するとお申し込みしています。お申し出ています?」

「石橋、永井荷風が泣くぞ」

「いいから、あたしにこの示談をまとめさせて。津田さんが現金に困ってるのはわかってます。先月からだってもうずっと部屋にこもって暮らしているでしょう。さっきは原稿を書いてるようなこと言ったけど、いくら書いたにしても、その原稿が売れるあてはありますか? 皆目ないよね? いまはどこのどなたも津田伸一の原稿は買ってはくれません。じゃあ津田さんはこれからどうやって食べていけばよいのでしょうか? つぶしがきくとかきかないとかいう言葉があるけれど、あたしの考えでは小説家なんてつぶしがきかない職業の最たるもの。この東京でひとりぼっちで、売れない原稿しか書けない人が、いつまで、どうやって暮らしていけるのでしょうか?」

おそらく来年の二月あたりが限界だろう、と石橋には言わなかったが僕は心の中で思った。年は越せる。だが先日、銀行預金の残高をまじまじ見て計算したところ、来年の一月二月までの家賃を払って、あと部屋にこもってきりつめた生活を送ったとしても、春になる前には僕は無一文になる公算が大きい。もしこのまま収入のあてがなければの話だが、このまま収入のあてのない公算も同時に大きい。

「わかった、その気持ち悪い喋《しゃべ》り方はやめろ、治療費は石橋に持ってもらう。で、それ以外の、もし現金が必要になったらって具体的にどういうことだ?」

「まず新年が明けたら、三度目の正直を試してみる。そしてもし津田さんが承知してくれるのなら、二月以降も、つまり四度目も、五度目も、六度目も」

「そのたびに治療費を石橋が持つ」

「もし津田さんの身体に治療の必要性がまた生じたらの話。それ以外に、あたしだけ得するのもお気の毒だから、津田さんが損する分の補償を支払う」

「月に一度、おてあてみたいに」

「月給。それでもいいし、まとめて前払いしてもいい、十一月と十二月の二ヵ月分を含めてもいい」

「ちなみに」出版社の原稿料と同じであとで落胆するのがいやなのでその場で訊《き》いてみた。

「その申し出は月にいくらくらいの予定なんだろう？」

「いまのところ五〇万円を予定してるんだけど」

「五万円だろ？」

「五〇万円」

「治療費は別」

「そう。どうよ？」

予想していたのとは一と桁《けた》違う金額に意表を突かれ、そのぶん心が揺れ動いた。もし来年の一月、三度目に石橋とてのひらを合わせて、その結果顔の右半分に発疹《はっしん》が出たとして、また皮膚科にかかり、十日か二週間か痛みを耐え、外出を控えれば（もともと外出する用事もないし）僕の手もとには一五〇万の現金が残ることになる。貧すれば鈍する。涎《よだれ》の出そうなうまい話があるものだと（帯状疱疹という病に深刻に苦しんでいる人にはまことに呑気《のんき》に聞こえる話だろうけれど）そのときの僕は思った。

「石橋、パーツモデルの仕事って、そんなに儲《もう》かるものなのか？」

「津田さんはいまさらパーツモデルにはなれないと思うよ、それは一般の基準で言えばきれいな手をしてるとは思うけど、やっぱり男の骨張った手だし、それに四〇過ぎてるしね」

「いやいやいや、いまのはわざとだろ、そういう意味じゃないのはわかってるだろ。ひょっとして石橋の亡くなったご両親は資産家だったのか？」

「両親のことはよく憶《おぼ》えていない。津田さんの月給のことなら、誰かに迷惑かけたりしないから心配は御無用。補償のお金は全部あたしのお金。お金はあたしが余裕でたくわえてる」

聞くだけ無駄だという気がしたのでそれ以上の追究はひかえた。

「わかったよ。じゃあ、とにかくいまの申し出は真剣に考えてみる。来年の一月、第二週の土曜日までに」

「それよりさ、今年じゅうに一回会っとかない？　よかったらクリスマスにでも。どうせ津田さんはひとりでしょう？　クリスマスにひとりで部屋にいると孤独でしょう？　その頃にはあたしのお仕事も暇になってるし、クリスマスイブはモデルクラブのお友達のホームパーティーに招待されてるんだけれど、二十五日ならあたしのスケジュールも空いてる。その日に会って、いまの話、もう少し詳しく膝詰《ひざづ》め談判しようよ」

「クリスマスにどこで会うんだ。リボンのかかったプレゼント交換はどうする」

「もちろんやる。津田さんもあたしも二名とも、お洒落《しゃれ》してフランス料理のお店を予約する」

僕が返事を渋っていると、電話口で石橋のほがらかな笑い声がした。

「津田さんのお株を奪ってみた。二名だけで静かに話せるとこがいいよね。でもクリスマスの円山町は満室だろうし、津田さんがあたしんちを訪れてくれてもいいし、あたしが津田さんちに押しかけてもいいけど」

「それはよくないだろう。いくら相手が石橋でも、二名のあいだにまちがいが起きるかもしれない。帯状疱疹《ほうしん》がこれ以上変なとこに出たりしても困る」

「まちがいって？　夏目漱石《そうせき》なら『不徳義』とか『不始末』とか書くような意味のこと？狭義では、婚約者や夫のいるひとを愛してしまうこと？」

「わかったわかった」

「どうよ？」

「石橋が現役の読書家で、僕が元小説家だということは認めるから、そんなにいじめないでくれ」

「津田さんの話し方を真似てるだけよ。だんだんに学んできた」

「とにかく年内に会う件も考えてみる。クリスマスまではまだ十日以上あるから、そのあいだにこっちから電話する」

「そうしてね。待ってるから」

「じゃあ石橋、年末の仕事に精を出して稼いでくれ」

「うん。津田さんは、お大事にね」

102

石橋との電話のあと缶ビールを開けて、ウィスキーをちびちび飲むくらいの時間をかけて一本飲みほした。ニコチンもアルコールの摂取も病気によくないことは医者の意見を聞くまでもなく想像がついたが、どちらも口にせずただじっと椅子にすわっていることのほうが疱疹の鈍い痛みよりもよほど辛《つら》かった。仕事部屋の机にむかえば、また芋蔓《いもづる》式に記憶がよみがえり、田舎者の言葉づかいでろくでもない文章を書いてしまいそうな不安があったので、台所の椅子でビールをもう一本空け、腹がすいたので冷蔵庫を開けてみたが、六つに「切れてるタイプ」のカマンベールチーズが一切れしか残っておらず、着たきりの部屋着を着替えて外に出るのも気が進まず宅配ピザを注文することにした。

宅配ピザとビールが届くまでのあいだ、円卓の上をざっと片づけて拭《ふ》いて、携帯を充電しながら、昼間届いていてまだ開いていなかったロコモコからのメールを読むことにした。彼女は自分の離婚についてと、クリスマスに会おうという僕のした提案について次のように書いていた。ちなみに彼女の離婚話は一度ならずメールで読んだおぼえがあるのでぴくりともしなかったが、クリスマスの件は僕自身ではなくまるで他人のした提案のように白々しく読めた。まったく身に憶えがないというわけではなく、その件をロコモコが非常に重要な案件のように書いているのを読めば、そういえばそういうことも前回のメールで提案してみたかな、という程度の記憶は残っていた。

返信遅くなってごめんなさい。

離婚の調停がうまくいかなくて時間ばかりが過ぎてしまって、いまだに不安定な気持のままです。小板橋さんは元気ですか？　もし新しい営業のお仕事に就いて元気に働いているのならいいけれど。そう祈っていますが、もしそうではなかったら、そんなに元気ではないかもしれないですね。

でも先日のメールには、クリスマス頃には私のほうも小板橋さんのほうも、だいたい落ち着いているだろうから、よかったら、その頃会いませんかと書いてくれていたので、何回も読み返したくらい嬉《うれ》しかったです。前にも、その前にも、何回も書いた気がしますが、私は去年の秋、小板橋さんが一緒にそばにいてくれた日のことを忘れたことがありません。あのとき初めて会って、見ず知らずの男の人と何事もなく、マディソン郡の橋のような人妻のあやまちもおかさず、ただ一夜を過ごしたことが、いまだに懐かしいとは不思議な気持がします。

できることなら私も小板橋さんにもう一度会いたいと願っています。嘘じゃなくて。でも急なお知らせですが、クリスマスには娘が帰京することになりました。夫はいままた日本にいませんが、娘の学校は冬休みに入ります。お正月を娘と一緒に過ごすために、部屋の荷物の整理を始めているところです。家具とか、冷蔵庫の中や洗濯機の中をきれいに磨いて、本やCDやDVDをまとめて棚に並べたくらいで、まだまだトイレやバスルームの掃除はあとになりそうです。キッチンまわりもまだです。いま洗濯に出していた洗濯物が届いて、寝室でラジオを聞きながら洋服を箱に詰めて整理しています。
もしも、小板橋さんが冬休みの前に、時間の余裕があるようでしたら、もういちど会うことも可能なのですが、ご予定はいかがでしょうか？　娘が戻ってくればまた来年まで会えなくなるでしょうね。そうしたら、あれから二年間も、小板橋さんの顔を見ることができなくなって、自然と小板橋さんの顔を忘れていくことになるでしょう。ほんとは、いまも小板橋さんの顔はもうぼんやりとしか思い出せません。ラジオではいま東京特集をやっていて、福山雅治の曲がかかっています。私は福山雅治のファンではありませんが、いまの私の状態で聞くと涙ぐみそうな素敵な曲です。サザンの曲もかかりましたが、少し重かったです。小板橋さんはどう思いますか？　いまはお仕事中でしょうか？　こんな時間に失礼しました。なるだけ早いご返事お待ちしていますね。

ロコモコのメールを読み終えてもまだ時間が余り、手持ちぶさたなので仕事部屋へ行き、机から携帯ラジオを取って台所に戻った。東京特集とかをやっていそうな放送局を選局してみたのだが、どうも最初からその局に合わせていたような気がするし、その局で合っていたにしても東京特集はとっくに終わっているはずで、流れていたのはどこかで誰かが（たとえばロコモコがいま代々木上原のマンションの寝室で聞いていたとしても）涙ぐみそうなしっとりした曲ではなかった。泣いてもいいつもりで途中から後半三分の二ほどを最後まで聞き、それがヒライケンの『LOVE OR LUST』というタイトルの曲だということが番組のパーソナリティーの紹介でわかった。だから何ということもなかった。それからまた携帯電話に手を伸ばし、いまからロコモコに返信を書くか、それとも誰かに電話をかけるか、かけるとすれば誰かあてがあるのか、迷っているうちに考え事を始めたようで、考え事に没入し、没入するほど何を考えていたのかさっぱり思い出せないままドアチャイムの音で放心から覚めた。ピザが届いた。

第十五章　未来

103

　それから十日が過ぎて、中真智子から折り返しの電話がかかってきた。

　折り返しというのは、一般にその言葉が副詞として用いられるときの「すぐに」という意味ではなくて、十日のあいだにこちらからいちんちに一回か二回か随時あちらにかけてみて、かけるたびにむなしい呼び出し音を聞かされて、着信履歴のみがむこうの携帯電話にいくつも残されたあげくの結果、ようやくという意味である。だから十日間、僕は彼女からの電話を待ちわびていたのかもしれなかった。十日前、最初にかけてつながらなかった日の夜ならはっきり待ち望んでいたと言えただろうし、一週間前でも、六日前でもそういう気分はまだいくらか残っていたかもしれない。

　でもそのあとは惰性に近かった。もしくは日課といってもよかった。朝と晩に一回ずつ、新聞を読む、通勤電車に乗る、妻と短い会話をかわす、かつての中志郎の習慣のようなものだ。朝と晩に一回ずつ、人の世の無常を思う、近所を散歩する、携帯電話をいじる。これといって他にすることもないから、どうでもいいことが習慣になる。たぶん夏目漱石なら（石橋に確認すれば正しく教えてくれると思うが）「荏苒《じんぜん》」として日々を送るとか表現するところだろう。……荏苒？

僕の毎日はだいたいその表現のように過ぎていた。気がつけばロコモコあてにメールを書き、決してつながらない電話を中真智子にかける。ほかに意固地とか、好奇心とか、怖いもの見たさとかも微量ずつはまじっていたかもしれない。とにかく相手が電話に出るかまたは折り返しかけてきて、開口一番どんな口調で何を言うのか、その声を聞いてみる。その声を聞けば、この惰性の電話にはけりがつくはずだった。

「何回も何回もストーカーみたいに電話してきてどういうつもり？　人の迷惑も考えてください、こちらが電話に出ないのは迷惑がってる証拠でしょう？　そんなことくらいわかるでしょう！」

そう決めつけられて一方的に電話が切られたとしても、それはそれでかまわない。同じ番号に電話をかけ続けて十日もたてばそのくらいの覚悟はできる。

そういうわけなのでその日、中真智子からの電話を僕はまだ（惰性で）待っていたのかもしれないが、心底待ちこがれてはいなかったと思う。仮にかかってきたとしても、こちらから具体的に何をどう切り出して喋《しゃべ》る用意もなかった。十日前にはその用意があって思いきって電話をかけたはずなのに、そのとき彼女に何かを喋りたがっていた自分は十日後のいまはもういなかった。

実際の話、僕はそのとき地下鉄の乗り換えのために渋谷駅のホームにいて、彼女からの着信を知らせる表示窓を見たときも心はいっこうに弾まなかった。この女はいまさらどんなつもりで折り返しの（折り返しにしては時間のかかりすぎた）電話をかけてきたのだろう？　ともの憂く思ったくらいだった。

「はい」と僕は声を出した。

次の電車の到着を待つ人々の列から抜け出て、できるだけ人気のないスペースを探して移動して、ひとつため息をつき、通話ボタンを押して声を出したのだ。はい、という僕の一と声に対して、まるまる一年ぶんの挨拶《あいさつ》も抜きで、

「何度か電話をもらったようだけど」

と中真智子の声が返ってきた。

「そうか」と僕は答えた。「それで親切にわざわざかけなおしてくれたのか」

「ええ、あなたからあたしに重要なお話でもあるのかと思って」

「それは悪いことをしたね。誤解だ。単なるまちがいなんだ。人のとまちがって登録ボタンを押した。ごめん」

ややや間があって中真智子の声が言った。

「十八回も」

「着信履歴が残ってるのはわかるでしょう、いちいち削除するのもうんざりするくらい。十八回も人の番号とまちがえてあたしにかけたの？」

「うん？」

「うん」

「津田さん」

と中真智子は言い、あとに続ける言葉を探して探しあぐねた模様だった。また数秒の間が空いた。

「あいかわらずね」と彼女は平凡な言葉を見つけた。

「そうかな」

「あたしにはそう思えるけど」

「以前、僕が君に十八回も連続で電話をしてつながらなかったことがあっただろうか。十日たってやっと君から電話をもらえたことがあっただろうか」

「あいかわらずとあたしが言ってるのはね」

「赤ん坊の泣き声が聞こえるな。おっぱいを欲しがって泣いてるんじゃないか？」

「娘は隣の母に見てもらってる。津田さんのそういうところがあいかわらずだと言ってるの。まわりが騒々しいのはそっちじゃない。どこにいるの、駅？」

「いま僕の乗る電車が入ってきて、じきに出ていくところだ」

「そう、じゃあゆっくりお話してる時間もないわね。いつかまた」

「いいんだ」

「いいって？」

「聞こえただろう、人が大勢乗り込んで電車が出ていく。また次のが入って来て大勢の人が乗り込む。いったいみんなどこから来てどこへ行こうとしてるんだろう」

「出産の話は広重さんから聞いたの？　それとも」

「街じゅうの噂だよ。それより」と言いかけて迷った。十日前、こんな話をするつもりで最初の電話をかけたのだったろうか？

「それより何」と中真智子の声がせかした。

「僕たちは以前、二年ほど前の話だと思う、三軒茶屋にあるパブリックシアターで演劇だか現代舞踊だかを見たことがなかっただろうか。それかもしくは、世田谷区の教育センターにあるプラネタリウムをふたりで見学に行ったことがなかっただろうか」

「はい？」

「どちらもなかっただろうか」

「何の話？」

「ちょっと懐かしい記憶の話をしてるんだよ。君が僕のことを伸一さんと呼んでた頃の話。そんなに遠い昔じゃない。憶《おぼ》えてないか？」

「その質問をあたしに？　本気で聞いてるの？」

「ああ。昔、一度だけ君を独占したいと願ったことがある。君の二の腕に僕の名前を入れ墨してほしいと思ったことがある、そのときと同じくらい本気だ。憶えてるなら教えてほしい」

「あのね」中真智子の口調はあきらかに投げやりになった。「三年前の夏でしょう？　三軒茶屋の駅前のパブリックシアターでしょう？　確かにそこで待ち合わせて、あっさりすっぽかされた記憶ならあります、何の連絡もなしに。チケットが二枚あるからって津田さんのほうから誘ってくれてたのに。あたしは何時間も待ちぼうけ。翌日、津田さんは携帯に電話をかけてきた、一回だけね。たぶん謝るつもりだったんでしょうけど、あたしはすねてたからその電話に出なかった。それきり津田さんのほうからは音沙汰《さた》なし。でも何日かしてあたしのほうから津田さんに電話をした。それであたしたちはまた会うことになった。でも次に会っても津田さんはすっぽかしの件には一言も触れなかったし、言い訳もしなかった。言われてみれば確かに、ちょっと懐かしい思い出よね」

「プラネタリウムは」

「まったく記憶にございません」とため息とともに返事があった。

「そっちはほかの誰かさんをすっぽかしたんじゃないのかしら？　あたしではなくて、心当たりの誰かさんに訊《たず》ねてみるべきね。そっちのほうも答えが出るといいわね」

今度は僕のほうが黙り、長めの空白が生じた。

「話ってそれだけ」やがて中真智子の声が聞こえてきた。「それだけのためにずっと電話をかけてたの?」

「うん」

「津田さん」

とまた中真智子が呼びかけ、今度はあとに続く言葉がすらすらと出た。

「またあなたの電車がホームに入って来たみたいよ。早く乗ったほうがいい、いつまでもそんなところに立っていないで。それに乗って、できるだけ遠くへ行って。携帯電話の電波が届かないくらい遠くまで」

「実は話はそれだけじゃない」

半蔵門線の電車が乗客をのみこんで走り去るのを見届けてから話の先を続けた。

「君はどうして僕の番号を携帯から削除しないんだ。話したくないのなら着信拒否にだってできるだろう。十八回も着信履歴が残っていてうんざりだと君は言う。じゃあなぜ僕が電話をかけると君の電話につながるようにしておくんだ。最後に会ってからもう一年以上たっているのに」

「そうね」中真智子は僕の質問を理解した。「あなたの言うとおりね。これからそうする。この電話が切れたら、津田さんの番号は削除して、登録してる番号以外からの着信は拒否するように設定する」

「僕は君の夫に、いや元の夫、中志郎に話を聞いた。彼が言うには、君の産んだ子供は僕たちふたりの」

「あの人があなたに何と言ったかは知らない。ううん、何と言ったかだいたいの想像はつく。でもそれはあの人の誤解よ、ぜんぶ誤解」

「誤解はわかってるさ。君の娘の父親は中志郎だ、血をわけた父親という意味でならね。ただ僕が言いたいのは」

「それも誤解」と中真智子が最後まで聞かずに言った。またしても沈黙が数秒流れた。

「そうか」という一言しか僕は思いつかなかった。

「そうよ。きっと津田さんも誤解している。あたしのことを、幼い子供をかかえて夫に捨てられてしまった哀れな女だと見ている。それであたしに何回も何回もしつこく電話をかけてきたのね？　あの女は独りになって気持が弱ってるから、男が必要だろう、僕が力になってやろうと思ったんでしょう。いまのあの女の状態なら、耳もとで、愛してるよとでも囁《ささや》いてやればいちころだ、そう思ったんでしょう？　とんでもない誤解よ。あたしは母親なのよ。もう去年までのあたしといまのあたしは違うのよ。娘を出産したばかりの母親なの。誰があなたみたいないい加減な男と」

「そうか」

「そうに決まってるでしょ。誰があなたみたいないい加減な男と関係を持ちたいと思う？いまさらよ。そばに男がいなくてあたしはせいせいしてるの。娘におっぱい飲ませるのでせいいっぱいなの。自分で痛い思いをして産んだ娘だから、あたしが自分の手で責任を持って育てる。男なんか必要ない。優しくされたり、うとまれたり、気まぐれな秋の空みたいな男はもうこりごり。昔の男の同情も要らない。特にあなたみたいな男の、おためごかしの同情は要らない。こんな電話、正直言って虫酸《むしず》が走る」

「おためごかし。何だそれ」

「仕事がなくて困ってるんでしょう？　独りで、誰も頼る相手がなくて心細いんでしょう？　それでさもあたしを気づかうみたいに電話をかけてくる。ほんとは自分の寂しさをまぎらわせたいだけなのに。そういうのをおためごかしと言うのよ」

「言葉の意味はわかってるよ」

「同病相あわれむって言葉もある。でもあたしはあなたと同じ病気じゃない。あなたはそうかもしれないけど、あたしは独りで困ってもいないし、心細くも、寂しくもない」

「わかったよ」

「わかったのなら、津田さんのほうこそあたしの電話番号もメールアドレスも削除してちょうだい。いますぐに、そうしてください。同情されるいわれも、哀れまれるいわれもないのに、こんな馬鹿げた電話、二度とかけてこないでほしい」

わかったよ、ともういちど答える途中で電話はむこうから切られた。開いたままの携帯電話を左手に握ってしばらく考えをまとめてみた。これで十日間かけつづけていた惰性の電話にはけりがついたわけだ。女が母親になるということがよほどのことなのか、女にどれほどの変化をもたらすものなのか僕にはわからないが、本人がもし（強がりではなく）本気で「二度とかけてこないでほしい」と願うのならそうしたほうがいい。しばらく考えたあと、その場で携帯電話を操作して中真智子に関する登録をすべて削除した。別に何ということもなかった。削除キーを押してもたいした後悔も感傷も生まれなかった。半蔵門線の僕の乗る電車がまもなくホームに入るというアナウンスがあり、携帯をポケットにしまって到着を待つ人々のほうへ歩いた。

確かなことは三つ。

バリ島へ旅行する以前の中真智子は男を（夫以外にも）必要とする女であったこと。母親になることを心底望んでいるようには見えず、僕からの電話なりメールなりの連絡に応じて大森から二子玉川まで僕に会うために通ってきたこと。それがほんの一年前の出来事であるということ。もう一つ。最後に中志郎と電話で話したとき、彼が「もし津田さんが彼女と彼女の産んだ子供を引き取って、新しい家庭をつくるつもりでいらっしゃるなら、それが一番じゃないでしょうか」と、中真智子もそのことを望んでいるかのようなニュアンスを含めて発言したけれど、まったくの見当違いであったこと。つまり中志郎は最後の最後まで自分の妻だった女を理解してはいなかったのだろうし、同時に、中志郎の喋《しゃべ》ったことを少しでも信じかけた僕もその点では同様であるということ。中志郎も僕も、男としてこれ以上なく愚かであること。

さらに一つ。これでまたひとり、僕がこの東京で携帯電話で連絡をつけられる相手が消えたということ。喋るのも会うのもこれが最後。前途はない。電車で行ける距離にだって二度と会えない人間は大勢いる。長谷まりにむかって何気なく吐いた台詞《せりふ》が、日々、着々と現実になっていくのだということ。

104

「小板橋さん？」

と女があたりをはばかるような声で呼んだので、振り向いて、うなずいて見せ、

「やあ、しばらく」

と笑顔を作った。

屈託というもののない笑顔を作るために自分なりに努力したつもりだった。代々木上原の駅、高架線のホームから階段を降りて改札を抜け、二階というのか一階というのかとにかくそのフロアの出口付近にあるＴＳＵＴＡＹＡの前まで歩く。そこでＤＶＤの青いケー

スを胸にかかえたロコモコと会い、挨拶《あいさつ》をかわす。去年の秋とまったく同じ段取りである。きっとこのあと駅のそばのハワイアンパブでロコモコは好物のロコモコを食べるだろう。

「あいかわらずね」と女が答えた。

「君はすこし」と言いかけて、何かがしっくりしない感覚をおぼえた。「ロコモコさんはすこし痩《や》せたみたいだね。いや、そうじゃないかもしれない。なにしろ一年ぶりだからね、見違えた、というのも失礼かな。とにかく去年会ったときにくらべると」

「背も伸びたでしょ」

「うん、そうかもしれない」相手がジョークを言っているのだと思ったので僕も軽く受け流し、てのひらで頬を撫《な》でた。「僕のほうは髭《ひげ》が伸びたし」

「ほんと、髭づらの津田伸一をこんなところで見かけるとは思いもしなかった。一年ぶりに会うのならそのお髭は剃《そ》ってくるべきよ。相手の人は見分けがつかなくて困ってるんじゃない？」

そう言ったあとで、女がTSUTAYAの店内へ顎《あご》の先端を向け、僕の注意をひいた。

入口のほど近くに中古販売のビデオテープかDVDかを積んだワゴンが置かれ、そばに別の女がひとりで立っている。赤みがかった茶色の革のジャケットにスカート。片手に毛皮の縁取りのあるスエードの手提げ鞄《かばん》を持ち、もう一方の手には携帯電話を握っている。あきらかに人待ち顔で、ワゴンの商品には目もくれない。あっちがロコモコに違いなかった。僕が注意を向けているあいだに、ロコモコは携帯電話から目をあげ、入口のほうへ、つまり僕たちが立っているほうへ二度、三度、視線を走らせた。

こっちはロコモコとは視線を合わせずに僕はそばの女に向き直った。タートルネックのセーターの上から黒っぽいコート、というよりも丈の長いぞろっとしたカーディガンのような代物をはおり、片手に持っているのはキーホルダーのみ、あとは手ぶらで立っている。

「あの人とは店の前で待ち合わせる約束なんだ」

「寒いから中で待つことにしたんじゃないの？　あの人、人妻よね？」

「見つけたらすぐに出てくればいいのにな」

「だから、きっと見分けがつかないのよ、そのお髭で。『小板橋さん』のほうから声をかけてやったほうがよくない？　あの人、他人の嫁でしょ？」

「何だ、その他人の嫁って」

「懲りないのねえ」

女が首を振り振り、短いため息をついた。

「まったく、津田伸一の面目躍如ってとこよね、あれだけ寄ってたかって叩《たた》かれたくせに、業界でも、業界外でも」

そのあとで僕がもっと深いため息をついた。

「君はよく僕だと見分けがついたな」

「だって、あたしはあなたと一夜をともにした仲だもの、眠るまえに優しく手も握ってもらったし、それにもともとあたしは津田伸一のファンだもの。そう言ったでしょ？　憶《おぼ》えてない？」

「なるほどね」

「憶えてないのか、まあね、酔ってたしね。顔も憶えてなくて、君は誰だったっけ？　て聞かれるよりはましだけど」

「酔ってたのは僕じゃないだろ。ところで君はこんなとこで何をしてるんだ？」

「待ち合わせに決まってるでしょ」

「相手は」

女は腕時計に目をやり、それからまた店内へ顎をしゃくった。そっちの方向に注意をむけてみたがロコモコ以外に人待ち顔で立っている人物の姿は見当たらなかった。

「入っていって探せよ」

「いいの。約束の時間を三十分も過ぎてるし」

「三十分くらい待ってくれてるさ」

「いいの。もともと乗り気でもなかったし。たまたま時間が空いたから、ドライブがてら来てみただけ。それより、津田さんこそ入っていって声をかけてあげたら？　他人の嫁に」

「うん、そうしよう」

「じゃあまた」

女が片手をあげるので僕も片手でこたえ、背を向けかけると、

「ねえ津田さん」

またすぐに女の声が呼んだ。

「やっぱり待って。せっかくこうやって会えたんだし、よかったら、どこかでお茶でも飲んでいかない？　実をいうと、ちょっと話してみたいことがあるの。話せる機会がこんなふうにめぐってくるとは思わなかったけど、津田さんに聞いてもらえるといいな、と思ってた、これはほんと」

「またあの女優がらみか？」

「ううん違う、安心して。今度は身に危険のおよぶ話じゃなくて、ちょっと長くなるかもしれないけど、耳寄りな話。聞いてみて損はないと思うよ」

「耳寄りな話か」

「そう」

「そんなものがまだこの街にあるとは知らなかった。でも残念ながら約束がある」

「あってないような約束でしょ？」

「君のほうの約束はね。僕の相手は中で待ってるんだ、見えるだろ」

キーホルダーを持った手を何回か振って音をたて、そのあとで一度鼻をすすりあげ、女は意外にあっさり引きさがった。

「わかった。津田伸一とあたしとの縁はこれまでってことね。これっきり。さっさと中に入って声をかけてあげたらいい、他人の嫁に」

「うん、そうしよう」

「それでまた旦那《だんな》さんにねじこまれて痛い目にあえばいい」

「旦那さんは海外出張で留守なんだ」

「娘さんは？」

自動ドアが開く寸前、ロコモコのもとへDVDを手にした子供が歩み寄るのが目に入った。ドアが開き、店内に入ってまっすぐにワゴンのほうへ向かい、そばに立つ母と娘のわきを無言で通り過ぎた。通り過ぎるさいにロコモコと僕の視線が一瞬まじわったが、相手の表情に変化らしい変化は現れず、むろん「小板橋さん」と呼び止める声も聞こえなかった。

あてもなく店内をめぐり、韓国映画のDVDが陳列してある棚があったのでその前に立ち、五分ほど時間をつぶした。ペ・ヨンジュンとソン・イェジンが共演している『四月の雪』を手に取り、パッケージの裏の解説を読んでいると、女がひとり横に立った。スエードのバッグが目に入ったのでそれが誰であるかは明らかだった。

「小板橋さん」とロコモコが小声で言った。

「はい」振り向かずに僕は答えた。

「おひさしぶりです」

「はい」

「やっと会えましたね」

「深く、静かにゆれる男女の想い」と僕は映画の惹句《じゃっく》を読んだ。

「いちんち早まったんです」

「うん？」

横目をつかって見ると、ロコモコは僕を真似てＤＶＤの陳列棚に向かって喋《しゃべ》っていた。

「ごめんなさい、娘が帰ってくる予定が一日早くなって今日」

「うん」

「ほんとにごめんなさい、メールで知らせようと思ったんですけど、でも、小板橋さんの顔だけでも見ておけたらいいなって……自分勝手でごめんなさい。その映画、とってもいい映画なのよ、あたし夜中に見てたら涙がとまらなかった」

「そう」

「あのね、小板橋さん」ロコモコがぼそぼそと続けた。「いまちょっと思いついたことなんだけど、こんなこと、ほんとはあり得ない話かもしれないけれど、もしも、小板橋さんがもしもそれでもいいと言ってくれればなんだけど、今夜、これから娘もいっしょに、三人で晩ご飯だけでも……」

「あり得ないよ」

「……やっぱりそうですね。ごめんなさい、無理なお願いをして。じゃあ、あたし娘と晩ご飯を食べて帰ります。またできれば、来年にでも、会えるといいんだけれど」

「そうだね」

「またメールしてもいいですか？」

「うん」

「ありがとう、そう言ってくれて。じゃあ、あたし、行きますね。すこし早いけど、小板橋さん、良いお年を」

まともに顔を見合わせないままロコモコの気配が消え、消えたあとも僕はＤＶＤの解説の文字を目をこらして読み続けた。

解説文によるとペ・ヨンジュン演じる男の妻とソン・イェジン演じる女の夫は不倫関係にあり、そのふたりの乗った車がある日事故を起こし、ふたりは重傷を負い、そのせいで不倫関係が明るみに出る、といった筋書きのようだった。妻に裏切られていた男と、夫に裏切られていた女。駆けつけた救急病院で彼らは出会う。同病相あわれむ。出会いはやがて恋愛へと発展する。あり得るだろう。インターネットのサイトで知り合った女とほぼ一年ぶりに二回目に会い、その女の娘をまじえて三人で夕食をともにすることにくらべれば断然あり得る、と僕は思い、DVDを棚に戻し、戻してもすぐにはその場を動かず、コートのポケットに両手を入れて立ち、クリスマスの三日前なので当然のごとく流れているクリスマスソングを聞き、ロコモコとその娘が店内からいなくなるまで間合いをはかった。

それからおよそ十分後、TSUTAYAを出て、さっき通り抜けてきた改札口とは逆へ、駅舎の外の道へむかって歩いた。

105

本名の名字が確かシイバで、ニックネームで呼べば瓜実顔《うりざねがお》の乗った車は駅舎沿いの坂道の途中に停車していた。車体の塗装がメタリックというのかメタリックっぽいというのかその種の光を放つ青なので見まちがいようがなかった。前回、横浜みなとみらいまでドライブした際に後学のために聞いておいた話によれば、フォルクスワーゲンゴルフの「特別仕様の限定車」ということで、内部のシートは黒と青とのツートーン、ハンドルカバーの黒革にも青のステッチ、運転席の計器類の明かりはスピードメーターから燃料ゲージまでことごとく青、そのせいで車内の空気が青みがかって見えるような気もするし、ドアミラーにもその青が反映しはしないかと心配されるくらいの車だった。

坂道をすこしだけ降りてそばへ寄り、助手席側のドアを無断で開けてみたところ、運転席の女はいささかも驚いた様子を見せなかった。

「よかったら乗って」平常心という言葉にふさわしい声を彼女は出した。「外は冷えるでしょう。身も、心も」

助手席に腰をおろしてドアを閉め、数秒の沈黙に耐えたあと、僕は訊《たず》ねた。

「耳寄りな話って何だ？」

再び数秒の沈黙が過ぎた。

そのあと瓜実顔はふくみ笑いの顔で僕をちらりと見た。見ただけで何も言わず、車を出した。とたんにCDだかMDだかの音楽がまえうしろのスピーカーから流れ始めた。

「音をさげてくれないか」

「シートベルト」

「どこに連れて行くんだ。また横浜の焼き肉屋で山盛りのキャベツを食べるのか？」

「いいからシートベルトを締めて。あとは黙って、これからするあたしの話を聞いてて」

「音を低くしてくれ」

言われた通りに瓜実顔がボリュームをさげた。こちらも言われた通りにシートベルトを締めて、タバコを一本吸い、煙を追い出すために細目に開けていた窓を閉めるまで黙っていた。瓜実顔がどこに向かって車を走らせているのかは見当もつかなかったが、別段、気にもならなかった。

「耳寄りな話って何だ」

「その前に確認だけど」前方に目をやったまま瓜実顔が答えた。

「津田さんはいま凋落《ちょうらく》の運命をたどってるのよね」

「何だそれ」

「津田伸一は落ちぶれてる。その髭《ひげ》づらを見ればわかる。仕事がなくて経済的にも困窮してる。この年の暮れに、やけをおこして、子連れの人妻を誘惑しようとしてしくじった」

「仕事なら毎日してる。僕は小説家だ」

「でもいくら書いても原稿は売れない」

またこの話か、と僕は思った。顔見知りの誰もかれもが僕の書いた原稿が売れないことを心配してくれる。そして誰もかれも僕の書いた原稿を買ってはくれない。

「札つきの小説家の原稿は売れない。売れないから収入がない。貯金もない。先々の心配で、弱気になって、いろんな人たちにお金の無心をする。あからさまに無心はしなくても、よりを戻そうと連絡を取る、いままでつきあいのあった女の人たち全員に。だって男はこんなときにあてにならないものね、津田さんは女に頼るしかない。別れたふたりの奥さんにも助けを求めた。ひさしぶりに声が聞きたくなったんだ、懐かしいな、近いうちにそっちへ行く用事があるから会えないか？　でもけんもほろろ、まったく相手にされない。津田さんはもうゆきづまってる」

「別れた妻に助けを求めた？」

僕はまじで驚いて聞き返した。

「なぜそんなことまで知ってるんだ、週刊誌の記事で読んだのか？」

「まさか。想像よ、いまのはぜんぶあたしの想像。当たってるでしょう。とにかく津田さんは仕事がなくて困ってるのよ。人間、働かなければ食べていけない。働かないで食べていくには、食べさせてくれる女を見つけるしかない。違う？　いまの津田さんは、もし別れた奥さんが受け入れてくれるなら、あした青森へだって飛んでいくつもりでいる。こんな街、お金がすべての浪費の街、みんなが自分に冷たくあたる街、東京に未練なんかない。違う？」

「違うな」

かろうじて石橋のことを思い出して僕は答えた。

「僕はまだこの街でやっていける」

だがそう答えたあと、石橋なしではあと二ヵ月しかやっていけない、と心の中で訂正する必要があった。

「へえ」と瓜実顔が相づちを打った。

「それに僕の別れた妻は青森にはいない」

「そう？　じゃあどこにいるの」

「ひとりは実家のある大分にいる。もうひとりは淡路島の出身だけどいまは、いや、そんな話はどうでもいい。耳寄りな話はどうなったんだ」

「じゃあ認めなさいよ」

「何を」

「食べていくための仕事が必要だ。または食べさせてくれるための女が必要だ」

「仮に認める。認めたとしよう」僕は暫定的に答えた。「認めたらどうなる？」

瓜実顔がまたふくみ笑いの顔でこちらをちらりと見て車を走らせた。まもなく左手前方に青紫のネオンサインが見えてきた。ホテルの看板のようだった。瓜実顔が左へウインカーを作動させ、もしそのホテルを目ざしているのなら意表をつく展開というべきで、にわかに好奇心がわいたが、車はその前をあっさりと通り過ぎ、狭い駐車場の空きスペースに乗り入れたのち停車した。

そこはコンビニに隣接した駐車場だった。

瓜実顔がハンドブレーキを引いた。カーコンポは依然として同じＣＤだかＭＤだかの音楽を流し続けていた。日本語に英語のまじった歌詞で、どこかで聞き覚えのある男の声が歌っていた。僕は思い出した。もしこのあと「缶ビールを一ダース買ってきて」と頼まれれば今年の秋とまったく同じ夜のくり返しになるだろう。

「君はヒライケンのファンなのか」

「平井堅を知ってるの？　いい曲でしょう、『LOVE OR LUST』」

「まったくだ。聴いてると踊り出したくなってくる」

「津田さんが？　ふたりで外に出て踊ってみる？」

「消してくれ」

「そうよね」瓜実顔が音楽を止め、シートベルトをはずしにかかった。「凋落の運命だものね。踊る気分じゃないよね」

「あたりまえだ。仕事はほされるし、別れた妻たちには突《つ》っ慳貪《けんどん》にされる。他人の嫁にも約束をキャンセルされる。食欲もない、生きる意欲もない。もうどんな勇気もわかない。夏目漱石がいまの僕を見たら『喪家《そうか》の狗《いぬ》』とでも書くところだ。喪家の狗？」

「何それ」

「何でもいい。車を降りてどこへ行くつもりだ？」

「ビールを買いに。津田さんちで飲みながら話しましょう」

「だめだ。ビールを飲むと君が話せなくなるのは知ってるからな。とにかくいまここで、君の耳寄りな話をさきへ進めてみろ」

「わかった」

　と瓜実顔は素直に言い、間を置かず、

「津田さんは温泉には詳しい？」

と意表をつく質問をした。

「温泉だろう？　もちろん温泉には詳しい。たとえば道後温泉は愛媛県にある」

僕は多少やけを起こした。

「由布院は大分県に、伊香保は群馬県にある。あと蒲田には黒湯温泉もある」

「金田一温泉は？」とまた質問者が意表をついた。

僕はシートベルトをはずしてドアに手をかけた。

「酒を買ってくる。焼酎《しょうちゅう》の五合ビンを。飲まずにやってられない。君には野菜ジュースを買ってきてやる」

「あたしはビールがいい。あとで飲むから一ダース買ってきて、六本パックをふたつ」

「だめだ」

「津田さんの仕事の話よ」

「温泉と小説家の仕事と何の関係があるんだ」

「温泉には旅館があるでしょう」

「ああ温泉には旅館がある。旅館には腰の低い番頭さんがいるな。印半纏《しるしばんてん》を着て、景気のいい声で客を出迎えて、脱いだ靴を揃えて、愛想よくしてチップを貰《もら》って、玄関の掃除をして、庭の手入れをして、あとは何だ、風呂《ふろ》場の床をタワシで磨きあげるのか」

「まあ、そんなところね。あとボイラーの点検とか」

「ボイラー？　温泉だろ？」

「源泉の湯温が低めだから、冬場は特にね、北国の温泉だし、ボイラーがないと温泉旅館は成り立たない」

「北国なら朝から雪かきもしないとな、屋根の雪下ろしも」

「そう、そういう男手が必要なの」

「男手」

「うん」

「僕のことを言ってるのか？」

「うん」

助手席側のドアを開けようとしていた手をはなし、座席に深くすわり直した。頭をヘッドレストにもたせかけ、コンビニの明かりを眺めながらしばらく黙りこんだ。黙りこんでいるあいだに運転席の女がちいさな咳《せき》払いを二回した。

「君の名前は、シイバ、何というんだ？」

「シイバサチ」

「幸せのサチか」

「平仮名のさち、シイバは椎《しい》の木に葉っぱ」

「まじかよ」

「はい？」

「本気で僕に旅館の仕事を勧めてるのか？」

「そうだけど」

「北国の」

「そう、岩手県の。岩手県といっても青森県に近いけど」

「金田一温泉」

「そう、座敷わらしで有名な金田一温泉。でも細かいことを言えば、そこから程近い名もない温泉地」

「程近いってどのくらい。五〇メートルくらいか、五〇キロか？　だいたいその金田一温泉て東京からどのくらい程近いんだ」

椎葉《しいば》さちの声にややためらいがまじった。

「冗談みたいに聞こえる？」

「耳寄りな話には聞こえないな」

「もしかして、プライドが傷ついた？」

「あたりまえだ」

「でも」

「一般に小説家が旅館で仕事するといえば部屋を借りきって原稿を書くことだろ。旅館で番頭さんをやる小説家がどこの世界にいるんだ。そんな話は聞いたこともない。前代未聞の屈辱だよ」

「でも、津田さんにとって悪い話じゃないと思うの。だって」

「だって何だ」

「このまま東京にいたって仕方がないでしょう。別れた奥さんを頼って大分県まで行くつもりでいたのなら、別に岩手県だって青森県だってかまわないでしょう？　それに温泉旅館といってもそんなに流行《はや》ってるわけじゃない。大きな旅館でもないし、料理を作るおじさんがいて、忙しいときは手伝いの仲居さんが何人かいて、あとは家族でやってるこぢんまりした田舎の旅館。毎日大忙しってわけでもないし、特に夏場になるとお客さんの数も減る。だから津田さんに小説を書き続ける気がもしあるなら書く時間はいくらでも作れる。それはお給料は、払えたとしても雀の涙ていどだと思うけど、お金があっても使い道のない田舎だから不自由はしない。住み込みの食事つきだから食べていくには絶対困らない。この話、誰にでももってわけじゃないけど、いまの津田さんみたいな人にとっては、あたしはまじで悪い話じゃないと思う」

「小説はどこで書くんだ、布団部屋か？」

「津田さんが来てくれるならちゃんと一と部屋用意できる」

「来てくれるならって、要するに、その旅館は君の家族がやってるわけだな？」

「そう。家族といっても、先月急に父が亡くなったから、いまは母ひとりだけど。それと愛犬が一匹」

ここで僕はコンビニの窓明かりから椎葉さちへ視線を移し、椎葉さちがその視線をとらえ、しばしまた沈黙が降りた。

「そうか。それで男手を急募してるわけか」

「冗談じゃないことがわかったでしょ？」

「よくわからないな。なにもこの東京で男手を募集することもないだろう。それにだいいち、そういう事情なら君がまず実家に帰って手伝いをするべきだ」

「もちろんあたしも帰る」椎葉さちが視線をはずしてフロントガラスに向き直った。「年内に東京を引きあげることに決めてる」

「よくわからないな」椎葉さちの横顔にむかって僕はくり返した。

「君の話はまったく要領を得ない。写真の仕事はどうした」

「とっくにやめてる。いまは別の仕事」

「その仕事もやめる」

「ううん、やめない。そっちは実家に戻っても続ける」

「何の仕事」

「その話をすれば横道にそれて長くなる」

「まあいい。とにかく年内に東京を引き払って君は故郷に帰る。同時に僕に、男手としていっしょに岩手県だか青森県だかの実家に来ないかと勧誘している。いままでに一回か二回しか会ったことのない僕に。しかも今夜、ついさっき偶然会った僕に。冗談じゃないことが理解できない。真摯《しんし》って言葉があるだろう。そういう姿勢で、もっとこっちをその気にさせるような話し方ができないのか」

「だからあたしの話を黙って聞いてって最初から言ってるでしょう。順序だてて話そうと思ってるのに、津田さんが途中で余計なことを喋《しゃべ》るから、話が横道にそれてわかりにくくなるのよ」

「じゃあ順序だてて話してみろよ」

「まずビールを買ってきて。津田さんちで飲みながら話すから」

「だめだ」

「父が大腸癌の疑いで検診をうけたところから始まるのよ、すごく長い話になるのよ」

「お父さんの死はお悔やみ申し上げるけど、話はそのあとから始めたらどうだ？　君はお父さんの葬儀でその名もない温泉地に先月帰郷した。で、お母さんと、愛犬もいっしょに一と晩語り明かした、家族の将来について、旅館の経営について。結論、男手が足りない」

「そのまえに母が目のやまいをわずらったところから始めたほうがいいかもしれない」

「何だ？」

「母はね、からだは丈夫なんだけど、目が不自由なの。津田さん、網膜剝離《はくり》とか中途失明とかって言葉は知ってる？」

「まったく見えないのか？」

「いずれね、そうなると医者は言ってる。いまはまだそこまでは進行していない。でもこれはこれでまた話が長くなる」

僕は何かしらこの話にひっかかりをおぼえ、じっとしていられず、ヘッドレストから頭を離した。

「僕が聞きたいのはそういう話じゃないんだ」

と言いかけたところで思い直した。右耳の下に鈍い痛みをおぼえた。痛みそのものというよりも痛みの名残り、もしくは記憶のようなものを。

「目が不自由？　お母さんはサングラスをかけてる？」

「たぶん、外出するときなんかはね」

「白い杖《つえ》は」

「たぶん必要でしょうね」

「そうか」とつぶやいて、僕はほぼ無意識に右耳の下にてのひらをあてた。自分のてのひらのぬくもり以外には何も感じなかった。

「妙な質問をするけど、君は夏目漱石を読んだことがあるか？」

「ない。自慢じゃないけど『吾輩《わがはい》は猫である』を途中まで読みかけてやめたことしかない」

「わかった」

「何がわかったの」

「ビールを買ってくる」

助手席側のドアを開けて外へ降り立ち、辛抱できずに、椎葉さちにむかって質問をひとつした。回答がたとえどうであろうと、この質問じたいが馬鹿げていると思いながらも止められなかった。

「君のお母さんの名前は？」

「はい？」

「いや、やっぱりいい。その話もあとにしよう」

106

芸は身を助ける。

このことわざを、椎葉さちは、実家に必要な男手として僕に白羽の矢を立てた、その第一の理由を説明する際に用いた。

少々わかりにくいかもしれない。むろんこれは僕が旅館の番頭さんに適した資質や技術を持っているという意味ではなくて、ことわざ本来の意味からは大きく逸脱した、というかむしろ完全に間違った用法だと思うのだが、要するに椎葉さちは津田伸一の小説を昔から愛読しており、津田伸一のファンだから、というのだった。

「津田伸一が困っているのをファンとして黙って見ていられない。心情的に。こういうのは理屈じゃない。ほかに心を動かされる人がいないのなら、このあたしが救いの手をさしのべる。一読者として小説家を助ける。助ける義理はなくても、人には人情というものがある。津田さんは生きのびる手段が見つかって『助かった』と思うでしょう。十年も小説を書き続けてきたのは決して無駄ではなかった。どこかでそれを読んで勇気づけられていた人間がいて、たった一人でもいて、いまその人から恩返しに助けてもらえる。僕は小説を書いてて良かったなあ、としみじみ思うでしょう。つまり芸は身を助ける、ってことよ」

こんな感じの用法だった。

これはいわば石橋とは逆向きの考え方である。小説家ほどつぶしのきかない職業はない、と石橋は電話で述べた。椎葉さちのことわざの引用は、一見、石橋の述べた内容を実証するようでありながら、それとはまったく正反対の心強い意見だと見なすこともできる。どんな小説家にも味方についてくれる読者がいる。世界じゅうにたった一人でも。

今年九月に会ったときと同様に、結局二子玉川まで車に乗せられてゆき、マンション前の路上にハッチバックのフォルクスワーゲンゴルフは置き去りにされた。で、椎葉さちとふたりで部屋にあがり、台所のテーブルでビールを飲みながら話をした。時刻は夜の十時台を進みつつあり、まともに話せたのは前は三十分くらいだったが、今回は僕が用心して、ときおり警告もしたせいで彼女が缶ビールを三本半飲むのに（前回よりも酒量が一本増えたわけだが）二時間はかかった。つまり午前零時を過ぎて日付が変わり、彼女がべろべろになってまた僕のベッドで休みたいと頼んでくるまでに、聞き出したい話は、まあたいがい聞き出すことができた。

椎葉さちはインターネットの「ライブチャット」のサイトに登録している。見知らぬ女性とのチャットを好む男性陣がそのサイトを訪れて、彼女を指名して一分間一〇〇円だかの料金で話す。話すといってもキーボードを使っての文字での会話だが、椎葉さちのほうのパソコンには「ウェブカム」というカメラが取り付けられていて、相手のほうのパソコンには彼女のライブ映像が流れる。椎葉さちが笑えば笑顔がモニターに映る。椎葉さちが横をむけば横顔が見える。喉《のど》がかわいてコカコーラを飲めばそらした顎《あご》の裏側も見える。ボタンをひとつかふたつ多めにはずしたシャツを着て前かがみになれば胸もとも見える。そうこうするうちライブチャットは一時間を超え料金は六千円を超える。そのうちの決められた取り分が彼女のものになる。いちんちじゅうパソコンの前にいて、指名を受けてチャットの相手をすればするほど稼ぎは増える。それが椎葉さちの言ういま現在の仕事であり、たまに飽きると（今年の秋、僕とそうしたように）他の「出会い系」で知り合った相手と待ち合わせて会ったり（今夜、誰かをそうしたように）すっぽかしたりする、それが彼女の趣味または時間つぶしである。趣味のほうはそのまま田舎へ持ってゆくのは難しいだろうが、仕事のほうはネットにつなげるパソコンさえあれば原則として日本じゅう世界じゅうどこにいてもできる。むろん金田一温泉に程近い温泉旅館に住まいを定めていてもできる。椎葉さちの計画はだいたい呑《の》みこめた。岩手県の片田舎で彼女はライブチャットで荒稼ぎし、家計を助けたり僕への賃金を支払ったりする。僕は番頭さんの仕事に精を出し、もし書きたければ布団部屋で畳に腹ばいになってどこにも売れない小説を書く。

だが僕がその晩、できれば、聞き出したかったのはそんな話ではなくて、もっと瑣末《さまつ》なこと、瑣末ではあるけれど気になって仕方のないこと、たとえば椎葉さちの実家で飼っているという愛犬の種類だった。

「芸は身を助ける」椎葉さちはビールを一本開けるたびにそのことわざを口にした。「よかったね、小説書いてて。あたしみたいな読者がいて」

「助けてくれる気持があるのはわかったけど、もし今日偶然会わなかったとしたら、どうしたんだ。年内に岩手県に帰る前に僕に会わなかったら」

「だってあたしの携帯には津田さんの番号もメールアドレスも『小板橋』で登録してあるもん。連絡はいつだってつけられる」

「最初から助けるつもりがあるにしては連絡が遅すぎないか？」

「タイミングをはかってたの」このあたりではもう椎葉さちの酔いはまわっていた。「帰るまえにまたどこかで会えるような気もしてたの。今日だってしきりに予感がした。なんか津田さんに会えるような気がして代々木上原までドライブしたの」

「ところで君んちで飼ってる犬はシェパード犬か？」

「そうよ」こともなげに彼女は答えた。

「耳の内側に入れ墨がある」

「うん、本物のジャーマンシェパードなら国が管理することに決まってるからね、登録番号が入れ墨してある」

「やっぱりな」

「ほかにシェパード犬を飼ってる人とつきあったことがある？」

「いや、ない。シェパードという品種の犬は、僕はかつて一度も見たことがない。過去においては」

「何のこと？」

「何でもない。おい、どこに行くんだ」

「ベッド。お願いベッドに横にならせて、五分だけ」

「アワビとタコとウニを漢字で書いてから行けよ」

「もう無理、今夜はとても無理。津田さんに話したいと思ってたこと、とうとう話せて胸のつかえがおりた、あとは津田さんの返事待ち。津田さんの考え次第。明日の朝起きたら聞かせて」

椎葉さちが僕のベッドで鼾《いびき》をかきはじめ、その寝顔をしばらく眺めたあとで僕はひとり台所に残り、余ったビールを飲み続けながら考えてみた。

何がどうなっているのか確実なことはわからなかったが、どうやら僕の頭の中にすでに、椎葉さちの母親や愛犬の思い出が記憶されている、と仮説を唱えてもさほど大きな誤りではない模様だった。運命は丸い池を作る。そう夏目漱石なら書いてみせるかもしれなかった。運命は丸い池を作る？　石橋がこの話を聞けば何と言うだろう。芸は身を助けるということわざの用法についてどんな意見を述べるだろう。また僕が岩手県のはずれに住んでいる、一度も会ったことも見たこともない婦人や犬のことを知っているという点についての石橋の考えはどうだろう？

明け方近くまで、僕はひとりで考え考えビールを飲み続けた。愛犬の種類よりも先に、すでに聞いて確認していたのだが、椎葉さちの母親の名前は漢字では尚江と書き、ナオエと読むのだった。

107

翌朝。

朝といってもすでに十二時近かったが、ソファで寝ているところを椎葉さちの手で揺り起こされた。彼女は化粧を落とし、とっくに（たぶん）シャワーを浴びて、歯もみがいて、身支度をすませていた。ゆうべの返事をせかされるのかと思ったらそうではなくて、近所にランチでも食べにいかない？　と彼女は提案した。

歩いてすぐの近所にあるイタリアンレストランでランチを食べ、食べ終わってからも彼女は僕の返事を求めなかった。津田さん今日は暇？　暇だよね？　とひとり決めするので、君のほうは引っ越しの荷造りがあるだろうと答えてやると、それは毎日少しずつ進めているから心配要らない。ライブチャットの一日の稼ぎが減るだけの話、という返事だった。ふたりとも暇だし、どこか行ってみない？　このお勘定はあたしが持つし、晩ご飯もおごるから。

どこかってどこだと試しに訊《たず》ねると、椎葉さちがこう答えた。

「星を見るのはどう？」

「星？　それは夜中までいっしょにいましょうってお誘いだな？　だったら素直にそう言

えばいい。ふたりで厚着して星の見える場所まで車で遠出するのも面倒だろう。それにそんなことしたら、行った先でまちがいがおこるかもしれない」

「まちがいって何」

「旅館の若女将《おかみ》と番頭さんができてたらほかの従業員にしめしがつかないだろう」

「それは番頭さんになる決心を固めたってこと？」

「ただのジョークだよ」

「あたしが言ってるのは暖かい室内で昼間でも見れる星のこと」

「ラブホテルのことか」

「プラネタリウムに決まってるでしょう。確かこの近くにあったはずよ。学校は冬休みだし今日もやってるんじゃない？」

「やっぱりな」

「やっぱりなって何」

「何でもない」

僕はただ十日ほど前に書いて破り捨てた原稿のことをまた思い出しただけだった。僕の顔つきがどんなふうにどのていど曇ったのか、椎葉さちが心配した声を出した。

「どうかした？」

「いやどうもしない。とにかく場所がどこかすぐにわかるのなら、そのプラネタリウムへ行ってみよう」

ちなみに椎葉さちが携帯電話で調べてすぐにわかったのだが、世田谷区の教育センターの施設としてプラネタリウムは現にあり、最寄りの駅は桜新町ということだった。

108

新年が明けた。

ここから今年の話になる。

一月四日になって、岩手県にいる椎葉さちから年賀状をかねた絵葉書が届いた。雪景色のなかのわびしげな温泉旅館を表にプリントした自作の絵葉書だった。同じ日に石橋から電話がかかってきた。昨年中にこちらからかけると言ってかけないまま日が過ぎていたので、もう待ちあぐねた、といった意味のため息まじりの声を石橋は出した。

「やっと声が聞こえた」

「しばらく」

「しばらくじゃないよ、ひさしぶりでもない、隔世の感がある。違う？　言葉の問題はさておいて、津田さん、ぜんぜん電話にも出ないし、孤独に耐えきれず自殺でもしちゃったんじゃないかと心配してた。よっぽど自宅に押しかけて行こうかと思った」

「ひとりで考え事をしてたんだ。心配なら押しかければいい」

「クリスマスも、お正月も？」

「ああ」

「ひとりきりで？」

「そうだよ」僕は半分だけ嘘をついた。

「ソリチュードを好む人なのね、先天的に、生まれながらにして。小説家ってみんなそういうもの？」

「そうだ」僕は適当に相づちを打った。

「よっぽど押しかけようかと思ったけど、でもあたしもお正月は調布に帰省してたから」

「調布に帰省。母方の親戚《しんせき》の家に」

「うん」

「資産家の親戚の家に」

「まだそんなお金のことにこだわってるの？　津田さん」

「ところで石橋」

「なあに？」

「質問がある」

電話のむこうで石橋が身構えてしばし黙った。

「そろそろ本も読めなくなった頃だな」

「津田さんの疱疹《ほうしん》はすっかり治った頃でしょう？　それが質問？」

「ほかの二名はどうなった」と僕は訊《き》いた。「これが質問だ」

「ほかの二名って？」

「中志郎と僕をのぞいてほかに二名、その二名と過去に、君はてのひらを合わせてあれをやった。そう言っただろう。中志郎の場合はてのひらを合わせることで過去の記憶がなまなましくよみがえった。僕には帯状疱疹が出た。ほかの二名の場合にはどうなったんだ？」

「そのことね」石橋は口ごもった。「二名ともおなじことが起きたわけじゃないし、ひとことでは」

「ひとことで言えないはずがないだろう。何が起きたんだ？」

「ちょっと待って、思い出すから」石橋は思い出すにしては短い間を置いた。「たとえば、下痢とか？」

「下痢とか？　って何だ」

「一名は下痢が止まらなくなった。もう一名は、視力が低下したとかほざいてた、違う、訴えてきた。もちろん一時的によ、二名とも」

「それで気味悪がって、石橋から離れて行った」

「かもね」

「嘘をついてるだろ、石橋。それだけじゃなかったはずだ。一時的な下痢や視力の低下以外にも、その二名には、何か、記憶にかかわることで異変が起きたんじゃなかったのか？」

「ううん、それだけだと思う」

「しらばっくれてるな？」

「ほんとよ」石橋が不満げな大きめの声を出した。「あたしはそれだけしか聞いてない。だって、津田さんの場合だって、一時的に帯状疱疹が出ただけでしょう、それ以外に何か異変と呼べるようなものが起きた？」

「記憶が混乱すると訴えただろう」

「ああ、そのことか。そのくらいのことならほかの二名にもあったかもしれない」

「そのくらいのこと？」

「でも重症なのは、重要なのは？　あの二名にとっては下痢と視力の低下だったのよ、特に下痢のほうはひどい下痢で、牡蠣《かき》にあたったみたいだとか本人はほざいてたけど」

今度は僕のほうがしばらく黙った。石橋が嘘をついているのかいないのか、その二名に、過去の記憶の混乱と呼ぶ程度のこと以外に、本当に記憶にかかわる異変は起こらなかったのかどうか、本人たちはともかく、石橋じしんはその点を本当に何も知らないのかどうか黙って考えてみた。そしてすぐに僕は態度を決めた。最初に会ったときから表も裏もない喋《しゃべ》り方をするこの女を僕は信用することにした。

「石橋」

「なぜ津田さんがそんなにあたしに詰め将棋するのかわからない。あたしは津田さんのことが心配で電話をかけつづけてたのに、正月そうそう詰め将棋されたり責められたりする理由がわからない。詰め将棋？」

「詰め寄ってるつもりも、責めてるつもりもないんだ」

「じゃあ何？」

「もう一回やってみよう」

「何のこと」

「石橋のてのひらと僕のてのひらを合わせてみよう」

「なんだ」

石橋がほっと息を洩《も》らした。

「津田さんの喋り方はほんとに独自だから要点をつかむのに時間がかかる。去年、あたしのした提案のことね。つまりこの会話の要点は、示談が成立したってことなのね？」

そうだともそうでないとも僕は言わず、かわりに、来週の土曜日をあけておいてくれるように頼んだ。

「いいよ」石橋の返事がはずんだ。

「第二週の土曜日」と僕は念を押した。

「うん」
「同じことをもう一回だけやってみよう」

最終章　和光同塵

109

そしてその日が来た。

一月、第二週の土曜日。

例のごとく渋谷エクセルホテル東急のカフェで開店時刻に待ち合わせ、窓際の禁煙席で石橋は紅茶を僕はコーヒーを一杯ずつ飲み、新年そうそう叱責《しっせき》をうけたり謝罪したりするのも縁起が良くないかと思ったのでタバコは吸わず、十分程度で席を立ち、外へ出て石橋とふたりで歩いた。昨年二度使ったことのある円山町のホテルへ向かって。

カフェのテーブルをはさんで向かい合っているときも、ホテルまで歩く道すがらも、ふたりの口数は少なかった。黙りこくっていたといえば言い過ぎになるが、「言葉少な」にぽつりぽつりと語り合う程度だった。新年の挨拶《あいさつ》とか、この日の気温とかいまにも雪の降りだしそうな空模様とか、たがいの健康状態のこととかを。石橋は相変わらずの恰好《かっこう》で、つまり秋の終わりに会ったときと（同じか、たぶん）色違いの膝《ひざ》丈のトレンチコートを着ていたので、途中のコンビニでペットボトルの水を買ったあと、並んで歩きながらふと「寒くないのか」訊《たず》ねてみると、「裏地がウールだから」と石橋は答えた。どちらかが短い質問をすると、相手が短く答える。そしてまた会話がとぎれる。そんな感じで僕たちはホテルまで歩いた。

あるいは石橋はこれまでとは何かが違うことを感じ取っていたのかもしれない。この日の僕の物腰や応対の態度に、という意味だが、そのせいで石橋もこれまでになく口数が少なく、僕の何かしらの変化を（変化の理由を）つきとめようと考え考え歩いていたのかもしれない。ホテルの一室に入ると、石橋はトレンチコートを着たまま、むろん手袋もはめたままベッドのはしに腰をおろし、僕はカシミアのコートを脱いでふたり掛けのソファの上に寝かせて置き、あとはアイロンをあててくっきり筋目の立ったスラックスに黒のタートルネックという姿で彼女の横にすわった。部屋の照明はまだ落とされてはいない。

「あったかそうなコートね」

「いっちょうら」

この言葉が若い女に、というか石橋にどのような感触で受け取られるのかわからないまま僕は答えた。

「ほどよく重そうだし、値段もとても高そう」と石橋がさほど興味もなさそうに続けた。

「だからいっちょうら」

「津田さん」

「うん？」

「何かたくらんでるね」

僕はできるかぎり表情を押し殺した。

「たくらむ？　どういう意味」

「たくらむという言葉が適切かどうかはさておいて、何か、あたしに隠してひとりで考えてることがあるでしょう。旧臘《きゅうろう》、昨年の暮れ？　津田さんはこう言った。三度目の正直はない、なしだ。二回目のとき、帯状疱疹《ほうしん》が出たときはそのくらい嫌がってた。ところが新春を迎えて、もう一回やってみよう、と津田さんはてのひらを返したように提案してきた。お金のため？　あたしの申し出た示談が功を奏したの？　当初はあたし、そう考えて納得したんだけれど、きっとほんとは違うんだよね？　津田さんには何か別の思惑がある」

「思い過ごしだ」

「ううん、違う。あたしの第六感は正しい」

答える前にベッドを離れて部屋の入口のほうへ歩き、コートのポケットからタバコとライターを取って戻った。一本点《つ》けたあとで横の石橋にも勧めてみたが、彼女は首を振った。

「確かに、お金のためじゃないな」ベッドの枕もとに置いてある灰皿のほうへ場所を移しながら認めた。「なぜなら僕は、石橋の申し出た示談に応じるつもりはない」

「どうして」

「どうして示談に応じるつもりがないのかという意味か？　応じるつもりもないのにどうして、もう一回あれをやってみようという気になったのかという意味か？」

「両方」

「答えられない」

「両方とも？」

「両方とも答えられない。答え方が自分でわからないんだ。僕は金がなくて困っている。石橋の申し出を受ければその問題はひとまず解決するし、石橋にとっても得になる。理屈ではわかる。でも理屈じゃなくて、示談はいやだ。いやなのに自分から望んでいまここにいる。もう一回だけあれをやろうとしている。なぜか、と石橋に訊《き》かれても答えようがない。いまは言葉が見つからない」

「なぜ」

「なぜでも」

石橋がベッドに這《は》い上がり、僕のいる枕もとのほうへにじり寄って自分でタバコを取り出して口にくわえた。僕がライターで火をつけてやった。

「悲しくなっちゃう」

「こんなときにそんな言葉を使うな。もっと悲しい人たちは世界中にいくらでもいる。僕だってこんな場所で、こんな時間に、服着たままタバコを吸ってるのはなぜかと考えれば、考えるだけ悲しくなる。一般社会から隔絶されてるような気分になる。しかもこのあとに待ってるのは、身体のどこに出るかわからない帯状疱疹だからな」

「陸の孤島？」

「何？」

「隔絶されてるような気分の暗喩《あんゆ》」

「だったら悲しいじゃなくて、寂しいと言えばいい」

「あたしが寂しいのは、津田さんが今日は別人のように見えるから」

「髭《ひげ》を剃《そ》ったせいだろう？」

「かもね。当初会ったとき、さっき、顔の見分けがつき難《にく》かった」

「とにかくお喋《しゃべ》りはもうやめよう。やるべきことをやると決めて僕はここまで来てるんだ。理屈じゃなくて、第六感でそうしたほうがいいと感じるからそうする。石橋はどうだ、やるのか、やらないのか」

「やる」

　ふたり同時にタバコを消した。

　石橋が灰皿をもとあった位置に片づけ、予告なしに枕もとのスイッチを操作して部屋の照明をすべて落とした。前々回、前回と同じに室内の空気が黒々と塗りつぶされ、暗喩を使えば陸の孤島に皆既日食が起こり、物音も途絶えた。掛け布団の上で僕は膝立ちの姿勢を取り、セーターの左腕の側を肘《ひじ》までまくりあげた。石橋がトレンチコートのベルトをはずし、脱ぎ捨ててベッドの下の床に投げ落とした。片方だけはずされた手袋がその上に落ちてまるで本を閉じたときのようなささやかな空気音をたてた。僕は深呼吸を一度、二度くり返し、左手を持ち上げ、てのひらを垂直に立てて相手に向け、石橋の右のてのひらが来るのを待った。

110

前回も、前々回のときも、石橋の右のてのひらはひどくなめらかで温《ぬく》もりがあった。それが素手であるにもかかわらず、ごく薄いつるりとした膜で被《おお》われたような凹凸のない感触があり、心地よいほどの温和な熱を発していた。仮にそんな物があるとすればコンドームをぴったりかぶせた定温のカイロに触れているようなものだった。しかしこのときは違った。なめらかな膜には前よりも厚みと、弾性と、適度の湿りが感じられ、そう感じたとたんに（感じるまでにどのくらいの時間を要したのかは定かではないが）てのひらの接触部分の温度は急速に高まっていった。熾火《おきび》が息を吹き返し燃えさかる炎に変わったようだった。

こちらのてのひらが逃げようとするのを、いちど、むこうのてのひらが指をからめてつかまえ、引き戻した。高熱をこらえて、こらえるよう心に言い聞かせて僕は目をつむり、脳の一点に意識を集中した。ふたたびてのひらとてのひらとがぴったりと重ね合わされ、熱はさらに高まり、まるで燃えさかる炎がふたつのてのひらのすきまからいまにも噴出するかのような幻覚をおぼえた。だがそうはならず、ピークに達した熱は外部へではなく内へ向かった。僕の左手の皮膚の中へ浸透し、すばやく手首へ進み、腕を貫いて走った。時を置かず左肩から首まで駆けのぼり、頭部までを占領した。左上半身を襲った熱の奔流がおさまり、一瞬、快感をともなう身震いが起こった。自分の左肩が鳥の翼のように持ち上がるのがわかった。たったいちどだけそれが起こると身体が熱になじんだ。全身に熱がゆきわたったようで、体温のむらがいっさい消えうせ、僕は目を開いた。

僕が見たものは、中志郎が見たものと同じだった。きっと寸分違《たが》わなかったはずだ。室内全体の暗闇の中で、ベッドの上、ひざまずいたふたりが向かい合っている枕もとに近いあたりだけが間接照明に似た明かりに浮かびあがっているのが見えた。正面には淡いオレンジ色に照らされた石橋の顔が見えた。うっすら両目を閉じて、うつむいている顔が。むろん光源はふたりの接触したてのひらのあいだにあった。ひときわ鮮やかなオレンジに金の輝きのまじった光がそこに見えた。てのひらとてのひらとに挟まれ、いまにもはみ出すかのように見えて決して流れ落ちはしない。中志郎に言わせればゼリー状の光。ふたりのてのひらのかたち、十本の指を縁取るようにしてそれは光り続けていた。

まもなく目をあけているのが辛《つら》くなった。いまこの状態でいること、いつづけることがもの憂く思えた。まぶたが重く感じられ、重いまぶたを閉じるにまかせるのがこのうえなく自然のことのように感じられて、次第に薄れてゆく意識の途中で僕はこう考えていた。考えていたというよりも前もって知っていた。前回も前々回のときも自分は気を失うことなどなかった。意識が薄れかける瞬間はあっても持ちこたえることができた。冷めていたのだ。シニカルという言葉の尻尾《しっぽ》にすがり、懐疑し、傍観していたのだ。だがいまは自然のなりゆきに身をゆだねることができる。暗喩を用いれば陸の孤島で。いまだけは、本気なのだ。自分は、本気で、かつて中志郎がそう呼んだ、この女の起こす奇跡を信じている。

111

「どう?」と石橋が訊《たず》ねた。

意識が戻ったとき、僕の身体はベッドの掛け布団の上に横たわっていた。正確には、二つ重ねた枕に頭をのせて仰向《あおむ》けに寝かされていた。たぶん石橋が僕の身体をその位置までずらして、枕をあててくれたのだろう。

「どんな感じ?」

「どうもこうも」と答えるのがせいいっぱいだった。「そうせかすな。水を飲みたい」

石橋が冷蔵庫まで早足で往復してペットボトルを手渡してくれた。そのあいだに身を起こして首筋を揉《も》み、頭を左右に傾け、両肩をまわすような動作を試してみたのだが、これといって身体には異常はなさそうだった。

「どうよ」と石橋がまた質問した。

どうであるか、僕にはおおよその予測はついていた。予測はついてはいたが時間が必要だった。過去と、現在と、未来とを（大ざっぱに）区切って考えるための時間。その考えたことを、いったいどこまで、どのような順番で石橋に喋るべきなのか考えるための時間。僕は左手でキャップをひねって開け、右手に持ったペットボトルを口にふくんだ。錠剤でも飲みくだすように少量ずつ、時間をかけて飲んだ。ペットボトルの中身が三分の一ほど減るまでひとことも喋らなかった。

「具合わるい？」

「石橋、こういう言い伝えを聞いたことがあるか？　玄関のそばに南天の木を植えると縁起がいい」

「言い伝え。迷信と親戚《しんせき》筋の言葉ね。でもその話は聞いたことない」

「僕は以前、年下の編集者から聞かされたことがある。玄関に南天を植える。すると南天のおかげでその家の不幸はどっかへ逃げていく。南天、つまり難を転じるから」

「ああ語呂合わせだ。でも馬鹿にはできない。南天を植えている家は日本中にいくらでもあるだろう」

「語呂《ごろ》合わせ？」

「別に馬鹿にはしないけど。あたしの実家にだって南天は植えてあるし」

「調布の実家に？　まじか？」

「まじ。昔から庭のすみに南天が植わってる。毎年冬になると赤い実をつける」

「そうか」

僕はまた時間をかせぐためにタバコを探し、一本抜き取り、ライターで火を点けた。枕もとの近くにあぐらをかいて僕はすわっていた。石橋はベッドのはしに浅く腰かけてこっちを見ている。

「石橋はいい家に引き取られて育ったんだな」

「ねえ津田さん、何が言いたいの。いまのがあたしの質問への答えにつながる？」

「いまのは話の枕だ。枕というのは予告編と親戚筋の言葉だ。僕がいまどんな状態か、石橋の知りたい話はこれから始まる。まずこういうことが言えると思う。人は、過去を思い出すこと、現在を生きること、そして未来を予測することができる。もしくはそうすることしかできない。常識では」

「未来は選択することもできる」

「選択肢があれば」

「選択肢がない人もいるってこと？　どこかの国の虐げられてる人々みたいに。それとも、津田さんの生いたちの話？」

「そうじゃない。そんな話をするつもりはない。まあ、そう急ぐな」

石橋はまたベッドにあがって来て、僕の真正面で横ずわりになった。

「たとえば人と人との縁の話だ。本人たちが望む望まないにかかわらず、偶然の出会いが起きる。人と人とが出会わなければ何事も始まらないから偶然出会ってしまい、かかわりを持ち、最終的には不幸にしろ幸福にしろ何らかの結末に落ち着く。そういう物語を小説に書いたとする、というかすでにたくさん書かれている」

「ご都合主義」

「予定調和とかいう言葉も一時期流行《はや》ったな。使わなきゃ損だ、みたいにみんな使った。自分の本が売れない作家が特に好んで使った。まあいい。その話もいい。とにかく僕がそういう物語を書けばご都合主義で片づけられるだろう。でも夏目漱石ならどうだ？」

唐突な質問に石橋が首をひねった。

「石橋の記憶術はいまは失われている。中志郎にそれが姿を変えて移動したときと同じように。過去二回、僕とてのひらを合わせたときにもそうなったように」

「うん」

「そうか、それはよかった。また本が読めるわけだな。だったら試しに聞くけど、いまの石橋はいままでに読んだ本の内容をどのくらい憶《おぼ》えてるんだ？」

「そうね、意味のあることならおおむね憶えてると思う。記憶に値する内容ならってことだけど。一般の読書家と同じね」

「永井荷風は芋蔓《いもづる》式を田舎者の言葉だと書いている」

「そう」

「そこでもう一回同じ質問をしよう。夏目漱石ならどうだ、人と人とが出会う運命のことをどう書くと思う、一行で」

石橋は今度はまともに考えるために首をかしげ、ちらりと視線を脇へそらしたあとでこう答えた。

「運命は丸い池を作る」

「夏目漱石はそう書いている、小説に」

「うん」

僕は天井を見上げた。どこをどう特に見るというのではなく全体を見渡して、石橋に視線を戻した。

「やっぱりな」

「津田さんだって読んでるでしょ？『虞美人草《ぐびじんそう》』」

「いや読んでいない」僕は明言した。「夏目漱石は『坊っちゃん』と『吾輩は猫である』しか読んだことがない。運命は丸い池を作るなんて文は見たこともない」

「ほえ、って感動詞、津田さんはこういうとき使うよね。ほえ。『虞美人草』を読んだことがない？　日本語で小説を書いてるくせに？　それって小説家の風上に置けないって言うんじゃない？」

「その通りだ。風上に置けない小説家は僕以外にも掃いて捨てるほどいる。でもその話もいまはいい。僕が言いたいのはこういうことだ。僕は『虞美人草』を読んだことがない。でも石橋のいま教えてくれた一行は知っているし、憶えている。すでに、去年から、石橋とてのひらを合わせたときから」

「なんで？」石橋の眉根《まゆね》が寄り、目が狭《せば》まった。

「思い出せるんだ」

「なんで」

「だから記憶してるんだよ」

「だからなんでよ」

僕は答えるのをためらった。

短くなった吸い殻を消し、すぐに次の一本を箱から取り出してくわえ、だが火は点けずに、左手の人差指と中指のあいだでもてあそびながら待った。石橋がひとりで考えて回答を見つけるまで、僕の立てた仮説に近い回答を見つけてくれるまで待った。

「つまりこういうこと？」と石橋が口をひらいた。

「そうだ」僕は先に認めた。「たぶんそれで間違ってない」

「津田さんは、未来を思い出せる」

「ああ」

石橋がペットボトルを手に取り、残りの半分くらいをたっぷり時間をかけて飲んだ。手持ちぶさたなので僕はタバコに火を点けた。

「でも、それはほんとはこうじゃない？」石橋が推論を述べた。

「津田さんは未来を思い出せるのじゃなくて、あたしの過去を思い出せる。あたしが過去に読んで記憶している小説の一行を思い出しているの。つまり中さんのときには、あたしの記憶術がちょっと変化して移動したわけだけど、津田さんの場合には、記憶術じゃなくてあたし個人の記憶そのものが、全部じゃなくても記憶の断片みたいなのが移動してる。うらん、この場合には移動じゃなくて複写されてる。違う？　あたしの言ってることわかるよね」

「わかる。僕もそれは考えてみた。確かにその可能性もある。実際にいま石橋の言ったようなことは起きているのかもしれない、いくらかは。でもそれだけでは説明のつかないことも起きている」

「説明のつかないって、どう？」

「まだ会ったことのない人のことを憶えているようなんだ」

「まだ会ったことのない人のことを憶えているようなんだ」石橋が僕の喋《しゃべ》ったことを二回ゆっくりなぞってみせた。「まだ会ったことのない人のことを、憶えている、ようなんだ」

「ああ」

「それは、まだ会ったことのない人のことを憶えている、とはどう違うの？」

「同じだよ。親戚筋ではなくて双子、そっくり同じだ」

「信じてるわけね」

「そうだ」

「詳しく教えて」

「詳しく教える必要はない。僕がそれを信じていることを石橋が信じてくれさえすればいい。僕の推論はこうだ。石橋がさっき引用した一行、運命は丸い池を作る、これを今日石橋が口にすることを、去年僕は思い出していたのかもしれない。それか、もしかしたら近い将来、僕は自分で『虞美人草』を読むのかもしれない、どこかの街の書店で、図書館の本棚で、偶然目にとめて手に取ることになるのかもしれない、そのとき開いたページの一行を、去年のうちにすでに僕は思い出していたのかもしれない」

石橋は数秒の間を置いて返事をした。

「それは合理的な推論ではない気がする。今日、さっきあたしが夏目漱石を引用したのは、そうするように津田さんに誘導されたからよ。誘導されなければあたしは引用なんかしなかった」

「石橋が引用しなかったとしても、僕はいつか自分でそれを読むことになるんだ」

「おかしいよ。絶対合理的じゃない。未来を、自分の未来を記憶してるなんて、そんなの」

「そんなの、何だ」

石橋は返事ができなかった。

「誰がいま合理的な話をしてるんだ？　君はいつから合理的な話に興味を持つようになった。中志郎と石橋のあいだに起こったことは合理的か？　さっき君とてのひらを合わせたとき、僕の感じた熱や、見た光には説明がつくのか？　僕がいましてるのは、理屈で説明がつけられるかどうかの話じゃない、それを信じるか、信じないかという話だ」

石橋はなおも返事をしなかった。ペットボトルの残りを今度はひといきに飲みほすと冷蔵庫のほうへ歩いていった。彼女が戻るのを待たずに僕はベッドを降り、ふたり掛けのソファ、通称ラブソファに置いてあったカシミアのコートを取り上げて着込み、裾《すそ》が皺《しわ》にならないように注意してソファの隅に腰をおろした。冷えたクリスタルガイザーを手にした石橋が近寄り、おとなしく反対側の隅にすわった。

「それで？」と彼女はキャップを開けながら言った。「この話はどう続くの」

「ほかの二名、中志郎以外に石橋がてのひらを合わせてあれをやった二名、その結果、逃げ腰になったという男たちの話だ。彼らがどんな男だったのかは知らない。彼らに何が起きたのかもわからない。僕と似たようなことが起きたのかもしれないし、まったく別の異変が起きたのかもしれない。でも二名が石橋のもとを去った理由なら、いまの僕にはわかる気がする」

「なぜ」

「その二名は君のボーイフレンドだったんだろう？」

また返事がないので、そうだったのだと決めて僕は喋った。

「一般に、男は自分の身の丈にあった女を求める。身の丈というのは、背の高い低いじゃない、その人間の品格や、能力や経済力といった意味の暗喩《あんゆ》だ。だいいち僕ならSEXの最中に余計な心配なんかしたくない。女のてのひらがいまどの位置にあるか、そんなことをいちいち気にしてたらできるものもできなくなるからな」

「ジョークなんでしょ？」

「半分はね。いいか、石橋、ひいでた才能のある人間は目立たないように生きるべきだと思う。できるだけ地味に。そうでないと、これ以上目立って噂が広がったりすると僕の二の舞いになる。才能なんかなくても僕みたいに目立てば潰《つぶ》される。特に石橋の場合は、一般の人間にはおよびもつかない能力があるんだから慎重に行動したほうがいい。スピルバーグの映画なら国家の秘密情報局に監視されて、研究材料にされる。そのうち君は世間から姿を消すことになる。これも半分はジョークだ」

「わかってる」石橋の声には珍しく強い感情がこもっていた。「そんなこと言われなくてもとっくりの昔にわかってる。あたしはこれまでもできるだけ目立たないように、ほかの人々と同じようにして生きてきた。いまさらそんなわかりきったこと……とっくり?」

「まあそう怒るな。僕は君の『身の丈』の大きさを認めて感動してるんだ。これはまじだ。石橋、賢者は街なかに隠れて暮らす、ということわざがあるだろう。確か、大隠は何とかって」

「知らない」

「とにかく昔からそういうことになってるんだ。標準的な人間は、自分を標準より上に見せたがるし、目立ちたがる。僕みたいな人間のことだ。でも本当の賢者は、ひっそりと街なかにまぎれている。誰にも気づかれずに」

「ワコウドウジン」

「何だ?」

「四文字熟語、和光同塵」

「僕にはわからないから、どういう意味か述べてみろ」

「いま津田さんが言ったのと親戚《しんせき》筋の意味」

「それでいい。これまでも、いまも、今後も、その四文字熟語を心に入れ墨して、いや心にきざんで忘れるな」

「知ってる言葉でも何でも、時には知らないふりをしろってことね、津田さんみたいに」

「そうだ」

「つまりこれが最終回ってことね？」

僕はラブソファの背にもたれかかりコートのポケットに両手を差し入れた。

「いや、違う」

「じゃあもう一回やるの？　来月も？」

「それはしない。今日が最終回だ。あとは帯状疱疹《ほうしん》がどこにあらわれるか静かに待つだけだ。ただ、会うのは最後じゃない。次にいつ会えるかは定かではない。来月かもしれないし、十年後かもしれない。でも石橋と会って話すのはこれが最後じゃない」

「十年後？　何だか悲しくなっちゃう」

「うん、いまならその言葉を使っても許そう。僕は本気で同情する。君には中志郎と僕と二名の理解者がいる。でも理解者と恋人とは相容《い》れない。今後もし君が愛する人に出会ったとしても、君は自分の正体を隠さなければいけない。そうしないと相手に逃げられるからな。自分の正体を隠そうとする人間は人を愛することはできても、自分の正体を愛されることはできない。いや、正体を隠そうとするかぎり人を愛することもできないのかもしれない。どっちにしても愛し合うことはできない」

石橋は僕の同情をというか軽口をというかをあっさり聞き流した。

「そうか！」と彼女は声をあげた。

「そういうことだ」と僕は短いため息をついた。

「いま見えるのね？」

「思い出せるんだ」

「いま津田さんが思い出せる未来の中に、あたしがいるのね？」

「ああ、少し集中すれば断片的に思い出せる。いままで見たことのない場所に立っている石橋の姿を思い出せる」

「それはどこ？」

「わからない」

「あとは？　もっとないの？　立ってるだけ？　もっとほかにあたしの未来の思い出は浮かんで来ないの？」

「浮かんで来ないな」僕は目を閉じて少しだけ集中した。「あとはぜんぶ僕個人の未来の思い出のようだ」

「けち」

「じゃあ訊《き》くけど、石橋はワカサギ釣りをしたことがあるか？」

「氷に穴をあけてやるワカサギ釣りのこと？　いままでにはない」

「僕もない。やっぱりこれは僕の未来の記憶なんだろう。記憶の映像のなかに石橋は見当たらないようだし」

「津田さんがどこでどうやってワカサギ釣りなんかするのよ」

「さあ、そこまではね。氷の穴は軍手はめてシャベルで掘るんじゃないのか？　場所はどこかワカサギ釣りのできる湖だろう」

僕はコートのポケットから両手を出して立ち上がった。

「とにかくそういうことだ。今日はここまで。またそのうち会おう」

「名残り惜しい」

「またいつか会えると言ってるだろう」

それでも石橋はラブソファから僕を仰ぎ見て、左手を差し上げてみせた。もちろん手袋のはまった左手を。僕は首を振った。

「握手なんか必要ないって。今生の別れじゃないんだから。またあした電話で話して会うことになるかもしれないんだし、ここはさらっと別れよう。な？」

しぶしぶといった感じで石橋がラブソファから腰をあげ、僕のそばを離れた。ひとりで出口へ向かいながら背中で訊いてきた。

「ここの料金は？」

「割り勘にする。いつも通り」

112

外に出ると、来たときよりも明らかに気温が下がっていた。

小雪が降り出していたのでそれがわかった。

風もあった。紙吹雪のような雪は横流れに降っていた。どこかに目的地があり、そこへむかって急ぐかのように一斉に、とぎれることなく流れ続けていた。僕たち二名は雪の流れる方向に逆らうようにして、もと来た道を後戻りした。来たときよりももっと口数すくなく渋谷駅まで並んで歩いた。スクランブル交差点を渡り切ったところで、これから今日の予定は？　と僕のほうから先に訊《たず》ねた。寄るところがある、と石橋は答えた。

「津田さんは？」

「僕は別にこれといって予定はない」

「帰るの」

「帰るよ」

「二子玉川に」

「うん、じゃあまた」

僕は軽く左手をあげて駅へ向かった。

途中でいちど、我慢できずに振り返ると、人の往来と舞う雪に遮られながらも石橋がまだ立って僕を見送っていて、笑顔で右手を持ちあげるのが見えた。

113

新幹線の切符売場の行列に並び、カウンターのむこう側に設置してあるモニターで東京発の時刻表示を読み、自分の番が来ると目をつけておいた列車に乗るための切符と指定席券を買った。その際、喫煙できる車両に空席があるがどうするか？ という意味の質問を売り手側から受けたので、その空席を望むと答えた。

改札を通り、通路を歩いて新幹線ホームへ上るためのエスカレーターの前まで来たとき、まさに一歩、エスカレーターの段に片足を乗せようとした瞬間、それが起こった。未来における石橋の後姿を見たように感じた。自分よりも先にエスカレーターを上ってゆく石橋のトレンチコートの背中を。中志郎のたとえを借りると頭の中にそれらしい乱れた映像が浮かび、やがて短い時間だがその映像のゆがみや揺れが消えて定まった。確かに石橋の後姿に違いなかった。僕は目の前のエスカレーターから後じさりし、先を急ぐ人々に道を譲った。人の流れの邪魔にならない場所に立ち、片手に持っていたボストンバッグを降ろした。その手で顔の右側半分を撫《な》でてみた。まぼろしだ、と僕は自分に言い聞かせた。いや、まぼろしではなく、いまのあれは未来の石橋であり、いまここに彼女はいない。顔の右側半分の皮膚にはこれといった異常は認められなかった。熱も感じないし、発疹《はっしん》のようなものも出てはいない。

「津田伸一」と左の耳もとで声がした。

囁《ささや》かれるように間近に聞こえたのだが、声のしたほうへ首をねじると石橋がやや離れたところにぽつんと立っていた。

さっき別れたときと同じ恰好《かっこう》で、ただ両手をトレンチコートのポケットに入れて立っている。いまにもそばに歩み寄って「悲しくなっちゃう」と訴えてきそうな目つきだった。実際に、僕が言い訳を考えるための時間、その考えをまとめるための時間も与えずに石橋はつかつかとやって来て、その言葉を今日三回目に口にした。聞かなかったことにして僕は笑顔を作った。

「ほらな、言っただろ？　またいつか会えるって」

「東北新幹線でどこに行くの？」

「石橋が寄るとこがあるって東京駅のことだったのか？　だったら早くそう言えばいい。いっしょに電車に乗って来れたのに」

「はやてに乗ってどこに行くの？」

「旅行だよ、もちろん。石橋は？」

「二戸《にのへ》に何があるの」

僕はため息とともにショルダーバッグを肩から降ろしてボストンバッグの横に並べた。

「切符を買うときにそばにいたならどうして声をかけないんだ」

「怪しいと思ったのよ、今日は最初っから。第六感で」

「むしろ渋谷駅のコインロッカーの前で声をかけるべきだ。こんな手のこんだまねをする必要はなかったんだ。渋谷から東京まであとをつけるなんて。今後のために訊いておくけど、同じ車両に乗ってたのか、一つ置いた車両か？」

「コインロッカーの前で声をかけても津田さんはまた言い逃れするに決まってる。とことん追い詰めてからでないと正直に自白するようなたまじゃない」

「自白するよ。何なりと質問してみてくれ」僕は腕時計に目をやって答えた。「さあ、始めろ。十五分ほど時間がある」

「正直に」

「わかってる」

「二戸には何の用があるの」

「二戸には何の用もない。そこから県営バスだか市営バスだかに乗り換えて一時間か二時間か走ったところに温泉がある。温泉にはとうぜん旅館がある。ちなみに日本の小説家には明治時代から温泉旅館で原稿を書くという伝統がある。それをやると小説家の格もあがるし旅館の名もあがる」

「いま津田さんは一つ嘘をついた」

「そうか」僕は認めた。「そうだな。温泉旅館で原稿を書く余裕なんか僕にはないものな。トランスペアレントな嘘だ。……トランスペアレント？」

「見え透いた嘘って言いたいの？　でもそっちじゃなくて、あたしが指摘したのはバスに乗り換えるって話のほう。ほんとは二戸駅には誰かが迎えに来ている」

「第六感か？」

「女でしょ」

僕はここで我慢できなくなってコートのポケットを探りタバコを取り出してくわえた。もしいま僕たち二名の立っているのが「喫煙できない場所」で（きっとそうに違いないが）誰かが走ってきて警告したら、おとなしくマナーに従うつもりで火を点《つ》けた。

「敷布のことをあがとりと言うんだ」

「何？」

「布団にかける敷布、シーツ」

「方言のこと？」

「うん、これから僕が出かける土地の方言。あがとり。僕の故郷の方言じゃない。本で読んだのでもないし、ネットで検索して調べたのでもない。でも僕はすでにその言葉を知ってる」

「未来を思い出してると言いたいんでしょ？　さっきからもうそれは聞き飽きた」

「行って確かめてみたいんだ。思い出せることを、実際にこの目で見て、この耳で聞いて。ほんとうに僕は僕の未来を思い出しているのか、もしそうだとしたら、僕のこの現在の人生はどうなるのか。未来へむかって時間は流れていく、その時間の流れの中で、僕という人間の存在、いま生きている意味はどういうことになるのか。いや、そういう屁理屈じゃなくて、僕が知りたいのはただ、そのとき僕が何を思うのか、いま思い出している未来を、現場で、リアルタイムで体験したとき、これまでにいちども感じたことのない感覚が、僕に来るのか来ないのか。皮肉や懐疑とはまったく縁のない人間の生き方。きれいに洗われた心。つまり奇跡をまえに跪《ひざまず》く信仰心のようなものが」

「また嘘をついた」

石橋が時間をかけてまばたきを一回した。

「そうじゃないでしょう。津田さんはただ弱気の虫にとりつかれてるの。去年から、特に経済の問題で。だから本音はその女の人に頼りたいだけ。津田さんがこれから行こうとしてるのは旅行じゃない。あたかも巡礼の旅みたいに、心にもないことを言ってるけどそれは違う。あたしの第六感が絶対に違うと告げている。逃避行、脱走、家出、逐電、夜逃げ、高飛び、都落ち、駆け落ち、何でもいい、とにかく津田さんはどろんしようとしている。きっともう二子玉川のマンションは引き払っている。何もかも清算したうえでこれから新幹線に乗って逃げようとしている。男が困ったときに頼りになるのは女しかいない。津田さんは前に出したエッセイ集の中でそう書いている。違う？ 書いていなかった？ だいたい津田さんから皮肉や懐疑を取ったら何が残るの。世界各国の被災地をまわってボランティアでもやる？ 小説を書くのをやめて、この国の社会に不平不満を唱えて、人々のための理想の未来像について論文でも書く？」

「そうだな」

「どうよ」

「石橋の言う通りかもしれない」

「だったらもう一回考え直して」

「でも何回も何回も考えたあげくなんだ」

「だからもう一回だけ。あたしじゃだめなの？」

すぐには石橋の言ったことの意味がつかめなかった。あたしじゃだめなの？ いま津田さんが頼りにする女としてこのあたしは候補にあがらないの？ 僕は正面から石橋の顔を見た。ふっくらと厚い唇を見て、上向きの鼻の先端を見て瞳《ひとみ》の色を見て表情を読んだ。この女はまじのようだった。

「だめだ」

「津田さんはあたしの理解者だと言った。言ったよね？」

「言ったけど、それとこれとは性質が違う。同じ女でも理解できる相手とSEXする相手とは違う」

「誰とでも寝るんでしょ？」

「誰が」

「津田伸一は女となら誰とでも寝る。週刊誌にはそう書いてあった。だったらあたしとだって」

石橋が言いかけてやめたので僕が代わりに喋《しゃべ》った。

「女となら誰とでも寝る。それは僕がヘテロセクシャルで、年齢や人種や職業や宗教の差別なく相手と寝るという意味だ。それも当然のことながら、たがいにその気になった場合には、という限定付きだ。ヘテロセクシャル？」

「ホモセクシャルの対義語」

「意味は知ってる。こんな言葉を自分が使ったことに驚いてるんだ。とにかく人をニンフォマニアみたいに言うな。ニンフォマニア？」

「SEXにとりつかれた女の人のこと」

「ああだめだ」僕はタバコの吸いさしを捨て、両手で顔を覆った。「また始まってる。思うように言葉が出てゆかない。記憶が交通渋滞をおこしてどの記憶もクラクションを鳴らし続けている」

「津田さん、あたしを見て」

石橋の手が僕の肩に触れて激励した。

「集中して。しゃきっと男らしくあたしの質問に答えて。なぜ、あたしじゃだめなの。あたしは相手が津田さんならその気になれる。でも津田さんのほうはそうじゃない、あたしには何が不足？」

「不足はない」僕は集中し相手を見て男らしく返事をした。「君はじゅうぶん魅力的だ」

そう言ったあと石橋の目を見つづけるうちに、石橋の顔色に変化があらわれているのに気づいた。両頰がしだいに濃淡まだらの薔薇《ばら》色に赤らんでくるのが見てとれた。

「じゃあなぜ？」

「はじまってるんだ」

「それはもう聞いた」

「そうじゃなくて、僕がいまはじまってると言ったのは、記憶の混乱のことじゃなくて、何ていうか」

「何」

「ペットの子猫を飼いはじめるときのような気分のことだ。わかるか、子猫の命の感触はもう僕の手のなかにある。温かく、柔らかく、脆《もろ》い、けがれのない生き物としててのひらに載っている。飼いはじめると決めた以上、成長を見とどける責任がある」

「そうか」石橋は理解した。

僕の目を直視したままもういちど長いまばたきをし、それからまだらに赤らんだ顔を斜めにひねるようにうなだれてこう吐き捨てた。

「チキショウ。津田伸一はいま正直に話してる」

「うん」

「あたしは一と足出遅れたということね？　やっぱりクリスマスでもお正月でも津田さんちに押しかけるべきだったんだ。チキショウ」

「正確に言えばそれは始まりかけている。でも未来の記憶の中ではもう始まっている。後戻りできないくらいに」

「みんなあたしから離れていく。中さんも津田さんも、たった二名の理解者が地方に疎開して、あたしをこの大都会にひとり置き去りにする」

「和光同塵」

「ファック」

「賢者はひとりだ。ひとりで孤独に耐えて、ひっそりと暮らしている人を賢者と呼ぶんだ」

「でもその先は？　いま始まりかけてるその女の人との、もっと先の未来は？」

「見えない」

石橋が顔をあげた。ほんの数秒で彼女の顔色は普段の若々しい白さを取り戻していた。普段の目つきで僕の目を凝視して、

「また嘘をついた」

と言う。その声はさっぱりした響きで僕の耳に届く。僕は聞こえないふりをして腕時計に目をやった。

「もう行かないと」

「名残り惜しい」

「わかったわかった。握手する時間くらいなら残ってる」

だが僕が左手を差し出してやると、石橋はそれを避《よ》けるように自分の右手を高く持ちあげた。ポケットから出たその右手には手袋がはめられてはいなかった。

「5をちょうだい」

この状況で戸惑ったり照れたりしている場合ではないと態度を決め、僕は左手を同じ高さにもちあげて相手の右手と合わせた。てのひらとてのひら、五本の指と指先まで触れ合わせ、いわゆるハイタッチと呼ばれる行為はものの一秒で終了した。一秒のあいだに頭の中の映像に大波の前兆が起き、ぶれて何かを映し出そうとしたが、それが何であるか見きわめるまえに後退し、一点に収縮するかのように色も形も失くして消滅した。僕の両目は

再びいまの現実を映し出していた。石橋が微笑している。あとは右肩にショルダーバッグをかけ、左手でボストンバッグを握ってプラットホームへのエスカレーターに乗るだけだ。

「じゃあ石橋、またいつか会おう」

「だめ、まだ足りない。まだ名残り惜しい」

取り合わずにショルダーバッグを肩にかけボストンバッグを左手に持った。

「いつか会おうって、いつ会えるの。だいたいでいいから、それだけ教えておいて」

「だいたいも何もわからないんだ。言っただろ、その辺もふくめてこれから二戸のもっと北まで調査に行く。とにかく石橋と会うのはこれが最終回じゃない。いま言えるのはそれだけだ」

「じゃあそこまで言うなら人質を、ほんとにまた会えるのなら、津田さんがそう確信してるのなら、そのとき返すから人質をちょうだい」

「こんどは何だよ？」

「津田さんが大事にしてるものがいい」

「つまり何だ？」

「原稿、去年書きあげて誰にも買ってもらえないままの長編小説の原稿」

「ああ、あれか。あんなものはとっくにシュレッダーにかけて処分した」

ふん、ふん、といった感じで石橋がうなずきながら僕の目を見て、次に視線をショルダーバッグに移した。それで僕はあっさり負けを認めた。もうこれ以上こんなとこで、この二名でああだこうだと立ち話をしている時間はない。ジッパーを開いて中から封筒入りの原稿を取り出して石橋に手渡した。

「いま読め。石橋ならできるだろ。中志郎にやって見せたように、ここで一分で読んでみせてみろ」

「なんでそんな意地悪言うのよ」

「聞きおさめのジョークだ」

「今度会ったら見せてあげる。もしそのとき津田さんが新しい小説を書きあげていたら、目の前で三十秒で読みあげてみせてやる」

「いいだろう。見せてもらおう」

「じゃあまたね」

と、さらりと言い捨てて先に背中を向けたのは石橋のほうだった。

あてのはずれた物足りなさが僕の側に残った。分厚い封筒を胸のまえに抱え、いちども振り返らずに歩き去っていく石橋の後姿を、見えなくなるまで見送ることになった。

それから僕は向きを変えてエスカレーターに乗った。上に着くまでのあいだに頭に浮かんでいたのは次のような思いだった。

むろん今日、石橋の記憶術は失われていて、代わりに彼女は僕たち一般人と同じように言葉の意味を獲得しているわけだが、そのせいで本一冊分の原稿を三〇秒で暗記する芸当などできないわけだが、でもいずれその奇跡的な能力を見るときは来るだろう。一部のコピーも取っていない未発表小説の原稿を（発表するあてはないにしても）ためらいもなくいま石橋に手渡したのは、それを手渡す場面を僕がまえもって知っていたから、なのかもしれない。あるいはまた、いつの日かあの原稿を返しに石橋が現れることを、雪深い温泉地で暮らす僕のもとを訪ねてはるばるやって来ることを知っていたからなのかもしれない。その機会はかならず来る。エスカレーターの最後の段からプラットホームのほうへ一歩踏み出したとき、僕のその思いは予測というよりも自ら選択した未来への確信に変わっていた。

石橋は来る。防寒の用をなさないトレンチコートを着て、滑り止めのない平底の都会向きの靴で雪を踏みしめながらよちよちと歩いて来る。僕にはそれが見える。温泉旅館の玄関に立ち、僕は地元の人間としての皮肉を口にして石橋を迎える。寒い、いや寒いではなく、遠い、と開口一番に石橋が文句で答える。ここは遠すぎる。僕たち二名は再会を祝して握手を、もし石橋が「５をちょうだい」と望むならまたハイタッチをかわすだろう。

そして石橋は語るだろう。ダルマストーブのまわりに置いた椅子に僕たちはかけ、前かがみになって両手を揉《も》みあわせながら話すだろう。新作を読ませてよ、と石橋は言い、そのまえに都会での話を聞かせてくれ、と僕は言うだろう。石橋は語る。長い時間をかけて語りつづける。僕はその話を、うん、うん、と相づちをはさみながら聞く。だがほんとうのところを言えば、そのとき石橋の語る話を僕はもう知っている。プラットホームにすでに横づけになっている「はやて」に乗り込もうとするいま、知っていて、むろん断片的にだがいま未来は見えていて、それらの断片を結び、くくり合わせ想像することができる。でもその未来においての石橋はそんなことには無頓着《むとんちゃく》に、語るべきことを語り終えると、新作の小説を早く、とせかすだろう。僕の書いた長い原稿を本当に奇跡的に三十秒で読みあげ、読みあげるというよりも記憶術で暗記し、見事に暗唱してみせるだろう。どうよ？

114

二ヵ月後。

あるいは一年と二ヵ月後の話かもしれない。関東地方に春のさきがけが訪れ、甲府では桃の花が一斉に開きはじめたある日の朝、中志郎は新宿行きの電車に乗った。

妻には内緒だった。内緒といっても、妻は前日の土曜日から小学校教員の（教頭試験をめざす教員たちのための）研修で東京に出張していたから、妻に隠れて悪いことをしている、という意識はまったくなかった。ただ、これから自分も東京へ行く、とわざわざ携帯電話で報告する必要もないと考えたまでだった。報告すれば、とうぜん何か用事でもあるのかと理由を聞かれただろうし、中志郎には何の用事もなかったし、自分が東京へ行く理由をうまく答える自信がなかった。要するにその日曜の朝、彼は気まぐれを起こしただけの話だった。

甲府から「あずさ」という名の特急電車に乗り、終着駅が新宿なのでとりあえず降りはしたけれど、降りてさてどうするという予定もなかった。そこから電車を乗り継いでどこへ行くあてもなかった。中志郎は新宿駅を出て歩いた。JR南口を出てしばらくためらい、やがて明治通りに出ると原宿方面に歩いた。ひさしぶりに吸う東京の空気、といった感慨も浮かばなかった。妻の研修がおこなわれている場所、宿泊施設のある場所は聞いていたはずだが思い出せなかった。そんなことは万が一にも起こり得ないだろうが、仮に明治通りを歩いていてばったり妻に出会ったとしてもそれはそれでかまわなかった。そのような偶然が起きればそれはそれで夫婦のあいだのささやかな（幸福な）事件というべきで、夕方一緒に「あずさ」に乗って甲府へ帰ればいい。

中志郎はあてもなく歩き続けた。ときおり速度を緩めることはあっても一度も立ち止まらず、千駄ケ谷を通り、原宿のラフォーレのある交差点まで歩き続けた。空は快晴で、この長い時間をかけた散歩に適した日和と言えた。朝のテレビで見た天気予報によれば、その日の東京は平年並みよりもやや高めの気温ということで、中志郎は甲府での勤め先への通勤用のスーツの上にゴアテックスという素材のスプリングコートを着ていたのだが、交差点から右へ、原宿駅のほうへむかう坂道を上る途中でそれは脱ぎ、歩道橋を一つ渡り、代々木競技場とＮＨＫホールのあいだの車の通らない並木道を歩き、渋谷公会堂のあるあたりに出て、それから今度は坂道を降り、降りきる頃には上着も脱ぎたくなるくらいに身体がぽかぽか温まっていた。でも彼は上着は脱がず（脱ぐとコートと上着と両方持たなければならなくなるので）ネクタイを緩めてワイシャツの一番上のボタンをはずすだけにしておいた。顔と首にうっすらとにじんだ汗はハンカチで拭《ふ》いた。

スクランブル交差点を渡ると、中志郎に言わせれば、自然に足が渋谷マークシティの中にあるホテルをめざした。ここで、自然に、というのはむろん嘘だと指摘することもできるだろう。中志郎は自分で自分に嘘をついている。結局のところ彼にはそこしか行くあてはなかったのだ。彼はまっすぐにエスカレーターのほうへ向かった。京王井《い》の頭線《かしらせん》の改札口に通じる長い長いエスカレーターだ。それに乗って上へ運ばれてゆき、井の頭線の改札口には目もくれず、さらにもう幾つか、そう長くはないエスカレーターで上り続ければホテルのフロントデスクのある階に着く。同じ階には思い出のカフェもある。

だが彼はまっすぐに向かった長い長いエスカレーターの手前で足を止めた。何のために？　と彼は自分に問いかけた。五階のあのカフェの窓際の席にすわり何をするためにエスカレーターに乗る？　彼は躊躇《ちゅうちょ》し、引き返そうかと迷った。だいいち日曜だし、あのいつも流行《はや》っているカフェは今日も満員だろう。ひとりで窓際の席になどすわれないだろう。

では、引き返すしかない。だがどこへ引き返すのか？　また坂道を上って渋谷公会堂へ？　歩道橋を渡り直して明治神宮へ、それとも代々木公園へ？

彼はエスカレーターの手前で立ち止まったまま動かなかった。本人の言葉を借りれば動けなくなった。立ち往生した彼を、彼の肩をあえて押しのけるようにして何人もの人々がエスカレーターに乗って上の階へとのぼって行く。

「邪魔よ」女の声が注意した。「そこに立ってるとみんなから邪魔者あつかいされるよ」

中志郎はうなずいて、一二歩後退した。

「みんなが利用するいわば公共の場所なんですからね」女の声がしつこく追いかけてきた。「マナーを守らない人は邪魔者あつかいされて当然よ。当然の報酬、違う、報いなのよ」

中志郎はもう一歩、立つ位置をずらしてエスカレーターの乗り口から遠ざかった。

「まだだめ」女が言った。「まだそこじゃ足りない。もっとこっちに来て、あたしのほうに」

そこで初めて中志郎は声のほうを振り返った。

トレンチコートを着た若い女がポケットに両手をつっこんで立っていた。若い女が誰であるか読者にはことわるまでもないだろう。だが中志郎に言わせれば、ほんの短いあいだではあるが、その女が誰であるか見分けがつかなかった。石橋は彼が最後に会ったときからすればずいぶん髪が伸びていて、両肩に触れるあたりまで長く、しかもその色は漆黒だった。

「何してるの、こんなとこで」と石橋が訊《たず》ねた。「しかも一名で。甲府で新しい奥さんと幸せに暮らしてるはずじゃなかったの」

「いまも幸せに暮らしてるよ、甲府で」と中志郎は後半の質問にだけ答えた。

「じゃあどこに行こうとしてたの、いま」

「わからない」

「わからない？」

「……うん」

「新しい奥さんと待ち合わせじゃないの？」

「違う」

とひとこと答えたところで、ふいに中志郎の感情の波が大きく揺れ動いた。新しい奥さんという石橋の表現、邪気のない女の口ぶり、特に「新しい」という形容詞になぜか心を揺さぶられたのだ。中志郎は自分が深い感傷にひたるのをくいとめることができなかった。ひらたく言えば涙腺《るいせん》がゆるんだ。

「どうしたの」

驚いた石橋が当然の質問をした。

「新しい奥さんにふられたの？」

「いや、そうじゃない」中志郎はハンカチを取り出して答えた。

「僕の二番目の妻は僕をまだ愛している」

「じゃあなんで」

この質問への回答には時間がかかった。中志郎はあふれでる涙をハンカチで拭《ぬぐ》い、拭いつづけ、その涙が出つくして気持が落ち着くまで言葉を喋《しゃべ》ることができなかった。石橋は中志郎の右肩にてのひらを添えるようにしてじっと待った。彼女の誇張表現を用いればハンカチが大量の涙を吸収して高野豆腐のように水気を含むまで待ち続けた。ようやく泣きやんだ男はその濡《ぬ》れたハンカチを上着のポケットに押し込み、ふうっと一回息を吐いた。

「そうじゃないんだ」中志郎はやっと言葉を喋った。「どうも問題は僕のほうにあるようなんだ」

「どうも、問題は、僕のほうにあるようなんだ」

「うん」

「そうなの」石橋は理解した。そしてまた邪気の感じられない口調ですぐにこう言った。「中さんのほうが、新しい奥さんをもう愛せなくなったんだ」

「いや、そうとは言い切れない」

「それで悲しくて泣いたんだ」

「泣いた理由はそうじゃないし、妻をもう愛してないとまでは言ってないよ。ただ……」

「何」

「ただ最近、たとえば、キュウリが……」

「キュウリが何」

「彼女がキュウリを噛《か》みくだく音が気になったりして、一緒に晩ご飯を食べてるととても気になって……キュウリの浅漬けが彼女の好物なんだけど」

「一緒に晩ご飯を食べてるとどうなるの」

「……うまくいえない」中志郎はここで上着を脱ぎ、コートとまとめて腕に抱え、空いたほうの手の甲で額の汗を拭った。「何ていえばいいんだろう、こんなこと、石橋だから打ち明けるんだけど、つまり、あっちのほうが」

「あっちのほう？」

「もともと妻はたんぱくなほうだから、別にせがんだり、そのことで嫌みを言ったりもしないし、彼女にしてみればたいした問題でもないんだろうけれど、でも僕のほうは、やっぱり、夫として、男として……」

今度は石橋のほうがふうっと息をひとつ吐いてみせた。

「それが泣くほどのこと？」

「いや、まだあるんだよ。一緒に暮らしていると気になるところはまだいくつもある。二番目の妻は最初の妻と違ってとても潔癖症なところがあって、たとえば」

「行きましょう」

「どこへ？」

「上」と言って石橋は天を指さした。

もちろんそれが五階のあのカフェを意味していることは中志郎にも理解できた。二名で空を飛ぼうという意味ではない。

「満員で席は空いてないよ」

「ううん、空いてる。二名で窓際の席を陣取れる。陣取って、あたしが中さんの話をとっくりと、じっくりと？　聞いてあげる。さあ、行きましょう」

石橋が中志郎の腕からコートを取りあげて先にエスカレーターに乗り、左寄りに立った。中志郎は上着を着直し数段遅れてその真後ろに立った。だが何か、何でもいいからこの女と言葉をかわしていたいと心が急《せ》かされて数段上り、石橋の右側に並んだ。

「わかってる」と石橋が待ち構えて言った。

「いや、僕は別に……」

「中さんの好きにすればいいの。話したいことを話して、それで気がすめば甲府に帰ればいい。安心して。あたしは何もしない。勧誘も、要求も、強制もしない」

「石橋」

「ねえ、津田伸一のこと憶《おぼ》えてる？」

「津田伸一」

「憶えてるでしょ？」

「小説家の津田伸一」

「そう、あの津田伸一ならこんなときどう言うかわかる？　いまの中さんを見たらね、きっとこう言う。君は冷めないスープを想像できるか？」

中志郎は思い出した。かつて最初の妻を愛していた頃に読んだ津田伸一の本。その妻が愛していた津田伸一の小説の一節、この現実の世界に冷めないスープなど存在しないのだとごくあたりまえの事実を主張する一行のことを。そのとき背後から先を急ぐ人がエスカレーターを駆け上ってきた。右側に立っていた中志郎は避《よ》けるために一段上がって左に避けるか、一段下がって左に立つか迷い、とっさに上を選んだ。彼らの右側を急ぐ人々が通り抜けて行き、一段上に立った中志郎は身体ごと石橋のほうを振り向こうとして右手でエスカレーターの手摺《てす》りをつかんだ。左手はつかのま宙を泳いだのち、石橋の手袋をはめた右手につかみ取られた。

「いい？」と石橋が言った。

中志郎は石橋の手の温《ぬく》もりを感じながら黙って聞いた。

「あたりまえなの。スープが冷めるのは、自然なことなのよ」

中志郎と石橋、彼ら二名は右手と左手とを不自然なかたちでつないだまま長い長いエスカレーターの途中にいる。そう、冷めないスープ、冷めない愛、そんなものは想像できない。石橋は正しい。誰かがそのことで泣く理由などない。僕ならきっとそう言うだろう。なぐさめのためにではなく、この現実の世界の動かせない真理として。たとえ相手が中志郎でなくても、どこの誰であろうと、どんな状況であろうと、どんな時代であろうとどんな時代が訪れようと、他にいっさい信念などなくともこの一文だけは、これまで僕が生きてきた証《あか》しとしてそう言い切るだろう。かならず冷めるもののことをスープと呼び愛と呼ぶのだ。いま二名の手はつながったまま、かろうじて、不自然なつながりかたをしたまま、中志郎と石橋は長い長いエスカレーターに乗って上へと運ばれてゆく。

本書は、二〇〇七年一月小社より刊行された単行本に、加筆・修正し、文庫化したものです。

本作品はフィクションであり、実在のいかなる組織・個人とも一切関わりのないことを付記いたします。（編集部）

5《ご》

佐藤正午《さとうしょうご》

角川文庫 16089

平成二十二年一月二十五日　初版発行

発行者—井上伸一郎

発行所—株式会社角川書店
東京都千代田区富士見二—十三—三
電話・編集（〇三）三二三八—八五五五
〒一〇二—八〇七八

発売元—株式会社角川グループパブリッシング
東京都千代田区富士見二—十三—三
電話・営業（〇三）三二三八—八五二一
〒一〇二—八一七七
http://www.kadokawa.co.jp

印刷所—暁印刷　製本所—BBC

装幀者—杉浦康平

さ 16-4　ISBN978-4-04-359304-0　C0193

角川文庫発刊に際して

角川源義

第二次世界大戦の敗北は、軍事力の敗北であった以上に、私たちの若い文化力の敗退であった。私たちの文化が戦争に対して如何に無力であり、単なるあだ花に過ぎなかったかを、私たちは身を以て体験し痛感した。西洋近代文化の摂取にとって、明治以後八十年の歳月は決して短かすぎたとは言えない。にもかかわらず、近代文化の伝統を確立し、自由な批判と柔軟な良識に富む文化層として自らを形成することに私たちは失敗して来た。そしてこれは、各層への文化の普及滲透を任務とする出版人の責任でもあった。

一九四五年以来、私たちは再び振出しに戻り、第一歩から踏み出すことを余儀なくされた。これは大きな不幸ではあるが、反面、これまでの混沌・未熟・歪曲の中にあった我が国の文化に秩序と確たる基礎を齎らすためには絶好の機会でもある。角川書店は、このような祖国の文化的危機にあたり、微力をも顧みず再建の礎石たるべき抱負と決意とをもって出発したが、ここに創立以来の念願を果すべく角川文庫を発刊する。これまで刊行されたあらゆる全集叢書文庫類の長所と短所とを検討し、古今東西の不朽の典籍を、良心的編集のもとに、廉価に、そして書架にふさわしい美本として、多くのひとびとに提供しようとする。しかし私たちは徒らに百科全書的な知識のジレッタントを作ることを目的とせず、あくまで祖国の文化に秩序と再建への道を示し、この文庫を角川書店の栄ある事業として、今後永久に継続発展せしめ、学芸と教養との殿堂として大成せんことを期したい。多くの読書子の愛情ある忠言と支持とによって、この希望と抱負とを完遂せしめられんことを願う。

一九四九年五月三日